奋进者之歌

中国石化文学创作大赛获奖作品集

中国石化作家协会◎编

中国经济出版社
CHINA ECONOMIC PUBLISHING HOUSE

图书在版编目（CIP）数据

奋进者之歌：中国石化文学创作大赛获奖作品集 / 中国石化作家协会编. -- 北京：中国经济出版社：中国石化出版社，2023.7

ISBN 978 - 7 - 5136 - 7368 - 6

Ⅰ. ①奋… Ⅱ. ①中… Ⅲ. ①中国文学 - 当代文学 - 作品综合集 Ⅳ. ① I217. 1

中国国家版本馆 CIP 数据核字（2023）第 116560 号

策划编辑　崔姜薇
责任编辑　贾轶杰
责任印制　马小宾
封面设计　久品轩

出版发行　中国经济出版社
印 刷 者　北京富泰印刷有限责任公司
经 销 者　各地新华书店
开　　本　710 毫米 × 1000 毫米　1/16
印　　张　44.25
字　　数　736 千字
版　　次　2023 年 7 月第 1 版
印　　次　2023 年 7 月第 1 次
定　　价　138.00 元
广告经营许可证　京西工商广字第 8179 号

中国经济出版社　**网址** www. economyph. com　**社址** 北京市东城区安定门外大街 58 号　**邮编** 100011
本版图书如存在印装质量问题，请与本社销售中心联系调换（联系电话：010-57512564）

编委会

前言

2022 年，各直属单位文联（工会）以习近平新时代中国特色社会主义思想为指导，围绕迎接和学习贯彻党的二十大精神这条主线，组织员工创作了一大批主题鲜明、内容丰富、形式多样的文艺作品，展现了贯彻落实习近平总书记视察胜利油田重要指示精神的实际成效，谱写了在党的领导下广大石化员工牢记嘱托、再立新功、再创佳绩的奋斗篇章，为打造具有强大战略支撑力、强大民生保障力、强大精神感召力的中国石化注入了精神动力。

为总结和展示员工文艺创作成果，中国石化文联组织各专业协会开展了“牢记嘱托、再立新功、再创佳绩，学习贯彻二十大精神”主题文艺作品创作征集活动，共收到各类文艺作品 3819 件。经专家评审，最终评选出文学类作品一等奖 19 个、二等奖 33 个、三等奖 48 个、入选作品 74 个；音乐舞蹈类作品一等奖 11 个、二等奖 22 个、三等奖 35 个、入选作品 31 个；书法类作品一等奖 25 个、二等奖 35 个、三等奖 60 个、入选作品 100 个；美术类作品一等奖 22 个、二等奖 33 个、三等奖 65 个、入选作品 100 个；摄影类作品一等奖 30 个、二等奖 40 个、三等奖 50 个、入选作品 65 个；优秀组织单位 20 个。

希望各单位文联（工会）持续深入学习贯彻党的二十大精神和习近平总书记关于文艺工作的重要论述，围绕举旗帜、聚民心、育新人、兴文化、展形象的使命任务，团结引导广大文艺爱好者潜心创作、多出精品，讲好石化故事，塑造石化形象，以文艺的方式影响带动广大石化员工在新时代新征程上团结一心、砥砺奋进，加快打造具有强大战略支撑力、强大民生保障力、强大精神感召力的中国石化，为党和人民再立新功、再创佳绩。

中国石化文联

2022 年 12 月 8 日

目录

报告文学 获奖作品

散文 获奖作品

诗歌

获奖作品

报告文学

获奖作品

万水千山岂等闲

——国家能源重点管道工程里的“江汉油建”

严岛影　李　娟　张　龙

从万水千山到万千气象，总有这样一个群体将一个个大写的“人”字镶嵌于大地之上，以使命担当和钢铁般的意志与共和国的能源动脉一起律动。

——题　记

从鄂尔多斯盆地第一缕天然气源源不断入京，到西气东输、川气东送，西南成品油管道、甬沪宁管道、涪王管线，中缅、中俄、中亚等国家重点油气管道施工，江汉油建管道建设者从不缺位、主动站位、能站C位，捧回了“全国优质工程金质奖”“全国焊接工程一等奖”等“国优”级荣誉128项，施工里程达6000多千米。在国家“五纵五横”能源管网布局中，江汉油建创下了一个又一个“中国管道建设纪录”。

那些纵横交错的能源动脉，其实是他们的“生命走向”

七月流火。

在西气东输三线中段项目中卫—枣阳段线路施工第九标段的河南西峡施工现场，我们第一次见到了全自动焊机组在七月流火的伏牛山下的火热场面。

“激情红五月，大干一百天”“建设西三线，‘汗’出精品段，献礼二十大”等巨大的红色横幅格外醒目。刘湘机组从西三线的湖北仙桃—天门四标段赶来，率先进入西峡段开焊。这个“汗”出精品段里的“汗”既有“焊接”之意，又代表挥汗如雨之“热汗”。

7月6日，施工现场气温高达39摄氏度，却很少见到焊工。人呢？原来都在焊棚里施工。见不到焊枪、没有露天的弧光闪闪，只见大口径管道上架起了一座座焊棚，接口都在密不透风的方寸之棚里完成全自动焊接。一道口焊完，大约得1小时，人走出那“小屋子”都会长长吐口气，将工鞋脱下底朝天，哗啦啦倒出的竟然是汗水。

“他叫王思强，有一次焊花落入他衣服里，他愣是没将焊花抖出来。”王思强的理由很简单：“当时要是停下，就得多焊出一个接头，就多了一个质量缺陷，我必须咬牙坚持。”王思强皮肤黑里透着亮，落下“黑哥”外号。

刘湘嘴里的“有一次”，是指在中国页岩气第一条管道——涪王管线的施工过程中。

焦石坝周边最大河流枯水期看不到水，只有重达35吨的巨型桁架横跨在麻溪河两岸，单根钢管就有2吨重，两边是悬崖峭壁。给桁架刷漆要有胆量，更要心细。工人们站在桁架上，山风吹来，人就像桁架上的一片树叶，随时都有被吹落的危险。从身边走过几个刚从工地回驻地的青工，他们的红工装已经被晒得红里透白，上面大都有榆钱大的黑色洞洞，或大或小，连厚厚的牛皮工鞋上也是。那些洞啊，是焊渣留下的“杰作”。

机组长刘湘指着群山万壑的武陵山脉说：“有山势必有气势，难怪这里有大气。这里的山势险峻，弯多，坡陡，雾厚。川气东送管道可以避山势、陡坡采用跨越和穿隧道的方式，而这里除了一处跨越，全部翻山越岭。那次施工，花了快两年的时间，这回要求半年拿下，工期紧得有些任性。”涪王管道建设到底有多难？“可以用步步惊心来描述。”江汉油建涪王输气管道工程项目原经理朱想华这样形容这条管线。蜀道难，难在其山高谷深，山势陡峻，河谷幽深，还有喀斯特地形。面对蜀道天险与紧张的工期，这两把天锁能锁住这条腾飞的气龙？

涪王管线——中国页岩气第一条管道。一期50亿立方米产建页岩气亟待出川，能不能把需要两年半完工的工程在8个月内干完，而且必须优质高效、经得起时间考验？

根据山地作业区狭窄的特点，项目部化整为零，将以往24名焊工编制的机组，缩小为6名焊工编制的机组，采用“以点连线”的组织形式，在沿线每5千米处分布，成立两个外部协调小组，8名成员长期驻守在作业带沿线。

“工期太紧，恨不得把一分钟掰成两半用。”清晨六点半，刚蒙蒙亮，位于罗云乡的向前机组成员已经展开了紧张的施工。

没有见到向前本人。

“你认识？”我告诉项目部老钱，我在川气东送 24 标段，在西南成品油管线贵阳—桐梓 1 标段采访过他。那个光头向前给我留下的印象很深。黑黑的，眼睛圆圆的、大大的，看人的时候特别专注，就像看管线，一丝不苟。在贵阳，向前干机组长。到了涪王管线，他还是机组长。他的机组在评比中总是名列前茅。他说，他就这么干下去了。一面旗帜，在风里飘着，呼啦啦地像跟他说话，他不寂寞，他懂旗语。他的名字就是机组的名字，红色的旗面上写有“向前机组”几个字，谁的名字能写这么大，写在旗帜上？这代人，真的是“给他一点阳光就灿烂”，容易满足。他父亲参加过抗美援朝，转业后干起了油建，从拿枪管到干油管，父亲希望他能把油管延伸到更远的地方。

明白了，向前！为什么叫向前？向前，向前，向前，我们的队伍向前进……这就是军人出身的油一代给油二代的路。

2015 年 5 月 11 日，国内首条大口径、高压力页岩气外输管道涪陵—王场管道建成投运。管道全长 136.5 千米，设计年输气量 60 亿立方米，与川气东送管道连接，属于我国天然气管网的重要一环，也可称得上中国第一条页岩气能源大动脉搭乘上了“国道专列”。时任重庆市常务副市长在管线投运时盛赞涪王管线“创下了中国管道建设纪录”。

沿着这条管线的走向远眺：从涪陵的白涛逶迤而来，跌宕起伏，昂头向北，抵丰都过忠县，在石柱收步。绵延的山脊就像青山中用推子推了一下，推出了一道道新痕；又像是一幅蜿蜒舒展的长卷，留下一卷创造史；更像是群山捧出的哈达，献给当地、造福当地的哈达。

这里的坡度达 60 度，由于施工机具和管子无法拖运上山，他们在悬崖峭壁上修“之”字便道，采用“接力式运管法”作业，将一根根成品管运送到施工现场；坡陡无法站立，他们就用挖掘机将山削成一个个作业平台；管道沿线石头多，管道回填细土资源匮乏，项目部采用人工筛土和粉碎机碎沙的办法，用袋装细土或细沙将管道包裹后完成管沟回填。精心施工、用心保护环境，这在当地传为佳话，也为他们赢得了声誉。在白涛御泉河，一位村主任动情地对村民说：“你们种了一辈子庄稼，谁用塑料布包过土，谁用筛子筛过土，谁买过土。现在国家为我们铺页岩气管道，受益的是我们。我们能不感谢这些来帮助我们的石油人吗？”

齐盼盼，是在贵州见到的那个齐盼盼吗？

黑黑的，中等个头，有时还戴个耳塞。

“今天是‘430’中交时间，齐盼盼和项目部领导到涪陵交卷去了。”项目部的老钱所说的“430”，指4月30日工程中交的时间。

2011年，我在贵阳—桐梓成品油管道工程1标段采访，见到齐盼盼时他还是技术员；在涪王管线，他已成为项目部的总工程师。齐盼盼患有耳疾，医生劝告他找一个清静的工作，远离强烈的声音刺激。可他的工作必须在一线，在轰鸣的机声旁负责技术指导，这让齐盼盼听力一直不见好转。噪声大了，他就让对方写在纸上。测量员小樊与齐盼盼住一个房间。“作业面都没有了，你们还不着急吗？”一天晚上，小樊的声音突然变得很大，让还未睡着的齐盼盼心里一紧，赶紧摸摸自己的耳朵，确认没听错，便大声回答道：“有哇！你听谁说没有？”

无声。原来小樊在说梦话。

有时齐盼盼半夜里突然把双手平举。什么动作？项目部经理说，技术干部天天要翻山越岭，手脚并用，那是攀岩的动作啊！这个动作就这样在梦中“定格”了。

几名电焊工在一旁待命，一人抱着一块长方形的小木板。说到小木板的用途，员工们的话匣子被打开了。“这是我们随身携带的最轻‘装备’。”一名电焊工说。由于这里山高坡陡，加上经常下雨造成道路湿滑，吊管机、移动电站等大型机械设备没了用武之地。钢管运送只能靠履带式挖掘机，一根钢管倒运上山往往要耗费数小时。焊条箱、焊把线等施工机具就要靠人扛肩背运送到现场，与那些动辄几十斤的重物相比，这块小木板当然是最轻的了。“既是桌子也是床。”另一位焊工说。为了早日建成管线，把埋藏在深山里的页岩气及时输送出去，管道建设者每天起早贪黑，奋战在工地，许多人甚至牺牲了春节与家人团聚的机会。为了抢进度，他们每天中午都在工地吃饭，野外条件简陋，这些小木板就成了不少员工午饭时的“临时餐桌”，饭后的“简易床”。当然，木板的功能主要还是体现在工作上。由于雨后管沟里积水较多，焊工进行焊接作业时不仅容易弄湿衣服，还经常被碎石硌得身上青一块紫一块。为此，项目部买来了加工好的木板分发给大家，让电焊工躺在上面操作，这样既防潮又避免身体受伤害。正说着，管口组对工作完成了。只见一名焊工搬来两块略显平整的石头，把木板垫在上面，如同搭建了一座简易桥梁，他钻到钢管的底部，躺在“桥”上仰面开始焊接。水从“桥”下流过，把他的工鞋浸湿了，这位焊工浑然不觉，弧光乍起，焊花点点落到水中，噼噼啪啪作响……

现场负责人张兵介绍，西南多雨，焦石坝多石头，这些都增加了施工难度。施工作业带都是靠碎石机一点一点地“啃”，硬是生生地“凿”出一条路来。来到现场，只见管沟里的积水正顺着斜坡向下流，施工人员站在泥水中，有的在对管，有的在打磨坡口，油气管线焊接不好干，管道直径 1 米多，壁厚 17 毫米，坡口打磨后两名焊工同时组对焊接，否则因为焊接时的应力作用，管道会一边缝大，一边缝小，无法焊圆。每天，他们风餐露宿，与烟雾、电弧，还有打磨时的粉尘相伴，皮肤差很正常。“男人嘛，糙点就糙点，只要老婆不嫌弃就行。”休息时，唐朝波耳朵上总爱夹一支香烟，自我调侃，“哥抽的不是烟，是寂寞。”

涪陵页岩气田气井越打越多，产气量越来越高，当务之急就是要把气输出来，可是管网输出能力有限，只能压井生产。无路进管难，他们自制炮车、背管车穿行在羊肠小道运送管材；作业带坡陡，就采用台阶式降坡传递；布管难，就利用挖机、卷扬机开道，轻轨铺路；雨季稠，就用遮阳伞、防雨篷撑一片“晴空”；地貌恢复难，施工时把土取出用塑料布包裹起来，恢复时用筛子筛土，将受污染的土清除，土不够用就买土回填。涪王输气管线 4 月 30 日要全线投产，时间紧迫。员工每天吃自制的“中国三明治”——馒头夹咸菜，就是为了节约时间。短暂的休息后，6 名焊工又迅速分为三组，开始干活。他们身处陡坡，腰间挂上安全绳，蜘蛛侠般“悬挂”在坡体上组对焊接，连转身都难得像慢镜头播放一般，但手上的活儿却像绣花针一样精细。焊花飞溅，他们身着的红工装就像开放在山崖上的映山红，那么傲然挺立，甚至有几分壮美。

涪王输气管道工程 1 标段 24 号桩的作业现场管线主体离完工仅剩下最后几百米。一条承载着中国页岩气出渝的钢铁巨龙即将腾飞，回顾一路艰辛历程，江汉油建公司该工程项目部原经理朱想华引用业主的话说：“江汉油建已经创造了奇迹。”这是一支见过大世面的梦之队。从西气东输、西二线、川气东送、苏丹管线、巴西管线、中缅管线等一路走来，不怕吃苦，最怕没苦吃；不怕流汗，最怕流汗少。他们在国家能源线上用忠诚和钢铁般的意志完成一个时代交予他们的答卷。

4 月 22 日，随着管道 4 号阀闸室最后一道焊口连头专业完成，涪王管线实现全线贯通。4 月 30 日，涪王管道完成中交。5 月 11 日，随着涪陵页岩气 2 号脱水站的外输阀门打开，页岩气呼呼地涌入涪王管线，标志着中国涪陵页岩气外输管道投产成功。

4 年后见到齐盼盼是在涪王管线投运仪式现场。

仪式前，我问卢忠德副总："齐盼盼来了没有？"

"来了。"他把齐盼盼叫出了仪式方阵队伍。

我一眼认出了他，还是那个黑黑的模样，只是更阳光了。

哪里有大工程，他就会出现在哪里！我相信。

就这么匆忙，他又回到了方阵中，直到仪式结束再也没有见到他。

那些纵横交错的能源动脉，其实是他们的"生命走向"。他们走过的地方，不仅仅是路，而是管网，是中国能源的大通道。

阳光下，一条看不见的能源大动脉从涪陵白涛百回千转向华中诸省呼啸而去。

那些伸向远方的钢铁脊线总是一路飘红

风卷红旗如画。

在西气东输定远段我见到了江汉油建"金作贵机组"的红旗在风中招展。

在川气东送利川段我见到了江汉油建"鲁尔辉机组"的红旗在风中飘扬。

在陕京管线、西南成品油管道、甬沪宁管道、涪王管线，中缅、中俄、中亚等国家重点油气管道施工段，我见到了在"周江福机组""邓万华机组""李江平机组"等一面面飘扬的旗帜下不断延伸的中国能源管网。

"把机组长的名字印在旗帜之上，也是亮明身份，鼓舞斗志。风在吹你，风在催你，那是鞭策啊！"全国五一劳动奖章获得者金作贵回想当年"飘扬的旗"时依然热血沸腾。鄂尔多斯盆地的天然气源源不断穿越黄土高原、华北平原、燕山山脉，直奔共和国心脏北京，这条被誉为"首都福气"的陕京管线历史性地成了中国国家管网的重要词条。在陕京管线的山西河曲五寨施工段，江汉油建承建的陕京输气管工程于 1996 年 10 月 19 日开工，次年 5 月 23 日全线收焊，比业主要求提前 7 天完成。工程被评为"中国石油天然气集团公司优质工程金奖"。

2002 年 4 月，江汉油建参加了世界级工程——西气东输管道工程。金作贵带着队伍挥戈南下，征战26B标段穿越施工项目。然而，穿越进展不顺，困难重重。

“老金再要强，这回恐怕也要打道回府了。”有人私下议论。金作贵没有退缩，他拿出了一份“不成功就辞职”的军令状。

当时，江汉油建穿越施工作业处的HDD330钻机最大回拖力只有150吨，但西气东输管道穿越工程管径是φ1016毫米，在世界穿越史上首屈一指，国内还没有一家施工单位用同类钻机涉足过。看到江汉油建竟然把回拖力这么小的钻机开到了西气东输工地，许多施工承包商都对江汉油建“高看一眼”。金作贵更是承受着巨大的压力。

5月29日，当漕港运河穿越工程顺利扩完7级预扩孔，进入关键的回拖阶段时，钻机突然无法正常旋转，扭矩增大，回拖拉力急速上升到150吨的极限。此时如不及时采取应急措施，不仅工程报废，还得赔偿业主几百万元的管材费。一直盯在现场的金作贵与技术人员分析后认为：万向节可能损坏在孔洞里，只要助力有效，钻机硬拖工程可以进行。方案决定后，2台单斗、1台25吨黄河推土机被迅速调到出土点管段尾部。金作贵连夜带领队伍、冒着大雨到出土点抢险。原先要30分钟左右回拖一根钻杆，此时却要四五个小时。而且七八个施工环节，任何一个环节都不能有半点疏忽和闪失。

巨大的心理压力让已经连续二十几个小时没合眼的金作贵胃病再次发作了，望着连续干了一天一夜浑身上下都是泥水的将士们，他心疼地说：“大伙跟我也受累了，回去休息休息，换一批人上来。”一听这话，大伙感动得眼圈都红了，有人说：“你一把年纪了，为了工程，几天几夜不休息，胃疼得把药当饭吃，还不下火线，我们哪个好意思喊累？”为了助力，金作贵带领大伙在雨中无数次在齐腰的烂泥中跌倒又爬起来，双手被钢丝绳刺破了，擦干血，接着干。当看到拖管头终于在出土点缓缓抬出头时，金作贵第一个流下了激动的泪水，工程干得太艰难了。付出终有回报。凭着直面困难的勇气和科学果断的决策，漕港运河终于穿越成功。当听说江汉油建用HDD330水平定向钻机，成功穿越长度为622米的φ1016毫米管道时，美国奥格公司专门给江汉油建发来贺电，称江汉油建“创造了此类钻机穿越施工的世界之最”。

这一年，金作贵作为《劳动者之歌》的主角上了央视《新闻联播》。

“金作贵机组”的旗帜在国家管道重点工程的施工现场整整飘扬了5年。

测量工刘凤臣人称“飞毛腿”，80 千米的管线他一寸一寸地测量、打桩，他前前后后要走三遍。

“为什么要走三遍？”

担心打下的桩被村民拔掉。

他的足迹遍布贵阳—桐梓成品油管道工程 1 标段的线路。逢山过山，遇水蹚水，背着几十斤重的 GPS 上路，一路走，一路将手持机插在地上找点采集数据。雪灾那年，他在安多寨大山村遭遇冻雨，山石结冰，每迈出一步都可能滑进谷底。雨不停，也无信号，返回，当天的工作就白干了，荒山野谷没有院落避雨，只好等雨停了接着干。这一等就是大半天，全身结了一层厚厚的冰凌。雨停了，信号也有了，这一天他们干得特别顺利。刘凤臣干测量工 20 多年，有人说，他吃得最多的是干粮，走得最多的是崎岖。刘凤臣不这么认为，他说他爱这份工作：“踏破青山人未老，风景这边独好。国家把这么重要的工程交给我们，我们必须干好！”

现任江汉油建党委副书记、纪委书记、工会主席、监事鲁尔辉注定与“重点工程”结缘。当年，他从荆门的施工现场被急召到皖中。这天在安徽定远的西气东输管道施工工地，一面红色的旗帜印出 7 个金灿灿的大字：鲁尔辉焊接机组。

看到自己的名字在秋风中猎猎作响，他知道那是一种沉甸甸的拷问：鲁尔辉你能扛得起这面帅旗吗？第一次搞管道，第一次干西气东输管道工程，况且该标段水网密布，被称作整个西气东输的“百慕大三角”，鲁尔辉的压力之大可想而知。四十多号人，从易帅到易旗，队伍好带吗？原来这个机组的职工一个月干下来比别的机组的职工收入要少一大截儿。他把队伍带到附近的醉翁亭放松，职工知道这就是鲁机组长的“醉翁之意”。

“鲁尔辉焊接机组”这面飘扬的旗是工地上最美丽的一道虹。每焊完一道口，焊工们就像从水中捞出来一样，浑身透湿。可为了抢进度，大家总是稍微透透气，就又拿起焊枪，走向岗位。焊工徐堂军在焊接 5 点钟位置时，一粒焊渣钻进了他的衣领里，徐堂军忍着钻心的灼痛，直到焊接完才脱衣服，这时他的脖子上已烫起鸡蛋大的水泡。像这样的考验，每个焊工几乎都碰到过。有人数过焊工们身上被烫的伤疤，多的竟有十几处。谈起这些，焊工们往往轻淡地一笑，说：“这算什么，我们这么年轻就能参加西气东输这样的大工程，感到幸运还来不及呢！”第一个月职工的奖金就上来了。看着这支原本要“散伙”的队伍，如今士气高涨，不善言谈的鲁尔辉脸上才有了笑容。工程顺了，鲁尔辉焊接机组名声大振。鲁尔辉又被调往西气东输兰州段任机组长。从安徽到甘肃，以他名字命名的机组“飘扬”了一年。9月，工程正如火如荼，一纸调令把他派往西南成品油管道任总工程师。鲁尔辉总是把尾声留下，进入另一个高潮；由逗号到句号，再由句号到逗号，他的人生篇章虽不“完整”，但他知道，那一长串的省略号就是中国能源管道的延伸线。

把名字写在旗帜上，这不是每个人都有的“礼遇”。鲁尔辉的得与失是常人难以体验到的。当又一条看不见的能源大动脉镶嵌在共和国的东西横轴上，他说，他能听到脚下的气流呼呼地与他对话。听得懂吗？听得懂！说什么呢？他看着你，你会发现他很专注。只是不经意中他的脖子有些僵硬。他的腰板挺直，像钢板一块。谁会想到，这个硬铮铮的汉子，患有严重的腰部风湿和颈椎病，他从不向人点头或摇头，他的头部无法摆动，他每周要注射两次抗体融合蛋白。“真正的汉子是倒下的，不是躺下的。”鲁尔辉的咬文嚼字，让我们多少感受到在他身上有一股不向命运点头或摇头的英雄豪气。

鲁尔辉在接受采访时说，我们也是“建筑工人”，唯一不同的是我们的“作品”在地下而不是在地面，但真正能欣赏我们“杰作”的是时间。一个为大地留痕的人，当这个“痕”为永恒的恒时，个人的缺失又算得了什么！

那些深埋地下的国家管网也连着他们的“情感线”

利川最有名的非物质文化遗产是《龙船调》。

如果把清江源看作利川标段的横轴的话，那么齐岳山无疑是它的纵轴。山高、路险、沟深，这就是利川。

“齐岳山，雾沉沉，一股冷风吹死人。要想吃碗白大米，除非搬到利川城。”这就是利川的西大门齐岳山。

当时的二机组技术员聂忠年是第一次干重点工程，当初他负责的弯管对接总不能一步到位，他没少挨经理的剋。于是他就在电脑上模拟对接图，一琢磨就是几个通宵。压力、精力、体力透支不少，6月27日，他晕倒在了工地上。当他醒来的时候，经理告诉他，他的“聂氏对接”不仅取得成功，还事半功倍时，他笑了，这是他来利川的第一次笑。采访完，他只有一个请求，叮嘱我们不要告诉他的父母这里怎么辛苦。他说，他父母身体都不好，他是独生子，当一个人不能在父母身边尽孝时，“报喜”也算是唯一的孝道。

他的手机响了。彩铃是《月亮之上》的旋律。

“一直都在用这个彩铃吗？”

“刚用不久。”

“为什么选用这个彩铃？”

“喜欢！”说到“喜欢”二字，聂忠年定格似的向远方眺望。不便多问，一个对国家有使命感的人，对家庭同样如此。“有时晚上都还在工地上跑，这齐岳山就是月亮好，没被污染。”

我在仰望　月亮之上
有多少梦想　在自由地飞翔
昨天遗忘啊　风干了忧伤
我要和你重逢在那苍茫的路上
生命已被牵引　潮落潮涨
有你的远方就是天堂

心里总有一种隐隐的乡愁。“哪有不想家的？苕，才不想家！干工程忙得没时间想家，有时累得想家的力气都没有。一身的‘债务’不轻，对不起妻子和孩子，对不起父母。干事业是要付出代价的，而最大的牺牲者是家人。”在利川数百千米的管线施工现场有 7 家单位，业主把最难的管段交给了江汉，江汉创下了几个“第一”：工程月进度、总进度第一；焊接第一个创下单机组日焊接道口的最高纪录；第一个在鄂西山区成功运用轻轨布管施工工艺；各项综合考核名列鄂西段第一，并树为全线示范标段。

当又一条看不见的能源大动脉镶嵌在华夏的东西横轴上，我们发现能源之路就像我们的肌体，血管永远在我们的体内。四川、重庆、湖北、安徽、江苏、浙江、上海 7 省（直辖市）53 个县市因川气东送工程串在一条线上，从此这些画地为牢的城市将东西连体、气脉通透。

管工孙西平最怕下雨，他患有腰椎间盘突出，曾动过手术，一变天就疼得难受。3 月几乎下了一个月的雨，他一天不挪地在一机组施工现场干了一个月。他的事迹被项目部的小王写进了《陡坡奋战 13 天》的日记中：“西平仅带着一台挖机在大坡奋战了 13 天。管沟成形了，三个错开式的工作平台也成功完成。”妻子辞去工作到工地做饭，晚上就用毛巾热敷为他“止疼”。妻子在地方还是一个小干部，为了爱情，她随夫转战南北，也真正见证了拼命三郎的丈夫骨头有多硬。

钢铁之躯的管道一定是冰凉的，冰凉的管道也有管道建设者的柔情和温度。

“我不能照顾你，不能回去，你就到我身边来。你来了我就少担心！”马建春结婚十年，跟妻子在一起的日子不到两年。妻子患球后视神经炎，手术后保住了眼睛。他不能回家照顾妻子，希望妻子到工区，他抽时间照顾她几天。妻子探亲四天，就见了他四个晚上。“指望不上啊，咱理解，他是为了咱这个家，往小的说是小家，往大的说是国家。他是管质量的，他不待在现场那是要了他的命。”马建春说，妻子越通情达理，他越觉得亏欠她太多，说着说着，马建春哽咽了。其实他也落下一身的病，腰椎间盘突出，走路直挺挺的，弯不下腰，他说他不能告诉妻子，本身就亏欠她太多，牵挂也是债啊！

向前说，我们这些“不顾家”的人，出门久了想家，回到家里跟家人说话都客气起来，又是点头又是说谢谢。睡觉前不洗脚，早上 6 点钟就起床，这些工地习惯妻子受不了，离开家心里还憋着委屈，是自己错了吗？

“今天的现场就是明天的市场，这就是‘红利’。”又见到了齐盼盼，这次他已是西三线 4 标段项目部经理。从去年 9 月底开工至今 7 月，仅回家两次。从项目部到家距离 60 多千米，而这两次是因为办完公事较晚，担心返回项目部不安全才回家留宿。

为什么？都干在工地、吃住在工地，凭什么你就能回家？齐盼盼回答妻子，妻子能理解吗？

江汉油建五个全自动机组都在齐盼盼工地干，其设备资产高达一个亿，他这个“亿万富翁”不盯在现场心里不踏实。

齐盼盼的队伍在西三线又火了。开工前，他们报计划每月可焊接 20 千米，被甲方砍了一半。为什么？这数字是不是夸大了，你们完成不了。一个月后真干了 20 千米，合格率在四支队伍中排名第一。从此各大施工单位按这个数字排计划施工。4 月 11 日，在东风支渠水平定向穿越现场，司钻、青年员工文成正与机组长黄勤商议施工生产的调整优化。刘湘机组面对高钢级、高压力、大口径的全自动焊管道施工，在标段综合进度始终名列前茅。AUT 检测合格率为 97%、RI 检测合格率为 99%。

齐盼盼还是一位业余诗人。“没有时间写诗。诗写在纸上，那是婉约。用大地做纸，管道做笔，写一首国家能源动脉的行为诗，这是何等的气魄和豪放。”他把诗行为化，也形体化了。

《青春舞》：年少轻狂涉江湖，风霜雨雪忍孤独。建设祖国青春搏，千难万险何惧苦。发如雪，面似土，万千兄弟共我舞。待到长龙贯日时，负荆回乡谢老母。

《待南涪管道开工》：晴空万里乌江岸，绝壁千丈仙女山，豪情壮志胸中藏，霸气难捺啸九天。前期准备箭在弦，建设手续多熬煎，明朝一纸开工令，战罢涪陵战南川。

7 月天热似火，西三线 9 标段更是七月“牛火”。这个“牛”是伏牛山，这个“火”啊，应该是火起来的火。项目部书记周庆华介绍他的机组长李江平说，去年他们在江苏灌云创下了国内单日全自动焊口 60 道纪录，今年又把自己的纪录给破了——66 道纪录。

在似火的七月里施工，就更懂得火的热度、火的熔度、火的力度。阳光充沛，阳光渗透到他们的骨子里，他们的基因里便有了光芒，那么他们生出的孩子一定很阳光。

“不知不觉孩子就大了。没抱过孩子，等退休后，就多抱抱孙子，把欠儿子的给‘抱’回来。”

“咱大半辈子就没穿过几套衣服。几十年几乎都是一身红（红工衣），咱算不算从‘衣’而终呢！”

热天热地、热汗热血，这既是环境，更是国家能源管网线上的“风景”。

磐石上的家园

田 华

这里没有山。九曲十八弯的黄河走到这儿慢下来，敞着衣襟坦坦荡荡，一漾一漾地迈入大海。这里的风性子直，春夏秋冬，东南西北，呼啦啦地吹。不知何时远来的鸟衔来的种子在这里扎根，一丛丛、一片片的芦苇铺满大地。

一

她叫商伟，一个活泼、直爽、干练的年轻人，现任物探研究院东营东部研究室经理。她是忙碌的，约定了两次采访都没成功，她实在脱不开身，因东部探区 2022 年第一季度井位论证会正紧锣密鼓地进行。第三次她有些不好意思，我们如约开始访谈，她向我解释说在论证会期间，晚上九点多能回家就算早的了，这让我对这些科研工作者肃然起敬。

商伟 2009 年怀揣着石油强国梦来到了胜利油田这片沃土，让梦想在这里生根发芽。她是一粒种子，不选择地域、不选择环境，紧握住脚下的泥土，努力向下扎根，向上结果。她长期坚守科研生产一线，面对东营凹陷页岩油“低、深、厚、三高、三复杂”的地质特征，在资料不足和可借鉴经验少的情况下，她带领页岩油项目组成员全力以赴，日夜奋战，钻研新思路、新方法，攻关新技术，最终创新研发了页岩油“甜点”关键要素地震预测技术，揭开了页岩油“藏身之地”的真面目。通过精心论证，他们参与了多口风险探井以及评价井和开发方案井的部署论证。多口井初期日产油当量均超百吨，实现了页岩油勘探开发的战略性突破。

谈到孩子和家人，她还是充满了亏欠，她觉得自己是个粗线条的人，家里丈夫付出的比较多。我想继续采访时，她的电话响了，她必须参加一个论证会，向我深表歉意后，这个风一样的女子，拿着材料离开了。

技术室的夏主任带我们到他办公室等其他同行者，办公室另外两个人工作很繁忙，一个忙着接电话，一个忙着整理资料，一会儿时间，夏主任和其他人都出去开会了。他正坐在办公室里分析汇总勘探资料，出于礼节，他放下手中的工作，和我聊了起来。当聊起东营有没有山这个问题时，他告诉我说，东营当然有山，我们脚下到几千米的地层深处，几千万年前的山连绵起伏，有高峰有低谷，有坳陷也有湖泊。这是一个地质工作者专业、客观的回答。当知道我刚才在采访商伟时，他笑着告诉我，那是他的妻子，随后我们放松地聊了起来。

我问他有几年没有回东北看望父母了，他无奈地笑笑。其实每年他们都计划着回的，但是已经五六年没有回去了。第一年他准备带妻子和孩子一起回，但孩子那年突然因为上学的事没有回成。第二年他已经订好了火车票，但妻子页岩油科研攻关遇到紧急任务，又没有回成。第三年他放低标准，想着自己一个人回去总该行了吧，结果新冠疫情开始了。他指着一幅地震勘探图告诉我，想家的时候，所有山的一切景观，就呈现在他眼前了。

他叫王静轩，从 2007 年在大庆石油学院毕业后就来到东营这片热土。2019 年，页岩油的勘探开发进入攻坚的阶段，他和妻儿不能回东北老家过年，初冬的第一场雪刚下完，就接到了父亲的电话。

“静轩，今年你们过年回来吗？”

“爸，单位有些忙，过年回不去了。”

“我懂，没事，那我和你妈就不忙了，家里都挺好，我们出门村里人老羡慕我们了，说你和你哥比同村的孩子都出息，我们脸上老有光了。”

“人都说养儿防老，你别得意啊，别人过年都有儿女陪着，你心里不空啊？”

“不空，我和你妈也过过清闲日子，我们腿脚都还行，过完年我们去你那儿，给我看好孙子啊，还挺想小犊子，挂了吧。”

放下电话，他知道父亲理解他，有哪个父母不希望过年有儿女陪伴呢？

2021 年，王静轩从地震资料处理二室调到了生产科。工作上比以前更忙了。孩子一开始还有商伟父母照看，2021 年岳母去西安给她姐姐看孩子后，照顾孩子的重任就落在了两个年轻人的身上。晚上加班时王静轩和商伟就把孩子带到办公室，孩子倒是不缠人，常在一边儿自己玩，玩累了自己就躺在沙发上睡。这种模式孩子上学时还好，但放暑假就只能把孩子放在家里。两人给孩子买了个电话手表，一来可知道孩子随时的状态，二来也能监听孩子打电话，这样孩子的举动他们就可以知悉了。

2021 年 8 月，妻子去北京参加一个页岩油分析讨论会，王静轩一个人带着孩子。那个假期里孩子电话费直线上升，这让王静轩好奇，一次手机显示孩子那边向外打电话，他悄悄地摁下接听键，只听孩子正在给远在西安的姥姥打电话。“姥姥，我哥哥去哪里了？我想和他说说话。”商伟姐姐的孩子同是七岁了，比儿子大一个半月，两个孩子时常打电话交流。

“他妈妈带他去公园了，和姥姥说说话吧。”姥姥知道，肯定是孩子自己在家里了。

“我妈妈出差了，说是坐高铁去的，姥姥，你坐过高铁吗？”

“姥姥当然坐过。”

“我哥哥坐过吗？”

“你哥哥坐过呀，上次去你家就是坐高铁去的。”

“那我什么时候能坐？”

“等你长大点就可以坐了。”

“姥姥，你快点来我家吧。再不来，我就长大了……”

放下电话，王静轩沉默了一段时间。是的，家和工作对他来说同等重要，他需要调整自己，但一时又不知如何解决这些问题，他想起远在哈尔滨的哥哥。

他回东北次数少，照顾不上父母，去年他就想出钱劝父母每年去做一次体检，但父亲认为身体好好的，不需要花那冤枉钱。父亲犟，他也犟，说不通时他就给哥哥打电话，想让哥哥劝一下父母。哥哥告诉他，他情绪不对，好心办事怎么还生气呢？出发点是好的，情绪不稳定，做事情就不稳，即使办成了也有违初心了，孝敬的本质是听得进父母的意见。对于哥哥的劝说，他心服口服。

那次当他把电话打给哥哥时，那边沉默了一会儿，然后告诉他，既然感觉没有时间兼顾工作和家庭，就学着做一个时间的管理者吧，这个世界上，比他们忙的人多得是，但多数人工作、家庭关系都能处理好。那天他们谈了许多，通完电话后，他阴郁的心情已经云开雾散了，回家的路上，他就已经开始规划自己的时间表了。

列好计划表，他发现，很多时间都是自己的思虑、懒惰、爱好、情绪、手机占用了。当排除掉这些，时间变得多起来。后来他每天上班会把手头的工作分类，给自己设一定的时限，他发现很多工作完成的速度并不取决于难度，而取决于对时间的容忍度。他对下班回家后的碎片时间也进行了规划，吃饭、辅导作业、陪孩子，既保证陪孩子的时间，也提高陪孩子的质量。他把学来的理论用到了工作和生活当中，当自己在时间里真能领导自己并养成习惯时，他体会到真的自由了，是的，时间是可以掌握的。

而生活这个试炼场，在经历阳光静美的同时，也经历风吹雨打。上天真是奇妙，一株植物生长是这样，一个人的成长也是这样，一个家庭的和谐也遵循着这个法则。

孩子上学后，妻子经常加班，孩子学习没少让他操心。他知道爱玩是孩子的天性，也花时间带孩子玩，但看到孩子学习不认真时，他还是没少生气。有一次他实在没压住火，狠狠地训起孩子，妻子商伟加班回家后，看到他情绪不对上来劝时，他把矛头转向了妻子。总有些时候，生活这辆车，他感觉自己驾驶得有些吃力。他想不通，面对自己心爱的人，怎么就压不住这内心突然闯出的猛兽，它们在何处躲藏？那心灵深处又有没有城墙。为平复自己的情绪，那晚他走下楼，一根一根地抽烟。虽然事情第二天结束了，但那些疑问还是留在了他的心里。不久之后在一次单位组织的党章学习课上，他听到了“做人民的公仆”的讲解：“在工作中，一个领导不能高高在上；在家庭里，一个父亲、一个丈夫也是如此。公仆是谦卑的，没有自私自利的人，很多事情都是从自己的立场出发，自己认为对的，当不同意见出来时，自己是不愿意听从的。”听到这里，这句他从小就耳熟能详的话语，给了他全新的认识，也解开了他许久的疑问，他如释重负。

人生的真理，就藏在我们生活的细节里。

此后在生活里，他常俯下身子谦卑下来，和妻子产生争执的时候，他学着冷静处理，多站在对方的立场。教导孩子的时候，他也不再把自己的感觉强加给孩子，慢声细语引导孩子，虽然也会有失败，但生活已经开始向好的方向改变。

2021 年底，他们买了胜利花苑的新居，他相信日子会越来越好。周末的时候妻子商伟还在加班，他带着孩子去装修市场挑选装修材料。一家家转，用视频通话随时听取妻子的意见。孩子问他：“爸爸，男子汉不是该干大事吗？逛市场算大事吗？”

“当然算大事，我们要选出好的方案，房子将来是我们居住。”

“那我喜欢的床也能自己选吗？”

“当然可以，我们每个人的态度都很重要……”

采访时王静轩说：“无论工作、生活上遇到什么问题，人的第一反应都是不可取的，但安静之后第二反应往往是对的。当工作被领导不认可时，第一反应往往是失落、沮丧、消极的。当一个人不想做事时，会找出一堆理由拒绝，容易把正确的思路堵死。但安静后的第二反应，知道有些事情是必须做的，就会想着怎么做成，这时候思绪是主动积极的，筛选失败因素，分类优选可行次序，一项项再落实去干，相信办法总是比困难多的。”

现在他和妻子仍旧加班，仍旧在柴米油盐的忙碌里。闲暇时，他们也带着孩子去公园，去看风吹动芦苇，看孩子的笑声响彻的沙滩，看湖水荡漾着欢快的小鱼儿慢慢游向远方。人生的道路是漫长的，又是短暂的。这两棵胜利油田的芦苇，他们脚踏实地，对未来充满希望，工作、生活开花结果的同时，也把生命的秉性传递了下去。

二

春雨过后，绵延起伏的麦田呈现出抖擞的绿，雨后大地安静，如果靠近，你能听到麦苗的拔节声。

镶嵌在麦田里的樊页平 1 井组，像麦田的守望者，又像村庄的远亲，此刻也安静着。它们的根系在地下五千米的油层，那里是一片更大的禾场，页岩里的油流此时也静静地游离着。而谁能想到，在一个月前，这里是何等的繁忙。在这片井场上，有无数的车辆穿梭，众多机器轰鸣，有一群身穿红工衣的胜利石油人，他们在这片大地上热爱着、忙碌着、思索着、欢笑着。

这春天的黎明，不久之后将被打破，那些页岩层系里的油流将顺着这些井组，经过这些渗透着汗水的钢铁管道，从地下喷薄而出。

我们采访的最后一站是东胜开发公司地质所。初次见到张子杰，是在东胜地质所的会议室，这个个头近一米九，帅气、沉默的大男孩，忙着给我们端茶倒水，此后便安静地坐着听我们谈话。作为刚参加工作一年多的硕士生，半年前婚假三天后他便参与了樊页平 1 井组八口井的钻探开发。当所长和师傅夸奖他时，他不好意思地笑，忙站起来给大家倒水，这个和我外甥一般的大孩子吸引了我，他身上有着怎样的成长故事？

张子杰印象最深的事是离别。2018 年刚开始，还在中国石油大学（华东）读大四的时候，教导主任找到他，问他是否愿意去俄罗斯乌拉尔矿业地质大学留学读研，给他两天时间决定。这对他来说，确实是个好消息，继续专业进修学习的方向已经明确。知道这个消息后，父母很高兴，也不用为他继续考研的事操心。但相识四年的恋人冯丹阳却不舍与他分开，四年时间里，两个人一起学习，一起鼓励着的场景浮现在他的脑海里，想到这些他还是有些犹豫了。

同在青岛大学读医学的恋人丹阳虽然口头上没有反对，但说话间眼神里还是有种种不舍。两个人的家都在胜利油田，父母都是油二代，同年考入青岛这边两所不同的大学。这四年时间里，他们一起陪伴着、帮助着，争吵过、欢笑过，但想到未来三年各处异国，两人内心总是有种本能的抗拒，撕扯着两颗单纯相恋的心，隐隐地疼。最后丹阳还是鼓励他说："放心地去吧，照顾好自己，我等你回来。"

张子杰出国前一天的下午，女友丹阳来到他家，问过子杰父母后见到他，告诉他明天就不去机场送他了，她怕自己会哭。帮他收拾衣物时，女友不停地学着妈妈以前唠叨自己的话语：

"俄罗斯很冷，你一定要多带些衣服。"

"吃饭千万别糊弄。"

"多带上些感冒药……"

她强忍着不去看他，当两人分别深深拥抱时，子杰还是感觉到丹阳的泪水奔涌而出，啪嗒啪嗒像钉子一样钉在了他的心上。

"等我回来，给你一个幸福的家。"听到子杰说完这句话后，女友冯丹阳头也不回地离开了。

在俄罗斯读研的日子里，每当想起祖国、思念父母、想起恋人时，他用如饥似渴的学习去抵挡一个人的孤独。不仅学习上成绩优异，他还学会了做饭，以解思念之情。每当和同学相聚的时候，他总能炒一桌中国菜——白菜粉条、猪肉炖土豆、红烧可乐鸡翅，俄罗斯同学吃了都不住地伸出大拇指夸赞他，他也愿意和大家讲中国美食，讲中国的发展，讲中国的各大城市。俄罗斯同学听到后羡慕地说，毕业后一定去中国看一看。

走过三年异国分别之苦，当毕业回国时，飞机落地的那一刻，他再也不想离开祖国了。走出首都国际机场，看到父母迎面走来，他跑过去紧紧抱住了妈妈，父亲拍着他的肩膀。他抬眼看到，远处的车旁，已经是胜利口腔医院门诊部一名口腔医师的女友冯丹阳，站在那里，远远地看着他笑。

张子杰归国后，2020 年入职胜利油田东胜公司，工作一年后，张子杰凭着吃苦耐劳肯钻研的干劲儿，在工作上得到了领导和工友们的高度认可，他从东胜公司河口管理区调到了东胜公司地质所勘探室。

2021 年 10 月底，工作一年的张子杰和冯丹阳手拉手站在婚礼上。那一刻，八年时间长跑恋爱后，他们多么不确定自己是在做梦呀。两个年轻人还时不时地掐一下对方的手，相视一笑肯定着，现在这一刻都是真的。当音乐响起时，人们安静的那一个片刻，泪水已经在他们各自的眼睛里幸福地舞蹈。

同时，油田页岩油樊页平开发 1 井组已经开钻三个月，急需地质研究人员驻井跟进进度，因驻井工作环境艰苦，只能是男性。结婚第三天还没度完蜜月，他就准备去另一座城市的钻井施工现场了。他安慰新婚的妻子说，工地离家就两个多小时车程，不算太远，如果有时间他就回来。他不知道这一去，等到再见，需要近三个月时间。

张子杰来到的樊页平开发 1 井组，北面 600 米就是页岩油新井樊页平一。在他到达的同一天，该井出现在新华社、央视新闻和《人民日报》等多家媒体的报道中。樊页平一井峰值日产油 171 吨，创国内页岩油单井日产最高纪录。

第一次接触页岩油，也是第一次来到有两个钻机的钻井现场，他对一切都是新鲜的。隔着车窗看到钻井队员正在吃午饭，只见他们在井场上站着围成一个圈，一只手拿两个馒头，一只手拿筷子夹菜，初冬的风来回掀动着他们的衣襟。偶然传来他们谈论所发出的笑声。

但张子杰心里，对工作不熟悉的担心大过对工作环境的好奇。下车后他第一次见到师傅王传忠和叶志富。只见王传忠穿着工服，个子很高，简单寒暄几句后就对他说："小张，我给你拷些资料，页岩油这块你先了解了解，有不明白的随时问我！"简单的一句话让他放松了紧张的心情，善解人意是他对王传忠的第一印象。

他知道这是难得的机会，也为了抓牢这难得的学习机会，他夜以继日地开始学习资料上的知识。在学习过程中，他把一些自己看不懂的和不明白的地方都记了下来。有这样直面众多“石油大咖”的机会，可以接触页岩油领域顶尖技术，他感觉自己是幸运的。除了求师傅解答疑问，他还每天都做总结记录。作为整个会战小组最年轻的人，他也学着师傅们干着一些搬抬的工作。

抱着一切从头开始学习的态度投入进去，他感觉自己是一张白纸。而工作和生活，已经在他这张白纸上开始书写了。

在劳动中，他感恩曾读过的一段话——“劳动能与大地和大地的精神同步。总有人会说，工作是诅咒，劳动是不幸。而我要对你说，在劳动中热爱生命，才能领悟生命中的秘密，若厌弃劳动，不如放弃，坐在门前等待劳动人民的施舍。劳动是有形的爱，让你充满力量而富有。”在体力和脑力结合的劳动中，他渐渐找到了存在感，也尝到了劳动中一些小小的幸福。

在樊页 1–7HF 井轨迹跟踪过程中，一开始的钻井入靶追层都十分顺利，但后面马上要经过一条断距将近百米的大断层。地质勘探开发院专家姜官波建议提前降斜，而师傅王传忠认为对断层的认识尚不明确，提前降斜将会损失掉前面部分的有利岩相段，还会对过断层后找层产生影响。他们产生了激烈争论，张子杰只是默默地在旁边听着，感觉谁说的都是对的，谁说的都有道理。

师傅王传忠拍了拍他的肩膀，对他说：“年轻人，这是咱们地质研究人员常有的辩论，大家难免有不同的观点，一个人难免会有失误的时候，但一群人一起就会把失误率降到最低，这样才是对每口井负责。”张子杰默默记住了师傅的话。

后来大家根据两种观点进行讨论，将讨论结果汇报给局地质院，最后按照地质院的要求采取提前降斜办法，并加大对断层的研究认识，最终过断层后顺利找到层位。

“总协调”叶志富瞄准页岩油开采技术突破后的高效建产，钻进过程中，每天下午 4 点，他都会雷打不动地组织钻井、录井、泥浆、定向等多家施工单位召开生产例会。他经常对年轻的张子杰说：“好记性不如烂笔头，工作中要多听多记多分析，才能有条理，总揽全局。”

一次，施工方人员按设计 1.65 千克 / 立方厘米配比压井液，这样做虽然确保了井控安全，但大大增加了井漏风险，增加成本不说，还极有可能给日后生产带来严重影响。里外扔钱不讨好的事，过不了师傅老叶这一关，他通过前期井漏数据分析，坚持把压井液配比下调至 1.46 千克 / 立方厘米。面对叶志富的“固执”，施工方选择了退让，而实践证明这份“固执”是对的。

随着时间的流逝，他发现两位师傅对待工作是认真负责、一丝不苟的。他内心里默默地开始敬佩这些师傅，并努力学习着，希望有一天能形成自己的观点。

驻井的生活是忙碌的，每天的钻井进程顺利，他们就随时跟进，没有休息的时间。一个月的时间转瞬即逝，两位师傅也体谅他的情况，对他说：“给你一天假回去看看新婚妻子吧。”可张子杰知道，两位师傅比他早来三个月，到现在一直也没有回家，他又怎么能只考虑自己呢！如果钻机那边出现了异常情况，大量的数据是需要他统计的，三个人已经工作够忙了，他一走耽误工作不说，遇到这样的紧急情况，两位师傅也会更忙，这样他实在于心不忍。

虽然每天和妻子有电话联系，但妻子总是想念他，不停地问他什么时候能回家。他只能安慰她说，“快了快了”。每当他走出作战室休息时，看到天边美丽的晚霞，还是会拿出手机拍给妻子看。下雪的时候，也会挂念地提醒妻子多穿些衣服。他知道，自己安慰妻子的话说多了，就积累了更多的愧疚。

五十多岁的王传忠每天早晨雷打不动地坚持晨跑，一次他邀请这个年轻小伙一同出去晨跑，并说，跑步不仅锻炼了身体，加快新陈代谢，还放松大脑，是个双效的运动。即使在下雪天，当其他人还在睡梦中的时候，也能听到王传忠跑步归来的声音。

在驻井工地上，张子杰与王传忠、叶志富、姜官波朝夕相处，很快熟络起来，他给他们讲在俄罗斯的见闻，他们也跟他讲经历过的趣事，时间一晃就快到了春节。

距离年三十还有两天时，钻井过程中又出现了新的状况，他们在作战室正讨论着井斜数据和地层倾角的变化，这时张子杰的电话响了，一看号码是新婚妻子的，他悄悄挂断了电话。王传忠注意到这个细节，温和地对他说：“我们不能回家，家里电话不能不接，万一家里有情况怎么办，你抓紧把电话回过去吧，免得家人担心。”张子杰知道，是妻子问他请假回家过年的事，春节期间钻井是不能停的，他确实是回不去的，可妻子不理解，昨晚和妻子因这个问题已经发生了争执。王传忠看出来他脸上的表情变化。

讨论会过后，王传忠找子杰问清了情况，劝慰说：“不能回家过年已经是亏欠家人了，怎么还能赌气呢？家是讲爱的地方，你看我平时怎么哄妻子的，男人要大度点。”子杰听了师傅的话，把自己的脾气放下，好言好语跟妻子解释，这个电话打了很长时间，最终妻子理解了他。

大年三十下午，张子杰父母带着妻子从东营开车两个多小时，来到工地上看他。张子杰激动地换上了新工服，见到亲人的那一刻，他们彼此牵挂的心放下了。由于井场周围不能停靠私家车，他们只能把车停在井场旁边的村子里，在附近找了一家小饭馆。母亲不停地叮嘱他注意安全，不停地给他夹菜；父亲叮嘱他一定跟老师傅学好业务；而可爱的妻子，和他脚碰着脚，微笑着，目光一刻也不想从他身上挪开。

时间长着脚呵，一个多小时就过去了，把他送回井场下车时，妻子给了他一个紧紧的拥抱。他感恩这些亲人们，虽然只有一个多小时，他内心已经很满足了。

大年三十晚上，钻井跟进组迎来了短暂的欢庆时刻，他们互相录制视频，用家乡话给公司的同事和家乡的亲人们拜年。王传忠打电话时叫着爱人的昵称，地质院姜官波忙着给老师写感谢信。半年多的时间在井上，无法照顾妻儿，儿子学习成绩有所提高，怎能让他不感谢家人和老师呢？大家出谋划策，有说录制音频的，有说加上背景音乐的。

青春是多么美好，充满了力量，充满了探索。而青春，又是一道分水岭，它却手握利剑，将积极与消极劈开，将担当和懈怠对立，将光明与黑暗呈现出明显的边界。

随着对工作内容的熟悉，张子杰接触的知识越来越多，在“大咖”们不厌其烦地教导下，他慢慢在地质轨迹跟踪中有了自己的体会。渐渐地，在地层对比讨论时，他开始试着提出一些自己的想法。

在樊页 1–8HF 井钻进过程中，对比导眼井和地震资料在这个深度会钻遇一条断层，但研究中却发现过断层后找不到前期预测的层位标识。就在大家为找不到层位而困扰时，张子杰灵光一现：会不会是区块构造复杂，导致地震资料不准？万一这个断层在这口井的断距比导眼井小或者这个断层在这口井已经不存在呢？

带着这些疑问，他立刻按照不经过断层的假设轨迹与当前实钻轨迹进行对比，发现十分契合，于是提出了他的想法。大家一起进行对比发现真如他所说，主任们都对他表示了赞许。事实证明这个想法是对的。就这样，他完成了从一个小小学徒向一个真正地质跟踪成员的转变。

每个到过樊页平一井场的人都会有一种感觉，这里有一股浓浓的团结齐心的氛围，大家心往一处拧、劲儿往一处使。2022 年 3 月，樊页平一页岩油试验井组 8 口井顺利完钻。

走出象牙塔的他，干净得像一张白纸，而那支书写人生之笔仿佛不在他手中，又好像在他自己的手里。

是的，上帝给每个人选择的权利，无论是三十岁、四十岁、五十岁，每一天都是一个新的开始。

二十多岁的张子杰已经开始在人生这张纸上起笔，尽管他学到的那些坚守、担当、包容以及爱的轮廓还有些模糊，但他相信，以后的日子，这些词汇在他的人生中会越来越清晰。

采访结束后，我默默为这个年轻人的家庭祝福，也为他经历的人和事感恩。心里总想送点什么给他们，思索良久，就把我人生最受益的两句话编辑短信发了过去。“给子杰，无论对工作还是生活，愿你懂得，爱是恒久忍耐又有恩慈，爱是不嫉妒、不自夸、不做害羞的事。”“给丹阳，无论工作、生活中遇到何境遇，愿你记住，期盼带来轻蔑，而感恩带来尊重。”

此时，春天已经浩浩荡荡地涌来，上天是公平的，对每个人，每一天都是新的开始，每一天都是一张白纸。

摘下皇冠上的明珠

——巴陵石化生产研发“第三代橡胶”纪实

张逸云

序

虔诚、敬畏、膜拜、激动……

站在巴陵石化展厅热塑橡胶展位前，目睹琳琅满目的展品和一张张整齐排列的专利证书，我的心，禁不住一阵颤动。

这是一场惊心动魄的绿色革命，血与火的喷发，灵与肉的涅槃——活跃在湖南岳阳绿色化工高新技术开发区的巴陵石化人，吹响了中国橡胶工业向热塑橡胶进军的集结号。

热塑橡胶俗称“第三代橡胶”，技术研发属于世界级难题，巴陵石化人攻坚克难，砥砺前行，创造出热塑橡胶新材料生产研发一个又一个奇迹，谱写出灿烂辉煌的人生篇章。

刀锋上的舞者

时序进入夏至，太阳直射北回归线，骄阳炙烤的夏季真正来临了。今年的夏至日，对“老橡胶”蒋仁贵而言意义非凡，必将成为他职业生涯中的一次凤凰涅槃——代表中国民族工业的热塑橡胶中试正在节骨眼儿上。

兴奋、喜悦，还有忧虑，更多的是泰山压顶一般负重。

蒋仁贵差不多两天两夜没合眼了，车间、质检室、办公室三点一线来回跑。两眼肿成了桃子，疲惫得走路两腿打哆嗦。妻子送来的一罐鸡汤，他喝下小半碗，放到茶几上就不再理会。

巴陵石化生产顺丁橡胶，这个闻名遐迩的龙头产品，企业一直引以为傲。1969年，来自祖国四面八方的建设者，在幕阜山脉东北端黄茅山下的云溪山沟，建成了全国首家重要的橡胶生产基地。1982年和1988年，巴陵石化顺丁橡胶工业生产技术，两度获得国家质量金质奖章，成为国产橡胶的佼佼者。

响当当的产品，企业如日中天，可厂长蒋仁贵脸色显得凝重，一丝隐忧从他的心头掠过：受先天性条件制约，巴陵石化顺丁橡胶无法实现更大发展，且这类产品拉伸效果差，抗撕裂强度以及机械性能等技术指标均不尽如人意。换句话说，倘若躺在往日的“功劳簿”上沾沾自喜，要不了多久，企业必将深陷四面楚歌的窘境，终将在激烈的市场竞争中败下阵来。

蒋仁贵沉默了，一声不吭闭关修炼。他不会客，不召集会议，不听汇报，拉上窗帘，闷葫芦似的把自己关在办公室，一连几天都是这个样子。

就在全厂上下深感疑惑之际，老蒋顶着满头烟雾拉开房门，把厂领导班子拢到身边，亮开嗓门儿摆起了“龙门阵”：橡胶厂唯一的出路就是先人一步，实施产品升级换代，发展性能优异、符合巴陵石化实际的锂系橡胶（热塑橡胶）。

他摊开草拟的几份文件资料，作出了一个异乎寻常的决定：引进锂系橡胶SBS小试技术，开发SBS生产技术，生产技术先进的热塑橡胶产品。

此言一出，大伙惊呆了，两眼一动不动，定住似的看着他。

热塑性橡胶，简称TPE，又称热塑性弹性体，常温下显示橡胶弹性、受热时呈可塑性的高分子材料。

这类材料兼有热塑性的加工成型特征和硫化橡胶的橡胶弹性性能。20世纪50年代初期出现，1965年后得到少许应用。之后，国外发展异常迅速，构成了新的工业原料体系，取代天然橡胶、顺丁橡胶，成为“第三代橡胶”，给橡胶工业带来重大革新。常见SBC型，以SBS、SIS、SEBS、SEPS等产品走俏市场，产品具有良好的抗张强度、伸长率、回弹性、耐磨性、抗曲挠性和易加工性，主要用于制鞋、塑料改性、胶黏剂、汽车零部件及玩具等。

业内搞科研的都清楚，在顺丁橡胶装置上搞中试，开发SBS生产技术，被喻为“刀锋上的舞蹈”，无人敢冒这个风险。这位在湘北生活多年的四川汉子，身上不乏湖南人“霸得蛮、耐得烦”的特点，更多以四川人冲出峡口山洪的“瑰丽叛逆”、终究会燃起湿木“疙兜”（树根）的忍耐、疾风中劲草的“忠勇牺牲”，带领他的技术攻关团队开干。

充油率、挥发分、灰分、定伸应力（MPa）、拉伸强度（MPa）、扯断伸长率、邵氏硬度（A）、熔体流动速率……

这些是热塑橡胶生产主要质量指标，也是一只只龇牙咧嘴的拦路虎。蒋仁贵毫无惧色，他要成为当代器宇轩昂的打虎英雄。

夜色深沉，黄茅山下灯火通明，机器轰鸣，热塑橡胶中试紧张有序地进行。熬了几天几夜的蒋仁贵早已疲惫不堪，仍笔直地坐在办公桌前，频频用对讲机向车间、检验室发布优化配方和工艺的各项指令。

取样、送样、检测……任何一个细小环节都得按标准操作，一个数据不落做好原始记录。

检验报告单堆到了半尺高，质量不稳定，部分质量指标波幅较大。

再调整配方，再调优工艺，再取样，再送样，再检测……如此循环往复，质检员往返车间和检验室，步履匆匆，心急如焚。

时针指向零点，满天星光闪闪烁烁，质检室负责人一阵风跑进来，兴冲冲向厂长蒋仁贵递上一份质检报告：9 项主要质量指标全部合格。

蒋仁贵两眼盯住质检室负责人看了小半天，高高举起的手，轻轻拍在他的肩膀上，丢出两句口音很重的四川话：“嘿嘿，好嘛！”

这脆亮的两声家乡话，意味着代表中国橡胶民族工业的第三代产品取得了中试成功，我国热塑橡胶生产技术，能同西方发达国家同类产品技术并驾齐驱。

SBS 热塑体产品应用迅速推广，在我国道路建设、药疗器械、电线电缆、家用电器等领域广泛应用，开发前景广阔。

2015 年 9 月 3 日，首都北京艳阳高照、红旗招展、军歌嘹亮，声势浩大的中国人民抗日战争暨世界反法西斯战争胜利 70 周年纪念日阅兵式拉开了帷幕。在威武的三军勇士方队之后，是 30 支钢铁洪流组成的装备方队：新型坦克、装甲车、导弹方阵，铁甲雄风，气势磅礴，展示中国人民“犯我中华者，虽远必诛”的英雄气概。

蒋仁贵和他的战友们挺直腰杆，坐在电视机前热泪盈眶。巴陵牌热塑橡胶，以优异的性能通过了全国人民大检阅——单车数十吨装备车，平稳行驶在热塑橡胶改性沥青敷设的首都长安大街，路面完好无损。

假如生命可以重来，我依旧如此选择

把个人梦想融入中国梦；把个人故事融入中国故事；把责任扛在肩上，用生命书写不负伟大时代的奋斗故事。这是我采访巴陵石化橡胶人最深切的感受。

邱立勇在橡胶装置技改现场工作了 18 个春秋，这段工作经历，他是拿命来拼的。热塑橡胶改造现场在哪里，他就像钉子一样牢牢地钉在哪里，长年累月承受超负荷劳动，身体一天比一天差。妻子看着丈夫面容日渐憔悴，心里暗暗落泪，她只想求丈夫悠着点。贤淑的女人清楚丈夫什么脾气，这个“工作狂”，谁都没法劝得住。她唯一能做的就是在家庭伙食上下功夫，给心爱的丈夫补一补，可似乎不怎么管用。

一天下班回家，邱立勇腹部剧烈疼痛起来，伴随一阵呕吐，脸色白得像张纸。妻子吓坏了，强行将他送进医院。

B 超、CT、透视、AFP（血清肿瘤标志物）、超声波、肝穿刺行针吸细胞学检查，采取排除法一一删选，排除不少问题。可是，那个可怕的结果，没法排除掉：

腹腔右肝病变，肿瘤已占肝脏的 2/3。

到了这个时候，医生直截了当地向患者及家属陈述病情，手术只有六七成把握，即便恢复得好，顶多还能存活 5 年。

如同晴天霹雳，邱立勇和家人被震晕了。

黑夜漫长而寒冷，一弯弦月幽灵般在夜空中游走，留下一片光怪陆离的影子。邱立勇悄悄溜下床，走到隔壁房间，将头埋进被窝里号啕大哭。

晨曦初露，闹铃响了，邱立勇脑袋昏胀，浑身瘫软。他强撑起身子，走进洗漱间，镜子里面的男人脸色蜡黄。凌乱的发间，泛出不少白丝。他抹掉流到嘴角的泪水，简单洗了把脸，像没事儿人一样，引着冉冉升起的朝阳，来到了单位技改工地。

技改工程紧锣密鼓地推进，工期推迟一天，企业就会损失几十万，甚至上百万元。邱立勇把病情隐瞒下来，跟时间赛跑，“白 + 黑”“五 + 二”地拼命工作。

癌症像条无情的毒蛇，紧紧缠绕着邱立勇的脖子，没日没夜的疼痛，把他折磨得死去活来。2014 年 3 月 22 日，鲜艳的杜鹃花开满了云溪山山岭岭，邱立勇负责的技改工程收官了，可他永远闭上了眼睛，英年 39 周岁。

整理邱立勇遗物时，家人发现他的笔记本上有这样一段话："假如生命可以重来，我依旧如此选择……"

邱立勇的事迹激励着橡胶人前进的步伐，一批年轻技术人员接棒而起，挑起了科研和技改大梁。SBC 装置产能，橡胶厂产能达到 40 万吨 / 年，一跃成为亚洲第一，全球第二，产品质量跃入国际先进行列，橡胶厂站到了我国热塑性弹性体技术的高峰。2018 年 9 月 6 日，中国合成橡胶工业协会召开中国合成橡胶工业化 60 周年纪念会，群贤毕至，星光灿烂。巴陵石化热塑橡胶这张鲜活亮丽的名片，风光无限。大会表彰了 28 家中国合成橡胶工业化突出贡献单位，重点推介巴陵石化热塑橡胶研发成就，我国合成橡胶领域共获得国家级技术发明、科技进步及自然科学三大奖励 20 项，巴陵石化获得 3 个大奖。

橡胶部（厂）橡塑中心是热塑橡胶技术研发的摇篮，在采访中，给我留下很深的印象。中心位于草木葱茏的山边，我见到了一位青年才俊。

她叫莫笑君，10 年前，从繁华都市来到洞庭湖畔的山沟沟，把青春和热血奉献于热塑橡胶新产品及应用技术开发。

2016 年，莫笑君牵头 3D 弹性体材料前瞻性研究。当时，没有经验可供参考，缺少实验器材。她带领科研团队不断摸索，优化产品配方。为了一个久攻不破的"瓶颈"，她跟同事将产品送到省外权威机构测试。测试前，需要将样品手工剪碎磨粉，经过连夜工作，手被剪刀磨出了好几个血泡。经过上千次实验，该产品终于研发成功。她带领团队开发出十几个高附加值热塑性弹性体新牌号，实现了工业装置转化。辛勤付出，迎来了丰硕成果，莫笑君入选岳阳市"巴陵青年英才"和中国石化"闵恩泽青年科技人才"计划，获得湖南省技术成果鉴定两项、中石化科技成果鉴定 6 项、中国发明专利 7 项，在国内外期刊上发表论文 10 余篇，成为热塑橡胶行业一颗耀眼的科研新星。

在小试车间的外间，我见到了 SEBS 研发的开路先锋梁红文，他同老搭档李望明被誉为热塑橡胶技术研究领域的"双子星座"。

老梁是我国在世界新材料领域拥有顶尖成果的专家，被评为化工和材料领域（合成橡胶）集团公司高级专家，主持了包括国家"863"科技专项在内的国家和省部级重大科研专项5个；开发出SEBS、SEPS、医用SEBS等国家战略性新兴产业重点发展的新材料成套技术，并均在国内首次实现产业化，填补国内技术与产品空白；开发的万吨级SEBS成套技术和30个SEBS系列牌号产品自产业化以来，累计产销65万吨，销售利润21亿元，为国内SBC弹性体发展作出了突出贡献；获省部级科技进步奖14项，其中国家科技进步二等奖1项，中国专利优秀奖2项，省部级科技进步奖11项；申请中国发明专利75件，其中授权39件，PCT授权专利1件；发表核心论文4篇；获全国优秀科技工作者、中国石化科技创新领军人才、湖南省优秀专利发明人等荣誉称号；获得国务院有突出贡献特殊津贴。2014年，他荣获国家科技进步二等奖，受到习近平总书记的亲切接见。

热塑橡胶SEBS技术研发，被公认为新材料领域顶尖科研难题。美国、日本垄断了该项研发技术，巴陵石化两次派考察团出国考察学习。

当年梁红文随考察团满怀信心来到美国、日本，不但一无所获，还受到外国人的冷嘲热讽。

对这项世界顶尖技术，我们没有积累，想碰它，无异于异想天开。有人提出来，我们自己不行，干脆走技术转让路线。

梁红文心里非常清楚，技术转让意味着我们像刀下鱼肉，任人宰割。美国公司曾经向巴西转让了SEBS低端生产技术，仅软件费用就高达2000万美元，时价相当于2亿元人民币。况且，外国人还放言，技术转让的事，中国人想都别想。

但凡是人，无非两个肩膀扛一个脑袋，既然外国人能干出来，中国人就有办法。梁红文联想起那个著名的"哥德巴赫猜想"。

1742年，德国数学家哥德巴赫给瑞士数学家欧拉写信，提出了以下猜想：任意大于2的偶数都可写成两个质数之和。

从那以后，许多数学家都跃跃欲试，甚至一生都致力于证明哥德巴赫猜想。可直到19世纪末，哥德巴赫猜想的证明也没有任何进展。有的数学家把哥德巴赫猜想比喻为"数学王冠上的明珠"。1966年，我国著名数学家陈景润攻克了"1+2"难题，也就是："任何一个足够大的偶数，都可以表示成两个数之和，而这两个数中的一个就是奇质数，另一个则是两个奇质数的和。"这个定理被世界数学界称为"陈氏定理"。

中国人历来充满血性和智慧，梁红文暗暗发誓，哪怕掉几身肉、脱几层皮，甚至把性命拼上，也要把 SEBS 这个难题攻破。

SEBS 热塑性弹性体项目属于新材料领域的尖端领域，一个产品研制，涉及物理、化学方面基本反应达成千上万个。一个反应重复上千次，得出的结果，往往以失败告终。

为了攻克一个子项目，梁红文花了近 3 年时间，进行各类化学反应实验就达 2000 多次，化学反应方程式 1000 多道，生成和分解的物质达 3000 多种。

每完成一次实验，他都认真观察和分析，从中找出有价值的信息，并进行新的实验。

实验室和小试装置里，常能见到一条默然无声、蓬头垢面的汉子辛勤忙碌。暑去冬来，春华秋实，梁红文终于获得 SEBS 理想的微观结构式，成功用于批量生产，实现 SEBS 产品工业化，生产出的 SEBS 的力学性能，达到国外同类产品的水平。

2021 年 10 月 14 日，橡塑中心李望明劳模创新工作室完成了中石化总部视频答辩和验收工作。

工作室现有成员为锂系装置、产品技术和科研开发骨干，集技术开发、应用研究、工艺及设备优化、技能提升、革新攻关、成果展示于一体，重点攻关课题和创新目标集中在医用 SEBS 产品研发、SEPS 成套技术开发转换、锂系橡胶新产品开发及工业化研发、生产问题攻关、人才队伍建设等。工作室成员以咬定青山不放松的毅力，研发并实现工业化生产的锂系新产品牌号达 40 余种，获得国家级、公司级科技进步奖 30 余项。

明天的太阳，栖落高昂的头颅

从巴陵石化橡胶部的门岗往里走，路面笔直平整，道路两旁，一排排树木郁郁葱葱。朝东边行走大约 200 米处，耸立一尊气韵飞动的塑像。

一位懵懂少年，手举乾坤圈，骑在龙背上。

站在雕塑跟前，我眼前一阵恍惚，只见一位英俊少年乘风破浪，手握火尖枪轻轻一挑，凶神恶煞的老龙王乖乖就范。瞬间，大海风平浪静，一轮红日升起，天地之间一片光明。

哪吒闹海，不过为神话传说。走进橡胶人这个特殊群体，探索神话变成现实的密码，我感到震撼。综合部负责人给我展示绿色企业理念的条文，涵盖科技、服务、行动、发展、绩效、产品、生产，归纳起来为“追求卓越，创新超越，建设世界领先化工材料企业”。巴陵石化热塑橡胶技术不断创新，企业不断壮大，归根结底，在于放眼未来。

在橡胶部办公室，一份文件引起了我的注意。

这是 2018 年 5 月，一位离任经理在干部大会上的讲稿。文本包括标点符号不过 3586 个字，却让我感到异常的厚重、扎实。

他大学毕业第一站，把家安在地处偏僻的巴陵石化橡胶厂，一干就是 26 年。

不知疲倦的双脚，穿梭于新老厂区各个装置现场；留下的足迹，能绕地球好几圈。一排排机泵、一列列釜罐、一件件机台、一个个岗位，他闭着眼睛都说得一清二楚。作为热塑橡胶建设的见证者、参与者、主持者，他的成长，伴随着热塑性弹性体的发展壮大。

2011 年 6 月，他当上厂里“一把手”，巴陵石化热塑橡胶特种化和特色化取得了很大的进步，新增产能达到 16 万吨，产业升级向价值链中高端挺进。以 SEPS、高性能 SSBR、医用 SEBS 为代表的一批新特产品填补了国内空白。

转眼 7 年过去，他被组织上提拔到公司任职。

交班时刻到了，他几度哽咽，将自己 20 多年的工作体会和感悟作为离别赠言，同大家分享。他语重心长地告诉接班人，巴陵石化橡胶历史就是一部沉甸甸的发展史，从传统 SBC 产品到氢化 SBC，从老厂区扩能到走出厂门搞建设，每 5 年就有一套新装置，或者，一个重大技改项目建成投产。同时告诉大家，巴陵热塑橡胶就是打造人才、锤炼精英的“特一号工程”，这是企业常青、未来希望所在。

握别厂部接待人员，我来到一线操作岗位。

这是倒班职工最集中的地方，支撑企业运行的最底层。如果把优质企业比作象牙之塔，它之所以巍然屹立而不倒，在于底座强有力的支撑。这就是人们常说的“底座原理”。

跟这些年轻人面对面交流，一起聊工作，谈理想抱负，更多的话题集中在生活琐事，透过他们几分暗淡的脸色，体会到日常生活的艰辛和疲惫。

主控室是车间核心岗位，好比人的大脑神经中枢，指挥语言表达及肢体动作，属于基层生产系统关键部位。

在SIS控制中心，我见到一群充满朝气的年轻人，年龄大约22岁到28岁。

工段长介绍，车间操作自动化程度高，坐在控制室操作台前，车间各大装置运行和设备完好情况一目了然。

控制中心面积200平方米左右，几十台操作显示器依次排开，摆成半月的形状。正墙上挂着巨大的显示屏，画面清晰、完整。

这套DCS，作为生产过程自动化领域计算机控制系统，将生产现场实现直接数字控制，所有生产信息都从这儿发出去，包括开启阀门，调整优化工艺参数，将电流、压力、蒸汽等控制到位，监控设备的完好状况等，使整个生产处于最佳状态。

围着操作台悄悄走了一圈，侧面察看显示屏操作流程，那些倒班职工们旁若无人，专心致志，岗位之间配合默契，准确无误发出操作指令。目睹他们专注的神情，我心里感到踏实，默默给他们点赞。

天上飘着蒙蒙细雨，我意犹未尽，走到装置现场。

脸上尚有几分稚气的车间技术员走了过来，递给我一顶安全帽，领着我走进淅淅沥沥的雨幕之中。

走过一条钢制人行天桥，技术员一道接一道工序讲解工艺流程，解释生产SIS操作要领、现场巡检注意事项。小伙子语气不紧不慢，讲解条理清楚，我向这位年轻的“老倒班”伸出了大拇指，心里暗暗赞道：“青年是美好的未来，明天的太阳，栖落在高昂的头颅！”

随着采访深入，一位从倒班岗位成长起来的职工进入我的视线，他就是有“巴陵工匠”之称的合成橡胶生产首席技师邹浪。

点开手机“百度”，输入“巴陵石化邹浪”，跳出十几条有关他的新闻。中国石化媒体，省、市多家媒体，先后报道他的先进事迹。湖南省总工会、湖南省职工技术协会聘请他担任“互联网＋湖南工匠”名师堂名师。

邹浪初始文凭并不高，1989年技校化工操作专业毕业，在橡胶部担任操作工。

他爱琢磨，干活喜欢动脑子，师傅称他“小诸葛”。

邹浪在车间一线干了30多个年头，专注做一件事，那就是摸清设备“脾气”，改造设备“性格”，驯服并驾驭好它们。

万吨级 SEBS 装置开启之初，不能达到设计产能，厂领导忧心忡忡。

科研人员千辛万苦突破国外封锁，研发出来的新技术，如果生产环节掉链子了，怎么都没法交代。

邹浪二话不说，决定向设备“开刀”。

经过反复研究，发现一个奥秘：在负压状态下，管道内冷却水不会外泄。如果在上部冷却风管加装限流板，能使电流下降，负荷降低。如此一记妙招，困扰生产的难题迎刃而解了。装置产量提高了 60%，每年增加产值上千万元。这种方法被誉为“邹氏负压操作法”，橡胶部一直沿用至今。

SBS 从年产 3 万吨扩改至年产 5 万吨，后处理工段采用“炒锅”干燥 SBS 成品。设备运行了两年，蒸汽干燥效果并不理想，产品挥发含量过高，且蒸汽消耗大。“炒锅”送料缓慢，料位上升，可能导致电机负荷过大跳闸，引起装置非计划停车。

如果发生此类故障，职工必须进入“炒锅”，冒着 40 摄氏度高温，用双手将胶粒清理出来。人累坏了不说，还影响产量。

邹浪同设备“杠”上了，不分白天黑夜蹲守在现场，经过仔细观察、反复推敲和技术论证，提出切实可行的改进建议，实施了数十个小技改，消缺技术获得成功，提高了产品质量和产量。

岁月更替，青春无悔，邹浪如同一尊“门神”，默默坚守生产一线岗位，攻克设备运行过程中一个又一个难题。2012 年，以邹浪命名的“邹浪技能大师工作室”，被评为国家级技能大师工作室，成为湖南省“工匠精神”的传承平台。

邹浪是橡胶部生产一线榜样，这些年，5 大车间涌现一批敬业精业的“邹浪”，他们宛如山脚下的无名小草，历经风雨，沐浴阳光，静寂茂盛地生长。

在采访过程中，我同橡胶部党委书记进行了一番深入交流，这位年轻的“老橡胶”，见证了巴陵石化热塑橡胶不平凡的成长历程。坚持特色化、高端化、差异化发展思路和绿色低碳环保理念，实现单一产品向多元供给转变、由大众化生产向个性化定制转变、由“制造型”向“制造＋技术服务型”转变，与下游客户形成命运共同体，高瞻远瞩，放眼未来市场，这是在竞争中立于不败之地的法宝。

在走访华南地区市场时，我接触到一批粤港澳大湾区用户，每到一处，大家众口一词，称赞巴陵石化热塑橡胶。

不久前，我担负走访市场任务，来到了广东东莞。这里位于广州东南、珠江口东岸，南邻深圳，是岭南文明的重要发源地、中国近代史的开篇地和改革开放的先行地，广东重要的交通枢纽和外贸口岸，为“广东四小虎”之首，号称“世界工厂”，被列为第一批国家新型城镇化综合试点地区和广东历史文化名城。

站在著名的虎门大桥，举目远眺。海面辽阔，海浪咆哮，一群海鸥迎风高飞，翅膀扇出尖厉的叫声。在水天交接处，一艘巨轮迎着狂风，劈波斩浪，驰向苍茫无垠的海域。此情此景，令人感慨万千。

1839 年 6 月 3 日，清朝政府钦差大臣林则徐在这里集中销毁鸦片，打响了救亡图存、抵御英帝国主义侵害中国的第一枪。

180 多年过去，历经磨难的中华民族实现了从站起来、富起来到强起来的历史性飞跃，中国橡胶工业摆脱了积贫积弱的困境和西方强国技术封锁，挺起了民族工业脊梁。巴陵石化热塑橡胶雄姿英发，漂洋过海，产品远销欧美、日韩等 20 多个国家和地区，产品出口比例达到 25%，亚洲出口量增长了 70%，深受欧美国家、东南亚地区用户广泛好评。

新时代，新起点，新巴陵。巴陵石化实施“走出去”发展策略，开辟合作共赢的新天地，在上海、海南设立了分公司，实现新型合成橡胶工业化生产，本部、国内沿海和国外业务布局合理，提高国际化竞争力，一跃为年百万吨级产能企业。国内市场占有率超过 30%，SIS、SEBS 的占有率接近 60%；SEPS、高性能 SSBR 等新产品市场潜力非常可观，产品牢牢占据国内市场主导和领军地位。

开路先锋

——中国石化第一支连续油管“国家队”里的故事

严岛影　熊江勇　梁玉涛

这是一条看不见的路。从地火中的熔岩到冷凝后的亿万年光阴，它的一端是数千米的页岩，另一端则连着国家新能源的端口。那是一条看不见的路，但有人看得见，并走在了那条路上……

——题　记

他们组建了中国石化第一支连续油管“国家队”，中国能源工种第一次有了连续油管操作工这一新工种。

他们首次代表中国连续油管业界在国际学术领域有了话语权，并发出掷地有声的中国声音。

他们首次为中国连续油管搭起了技能技术比武大舞台，让中国连续油管有了第一代“大国工匠”。

他们是谁？

他们在哪里？

他们在干什么，他们在怎样干？

一山、一水、一洞。

那山是金子山，那水是乌江，那洞代号为816。

山脉、版图、长江经济带。

那山脉叫武陵山脉；那版图诞生了世界第二、中国最大的页岩气田；这个气田是气化长江经济带的气源地。

当地人坚信这是一块神奇的风水宝地。

乌江岸边的金子山麓，云遮雾罩，峰峦迭起。那个早已解密了的816地下核工程被誉为中国第二个核原料工业基地。乌江一路奔腾，与百回千转的涪水并收于白涛，构成一个笔画清晰的“人”字形。涪水缓缓而来与接纳她的乌江在此完成了千里迢迢两水交汇的“母子欢”。

那山没有这山高，
这山藏有气宝宝。

粗犷、高亢的巴人声带里近些年悄然流淌着这样的新歌谣。

白涛，巴国古都的后花园。

白涛，三线建设的核工业基地。

白涛，中国页岩气田的涪陵主战场。2012年11月28日，中国页岩气商业开发的第一串火苗蹿出涪陵地面腾空而起。至此，那条气化长江经济带的精灵从地层深处的石头缝里拱地冲天，以一只展翅高飞的“火凤凰”形象舞动在巴渝上空，一幅中国“涪气”的天地大写意就这样定格了。

气有气道，油有油路，数千米的地层深处有一条看不见的路，其中有一群人为油气的“终见天日”筑路清道。他们被称为“页服”人，这群平均年龄34岁的开路先锋率先组建了中石化第一支连续油管“国家队”，由靠边站的跟学到引领独大的主角变身，从国外老牌石油公司手里夺回“失地”，并稳稳地将中国市场收回。

他们是中国连续油管的开路先锋：

因“江汉连油”的问世，他们自主设计研发的连续油管穿光纤技术，一举打破国外技术垄断。

首创井口放喷装备连续及打捞方案，填补了行业空白，最长带压打捞电缆5000米。

创下国内高压井连续油管最深打捞纪录。

成功刷新国内连续油管水平井最大下深纪录。

国内首家自主掌握国际连续油管测井领域前沿技术单位。

复合桥塞打破国外垄断，被中央媒体喻为页岩气开采装备国产化的最后一块“拼图”，并拥有专利9项，倒逼国外价格下降70%。

2019 年 3 月，SPE\ICOTA 连续油管和油井干预会议及展览在美国休斯敦举办。公司参加了首个国际性学术会议，也是首次作为演讲嘉宾参会。公司代表在会上作了《连续油管注入头表面损伤肌理研究》的报告。“江汉连续油管”品牌第一次在国际学术领域发出中国声音，更是中国连续油管在国际学术领域一次掷地有声的发言。

这支中石化连续油管“国家队”累计承担科研项目 71 项，申请专利 85 件，获授权专利 26 项，软件著作权 9 件。其中《水平井连续油管作业技术规范》成为国家能源行业标准，规范了连续油管作业流程的同时，也将连续油管平均钻塞时效由 70 分钟缩短至 41 分钟。

江汉连油的基地就建在曾拥有生产“蘑菇云”的核工业基地之上，他们在这块光荣与梦想的神奇土地上打开中国新能源的地下“高速通道”。

从靠边站到主角，他一连用了五个“终于”

江汉连油基地紧邻乌江和 816。

连油，即页岩气开采技术服务公司连续油管技术服务中心。与中心隔着乌江的就是金子山，816 地下核工程就隐藏在金子山云雾缭绕的大山深处。远眺 816 巨洞，这些身着红工装的连油人不停地问自己：在那个年代，当一座山把胸腔掏空，掏出一颗金子般的心给了国家，我们这代人为这个国家该做些什么呢？

百年石油，而页岩气的勘探开发在中国刚刚起步。

2011 年底，国务院批准页岩气为新的独立矿种，由此成为我国发现的第 172 种矿产。这种非常规天然气不含硫，是气化长江经济带、保护母亲河、守住绿水青山的最佳清洁能源。

与时代同行，应时代而生，时代把中国连续油管特殊业务的发展重任放在了江汉石油工程人的肩头。“江汉连续油管起步较晚，面对基础薄弱、人员稀缺、竞争激烈等现实情况，我们把目光放在了长水平段连续油管工艺这一‘中国课题’的研究上，一步一个脚印向前迈进。”江汉石油工程连续油管技术服务中心负责人介绍说。

2014 年 8 月，国内第一个把“页岩气”三个大字赫然扛在肩上的单位悄然成立：江汉石油工程页岩气开采技术服务公司。零起步，人才、技术、装备等方面诸多匮乏，要完成涪陵页岩气田的国家答卷，从一体化到一体两翼的“页服”蓝图，它要挑战的是中国页岩气的“高、精、尖”。这个“高”，是中国页岩气国家级示范区里的国家工程；这个“精”，是与世界一流队伍跟学并成为中国精锐；这个“尖”，就是要打造出“气道”畅通的万能钥匙，为深埋数千米的页岩气“铺设”一条看不见的高速路。

在这一领域里，中国还是一片空白。

不仅江汉起步晚，而且中国起步都晚。页岩气开采技术服务公司从一张白纸起笔、一张张蓝图绘就，到中国能源版图上的优质工程丰碑，8 年走完了国外老牌石油公司数十年的“连油”之路。如今，川渝、长庆、新疆等中国页岩气（油）几大主战场高高飘扬起“江汉连油”的旗帜。在涪陵页岩气田 700 多口气井中，七成以上是江汉连油的“杰作”。从当初 1 支队伍 21 人发展成目前 13 支队伍的 300 多人，江汉连油在国家重点能源工程施工中担纲主力，并有望超越世界 500 强排序第六的沙特阿美石油公司。

会战初期，涪陵页岩气田施工队伍强手如林，形成了中国页岩气勘探开发主战场的“奥林匹克”。页岩气水平井段压裂测试的“临门一脚”全靠连续油管这把清道的万能钥匙开路。斯伦贝谢、一龙、安东、杰瑞、阿里伯顿、贝克休斯等公司一统连续油管天下，而唯独缺的是国字号队伍。页岩气开采技术服务公司从成立之初，就把连续油管作为走向市场的“金拐杖”精心打造，由靠边站到站中心，完成了一个企业漂亮的历史跨越。

没有技术、没有设备、没有人才，其结果是没有尊严、没有公平，甚至连讨价还价的想法都不能有。2013 年以前，国内对连续油管工具的扣型都不知道，没见过。一颗特制的螺丝钉价格上千元，供货周期三个月，人家不卖，只租，租工具、租技术、租施工。连接器价值 100 万元，租一次数十万元。这价格怎么算出来的呢？一口价。人家还振振有词，加急费、人工工资，节假日、维护费，甚至连专家国籍的出场费都不一样。

江汉石油工程公司专家彭小平谈及往事总感到憋屈：2015 年夏天，焦页 21 平台处于停工状态，一家国外公司派出专家到井场打捞落物，外国人到了现场一片欢呼声：这下好了，这下好了，救星来了！

这位“大救星”打捞25天无功而返，人工工资一天1万元，照付。带来的工具是定型工具，定了型就不能变。工具下到井里，下一次收一次钱，总共费用80万元。当你只有一种选择的时候，任何苦果都是合理的。最后在“江汉连油”的建议下才打捞上来。

江汉连油在关键时刻也能踢出漂亮的“临门一脚”。

2015年11月，某中外合资公司在焦页15平台作业时油管断了。现场一片死寂，施工方手足无措，整个行业没出现过类似情况。

在现场，甲方问江汉连油的王汤：王经理，你有什么意见？你干了这么多年，有什么想法呢？

公司曾针对涪陵喀斯特地质工区特制出的一套工具终于派上用场了。他们第一次把方案和工具亮了出来，组织人员仅用了一天就解决了。

“如果一味地依赖洋专家、洋设备，花大笔的钱不说，一套工具从量身定制到出厂起码得半年，还得看他们愿不愿意干这事。”王汤一连用了5个“终于”：

终于有人问我们了。

终于有人听你的意见了。

我们终于可以讲话了。

终于有人按我们的方案实施了。

终于被认可了。

因为你行，你就不会被埋没。

页岩气开采技术服务公司不但把“连油”中心放在了一线，还把试油完井工艺研究所也前移到了现场。院子里建起了川渝最大的工具维保车间，王汤这位80后的大学生，终于完成了从靠边站到主角的变身，他显得更自信。

2019年9月29日，江汉工程页岩气开采技术服务公司收到来自中石油西南威远东页岩气作业分公司的一封表扬信。信中称赞江汉“连油”在威206-H1打捞落鱼时的出色表现。这口由英国BP公司与中石油合作开发的威远206-H1井，是该公司第一口探井，施工中出现压力期间套变，造成工具落井，处于压裂6段，几乎报废了。

外国人双手一摊，没有办法，一点儿办法都没有。

他们找到了江汉“连油”，能否解决？

也就在这个节骨眼儿上，王汤远在武汉的妻子骑摩托车摔倒，多处骨折，被送进了医院。儿子刚满一岁，在家嗷嗷待哺，妻子躺在医院，家里乱成一锅粥。他只好远程协调、安排家里的事。大姨子辞职到医院照顾妻子，父亲辞职在家照看儿子。他只好狠心地要求家人断了儿子的奶。断奶那天，儿子不吃不喝哭了一整天，第二天儿子就断了奶，牛奶、米糊糊，给什么吃什么，不哭不闹。从此儿子不再要奶奶抱了。儿子知道，妈妈抱不动他了。想要妈妈抱的时候，他跟妈妈说：“妈妈，我不吃饭，就长不胖，你就能抱我了。”说到这里，王汤沉默了。

重庆白涛、四川威远，这两地相距500多千米啊，王汤在这条路上没有停止他的脚步。他告诉他的团队，不要小看这口井，一口无救的井，英国BP公司拿它没办法，我们救活了，意味着什么？打捞的方案改了又改，讨论持续了一个月，修套作业用了两个月，最终他们带压把落鱼（射孔枪）打捞了起来，救活了这口井。

从此那个市场的大门，他们不是敲开的，而是被请进去的。

身份？为国家寻找能源的人，这身份还不够大吗？

在涪陵罗云焦页81号平台，CT113队队长王小虎给记者“科普”了一番。

CT113队，何为CT？他说，这个CT是连续油管或柔性油管的英文缩写，它是井下作业的万能管。页岩气的勘探水平段是关键，要打通气路通道，连续油管是唯一的清道夫。要有一支自己的连续油管施工队伍才能不被市场主宰。连油和国外公司合作施工，王小虎被派去给国外公司的师傅打下手学技术。三个月后，江汉上一批人，合作单位走一批人，半年后合作单位人走一半，一年后剩下的全是江汉的人。在操作时，师傅摸什么，你就摸什么，为什么要这么摸？王小虎告诉他的队友。操作间只有一人操作，师傅总是奉行一句话：教会了徒弟，饿死了师傅。“老师傅可怪了，操作时你不能说话，别说提问，甚至你还不能老盯在仪表上。”这是带徒弟吗？不，这叫封锁！

大多数人喜欢上白班，王小虎偏偏要求跟夜班，他发现夜班时人少，进出操作间的人更少。老虎也有打盹儿的时候，他装作若无其事，眼睛一刻也没离开过仪表上数字的变化，偷偷把变化记在手心上，密密麻麻。王小虎说，这时他就主动顶顶班，让师傅眯眯眼。师傅挪出位置给王小虎。“师傅，那指针老是晃动！师傅数字升了，为什么？”师傅困得不行，就迷迷糊糊地把绝技绝活竹筒倒豆子一般给倒出来。

2014 年下半年，分公司组建了自己的连续油管作业队，三个月后王小虎从副队长升到队长。CT113 队先后作业达 100 多口井，由该队为母体孵化出的另外 12 支队伍作业井次占了涪陵页岩气田 70% 以上的工作量。CT113 队承担焦页 30-1HF 井投产气井下桥塞施工作业。在此之前，国内根本没有投产气井下桥塞施工作业的先例，如何在如此高危的环境下安全准确地座封桥塞？这可是带刺的玫瑰，敢不敢摘，有没有能力摘？这个堡垒攻下来了，就意味着这个市场被占领了。既然连续油管是井下作业的万能管，那它万能在哪里？这个动手能力很强的团队终于成功座封桥塞至规定靶位，首创国内带压气井投产下桥塞的施工。CT113，这个队是中石化连续油管第一支“国家队”，该队组建 8 年，他当队长 6 年。当初这个队的 20 多名员工有一半成了各队的骨干，其中有 10 人走上队长、副队长管理岗位。

问及身份，他说，他是劳务派遣工，这重要吗？在他看来，何为身份，为国家寻找能源这身份还小吗？

做石油人的妻子有时比做石油人还要酸苦几分。在别人看来最简单的一件事却成了他们的难事。从缅甸回国，王小虎匆匆地办完了终身大事。“结婚照呢？”再粗心的人也不会把照结婚照给忘了。照结婚照可要花一天的时间啊，试衣、选景，多角度、多镜头……能不能下次回家补拍？就这样，王小虎赶往涪陵页岩气田参加国家示范区建设。他这个队是清一色的“90 后”，队里劳务派遣工占了 90%，要把这支队伍带成“国家队”，他的付出可想而知。妻子从老家安徽到四川绵竹跟承包西瓜地的父亲生活在一起，女儿已经两岁半了。这母女俩也偶尔到涪陵的白涛探亲。

“啥时也到绵竹探探亲吧！”妻子告诉他，也是在央求他。妻子住在绵竹，周围的人也见不到这位外乡女的石油郎官，还以为她是被“休”了呢。抽个时间吧，露露脸，拍个结婚照，“证明”咱是有夫之妻啊！王小虎知道，妻子喜欢短发，但短发照结婚照化妆不好看，妻子留了四年的发，留成了如今的长发。王小虎承诺，等涪陵页岩气田 100 亿方建成，那背景有气龙腾飞最好，你看多有意义。

我们在绵竹的孝德镇见到了王小虎的妻子。

这是一处临时租用的农舍，还在牙牙学语的女儿独自一人在屋檐下用紫红的花瓣在地上摆出一个“心”形。王小虎的妻子告诉记者，女儿想爸爸了，要么就画一个“心”形，要么就用花瓣摆出“心”形。关于头发的故事，她并不回避。她说，我能理解，丈夫是为国家寻找资源，这些资源是国家的动力，有了这动力，国家就有力量，就更强大。有这么通情达理的妻子，王小虎是幸福的。

从铁人碑座旁走过的人，身后一定有厚实的精神靠背

连油一趟钻可溶桥塞技术让连续油管这个“清道夫”如虎添翼。即便在美国，埋深1000多米的“气道”也很难做到尽清尽净。能不能把“清道”中产生的颗粒溶在水里带出呢？

2017年7月9日，央视《新闻联播》播出“我国页岩气调查取得重大突破 获得目前全球最古老页岩气藏”的新闻。那一刻，世界无数双眼睛投向了中国水都宜昌。消息称：中石化江汉工程页岩气开采技术服务公司在鄂宜页1HF井距今约6亿年前的地层中钻获了高产气流，是迄今全球最古老的页岩气藏。试油完井工艺研究所原所长高云伟作为现场试气压裂的指挥，一趟钻可溶桥塞技术成功运用，为呼啸奔涌的气流“铺路”“清道”，看着放喷的页岩气火龙首次出现在荆楚大地，他预言，这里将是中国页岩气的又一个主战场。

这一年他刚好33岁。33，像什么呢？他深思片刻说，像飞翔的鸟。

33是两只鸟啊，还有一只呢？

那是鸟群，那是鸟阵，朝向太阳的金号飞翔，翅膀扇动之下是石油版图上的钻塔林和密植的采油树、采气树。

这位东北汉子老家离大庆就隔着一条萨尔图河。他把自己看成“富二代”，这个“富”是精神富有的意思。每天上学路过铁人的雕像，从铁人碑座旁走过的人，身后一定有厚实的精神靠背。

选择了石油，他走进了石油人的方阵，也真正成了铁人的“后裔”。

2011年底，中国页岩气刚起步。公司将他抽调到井下工具桥塞攻关研发团队。别小看那个水杯状的神秘桥塞，那可是大型压裂试气必用的宝器。过去一直靠进

口，一口价说一不二，俗称“卡脖子”买卖，且供货周期长，还不能保证准时到货。在焦页30平台，进口桥塞供应不及时，造成压裂试气中断三天，现场30余台压裂、配液、射孔设备及人员撂荒。那次遭遇深深地刺激了他的自尊，也一次次拷问着一个石油人的灵魂，他暗下决心一定将国产桥塞各项性能搞上去，替代进口产品。作为复合桥塞的关键研发及推广成员，他从桥塞结构、材料、受力分析、承压能力等方面全方位进行分析总结，优化复合桥塞结构设计，改进材料性能，在保证复合桥塞锚定和密封可靠的基础上，大幅度提高桥塞的可钻性。他进行了无数次国内外产品地面对比钻磨测试，通过整机试验、实际钻磨对比等实实在在的数据，争取到了焦页42-4HF井进行现场试验应用的机会。

2014年8月24日，在该井21段泵送桥塞多级射孔施工，桥塞泵送成功率100%、座封合格率100%。后续经过连续油管7天钻磨，安全快速钻除了全部复合桥塞，有力保障了涪陵页岩气田开发进程，降低了工程成本，实现了水平井泵送复合桥塞多级射孔关键核心工具的国产化与规模应用。过去进口一只桥塞要10万元以上，现在仅仅需要2万元，同时，相应的配套设备工艺也实现了国产化，整体单井成本降低400余万元。

桥塞国产化，被媒体喻为中国页岩气装备国产化的最后一块“拼图”上了央视《新闻联播》。妻子第一时间从江汉给高云伟发来短信：祝贺啊，那年的遗憾，值！妻子所说的“遗憾”，是指2011年7月的北京旅游。出发前妻子高兴得手舞足蹈。她是唱着“我爱北京天安门”长大的，第一次算是了却她童年的“北京梦”。火车缓缓地停在了西客站。见他接电话，妻子条件反射地叹息：没戏！原来江汉有一口井要用桥塞，这是一次难得的“临床”应用。赶紧买票往回赶，在等车的三个小时里，他们把西客站周围的“景点”照了个遍，算是到京一游。回到江汉，姐妹们问起北京之行，妻子拿出“西客站”的照片，姐妹们笑她又被老公“忽悠”了。刚过而立之年的高云伟担任了公司新成立的试油完井工艺研究所所长。五年来，他们共承担了国家级、中石化集团公司、工程公司、江汉工程及横向项目等级别项目20多项，获得专利15项，科研成果转化率达到80%以上，并孵化出了连续油管技术研究所、工具研发部两个成熟技术团队。同事戏称：一只母鸡下了两个蛋，是新兴技术的孵化器。这“两个蛋”，在涪陵页岩气田百亿方产能建设和鄂宜页1HF井的重大突破中发挥了重要作用。

原来，他把33看成了鸟群、鸟阵，那个充满朝气、奋发有为的“梦之队”在石油的领空里展现出了最美雄姿。

如今，这位从铁人碑座旁走过的青年才俊挑起了“页服”公司经理和党委负责人的双重担子。

“爸爸没骗你，爸爸真的去北京了。”儿子看到照片，乐了！

你们失败过吗？

我们的故事就从失败说起。

“闵恩泽青年科技人才奖”获得者徐帮才告诉我，他就是从失败中走了出来，站了起来，也笑了起来。

2017年，公司启动了超长水平井钻完井技术开发项目，而趾端滑套是解决超长水平井首段射孔难题的关键技术，针对常规趾端滑套应用过程出现的不同问题，需要创新结构、完善功能，在数千米的地层深处为页岩气打开畅通的“高速路”提供一件关键“武器”。

此时，恰逢涪陵页岩气国家级产能建设示范区百亿方产建在即。他是这个项目攻关小组的组长，官虽不大，可担子不轻。项目研发期间，做实验有20次之多，实验做得越多，就意味着失败的次数越多。从文献淘宝，到现场跟踪，设计图纸的修改多达几十次。通过对降压机构、延时阀流道的改进，以及长达一年的调整测试，最终趾端滑套各项性能全面达到了国外同类产品水平，单井可节约直接试气成本30余万元，并缩短作业周期3~5天。

每年的中国石油装备展销会，徐帮才都会挤出时间到北京参展取经，通常都是晚上从武汉出发，第二天晚上返回武汉。同事夸他会精打细算，既省了时间也省了住宿费。是呀，节省每一寸光阴，其实就是拉长了我们生命的长度。每年他到北京出差7~8次，几年下来有数十次之多。儿子对他说：“你老是说出差到北京，我要看照片！”去年，他到北京参加完科研项目立项审查会，在去北京西客站时，他绕了一段路，来到天安门前，请人帮他拍了张照片。司机问他，是第一次来北京吧？他支支吾吾应着。回到武汉，他把手机上的照片给4岁的儿子看。

“爸爸没骗你，爸爸真的去北京了。”

这下，儿子看到照片，乐了！

页岩气的勘探开发已由浅中层向深层发展，可溶桥塞分段技术是解决深层页岩气井分段压裂的核心技术。时间一天天过去了，可一组组失败的实验结果让项目组成员的心越绷越紧，心情异常沉闷。

“好干的、不失败还要你们干什么？农药 666 失败了 666 次，路走顺了，遇到一点坎坷就垂头丧气。”领导口气缓和了下来，“你们没有失败，这只是跨栏时把栏绊倒而已。”他们重新梳理研究思路，调整工作安排，可溶桥塞研究取得了突破性进展。目前他们研发的可溶桥塞生产销售了 120 余只，用于四川长宁、威远、湖北宜昌等页岩气工区，实现创效 600 余万元。鉴于页岩气开采技术服务公司在可溶桥塞技术方面取得的成果，中国能源行业标准委员会将行标《压裂可溶桥塞技术要求与检测方法》交给江汉石油工程公司制定，为江汉工程在该领域获得更多话语权打下坚实的基础。

连续油管穿缆技术是连续油管测井工艺的核心技术，但该技术一直被国外公司垄断，单次技术服务费用高达 30 余万元。2017 年 5 月，公司启动了连续油管穿电缆技术项目。他们将整套工艺拆分为工艺设计、地面装置与井下机电工具研制、线缆优选与检测、水动力学分析计算 4 个模块进行分工协作，前后检索国外专利、查阅 SPE 论文 80 余篇。现场试验需要电缆张力控制、泵压控制、液压控制台操作等多个岗位紧密协作。试验时间正赶上重庆的盛夏，而每次试验需要持续 3~4 小时不能停歇，在这样的条件下，他们完成了连续油管穿缆、抽缆现场试验 10 余次。经过 5 个月攻坚战，攻克了连续油管穿电缆技术难题，为分布式光纤测井、井下视频等高端化、特色化业务打下了基础。该技术服务于涪陵气田、长庆油田等工区，并创造了穿缆长度 5600 米、抽缆长度 5300 米、国内首次自主穿入 1.8 毫米光缆等多项纪录，达到了国内领先水平。

有人问他：“这些年你们所给企业创造了多少价值？”

他说：“算不好，也不能算。”

专家其实就是一把“万能钥匙”，你的岗位有 N 个

涪陵页岩气田有 700 多口井，这些井的所有施工方案都要经彭小平之手。

他是江汉工程公司专家，也是页服驻涪陵页岩气田江汉工程钻井技术方面的首席。

房东老刘有句话终于憋不住了，问他："一年很少见你回家，你有没有家哟？"原来老刘是个热心人，想给他介绍对象。"你硬是喜欢操闲心！"彭小平瞪他一眼。每周星期五上午的技术会由他主持。那个会，除了听有关人员介绍钻井施工情况以及遇到的技术难题，他要提出具体意见、解决方案，以及整理出会议纪要上报。这一天他的电话不断，唯独没有家里的电话。家人知道这一天即便有天大的事，也不能打扰他。他曾给家人和单位撂下这样一句话：家里没有急事、单位没有急事都不会回武汉。参加工作 28 年，他有 20 年在外会战。江汉、辽河、坪北、新疆、四川、重庆，他是跟着石油走，在能源版图上"定居"，在井场上"扎根"。一个学钻井专业的人最大的幸运是有井打，离井远了就像一个战士远离战场，你还是军人吗？这既是事业使然，也是情结使然。

2016 年，他主导参与了集团公司科技部固井水泥浆体系项目。这个体系的核心技术是添加剂（药品），主要用于水平井三开套管防控带压作业，这项新技术可以控制水泥的凝固时间，为精确优化实施固井作业时效提供保障。团队经过上万次实验，选出最佳配方。产品研制出来后，他向有关部门游说，开会时总要"插播"他的"广告"。他急啊！研究成果如果派不上用场，那这新技术一文钱不值。当初人们不理解，用户总是用异样的眼光看着他：你为什么要这么卖力地推销它？委屈、冷落，一个自尊心极强的首席也不能逃过世俗的偏见和误解。他说，他能理解，用户已经用顺手了的产品，你要用新品替代，他要熟悉新功能、新程序、新工艺，再说，虽然有"国际先进"这个招牌，但那毕竟是纸上的东西，谁用过？

他的真诚打动了用户，在三方实验结果一致的情况下，终于在焦页 192–4 井三开页岩层使用了该产品，该井被甲方评价为"固井质量优质"的最高质量档次。说到他这个享受副处级待遇的专家时，他给自己定位：其实就是一把"万能钥匙"，你的岗位有 N 个，你的状态为"时刻准备着"！

回家的路有多远

樊俊利

宗巴音，在蒙语中意为“东方美丽富饶的地方”。然而，这儿却是一片荒凉寂寞：茫茫戈壁，野风肆虐，绿色罕见，荒凉偏僻。这是蒙古东戈壁省的一个边陲小镇，南距中蒙边境200多千米。小镇约1500人，大都是以游牧为生的蒙古族牧民。

蒙古人说的富饶大概是指这儿的石油吧。小镇周围傲立着一台台蓝红相间的抽油机，“驴头”抬起，又落下，不停地向家的方向跪拜着，不时见到身着红工服的石油人在油井之间穿梭，像一朵朵移动的红花儿。

中国石化胜利油田东胜蒙古公司生产基地，坐落在宗巴音镇东南方向500米。

那是2021年11月初的一个晚上，东胜蒙古公司经理张虎贲急匆匆地找到负责现场生产的副经理刘岗，悄悄地把他拉到一个角落里，神神秘秘地说：“批下来了！我们回国的申请批下来了。”他脸上绽放着两朵红花，激动的泪水随风飘着，吐出的每一个字在戈壁滩上欢快地跳跃着。

家，是一个人温暖的港湾，是生命的栖息之地和安放灵魂的园地。娇妻爱子，父爱母慈，亲情萦绕，享受天伦，温暖舒心。无家可归，是人生最大的不幸和遗憾。如果一个人像一纸风筝放飞在天空，攥在家人手中的风筝线，肯定是一条橡皮筋，飞得越远拉得越紧。有家却不能回的时候，会有无数条蚕蛹吞噬着那颗流泪的心。如果心中装着信念，那么这些蚕蛹便会乖乖蛰伏，只能在夜深人静的时候偷食。石油人心中时刻装着一种质朴的信念：哪儿有石油哪儿就是我的家！

2020年疫情伊始，蒙古国于2月14日全面关闭中蒙两国间的航空、铁路客运口岸。到2021年10月初，33名中国员工已经在海外坚守700多天了，比计划超了10倍。身在异国他乡，家乡的大海、黄河、芦苇、红柳、大雁……夜夜在梦中摇晃、招手。

两人商定暂时保密，明天还有一项重要生产任务。怕大伙得知这个好消息，干活儿分神。回到宿舍，张虎贲急不可耐地拿起手机与妻子视频通话，并告诉妻子这个好消息，妻子听后，先开心地笑了，接着失声痛哭。9 岁的女儿张艺馨抢过电话，一边蹦跳着，一边大喊："爸爸，我要给你画幅画儿！"

是啊，好消息来得太突然了！这激动人心的时刻，等得好久好久、好苦好苦哟！

700 多个日日夜夜，相对于 20 年的开发经历来说，不算短也不算长。故事很多，宛如平常一段歌，封存在时光的皱褶里。

一

新中国成立不久，苏联为了解决飞机、坦克的能源问题，在宗巴音就地打井开采石油。后来苏联撤走时，把油井和炼油设备全部销毁。

"……我为祖国献石油，哪里有石油哪里就有我的家……"一首《我为祖国献石油》唱出了石油将士的豪迈。

2001 年东胜公司积极响应油田"从东部到西部，从陆上到海上，从国内到国外"的战略，盯上了蒙古宗巴音这片"遗弃之地"，用了两年时间从尽职调研到基础谈判，从联合作业到独立运行，2003 年注册成立东胜蒙古公司，对昔日的石油小镇进行了恢复。善于攻坚啃硬的胜利东胜人制定了当年的奋斗目标：恢复 4 口老井，力争生产 4000 吨原油；运回一列原油；钻探一口探井；建设一个管理规范化的国际油公司。

从此，为国担当的胜利队伍踏上了异国他乡，昔日的军事禁地、石油重镇重见天日。

从此，茫茫戈壁滩长出一棵棵铁树，机器轰鸣，大地颤抖。

从此，一列列异国他乡的滚滚石油被输送到东方大国。

"打天下难！"

古道辙痕夕阳，大漠沙棘驼铃。

一望无际的戈壁滩，几乎找不到一片绿色，荒凉将天地缝接，辨不清东西南北，罕有生命迹象，连一只鸟儿、一只虫子都很难见到，好像地狱一般。走着走着，枯萎的沙棘下，会偶尔发现几块裸露的动物白骨，使人毛骨悚然。这些电影中的恐怖镜头活生生地摆在眼前。

一方水土养育一方人。

宗巴音的气候就和当地的蒙古人类同，爱起来轰轰烈烈，恨起来咬牙切齿。一年四季，三季有风，三个月有沙尘暴。夏天酷热难耐，地面温度达60摄氏度，冬天达零下45摄氏度。

韩鹏云，东胜蒙古公司第一任基地经理。2002年底，这位东北汉子从国内带了两名操作工来到宗巴音，迅速组织人员对油田生产运行进行恢复，集油站、锅炉、管线、储油罐、道路修复、老井恢复、上抽油机等工作一切从头开始。没有路，便推土筑路；没有房子，便搭起蒙古包；没有水，便打机井。说来也怪，人来了，就有了老鼠。晚上它们窜来窜去，甚至还咬人的耳朵。方便面吃腻了，点着柴油炉做饭，饭菜都是浓浓的石油味道。

此时，SARS病毒像一片片乌云遮天蔽日，与沙尘暴结伴肆虐着。每一名坚守的员工心中也是乌云滚滚，波涛汹涌。很长一段时间，食品采购不到，顿顿靠洋葱头、胡萝卜度日。2003年6月，6名员工回二连浩特续办护照手续时，因来自疫区，被集体隔离观察，生产基地仅剩韩鹏云“一名司令”和卜玉明一名中方员工。韩鹏云急得嘴角上起了一个大血泡，好像镶嵌着一颗大红枣儿。在给国内发传真时，缺人、缺钱、缺物，他竟连用三个叹号：几近弹尽粮绝啊！！！

困难面前不低头！

他和卜玉明两人组织带领基地的10余名蒙古籍员工，在风天沙地里，恢复集油站系统，一段段修路，一点点组织材料。设备陈旧、维修工作量大、车辆年检难度大，他就指挥“土法”上马：上抽油机时，没有修井机，就用吊车吊起抽油杆、检泵，先后恢复了SWZB310B、TE25、TEA1、TE14等4口井……

条件艰苦，找油、献油的步子却没有停歇。

2003年6月28日，蓝天白云，骄阳开怀大笑。

“呜——”一声汽笛长鸣，火车头钻出浓浓烟柱，波浪似的向后翻腾。第一趟专列满载着1000吨海外分成油驶向祖国。望着列车离去的背影，韩鹏云与装油的员工们满含泪水，久久不肯离去……

那夜，所有东胜蒙古公司的胜利人失眠了。

当年，苏联的军营密不透风，残墙断壁，走进去黑暗、阴冷，浓重的霉味扑鼻而来。他们从国内买来砖块和水泥，自己动手对旧营房进行了改造，把墙面加宽到50厘米，以达到冬天保温、夏天隔热的效果。

有了家，石油人的根便扎下来。

东胜蒙古公司成立不久，在宗巴音镇招了30名员工，经培训后上岗。但这些蒙古员工让韩鹏云头痛了一阵子。他们没有节俭意识，今朝有酒今朝醉，一发了工资就喝酒，嗜酒如命，每饮必醉，醉了就打架滋事。韩鹏云一边做当事人的工作，一边与镇政府联系协调，及时化解矛盾，妥善处理。随后出台了禁酒令，并处罚了个别蒙古籍职工。

蒙古高原的雨贵如油哟！每年5月，天高兴了，会飘几滴雨水，戈壁滩上就会见到零星的绿色，三三两两的小草会钻出尖尖。如果雨水小，3天后这些小生命就全部被扼杀在摇篮里。

一个生命在戈壁滩诞生肯定是一个传奇哟！

失去生命迹象的眼睛会茫然，没有生命绿色的安慰，灵魂找不到栖息之地，心也会像风暴中的尘粒浮躁不安。

“身处千里外，才知望乡情”，奇迹会在执着和拼搏中产生！

利用休闲时间，韩鹏云带领员工在生活区前面平整出1500平方米的空地，手拿铁锨，挖坑栽树。树栽上了，梦也栽上了。垒砌花池子，撒下格桑花种子。种子播下了，希望也播下了。他们精心照料着，每天轮换着浇水。一次不成功，再种。

啊，奇迹终于出现了！一棵棵小树枝丫上钻出了片片嫩芽，格桑花幼苗像顽皮的孩童，戴着草帽露出尖尖。

终于有了生命的颜色，有了家的味道。

他们心里无比高兴，激动地流出了眼泪。秋天到来，明媚的阳光拆开了一朵朵花蕾，格桑花怒放，白的如雪，红的如火，朗诵着一首首动人心弦的诗篇……如今，这儿已成为戈壁滩上罕见的绿树葱葱、花香蝶舞的公园。

花儿开在戈壁滩，也开在海外胜利石油人的心上；树儿种在不毛之地，也栽到东胜蒙古员工的灵魂里。

飘浮的灵魂终于找到自己的家园，每天傍晚，他们在这儿给亲人打电话，温暖、温馨在心儿荡漾……

二

虎贲，“勇士称也。若虎贲兽，言其猛也。皆百夫长”。而今年35岁的张虎贲却是一名文质彬彬、清秀白净的小伙子，2011年研究生毕业于中国石油大学（华东）油气田开发工程专业，被分配到东胜高青公司，从事地质技术工作。

2017年的金秋十月，领导找他谈话，欲派他到蒙古工作。当时，虽然他愉快地接受了，但内心却有一丝丝忧虑。因为他与妻子的父母都不在跟前，女儿刚刚4岁。苦点、累点倒不怕，家里的重担全压给妻子，他怕她受不了。本身他就觉得亏欠妻子的。为了全力支持他干好工作，作为博士后的妻子孟令伟甘愿当一名天天与油盐酱醋打交道的家属，暂时不找工作，全身心照顾孩子。

“放心去吧，别人能干的我也能干哩。从蒙古运回来的石油，也有我的功劳呢！”妻子宽慰道。

坚定的眼神给了他坚强的力量。

他像一只展翅高飞的雄鹰，独自踏上了北上的征程，一路聆听着东胜蒙古之歌《一路向北》，怀揣着满腔激情来到一片新天地闯一闯，成就心中的梦想。

其实，外面的世界一点不精彩，而是很无奈。条件苦、环境差、生产任务繁重。作为一名地质员，张虎贲每件事干得认真、尽心、出彩。“责任＋能力”成就了他的事业，他一步一个台阶，从地质师成长为开发副经理、基地经理，2021年1月担任东胜蒙古公司总经理。

北国的冬季特别漫长，有时温度低至零下45摄氏度。羊绒大衣一会儿就被冻透。车辆晚上也不敢熄火，怕再也打不着。冷月当空，天在抖动。巡井的路在灯光下散发着冰冷的光芒。张虎贲和巡视的员工坐在驾驶室里开着暖风，脚丫子好像被猫咬着，生痛生痛。他们一晚上不停地在油井、管线之间穿梭，加温炉两个小时之内必须热水烫后放空一次，不然管线会被冻。管输回压、油罐加温、鹤管放油口加温，都必须上手操作，不能偷懒。站在冰冷的寒夜，他们手脚很快麻木了，不听使唤，浑身上下颤抖不已。

冬天难过，夏天也不好受。

那是一个大地滚火的日子，张虎贲与几名职工在现场抢修管线。太阳好像掉了下来，地表温度达60摄氏度，戈壁滩被烤得一片赤红。爬梯扶手不敢徒手触摸，一个不小心就可能被烫伤。他的深红色新工衣已经泛白，穿了还不到半月。一滴滴汗水滚落在地上，瞬间蒸发，5 升容量保温杯的水不到半天就喝光，一会儿的工夫红工衣湿透。突然，鲜红的血液从他的鼻孔、牙根上流了出来。同事们赶紧脱下衣服遮住张虎贲的头部，为他擦拭血液、灌凉水、堵鼻孔，折腾了大半个小时，他的两个鼻孔塞着长长的卫生纸条。大伙儿劝他回去休息，他摆摆手，继续与大家干下去，直到顺利完工。

夜晚，他上身的肉好像被烤熟了，疼痛难忍，不敢挨床。几天下来，脸上、胳膊上好像浪花儿，曝起一层层白皮……

炎炎夏季，尤其是那些嗡嗡直叫的沙漠蜱虫和蚊子，好像前世的仇人，叮咬在身上皮肤很快溃烂，直到蜕下一层白皮，留下一道永远抹不掉的印记。

2020 年 3 月蒙古国出现第一例本土病例，2021 年 3 月蒙古疫情失控，从每天 100 多例迅速增长到 3000 多例，4 月宗巴音发现第一名感染者。面对蒙古国愈演愈烈的疫情，东胜蒙古公司根据国内的相关规定，制定和启动应急预案，建立网格化防控体系。从乌兰巴托采购来测试纸，定期对员工进行核酸检测。对重点人员、重点环节实施动态监控和闭环管理。

一场紧张激烈的防卫战打响了！

2 月 23 日，中国国防部无偿援助给蒙古国国防部 30 万剂新冠病毒疫苗。得知这一消息后，张虎贲安排商务经理林文杰迅速与蒙古国家紧急状态委员会、卫生部、矿业与重工业部和矿产石油局等部门联系，得到矿业与重工业部部长戈·云登的高度重视，后者迅速安排东胜蒙古公司员工的疫苗接种工作。3 月 26 日，蒙古政府派出一个疫苗接种小组专程来到东胜蒙古公司宗巴音生产基地，为 34 名中方员工和 57 名蒙方员工完成了第一剂疫苗注射，这是在蒙古第一家为员工集中接种疫苗的外资企业。

自 2021 年 5 月起，50%~90% 的蒙方员工居家防护。这时，张虎贲他们已在蒙古坚守 500 多天了。

回家遥遥无期。

家，此刻像天上的星星遥不可及，回家成为一种奢望。2020 年 9 月 3 日，33 名被困在国内的中方员工从二连浩特口岸入境，返回工作岗位。

2021 年 10 月 5 日，蒙古国新冠疫情累计确诊病例 314601 例，超过全国总人口9%的人感染，乌兰巴托累计169222例，东戈壁省累计7020例，项目生产基地所在地宗巴音镇累计227例，全国死亡病例累计1289例……疫情愈演愈烈，宗巴音镇1500多人中有700多人感染。医院收不下，只能回家治疗。

一连串数字，令人惊讶、恐惧，恶魔就在身边，生命的威胁潜伏在脚下。情况万分危急，稍有不慎便会有“沦陷”的危险。

疫情牵动着千里之外亲人们的心。东胜公司、胜利油田、中石化、国资委……层层上报，联系协调，尽快让滞留在外的员工们回家。

至2021年8月底中国员工3剂疫苗接种率达到100%，至9月底蒙古员工3剂疫苗全部接种完毕，这为员工抵抗疫情袭击提供了宝贵的防护铠甲。

这时候，第3波新冠疫情强势来袭，“德尔塔”变异毒株来势汹汹，疫情呈快速蔓延的态势。仅9月，蒙古累计新增确诊10.1万例。

必须切断传染链！134名蒙方员工先后4次放假居家隔离，而中方员工承担大部分工作量已然成为“常态”。

“张经理，不好了！蒙古员工聚集在门外要找您呢！”

“走，出去看看！”张虎贲走出办公室。院外，站着几十名蒙古籍员工，一见到张虎贲，他们迅速聚拢过来，情绪激动，叽里呱啦地说着诉求。

“他们要求复工呢。”翻译说道。

张虎贲安抚着，让他们冷静下来，并且劝大家回去等待消息。然后紧急通知几名班子成员开会，研究对策。经过慎重考虑和讨论，形成决议：正在防疫关键时期，既不能激化矛盾又要打好疫情防卫战。公司决定答应外籍员工复工要求，分两班倒，在公司住两个月，回家休息两个月，但必须隔离7天做3次核酸确认无症状后再上岗。

然而，这时出现了一个小插曲。

9月26日，张虎贲得到令人震惊的消息：为员工打第三针疫苗的一名医生确诊成为病毒感染者！

天哪！组织把这支队伍交给自己，他们的亲人还在家期盼着呢，如果……他就成为罪人，这后果简直难以想象啊！

张虎贲的头立时大了，嗡嗡作响。他赶紧安排人打听这位医生近几天的踪迹。

27日，消息传来，原来这位医生是从这儿离开后，去参加一个聚会被感染的。

"吁——"张虎赍长长地舒了口气，虚惊一场，身上的大山顿时消失，一身轻松。

但疫情防控一刻也不能放松。

在打好疫情防卫战的同时，原油生产不能受到影响，一滴油不能少！

勇士，就要有老虎般的勇气。

张虎赍常说的一句话："弟兄们，跟我上！"

滞留在国内的33名员工回来之前，他带领在岗的33名中方员工承担起了平时200人的工作量，每名员工身兼数职，连轴工作，平均每天只能睡几个小时。白天参与巡井、取样、化验、倒油，晚上录资料、做分析、报数据、巡输送管线。每天只能睡三四个小时，加班加点，连续作战，尽最大努力保障了生产的正常运行。

10年了，集油站罐区水泥地面损坏严重。他带着大伙儿头顶烈日奋战了两周，打水泥地面2000多平方米。这项不起眼儿的工程，至少节省上百万元。

11月23日，到了销油的日子，北国戈壁已是寒冬料峭。张虎赍带领全部管理人员提前两小时爬上销油栈桥，打开阀门，固定好管线，做好放油准备工作。吃午饭的时候，热腾腾的饭盒打开后吃到肚里已是冰凉，杯子里的热水也不知道什么时候结了一层厚厚的冰碴子。站在4米高的栈桥上，寒风凛冽，吹在脸上像刀割一样。正午时分，气温达零下20摄氏度。他们奋战了12小时，原油装运工作终于完成。

笛声回荡，车轮滚动，满载原油的列车驶向祖国。这时候，将士们心里无比激动，艰辛的付出换来了一罐罐石油，梦想成真，是最快乐、最幸福的事！

因为疫情，厨师两周出去采购一次，一菜难求，大家只能天天吃羊肉。没有蔬菜和维生素的补充，2020年下半年，张虎赍得了荨麻疹，天天吃抗过敏药，浑身上下一片一片的红疙瘩，奇痒无比，他不停地用手挠，一挠就睡不着觉。那滋味真是生不如死哟！

冬天来临，两台锅炉一刻也不能停啊，否则原油管线就会被冻住。从煤场到锅炉房几十米远，需要把煤输送到锅炉中。原先，这些活儿都是蒙古籍员工干，眼下他们在家隔离防护。张虎赍带领6名党员干部把推煤的任务包下来，他们一天24小时3班倒。每次干完8小时，鼻子眼儿、脸上、身上都是煤灰，有时累得实在受不了，脸都来不及洗一倒头便睡。

在蒙古疫情肆虐、“江河上下一片黑”的情况下，东胜蒙古公司独守一方净土，实现了零感染，创造了中国奇迹！

2021 年春节前的一个早上，张虎贲的手机一声脆响，是微信。他建了一个“东胜蒙古大家庭”的群，搭建了一座桥梁，让外面的职工与家人及时交流。

“我是刘永刚的女儿，你什么时候放我爸回家啊？我爸都 4 年没回家过年了。”

看了孩子发过来的信息，张虎贲仿佛看到孩子渴望的眼神，看到一张稚嫩流泪的脸，他又想到了自己的女儿，一阵钻心的疼痛。酝酿了一会儿，他给孩子回复了信息：

“孩子，你好，你爸爸经常和我说起你，去年工作找得好，业绩也很好，你是他的骄傲。你的爸爸是公司里最优秀的职工，是你的榜样，希望你在以后的工作中向他学习，永争第一。因为疫情，中蒙两国不开关，已经有一年的时间，这是两个国家政策的原因，我们也想早点回去，但是要服从国家政策管理。希望你给你妈妈和亲属们解释清楚，请他们理解。我们在这儿坚守，是为了不给国家添乱，等政策允许，公司一定组织大家与你们团聚！”

国外惊心动魄，国内家的日子也浸满了辛酸。

一个同学告诉孟令伟：蒙古最近疫情传播得厉害。听到这个消息，她的心被高高吊着，魂不守舍。这两年，她与张虎贲心有灵犀，聊天的时候都是只说喜讯，享受彼此的快乐。

打这天起，她开始关注国际疫情实时动态，每天仔细询问丈夫那边的疫情情况，三番五次地嘱咐他做好防护。

一天早上，张虎贲突然接到妻子的电话，传来女儿轻轻的啜泣声。

“怎么了？”他急得头上直冒火星子。

“孩子晚上梦见你了，说你没抱她，也没和她说话，就又回单位了。这不一大早起来就哭，说自己惹爸爸生气了，非要打电话求证一下。”

“宝贝，爸爸很想你，等回家一定好好陪陪你。”张虎贲迅速关了手机，夺眶而出的眼泪哟，滚烫滚烫……

蒙古高原有一个传说，只要找到八瓣格桑花，就找到了幸福。空闲的时候，张虎贲采了八瓣花的种子，和女儿约定，等回家后一起种下属于他们的幸福。

家是温暖的港湾。因为石油，胜利油田东胜蒙古公司员工把家拆为两半，他们带着上面一半走进异国他乡。没了上面一半的遮挡，下面一半摇曳在风雨之中。从此，上半伤，下半痛。

没有男人的家好难！

2020 年 5 月小区暖气改造，恰逢孩子感冒，里里外外有许多东西要搬来搬去，孟令伟一人确实搬不了。到了 10 月快要通暖气了，她只得托人雇了几名临时工帮着搬东西，一直忙活了一周，累得她腰酸背痛。

有一天傍晚，女儿一人在家，听到一名男子大喊大叫，不断地敲门。通过视频监控，小艺馨看到来人并不认识，吓得哇哇大哭。又一次，一名男子走错了门。打这以后，每天一进家，小艺馨就把门反锁上，心中有了阴影。

三

东胜公司总部坐落在油城东营城区的核心地带，是一座现代化的大厦。许多东胜的干部、职工舍弃了优越的办公条件，踏过千山万水，来到遥远、荒凉的异国戈壁滩，从“天堂”来到“地狱”。

今年 53 岁的侯炳祥就是其中一位，他是 2012 年 12 月到达蒙古的，担任安全工程师。

蒙古电力系统薄弱，一刮风就停电。有时候，花费两小时刚把井开起来，又全停了，一晚上开好几次，一点儿觉也睡不成。油井每两小时就要巡视一次。有一次，他在安全巡视途中，突然，远处一股烟尘升起，在天地之间翻腾着，像波涛大浪铺天盖地汹涌而来。

沙尘暴来了。

风像野鬼一样号叫着，四周一片昏暗，什么也看不到了。天不好，现场安全检查可以等等再说，但侯炳祥却想到安全管理一时也马虎不得，越是这种时候越不能放松。他迅速蹲在地上，把头埋在两腿之间。待了好一会儿，稍有了一点儿亮光，沙尘稀薄了许多。他站起来，浑身上下披着一层厚厚的泥沙，抹一把脸，满满的泥沙；抠一下鼻孔，是泥沙；掏一下耳朵，还是泥沙；咂咂嘴，牙齿上下咯吱咯吱响，还是泥沙。他努力分辨着方向，按着巡井路线摸索着。平时巡查完最多两小时，这次用了六个多小时。

2019 年 9 月初，乌云翻滚，雷鸣电闪，狂风大作，暴雨如泼，台风“利奇马”袭击了宗巴音。一连几天的瓢泼大雨，昔日茫茫戈壁，眼下却是汪洋一片。油区受灾，油井关闭，许多井座损失严重。一个 300 立方米的大油罐在洪水中飘出几十米远。

在宗巴音历史上，这种大雨 50 年才遇一次。

油井不能停，必须紧急抢修！

侯炳祥和刘新宇等党员干部冲在前面，他们带领员工蹚在齐腰深的浑水中，赶到现场紧张地忙碌着。修围堰坝、挖排水沟、抽水泵排水。井座冲蚀，一袋沙子几百斤重，一个人一下午能扛几十袋，筑牢油井基座。油罐移位，再吊回去。侯炳祥既是安全工程师，又是采油工、建筑工、作业工，样样能干。饿了，在现场吃几口送来的饭菜；渴了，咕嘟咕嘟喝几口凉水；累了，在坝顶上躺一会儿，每天早起晚归。湿透的衣服紧紧贴在身上，就像砂纸，一动，磨得皮肤疼痛难忍。晚上回到宿舍，侯炳祥脱下衣服一看，身上好几块地方皮肤都被磨掉了，裸露着鲜红的血肉……整整奋战了一周时间，80 多口油井全部恢复了生产。

也许，戈壁滩渴得太久了，捧着罕至的洪水久久不肯放手；也许，不毛之地太需要水了，这些雨水在戈壁滩被珍藏了一年多。

“婷婷脑出血住院了，医生说人不行了！”2021 年 4 月的一天晚上，侯炳祥与妻子视频，看到她神色异常，支支吾吾，在他的一再追问下，妻子终于说出实情。侯炳祥急得根根头发直立起来，浑身直冒汗，他把摄像头悄悄移开，泪水夺眶而出。

婷婷是大姐的孩子，从小在姥姥家长大，侯炳祥看着外甥女长大，感情深厚，视若己出。孩子这么年轻，就……太意外了！他恨不得立即插上翅膀飞回孩子的身旁，但愈演愈烈的疫情让限制流动措施越来越严格，回国已无可能。他只有叮嘱妻子多去陪伴一下外甥女，给孩子提供一些力所能及的帮助。

“夜深人静的时候是想家的时候，想家的时候很甜蜜，家乡月就抚摸我的头……想家的时候不说话……就怕让家捆住了脚和手……”侯炳祥最喜欢这首《想家的时候》，特别想家的时候他就轻声唱一遍，流出两行热泪，心里就舒坦了许多……

工作累、条件差、心理压力大，侯炳祥得了肾炎，身体无力，血压高，腿脚肿得发亮。公司安排他来到乌兰巴托医院就诊，医生让他住院治疗，但一想到油井，侯炳祥坚持要回去，只让医生开了一些药。

“现在一回到家，我的病就好了，真奇怪哟！”侯炳祥开玩笑说，自己得的是“想家综合征”。更让他高兴的是，婷婷让医生和家人从死亡线上拉了回来，已经康复出院。

四

“丁零零……”我的手机突然急促地响起来，是微信视频。

屏幕上是一张洋溢着青春的笑脸。昨天，张虎贲让坚守在蒙古的商务经理林文杰加了我。他说，林文杰在蒙古待了 16 年，身上肯定有许多故事。

文杰身穿 T 恤衫，我有点儿纳闷儿：寒冬腊月，那边的温度应该很低啊！

“现在外面的温度是零下 23 摄氏度，室内有暖气。我已经习惯了出门穿羽绒服，脱下来就是半袖了。”看来十多年的羊肉是没有白吃哩，果然身强体壮，当然，还有关键一点是年轻，毕竟才 43 岁。现在我的办公室 20 摄氏度，我身上却毛衣、秋衣一层套着一层。

文杰的主要职责是涉外联络，完成项目部的商务、行政、法律等任务。

他给我讲了一个“撞橱柜”和一个“陪哭”的小故事。

那是一个深夜，正在睡梦中的文杰突然被“咚咚——”的声音惊醒。

什么声音？他穿衣下床。那清晰的声音是从隔壁房间传过来的。原来，一位新婚不久的小伙子在外面待久了，想家想得睡不着觉，就用脑袋不停地撞铁皮橱子。文杰拉着小伙子走出宿舍，在办公室里和他谈心，讲自己在戈壁滩上度过的“蜜月”，陪他在静悄悄的基地大院里走了一圈又一圈，直到小伙子的情绪平稳了，他们才回屋睡觉。

一名年轻职工晚上想孩子了，与舍友聊着聊着，情不自禁哇哇大哭起来。情绪迅速传染到舍友身上，两个汉子哭个不停，那哭声在黑黢黢的戈壁滩上传出很远很远……

想家的滋味真的不好受，那是一种掏心挖肺的痛哟！

为了转移注意力，他们想办法“找事”干。灯坏了自己修；学理发，互相剃头；建起两个蔬菜大棚，养鸡、种菜、养花……时光在忙忙碌碌之中被打发走了。

“说说你自己吧，最难受的事是什么？”我的问题刚提出，屏幕上的林文杰把脸悄悄扭了过去，咬着嘴唇，好长时间没说话。脸转过来的时候，两个眼圈红红的。我知道我的问话戳到了他心中的痛处。

“最难受的还是对家的亏欠。”他哽咽着说着掏心窝子的话。

“假如我有一支马良的神笔，我要给不幸的朋友画一个小气球，他就不觉得孤单了；假如我有一支马良的神笔，我要给爸爸画一架大飞机，这样爸爸就能回来陪我玩了。”

那还是8年之前，上小学一年级的儿子林歆然写下这篇日记时，林文杰正在距离他1500多千米外的蒙古国乌兰巴托参加一场关键的商务谈判。

这种愧疚也曾让林文杰泪流满面。结婚成家的18年时光里，他在蒙古坚守了16年，大部分时光陪伴的是那片遥远又荒凉的戈壁。

2017年腊月二十三，阔别家乡70多天的林文杰回到东营后，没有回家，而是去了公司总部，因为一场施工合同谈判，在东胜大厦待了好几天。原本10多天的假期，留给妻儿的时间寥寥无几。

第一次回家的时候，孩子刚刚出生；第二次回去，孩子不认识爸爸。以后，每次回去都能感受到孩子的成长，从上幼儿园到上小学、初中，如今儿子已经13岁了，从一棵弱不禁风的幼苗，长成一棵茁壮的小树。孩子非常争气，在黄河中学读初二，每次考试都在年级名列前茅。看到孩子，他既欢喜又难过，欢喜的是孩子渐渐长大，难过的是在孩子的成长历程中，他没有尽到一位父亲的责任。

岳母罹患癌症，到济南医院住院治疗，妻子表现出异常的坚强，一人陪着。2021年8月，岳母不幸去世，他回不来。每次视频，妻子都是那句轻轻的话：“挺好的，放心吧！”

然而，妻子长期劳累和过度悲伤，还要拿出很多精力照顾孩子的学习和生活，身体状况大不如从前。每次，当拉油的专列启程回国，文杰都是照一张照片发给妻子，妻子看到后，点点头：咱值了！

2019年4月，受共青团中央邀请，林文杰参加了在北京举行的中蒙建交70周年“中蒙友好青年故事会”，他演讲的《戈壁滩上的美好生活》被团中央环球伙伴 GlobalPartnership 公众号推送。

6 月，在中国大使馆举行的共青团访蒙代表团座谈会上，林文杰受邀作为优秀中资企业代表之一发言，受到了团中央领导的表扬。

五

电话又响了起来，是坚守在东胜蒙古公司分管生产的副经理刘岗打来的。本来我想与他视频聊聊，看看那边的情况，但他打的是语音聊天。我想，他可能怕见家乡的人，怕流泪。男子汉嘛，有泪不轻弹，弹泪需在无人处哟！

他给我讲了几个小故事。

有一名叫刘来军的职工，今年 39 岁，是复员军人，老家在临沂，还有一个妹妹，家庭比较困难。今年母亲身体不好，住院治疗需要手术。然而，高昂的手术费却让家人犯了难。这可怎么办呢？接到父亲的电话，刘来军急得蹲在角落里哇哇大哭。张虎贲和刘岗每人借给他 1 万元，解了燃眉之急。刘来军激动地落下了泪，公司安排他回家照顾老人，他死活不肯，继续坚守在岗位。他说："孝心再大，大不过责任心哩。再说，我要以行动多为祖国献石油，来报答领导的关心呢！"

在这 700 多个日日夜夜中，有许多意外事情发生：8 名在外员工的亲人离世，3 名员工父母做手术……中方员工李柱、李加力根是亲兄弟，一起来到东胜蒙古公司上班。有一天，他们突然接到来自老家内蒙古的噩耗：父亲不幸去世。

哥俩在电话里托付妹妹和舅舅处理父亲的后事。

弯月高挂，星光点点，戈壁滩湮没在寂寞和夜幕之中。他们在一个角落里，点燃一堆纸钱，洒下一瓶白酒，面朝家乡的地方，热泪盈眶："爸爸，我们回不去了，在这儿给您磕头了，您老人家一路走好啊！"纸灰飞起，寒风呜咽，月儿流泪，星星叹息……

说起自己的时候，刘岗轻描淡写："就是觉得有点儿对不起老婆，她一人在家既照顾老的又要照看小的，很不容易。5 年前，我父亲患心梗，老婆叫救护车送到医院，紧急手术，住了 1 个月，直到出院后才告诉我。家里人是只报喜不报忧啊！"

六

2020 年 1 月 21 日，腊月二十七，张立新匆匆踏上了回国的路途。正月初九，他正准备返回乌兰巴托。一场突如其来的疫情把原来的节奏全部打乱了，他与同事滞留在国内待命。

哎，你说这人怪不怪？在国外待着时，天天算着回家的日子，现在回不了了，张立新却天天坐立不安，他惦记着远在千里之外的公司，惦记着在异国他乡的同事，每天关心着疫情，整天闷闷不乐。正是这段珍贵的天伦之乐时光，让他又获得了“重大成果”：5 月，妻子邵亚丽怀孕了！这令人兴奋的消息，让全家人欢喜得合不拢嘴。张立新高兴过后又陷入深深的担忧：他的工作性质决定了与家人聚少离多，柔弱的妻子既照顾 8 岁的大女儿张静，又将面临独自承受怀胎十月的艰辛。

这二胎是留还是不留呢？

就在这节骨眼儿上，他接到了通过“绿色通道”回蒙古复工复产的通知，并强调了返蒙人员要做好一年，甚至更长时间不能回国的心理准备。

“没什么，你放心回去吧，再重的担子我自己也会扛起来！”看到妻子明亮的眼神，他鼻子一酸，扭过头去，他怕眼泪掉下来。

8 月 31 日，是返蒙复工人员出发的日子。出征前，有位东胜公司领导看到张立新妻子和女儿前来送行，愉快地说：“给你们一家三口照张合影吧。”

旁边的林文杰打趣道：“是一家四口，肚子里还有一个哩！”

于是，张立新有了一张“不伦不类”的团圆照。

大巴车启动了，出征的脚步坚定而又从容。33 名身着红工衣的员工就像放飞的 33 顶红风筝飞向遥远的天空……

2021 年 1 月 30 日凌晨，因为劳累过度，邵亚丽出现临产征兆，比预产期早了 3 周，朋友于静静急忙把她送到了医院。在家属签字时，医生了解到家里没人来时，非常惊讶。实在无奈，医生破例允许于静静签了字。进产房之前，邵亚丽拨通了丈夫的微信视频。这边进了产房，那边张立新手握手机坐立不安。

等待的时间特别漫长啊，4 个多小时后，手机终于响起，母女平安。

张立新为二女儿取名筱婉，一个非常有诗意的名字。他至今还在蒙古，已经离开家 16 个月了，还没有见到孩子亲自抱一下，只是在视频的时候逗逗小女儿。他说，在梦中期盼着回家的场面，问一下1岁多的女儿，爸爸是什么样子……

七

张虎贲把回国的好消息一直藏在肚里。第二天早上，太阳从茫茫戈壁钻出头来，和往常一样宁静、安详。八点多钟，井场上却是一番热火朝天的景象，机器轰鸣，吊臂高举，一个个红色的身影在井场忙碌着，汗滴飘洒，哨声阵阵，一个300立方米的大油罐终于转移成功。

午饭的时候，能够回国、回家的喜讯突然来临，欢呼声、碗筷敲击声此起彼伏，并不宽敞的餐厅沸腾了。

高云是东胜蒙古公司年龄最大的，作为党支部书记，2021年底应该退居二线了。按说，他也该一起回家，在外也待了700多天了，但考虑到原油生产和队伍情况，他主动提出自己留下来继续坚守："咱俩正职不能一块儿回去啊，我年龄大了家里事少，还是你先带着大伙儿回去吧！"张虎贲与高云推让起来，最终张虎贲只得服从书记的"命令"。

回家的脚步，千山万水挡不住，风雨冰霜挡不住，肆虐的疫情挡不住。在基地隔离了两周后，23名脱下红工衣的职工踏上了开往乌兰巴托的大巴，与送行人员隔窗相望，挥手道别。

在乌兰巴托又隔离7天后，早上8点，他们穿上了防护服全副武装，从成吉思汗机场乘机，经过6个半小时到达伊朗梅赫拉巴德国际机场，准备在这儿中转机回国。

"嗨，那位是中国人哩！"在候机大厅，他们遇到了几名其他境外企业的中国员工，好像遇到了亲人。

回家的路曲折而又漫长。

接下来是在机场漫长的等待。回家的心一直在蹦跳着、冲撞着，胸膛内好像关着一匹饿狼。20多个小时的等待与回家的渴望擦出了火花，时间终于在指缝中缓缓流过。凌晨4点，他们又踏上了飞往广州白云机场的飞机。

飞机像一只展翅高飞的大鸟儿，穿过云雾，平稳航行，坐在舱内的离家人却嫌太慢太慢，恨不得自己长出翅膀，一起飞翔。

当机舱内播放了到达祖国领空的消息时，他们热泪盈眶，情不自禁地向舷窗外张望。

下了飞机后，他们心中的狼成了温驯的绵羊，眼前的一切都是那么熟悉而又亲切。见到每一个国人，他们都会驻足相望、上前搭讪。亲人啊，也许您不知道我是谁，但您要知道我是一名中国人！

在候机大厅内鲜艳的五星红旗下，他们合影留念，齐声高呼："祖国，我们回来了！"

高昂的声音，在宽敞的大厅内久久回荡……

隔离 14 天之后，他们从广州飞到了济南。12 月 20 日下午，阳光舞动，油城欢腾。到达东营后，他们又被集中隔离。太阳还是家中的暖，月亮还是家里的圆，水还是家里的甜。他们把每一分、每一秒的时光放进嘴中细嚼慢咽，咀嚼出丝丝甘甜。家就在身边却见不到亲人，心一直飘着，焦躁不安，两周的时光好似两年一样漫长，终于咬着牙挨过去了。23 名石油职工历经 50 天、辗转 13530 千米，经过 18 次核酸检测，终于到家了！

妻子和女儿早已等候在楼下，张虎贲远远地看到她们的身影，扔下行李飞奔过去，抱起女儿高高地举过头顶，转了一圈又一圈，妻子孟令伟从身后紧紧抱住丈夫，生怕他会离去。

一家三口紧紧相拥，泪水飞奔，热血涌动！

积雪欢笑，寒风鼓掌。

那晚，女儿紧紧抓着他的手，偎依而睡。从迈入家门的那一刻起，每天黏着他，上学让他送，吃饭让他陪。爸爸在身边的日子好幸福哟！

家，好温暖；家的味道，真好！

其实，回到家的张虎贲并没在家好好待着，几乎天天在东胜大厦的办公室忙活着，汇报工作、商业谈判……一刻也闲不下来。这不，元旦刚过，他又跑了一趟二连浩特签合同。日思夜想着回家，而今回到家却又为返岗做准备。

那天下午，在东胜大厦四楼的一个并不宽敞办公室里，我对张虎贲进行了短暂的采访。不经意间看到他头上布满了白发，我心中打了一个激灵：他毕竟只有 35 岁啊，正处于人生的青春之巅，苍老却过早地在他头上驻足……

根根白发像发亮的钨丝，曾经照亮荒凉的戈壁，照亮曲折的回家之路，照亮石油赤子为国担当的情怀……

尾 声

风风雨雨20年，胜利油田员工在异国他乡书写了奇迹，向祖国交了一份优秀的答卷！

20年，条件艰苦、远离家乡……困难如山，却锻造了一支钢铁的石油队伍，他们像一支火把，将中国石油精神在异国他乡的戈壁熊熊燃起。从蒙古国运回原油87万吨，为保障国家能源安全作出了贡献。

在保障原油生产的同时，胜利石油人勇于承担社会责任。东胜蒙古公司的发展，先后为宗巴音镇提供了200多个就业岗位，促进了当地的经济发展，给当地不少牧民家庭带来了曙光，现在许多蒙古籍员工从蒙古包搬进了楼房。

他们积极投身于公益事业，不定期为贫困户捐赠油、米、面，帮助蒙古人民修路筑桥，为学校捐赠书籍和助学金。从东胜蒙古公司驻地的宗巴音镇到查干采油队途中，有一个不大的蒙古包，70多岁的萩卡夫妇居住在这里。老人没有收入来源，3个子女也不在身边，50多只羊是家里仅有的财产。东胜蒙古公司每个月派人给老人家里送去粮、油、米、面和干草料，还不定期帮助他们解决生活困难，让两位老人深受感动，热泪盈眶地竖起大拇指，激动地说："巴耶拉（音译'谢谢'）、巴耶拉……"

他们积极响应"一带一路"倡议的号召，于2018年投资80多万元，援建了一座幼儿园。投资50万元，将一废弃游泳池改造好，丰富了当地民众的生活。他们像播种机，把中国人善良、勤劳、节俭的优秀品德在当地传播开来，加深了中蒙人民之间的友谊。

…… ……

在宗巴音、在乌兰巴托、在蒙古，当地民众见到"红工衣"的中国石油人就像见到亲人，主动打招呼。东胜蒙古公司得到当地政府与居民的认可和赞许，先后被蒙古国政府评为"蒙古国十佳外资企业"，被蒙古国中华总商会评为"优秀中资企业"。2020年12月25日，为表彰公司在疫情期间作出的贡献，蒙古国政府矿产与重工业部授予东胜蒙古公司"2020年社会责任执行者暨优秀企业"称号，为中石化、胜利油田在国际市场赢得了声誉。

我 们

邹会莉

当第一缕曦光划破天空时，荒原在晨光中醒来。这片土地上的人们又迎来了生命中崭新的一天。

我和我的工友们，也开始了新的火热的生活。我喜欢这种生活。

我们的单位

我们的单位很小，只有 200 多人，多年共事让大家像兄弟姐妹般熟稔。

我们的单位又很大，管理着整片滩海油田的高低电压运维。

在我们工作的区间里，有一个四季皆美的小镇仙河镇。这是一个年轻的小镇，是 20 世纪 80 年代中期，随着孤东会战所建起的一个石油小镇。

它的四周被密密的槐林环绕着。每年的 4 月下旬 5 月初，走在镇子里，槐花的香味扑面而来，人的心情也就莫名地变得好了起来。

靠近镇子的西边，有一条美丽的小河。这条河不大，但也不小，一年里，总有一些老石油人在这里垂钓。河叫仙河，途经的地方便叫神仙沟。

神仙沟不应该是石油人起的名字。

我们来之前，就好像有了这个名字。这里从前是海，海水退去，才慢慢地形成陆地。也因此，神仙沟应该是早先在这里打鱼的渔民们起的名字。

神仙沟，多好听的名字，它应该和一个美丽的传说相关。

谁能告诉我它的来历呢?

不管怎样，因为有了一个美丽的石油小镇，也因为有了一条美丽的小河，我们工作的这片土地，便真的生动起来了。

许许多多的日子，我和同事奔波在变电站巡察测温路上。远远地看一眼阳光下的楼群，看大地的深远处高高矗立的钻塔，心里就觉得有一种说不出的舒畅。这个时候，就连变压器嗡嗡鸣响的声音，在我们听来，也像一曲宏大渐进的交响乐了，特别是想到，就是这声音把光明传送到千家万户，心中就充盈着喜悦，就真的不觉得有刺耳的感受了。

这种感受，外面的人是很难体会也很难理解的。

在这里工作，令人愉悦的还远不止这些。

野外工作有风雨，也有飞雪。即便如此，也令人舒畅。雨来了，渤海滩上道路泥泞，沟壑纵横。往往这个时候，雨洗净了荒原上的草木树叶，走在巡线路上，各种不知名的花朵装扮着荒原。偶尔，草丛中还会窜出一只尾翎斑斓的野鸡，咕呱着飞向荒原深处。

这样的情形，我们中的不少人都遇到过。

飞雪来了就更有趣了。若碰巧是在傍晚，漫天的雪花洋洋洒洒飘扬，在光影下空中发散的条条银线，清透夺目，人走在雪花里，就像穿行在童话的世界里。

也因此，我们都深爱着我们的单位。我们中的不少人，在这里一干就是一辈子。到了退休，还舍不得离开。这一说，我也在这个单位一眨眼便工作了 20 多年。

真的，我们爱我们的单位！

一次小会战

说来你或许不信，我们这个单位搞会战其实属于常态。

冬、夏两个季节里，在工业用电的高峰时段，三更半夜只要线路出现状况，我们线路维护人员就带上工具匆匆赶赴现场，有时查找故障点会持续到半夜，如果还是没有发现，就短暂休息后第二天继续查找。

当你坐在家中看着电视，当你看到室外灯火通明，我希望你感谢我们电力工人，这是每一名电力工人的辛勤付出换来的结果。

采油管理区更是我们重点力保的单位。一片片的磕头机，每天得抽出多少油呢？作为生产保障的服务单位，我们当然明白，原油产量上去了，采油管理区完成任务，我们获得劳务收入，这是一个双赢的结果。可是要是因为无故的停电造成停井，那可不行的。

因此，我们平时最关注的就是采油管理区用电状况是否平稳。要知道，许多时候正是持续的波动，会导致大面积的停电。

那是 10 月的一天，我们所负责的一个采油管理区，便出现了用电异常的情况，我们的小会战也因此开始。小会战的目标便是发现隐患、查出隐患原因，抓紧排除存在的问题。

早上 7：00，机关和线路站的人员便早早地集结完毕。

我们兵分 5 组，沿着划分的区域分散巡视排查。

大昌他们准备好皮筏子，穿上救生衣，划着向水池中的杆塔行进。哗哗的声音惊扰着这片宁静，水面上泛起阵阵涟漪，不时有鱼儿奋力跃起掀起一阵阵欢腾。

有的路段仍泥泞难行，峰子带着我们向前迈进。我的雨鞋沾满泥巴，一脚陷入泥中，费劲拔鞋猛的一个趔趄，身体没有站稳，随后便一屁股坐入泥中，来了个泥浴，惹得大家开怀大笑——平日里斯文的才女也会如此狼狈。我借一句诗句缓解尴尬：滩涂逶迤腾细浪，黄河磅礴走泥丸。

其实，也没啥好笑的。一天下来，不少人的衣服、鞋子都沾满了泥。

那天，我们跑遍了荒原上的角角落落，完成了对几十个杆塔、一百多座变压器、近百千米高压线路的测试检查，线路上不易觉察的隐患，在“火眼金睛”下无所遁形。

午饭是一顿野餐。

那是我们吃得最香的一餐饭，用狼吞虎咽来形容一点儿也不为过。

午餐里，我注意到，条条银线向远方延伸，磕头机、苇子林、采油人，不时低空飞过的大雁，构成了一幅绝美的画卷。

我还注意到，雪白的苇花在十月里，像极了天上洁白的云朵。

仅仅过去的一年，我们组织开展各类生产会战 19 次，完成 480 千米的线路巡检任务，消除各类缺陷 1900 处，因故障影响采油厂原油产量同比减少 657 吨。

野外即景

一年里，会战的次数毕竟有限，但野外工作却是常态。

随便举个印象比较深刻的例子吧。

那是一个雨夹雪的夜晚，线路出现故障。这个时候，就必须随时出动了。

是涛子带领我们踏着雨雪出工的，涛子走在队伍最前面。

借着灯光往上巡查线路时，一条条细密的雨雪像千万箭头射向大地，胡乱拍打着脸。

我们深一脚浅一脚地向前边走着。荒原的路坑洼不平，我脚底一滑，摔进了路旁水坑中，峰子忙把我拉出来。

白天里，每一条高压线路的走向、盐碱滩涂沟沟坎坎的位置，全都印刻在脑子里。夜黑风高就不一样了，加上大雪吹的人直打趔趄、眼睛都睁不开，只能压低身体，借着微弱的手电筒光，在风雨中逆行着。

当我们走到覆冰的盐池上方时，冰面猛地开裂，峰子坠入冰冷刺骨的湖中，厚重的工服像巨石沉甸甸地拉着他向池底沉去。我们七手八脚地把他打捞上来时，发现他浑身上下都湿透了，就连手上和脸上，也被冰碴划出了血口。

也就是仗着年轻，峰子让我们先处理故障，不要管他。

实在是因为故障急需排除，我们居然就真的照他的话做了。故障处理完了，这才紧急把他送回驻地，食堂师傅做了浓浓的姜汤，打开电暖气、拿来热水袋，峰子的气色才逐渐缓了过来，大家揪着的心，也总算可以放下来了。

那次的检修至今想起来都令人后怕——那样的天气里全身湿透，这可是很容易生病的。

我们管辖的区域还包括黄河口自然保护区。自然保护区里，有一座临时变电所。这些年里，每当黄河调沙，即黄河上游放水冲洗河床时，搭建在黄河上的浮桥就会在汛期拆除。按照规定，这个时候，我们也会派人值守，保护油井的正常用电。

多么值得怀念。

每年我都会多次去到自然保护区里完成巡检任务，主要是观测东方白鹳等鸟在电线杆上搭窝的情况，因为鸟窝、排泄物会造成线路跳闸。我们的原则就是在保护线路平稳运行时，也爱护好鸟儿。因此，我们会在树上搭建鸟窝、线路加装绝缘保护层，让人、自然、鸟和谐相处。

当鸟群在头顶盘旋时，如静止般在空中滑翔，我会朝它们用力地挥手。

工作之余，我还发现，保护区的风景真的如滤镜处理后的明信片般的美丽。一簇簇浪漫奇幻的红地毯，静静地等待与你的邂逅。夕阳下，太阳以它赤金般的颜色覆盖在芦苇荡上，像海一样。

当我和同事巡视这里的线路时，无不被这些风景所打动。

说实话，我就是在那时真实地感受到，劳动着就真的会快乐着。

生活中有很多的快乐，真的只能在劳动中去发现。

我的工友们

我们这个群体里有中石化劳模、油田劳模和公司劳模，不能说藏龙卧虎，但真的可以说是人才济济了。

比如峰子，就连续三年当选油田劳模。

峰子的绝活就是爬杆儿。如果你见过峰子，没准儿也会说他动作轻盈赛过猴儿呢!

不过，他的这个绝活儿可不是从娘胎里带来的。我们单位上的人都知道，为练就过硬的“爬杆”技术，在电线杆上一站就是几个小时，有时一个简单的操作一练就是十几遍、几十遍，全身衣服从里到外都被汗水浸透。直到现在，峰子还坚持在业余时间里强化体能，坚持运动。他说，运动是最好的增强体质的办法，身体不强壮，关键时候即爬杆儿的时候，动作要领就会变形。

如果某一天，你在仙河镇或者在我们单位里，冷不丁遇到一个强力锻炼的人，那指不定就是他。

再比如黑子吧，他是油田创新创效标兵。

黑子可真够黑的了。说到黑，就难免让人想到唐朝猛将尉迟恭，想到三国的猛张飞，想到梁山上的黑李逵。

是不是长得黑的人，都有着性格豪爽、干事泼辣、作风勇猛的性格呢?

这个很难说。不过，这几个特点用到他身上倒还真的是那样的。

深秋的一天，在新滩线跳闸抢修工作中，他发现一台线路油开关跳了。

当时由于潮水大，安装油开关的电杆被泡在水中，水深 1 米多又没有带雨裤，这时折返回队上再回来需要两个多小时。为了缩短停电时间，他脱下衣服蹚着刺骨的冷水，将开关合上，恢复了线路的正常运行。

上岸时大家发现，他的腿上、脚上被石砾、玻璃扎得鲜血直流，他嘴唇乌紫，浑身冻得直打哆嗦。

黑子却不在意。

从这个方面看，黑子还真的是我们单位的猛将军“尉迟恭”，也真的颇有点猛张飞的性格呢！

和峰子与黑子比，涛子就是另外一种类型了。

涛子是20世纪90年代电力专业的高才生，毕业时他选择来到胜利油田，将自己的所学奉献给这片荒漠。

不善言辞的他聪明机智。管辖的每一条线路、每一台变压器，他烂熟于心，风雨夜出现故障他总能运筹帷幄、化险为夷。他曾带领全站员工，夺得油田金牌班站的殊荣呢！

一般人可能不知道的是，高压线路往往在暴风骤雨时发生状况。

有那么两次，遇到险情时，恰好正赶上妻子值班，涛子就让年龄大一些的儿子照管一岁多的妹妹，自己则穿上工服赶赴现场。

小小的人儿不哭不闹，黑亮的眼睛讨人喜欢，就如涛子一样，沉稳安静，像荒原上静静无语的红柳，在风中散发着独特的芬芳。

党员老何，秉承“为军人增光、为党旗添彩”的信念，严格要求自己，在岗位上攻坚克难。

老何是个有心人，爱琢磨、勤动手，还真解决了不少生产难题。他说：“我搞发明创造就是为了提高工作效率，为工友们提供方便。”

因工作需要，急需一台摇臂钻床。爱琢磨事儿的老何请缨，利用自己的焊接技术，经过一个月的反复试验，让报废的台钻起死回生，为单位节约近6000元的材料费。

请原谅我的絮叨！

说实话，像这样的先进典型，在我的身边还有很多。

如果你感兴趣，以后，我再慢慢地说给你吧。

荒原的四季

荒原苍茫辽阔，四季分明。作为一参加工作就驻扎在此的人，我对这里的一草一木都充满着深深的眷恋。

前线圈里的春天短暂而明丽，当你刚刚感受到春的气息时，初夏的热风就会扑面而来。

车辆沿着镇东路向着前线行进时，路两旁的红柳、白蜡树，枝丫上已有点点绿意。看到片片成活的绿树，我心里总会升腾起一点儿自豪。

进入大红门，一丛丛嫩黄的连翘就映入眼帘，用那娇艳色泽告诉你，春天光临这片土地。

这里曾是寸草不生的盐碱地。我和同事们在每年 3 月总会种下耐碱耐旱的树种，可往往在咸湿海风的摧残下，存活下来的寥寥无几。

可一到春天，我们仍像愚公般在春风中种下绿树。终于，当荒原上和渤海边，一株株绿色小树在注视中拔节生长时，我知道，那是对石油人热爱自然、热爱生态的奖励。

荒原的夏天漫长而炎热，外出巡线时最难忍受的还是草丛里的长脚蚊子，它的喙会刺透厚厚的衣物，不吸个肚子滚圆绝不撒嘴。

每次外出时，我们要把全身上下捂得密不透风，在裸露出来的地方狂喷上药水，即便如此仍频频中招。

大昌在悬挂电杆标牌时，一不小心触碰到杂草丛中野生马蜂的窝巢。瞬间蜂群倾巢而出，围着他发起猛烈攻击。他抱着头倒在地上，脸上和手上密布如手指大的马蜂。我们慌忙用衣服驱赶、用药水狂喷，那时大昌已经陷入昏迷。最后在医生全力抢救下，他有惊无险。如今，当大家伙聚在一起谈起那天的情景时，仍忍不住心有余悸、泪水涟涟。

采油管理区办公大楼有一大片藕池。清晨，洁白的荷花傲然挺立着，碧绿的荷叶铺满整个池子，叶子上还留有大滴晨露，晶莹剔透。每每这时，我就会跑来赏景观花，心底会涌起片片欣喜，感叹这世间的美好。

海边的秋天来得急切，一阵阵秋风秋雨吹拂下，瑟瑟大地显露出微凉寒意。前线圈里秋色也分外妖娆，芦花飘雪，红黄相融。有片林子中也有霜降后红艳艳的叶子，可媲美香山红叶，查证后是一种耐盐碱干旱的杉树。

其实，我最喜欢冬天的荒原，雪落无声，给大地铺上一层厚厚的棉盖。雪后的原野是那般寂静，充满着水墨画中的意境美。这时，身穿红色工衣的石油人就如一朵朵盛开的花朵，行走在其间、点缀在其间，给荒原平添了许多灵动和生机。

四季的荒原，见证着我们的成长，也默默地看着我们走过岁月，变得不再年轻。

生活在这里，令我们最痛苦的就是，有时候，我们中的一个朝夕相处的伙伴突然就离开了我们。

他是个顽固的老头，一个典型的“老石油”。他的脸上纵横沟壑，看上去严肃严厉。我有点儿怕他，见到他一溜烟儿跑得飞快。可他却偏偏喜欢同我讲话，说我讲话文绉绉的有趣。

由于年龄的原因，他在单位里负责种菜园子。

年轻时工作玩命，老了，也不知道怜惜自己。春天里点种，夏天里施肥除虫。他身背着蓝色的大药桶，呼哧呼哧地开始喷药。菜地里是个滋生蚊子的地方，可他一点儿不怕，钻进棚地里浇水除草，等忙活完毕出来，浑身上下湿透了。在他的辛勤耕耘下，每年职工们都能吃到新鲜的黄瓜、茄子、西红柿，有时还有南瓜、冬瓜，可是他却看上去瘦了好多。

不幸的是，前几年，在单位组织的例行查体中，他被查出来患了肺癌，并且已是晚期。我们去看他时，他已经瘦弱不堪。

多好的老大哥呀，怎么会是这样！

我的眼圈一下子就红了，转身不敢看他。

他到底还是走了。追悼会上，望着他的黑白照片，我泪如雨下。

活着的时候，看他给菜地喷药，我曾给他送过口罩。就为这个，他还感激地夸我是个好姑娘。这么想的时候，我的心就变得很痛。

快乐的大家庭

有一段时间，梅子的妈妈病了。上完夜班，梅子就得搭乘班车陪床照顾。一连数日下来，梅子也跟着憔悴了不少。

姐妹们见了，就心里着急，大伙儿就聚在一起商量，怎么伸把手帮助她走出目前的困境，让她不那么辛劳奔波。

商量来商量去，终于有了一个简单可行的办法。即重新编排值班顺序，让梅子有更多的时间陪护。这个办法，好倒是挺好，只是大家得克服一些因排班而产生的新的不便。

克服就克服吧，谁还没有个事儿呢，谁又敢担保自己不遇到个麻烦事儿呢?

人嘛，不都是相互帮衬着嘛，更何况大家是同事，更是朋友和姐妹呢!

事儿不大，梅子听闻后，却很感动，背过身抹了一把眼睛，转过来就紧紧地拥抱着我们。

梅子说："还是咱们这里好！"

像这样的事情经常发生，多年的相伴相守，我们就如家人般相亲相爱。

我还是说一些高兴的事情。

我们这里当然好了!

啥好?氛围好。

每年的大年二十九，忙乎了一年，大伙儿就在一起共同做一顿"团圆饭"。

每每这个时候，我们会精心地搞一次大扫除，将办公室、职工宿舍、库房、食堂都收拾得干干净净的。我们还会自己写春联、挂彩灯，还会围在一起包饺子。

饺子主要是包给一线人员和春节值班的同志的。

每每这样的时刻，也是考验大家厨艺水平的时候。我负责擀皮，大家伙有切菜的，有和面的。一上午的工夫，一盘盘元宝般的饺子摆放整齐，赶紧速冻进冰箱，留着外线人员抢修回来当夜宵。

想着晚归的他们，在天寒地冻的时候来上一碗热乎的饺子，我的心里也是美美的。

当然这个时候，最忙碌的还是食堂里的大师傅。他们会忙着制作炸货，炸带鱼、炸藕盒、炸丸子。浓烈的香味，让食堂内外弥漫着节日欢愉的气氛。

让我难忘的还是前年，在单位和大家过新年迎除夕的场景。

在大院里放完鞭炮后，我们三五成群玩起升级的游戏。虽然我很少打牌，可那次在两位高手辅助下，我的牌运出奇地好，引得他们恨恨地说，臭手摸好牌。

我们三人最终获得冠军，即使是一个水杯的奖品也让我激动，我的获奖感言就是，好运来了，挡也挡不住啊！

没承想，这个春节会下雪。

大年初一早上，院子内早已被落雪覆盖，洁白的雪之上，覆盖有一地红色的鞭炮的纸屑。

这个场景令人充满遐想，它是不是寓意着，新的一年里，我们的生活和工作，会更加地顺遂圆满呢？

共和国石化技术开拓者

——走近中国科学院院士、时代楷模陈俊武

吴文奇

能源的饭碗必须端在自己手里。

——习近平

白色短袖衬衣之下，他纤瘦削薄的身躯，像缎锦一样，熨帖着沙发靠背；右臂搭着沙发扶手，左手自然垂放在腿上；花白的头发，白皙的脸庞，明亮的眼镜反射着微光；嘴唇轻闭，眉目略垂，静静坐着，神态安详。

两秒钟后，他抬眼看着我，并微微一笑。顿时，我感到他眼镜后面闪现出一片祥和。我自报了家门，同时问候他："院士，您现在身体还好吧？"

"好，非常好。"他微笑着对我说，"没有什么传染性疾病，我要活到 100 岁。"

我说："100 岁还是小了，您能活到 150 岁、200 岁。"院士一听，便乐出了声，一只手在胸前比画着高声说："那可不行，那就成妖精了。"

这就是传说中"您爱车喝的油，70% 与他有关"的主人翁——95 岁的陈俊武院士。

29 岁，入党——年少志报国，大木柱长天

翻看陈俊武的履历，其 70 年的职业生涯始终围绕着"石油"二字。

陈俊武祖籍福建长乐，1927 年 3 月出生于北京。他从小受到良好教育，练就了心算和速记的天赋，有着"神童"之赞誉。中学时期，他对化学知识产生了浓厚的兴趣。1944 年，17 岁的陈俊武以优异的成绩考入北京大学工学院化工系。

当时的中国民不聊生，工矿企业凋敝衰败。资料显示，旧中国石油工业基础十分薄弱，1949 年原油产量只有 12 万吨，石油消费基本依靠进口。

1946 年，读大学二年级的陈俊武到抚顺人造石油厂参观，第一次见到了日本人丢弃的一直没有投产的煤制油生产装置。那一刻，国家石油石化工业落后、处处受制于人的窘况，使年轻的他思想受到了巨大的震撼。

挽弓当挽强，石油工业才是英雄用武之地！

他当即立下誓言：一定要投身石油石化工业，用己所学为国家和民族振兴贡献力量！

4 年大学生活，陈俊武把青春岁月全部融进一张张书页和笔记之中。“外面的春天与我何干，最重要的，是要让内心充满芬芳。”陈俊武在日记中写道。不管时局如何动荡，他心中唯有专心读书和刻苦学习。毕业前夕，他以“化学工程与我——俊武求知旅程之一段”为题，把自己几年来的学习笔记整理装订，分成 18 类，各自包以封皮，加起来竟有 20 厘米厚。

大学毕业后，陈俊武盯着的只有“石油”。当时，东北是中国重工业最集中的地方，而沈阳是东北最大的工业城市，工作和生活条件也相对优越。陈俊武的母亲和家人都在沈阳，大家都劝他留在沈阳工作。但出人意料的是，他却坚持要到抚顺去。因为他心中还时刻惦记着当年在抚顺参观过的那个煤制油工厂。

在中石化洛阳工程有限公司的“榜样的力量——时代楷模陈俊武陈列室”，我看到了陈俊武的《入党志愿书》。1956 年 4 月，他加入了中国共产党，年龄 29 岁。“我的几个姐姐都是共产党员，我一直觉得共产党的事业是伟大的事业，我也愿意为这个事业而奋斗终身，当初的《入党志愿书》就是这样写的。”陈俊武说。

新中国成立后的东北，山河焕发了青春。红彤彤的朝霞，每天都为新中国注入着蓬勃的生机。

人生的第一个重大选择，陈俊武就把自己与祖国的命运紧密地联系在了一起。1949 年 12 月，陈俊武如愿进入辽宁抚顺矿务局工作，成为人造石油厂（后更名为石油三厂）的一名技术员。面对技术资料匮乏、生产条件简陋的现状，勤奋好学的他一头扎进车间，把自己学过的理论和眼前的装置设备印证对照、摆弄琢磨，弄不清的问题就向专家请教，向老工人师傅学习。1952 年，他在变换车间值班时发现，水煤气和水蒸气混合的“蒸汽喷射器”抽力很大，就联想到水煤气鼓风机的电动机是否可以在不给电的情况下运行的问题。经过一番钻研，他弄清了参数，与工人班长一起利用倒班时间做了关闭旁路试验。结果表明，鼓风机在停止供电的情况下依然自动旋转，车间其他设备运转正常。这样就使一台风机每小时可节省 25 度电。

当时，全国正在开展增产节约运动，陈俊武的这项技术革新在全厂开了先河。从此，他技术创新的热情一发不可收。

有一次，已调入工厂生产科的陈俊武深入蒸馏车间检查设备时，发现蒸馏加热炉炉管是按单管程布置的，汽化后流动阻力很大。他结合从俄文版《加热炉计算》中学习的知识，尝试制订了把炉管分为两管程的新方案。他向该车间提出建议后，很快被采纳并加以实施，取得了装置加工能力提高 20% 的良好效用，他因此也受到了工厂的特别嘉奖。

那段时间，天格外地湛蓝，风格外地轻盈，太阳也格外地灿烂，万事万物在人们的眼中都充满了积极向上的朝气。

年轻的陈俊武很快就成为全厂的知名人物，1959 年国庆前夕，他作为全国劳动模范，第一次走进了人民大会堂。

采访手记

陈俊武少怀壮心，未到而立之年即加入中国共产党。“从加入中国共产党的那一天起，我就做好以身许国、一生献科学的准备了。”他说的这句话，是其一辈子热爱祖国、忠诚事业的真实写照。心有大我，就不会囿于小我；胸怀国家，就会选择奉献担当。从步入社会开始，陈俊武便找准了正确方向，把个人与国家民族的前途命运紧密相连，并为之矢志不渝、拼搏奋斗，终于成就了其利国利民的非凡事业。

38 岁，“金花”绽放——奋发当图强，策马越江山

在抚顺石油二厂北催化车间门前，竖立着一块石碑，上书“中国第一套流化催化裂化装置——1965 年 5 月”字样。这座装置被称为新中国炼油工业“五朵金花”之一，陈俊武就是它的设计师。

20 世纪五六十年代，西方不断加强贸易壁垒，新中国的建设百废待兴，艰难起步。特别是石油能源的建设可谓一穷二白，处境更为困难。那时候，汽车很少，燃料多为酒精。后来，一度改为了煤气。北京的公共汽车，车顶上都驮着一个臃肿的大煤气包。铁人王进喜在北京开会时曾经说道："看到这些煤气包，我睡不着呀！"

石油！石油！新生的共和国急需这些黑色血液输入生机。

随着大庆油田的开发建设，国家原油供给不足的问题得到逐步缓解。但是，由于炼油能力和技术还都不过关，无法有效深度加工，汽油和柴油生产率只能达到 30% 多。当时，国际上已有先进的流化催化裂化技术，能让原油中的重油再转化为高品质的汽油、柴油。不过，这类装置在西方国家也不过 20 多套，而且其技术对中国层层封锁、严加保密。

"就像好不容易有了上好的稻谷，却没办法把它变成香喷喷的大米饭。"看到辛苦开采出来的原油很多无奈地沦为烧火取暖的燃料，陈俊武心痛不已，暗下决心，一定要拿下这项"卡脖子"技术！

自力更生，奋发图强！共和国能源的列车，急需有人把羁绊前进的铁链和枷锁砍掉。

1961 年冬，皑皑白雪覆盖了东北大地，树木萧瑟，万物寂寥。在天寒地冻之中，34 岁的陈俊武受命担任我国第一套流化催化裂化装置的设计师。

当时全国正处在"大跃进"后的困难时期，生活条件极其艰苦。参加项目设计的工作人员，每天的伙食几乎是滴油不见。"当时，北京设计院的领导经常向我们'道歉'：'同志们都很辛苦，伙食不好，中午熬白菜，晚上白菜熬，很对不起，但是实在没有办法。'"回忆起那段艰苦岁月，陈俊武莞尔一笑。

陈俊武和参加项目攻关的同事们没有一个人叫苦，几乎每夜都加班到十一二点，夜以继日地进行技术对比、方案论证，大家边学边干、边干边学。紧张工作三个多月后，他们完成了主要的技术方案。

1962 年 6 月，国家科委决定选派人员赴国外考察，陈俊武名列其中。"站在人家的炼塔下面，第一反应是想起了十来岁上中学第一节英语课的情景。老师用纯正的英语朗读：阿里巴巴来到山洞前，喊道，芝麻芝麻开门吧。"陈俊武回忆起当时的情形，眼中依旧闪烁着光芒："那道通向宝藏的大门终于打开了，豁然开朗。"

然而，那时人家的工厂还处于停工状态，尽管先进的技术摆在眼前，却没有任何人指导，能看到的只是从没见过的庞大塔器和英文资料。由于时间紧迫，陈俊武没有一天休假和娱乐，争分夺秒地学习和工作。其实在他旁边的，就是闻名世界的旅游胜地——巴拉德罗海滩。“湛蓝的海岸，洁白的沙滩，那么好的风光，一次都没有去过。”结束考察回国时，陈俊武的行李中没装一件“洋货”，鼓鼓囊囊装满了20多个笔记本的学习心得。

对于这次考察，陈俊武说：“在国外这个阶段我们的收获很大，学习和了解了大量流化催化裂化的资料，做到不仅知其然还要知其所以然。几乎把各方面的资料都看到了，不仅能够解决流化催化裂化技术问题，而且20世纪60年代几乎整个炼油工艺相关技术均有所涉及。我们以催化裂化技术为主，同时兼顾搜集常减压、重整方面的技术资料，在短短的半年时间内尽量把资料进行复制和整理。回国后石油部又组织人员进一步整理和翻译，极大地提高了我国炼油工业的技术水平。”

不过，资料只能作为参考，设计还是要靠自己去完成，特别是主要设备必须由我国自行研制。上百套仪表，数千个大小阀门，近两万米粗细管线，都要在设计中做到万无一失、准确无误。在陈俊武的主持下，1963年1000多张设计图纸完工，1964年开始施工备产。

那是怎样的忙碌和焦灼啊？！陈俊武没日没夜地“泡”在现场，这个找，那个叫；这边开会，那边答疑，忙得既像个飞旋的陀螺又似台发条被上紧的闹钟，日夜不停地轮转。

不过，再苦再累也值得，因为梦想就要实现了！

在开工前的晚上，陈俊武激动难耐，坐卧不宁。他在思索，也在徘徊，满脑子的数据紧张得一刻也停不下来。作为设计师，他常常仰望高高的炼塔，觉得自己就是这座炼塔，心绪像待嫁的新娘既兴奋又紧张，又似横刀立马的战士，满怀信心期待着出征的命令。

1965年5月5日，万物迎春，朝霞绚烂，抚顺石油二厂60万吨/年流化催化裂化装置，在艳阳下展现出钢筋铁骨的雄姿。历经4年多的卧薪尝胆、艰苦攻关，这个由我国自主开发、自行设计、自行施工安装的装置一次性投产成功！

这次成功，不仅带动了我国炼油技术向前跨越20年，接近当时世界先进水平，而且打破了西方的垄断，一举扭转了我国依赖“洋油”的被动局面，霍然打开了新中国国防和民生能源的新局面，被誉为新中国炼油工业的第一朵“金花”！

采访手记

即将步入不惑之年时，陈俊武取得了事业上的第一次辉煌胜利。世界在不断发展，但实践证明，科学技术特别是关键的核心技术，是要不来、买不来、讨不来的，只有矢志不渝进行自主创新，国家科技发展的主动权才能牢牢掌握在自己手中。回顾陈俊武一生，敢为人先、开拓担当的创新精神，始终贯穿于他的奋斗历程，是他人生最亮丽的底色，是他飞越科学技术高山大川的无限动力。

58岁，国家科技进步奖一等奖——千磨愈坚韧，凌云再登攀

“院士，您到洛阳工作多少年了？”我问。

他说：“四五十年了，我就是洛阳人了。”

洛阳，是河南省的地级市，位于其西部山区和平原的接壤处，有5000多年文明史、4000多年城市史、1500多年建都史，是华夏文明的发祥地之一。同时，洛阳也是新中国成立后的新兴重工业城市，是第一个五年计划重点建设的工业城市之一。当时，苏联援华的156个重点项目，洛阳就有7个，一些与军工相关的重工业全国领先。

1969年底，根据国家需要，陈俊武随石油工业部抚顺设计院搬迁到位于豫西山区的洛阳市宜阳县张坞乡竹园沟，从此立足洛阳。“文革”时期，风雨飘摇，但在这个豫西偏僻的地域，陈俊武没有忘记自己的初心，他一直紧盯着世界炼油工业技术迅速发展的形势，关心着怎样研制适合中国国情的低成本高效率的设备。为了加工更多的大庆原油，在临时搭建的简陋板房中，他和同事们为研制蒸馏—催化裂化联合装置而绞尽脑汁。1972年，这套被称为“一顶二”的装置在锦州试运成功。

1978年，在共和国历史上是非常重要的一年，堪称是20世纪中国第三次历史剧变发生的一年。

在这一年，召开了党的十一届三中全会，进行了拨乱反正，拉开新中国改革开放和社会主义现代化建设的发展大幕。2018 年，在庆祝改革开放 40 周年大会上，习近平总书记强调："40 年春风化雨、春华秋实，改革开放极大改变了中国的面貌、中华民族的面貌、中国人民的面貌、中国共产党的面貌。"

这一年，北京还召开了一个重要的会议，那就是被誉为"科学的春天"的全国科学大会。这次会议，是对社会主义科技的大解放，令众多科技工作者欢欣鼓舞，具有划时代的意义。陈俊武光荣出席这一大会，并获得了表彰。

"邓小平同志说，以后要主动抓科学技术，而且要当我们的后勤部长。就是这句话，让我感到，科学的春天来了。"谈到 40 多年前捧着红绒面烫金字荣誉证书的情景，陈俊武连说"感动"。会后，陈俊武暗下决心：一定要在自己从事的炼油技术领域，特别是催化裂化技术领域猛追世界先进水平，盯住他们，咬住他们，绝不落后！

同年，陈俊武担任洛阳炼油设计院副院长兼总工程师，由他指导设计的中国第一套快速床流化催化裂化装置在乌鲁木齐炼油厂试运成功，第一套 120 万吨 / 年全提升管流化催化裂化装置在浙江镇海炼油厂开车成功。1982 年，他主持承担了包含"大庆常压渣油催化裂化技术开发及产业化应用，采用自主技术建设一套全新催化裂化装置"两大任务的国家"六五"攻关任务。同年，按照陈俊武提出的技术方案建设的兰州炼油厂 50 万吨 / 年同轴催化裂化装置投产，该装置当年就收回 4000 多万元的投资，且把我国炼油技术向前推进了一大步。该设计 1984 年荣获全国优秀设计金奖，1985 年荣获国家科技进步一等奖。1985 年，具有自主知识产权的渣油催化裂化技术在石家庄炼油厂实现产业化，1987 年，这一技术再次荣获国家科技进步一等奖。

"催化一响，黄金万两"，催化裂化是石油炼制的关键技术，而"同轴式"和"烧焦罐"又是催化裂化的核心工艺。以往，在炼油行业这两项工艺从未合并运用过，是技术空白，也是世界难题。鱼和熊掌要兼得！陈俊武瞄着这一目标，着手查阅国外技术资料，组织进行试验，克服重重困难，最终实现了这两项技术的完美结合。1989 年，既有同轴结构又有高效再生的 100 万吨 / 年催化裂化装置在上海炼油厂建成投产。1990 年，这套装置的模型在北京国际博览会上一亮相，立即引起各国专家的关注，盛赞这是"现代科技与美学艺术的融合、智慧和意志的结晶”。1994 年，该技术获得我国催化裂化工程技术领域的第一个发明专利授权。

栉风沐雨定开花，春华秋实必收获。不过，这些成绩今天叙写容易，但想一想，陈俊武从 38 岁做到 58 岁，整整 20 年！ 20 年间，他一步步攀登一座座科学技术高峰，是何其艰难矣！

办公室的灯光也搞不清楚，它到底陪伴陈俊武度过了多少次的深夜苦熬、伏案疾书？窗外那排绿油油的小树也弄不明白，它到底见证了陈俊武多少次的苦思冥想、踱步徘徊？

目前，我国已建成各种类型流化催化裂化装置上百套，总加工能力超过 1.5 亿吨，成为仅次于美国的催化裂化世界第二大国。我们汽车所用的汽油，70% 是用陈俊武院士开发的技术生产的。

海到尽头天是岸，山至高处人为峰。在科学技术的高山大海中，陈俊武似一座高高矗立的炼塔一样，在炼油工业领域创出了共和国多个第一，取得了一次又一次的成功。

采访手记

陈俊武在天命之时，连续获得国家科技进步奖一等奖，一次次迎来人生的辉煌。科学技术每前进一步，就会带动生产力的进一步解放。追寻陈俊武的足迹会发现，正是在陈俊武等老一代人艰难跋涉、共同努力之下，我国流化催化裂化技术才从一片荒芜走到了现在的姹紫嫣红、锦绣满园，我们国家的石油能源现代化建设才能走到强大昌盛的今天。

63 岁，院士——老骥仍伏枥，胸怀天地宽

陈俊武说：“个人的命运和国家的命运息息相关，希望大家认识到肩负的使命，站在党和国家需要的地方去努力，让人生更有价值！”

1990 年，陈俊武被授予“全国工程勘察设计大师”称号；1991 年，当选为中国科学院化学部学部委员（院士）。当时，他已过花甲之年，是公认的炼油技术专

家，是全国劳动模范，获得多项国家科技大奖，可谓功成名就。按理说，完全可以选择一种更为轻松的方式生活，但是，他却选择了更具挑战性的奋斗之路——为了行业需要，他著书立说；为了石化事业，他教书育人；为了国家能源安全，他研究石油替代工艺；耄耋之年，他又关注碳排放和全球气候变暖问题，为国家碳减排战略研究建言献策。他在 87 岁时又荣获了国家科技发明一等奖，登上了人生的又一座高峰。

催化裂化工艺，在炼油工业中占有举足轻重的地位。但在当时，国内外公开出版的相关著作却难以满足专业技术人员的需要。于是，陈俊武决心编撰一本学术性与实用性兼备，能够为科研开发、工程设计和生产作业人员提供理论和实践引导的专著。1990 年，他主动卸任中石化洛阳工程公司经理的职务后，便将多年积累的技术资料分类成册，精心选取典型案例和数据，开始潜心写作。1995 年，《催化裂化工艺与工程》一书出版发行。此后每 10 年，他和写作团队根据国内外技术发展情况，对书进行修订。2015 年，该书第三版出版发行，总计 1606 页、252 万余字，可谓鸿篇巨制。20 多年来，该书为从事催化裂化行业的技术人员在理论研究与生产实践中搭建了桥梁，广受赞誉。

一本书，一个主编，20 年间出版再版 3 次，既可当教材又可做参考，从实践中来，到实践中去；书在修改，但始终不改的是陈俊武著书的初衷。

20 世纪 90 年代初，陈俊武强烈地意识到，要想为石化行业培养出更高层次的精英人才，必须打破门户之见，创办一个既有创新理念又可岗位实践的高研班。在他的直接推动下，从 1992 年开始，中国石化第一期催化裂化高级研修班正式开班。之后，第二期、第三期陆续举办，3 期历时 10 年之久，为石化行业培养了一大批技术人才。而今，这些学员大多从一线技术人员成长为技术负责人，许多人成为行业内卓有成就的专家。

前进不停歇，追求无止境。为促进我国能源可持续发展、保障国家能源安全，从 1997 年开始，古稀之年的陈俊武将研究方向转向国家石油替代战略，与中国科学院大连化学物理研究所合作，指导完成了甲醇制低碳烯烃工程技术开发及工业化应用。期间，为解决相关问题，年已 79 岁的他竟然爬上几十米高的反应器平台，亲自检查设备运行情况，震惊了所有在场的人员。2010 年 8 月，他指导完成的世界首套、全球规模最大的 180 万吨级甲醇进料的 DMTO（甲醇制烯烃）工业示范装置在内蒙古建成投产，累计获得国家授权的发明专利30余项，在煤制烯烃领域形成了具有我国自主知识产权的核心技术，开辟了我国独有的甲醇制烯烃战略性新产业，奠定了我国在世界煤制烯烃产业中的国际领先地位。2014年，这项技术获得国家技术发明一等奖。

奋斗就是生活，人生只有前进。“要思路更开阔一些，从宏观角度和世界范围了解能源问题。”进入耄耋之年的陈俊武，又将目光投向了全球气候变化和碳排放这个新领域。从2011年开始，他与同事合作连续发表9篇关于中国碳减排战略研究的相关论文，并历时3年写就24万字的专著《中国中长期碳减排战略目标研究》，在2011年就提出中国的碳排放峰值年是2030年、碳排放峰值为110亿吨、最好控制在100亿吨的建议，与国家2014年正式向国际社会承诺的数值高度契合。2015年5月，他的《中国低碳经济的前景与气候变化的关系》学术报告，引起气象学家和国家有关部门的重视。

老骥伏枥，志在千里；烈士暮年，壮心不已！

采访手记

陈俊武在花甲之后，当选了中国科学院院士。他没有躺在功劳簿上享清福，而是选择了继续奋斗，以科学家的责任和担当，走在科技创新前沿，以永不懈怠的精神状态和一往无前的奋斗姿态，不断推动着我国能源行业科技的创新发展。“业无高卑志当坚，男儿有求安得闲？”扪心自问，什么样的人生最美丽？我想，如陈俊武一样奋斗前进的人生，才是世间最美丽的人生。

92岁，时代楷模——不夸颜色好，清气满人间

法国著名作家雨果讲：“比陆地宽广的是海洋，比海洋宽广的是天空，比天空宽广的是人的胸怀。”

我为祖国炼石油，是炼油，也是炼“心”。陈俊武在事业上干着惊天动地的事，在生活中却甘当一名平凡的人。

凡是花国家的钱、集体的钱，陈俊武都是很“小气”。走上领导岗位后，他谢

绝了配秘书、坐专车的专家待遇，坚持步行上班近 20 年。他去外地出差，常常会为节约费用而斤斤计较。2006 年，已近 80 岁的陈俊武路过石家庄，打算去石家庄炼化厂看望一位多年未见的老同事。他觉得这是自己的私事，便刻意嘱咐不要惊动任何人。就这样，从石家庄火车站出来，连等候带坐公交车，花了近两小时，他才辗转到了 25 千米外的老同事家里。第二天又悄然踏上返回的旅程。2014 年，公司多数人员搬到广州工作，按照相关政策，公司给他预留了一套安置房，但他坚决不要。有人劝他，如果自己不住，可以留给孩子，或是以后卖了，也是一笔不小的收入。可他不为所动，在给公司的书面意见上写道："我已年届九十，不能去广州工作居住，不必为我预留住房，感谢公司的关照！"

鲜为人知的是，陈俊武也有非常"大方"的一面。他曾把自己的奖金捐给公司幼儿园、捐给优秀民办教师，还捐资 4 万元设立青年优秀科技论文奖励基金。遇到党的重要纪念日，他都会多交一份数额不小的党费。1994 年 8 月，陈俊武从报纸上了解到洛阳一名考上复旦大学的学生在为学费发愁，就连夜写信联系，给了他 3000 元学费、生活费。此后，陈俊武每年按时给他汇款，直至大学毕业，累计资助了几万元。2010 年，年逾八旬的陈俊武牵头在郑州大学组建了河南省石油补充替代能源研究院士工作站，指导团队从事生物燃料方面的研究论证工作。6 年间，他多次到郑州大学讲课，对工作团队给予悉心指导，培养了 4 名博士后。作为郑州大学的客座教授，他对酬金却分文不取，也不让学院负担任何吃住行费用。在团队取得阶段性成果之后，学院再次奉上他 6 年应得的酬金。他就把这近 20 万元全部捐出，用于奖励和支持该校化工领域的优秀青年学子。

那一天，他专程赶到郑州大学参加了捐赠活动，谢绝了师生的款待请求，只接受了学生送上的一束鲜花。他说，要把花送给卧病在床的老伴儿。

鉴于陈俊武的杰出贡献和崇高精神，在新中国成立 70 周年之际，中共中央宣传部等部委先后授予陈俊武"最美奋斗者"和"时代楷模"称号，号召干部群众特别是广大知识分子向他学习。

"人的一生只是历史长河中短暂的一瞬，应该活得有价值、有意义。"谈到自己做过的事，陈俊武总是很平淡："对社会的奉献应该永无止境，从社会的获取只能适可而止。我努力这样做了，有了一些贡献，这就足够了。"

采访手记

陈俊武在鲐背之年，被中宣部授予了“时代楷模”称号。不要人夸好颜色，只留清气满乾坤！他从年少立志报国开始，在科学攀登中收获快乐，在奉献国家中收获幸福，淡泊名利、甘为人梯，以身许国、无怨无悔，为新中国石油石化事业不懈奋斗70年，为我国炼油工业进步作出了开创性的贡献。

结束语

2021年10月21日，习近平总书记在考察调研胜利油田时讲：“石油能源建设对我们国家意义重大，中国作为制造业大国，要发展实体经济，能源的饭碗必须端在自己手里。”

能源是工业的食粮，是国民经济的命脉。能源安全是关系国家经济社会发展的全局性、战略性问题，对国家繁荣发展、人民生活改善、社会长治久安至关重要。

2022年7月18日，由中国作家协会和中国科学技术协会，共同主办的“中国一日·科技强国”大型文学主题实践活动启动。受中国石化作家协会委派，我有机会接触到了陈俊武院士，近距离感受了他的科学家精神和其在共和国能源领域科技报国的高尚情怀。

新中国石油加工能力的发展，从一穷二白到目前世界第二，既艰难曲折又波澜壮阔。世界在发展，能源在进步。前途光明，道路漫长。但无论如何，共和国能源的饭碗必须牢牢端在自己的手里！

在中石化洛阳工程有限公司，其宣传部副部长对我说：“端牢能源饭碗，陈院士为之奋斗了一辈子。”陪同我采访的李建永老师说：“看看目前俄罗斯、乌克兰的战争和欧洲石油能源的形势，就明白陈院士为能源建设所做的工作是多么重要。”团总支书记李超对我讲：“他特别关心年轻科技人才的成长，多次告诫我们要心怀祖国。”在陈院士身边工作的李小爽对我说：“院士今年都95岁了，每周还要到办公室来。他为国家奋斗的一生是那么伟大，我常常会用他来激励自己。”

是的，在此我看到和听到了太多年轻的科技工作者，他们以陈俊武为榜样，立报国之志，怀能源梦想，专心工作，积极向上，他们让我对祖国的未来充满着信心和希望！

夏季的傍晚，晚霞点燃了天空，彩云化作了花朵。

在这明亮而热切之中，我再次回望北京的人民大会堂。2020 年 1 月 13 日，“时代楷模”陈俊武先进事迹报告会曾在此举行。

在这个礼堂中，时光见证了陈俊武从一个翩翩少年，变成了一个耄耋老人；从身形矫健，变成了步履蹒跚。他稳稳地站在台前，语气笃定深情地说：“我一直认为奉献小于索取，人生就黯淡；奉献等于索取，人生就平淡；奉献大于索取，人生就灿烂。我一路走来无怨无悔，自己也感到还是很幸福的。我现在身体和思维都还可以，有生之年要继续和大家一起努力，为党和国家尽一些绵薄之力。”

河南油田人的“信天游”

董　冰

“我低头向山沟 / 追逐流逝的岁月 / 风沙茫茫满山谷……”流行于 20 世纪 80 年代的西北风代表歌曲《信天游》，在 21 世纪的高速公路上飘荡，这是多么奇妙的对接。

10 月 11 日，我们驱车奔向陕西省铜川市，不是为了听流传在黄土高原上的陕北民歌《信天游》，也不是去听粗犷的秦腔，更不是游览百里河套的旖旎风光。那里有一群人，有一些故事，在牵引着我们的心，引发我们挂念、琢磨、回味。

因煤设企、因企设市的陕西铜川，曾有过千年的文化荣光。它地处黄帝文化圈的核心区，是华夏文明的发祥地之一。它曾弥漫着春秋战国的硝烟，见证过大唐盛世的繁华。

2011 年，煤城铜川发现了石油，于是诞生了一个油田。因为处在渭水以北，得名渭北油田。它位于关中平原与陕北黄土高原接合部。2017 年 10 月，一群来自南阳盆地的河南油田人，带着诸葛亮躬耕南阳的“卧龙”故事，带着“火烧新野”的古战场传奇，义无反顾地投身到这片黄土地，在沟沟坎坎上留下深陷的足迹。

转眼四年过去了，我们产生了一种探秘的冲动：一群陌生人在陌生的土地上，能演绎出怎样的故事呢？

被“第一枪”打来的“吃螃蟹者”

油藏工程专家刘红欣做梦也想不到，在去年的一个寒冷的冬天，他和同事远离家乡，一头扎进了这沟壑纵横的高原，开始了他人生的新旅程。

2017 年，仍处在生产经营“寒冬期”的河南油田，得知中国石化启动了一项重大改革，实施内部矿权流转。它是中国石化深化改革、创新管理、探索难动用储量效益开发的重要部署，是油田板块充分利用政策优化资源配置、盘活现有资源资产、维护矿权权益的创新举措。

鄂南旬邑—宜君区块致密油矿权区块流转是中石化打响难动用储量矿权区块流转改革的“第一枪”。

鄂南旬邑—宜君区块位于鄂尔多斯盆地南缘，面积 2028.9 平方千米，石油资源量 4.08 亿吨。区块内投入开发的渭北油田探明 + 控制储量 1.06 亿吨，动用 1479 万吨，属于低孔、低渗、低压、低产，效益开发难度大。

鄂南旬邑—宜君区块，就是渭北油田。

河南油田经历了 50 年高速勘探开发，目前处于资源接替不足、开发成本高、人多油少的困难时期，面临巨大的困难和挑战，严重影响了油田可持续发展。

为了摆脱困境，油田决策层决心抓住这个绝佳的机会，做第一个“吃螃蟹者”。

经过前期周密细致的准备工作，河南油田从三家竞标单位中胜出。2017 年 12 月 15 日，在中国石化总部的主持下，华北油气分公司与河南油田分公司，在陕西省宜君县正式签署区块流转交接协议。这标志着鄂南旬邑—宜君区块正式移交给河南油田开发经营。于是，河南油田人被这“第一枪”打到了渭北油田。

然而，一个问题一直萦绕在心头，我们接手的是“鸡肋”“烫手的山芋”还是突破资源瓶颈的希望？这第一个“吃螃蟹者”并不好当。我们为此将承担怎样的风险？付出怎样的代价？这无疑是河南油田发展史上的又一次大胆的探索。这样的探索意味着什么呢？

热血融入零下 20 摄氏度

受低油价的影响，亿吨级储量的渭北油田，已关停两年多了。

它属于低孔、超低渗、低丰度、低压油藏，勘探开发难度大。它井台多、战线长、面积大，大部分井台分布在梁、峁、沟、谷间，山高沟深、道路崎岖、坡陡弯急，生产管理难度很大。

2017 年 11 月 20 日，完成现场实物交接工作，实现“资产不丢，管理不乱，运行安全，平稳有序”的目标后，充满着创业激情的河南油田人，以一腔热血立即投入油田的复产，却遭遇了陕北零下 20 多摄氏度的严寒。生活于温润的南阳盆地的河南油田人，在与生产经营的“寒冬”抗争后，此时，又不得不奋战在自然环境的寒冬中。他们研究评价复产潜力、制订复产运行方案、进驻井台值守点、清除井台高草、保养维护设备、优化生产运行、强化协调监督，加快复产进度。

刘红欣跑遍了荒芜了两年多的井台后，满怀喜悦的心变得沉甸甸。

复产井台绝大部分位于山区。我坐车沿山路盘旋而上，只见崎岖的山路倚山傍崖，前途沟深坡陡、弯多路险。我坐在车上，一步一惊心。

井台原来使用农用电网，后来全部报停，复产后需要柴油机发电。井台的生活物资和饮用水都依靠皮卡车往山上送。

老天爷仿佛是在考验河南油田人的毅力。去年冬天，渭北油田复产工作刚步入正轨时，一场大雪袭来，半米深的雪覆盖了通往井台的路。生产、生活物资无法送达井台，复产工作眼看就要停滞，值守井台员工的正常生活也无法保障。

刘红欣说：“这是个罕见的寒冬。陕北大地寒风凛冽，持续降温，大雪封山，道路不通，生产、生活物资送不上山，我们如何把停抽的油井开起来？”

“那怎么办？”

“一帮男人岂能让雪困住？我们自己动手，硬生生地铲出一条通往井台的路。”从 WT30 井台到 WT33 井台，3000 米路程，他们硬是开辟了一条生命通道。

“我们的员工手执铁锹和扫把，沿着陡峭的山路气喘吁吁地一步步向上爬，没有人顾忌到山路两旁的悬崖峭壁，更顾不上冻红的手和冻僵的脚。大家心里只有一个念头，早点把山路上的积雪铲净，把生产、生活物资送到井台。”

正当他们要喘口气的时候，第二天又下了一场大雪，铲出的路又被大雪覆盖。铲过雪的路面结了一层冰。他们上山、下山时在腿上绑上编织袋，以防摔伤。

当地的村民看着他们干活的劲头，不可思议地说：“这群人咋都疯了？”

因为多数井台都在山上，生产物资也要靠人拉肩扛输送。为了节约生产成本，他们决定给井台铺电缆，接入农用电网。但是，这些电缆不能走寻常路，要翻山越岭、穿越丛林。渭北油田生产运行项目部高级技师顾德收和电工李强等人，扛着电缆翻山、跨沟、穿林，铺通了 13.3 千米电缆。

铜川油气开发有限公司包括 4 名领导在内共 7 名员工。他们每个人都身兼六七个岗位。在工作最紧张的时候，他们模糊了白天、晚上的分界，忘记了节假日与工作日的区别。他们的工作模式是“白加黑、五加二”。

刘红欣说：“尽快复产，尽快扶起这群3型抽油机的小家伙们，让它们尽快出油，为我们油田产效益油，是我们最大的心愿。”

“我们有的清除井场蒿草，有的查找管线走向，有的维修电器，有的查找工艺流程，有的维修保养抽采设备。”

“我们每天都在大山中来回奔波。大伙把每天的巡检维修工作称为巡山。”

我们不约而同地脱口而出：“大王叫我来巡山，我把井场转一转……”我们四目相对，会心地笑了起来。

WT76井台就坐落在山顶上。我见到了值守人员单朝玺。记不清多久没有休假的他，已连续守护油井90多个日日夜夜。

“老单，今天又刷新了什么节能新纪录了？”问话的是渭北项目部副经理周中雷。他听说，单朝玺摸索了一套节省柴油的妙招，这一天特意来“取经”。

52岁的单朝玺管理WB2P44、WB2P5两口油井。刚接管这两口井时，WB2P44是夜间生产的间开井，WB2P5是全天生产。由于油井的电力靠发电机供给，老单每天都要定时给发电机加入柴油，以保证油井的平稳生产。这两口井每天消耗柴油80升，一天的费用是480元。

如何才能节约柴油费用呢？老单心里打起了算盘。“如果在保证油井正常生产的情况下，缩短开抽时间，就能减少柴油的使用量。”老单决定试一试。第一天，他每隔两个小时爬一次集油罐计量产液量，再绘制成表格，对比分析。经过三天的精心计算、对比分析，他发现，WB2P5井是间歇性产油，只有18时到次日5时才是产油时段。也就是说，在产油时段开抽，不产油时段停抽，这样就可以减少柴油的用量了。老单开心得像个孩子。

他把这个发现向项目部技术组通报，技术人员经过监测，采纳了老单的建议。自此，WB2P5实行夜间生产的间开模式。柴油消耗由原来每天80升降至50升。这样的方法在渭北项目部推广开来，大大降低了生产成本。

老单说：“井台就像自己的家，居家过日子，能省就要尽量省。”

就这样，复产方案在寒冬中被顽强地推行。

2017年11月20日，他们完成现场实物交接工作后，当天就复产WB2P37井，拉开渭北油田复产序幕。

2018 年 1 月 14 日，他们实现首次销售原油 49.65 吨。10 月底，渭北油田已累计销售原油 19263 吨。

2018 年 6 月 26 日，渭北油田已复产 41 个井台、124 口油井，日产原油突破 100 吨。

沉睡了两年的渭北油田，已然苏醒。

“有条件要上，没有条件创造条件也要上。”这一直是石油人秉持的传统。这个传统在今天被赋予了新的内涵。低成本高质量发展，是我们今天追求的目标。

渭北油田所属区域的油藏是典型的超低压低渗油藏，其开发难度和成本都很高。要实现效益开发，仅靠不怕苦、不怕死是不够的。刘红欣如数家珍地为我们介绍，他们为实现效益开发所做的种种努力。

采用“昼关夜开”生产方式，节省柴油消耗。

优化开井组合方式，即能量高、恢复快的油井组合开抽，采取晚上开白天关的“长开短关”模式；能量低、恢复慢的油井组合开抽，采取白天开晚上关的“短开长关”模式。

优化复产复注方案、优化复产顺序、落实“一井一策”措施，打出稳产“组合拳”，提升产量规模。

优选 5 个注采井组开展注水先导试验，确定不同类型井组合理的注入量、注入压力、注入强度等参数，为整体复注提供依据。

对关井前产量较高、位置偏远的 4 个井台 11 口油井，实施定期捞油，一点一滴挖掘产量潜力。

采用“农电邻井共享、发电多井共享”方式就近铺设井台间电缆，降低运行成本。

这一串串数字里，蕴含着什么？为实现这些目标，他们还付出了什么？我试图找寻更深层的答案。无意间，我抬眼望去，只见玉米丛中、半山崖上，一台台抽油机在做上下运动。有的油井仿佛石雕般，刻在崖壁上；有的油井把山崖劈出一方平地，坐落其中。尽管今年的寒意渐浓，尽管历经风蚀的黄土高原依然如此粗犷，但已然有了优美的旋律：“大雁听过我的歌 / 小河亲过我的脸 / 山丹丹花开花又落 / 一遍又一遍……”这也许就是热血融入寒冬产生的旋律吧。

植入黄土地的石油情怀

10 月 1 日，举国欢庆的日子。7 时 30 分，吃过早饭后，WT33 井台员工冀红兵像往常一样收拾妥当后，拿起工具袋儿，大步走出站门。他要到 2000 米外的井台巡检、量油、取样、测电流、紧固盘根……

一圈忙下来后，冀红兵开始整理资料。再抬头时，冀红兵看见了桌子上的日历牌，顿时心生感慨：又到了国庆节，时间过得真快呀！

冀红兵有 4 个操作证，分别是采油工、锅炉工、化验工、仪表工。他说：“在这里当采油工，要兼职多个岗位。具体说，我们要烧锅炉、脱水、转油、售油、巡井、化验、设备维护和取资料。我在这边量油、录取资料，到那边维修设备，每隔五小时就得给柴油机加油。我们每天奔波在不同的山间。”

冀红兵是主动申请来渭北油田的。

“来之前知道这里艰苦吗？”

“知道。”

“那你为什么主动要求来？”

“我是油二代。我的父亲一说起他的奋斗史，那叫一个自豪。这些年，油田在发展上遇到了瓶颈。我们接收到渭北油田，正是拓展河南油田发展空间的最好时机。好男儿志在四方。这里的条件虽然艰苦，但也是我们油田人圆梦的地方。”他质朴的言语中，透出几分豪情。

夜，安详而宁静。年轻员工想媳妇儿了，就打电话，发微信，通过视频聊天，以解思念。有时闲下来，他们会想起家乡，想念父母和孩子。他们只有不停地找些事做，让自己忙得没空“瞎想”。

“真的挺苦。我们每天三件事，巡井、吃饭、睡觉；每天三个地方，储罐上、泵房里、巡井路上。日复一日，周而复始。”冀红兵坦诚地说，“但我不后悔。我负责的 4 口油井、4 口注水井，为油田产油 800 多吨。我非常有成就感。”

说完，冀红兵憨厚地笑。沉默了一会儿，他站起来指着远方的山顶，向我讲述了一个故事。

今年元月，一个寒冷的雪夜，他的同事向远军值守的 WT75 井台的发电机出现故障。油井停抽，营房断电，没有电取暖，在零下 20 多摄氏度、海拔 1300 多米的山顶上，意味着什么，向远军不敢想。他必须转移到就近的井台过夜。此时，雪仍下得紧，地面积雪厚度已达 20 多厘米。向远军背着被子，顶风冒雪艰难前行。2000 多米远的深山雪夜路，他从晚上 11 时多走到次日 2 时，才到达 WT33 井台。

冀红兵说："向远军出发时，在 WT33 井台值守的崔富和蒋敏夫妻做了个分工，蒋敏留在井台给向远军收拾房间，崔富打着手电去接他。两人在半路上会合。铺满积雪的山路非常湿滑，两人相互搀扶着跌跌撞撞地回到 WT33 井台。看见两个雪人回来，蒋敏赶紧给两人端上热乎乎的姜汤。"

冀红兵说，每年入秋后，山上常起雾。他们如临仙境，在云雾缥缈中，像踩着云朵在采油。他们有时感觉到伸手能够着天，可摘星辰。晚上，他们还能和月亮说说心里话。

"我是闻着石油的芳香，听着钻机的吟唱长大的。我的血管里流淌着带有石油基因的血液。"冀红兵笑着说，"这片热土绝对能激起你奋斗的激情，让你热血澎湃！"

顾德收也是主动请缨到渭北油田的。他负责项目部的生产运行，每天奔波在各个现场。他既是采油工、集输工，又是维修工；既要组织维修保养抽油机、加装抽油杆，又要维修盘管、打油泵。他每天忙得像个陀螺，连给正上学的儿子打个电话的时间都没有。

有人说，顾德收每天都是两手油，好像从来没洗过手。我决定去见见他。在山上的复产现场，我见到了他。我特别留意了他的手，果然两手油乎乎的。我把大家对他的评价转告他时，他不好意思地笑了笑说："干石油的，当然和油亲近。"因为复产复注工作忙，他已经 4 个多月没回家了。

我和他聊天时，正巧他妻子打来电话。

"老公，别人都去旅游了。你什么时候才能休假呀？你要多注意身体。"

"老婆，告诉你一个好消息，我们产的油快两万吨了！"

"其实她是理解我的。"他挂断了电话，头也不回地匆匆奔向其他井台，似乎怕我看见他的眼睛。我猜想，那一定是一双湿润的眼。

听完他们的故事，我坐车下山，一股狂风袭来，挡风玻璃前落了厚厚一层黄土。

不知道为什么，我忽然感到嘴唇干燥，喉头如鲠。我想起一位诗人这样描述这片土地：这块南接八百里秦川、北连鄂尔多斯草原、西靠河套、东邻三晋的黄土高原，总是给人沉默的印象。它肌肤苍黄，洪水冲刷的沟壑像饱经风霜的高原父亲脸上的皱纹。它纷呈的羊肠小道，像即将枯竭的血管，而那一条条赤裸的河床是老母亲再也流不出乳汁的干瘪的乳房。陕北总是让人沉重得难以呼吸。但有时候，我不得不承认，苦难比幸福更能打动人心。

“不管是西北风还是东南风 / 都是我的歌 / 我的歌……”听着这首苍凉的《黄土高坡》，一种力量直抵我的心魄。是呀，这是我们的歌。

纵横驰骋“信天游”

从铜川向北行车 200 多千米，就可到达延安。这个曾经的革命圣地，引多少热血青年向往。“解放区的天，是明亮的天”，一度成为中国人民的心声。

渭北，能不能成为河南油田告别寒冬走向春天的“圣地”呢？能不能成为河南油田突破资源之困局走向广阔天地的“解放区”呢？

从接手渭北油田的那一天起，他们不仅是矿权流转改革的尝鲜者，而且还充当了中国石化探索建立可复制、可推广的难动用储量效益开发“样本”的“急先锋”。

河南油田“融入大盆地，拓展新领域，促进大发展”的战略眼光，与中国石化的改革部署在渭北聚焦，形成共鸣。

尽管渭北油田面临两大开发“难题”：单井产量提升难、稳产难，但是，渭北油田元年，从油井全部关停到复产 45 个井台 140 口井，从零产量到 10 个月累计生产原油 2.1008 万吨，油气单位完全成本控制在每吨 1084 元，基本实现了中国石化提出的低成本开发目标。

6 月 26 日，渭北油田实现原油日产量首次突破 100 吨，而且持续稳产在 100 吨以上，为全年产量任务完成和效益指标的实现奠定了扎实的基础，让油田职工家属看到了该区块下一步发展的潜力。

管理、经营这个油田的团队，仅有 102 人。他们来自铜川油田开发公司、采油一厂、油服公司、车管中心、油田宾馆。

我们有理由相信，渭北油田为我们奉献的不仅是复活一片荒芜之地的神奇故事，还有它的新模式、新经验所产生的示范效应。

“大包经营”：开创效益，开发新模式。

铜川油气开发公司与采油一厂建立甲、乙方“大包经营”模式，组建渭北油田生产运行项目部作为生产承包方，全面负责生产运行；把基地生活后勤服务承包给油田宾馆自主经营，自负盈亏。铜川油气开发公司通过“大包经营”，明确了甲、乙方各自的权利和义务，激发经营活力，调动各方面积极性，用经济的手段解决经济问题，通过市场配置资源，由管生产向管效益、管理价值创造聚焦。

“放管结合”：提升发展质量和效率新方式。

铜川油气开发公司采取放管结合的方式，处理好质量和效率的关系，实现高效运转，高质量发展。所谓“放”，就是放权，日常生产运行由采油一厂运行项目部自主管理，生活后勤由油田宾馆自主运行，提高运转效率。所谓“管”，就是对关乎渭北油田稳产、稳定、保效及长远发展质量的事项，包括措施作业、合同议价等，遵循项目化运作、市场化运行、社会化服务的原则主导管理，把方向、控大局、提质量、保长远。

此外，为保持队伍昂扬向上的精神状态，提高工作主动性、加快复产节奏，铜川油气开发公司通过抓实“四会”制度（每日早晨列队召开班前会、每晚工作总结会、每周产量分析会、每月生产例会），形成一种认真负责、积极主动的工作态度，团结协作、奉献渭北的团队精神；做深做细基础研究，做实做精复产复注，坚持优化运行模式，强力抓好安全环保，持续完善“大包经营”模式。

铜川油气开发公司经理孙永说：“走进新区块，开创新局面，铜川油气开发公司有信心落实好中国石化的决策部署和油田各项要求，开发好、管理好、经营好渭北油田，开创致密油藏难动用储量效益开发新模式，助力河南油田低成本高质量发展。”

告别了渭北油田，告别了这片热土地，告别了这群开拓者，我的思绪难以平静，对陕北高原有了更深层的理解。这个沟壑纵横的高原，是一部史诗，是一首浩歌。黄河在此绕了一个大大的弯儿，像母亲伸出长长的手臂，将心爱的孩子搂在怀中。

“大地留下我的梦 / 信天游带走我的情 / 天上星星一点点 / 思念到永远……”“信天游”再一次飘荡在高速公路上。黄土高原的千沟万壑在眼前连绵起伏。它苍茫、恢宏而又深藏着凄然和悲壮；它清峻、刚毅而又饱含着沉郁和顿挫。千百年来，它以这样的风格培育着陕北人的生活习俗，塑造了性格鲜明的高原文化。这便是“信天游”产生、流传的土壤。

秉承中原文化的河南油田人，走过了50年的发展历程，经历了无数沟沟坎坎。我们有过“小而肥”的辉煌，有过跌入谷底的凄然，有过重返高峰的刚毅，有过“壮士断腕”的悲壮。为了生存发展，为了摆脱困境，我们走出南阳盆地，走向新疆、内蒙古、东北，走向亚洲、非洲，走向全世界。如此纵横恣意，如此大开大合，如此悲壮豪气，不正是一曲河南油田人的“信天游”吗？

我知道你为了谁

——一位油气工程专家的工作、生活简史

程远朝

你选择了石油，你就选择了奉献。

——采访手记

人物索引

肖佳林，男，中国共产党党员，1984年3月生人，研究生学历，2011年7月入职中国石化江汉油田分公司采油工艺研究院（现为石油工程技术研究院），高级工程师，现为该院非常规油气开发专家。2022年，被授予“中国石化集团公司劳动模范”荣誉称号。

引子　没有格式掉的孩子

1984年，中国大地正经历着一场翻天覆地的变革，政治、经济、文化等各项事业的改革势头强劲，如火如荼。各种喜讯纷至沓来。

正在这个时候，湖南宁乡的一个小山村里，一声啼哭，点燃了沸腾的村庄。

世世代代、祖祖辈辈繁衍生息在此地的肖家，又新增人丁，降生了一个细伢子（当地方言，特指小男孩）。在中国传统乡村，一个男孩子就意味着一个劳动生产力，是一件喜庆的事。

庆生活动从整个家族蔓延至整个村庄，喜悦荡漾在山里人的脸上。

然而，细伢子的父亲、一位石油工作者，却心情沉重，百感交集。细伢子已经

有了一个姐姐，按照当时的政策，一对夫妻只准生育一个孩子。当初，他就主张堕胎，可是，老人们死活不同意，一百个反对。孩子生下来，交给我们养大！老人固执、不容商量的态度，让细伢子的父亲陷入了无奈的境地。超生，这是多大的罪过。细伢子的父亲领受了行政上、纪律上、经济上严厉的处罚，付出了惨痛的代价。

此刻，望着老人们如获至宝、喜形于色、忙忙碌碌的神态，再看看襁褓中白胖胖的细伢子，细伢子的父亲心里嘀咕：这孩子将来会有出息吗？我遭受的这番人生挫折值当吗？

周一 学生时代没有显山露水

三岁那年，细伢子被父母接到了油田，进了向阳地区的一所幼儿园。细伢子已经有了正式的名号：肖佳林。那是周岁那年“抓周”时，老人和细伢子的父亲合计后，根据细伢子的林字辈分，取下的名字，寓意将来细伢子要成为上好的林木，栋梁之材。

上小学的时候，小佳林完全融入了油田生活，喜欢上了钻塔、采油树……他遥想着将来也能穿上红色的工作服，当一名勇闯天涯的年轻石油工人。

读初中的时候，肖佳林着实让父亲捏了一把汗。他偏科了，重理轻文。那时候，学校时兴综合成绩排名，肖佳林的每次考分总是在班级里居中，不上不下。老师有点替他着急，请来了他的父亲，说，其实这孩子是很有潜力的，成绩完全可以排靠前。后来，肖佳林还是顺顺利利地通过了中考，考取了湖北省示范中学、江汉油田重点高中——广华中学。

2002 年 7 月，骄阳似火。自从 1977 年国家恢复高考之后，一年一次的大考如期而至。这也是在 7 月里高考的最后一年（从 2003 年始，国家已将高考时间改在了 6 月）。

有人调侃说，高考不是在考学生，而是考学生家长。的确，从 7 月 7 日到 9 日，肖父如临大敌，严阵以待。连续 3 天，每天上午、下午，汗流浃背地赶到考场门外打卡，报到。肖佳林在考场内拼搏，父亲在考场外鼓劲，心中默念着“加油！加油！”其实，肖父不仅仅像其他考生家长一样对孩子寄予厚望，还另有深意。

张榜的日子里，肖佳林显得有些惴惴不安，他知道考试没有发挥好。肖父知道了儿子的考分，不理想，没有达到期望值，有些闷闷不乐。转天过去，录取通知书来了：长江大学（原江汉石油学院）。肖父转念一想，也好，就眼下的就业形势而言，毕业分配已经有了着落。最关键的是，肖家将又添一个石油人，这也算是子承父业，后继有人吧。

18 岁的肖佳林心里十分清楚：不掌握过硬的知识和真本领，怎么能在未来的社会立足？他苦读完了油气田开发专业的本科课程，又攻读起了研究生学业。就在离开大学校园的最后一年，他站在了鲜红的党旗下，举起了右手，庄严地向党宣誓：为共产主义事业奋斗终身！

周二　没有经过砂堵又哪来的成功

2011 年党的生日刚过几天，肖佳林背起行囊，风尘仆仆，从油田大本营赶往省城报到。他入职的单位是中国石化江汉油田分公司采油工艺研究院（现为石油工程技术研究院，以下简称江汉工程院）。

从油田广华到省城几百千米的路程。坐在车上，他的心情五味杂陈，十分复杂，完全没有兴致欣赏车窗外的风景和建筑。整整 9 年，从大学本科到研究生，他一直“泡”在学府里，除了书本知识、理论学习，社会阅历几乎是一张白纸。他像一只鸟，在笼子开启的一刻，有了一种展翅高飞、翱翔长空的欲望。但是，他对即将入职的新单位并不了解，陌生，充满了神秘感，同时，他又好奇，充满了期待。

江汉工程院位于湖北省省会武汉市硚口区，是专业从事石油工程技术研究与应用的科研单位，为江汉油田油气田开发的重要技术支持中心。经过 50 余年的发展，专业技术涵盖钻井工程、完井工程、地面工程、井下测试、油气开采、储层改造等领域。

肖佳林成为采气工艺研究所（现为储层改造研究所）的一员，主要工作任务就是根据地层特征，设计工程施工方案，释放地下的油气资源。面对新的单位、新的环境，他感到十分震撼。这就是我奋斗的平台、施展的舞台！一种跃跃欲试的心情油然而生。

江汉工程院历来有一个好的传统，单位来了新人，都要师徒结对子，师傅领进门，扶一程，送一程。

肖佳林第一次出现场，是随师傅来到江汉油田天然气生产一线的“桥头堡”建南，参与中石化重点页岩气水平井——建页 HF-2 井大规模分段压裂方案设计及实施，这是他第一次与页岩气打交道。

翻开江汉油田的建设开发历程，半个世纪以来，以湖北潜江为圆心，不断向天门、仙桃、洪湖、监利、沙市、江陵、松滋等周边市县扩展，江汉油田形成了大大小小十多个油田区块，曾经创造出年产百万吨原油的业绩。而且，他们在鄂西渝东的崇山峻岭中找到了气田，建成了江汉油田采气厂。但从来没有动用过页岩，页岩气一直在他们的眼皮子底下沉睡。（页岩气是指储藏在页岩孔隙里的天然气，没有自然产能。页岩状如书页，层层叠叠，坚硬无比，必须经过大规模压裂才能实现对页岩气的工业开采）

自从国家实行“资源接替”战略后，页岩气成为新宠，页岩气勘探成了江汉油田新的工作重点，崇山峻岭再一次被唤醒，鄂西渝东又成了油田勘探会战的主战场。

初识压裂，一切都是那么新奇。白天，肖佳林跟着上井，熟悉每道工艺流程，晚上挑灯夜战，恶补地质资料与专业知识，这些都是他储备知识中的空白。每晚他宿舍的灯一直亮到深夜。带他的李师傅很喜欢这个勤学上进的徒弟，主动让他挑起了建页 HF-2 井的“大梁”。

页岩气勘探开发在国外进行了几十年，早已形成了成熟的技术。肖佳林一直牢记着师傅说的话：我们国家的页岩气开发近乎一张白纸，国外在技术上对我们“卡脖子”，要探索地下“迷宫”只能靠我们自己。我们要为国家分忧，为民族争气。

在肖佳林“单飞”的日子里，李师傅语重心长地叮嘱他，一定要注意理论联系实际，规划设计与现场相结合，开拓思维，大胆创新。肖佳林十分庆幸，如果说走进大学的殿堂是他人生的第一个拐点的话，那现在人生的第二个拐点就遇到了页岩气，并且站在了国内页岩气开发的最前沿。在推开地下“迷宫”大门的那一刻，他默默立志：在页岩气开发这条“蓝色逐梦之路”上一定要留下自己无悔的青春足迹。建页 HF-2 井的历练使他有了深切的体会，从此，压裂成了肖佳林割舍不下的情结。

第二年，肖佳林随科研团队转战大安寨（地名）。这是一个重要的战略转折，也是最终江汉油田建成涪陵国家级页岩气示范区的热身或前奏。当时，油田的报纸、电视都倾注了有史以来最热最大的关注度。报纸上甚至还用到了“吹起了号角”“攻打大安寨”的标题字样。

在江汉工程院有一句流传甚广的熟语：没有经过砂堵，哪里来的成功（砂堵，压裂方案在实施过程中出现的一种突发状况，也可以说是一种小事故）？

我曾问肖佳林，你遇到过砂堵吗？他羞答答地一笑作答。

他说他遇到过比这更糟心的事，设计方案还未付诸实施，就差一点儿“胎死腹中”。

2012 年，大安寨勘探会战正酣时，肖佳林领受了涪页 6-2HF 井的压裂方案设计及实施任务，并牵头对这口勘探井进行评价。殊不知这里区块复杂，地下构造带多样、多变。就在他信心满满地拿出自己颇为满意的设计方案时，有关部门和专家们不认可。怎么办？重新设计。再提交，再否定；再提交，再否定……来来回回，反反复复。好，再来，我还就不信了。肖佳林拿出了湖南山宁乡人那种拖不垮、不言败的倔强、执着劲儿，与这口井的方案摽上了。那是一段什么样的日子啊！他着急得眼睛、眉毛都上火，嘴上也起了泡，天天喝敖东安神补脑液，足足用了一个月的时间，设计修改了 20 多个版本，经过山重水复，终于柳暗花明，赢来了有关部门和专家们的笑容。经过试气，这口井达到了日产超万方的测试产量。

时至今日，这段经历他还记忆犹新。

周三　这些年时间都去了哪里

焦石，重庆市涪陵区一个名不见经传的小镇。据《焦石镇志》记载，因镇内有较多深灰色岩石，且风化后表面呈黑色，近似烧焦状，故名“焦石”。

2012 年 11 月 28 日，一只“火凤凰”在焦页 1HF 井上腾空而起，焦石镇因此声名远播，世界的目光开始向这里聚“焦”。

2013 年元旦刚过，国内各大主流媒体便传出振奋人心的消息，焦页 1HF 井进行商业化开采。消息迅速传遍大江南北，我国的页岩气革命开始了。江汉油田一年一度的职代会工作报告中明确写下了：2015 年建成 50 亿立方米产能，2017 年建成 100 亿立方米产能。

一时间，人口不过万余的小小焦石镇，会聚了全国四面八方赶来会战的近万名石油将士。也就是这个时候，江汉工程院在涪陵焦石镇设立了自己的涪陵项目部，承担页岩气压裂方案设计和现场施工指导工作。

焦石镇成了整个江汉油田人口中的热词，更成了肖佳林心中向往的地方。他找到院里主动请缨，他说：“我是一名年轻的共产党员，我渴望到涪陵压裂会战的最前线得到锻炼，请领导批准我的请求。”

6 月，热浪滚滚。肖佳林如愿以偿地来到了焦石这片热土。清晨，薄雾环绕，路边的矮墙上贴满了一幅幅页岩气开发建设的宣传画；远处的高音喇叭里传来了浑厚激扬的声音，“宁可少活二十年，也要拼命拿下大油田的拼搏进取精神，是我们创造涪陵速度的动力……”工区里悬挂的条幅“生逢其时，干当其时”十分醒目。看到这些，听到这些，肖佳林周身感到电击一般，热血沸腾。

涪陵项目部是租当地住户的一栋房子作为办公基地，专门请了人烧火做饭。每天上现场，来回都要翻山越岭，忍受山路的颠簸。有时候，工作紧张繁忙或路途遥远，赶不上饭点，他们就在施工单位将就一顿。遇上夜晚值班时，就只好在井场上的小铁皮房里猫一夜了。

但凡石油会战初期，工作、生活条件都十分艰苦。涪陵工区就有两个版本的“涪陵速度”：一个是说，钻探、压裂、测井、射孔等各施工单位高效、高速，不断刷新和创造新纪录，像肖佳林他们就创造出了一天压裂一口井，一天压裂 20 多段的涪陵速度；另一个是说，小镇一下子涌入这么多人，焦石镇还来不及准备，经常停电、停水，因此大家养成了吃饭快、洗澡快的习惯。

重庆是有名的雾都，在焦石，一连好几天都看不见太阳，感觉骨头都是潮湿的。更难以让人抵御的是背井离乡，远离亲人，有着难与人言说的孤寂。

在涪陵来来往往近 10 年，肖佳林已记不清元旦、清明、五一、端午、中秋、十一等节假日，具体哪一个、哪一年是在家中过的了，他只记得儿子刚出生时，没有第一时间赶到妻子的身边。他还记得那一次妻子带着儿子到焦石探亲，结果却“不欢而散”。

那天，当母子俩千里迢迢地出现在他面前时，他是又爱怜又欢喜，同时又惭愧又自责。大年三十，他系上了围裙，特意为母子俩张罗了一桌年夜饭。平日闲暇时，他与儿子视频，总让儿子喊爸爸，他说儿子的油田普通话说得好听，自己 4 岁时还说不利索。这次要好好陪陪儿子，听儿子说好听的油田普通话，把两只耳朵听出茧子来。可是，施工队并没有休假，井场上还需要他。

他想说点啥，却无法开口。妻子默默地望着丈夫远去的背影，她想利用这几天多为丈夫做点什么，洗衣服、洗臭袜子；洗床单、洗油腻腻的枕套；收拾屋子，整理一摞一摞的书籍、资料……

妻子能理解我吗？肖佳林喃喃自语，既像是问自己，又像是在问我。

说起现场压裂施工，他告诉我，工作就是“三部曲”。压裂前，爬上高罐取压裂样液，还要查看地面高、低压管汇的布置，弄清输液管线的走向；压裂时，根据压裂方案设计现场指挥压裂，加砂，录取生产参数；压裂后，测试返排液数量、速度，然后赶回办公室进行分析，初步计算气井产量，分析压裂效果，做跟踪分析材料……

晚风轻拂，山里的夜晚格外漆黑寂静，肖佳林他们的办公室依然灯火通明。当初，镇上的村民总是不解地问：“你们啷个天天下班不关灯？”后来知道是他们在加班加点，挑灯夜战，便关心地说：“你们也太拼啰！”

周四　一对“油二代”

眼瞅着就要迈入而立之年了，肖佳林还是一门心思扑在涪陵，扑在他的压裂上，真是心无他念。可父母亲却为他个人的事愁得满屋子直打转转。

一天，院里一位女工干部正好蹦到了回院部办事的肖佳林，她眼睛一亮，叫住了他说：“有个好姑娘，正好在广华休假，你想不想见见？”

随后，女工干部滔滔不绝地介绍，姑娘在山东寿光清河采油厂工作，也是新分来的石油工程专业的大学生，模样俊俏，聪明，品性好，追她的人多了去了。

听她说的这么好，还是个油二代，肖佳林有些心动了，见见就见见呗，又不少个啥！

在好心的女干部安排下，两人见了面，他第一眼就感觉不错，要了人家姑娘的电话，加了微信，记住了姑娘的名字：周珍珍。随后，周珍珍回山东上班去了，他也回了涪陵。

这时，女工干部催促他：“你要主动，要和人家姑娘多联系，小心姑娘飞走了。”

他和周珍珍保持了微信往来。两个油二代似乎有着更多的共同语言。

时间就是一种催化剂。随着两人彼此的了解日渐加深，肖佳林的心升温了，他甚至有了与周珍珍共同步入婚姻殿堂的激情。不行，我要大胆去追求，去山东找她。为了不让她飞走，我必须先飞。

那是一个周五，他从武汉飞到了济南，一下飞机就直接冲向大巴车，再到东营，再折转至清河，心急如箭，片刻不停留。当周珍珍看到真诚的肖佳林出现在面前，一时惊讶得说不出话来。

后来，有情人终成眷属。2015 年，周珍珍调进了江汉工程院，成了战略规划研究所里的一员。她的办公室和肖佳林同一栋楼，她对丈夫的工作有了更进一步的了解。

周珍珍是个性格开朗活泼的油二代，2016 年的一天，她进了油田广华医院的待产房，有“产友”问她：“你丈夫怎么没来陪护？”她爽朗一笑：“我没有告诉他。”其实她心里清楚，涪陵的压裂现场又缠住了丈夫。

周珍珍是个独立性强的女人，独自默默地承担了家中琐事，在武汉购房子，儿子进幼儿园，她几乎大包大揽了，没有让肖佳林为家里的事操心、分心。她每天接送孩子，经常陪儿子参加幼儿园组织的各种亲子活动。有一次，儿子问她：“爸爸是不是不喜欢我？他怎么老不来接我、陪我？”她告诉儿子：“爸爸最喜欢我们航航了，他在很远很远的地方出差，工作忙，等六一儿童节，他就回来和我们航航玩。”可期待时常落空。渐渐地，小航航似乎明白了，爸爸是个忙人。

肖佳林和妻儿在一起的时间是短暂的、甜蜜的。他尤其珍惜。他给自己的定位是不称职的丈夫、不称职的父亲。只要回到家，妻子、儿子便是绝对的领导，哪怕他是所长，是具有突出贡献的专家，妻儿叫他做什么，他就做什么，毫无怨言。晚上，妻子不无调侃地说：“你干脆和压裂结婚算了，还要我们娘俩干吗？！”

2021 年 6 月的一天，肖佳林去油田总部开会，车上有两名他的女同事，两人聊起了肖佳林的妻子周珍珍，其中一人说：“肖总，我们好羡慕你呀，妻子真能干，一人带孩子，不用男人操心，你们家是一个事业有成，一个治家有方。”肖佳林有些无奈地说：“你们还是换个话题吧。”

周珍珍是个有个性而且要强的人，作为一名江汉工程院的员工，手上也有大量的科研工作要做。为了更好地兼顾到家庭和工作，她请求母亲来帮忙接送孩子，有了母亲的帮衬，她有了些许的解脱。2021 年岁末，周珍珍披红戴花，站在了江汉工程院的授奖台上，这一年，她成了院里的先进生产工作者。

我在想，本文中，我是否在为肖佳林甚少操持家事做着某种开脱，但转而一想，其实是他的妻子周珍珍在用心、用情、用行动为丈夫开脱。

周五　这个师傅有点冷幽默

2018 年，石油工程专业毕业的夏盛来到了江汉工程院，投到了肖佳林门下当徒弟，这是个活泼可爱的女生，活力四射，还风趣。当我问起她对师傅的印象时，她说师傅不像一般意义上的理工男，有点冷幽默。

我百度了一下理工男，指理科出身又拥有高智商的一群男士，被认为宅而木讷的群体；也百度了一下冷幽默，是指那种淡淡的，在不经意间流露的幽默，是让人发愣、不解、深思、顿悟、大笑的幽默，让人回味无穷的幽默。

夏盛第一次随师傅上涪陵工区，肖佳林冷不丁儿地问她："你知道涪陵工区流传最广的一句话是什么？""不知道。"他表情严肃地说："这里的女人像男人，男人像超人。"一阵笑过后，夏盛似乎明白了师傅要说的含义。

也许夏盛觉得师傅不像理工男的另一个原因是，肖佳林是个很随和的人，大家都愿意和他开点玩笑。在焦石，每次技术服务中心开饭时，他还在返回的路上。大家打趣地说，别吃完了，千万给他留点蛋炒饭。

其实这里面有个笑点，南方人以米饭为主食，从小在湖南老家长大的肖佳林在没有完全适应吃面食的时候，正餐（中、晚）雷打不动要吃米饭，不然就总感觉像没吃饱一样。每次吃面食（馒头、面条或面疙瘩）时，他就要求吃蛋炒饭，还煞有介事地说，吃这个好，既有营养，又省了菜。

夏盛感触最深的一次是 2021 年，跟着师傅出现场到凤来 173-7HF 井测试产量，近距离感受了师傅有条不紊、严谨认真、一丝不苟的工作作风，留下了极深的印象，从那以后，她觉得自己一下成熟了许多。

继 2018 年获得中国石化优秀共青团员称号后，夏盛又在 2021 年被评为江汉工程院先进生产工作者。她在师傅指导下独立完成了《复兴地区陆相页岩储层改造技术研究》，获得了江汉工程院科技进步二等奖。

肖佳林的二徒弟是个不善言谈的小伙子，他叫吴俣昊，2021 年进江汉工程院，拜肖佳林为师，他也认为师傅是个冷幽默的人。

这年秋天，国外一支专业队伍到涪陵工区开展技术服务，对焦页 10–2HF 井现场压裂，肖佳林安排初来乍到的小吴到现场观摩学习国外先进技术，多好的机会。回来后，师傅问他看到什么，学到什么。小吴只觉得一头雾水，说不出个子丑寅卯来，当时心情十分紧张，压力比涪陵的山还大。肖佳林看了看小吴新理的头，说："嗬，理短发了，从头开始了。"小吴顿时感到心里的压力一下子减了下来，同时明白了师傅说话的含义。

接下来的日子里，肖佳林对小吴的"关照"多了起来。他安排小吴对一口井现场应用超低密度陶粒的情况试写一份分析材料，并找来了一些参考资料，随后，两三天过问一次分析材料的进展情况，对小吴提出的问题及时给予解答。

一年过去了，小吴从一名科研战线上的新兵逐渐成长起来，先后完成了多项重点材料的编写汇报，参与了两项江汉油田分公司项目，并获得了中石化第 30 届管理现代化创新成果三等奖，还被评为江汉工程院优秀团青干部。

肖佳林说，这几年徒弟们也影响着我，我从他们身上也学到了不少。

周六　储层改造研究的领航舵

一走进江汉工程院院部大楼，首先映入眼帘的是赫然而立的领航舵大摆件，周身刻满了麦哲伦、哥伦布、郑和等人的生平，最下角的题款是"2010.6　井下测试公司贺"。这是当年江汉工程院由油田本部迁来武汉时，兄弟单位赠送的，包含了引领大家、齐心协力、乘风破浪、前景广阔等寓意。

佳林，佳木成林。2019 年底，肖佳林因为页岩气压裂关键技术创新及涪陵气田增产增效作出了突出贡献，被提拔为储层改造研究所所长，成了一个团队的领航舵、引领者。

他带领一个几十人的团队，从科研攻关到团队管理；从行政工作到党政一肩挑；从常规油气开发到非常规页岩气开发。肖佳林的角色变了，职责转变了，肩上的担子重了，责任心重了。

近年来，涪陵气田的一期开发调整井、二期不同区块平面及纵向上地质特征均发生了变化，而在对老区立体开发调整、常压储层等新对象、新区块进行增产改造时，出现了新难题。

肖佳林与团队一起，在压裂理念、工艺模式等方面求新求变，大胆提出以“高密布缝+高效控缝+高强铺置”的压裂新技术，增效降本。经过现场实施及大规模推广应用，水平井改造理念及施工工艺全面升级了。据统计，他们的技术成果累计推广应用210井、4600段，加密井平均测试产量20万立方米/天，上部气层井平均测试产量16.8万立方米/天，压裂测气成本降幅达15%。

复兴、红星等属于涪陵气田的外围勘探区块，肖佳林结合重点探井实施速度，提前谋划，提前介入，提前准备方案设计。把具体工作任务安排、落实到人，积极与相关部门协调沟通，超前推进各项重点工作，全力保障勘探新区新层系相关工作的有序进行。

涪陵气田经过多年不断的建设开发，焦石、白马等多个区块生产任务重、运行节奏快、地域分布广等问题日益突出。肖佳林经过深思熟虑的分析研究，提出了构建科研一体化、地质工程一体化、设计实施一体化的工作新思路，得到了有关方面的认可。于是，他便带领6个小组，精心组织现场服务，全力保障生产运行。他与团队共同完成了350井次压裂设计、6000余段现场施工，创新了一条现场热点难点问题协同化攻关、一体化设计、精细化管控的新路径。事实证明，涪页10HF、平桥1、红页1HF井经过他们的措施改造后，均获高产工业气流。

2019年，江汉工程院实施机构改革，从院内抽调9人充实到一线，页岩气技术服务中心（原涪陵项目部）便建立起了青年科技人员、各层次专家、退休干部三支队伍，成为院里在涪陵产建工作的核心支撑服务单位。肖佳林顺势而上，与技术服务中心同事一起在管理上推出了一系列举措，协助各级专家“找课题、配帮手、带徒弟”，让各级专家“待得住、顶得上、干得顺”；对有特长、肯奉献的老领导“因人设岗”；同时要求青年科技人员树立“勇于奉献就给平台”的观念，也使储层改造研究所实现了从“人员管理”到“人才托举”的转变。

在涪陵施工现场，人员和车辆的安全一直是肖佳林心头的一个结，他专门立规矩、定制度、出措施，保证在气田生产目标任务重、运行节奏快的情形下，生产正常运行，还要保证在工区山地环境复杂、部分井场路况差的条件下，人员和车辆的安全。他在任所长的几年中，实现了所部年年安全零事故的目标。

2020 年 1 月，新冠疫情突如其来，肖佳林超前部署所里各项工作，详细梳理工作重点，春节前、春节后，有条不紊，合理安排。他建立了“防疫期间每日工作通报群”，及时梳理近期重点汇报材料、重点井方案设计、科研项目审查，制订时间节点并将工作细化分解落实到全所每个人。

这几年，储层改造研究所在肖佳林的主持下，大家同舟共济，拧成一股绳，先后获得中石化集团公司、湖北省、江汉油田分公司科技进步奖 10 余项。团队中涌现出一批技术专家和业务骨干，单位或个人分别荣获油田先进基层单位、油田巾帼建功立业标兵、油田先进生产工作者等称号，所在党支部和班组先后获得中石化先进基层党组织、涪陵劳动竞赛保效主力杯先进班组、江汉油田青年文明号等荣誉。

周日　非常规油气开发专家

百度资料显示：非常规油气是相对于常规油气而提出的，主要指连续型分布的油气，无明确圈闭与盖层界限，流体分异差，无统一油气水界面和压力系统，含油气饱和度差异大，油气水常多相共存。非常规油气具有连续型和断续型两种分布模式。非常规气包括深层气、页岩气、致密砂岩气、煤层气、浅层生物气、天然气水合物等典型非常规油气……

肖佳林职业生涯的“第一桶金”来自建南，来自对页岩气井的压裂，正是页岩气的诱惑使他一头扎进了非常规油气领域，从此再没有走出来。

“这是一个在求索中不断前进的过程，如果没有前期的铺垫与积累，就没有后来的创新与勃发。”肖佳林对我说。他从一名页岩气开发的跟随者到领军人，一路走来，不断收获着累累硕果，创造出人生的高光时刻。

要致富，先修路。这句耳熟能详的话，同样适合油气开发。石油、天然气（页岩气）这些深藏地下“迷宫”的宝贝资源，要想把它们请出来“重见天日”，必须在地下建造如同“村村通”的路网。建造地下路网的过程，用石油人术语说，就是通过压裂手段改造储层。而从事压裂方案设计的工程师，则可称为“地下路网”的设计师，肖佳林就是这样一位设计大师和专家，不断设计出一幅幅打开地下“迷宫”的蓝图。

近期以来，俄乌冲突引发了国际能源市场的动荡，不难看出，能源在国民经济、国计民生中举足轻重的地位。肖佳林他们从事的能源（页岩气）开发工作与国家战略联系在一起，意义非凡。他们是在保障国家能源安全，为民族争气，为国家争气，为企业创效。

肖佳林是个富有使命感的人。作为最早一批踏上涪陵页岩气开发战场的研究生，他总是铆足劲儿攻克关键核心技术，把油气开发的技术主动权牢牢掌握在自己手中，努力在实践中求新知，从理论上求新解，不断打破国外技术垄断和技术壁垒。这一路上，肖佳林不忘初心，走得艰难和辛苦。从对页岩气井压裂的专注，变得专一，变得更专业了。

2017 年初，肖佳林参与了以涪陵气田开发成果为基础申报国家科技进步奖励的相关工作，基于对页岩气实践的长期认识和总结，他将成果核心聚焦在基础机理、工艺设计、配套材料三个方面，把已经充分研究掌握的“不同小层裂缝延伸机理、分小层差异化设计及速溶减阻水体系”作为了关键创新点。2018 年初，喜讯传来，在 1 月 8 日北京举行的国家科学技术奖励大会上，“涪陵大型海相页岩气田高效勘探开发”项目荣获了国家科学技术进步奖一等奖。

涪陵页岩气的产能建设日复一日、年复一年地向前推进，各种技术难题也像滚雪球一样不断出现。面对挑战，肖佳林精神抖擞，像战士一样，一次次地发起压裂工艺创新攻关。他从增加裂缝数量、提升裂缝质量上寻找切入点、突破点，创造出了一套与开发需求相适应的“密布缝，强支撑”增效降本的压裂新技术，经过现场实施及广泛推广运用，全面更新了水平井改造理念及施工工艺，实现了产品自主化，单井平均测试产量超过 15 万立方米／天，压裂综合成本降低 30%，达到了国内领先水平。后来，以此技术为基础完成的《深层页岩气藏高效改造一体化技术及应用》《涪陵区块页岩气层改造技术研究》项目分获湖北省科技进步二等奖、中石化科技进步三等奖。

资料显示：涪陵气田建设开发迄今，实现了涪陵压裂技术的自主创新，建立了一套完整的页岩气层改造国产化技术体系，实现了压裂技术的迭代升级，达到了国际先进水平，其中部分处于国际领先水平。

2021 年底，肖佳林被聘为非常规油气开发专家。

尾声　弯腰的稻穗

7月，正是我国南方早稻丰产收获季，放眼望去，金灿灿的田野里，一派丰收景象。沉甸甸的稻穗随风轻轻摇曳，含蓄，不张不扬。

几度风霜雪雨，几度春华秋实。10年来，肖佳林先后荣获油田、中石化“青年岗位能手”“科技明星”“劳动模范”等称号，并获得“中石化页岩气井工厂模式高效开发技术突出贡献奖”和“涪陵页岩气田上部气层评价及部署优秀项目贡献奖”。

如今，在江汉工程院，全院上下不叫肖佳林“专家”，而亲切地称他“肖总”，似乎这更能表达出一种敬意。而他每次总是报以莞尔一笑。

他告诉我，老一辈石油人为了摘掉“贫油”的帽子，为了祖国的石油事业，怀揣理想，栉风沐雨，踔厉奋进，谱写出油田兴旺发展的壮丽诗篇。我们作为油二代，身上传承着石油的基因，沿着父辈们的足迹，赓续父辈的理想，用科技力量推动油田高质量发展，是我们的荣耀。我要感谢页岩气，感谢这个时代！

寻找失落的“海神世界”

黄　慧

在遥远的欧洲爱琴海边，在时间线上往前倒推数千年，存在着一个古希腊神话世界。在这个神话世界里，生活着奥林匹斯十二主神，其中有一个名叫波塞冬的海神，掌管着全世界的海洋，以及海洋覆盖下的海底山川、深渊。他脾气暴躁，经常乘坐白马牵引的黄金战车，挥舞三叉戟，掀起滔天巨浪，引发风暴、海啸和地壳运动，让大陆沉没、海岭抬升，将万物，包括地层撕得粉碎。被他席卷过的世界，就是“海神世界”，而因为地壳运动被从海底抬升到陆地的世界，就是失落的“海神世界”。

在亚欧大陆的东部，毗邻太平洋的地大物博的中国，沿着长江流域向西部绵延山岭蜿蜒而进，地势如野兽脊背般逐渐隆起，穿越鄂西神秘的北纬三十度世界，进入到四川盆地东南部边缘，有一片被远古森林和溪流覆盖的古老地层，如巨型龟甲一样覆盖在地幔之上，逐渐“生长”蔓延到全中国。其发端于距今约5亿年的古生代寒武系，被称为寒武系地层，在古代被原始海洋覆盖，地层为海相沉积岩石，各种生物在这里繁殖。随着地壳运动，寒武系地层逐渐抬升成为陆地，海水全部退去，但是遗留下来的海洋动植物遗体经过自然演化，形成了丰富的油气资源，长久地沉睡在地层中，成为失落的“海神世界”里的神秘宝藏，不被世人所知。1949年，随着中华人民共和国成立后工业化热潮的到来，一批又一批来自山外的勘探队，尤其是江汉油田研究院海相所攻关团队，为寻找支持中国工业发展的能源宝藏，钻入大山和森林深处，在位于四川盆地东端的川东海相寒武系地层，不断勘探研究、寻找失落的“海神世界”的“宝藏”方位，陷入一个个迷雾重重的秘境和谜题里，也开启了一段用智慧破解造物主设置的谜题，最终征服“海神世界”的跌宕起伏的传奇经历。

被远古力量控制的“秘境”

进入 20 世纪下半叶，随着中华人民共和国成立后工业化热潮的到来，为寻找支持中国工业发展的能源宝藏——石油、天然气，一支支地质勘探队穿越中国大半个版图，足迹遍布戈壁荒原、高山峻岭，带回来一份份宝贵的地质勘探资料。中国国内地质科学家反复研究这些勘探资料，经过分析认为，中国南方的海相地层，可能会含有大量的天然气储层。

江汉油田研究院海相勘探所是负责海相天然气、石油储层勘探工作的专业机构，研究院专家陈绵琨长期率领攻关团队从事江汉油田矿权覆盖地区的海相天然气储层勘探工作。21 世纪初他按照学术界的理论指引，曾经长期在江汉油田矿权覆盖地区的海相地层寻找石油、天然气，经过一番苦苦探寻，遭遇到无数的波折，感觉遇到了一个被远古力量控制的无法进入的秘境、无法破解的谜题。

他认识到，四川盆地和湖北江汉油田都在海相地层上，这两个区域原始形成条件相同，都具有储存海相天然气的条件，国内专家将四川盆地所在区域命名为上扬子区块，将湖北江汉油田所在区域命名为中扬子区块。

最初，陈绵琨率领攻关团队将研究重点放在中扬子区块湖北江汉油田矿区所在的海相地层上，希望能够在这里寻找到寒武系海相天然气储层。经过一番勘探开发研究，陈绵琨认识到，江汉油田所在的中扬子区块和四川盆地所在的上扬子区块均位于侏罗系海相地层。不同的是，四川盆地储层上面盖着厚厚的侏罗系地层，仿佛一个锅盖，将天然气牢牢倒扣在储层里亿万年，保存良好。中扬子区块储层也覆盖着一层厚厚的侏罗系地层，只是后来经过构造运动，侏罗系地层被剥没了，含有天然气储层的老地层暴露到地面上，遭到剥蚀，导致天然气储量原来比四川盆地还要丰富的中扬子含气储层，天然气大部分散失了。“仿佛一个镜子被摔成无数个碎片，一根项链被扯断，珍珠散落在四面八方。”陈绵琨感觉到在碎片化的储层里寻找残存的气矿，成本高、难度大。即使碎片化的气矿里面还残存油气，后期保存条件被破坏，油气也很难保存下来。

江汉矿区无法发现优质海相储层，陈绵琨率领研究团队又将目光投到了江汉油田在湖北地区中扬子区块有矿权的区域——建南、宜昌和恩施。经过一番研究，陈绵琨发现，这些地区位于四川盆地的东部边缘，拥有天然气储层，但是和江汉油田矿区一样，呈碎片化分布。江汉油田勘探人员按照陈绵琨的研究成果指引，在建南和宜昌地区找到两块储层碎片化分布区域。陈绵琨认为，这些储层被开发出来后，可以实现经济效益，但是压裂成本较高，无法实现大规模效益开发。

至此，整个中扬子区块仅仅发现零星油藏，没有实现海相天然气勘探突破。

陈绵琨没有气馁，不断查阅勘探开发历史资料和新近资料，希望在其他地方获得海相突破。一天，他阅读到了川东寒武系海相地层地质资料，眼前一亮。这是一片从未被中国勘探人员重点关注过的区域。1970 年，当时的石油化学工业部曾经认为这里可能含有海相天然气储层，在重庆忠县部署池 7 井，最终该井只出水却没有出油。随后这片区域长期被搁置开发，被人遗忘在历史的角落。陈绵琨认为，四川盆地是含油气极为丰富的盆地，1949 年新中国成立后，全国组织过天然气勘探，都集中在四川盆地，也发现了很多气矿，川东位于四川盆地丰富的气矿聚集区，是一片未被充分关注开发的“处女地”，天然气储量可能很大。他提出江汉油田可以在川东寒武系海相地层部署探井，进行勘探开发。

2015 年，中石化江汉油田在焦石坝地区寒武系地层部署了焦石 1 井，但是没有出气。

天然气资源丰富的川东寒武系海相地层，从 1970 年到 2010 年，先后部署多口探井，总是没有出气。面对这个结果，陈绵琨感到惊讶，随后困惑无比。他望着地图，从早年倍感失望的中扬子区块，一直看到如今让其困惑的川东寒武系地层，感觉到一股神秘的远古力量牢牢锁住了海相勘探开发谜题，在考验人类的破解智慧。

陈绵琨陷入长久的沉思中。

破解造物主的“时间空间谜题”

面对川东寒武系地层勘探开发困局，陈绵琨开始怀疑是否整个勘探方向出了问题。

他注意到，国内专家曾经普遍认为，由于中扬子区块地层构造改造比较强烈，海相天然气储层被破坏了，至今很难找到，所以海相天然气储层都是早期成藏。陈绵琨认为，自己受到传统理论影响，按照早期成藏理论指引，在受到中扬子区块频繁剧烈地质运动波及的川东寒武系地层，寻找符合早期成藏苛刻条件的区域，往往徒劳无功。

他发现，自己在旧理论框架里艰难思考其他的勘探可能，实在找不到突破方向。他意识到自己被旧理论框架束缚住了，于是试图突破理论框架，建立新的理论猜想，指导勘探开发。他经过系统研究和思考，在对成藏时间的研究方面有了新的突破，2018 年提出晚期成藏模式。

他认为，川东的寒武系海相天然气储层在地质年代的早期形成气藏后，虽然在之后强烈的地质构造运动中被破坏，但是在改造破坏的过程中或之后，天然气随储层在运动中还能够重新聚集成藏，可以保存下来。

他认为，地质构造运动虽然以破坏为主，但是动中有静，可以在相对稳定的时间和空间里形成新的天然气储层。他分析研究院工作人员在该区域发现的志留系存在页岩气储层的资料，认为志留系地层在寒武系地层的上部，在地质构造运动中，志留系地层把寒武系地层一点点挤压，向上推，寒武系地层仿佛弓起了背，形成背斜构造，背部最高点和志留系储层靠在一起，志留系的天然气可以逐渐进入寒武系地层里。所以，在寒武系地层最高点，且具有背斜构造特征的区域，可能存在储气层。

研究院工作人员根据陈绵琨的理论指引，寻找符合条件的储层，2019 年在位于红星、复兴区块部署平桥 1 井，2020 年获得工业油气流，日产 20 万立方米，实现勘探突破。这是川东第一口在寒武系突破的页岩气井，到 2022 年为止，平桥区块又部署了一口平桥 101 井，获得测试产量 9.13 万立方米 / 天。

陈绵琨在提出晚期成藏模式基础上，思路进一步延伸，思考寒武系海相天然气储层的其他形成储层的可能模式。经过仔细思考和研究，他又有了新的发现。他认为，构造运动后期，寒武系储层形成断层，成为油气运移通道，页岩气会顺着断层移动，同时会有部分页岩气残留在断层的裂缝中，形成储存空间。陈绵琨认为这是新的储气类型——断缝体。他进一步认为，寒武系储层的断层直接向上通到封盖层——嘉陵江膏岩层（石膏材质），所以寒武系储层的页岩气除了保存在寒武系断层中，还会顺着裂缝向上进入嘉陵江膏岩层，储存在高岩层的裂缝中。

研究院工作人员根据陈绵琨的理论指引，在寒武系和嘉陵江高岩层的断层裂缝中寻找符合条件的储层，2021 年底在焦石坝区块部署焦石 2 井。“目前尚未开钻，但是我期待一个好的结果。”陈绵琨说。

“生物指南针”指引的“迷雾之境”

陈绵琨提出晚期成藏模式和断缝体储气类型，破解了造物主设置在川东寒武系地层的“时间空间谜题”后，又开始寻找新的勘探开发方向。但是新的方向在哪里呢？

他站立在办公室的一幅川东寒武系海相地层图前，看到这片狭长地带位于气矿资源极为丰富的四川盆地东端，感觉其应该蕴藏着丰富的能源宝藏，可是1970年以来，多支勘探队深入其中，徒劳无功。目前的勘探开发虽然有了一些突破，但是陈绵琨感觉只是挖到了一些皮毛资源，没有找到核心地带的大宝藏，川东寒武系地带，成为一片让人深陷泥沼、迷雾重重的“迷雾之境”。望着这片“迷雾之境”，陈绵琨陷入沉思中。

陈绵琨查阅该区域以及附近区域的勘探开发史资料时，一个词语“生物礁滩气藏”频繁跃入他的眼帘。生物礁滩气藏自新中国成立后就在国内有发现，1973年，江汉油田建南气田发现国内第一个生物礁气藏。2000年后，中石化勘探分公司开始在川东寒武系地层附近区域开发生物礁滩气藏储层。2005年以后，在川东寒武系地层附近的四川达州成功开发出普光气田，累计探明储量已达4000多亿立方米，日产气量最高可达2700万立方米，属于国内大型生物礁气藏。普光气田发现后，国内掀起寻找生物礁气藏高潮。这让陈绵琨眼前一亮。他继续查阅资料，进一步了解到生物礁滩气藏的形成原理。

莽莽苍苍的川东寒武系地层，古代被海洋覆盖，各种海洋生物在这里繁殖，其中很多动物遗体藏在珊瑚礁的孔洞里。随着地壳运动的频繁发生，寒武系地层逐渐抬升成为陆地，海水逐渐全部退去，但是遗留下来的很多藏在珊瑚礁的孔洞里的海洋动植物遗体经过自然演化，形成了丰富的油气资源，长久地沉睡在地层中。由于油气资源藏在孔洞里，不在坚硬的岩石里，开发生物礁滩气藏储层不需要大规模压裂就能高产，开发成本很低。珊瑚礁一般喜欢生长在浅海向深海过渡的海底悬崖边缘凸起区域。在海相地层中，寻找浅海向深海过渡地带，才可能挖掘到生物礁滩气藏。普光气田的“生物礁滩气藏”，就是位于浅海向深海过渡地带的地层中。

了解到这些，陈绵琨进一步思考，川东寒武系海相地层毗邻普光气田生物礁滩气藏所在的长兴组地层，这里是否会有生物礁滩气藏呢？

陈绵琨根据地质资料进行分析，认为虽然寒武系地层和普光气田生物礁滩气藏所在的长兴组都属于石灰岩，但是并不是所有石灰岩里都有生物礁滩气藏，需要满足苛刻的成藏条件。川东寒武系海相地层在古代的海底地形情况和普光气田所在储层的海底地形情况不一样，普光气田所在储层的海底地形有陡坡处，风浪比较强，容易生长生物礁，而川东寒武系海相地层平缓，缺乏陡坡，不容易生长珊瑚礁，更容易聚集海底砂子，即使有生物礁滩气藏，也可能呈现出不连续、孤立、碎片化的气藏。

虽然希望不大，但是陈绵琨践行实践出真知精神，为了给中石化、江汉油田勘探出新油气储层，陈绵琨不会放过任何一个“希望”，都想先试一试。“万一成功了呢？捡到大宝贝了呢？”陈绵琨决定放手一搏。

陈绵琨率领攻关团队查阅勘探历史资料，经过研究发现，2005 年，中石化勘探分公司曾经在复兴区块北部发现一块生物礁滩气藏，随后部署兴隆 1 井，很快顺利产气，但是由于天然气中含剧毒的硫化氢比例比较高，开发的同时还要建设配套设施——脱硫厂和净化厂，祛除硫化氢，对天然气做无害化处理，建设成本很高。如果天然气开发只有几口井，那产量太小，面对高昂的脱硫设施建设成本，不划算。兴隆 1 井位于山区，从气井井口到脱硫厂修建输气管线要跨越高山峻岭，建设难度大，同时山区管线无人监管，一旦管线被人为破坏，容易造成含硫天然气泄漏，存在巨大的安全隐患。所以，江汉油田将该气井关停，搁置开发。

陈绵琨和攻关团队决定重新开发兴隆 1 井，围绕如何高效开发，陈绵琨和攻关团队经过研究，决定采取长水平段开发方式。该方式即在脱硫净化厂前部署气井兴隆 2 井，从地层打水平段井筒一直打到生物礁滩气藏，长度为 3 千米。这种开发方式，相当于将地面管线建设挪到地下，穿越地层进入储层，避免在地面建设管线导致安全隐患。

不过，水平段打井，要求地质导航精准定位储层位置。这要求通过地质手段精准预测平面位置和纵向最佳储层段。陈绵琨将这项工作交给攻关团队里的精通导航技术的研究院天然气物探所副主任专家于晓娜。

于晓娜思考，精准入靶，需要先对靶心目标——生物礁滩气藏进行“肖像描绘”，精细刻画储层范围和空间暂布特征。于晓娜和南京研究院、集团公司总部专家密切合作，交替刻画生物礁滩气藏。他们采用相控三步法进行刻画，先用地质研究确定有利相带，再在有利相带里寻找礁滩岩性圈闭，在岩性圈闭里再刻画优质储层。在开展第二步时，于晓娜遇见了难题。在有利相带里寻找礁滩岩性圈闭时，一般用相面法，即通过地震仪器向地层发射地震波，捕获到地层反馈回来的各种波形等反射特征，根据这些特征确定礁滩岩性圈闭的位置。但是这种方法适合显现大处特征，细微处特征无法分辨清楚。由于川东寒武系地层生物礁滩气藏规模不大，特征比较细微，用相面法效果不好。“这就好比一个相机像素太低，无法拍摄清楚一个小物体的细节。”于晓娜说。

为了解决该问题，于晓娜四处调研取经，希望找到好的方法。在中石油大猫坪气田调研时，于晓娜发现气田科研人员面对同样的问题，用飞仙关加上长兴两个地层沉积厚度变化来反映礁体储层的方位特征。“飞仙关地层在礁体储层的上部，仿佛锅盖；长兴地层在礁体储层的下部，仿佛锅底；储层相当于佳肴，放在锅里。找到了锅盖和锅底，将其当作参照物，就能找到储层佳肴。”于晓娜说。对储层精细刻画，除了应用参照物确定法，于晓娜还采用最先进的OVT域工具对地质资料所反映的钻井过程中油气显示变化进行对比分析，确定油气量显示最高处为储层核心地带。“OVT域工具处理资料，保真度、保幅度效果好，类似于相片像素高，精度、分辨度更高，更真实准确地还原油气变化。”于晓娜说。

通过综合应用以上方法，于晓娜对靶心目标——生物礁滩气藏进行“肖像描绘”，确定了储层范围和空间暂布特征。

“确定了储层长什么样，第二步就要确定储层在哪里。确定储层的具体方位，就要发现储层的垂相深度。求取垂相深度，需要通过地层速度进行判断，而求准地层速度是一道难题。”于晓娜说。研究院确定储层具体方位的传统方法是通过地震仪器发出地震波，波在地底下的不同地层传播，由于地层比较厚，每一层岩性出现变化，其地球物理特征，如速度、密度参数就会变化，声波经过不同岩性，其穿行地层的速度会发生变化。由于地震波是以发出的地震仪器为圆心，向周围扩散传播，遇到岩性界面会反射回地震仪器，地震仪器接收后，会分析出地震波在每一种岩性中的传播速度，确定了不同岩性地层离地震仪器（圆心）的距离（半径）界面（圆弧线），要确定储层具体在界面（圆弧线）的哪个点上，需要通过打定向井确定储层在界面的具体深度方位（点）。过去打定向（纵向）井，距离不远，所以很容易测量精准方位，但是打长距离水平井（横向），由于长达 3000 多米，地震波覆盖范围面积达到几百平方千米，岩性极为复杂，技术攻关人员必须建立一个准确的速度场。“水平井钻头从很远地方横向打入地层，如果地震波传播速度稍微不准确，计算出的储层位置有偏差，差之毫厘，谬以千里，钻头就会偏离目标储层，打到储层之外。”于晓娜说。

面对速度无法精确的难题，于晓娜希望提升仪器精度，百般寻找，发现目前仪器精度无法提升。于晓娜犯了难。最后，她想到笨办法最管用。“确定精确速度，除了提高仪器精度外，还可以采取多次打井，通过老仪器多次测量速度，求取平均速度。测量次数越多，平均速度越接近于精确速度。”于晓娜决定采取多井拟合法，在储层界面附近打多口直井，每打一次，通过地震仪器计算一下岩性速度，计算平均数，逐步逼近目标。“相当于我在界面弧线的每个点上都拍摄照片，将所有照片拼合完整，求准储层具体方位。”最后，经过上述方法应用，于晓娜精确确定生物礁滩气藏具体方位。“靶心找到后，就可以精准入靶了。”

确定了生物礁滩气藏的“容貌”和“巢穴”，就要解决“箭头”如何在优质储层里面穿行“一箭中靶”的问题了。这成为摆在技术攻关团队面前的又一道难题。

生物礁滩气藏是一个丘状体，水平井钻头进入储层后不能平穿，要先上后下，像蛇一样扭动，这就需要导向跟踪技术。技术攻关团队运用涪陵气田的导向技术成功解决了引导钻头转向问题。面对储层地震标志层不强、岩性界面和测井响应特征不明显，导致储层识别难度大的问题，科研人员借鉴成熟经验，首次使用元素录井技术，变“摸着打”为“看着打”。“长兴组是白云岩富含镁元素，灰岩主要是钙元素，我们通过摸清元素含量差别，实现精准卡层、进入储层。”海相勘探所现任所长刘皓天说。

经过长达 48 年的摸索，研究院攻关团队成功破解“生物礁滩气藏”难题，开发出生物礁滩气藏。2022 年 6 月 21 日，江汉油田部署在兴隆气田长兴组礁滩的首口开发井兴隆 1–1 井完井测试，获得 57.32 万立方米 / 日的高产气流。

川东寒武系海相地层，这片曾经长期被遗忘的“海神世界”，在江汉油田研究院攻关团队的马拉松式攻关下，一点点露出了神秘的笑容。这份笑容，反馈给江汉油田和中石化的，不只是“海洋之神”锁住能源宝藏的智慧，以及激发出的人类攻关智慧所形成的技术体系——研究院海相常规天然气技术体系，还有一份份远古海洋生命的能量。这一份份能量，曾经长期以石油、天然气密码的形式写在川东大地的海相岩石深处，锁在地球之书的最深处，被最渴求的科研工作者以最虔诚的姿态解读，并且“转译”成一片“能源之火”，化为一股股喷出地球地面的“火焰喷泉”，推动工业之地球自转，熔化造物主封锁地球的科学“结界”，并且让石油科研工作者明白——大地，就是地球的史册，记载地球的往事。一个个地层，就是地球史册的一个个章节，以石油、天然气密码的形式写在岩石之书上，封存造物主之光和生命之火，被海神保存无数年，又归还给大地。只有最虔诚的科学信徒，才能走入这个秘境，解读生命之光和宇宙的奥秘，将石油、天然气“转译”成人类文明之火，普罗米修斯之光，照耀全人类向宇宙深处前进的道路。

层绿拂遍柳堡春

——记驻村第一书记、胜利石油工程公司渤海钻井总公司扶贫干部石洪飞

李建富　张　旭　王　钊　张彬彬

人间四月芳菲尽，鲁北平原的春天总姗姗来迟。

一大早，东方朝霞初显，一辆黑色轿车已疾驰于国道516，车上一个中年男人无心看风景，此行车载导航目的地定位为——柳堡镇大王柳堡村，这些日子他默念了许多次的村庄。

说来，大王柳堡村位于山东省滨州市无棣县柳堡镇西五华里，全村占地7000余亩，共有511户人家，地处山东最北端，濒临渤海湾，是黄河三角洲冲积平原下的一个古老村落。

无棣素有“冀鲁枢纽”和“齐燕要塞”之称，拥有“枣、牧、渔、盐、棉、沙”等农牧业资源，地理位置优越，资源独特而丰富，然而其所辖大王柳堡村，却是尽人皆知的省级贫困村。

那辆黑色轿车已驶入滨州市富国路，阳光跳跃而闪动，金灿灿地洒向前方柏油路上。车内来自胜利石油工程公司渤海钻井总公司的扶贫干部石洪飞表情凝重，且陷入深思，他担任第一书记的大王柳堡村已近在眼前。

一、春种一粒粟，秋收万颗子

——无棣县柳堡镇大王柳堡村来了省派第一书记

镜头拉回2019年，农历己亥春节已过，鲁北平原春寒料峭，乍暖还寒。

这天吃罢晚饭，窗外已黑洞洞的了，石洪飞随父亲步入院子，两个身影一前一后。

父亲忽然问：“这趟回，是咋？”

石洪飞抬起头来，星空遥远且浩瀚无垠，蕴含着古今多少仰望者与有识之士的期许与叩问。

“这是造福一方百姓的大好事，好好干。”父亲语重心长，这是一位充满情怀、知情达理的老人。

短暂沉默，老人倏然回身，手中烟头一闪，又一闪，似一个个忽明忽暗的疑问：“儿呀，我问你个事，你可吃得了那份苦？能将村里老少爷们当作自己亲人一样？真能扑下身子做些实事？”

这几日，胸中虽积蓄几多忐忑但又踌躇满志的石洪飞沉吟了片刻，还是坚定地点了点头。

石洪飞十八岁入党，毕业于中国青年政治学院，放弃了旁人趋之若鹜留在大城市的机会，毅然来到油田，选择与荒原为伴，且坚决要求分配到最艰苦的岗位。是黄河三角洲这片沃土滋养了他，是“苦干实干”“三老四严”的石油精神使其迅速成长，他曾被授予过“山东省劳动模范”、省青年“新长征突击手”等荣誉称号。

回首往昔，峥嵘岁月稠，此次是他三十年石油生涯从未经历过的一次转型。4月，鲁北平原田野间的风吹进鼻腔，使人为之一震，春天已翩然而至，大地上，田野间万物欣荣，这是又一个充满崭新希望的人间四月天。

出发前，石洪飞的行李中多了双老布鞋，看似并未增添多少分量，他却感觉沉了不少。他深知父亲啥也没说，却又啥都说了。

能够被省里选派，石洪飞觉得无疑是十分幸运之事。这一年，他刚好五十一岁，在岁月的历练中，眉宇间多了几分沉稳与干练——怎样不辜负党组织和人民的信任，是他思量得最多的事。

2015 年，习近平总书记提出了：“我们要立下愚公移山志，咬定目标、苦干实干，坚决打赢脱贫攻坚战，确保到 2020 年所有贫困地区和贫困人口一道迈入全面小康社会。”2019 年，为推进脱贫攻坚和乡村振兴，选派第一书记工作至今已 4 个年头，全国在岗第一书记已达十几万人，几年来，脱贫攻坚战役在全国贫困地区已取得决定性胜利。

这是中国历史上从未有过的伟业，也是世界上不曾有过的巨大奇迹。

早在 2015 年 11 月 29 日中共中央、国务院就颁布实施了《关于打赢脱贫攻坚战的决定》纲要性文件。通过前段时期山东省下派第一书记的培训学习，一直以来从事石油行业的石洪飞，对此有了一个全新的认识和提高。

2019 年 4 月 28 日，一路奔波。石洪飞下了车，从村口望去，看似与沿途所经过的村落并无二致。

昨夜一场响雨，进村小路被早起的村民和牲畜踩踏得稀巴烂。

他决定先进村转上一圈。土坯房还是不少，多处闲置破旧危房，连屋顶都塌了，露出风吹雨淋的木梁，几只麻雀肆无忌惮地落在上面鸣叫。主路排水沟淤塞，散发出难闻的气味，他越发觉得脚底泥巴糊得沉重。

只有杨树梢晃动着那片空旷蓝天，几声空落鸡鸣与犬吠，显出古老村落的寂静、幽远。

“他大叔、大婶子，可是去地里头吗？”他与擦肩而过的村民热情打着招呼。村民抬头嗫嚅应着，拿眼扫过来，目光投射出几分陌生、质疑、冷漠与空洞。

“你可是上面派来的啥书记？”也有人怯生生问道。再看，石洪飞脚下那双老布鞋已粘满黄泥与鸡粪。

下黑天，村老支书王玉德家摆下的酒席可谓是拿出了村里的“最高规格”，就连大王柳堡村村长也早到场了，满脸堆笑，可石洪飞却陷入两难。正转脸时，他瞅见村书记家老嫂子，正半蹲半坐在院落中织渔网，不时也侧脸看过来瞥上一眼，同时，手中的活计却不见停歇。

那晚，石洪飞与大王柳堡村里的干部聊得都很投入，酒过三巡已畅所欲言。对于连任八届大王柳堡村的老支书，石洪飞早有耳闻，打心眼儿里十分敬重。同样，一番攀谈后，老支书也对眼前新来的第一书记一见如故——直爽、实在，好打交道，再看人家一双农村常见的老布鞋，一身红工服，这无疑打消了之前的种种顾虑。

星光寥落，看夜色渐深，石洪飞起身走进院落，走到村书记家老嫂子近旁，同时从兜里摸出二百元钱，塞进了老嫂子的手里，一番感激之言。

几番推辞不下老嫂子勉强接下：“那俺先收着，下回来家老嫂子给你做水煎包。”

之后几日，走在村里，石洪飞明显感到村民态度的转变，第一课看来大伙还是认可了这第一书记。

有村民主动与他打招呼了，看待他的眼光也有所不同，充满了友善与一丝亲和。还有的向他反映村里情况与自己生活遇到的实际困难……

树立好一个党员的良好形象，廉洁自律，真诚以待，才能与他们交心，拉近彼此的距离，这是石洪飞多年来一贯的作风，也是他认定的颠扑不灭的真理。

早有耳闻，当今部分农村党支部班子软弱涣散，部分党员思想觉悟低，党性缺失，不敢亮身份，村支部班子没有真正得到老百姓的认可。经过调研，他了解到村里已经多年没有发展党员，虽在册共有党员 47 人，但是党员年龄老化严重。

看到村里党员活动室他不禁一阵心寒。陈旧的桌椅，连党组织基本制度规范也没有。他通知下去召开的村里全体党员会议，等了半个多钟头，才稀稀拉拉地来了不到一半。眼见石洪飞的眉头渐渐拧成了疙瘩。

村支书王玉德不时望向院外，嘴里尴尬地说："这事早就吆喝到了，这人们……"来到的党员抽着烟卷，寒暄着。见半天没来到几个人，都纷纷心不在焉地找理由说："书记，咱家地里头还有活儿，耽误不起。"

"回吧，地里活儿不能耽误。"石洪飞挥了挥手，心里却思忖着坚持党建引领，做到"组织强"这一点无疑无论如何也不能变。

党组织建设薄弱，村委凝聚力不强，党员先锋带头作用发挥不出来。凭借多年的党务管理经验，石洪飞找到了问题症结。来之前他所在公司"两学一做"学习教育、"不忘初心、牢记使命"主题教育正开展得如火如荼，他深刻地认为，坚持固本夯基强堡垒，始终把思想政治建设放在首位，才能打造出勇于攻坚克难的高素质党员队伍，并将原单位好的做法运用到了大王柳堡村。

他连续召开支部班子会议，与班子人员谈心，全面统一思想，凝聚共识。同时，把大队部全部进行了粉刷，配齐办公设施，推行"制度上墙"，实行规范化、标准化管理，提升大家的责任意识。严格落实"三会一课"制度，每月 5 日被定为"议政日"，全体党员实行量化积分考核……

在第一次全体党员大会上，他就上了一堂久违的生动党课。"好好想想当初大家为什么要入党？"石洪飞的声音铿锵有力、掷地有声。

接着他语气略舒缓地问道："各位党员都是在哪里入的党？宣读入党宣誓的场景是否还记得？"大家回答得都很踊跃，有的说在部队，也有的说在工厂。

紧接着石洪飞又问："在座的老大叔、老大哥，我想问入党时大家是否还记得当举起拳头宣誓时，是怎样的心情？如今，大家的信念都变了吗？党员的标准还有没有？当初为共产主义奋斗终身的决心哪里去了？"

说到这儿现场寂静了好久，有的党员低下了头，还有好几个老党员不由得掉泪了。由于长期没有人引领他们过组织生活，没有以一个党员的标准要求自己，混同于一般老百姓。一番话后，有着四十年党龄的王树国听得老泪纵横，情至深处，他胡须略有些颤抖地说，自己已七十多岁了，在部队时入的党，这几年光顾着自己家里那点营生了，都快忘记了党员身份了，也很久没听过这么生动的党课了。

“石书记你的话让我们的心里咋那么亮堂，”他指着大队部院内的一棵枣树说，“石书记，你看，我们就是那棵枣树，一半将枯死了，一半还活着，你来了，我们又重新发芽了。”听着这位老党员如此的肺腑之言，谁人会不动容。

“种蒜选好种，一垄顶两垄。”那次党课，对所有党员触动很大，石书记，看我们的行动吧。全体党员的积极性被充分调动起来，大家纷纷为村里的发展出谋划策，大大提高了村党支部的战斗力和凝聚力。同时，大家通过学习全面加强了党员的党性修养，提高了党员的整体素质，党支部和党员们的全新面貌得到了群众的重新认可，党支部成了村民心中的主心骨。更令人惊喜的是，多年未补充新鲜血液的党支部，吸收了 4 名有志青年加入了党组织，大王柳堡这棵老树又发了新芽。

二、日出扶桑一丈高，人间万事细如毛

——第一书记的扶贫帮困之路

担任第一书记，石洪飞面对的难题还有村里几乎没有一家企业，账面收入也是空白。另外，他还了解到，村里大部分家庭收入以种地、经商或外出打工为主，间或靠手织渔网和打苇帘手艺，收入微薄，这一度让工作陷入了窘境，一筹莫展。

昨夜北风刮得紧，一大早，石洪飞准备往村西卢宝凤老人家里赶，迎面遇到了送孙女去幼儿园的村民王玉农。

王玉农老伴去世早，家里缺个忙里忙外的帮衬，一个人上了岁数，日常料理就差点事儿。石洪飞和他打着招呼，寒风中见小孙女鼻涕“过河了”，帮着揩干净。没走出几步，见王玉农大冷天穿着漏出脚趾头的单球鞋，又叫住他，从车后备箱里拿出单位发的棉工鞋招呼他换上。没等老人感激的话说完，已招招手，消失在巷口。

贫困户卢宝凤老人的土坯房年数有多长了，连她自己也不记得。屋里低矮阴暗

不说，还有一道开裂的大口子，看得石书记触目惊心。村里像这样的危房贫困户还有八九户，这件事让他时刻记挂着，放心不下。同时老父亲的话又响在耳边，萦绕不散。

“要把他们都当作自己的亲人，把他们的事当作自己的事去办，带着乡亲们奔小康，都能脱贫过上好日子”是他来到这里的初衷和责任，但说一千，道一万，老百姓要的还是实实在在的效果。“阴种豆子，晴种棉。”不好高骛远，少说空话大话。一些与上级协调的事，石洪飞没少往镇上跑，也不知何时起，张嘴“俺们大王柳堡村”成了他的口头禅。

走家串户，田间地头，对哪家有几口人，谁家最近添了人丁他都了如指掌，村民们也对穿着一身红工服的第一书记感到亲切、熟络起来。上幼儿园和上学的孩子，都称其为“大爷、大叔”，老人们见到他眼里也都含着温和的微笑，还有人说，这老八路又回来了。

为了给危房户争取每家 3 万元的资金，那段日子他成了镇政府的常客。“磨破嘴，跑断腿。”他这样自我解嘲。能让大家都住上新瓦房，成了他的一块心病，当事情渐渐有了眉目，在回村的路上，听喜鹊正在枝头上叫得欢实，顿觉得心里美气得很。半途，他遇到村里老上访户董本兰。

说起孤寡老人董本兰，镇上村里人都不置可否。九十多岁的老爷子，身子骨看着还算硬实，每个月他都会去镇政府反映情况，说来已是二十年前，有关集资款的事。村里人都说，以他的脾气，这事他会死磕到底不散伙，镇上也都习以为常，见怪不怪了。

石书记招呼老人上了车，见到老爷子黑外褂都泛了油光。

到了一户破破烂烂的小院落门口，石洪飞也跟着下了车，拾起院子里的一把扫帚就扫了起来，见屋子里头被子也没叠，顺手也收拾收拾。

一向不太爱搭理人的董本兰，望着收拾立正的屋子及破木桌上的一堆吃食，陷入了沉默。

前几天，他还见书记在本村王宝泉家，蘸着虾酱，大口嚼着馒头，欢声笑语地聊着什么，一点儿没有书记的架子。忽然寻思着自己的那档子事，兴许可以给新书记唠唠。

高地芝麻洼地豆，横栽地瓜竖栽葱。节气过得飞快，那天石洪飞与村民王树建在地头攀谈时，了解到他的一个想法，让石洪飞对其刮目相看。果然年轻人思想活络，接受新事物快。

搞“新品种地瓜育苗”试验田这件事，石洪飞认为可行性强，并鼓励他可以先期咨询有关农业专家，进行充分论证，再放心大胆地干，有困难找他和村支部。

石洪飞也萌生过为村里农业发展找出路的想法，为此，还专程跑到青岛平度，了解当地种植土豆、洋葱新品种出口海外的情况。怎奈进一步调研后，发现大王柳堡村由于地处沿海，土壤属滨海潮土、盐化潮土分布，地下水咸，根本不适宜。老话说：“深栽茄子浅栽蒜。种薯不翻藤，白白忙一年。”他自觉积累的农业知识远远不够。目前，村民经济收入基本以传统粮食作物小麦、玉米为主，种植品种单一。

培育种苗需要大量资金，再加上设备就是十多万元，王树建资金短缺，石洪飞带领村委会到银行多方协调，在第一时间筹措了资金，帮他联系了银行无息贷款20万元，六个地瓜苗大棚很快建了起来。试验田灌溉用水是难题，王树建又向石洪飞求助，没两天100米长的PVC水管便铺到了大棚旁。

苗圃长势喜人，石洪飞每次经过，都会进棚里去看看。

“书记，你这老布鞋咋看着跟俺爹那双一个样式。”王树建像发现啥新奇事似的。

“前儿赶集又买了两双，这鞋得劲儿着咧！”石洪飞跷起脚，鞋面满是新溅上的泥点子。

欢声笑语中，再看着烟薯25、济薯26、西瓜红、商薯19、龙九五个品种的红薯、三个品种的玉米苗种绿油油地铺满大棚，致密有序，蓬蓬勃勃，两人都喜不自禁。

此外，王树建还种下了百余亩自己培育的新品种试验田，石书记与他估算着今年的收成：按照玉米亩产3000余棵，市场价格每棵3元计算，单亩经济效益约8000多元，预计年收入达到三四十万元。而且，新品种的玉米不论食用价值还是市场价格都远高于普通玉米，不愁没有销路。

另外，石书记还操心另一件大事：如何将驻村扶贫资金发挥出最大的作用。为此，石洪飞还专门召集“两委”班子深入研究，最终达成广泛共识：投资24万余元购买树苗，种植在村民闲置宅基地上，谁管理谁获利。村民的干劲儿一下子就调动起来了。

常言道，天有不测风云。就在王树建大批优质育苗准备销售的节骨眼儿上，新冠疫情在国内悄然肆虐开来。

那是年三十，石洪飞赶回家已是晌午。忙了一年，谁不期盼与家人过个和美喜悦的团圆年。石洪飞父亲肺癌做过手术，母亲岁数也大了，还有相濡以沫陪伴自己三十余载的妻子，任劳任怨一直为这个家默默付出。细思量时，他都觉得自己对家人亏欠太多。

可晚上一则武汉新冠病毒出现的新闻，打破了这个除夕夜的安宁与祥和。

忐忑中他与村干部通话后，更是心急火燎。妻子薛玉凤无奈叹口气，还以为一年到头，就这几天假期，能好好陪陪老人、孩子呢。他最了解妻子——贤淑、大度，是识大体的女人。父母的一番话打消了他的顾虑：儿呀，你是省里派去的干部，你代表着组织，无棣的父老乡亲对你那么好，关键时刻他们都需要你。

回村的第一件事就是和村班子封村、封路设卡。

可这下"捅了马蜂窝"。还不到半晌，负责执勤的王希华、董青真就打电话报告："走亲串友的村民根本不听劝，还在这里吵吵着呢。""胡同口拦车的车牌不知给谁偷走了。"

听着执勤人员在寒风中委屈的声音，以及村民的极度不解，石洪飞与村班子成员果断决定，先发动全体党员给村民做工作，利用广播进行广泛宣传，让村民了解疫情的严重性，告知整个村子所有出入口必须严格守控，并亲自带头和党员自发在劝返点执勤。

寒风夹杂雪花，村里党员和执勤人员毫无怨言。石洪飞看在眼里，疼在心上，自费为执勤党员买了6件军大衣，并为村里购买了400个口罩，带头捐款1000元。广大党员和群众也纷纷慷慨解囊，两天之内收到捐物捐款达3万余元。

两个多月，眼睛熬红了，头发凌乱了，疫情防控工作终于走向了正规化运作。

在他的带动下，村里涌现出了王恩泉、王希华、董青真、王文泉、女党员林风云等许多无私奉献的先进人物。为解决企业复工复产及村内劳动力务工问题，他积极与镇防疫工作指挥部联系，使村内务工人员率先使用"柳堡镇联防联控跟踪服务手册"，确保村内疫情防控与工人复工通行两不误。

那段日子，石洪飞还时刻牵挂着另一件让他寝食难安的事。

从4月5日开始，他的微信朋友圈就接连发起农作物的销售消息，另外，他还有针对性地在省内第一书记群里发出了这个销售信息，很快，众多订单纷至沓来。那些日子，王树建冷清的育种大棚陡然热闹忙碌了起来，打包、封装，快递发往省内及全国各地。这次足足销售了 100 多万棵种苗，给王树建解决了大难题。

石洪飞的脸上也露出了这两个月来罕见的笑模样。

到村伊始，石洪飞就了解到大王柳堡村村民致贫的根源，还有就是因病致贫，许多老人常年患病，导致其丧失了劳动能力，家庭没有什么经济来源，全村有 53 个村民有残疾证。这些情况严重制约着村民生活水平的提高，以及乡村建设的发展。

67 岁的村民董昭树因两条腿半月板严重破损，已经卧床多年，子女又不在身边，只能靠老伴董雪岭照顾，勉强度日。

初来乍到的石洪飞默默记下这些老人的各项身体状况、患病的原因。起初，与他一同走访的村干部不解其意，见书记密密麻麻地记着他们的病况与症状，仔细聆听着他们的讲述。

那时，村里人还不知石洪飞出身中医世家，并且具有国家高级针灸师资格。

三伏天，看着石洪飞的汗像下雨一样往下滴，董昭树心疼地让他停下来歇一歇喝口水。

石洪飞想通过驻村的这两年里，让更多村民通过摆脱疾病，早点儿摘掉贫困户的帽子。

石书记会神奇的医术的消息不胫而走，不止大王柳堡村，两年来，石洪飞坚持给无棣县各村镇的 500 多名村民进行免费治疗，光购买医疗器具就自费 7 万余元。

平日里，给村里孤寡老人买菜和生活用品，给孩子买学习用具，给生病村民买药等，到底给多少村民买过东西，石洪飞的确也记不清了。但是村里人心里却明镜似的，都记得这份深情厚谊。

多少贫困户说穿上了他送的皮棉鞋；孤寡老人董沾祥说隔三岔五能吃到他送来的饭菜；本村一个常年精神恍惚、四处游荡的村民，他也买来身齐整的衣服给穿上。每天早上，他都会雷打不动，到村口马路边转一转，护送孩子们一个个上了校车，看着每个孩子安全离开，他这才安心地开始一天的工作。

同时，他还与村支部商议通过，将由政府担保、省里下拨的帮扶包村产业资金 120 万元投资山东鑫嘉源公司，以每年不低于 8% 的比例给贫困户分红，将近 15

万元的收益全部发放给了贫困户；针对村集体无任何收入这一实际情况，由政府出面，流转一般土地266亩，村集体每年增收10多万元。

石书记的感人故事在当地若长了翅膀，滨州市电视台、山东电视台、灯塔党建上等纷纷播放了他的事迹。采访中，一向质朴、低调的石洪飞依旧平淡：我只是按照省委要求做了分内的事，是胜利石油工程公司渤海钻井总公司培养了我，让我在此发挥作用，真心换来的是真情，虽然做的不多，但百姓们的质朴尤为让我感动，下村调研时常有村民会留下大枣、鸡蛋，还有一双双手纳的鞋垫……

三、八千里路云和月，莫等闲

——石书记驻村的七百个日夜

中华民族自古是个礼仪之邦，千百年来传承着古朴而又淳厚的民风。然而，这里如同许多中国农村一样，乡村礼道，家长里短，也有其复杂层叠、缠绕不清的难解绳结，彼此难以调和，又错综盘结。大王柳堡村有三大姓：东王、西王和董家姓。虽说同为一村，但彼此却泾渭分明；虽同属一块土地，却鸡犬不相闻，老死不相往来。

社会的变革，时代的变迁，使生活更加美好了，古朴而又纯真的乡情应去其糟粕，变得更加充满温情。

石洪飞要求村党支部进一步加强农村精神文明建设，不断丰富群众文化生活，塑造良好的乡风民风，以文明新风助力乡村振兴。

就在石洪飞苦苦寻找良策的时候，一个契机让他看到了突破口。这天，当石洪飞转到七十多岁的村民王本林家时，见他家门道上挂着一个腰鼓，颇为好奇。攀谈中他了解到，原来王本林是“西王”颇有名气的鼓王，逢年过节都会展示一下技能，活跃了节日气氛。说着说着，老人还兴奋地敲起鼓来，果然名不虚传。

“年节都会来敲？”石书记的眼睛亮了。

“那可是不能少了，各家各户有喜庆事时，也是要大张旗鼓。”老人家洪亮的声音比鼓还响。

“在西王，还是镇上？”石洪飞接着问。“西王敲西王，东王敲东王，董家的呢敲董家的。”闻听此言，石洪飞陷入了沉思，同时，心里也翻腾着打谱好了一件事。

不久，大王柳堡村成立了有史以来第一支锣鼓队，石洪飞从县文化局找来锣鼓，从东王、西王以及董家各选出优秀鼓手。振奋的锣鼓声从此打破了他们各自为政、散乱无章的格局，步调一致的鼓点让大家拧成了一股绳。

曾经有人提议村里的锣鼓队叫“洪飞”锣鼓队，但石洪飞掷地有声地说道：“还是叫大王柳堡村锣鼓队吧，有气势。”大王柳堡村锣鼓队也不负众望，一炮打响，在柳堡镇上“庆丰收，迎国庆”锣鼓比赛中载誉而归，取得了全镇第一名的佳绩。

心齐才能聚力，兄弟同心，其利断金。石洪飞又适时在大王柳堡村提倡坚持文明乡村创建与乡村振兴融合，着力培育文明乡风、淳朴民风、优良家风——展现乡村文明新气象。

两年前，初来大王柳堡村时，在全村大会上，他曾向父老乡亲们描绘了如诗如画的美丽乡村，推进农村精神文明建设，让大王柳堡村“乡风民风美起来，人居环境美起来，文化生活美起来”。村民们掌声如潮，振奋不已。当然，也有人持怀疑态度，放言说：“还是走着瞧吧，许多事情热热闹闹开始，最终还不是不了了之。”

短短的两年时间内，这一切实实在在地呈现在了村民们的眼前，变为了现实。

——投资近 50 万元建造了 300 平方米的文化中心，修建了近 1000 平方米的休闲广场，村民们有了自己的健身、娱乐的活动场所。

——投资 3 万余元，安装了 23 处高清摄像头，信号直接连到镇相关职能部门，给村民们创造了安全的生产和生活环境。

——积极对接上级有关部门，主动与县交通局沟通协调，修建环村路 950 米，拓宽路面 433 米。

——拆除破烂无人居住危房 23 处，危房改造 8 户，煤改气 279 户。

——在 500 米村路两侧栽种月季、冬青、松树和柿子树，村容村貌焕然一新，种植 26 万棵树苗，进一步强化美丽乡村建设。

一年多时间，石洪飞为大王柳堡村带来了巨大变化——511 户村民全部脱贫，摘掉了“省级贫困村”的帽子；两年时间，从一个“省级贫困村”到焕然一新的“市级文明村”，石洪飞给大王柳堡村带来的是物质和精神的双脱贫。

有人说，石洪飞这两年是快马加鞭，只争朝夕的两年，不然一个烂摊子，一个昔日落后的贫困村怎能有如此巨变。“感谢山东省委和胜利石油工程公司派来了这么好的干部，让我们村里不仅有了主心骨，也有了知心人。”这是 78 岁的老书记王玉德代表全体村民递交请愿书的一幕。

——王树岭、董清德、董本兰、王恩武、胡云朵……有的书写工整，有的则略显出拙朴，有的甚至歪歪扭扭，但每个名字上都庄重地按下了手印，312 枚鲜红手印，足足印满了五大张信纸。当王玉德将其颤颤巍巍拿出来呈现给省委组织部领导时，全村人的目光齐刷刷地聚焦在这一刻。

“石洪飞同志是党的好干部，人民的好领导，我村村民强烈要求将石书记留下。”

这就是中国式农民最朴实无华的表达，没有华丽的辞藻，石洪飞本人也始料未及，他落泪了，被大王柳堡村村民质朴的情感深深打动了。“再次希望并强烈要求上级领导，将我们的第一书记石洪飞留下来。”

那发自心底的由衷之情，正是对石书记两年来驻村扶贫的由衷肯定和认可。

2021 年 4 月 20 日，石洪飞原本想悄然离开，更有一层意思，告别难免伤感，他与村民，村民与他早已难舍难分。不承想村民们得信后纷纷自发赶来：老党员王树国、王玉德来了；已脱贫的卢宝凤来了；村上贫困孤寡老人刘娥、张华凤来了；董本兰还送来了锦旗，上面金色的大字写着“一心为民，胜似亲人”。王树建说如今他的试验田发展得红红火火，两年的时间，收入翻了三四倍，还带领村里其他人一起干起了育苗种植。卢宝凤念叨着石书记的好，过去她住土坯房子屋外下大雨，屋内下小雨。石书记为村里危房户争取到每家 3 万元专项改造资金，拆除破屋危房 100 余间，没有石洪飞她哪能住得上这好房子。九十多岁的董本兰眼含泪花，是石书记协调镇有关部门，解决了多年困扰他的生活难题，并通过土地流转、引进光伏发电等项目，让他与村里贫困户仅分红收入就达到 5000 元以上。过年过节，村里 80 岁以上老人和贫困户收到了胜利石油工程公司渤海钻井总公司党委送来的米面粮油。

依依相送，终有分别时刻。

最后他向全村父老乡亲深深地鞠了一躬，千言万语，如鲠在喉。其实石洪飞心里头，还有许多未完成的夙愿。

“要想办法发展多元产业，增加村民收入。”

“村民们的生活质量要提高，大王柳堡村要变得有活力、有生机。”

“大王柳堡村目前还没有一所幼儿园……”

虽然我要回到原来的工作岗位，但还会一如既往地关注大王柳堡村的父老乡亲，关注大王柳堡村的发展，为大王柳堡村提供力所能及的帮助。

四月，还是那个青绿的四月；路，还是来时那条路，他没有回头，也不能回头。车轮飞转，他胸中那一份炙热、滚烫的情感一点点积蓄，五味杂陈，顷刻泪水已噙满眼眶。

“为什么我的眼里常含泪水，因为我对这土地爱得深沉。”这是诗人艾青一生的代表诗句，亦是石洪飞此时的真实心声。正如所有的无悔与使命担当，多源于大爱与信仰。

不知何时起，石洪飞已深深眷恋上了大王柳堡村，那片麦浪绵延不绝，大河奔涌不息的土地，以及土地上一如亲人般的父老乡亲。

黄沙不相信眼泪

——7000 千米外，扎根荒漠的“郭坚强”

陈　东

一

2022 年 2 月 12 日，黄河三角洲春暖花开时，7000 千米以外的科威特北部公路上，车队缓慢行进。车外气温 15 摄氏度，黄沙漫过的一整夜，肉眼看不见路。郭卫强再也找不到桶装方便面，只好在帆布袋里取出一包压缩饼干，和旁边的孟加拉国籍卡车司机共进早餐。

这样的清晨，面罩、口罩、墨镜，再配上安全帽，施工人员彼此打招呼未必就知道是谁，他们不得不在工服、安全帽上打上自己的英文缩写，以便在能见度极低的黄沙中认出征战多年的老同事。“一身土二两沙”，洗过一水又一水的红工服在白色盐碱的层层侵蚀中，渐渐褪色。

搬家车队行进第五天清晨，在日出的方向，沙尘暴展开一扇黄澄澄的屏障。车队轰鸣着，扬起阵阵黄沙，席卷着寂寞荒凉的布尔干沙漠。隔夜的梦里，第一次获得 50 元奖学金的郭卫强又坐上了母亲三轮车的副驾驶位置，兴高采烈地回到村子。小河边杨柳葱郁，熏染着清新气息，河中的鱼鹰、河岸的鸡鸣、荷塘的蛙声，都比不过此时回家时怦怦的心跳声。故乡、母亲、奖学金……那个梦很甜，像深井的甘泉，像母亲晨起做好的手擀面，像春暖花开时的堂前燕。

可是不知怎么，今天三轮车副驾驶的座椅生硬，坐着酸痛。他忽然意识到：甜，只在梦里。逼他睁开眼的，还是腰上的痛。从 SP980 转战 SP937，郭卫强要面临的困难一点不比以往少，尤其是这几年隐隐藏在身上的腰痛病常常在本就不多的睡眠中把自己折腾醒。他强忍着，一直不肯告诉任何人。走路的姿势已经很多次出卖了他，强子总是大笑掩饰，硬着呐！

蚊虫叮咬后，一阵痛痒从背后传来。和黄沙一样，布尔干的蚊子也无孔不入。纵然汽车驾驶室密闭再严实，它们也总会找到孔隙钻进来，在脊背、胳膊或者其他什么地方狠狠咬一口，再留下绿豆大小的包包。眼前，孟加拉国籍司机手握方向盘，在200米能见度的油区路上前行。黄沙遮蔽了路两旁的风景，那里该是一片碎石的戈壁或沙漠，沙棘簇簇之间，绿蜥蜴如将军般守望黄沙掠过，隐约听到阵阵驼铃声。

搬迁过了大半，SP937井队弟兄们只剩下车里留存的饼干和瓶装水。强子发誓再也不吃那种夹心的饼干了，太干、太腻。尽管如此，按时到达井位的任务目标，一刻也不敢怠慢。

牙根还在回味甜梦时，强子突然身子升起来，撞在了驾驶室的顶板上，又重重地摔下来。前一秒，卡车前轮陷入了大坑里，坠落时腰部发出咔的一声闷响，郭卫强痛苦地瘫在了副驾驶长椅上。卡车司机拉起手刹，费力地把他搀扶回副驾驶位置，望见他脸上一粒粒豆大汗珠。

两天后，修井设备按时就位。通过多方联系，妻子万旭终于为他远程连线了油田中心医院的骨科大夫：初步认定，严重的腰椎间盘突出。

二

2021年，郭卫强在7000千米之外的科威特沙漠里度过了一个热热闹闹的“光棍节”。这一天，也是他的生日。

“对象联系我的大学同学、同事、亲人录制的一个视频，给了我莫大的鼓舞，是一针强心剂，像黑暗中的一盏明灯。”

万旭把这个视频传给了强子的带班队长，嘱咐他悄悄给强子一个惊喜。晚饭时，郭卫强手中的筷子颤抖着，望着屏幕上的妻儿、朋友和同事们，肩膀颤抖着流下眼泪。那一瞬间，强子似乎回到了十几年前背着破包出门上大学的日子。

“他并非一个爱哭的汉子。”

视频最后出现的妻子抱着儿子，说：

“我在想，科威特沙漠的沙子，能否变成精灵，跳一支舞，为你的生活添一丝生机；科威特的风，能否变成信使，轻抚你的脸，捎去我们的想念。”

今天，是我们分开的第318天了。因为疫情，因为你的一腔热血。仔细计算一下，越发感觉时间这么长，想念这么深。儿子从一开始的每天一问，变成“我已经习惯了”。其实，他心里比任何人都渴望见到你，只是小小年纪，也需要收起想念，像个大人一样。

我知道，科威特的疫情很严重；我也知道，你的处境很危险；我更知道，在撤退的时候，你一定会在前线抵挡着。300多个日日夜夜，作为一个平台经理，你需要承受队伍的责任和压力；作为家庭的一员，你需要承受对家人的想念；还有作为一个人，收起那份对多姿多彩生活的向往；可是陪伴你的，只有和你一样坚守沙漠的战友和那片沙漠。

最近早上醒来睁开眼睛总是发现自己在这里，而你依然在7000多千米外的科威特，什么也帮不了你，特别无助，也不能要求你，回来！回家是我们最奢侈的期盼。只有坚守好我们的港湾，让你的心里踏实一点，守候你的平安归来。

未来的某一天，我们一定会再见，相拥，哭泣。这幅画面在脑海里刻画了一遍又一遍。可是现在，你千万要保护好自己，保护好你的战友。因为你们每一个人都系着家人的思念、家庭的幸福。平安归来！完成你的使命，就回来！平安归来！带着我们的思念，回来！

三

2020年1月12日，按照倒班安排，已经一年没回过老家的郭卫强收拾好行囊准备回河南老家过春节。娘格外想念远在山东的老大一家，尤其想念她的大孙子，盼望着强子和弟弟都回家，一家人能团圆。老人也下了血本，把家里房间配置上了空调、电暖气、新的被褥。几个月前视频通话中，强子发现母亲走路不再像以前风风火火，关节炎的问题越来越严重了。他发誓，一定多在家陪陪她。

1月13日晚，一阵急促的QQ电话声打断了强子和儿子的睡前故事会，电话那头是项目部的领导，一阵寒暄之后，领导说了一下新启动的修井队情况：由于新手多，施工经验不足，队伍管理跟不上，队员对施工程序不熟悉，在生产组织运行上存在很大困难，并委婉表达了希望他年后能尽早回科，帮扶兄弟队伍。电话结束后，他心里百感交集，一边是母亲期盼已久的眼神，一边是兄弟队伍的困境。

腊月二十五，把妻儿送上回老家的火车，看着沿途万家灯火、张灯结彩，强子踏上了返科的行程，那一瞬间，他耳边响起了集结号。

2020年抗疫情保生产，海外将士们超期服役，奋战都在220天以上。有的在科威特连续奋战超过一年，有的媳妇儿拖着孩子还要上班跑业务，有的父母生病住院未能在床前尽孝，有的至亲去世未能送最后一程，把这一腔热血奉献给了这场战“疫”，只能说：每一个坚强的背后都是咬牙在坚持！高温酷暑，疫情严重，身心都在迎接巨大挑战，这场苦战也让我们深深体会到“坚壁清野，以待来援”的悲壮！

临行前，国内那次聚餐，强子和队员们光羊尾就吃了八盘，半夜回家赶上下雪上冻，队员们冻得哆哆嗦嗦站在大街上等出租车；这五年，他们连续在科威特过了四个中秋节，即将要过第五个中秋节，2020年春节也没在家陪家人，回头想想，对家人心怀愧疚。

四

强子和我聊天时，揉揉腰，坐姿略显不适。出生于河南安阳的大男孩儿，自小酷爱篮球，精瘦干练，倔强的古铜肤色，和一副黑框眼镜形成对比。二十六岁在大修队拉刹把子，二十九岁就干到海外平台经理，算是少年老成。其实，在他看来，苦难是人生最好的鞭策。

“天赋不够，勤奋来凑”，大概说的就是郭卫强这类人，理想总在遥远的云端，努力了到达不了，也绝不气馁，不如现在，就加倍珍惜。连续三次高考，强子都没有考上理想的西安交大，只能委身去了西南石油大学，幸而有相爱的人一同来到胜利油田。现在来看，在强子心里，妻子比西安交大重要得多。

强子给我看了一张照片，红工衣裹在军大衣里，漫天飞雪，他在修井平台上操着刹把子，紧盯着平台上轰鸣的钻具……一个刚到井队的大学毕业生，身体干瘦，没什么力气，常常被老作业们看不起。偏偏他就是个不服输的河南汉子。那个飞雪连天的曹妃甸鏖战后，所有人都意识到这个倔强的中原人算是入门了。可强子那时心里只有妻子万旭和她在电话中的嘱托。

“毕业后两年才还完大学时期的助学贷款，本来以为苦日子该到头了。谁知道妻子的双亲也相继去世。”强子说，“当你醒来时发现身边都是依靠你的人，却没有一个你可以依靠的人，只能让自己更坚强，因为她需要我。”

出国前一夜，郭卫强在侧钻四队的办公室里抽了很多烟。他舍不得这个自己拼出来的金牌队，更舍不得刚刚降生的儿子。2006 年勤工俭学的强子在距离老家还有 10 千米的地方下车，一路走回去。前后一共在家待了三天。临走时，父亲第一次给他递了一根烟。在冥冥中，他已经承认这个儿子，长成了大人。“那也是父亲递给我的最后一根烟。”强子回忆时，眼眶有些湿润。“父亲为了给我上大学多凑些学费，出去伐树，回来的路上出了车祸……”也就是出国前一夜，强子努力把这一辈子的烟都戒掉了，勇敢地背上了出国的行囊。

逆天改命需要的是勇气，更是毅力。强子在努力，每天每时每分每秒。失去父亲，强子来不及悲痛。他努力学习，获得了几乎能获得的所有奖学金，又腾出时间做家教，挣取每小时 20 元的家教费。“大二篮球赛，我们系赢了她们系，最后的制胜球是我投进的。为此，万旭恨了我好久，偏偏就是因恨生爱吧。后来，我们彼此熟悉，一起散步、一起去自习、一起去逛大唐芙蓉园、一起去我心仪的西安交大看樱花。”同样是农村出来的，万旭没有一点儿嫌弃皮肤黝黑的强子，反而被他身上不屈不挠的精神折服。就这样，两个人打打闹闹、分分合合，最终把彼此的爱从西安的鼓楼迁徙到了东营的华八井。

2015 年，母亲转让了手里的土地，换了 20 万元钱，给弟弟在县城娶了媳妇儿。回想三十多年来，母亲付出了一切，将他和弟弟一点点拉扯大，天堂的父亲看到这里也该欣慰了。那一天，强子泪流不止。他在日记中叩谢生命中最重要的两个女人——母亲、妻子，并为自己写下这样一段散文诗：

终于有勇气和你说一声“谢谢”。是你在最蹉跎的低谷不曾放弃，才给了我不断向上的力量。是你怀揣着爱和希望，才让我收获了亲人一样的至交。是你从未停止对梦想的追逐，才真的等到了实现的那一天。是你善待每一段经历，无论顺遂还是坎坷，才让我的生命一直累加。快 30 岁的我终于明白，会微笑的人，运气总不会太差；明白了，并没有一条路，叫作走投无路；明白了，人生会有很多选择，即使暂时没有出现你想要的，也不要轻易放弃；明白了，总有一些人，是你辜负不起的情深；更明白了，所有那些艰难的日子，一定不会让你白白煎熬……

那一年，妻子的姥姥去世。强子在妻子老家陪了她两个月，又带她去了青岛散心。那一年，他们奇迹般地收获了爱情的果实。那一年，工程公司迎来了大规模战略调整……国内市场出现萎缩，干部职工收入也受到影响。想到即将降世的婴孩儿，郭卫强毅然作出了决定，走向海外。

胜利科威特项目部规模化进驻中东。郭卫强在首次职工大会上主动请缨上一线，“夺不了第一，我主动辞职！”这股子狠劲儿，让领导信心满满地递上了先锋旗帜——SP980。同事说，你没必要这么选，在国内也很好啊！强子一口否定：“你觉得你有的选，其实没得选。因为你背负着全家的希望。”

“领导有信心，我自己也有信心。可真到了科威特，傻眼了。”那一年，是郭卫强见世面的一年，也是胜利科威特项目部扎根科威特北部油区的重要一年。强子在桌上画了两条曲线，通往同一个点。“我们跟甲方的思路差就像这样，一个向左，一个向右。可能结果是一样的，但效果却大相径庭。”这一描述源自于现场的一通乱忙。井队刚刚启动，事情千头万绪，搬家时效很低，14.23 小时，相比其他兄弟队伍落后了 2.61 小时，在整个修井序列中，排名中等偏下。“你们看看别人！”外方监督指着不远的修井平台说，“好好学着吧！”

“到国际高端市场抢‘蛋糕’，必须有不怕苦、不畏难的精气神……”谈到在科威特的施工感受，井下科威特项目部总监于国说，“项目作业实行日费制，时间就是效益，井间搬迁更是最大的利润增长点。”在沙漠里、风暴中寻求突破，就必须扑下身子迎难而上，向兄弟单位学习，向甲方学习。初到科威特的胜利人定下了调子：“近学井下，远学中原”，既要继承和发扬自身的优良传统，又要把同行的先进管理经验学过来，融会贯通。作为第一批进驻科威特的中国钻井队伍，在中国石化国工 53 支队伍中，中原占据半数席位，在工区是名副其实的“龙头”。为了学习搬迁经验，SP980 队干部职工到井场观摩学习，发现提高搬家时效的关键因素：释放时间，即施工最后一道流程结束的时间。释放时间若在深夜，按规定不能搬迁，几个小时白白浪费，若通过调整泵压参数，加快施工周期，把释放时间控制在白天，搬迁则可无缝衔接，同时与监督做好沟通，提前拆解一部分设备。那段时间，为了提前让监督早来验收，很多职工抱着沉重的工具，在 52 摄氏度气温下，一路小跑。SP980 队开工后仅 11 天就实现 7 小时的井间搬迁，平均搬迁时间 9.55 小时，是稠油区块平均搬迁时间最短纪录的保持者，标准化井场和技术革新工作得到国工科威特分公司总经理张从邦的高度赞扬。2016 年，SP980 修井机井间搬迁 131 次，平均搬迁时间为 12.10 小时，较上年 32 小时整整缩短了 20 小时；2016 年日费率为 99.96%，较上年 99.67% 提高了 0.29 个百分点——这些指标已经超越了外闯市场的“老大哥”中原石油工程公司科威特项目部。

时间会赋予努力以回报。坚信这一信条的人，往往不太在乎结果，因为他知道，最重要的是脚踏实地。“啥时候开钻，啥时候吃饭！”强子骨子里的一股狠劲儿充满了狼性，并且迅速在整个平台中传播开来。这股劲儿源自生活。2006 年大一时，强子的母亲身患重病，瞒着弟兄俩偷偷做了手术。转年，弟弟又面临高考，麦收的任务自然就落到了强子肩上。强子用着家里的机器、站在父亲曾经站着的位置打麦子，一切那么熟悉、那么真实。他默默扛起一切，在疲惫中酣然睡去。

超过 50 摄氏度高温下，沙尘暴不时侵袭，大雨也常常来挑战搬迁任务。不到搬迁安装完成，没有一个人提出吃饭。黄沙漫漫的沙漠中，吊车群伸出长臂，在黄天之下犹如一个个忙碌的巨人。强子和大伙儿在吊车、卡车群中忙碌穿行，争分夺秒。SP980 平均施工周期 4.7 天，实现连续三年搬迁时效位列科威特分公司第一名。

2018 年 7 月，UN（Umm Neqa）油区到 SR（South Ratqa）油区的 80 千米搬迁突遭暴雨，距离井场还有三四千米，看似平坦的搬家路被水泡透了，变得暄软，一辆一辆车停止了脚步。55 摄氏度的温度计爆表，具体多热谁也说不清。一名微胖的钻工从中午到晚上 7 点水米未进，汗水已经把全身湿透了，又中暑，差点儿晕倒，也没停下工作。大家让他停下来休息了一会儿，他嘴里还念叨着由壬还没砸紧，还没开钻呢。

一口气比一顿饭还重要！油门儿轰到底也是徒劳，叉车拖拉齐上阵，挖车轮、垫木头，反反复复五个小时，强子和总监抡铁锨抡到双手瘫软。终于在下午 4 点，第一辆车到达井场，距离天黑不到两个半小时。眼看搬家时间就要超时！强子他们开启了搬迁 2.0 模式，组织各岗位加速就位节奏。四辆吊车，这边带班队长卸罐对罐，那边立钻台立井架。井架立起来时，天已擦黑了，18∶00 安全官还在路上拖着，强子回营地接监督去稠油办公室办理开工许可证。“井架已立完，再坚持 20 分钟，把绷绳拉上，再拉监督上井。”电话那头：没问题！当时创下了 80 千米搬迁 10 小时的纪录，开工之后大家都累瘫了。那一年，整个 SP980 架着云梯往上攻，靠着必胜的决心和行动，第二季度缩小差距，第三季度超越，第四季度最终实现全年搬迁时效 10.6 小时，搬迁时效在科威特分公司实现三连冠。

“那时候，一觉醒来，搬家；再一觉醒来，准备搬家。”10 月，整整三十一天，强子带着 SP980 完成了 16 次搬迁，平均两天一口井，单井最快搬迁只用了 5.5 小时，真正让 KOC 见识了什么叫作“中国速度”！

2016 年 SP980 队平均搬迁时效 6.94 小时，成为科威特分公司搬迁时效最高的队伍。2017 年他们仍然保持着 10.3 小时的高水平搬迁速度，创效名列前茅。

五

黄沙不相信眼泪。没有任何一次成功来自哭泣。强子渐渐发现自己不会哭了。或者说，没有什么事情值得他痛哭。因为妻子、因为孩子，最痛苦的日子都过去了。他要做的就是撸起袖子，带着弟兄们努力！ 2017 年 10 月 17 日，SP980 队提前通过 KOC 验收，成功从 Pulling Unit 升级为 Workover RIG，日费在原有基础上提高了 270 KD（科威特货币：迪纳尔，相当于日增收入 5900 元），也意味着从搬迁频繁的稠油区块进入常规油区修井作业。

新的施工工序，新的作业环境，SP980 团队每天 16 小时的艰苦奋战，成就了常规油区 SA/RA 区块无缝衔接的施工，全日费的成果得到甲方监督的高度赞扬，甲方监督竖起了大拇指直呼“GOOD JOB”。进入常规油区施工，搬迁少了，个人奖金少了，整体收入却提高了。

科威特高端日费市场，日费水平高低是体现队伍管理水平的一项重要指标，也是创造效益的基础。作为科威特项目最年轻的一支队伍，职工也全都是 80 后，SP980 虽然干劲儿冲劲儿十足，但是经验尚浅。当开工后第一次搬家，干部职工磨刀霍霍准备大干一场的时候，不期而遇的搬迁 23 小时给大家伙来了当头一棒。“发现问题，立刻解决问题，我们一分钟都不能耽误。”强子带着大家一起找问题，优化搬迁的每一道工序，学习其他队伍的好做法，不断提速，日夜兼程，只用了 7 天，就将搬迁时效跨进了 8 小时这个重要的时间节点。项目部总监于国打了一个生动的比喻：SP980 队现在的搬迁就跟红警游戏一样，随时展开基地工作，就能随时收起。

2022 年 3 月，强子回国就医。他遇到了今生最好的浪漫。科威特隔离两周，广州隔离两周，再到东营隔离一周，一个多月后，强子自由的第一天，妻子万旭右手捧了一朵玫瑰，左手牵着儿子，在东营昆仑酒店外接上了他。强子和她深情相拥，两个人没有开车，就这样牵着孩子走回了一千米外的家。那扇五百多天未曾触过的门被他推开时，强子的泪水终于忍不住落下：屋顶挂满了彩色气球，上写八个大字“不辱使命，载誉而归”。

带队拿下国工科威特分公司12次标杆队荣誉的郭卫强坐在我对面接受采访时，笑着。他说，这辈子头一回接受女人送的玫瑰花。

附：郭卫强所在SP980/SP937井队获得的荣誉：

2016年8月28日，SP980队开钻，提前开钻42天。

2016年12月26日，SP980队获科威特分公司2016年第四季度HSSE现场管理标杆队。

2017年1月11日，SP980队获胜利油田“工人先锋号”。

2017年1月18日，SP980队获胜利石油工程有限公司创先创效劳动竞赛基层队。

2017年4月3日，SP980队获科威特分公司2017年第一季度HSSE现场管理标杆队。

2017年6月25日，SP980队获科威特分公司2017年第二季度HSSE现场管理标杆队。

2017年10月11日，SP980队由Pulling Unite升级为Workover，通过甲方验收。

新“三顾茅庐”传奇

蒙福全

20 世纪 70 年代刚刚开始，一支勘探队伍唱着“我为祖国献石油”的豪迈歌曲，从鱼米之乡的江汉平原，一路向北，越过滔滔东逝的汉江之水，来到美丽静谧的白河岸边。他们用石油勘探的隆隆炮声叩响了这片千百年来沉睡中安详的土地。

这里，处于伟大祖国版图的中部，顺着奔腾汹涌的黄河，顺着昼夜不息的长江，我们就可以找到它。一条源自秦岭绵延 1500 多千米的汉江从中穿过，成为这片土地的南北分界线。这里，在地理学上被称为南阳盆地，也叫南襄盆地，位于河南省南阳市和湖北省襄阳市境内，面积大约为 1.7 万平方千米。

南阳这片土地，千百年来经受着文化的陶冶，成就了文明璀璨、如诗如歌的历史。四五十万年前，南召猿人开始打制石器，开创旧石器时代，描绘出华夏文明最初的图腾。汉代的南阳，与当时的京城长安等六大都市并称“六大商市”，曾有“商遍天下，富冠海内”之说。汉代人张平子在其所著的《南都赋》中，极赞南阳是“既丽且康”的“乐都”“帝乡”。“中州秉山河之灵秀，代产圣贤。”南阳历代英才辈出，光彩照人。三国时期，一代名相诸葛亮躬耕于这一带，后来刘备“三顾茅庐”请他出山。

泌阳凹陷是南襄盆地的一个次级凹陷，面积只有 1000 平方千米。从河南油田成立开始，几十年间，河南油田人以“我为祖国献石油”的赤诚，不畏难、不放弃，在泌阳凹陷不断探索，对这片土地不断叩问，向这片土地不断邀约，终于“请”出了滚滚油流，演绎出一个现代版的“三顾茅庐”故事。

（一）

玄德来到庄前，下马亲叩柴门，一童出问。玄德曰："汉左将军宜城亭侯领豫州牧皇叔刘备，特来拜见先生。"童子曰："我记不得许多名字。"玄德曰："你只说刘备来访。"童子曰："先生今早少出。"玄德曰："何处去了？"童子曰："踪迹不定，不知何处去了。"

——《三国演义》

1971年，南5井出油，河南油田被发现。就在人们欢呼庆贺时，地质研究人员又在伏案工作了。面对南阳凹陷的重磁资料、地震资料、钻井资料，他们常常反复琢磨。

一天晚上，他们中的一个人正在凝视南襄盆地的重力图，突然发现南阳凹陷的东部有一条没有闭合的构造线，一个向东敞开的豁口。就是这么一个不起眼儿的敞口，引起地质研究人员的高度重视。这预示着南阳凹陷向东，或许存在一个新的凹陷。

河南油田对泌阳凹陷的勘探从此展开。

1974年3月，一个寒意料峭的春天，物探队用隆隆的炮声正式向这片平静的土地发出叩问。根据完整而科学的重力和地震勘探资料，地质研究人员绘制出了南襄盆地构造图。望着浸透了辛勤汗水的构造图，地质研究人员开心地笑了。

一个可能含油的泌阳凹陷初露端倪！在泌阳和唐河县城之间，呈现为一南陡北缓的"箕状"凹陷，这和已经找到油田的南阳凹陷十分相似，而负异常值更大，并显示了两个次级凹陷（程店和万岗），间夹一个隆起显示（前姚庄），这就为"定凹"兼探隆起提供了依据。

然而，更富戏剧性的事情发生在两个月之后，目睹过地震勘探的一个当地老乡，说是在栗园地区的山上，发现了像是石油的东西。

得知这个惊人的消息，地质研究人员立即赶赴栗园。

青草丛中的石片上，一层黑色的物质，果真是勘探人员日思夜想的石油吗？

不错，是油苗！

专家不需要科学仪器的测定，凭经验、感觉、嗅觉，就能够判断发现了油苗。

当年，孙建初牵着骆驼走进河西走廊，不正是凭石油河畔鹅卵石上的油迹，发现玉门油田的吗？地质研究人员欣喜若狂。

初现于构造图上的泌阳凹陷、栗园地区的油苗，这两大重要发现大大加快了泌阳凹陷的勘探进程。

1974 年的秋天，大规模的勘探队伍进驻这片土地。根据“箕状”凹陷的特点，一般靠近边界大断裂的深凹陷是最有利的地区，深凹陷中央的隆带一般含油比较丰富。按照这一指导思想，泌阳凹陷的地震测线未按常规大剖面普查的方法部署，而是将有限的地震测线布置在深凹陷区，以“十字”部署两条测线，一条垂直，一条平行于凹陷，并且都切过重力图上的中央隆起。两条测线资料证实，凹陷基底由南向北变浅，凹陷深部位的重力高有隆起显示。

由于急于揭开泌阳凹陷的秘密，他们没有等到做完全凹陷的地震普查，就在隆起显示上确定了泌阳凹陷的第一口参数井——泌参 1 井，一方面完成“定凹”任务，另一方面试图有所发现。第二年春天，泌参 1 井钻遇良好生油岩，发现油气显示 9 层 37.4 米，试油后获少量油流，达到“定凹”目的。

当时对于泌阳凹陷的勘探一直争论不断，就连石油部的一些领导也不看好它。一次，在听取河南油田总地质师朱水安等地质研究人员工作汇报时，石油部一位领导就表示出质疑。他拿起泌参 1 井砂岩岩屑样本说：“我怀疑这不是砂岩，倒有点像变质岩。”要求用显微镜当场鉴定一下。

虽然鉴定结果是砂岩，但这并没有改变这位领导的看法。对下一步的勘探地区，这位领导以半开玩笑的语气说：“你们应该到太康隆起上去开展勘探工作。你们不上太康，我就把你们赶到秦岭山区里去。”言下之意，显然是对泌阳凹陷兴趣不大。

这种情况下，河南油田坚持推进对泌阳凹陷的勘探。

1975 年 11 月 26 日，18154 钻井队在承钻的泌 4 井开钻。之后，该井地质技术员李朝武报告，钻井过程中见到了不少油砂。朱水安等地质研究人员到井上去看岩屑，了解油气显示情况。然而，从几十米的井段中取出岩屑，每包中都能见到几颗疏松的含油砂岩，但含油岩屑很不集中，地质研究人员很难确定具体的层位。

地质研究人员发现，在岩屑中有大量的砾石碎块。他们认为，这些砾石碎块是上部的第四系底部砾石层垮塌所致。原因可能是表层套管下得过浅，钻井泥浆性能不好。由于井壁垮塌，油层不易识别。于是，他们要求钻井技术人员帮助井队处理好泥浆，保护好井壁，确保不再垮塌。然而，之后很多钻井取心资料证实，砾石并非上部地层垮塌，而是地层本来的面目，油层本身即为砾状砂岩。

这种情况以往是很少见到的，地质研究人员由此也增长了见识。他们向钻井队道歉："之前，我们所说的垮塌是误判了，冤枉了你们钻井队。"此时，从钻井岩屑录井分析，地质研究人员认为，泌 4 井应该有油层，但油层在哪里，有几层，有多厚，却无法判断。

泌 4 井于 1976 年 2 月 29 日完井，林纯增等电测站绘解组人员对电测资料的解释结果，令人十分振奋。5 月 1 日，测试两个油水同层，泌 4 井获得工业油流，抽汲日产油 20 吨，日产水 32 立方米。5 月 20 日，测试两个油层，泌 4 井日产 116.7 吨。

石油部这位领导没想到，就在半年之后，泌阳这个不起眼儿的小凹陷发现了大油田。双河油田的发现，为河南油田全面开发和石油会战创造了条件。

发现双河油田后，为了表彰和感谢报矿者，1978 年上半年，油田派专人给报矿老乡送去了一个表彰的镜框和一辆名牌自行车。这在当时来说，算是很重的奖品了。

（二）

过了数日，玄德使人探听孔明。回报曰："卧龙先生已回矣。"遂上马再往访孔明。关、张亦乘马相随。时值隆冬，天气严寒，彤云密布。行无数里，忽然朔风凛凛，瑞雪霏霏：山如玉簇，林似银妆。张飞曰："天寒地冻，尚不用兵，岂宜远见无益之人乎！不如回新野以避风雪。"玄德曰："吾正欲使孔明知我殷勤之意，如弟辈怕冷，可先回去。"

——《三国演义》

1982 年底，油田召开勘探技术会议。在这次会议上，与会人员对泌阳凹陷的勘探工作产生了分歧。争论的焦点是，对泌阳凹陷的二次勘探，是否还有必要进行下去？

直到会议最后一天，争论还没有结果。晚上，油田领导石万福召集大家继续开会。他幽默地说：“今天晚上谈不出结果，咱们就不散会。我已让招待所准备了夜宵。咱们饿了吃饭，吃了饭继续谈，啥时谈清楚，啥时散会。”

之所以出现如此大的争论，是因为泌阳凹陷的勘探一度陷入低谷。

泌阳凹陷位于豫西南的唐河县与泌阳县之间，属南襄盆地的一个次级凹陷，面积约 1000 平方千米，是一个奠基在华北板块与扬子板块缝合带之上的中新生代断陷湖盆。在南襄盆地的地质构造图中，泌阳凹陷处在其东北部一个不起眼儿小角落。在 1∶100 万的全国沉积盆地分布图上，泌阳凹陷更是小如芝麻，是一个很容易让人忽略不计的存在。

泌阳凹陷的油气勘探从 1972 年开始，经历三年多的时间，1975 年第一口参数井泌参 1 井的钻探有着一鸣惊人的效果。泌参 1 井的成功钻探表明，泌阳凹陷具有良好的烃源岩，不仅见到少量的油流，还达到了“定凹”的目的。泌 4 井获高产工业油流，拉开了南阳石油会战的序幕，泌阳凹陷也因此成为河南油田油气勘探的主战场。

然而之后的几年，泌阳凹陷勘探步入低谷，仅仅发现了赵凹油田这个当时储量不足千万吨的小油田。

在这次会议上，通过讨论，大家也意识到，泌阳凹陷勘探步入低谷，既有主观原因，也有客观原因。

主观原因是，大家被总资源量这个概念禁锢了思想。1984 年以前，整个泌阳凹陷油气资源的保守评价是 1.24 亿吨，乐观评价也不会超过 2 亿吨。而就在那时，泌阳凹陷已探明的油气地质储量达 1 亿吨，资源探明率高达 60% 以上。如此之高的资源探明率，进一步找油的空间还能有多少？有人认为，在螺蛳壳里做道场，显然不是一种明智的选择。

客观原因是，对油气藏富集规律认识不足。前一阶段勘探结果表明，泌阳凹陷的油气藏主要受双河鼻状构造、安棚鼻状构造、平氏砂体、下二门背斜控制，而北部斜坡带断裂发育、构造破碎圈闭面积小，难以形成大的场面。这样的地质构造，对勘探技术要求高，查明圈闭难度大，从而导致新区带勘探的停滞不前。

经过一晚上的讨论，会议最终达成了共识，那就是继续南阳和泌阳这两个凹陷的勘探，以泌阳凹陷为主。一些地质专家还提出了主攻方向，认为泌阳凹陷的北部斜坡带和深凹陷部位是新资源的有利地区。

石万福最后总结说："泌阳凹陷还有资源潜力的看法是有科学依据的，应该坚定找油的信心。"他说："地下是否有油气资源虽然是客观存在，但关键还是要把勘探工作做深做细，希望大家团结一致，坚持继续做好泌阳凹陷的勘探工作，这一思想要统一。"

这次会议对泌阳凹陷的深入勘探起到了至关重要的作用。经过一年的组织和技术准备，1984 年河南油田再次深入泌阳凹陷展开勘探。

此次勘探和以往有很大的不同。前期多是以勘探构造油藏为主，而这一次勘探是以隐蔽油藏为主。勘探上应用多种新技术，加强综合研究，特别是加强了对有利地区和层系的油气资源评价、储层评价和圈闭评价工作。

这一勘探模式，得益于油田地质人员解放思想、勇于探索和对油气勘探新的认识。

1984 年 12 月 6 日，油田奖励为发现安棚油田起了关键作用的勘探开发研究院技术干部李纯菊、李庆浩各 500 元。重奖有贡献的科研人员，这在河南油田史上尚属首次。

据《中华人民共和国国家统计局关于一九八四年国民经济和社会发展的统计公报》，这一年，全国职工平均货币工资 961 元。可见，这次奖励在当时确实是重奖。

1983 年初，研究院成立了泌阳隐蔽油藏组，李纯菊任组长。工作全面铺开后，查阅资料、地层对比、统计岩性、编制图表、综合分析等大量工作接踵而来。

"我并不主张加班。"李纯菊经常对组员们说，"我主张按定额安排工作，干一段总结一段。"在她的带领下，泌阳隐蔽油藏组的工作保持着有条不紊的节奏。

但是，紧要时刻，节奏是要加快再加快的。1983 年 11 月，李纯菊主笔编写《泌阳凹陷隐蔽油藏的分析》报告时，接连二十多天都是写到夜里 11 时以后，星期天也从未休息过。经过努力，她终于写出了对发现安棚油田起到重要作用的报告。

在工作中，别人根本看不出这位地质师已经有 49 岁的年龄。她经常带着降压药，和年轻人一起上井队查看岩心，了解生产动态。回到研究院，她又一头钻进资料的海洋，探索地下油藏分布的奥秘。她生活的主旋律是找油，上班时间忙的是找油，下班路上经常思考找油，到家后才想起还没买菜，于是一家人只好到食堂凑合一顿。

依据大量的第一手资料，李纯菊、李庆浩等科技人员发现，泌 88 井原位于赵凹油田南部含油边界，但钻探结果却发现了另外两层 7.6 米的油层，该井砂岩发育特征显示其可能来自另一物源方向；泌 72 井、泌 1 井与赵凹油田水性存在差异，说明它们在地下不是一个系统。同时，该凹陷南部杨桥一带，地震剖面有砂岩体的地震反射特征。

据此，他们认为，安棚地区的勘探，具备乐观的前景。

油田及相关部门和单位对他们的三个论点经过反复分析论证，决定二上安棚。

1983 年 9 月，一场在安棚地区找油的战斗打响了。勘探结果表明：泌 73 井发现了 4 层 10.6 米油层，试油日产 51 立方米；泌 70 井发现两层 11 米油层，和两层油水同层；泌 98 井发现 5 层 18.4 米油层，其中 3 层 9 米试油日产 67 立方米。至此，又一个新油田诞生在豫西南大地上。

这一时期，油田地质专家徐世庸和其他专家一样，对泌阳凹陷停留在加深认识阶段，重新冷静思考资源评价、储层、构造等问题。一回生、二回熟，慢慢地，注意力转到了这里的北部斜坡带。

北部斜坡带，存在一系列面积较大的鼻状构造，呈断层发育，切割成多个断鼻断块。多少次，因地质条件复杂、勘探资料少，人们对北部斜坡带更心存疑虑：目的层的分布保存情况不明，局部构造和圈闭条件不落实，万一出现油层薄、效益低的情况，岂不痛心？

北部斜坡带好像有意和找油人捉迷藏。这里自 1975 年钻了泌 5 井之后，一直孤零零形不成气候。“既然这口井有油，周围不可能没有。”于是，他们又在相同层位上部署了泌 122 井、泌 123 井，遗憾的是，结果不太理想，发现整装油田始终处于“梦中的她”那种幻想中。

徐世庸和他的同事们没有放弃，再钻进资料堆研究测线。功夫不负有心人，同处在北部斜坡的泌 108 井、泌 109 井、泌 110 井，完井后试油均见油层，证实北部斜坡属多种类型油藏的油气富集区。

几经探究，1986 年，徐世庸和他的同事终于达成新的共识，就在泌 5 井、泌 122 井、泌 123 井旁边，再打泌 124 井，不信没有油。

苍天有眼，泌 124 井完井试油，在 700 多米以下发现核三段油层 24 层 61 米，紧接着，泌 125 井、泌 126 井常规试油均获产能。上千万吨地质储量的古城油田，问世了。

然而，新的困难又横亘在他们面前。油田发现了，油采不出来，一切都白费。

多年以后，油田地质专家徐世庸仍然难以忘记，当他们兴冲冲地将古城油田的储量上报石油部后，却被告知，经石油部储委会专家审查，这几个油田的储量，不被认定为探明储量，而被列入表外储量。

储量按开采价值分为表内储量和表外储量。表内储量是指在现有技术经济条件下，有开采价值并能获得社会经济效益的地质储量；表外储量是指在现有技术经济条件下，开采后不能获得社会经济效益的地质储量。

听到这个消息，徐世庸感觉就像一盆凉水浇在身上。

石油部储委会专家的认定是有理由的。这些稠油埋藏深度很浅，埋深仅有 300 米；油层单层和组合厚度很薄，油藏厚度在 10 米以下；同时，原油黏度很大，纵横向分布零散，资源丰度很差，按照当时国内外稠油热采筛选标准和技术条件，仅有 0.67% 的储量可以利用。因此，此处的油藏理所当然地被列为开发禁区，进行大规模的稠油开发难度之大、风险之高，在国内外稠油开发史上是空前的。

因此，古城油田发现后，有两年时间没有开发。

1987 年春天，河南油田发生了一件也许并不为很多人注意的事情。一份要求辞去采油厂副厂长职务的报告放在了油田领导的案头。接着，两个月时间里，这样的辞职报告接连递交了三份。报告下面署着同一个名字：史天德。年底，油田领导批准了他的辞职请求，满足了他集中精力从事科研工作的愿望。史天德的辞职理由和稠油开采有关。

同一年，担负着河南油田稠油开发任务的采油二厂宣布成立。为了生存和发展，河南油田干部职工怀揣着新的希望，义无反顾地向着稠油开发的禁区发起了挑战。

采油二厂员工赵学良现在还清楚地记得，自己 1987 年初来到古城油田的情景。那时这里一片荒凉，没有房、没有路、没有车，除了荒草还是荒草。在这片贫瘠的土地上，采油二厂人白手起家，他们守单井、住板房，风餐露宿、摸爬滚打，笑迎困难。在这片荒芜的土地上，一边建家一边生产，一边探索一边实践，用勤劳智慧的双手叩开了薄层油藏之门。

经过三年多的努力，史天德和他的同事们进行的稠油乳化常温开采试验取得了可喜进展。这项试验尝试在不加热的情况下向地下注入一种特殊制剂，使高凝固点的稠油乳化，进而采出地面。在1991年8月召开的四省区稠油开采技术研讨会上，这项技术获得优秀成果奖。

“七五”期间，古城、井楼稠油开发集输一体化技术研究的成功，改变了河南稠油油田注汽热采筛选标准，“禁区”的断言宣告失效。

至此，石油部储委会的专家一致认为，河南油田的稠油开发技术达到国内领先水平。河南油田的表外储量，大部分升级为探明储量。

二次勘探的成果，为河南油田继续保持稳产高产奠定了基础。

（三）

却说玄德访孔明两次不遇，欲再往访之。关公曰：“兄长两次亲往拜谒，其礼太过矣。想诸葛亮有虚名而无实学，故避而不敢见。兄何惑于斯人之甚也！”玄德曰：“不然，昔齐桓公欲见东郭野人，五反而方得一面，况吾欲见大贤耶？”

——《三国演义》

1998年前后，在新区勘探没有取得大突破的情况下，河南油田决策者经过认真思考、反复讨论，再一次将目光转向“老朋友”泌阳富油凹陷。

那一时期，泌阳凹陷的背斜构造一些有利的圈闭和位置相继得到勘探，整个泌阳凹陷的勘探进入了一个相对成熟的阶段。这意味着，要再想获得新的突破，已经十分困难。

勘探重点转回东部，看似一句简单的话语，却隐含着河南油田人长久的心血，隐含着对未知领域不懈追求的梦想，隐含着对油田持续发展美好的愿望，更隐含着背水一战的决心。

重返泌阳凹陷，能否带来期待中的希望？重返泌阳凹陷，怎样寻找突破口？切入点在哪儿？这一系列的问题实实在在地摆在了河南油田勘探决策者面前。

经过反复斟酌，勘探技术人员还是将目光落在北部斜坡带。

泌阳凹陷北部斜坡带大规模油气勘探始于1986年，至1988年基本完成第一轮勘探，找到井楼、古城、杨楼、新庄四个稠油油田和付湾含油区块。但是该区构造复杂、断块破碎，目的层埋藏浅、断块面积小，原来三维地震资料浅层反射品质较差，圈闭条件难以落实，因而被冷落长达10年时间。

这一次重上北部斜坡带，会不会“败走麦城”？重新认识断块油气藏，时机成不成熟？不少人信心不足。

“我们遇到了《找油的哲学》的作者普拉特同样的问题。”有人说。

那一时期，油田科研人员都在热读两篇文章：一篇是《找油的哲学》，另一篇是《石油勘探新思维》。

《找油的哲学》的作者普拉特是美国著名的石油地质学家，被认为是“最伟大的找油者”。普拉特于1945年退休后，并没有停止对科学的追求。1952年，美国石油地质家学会的刊物上登载了他的论文《找油的哲学》，得到了世界石油地质界很高的评价。这篇论文是他毕生从事找油的经验总结。他强调，石油地质学家必须解放思想，善于思考，勇于进取。他说：“即使再完善的勘探技术也满足不了全球的找油任务，有一些严重妨碍人们找油事业成功的东西，是单靠勘探技术解决不了的，因为这种障碍来自人们的头脑。”

《石油勘探新思维》的作者哈尔布特是美国地质学会创始人，美国工程院院士。早在20世纪30年代，哈尔布特就在美国得克萨斯和墨西哥从事石油地质研究，发表了许多论文。在《石油勘探新思维》一文中，他明确批判了“现代慵懒的石油勘探思维”。哈尔布特指出：“全球的勘探工作者们仍然在致力于寻找较明显但越来越少的储藏类型，这在很大程度上归咎于懒散的勘探思维，它使我们继续寻找那些能被地震勘探勾画的构造，而不用费脑。”

“油在哪里？油就在地质学家的脑子里。”

“在新油田找油，可以用老办法；在老油田找油，必须用新办法。”

读到这些观点，许多科研人员的脑子里仿佛开启一扇新的窗子。他们仿佛看到到了重上北部斜坡带的路径。

那段时间，在研究院，经常能听到激烈的讨论声。

这个说：“事实证明，用老观念看问题，只能是越看难度越大；用老思路求突破，只能是越求结越多。”

那个说：“只有不断地更新观念，转变思维方式，才是取得大突破的先决条件。”

这个说：“思想上的解放程度和理论上的认识程度，是做好各项工作的一个基本条件。”

大家认识到以往在思维上存在的具体症结。

这个说：“不敢冒风险就是最大的风险。”

那个说：“从不敢到敢，就是潜力的发现；从不能到能，就是进步的标志。”

这个说：“潜力和希望就在不断地实践和认识中。”

一次次头脑风暴后，大家对重上的北部斜坡带的信心更足了、思路更开阔了。

在北部斜坡外带的研究中，地质工作者把在复杂断块找油纳入自己的视野，在分析研究中达成共识：断块控制了该区的油气富集，低幅度的鼻状构造控制了油气的聚集。要想找到油气富集的规律，对断层的解释就成了整个工作的重中之重。而断层解释准确，只能建立在高精度的地震资料之上。

河南油田研究院北部斜坡项目组的科研工作者田小敏，2001 年已经年过五十。泌阳老区北部斜坡带勘探的三年里，对北部斜坡带地震资料解释，常常让田小敏魂牵梦萦。

从 2001 年起，她担负着这个区域几百平方千米的三维地震资料解释任务。三维地震资料解释比起二维地震资料解释，解释密度大，工作量增加 5 倍以上。为了弄清复杂的断层切割关系，她对不同层位、不同断层进行不同颜色标注，确保了解释的速度和质量。

田小敏爱琢磨，对每一口新井的情况熟稔于心。她经常在笔记本上用各色的笔画出不同出油层位的波组特征，然后对照这些已知油层的波组特征，进行相关性追踪，推测油层展布情况。

科研是老老实实的学问，来不得半点虚假和含糊，尤其不能怕麻烦。一次，为核对一条地震剖面上几条断层的组合关系，她往返好几个部室的机房，用各种显示方法逐一落实、验证。由于过度劳累，她晕倒在工作台上。同事们要把她送回家休息，她拒绝了。“不行，我要把这条剖面解释完，不然，我回去休息也不安心。”

功夫不负有心人。经过紧张的工作，她和同事们终于理顺了新庄外带复杂断层的组合关系，一个鼻状构造的清晰轮廓展现在人们面前。泌浅 95 井钻遇油层 30 多米，泌浅 90、泌浅 93、泌浅 94、新浅 45 等井均钻遇 20 米以上的厚油层，进一步验证了她的解释方案的合理性，从而提升了新庄油田的储重。她为此获得了新庄油田发现特等奖。

研究院北部斜坡项目组的科研工作者李连生，在长期从事地质综合研究工作中，磨炼出坚忍执着的性格。李连生对北部斜坡带200多口井的井况、地层情况了如指掌。不论别人问到哪口井，她都知道有没有油气显示，油层在哪几个井段，区块断层、构造、砂体特征及趋势变化等。很多同事惊奇于她的记忆力，称她为“活词典”。

谁都知道，她的这个美誉不是轻易得来的。有心人看到，她在办公桌前看地质图，一看就是大半天。常言说，用力去做事只能做到合格，用心去做事才能做到优秀。她正是用心去做，用心去发现，才在工作中技高一筹。

在北部斜坡勘探还是“冷点”的时候，她耐得住寂寞，坚持研究。办公室既是她的岗位，也是她的半个家。她沉醉于密密麻麻的测井曲线中，精心揣摩每个断层、每个小层。

通过对王集及其周缘地区的油藏形成条件及聚集规律研究，她提出了该区形成的断层＋岩性复合圈闭有利于油气聚集的建议。有关部门应用小断层识别新技术——面块切片、相干体不连续检测、可视化立体显示反复验证，精确落实小断层、小断块，发现了多个圈闭，综合评价后部署的泌259井日产初获40.6立方米的高产工业油流。

1700多年前，隐居于南阳的诸葛亮，在刘备的真诚召唤下，终于答应出山了。临行前，他对弟弟诸葛均说：“吾受刘皇叔三顾之恩，不容不出。”

诸葛亮出山的1700年后的今天，泌阳凹陷在河南油田干部职工不懈努力下，终于又一次揭开神秘面纱。“十五”期间，河南油田在泌阳凹陷北部斜坡带浅层探明储量近5000万吨，整个区带初步形成亿吨级储量规模；在泌阳凹陷安棚深凹区探明储量1230万吨，实现拿下千万吨级整装含油区块目标；在泌阳凹陷南部陡坡带通过地震攻关实现控制储量1092万吨。5年间，河南油田累计新增探明含油气面积33.62平方千米，探明石油地质储量6108万吨（油气当量），超额完成战略目标，成为继“五五”“七五”之后油田历史上第三个储量增长高峰期。

河南油田的干部职工说：“鏖战南襄盆地，彰显的是我们的担当；勇闯开发禁区，践行的是我们的使命。子规夜半犹啼血，不信东风唤不回。”

燃情岁月，誓言铿锵

彭　宁

“我不后悔，因为我们宣过誓，要为祖国找油，为石油勘探开发事业奉献出宝贵的青春年华。”曾经的司钻张苏平目视前方，语气坚定。前方仿佛有一只无形的手，正缓缓拉开时光交错的帷幕，誓言铿锵，歌声悠扬，青春如花，那些属于她的，她们的岁月，艰苦卓绝，如火如荼，将人生彻底点亮，如此美好，那样璀璨。

五湖四海　为油而聚

1975 年底，一辆大客车晃晃悠悠停在江汉油田五七农场，湖北红安姑娘张苏平一脚踏上江汉平原的土地，看到荒凉的盐碱滩，还有零星的芦席房，嘴角凝聚的笑意一点点消散。她瞪大眼睛，忍住立刻返回车上的冲动，扛着简单的行李，走向未知的命运。

之后 1000 多个日夜，家境优渥的高干子弟张苏平，当细嫩的双手因为修路、插秧磨出厚厚老茧，当在钻台上满脸油污混着满身泥浆，当生理的极限被一再挑战，也曾躲在被子里哭得昏天黑地，无数次想要调回去，给家里写信却又塞在了枕头底下。革命老区红安离江汉油田并不远，只要扔下一切，几个小时就能回家，和疼爱自己的父母兄弟欢聚一堂，然后换一份体面的工作，舒舒服服地度过一生。可她想到了临行前，身为将军，半生戎马的父亲对她的叮嘱：“你出身军人之家，要有为人民服务的担当意识，流血流汗不算什么，要勇往直前，不要打退堂鼓。”铁血刚毅的军人之魂从小就烙印在张苏平心底，她和父亲一样，从不愿向现实低头，只有一往无前的决心。

生活的抉择就是这么偶然，张苏平无法辨别哪一种更能两全，但她深知，如果不到江汉油田，她可能会后悔，可能感受不到和姐妹们朝夕相处的深厚情谊，听不到姐妹们带着敬佩喊她一声“张军长”，看不到姐妹们带着自豪和钦佩向人描述“张司钻”手扶刹把的英姿。

二十出头的新沟姑娘夏转兰这样描述刚到油田的情景：奔驰的客车上，姑娘们豪情满怀地一路唱着“我为祖国献石油”，气氛十分热烈。当车在夜晚的荒原停稳时，大家都挤到车窗前向外看。夜晚的风吹得人遍体生寒，四五个戴着安全帽的“蓝工衣”跑上来帮她们拎行李，她结结巴巴说了声“谢谢大哥”，让“蓝工衣”们都愣了神。她们取下头上的安全帽，清一色的齐耳短发，竟全是眉清目秀的大姑娘。看着她们蓝杠杠工衣上沾染的油泥，看着荒原小路泥泞不堪地伸向远方，姑娘们死活不肯下车，有好几个甚至哭了出来，嚷嚷着要回去。眼见陷入了僵局，本也萌生退意的夏转兰决心踏出这改写人生的第一步。“车上就下来了我一个，当时我也心里害怕啊，可我出来的时候乡亲们都送我了，羡慕我能在油田找到一份好工作，我不好意思就这么灰溜溜地回去。再说了，人家这么大一辆大客车来接我们，这么重视我们，到了地方却不下，我心里过意不去。”彼时，这个身高超过一米七，朴实的农村姑娘还不知道，在女子钻井队这个火一般的大熔炉里，她将被锻造出钢筋铁骨，成为生产技术骨干，写着“劳模”“优秀党员”等诸多荣誉的“红本本”伴随她一生，让她成为别人眼中的学习榜样。

1975 年底，油田会战进入重要时刻，面向全国招工，来报名的人中有 40% 的女同志，大部分是农村姑娘和下乡知青，还有一些职工家属，组建女子钻井队的决定应运而生。当时招工的标准就是个子高、身材壮实、肯吃苦，为应对高强度的井队工作打下基础。

听说要组建女子钻井队，在人人讲奉献、个个比贡献的精神氛围里，许多女青年主动向油田指挥部递交请战书，要求报名参加。当时的电话站接线员，后来的副司钻葛淑芬就是其中的代表，她是怀抱着和男人一样“为祖国石油事业做贡献”的想法毅然改行的。那个年代，葛淑芬住着单位房，吃着商品粮，干着一份“楼上楼下，电灯电话”的“体面”工作，足以羡煞旁人。可她并不满足于这种轻松闲适的生活，一心想投入火热的生产一线。“那时候，上面号召年轻人要过有理想的，‘干柴烈火’一般的生活，就是让能干的人先像火一样燃烧起来，从而点亮大家，带动大家一起进步。”回想过往，葛淑芬的眼睛里还像孕育着一团火。

五湖四海，为油而聚。无论是为了理想、信念还是生活，姑娘们集结在一起，将美丽的长发剪短，收起高跟鞋和时兴的衣裳，褪去女人所有的光鲜，像一名钢铁战士直面艰难险阻，毫不畏惧，用勤劳的双手、不屈的信念，奋力点亮绚丽的人生。

1976 年 1 月开始组建，3 月 18 日 1829 女子钻井队正式成立。一群风华正茂的姑娘从四面八方聚集在钻井队鲜红的旗帜之下，开始向通常认为只有男同志胜任的领地进军。当时 108 个女同志，年龄最大的 27 岁，最小的才 17 岁。

最初的安排是，该队调来 40 多名经验丰富的男钻工指导实践操作，三个月之后每班定员 22 人，各班只留下 5 名男钻工应对突发情况。当男钻工们撤出的那一天，女工们满怀不舍和忐忑，因为她们知道，至此迎来了属于自己的真正的战斗。

青春如歌　情怀似火

过往的历史总是被轻描淡写，但在当时却充满争议。在石油勘探开发所有的工序里，钻井是最辛苦的工作。常年在野外，风餐露宿、日晒雨淋是工作常态。钻井是重体力活，仅一袋泥浆就上百斤，一口固井需要上百袋泥浆，得一趟趟地人拉肩扛，更别说打钻具、套管。钻井是和泥渣、泥浆、原油打交道，属于最脏的活儿，永远没有干净的时候，但姑娘们用坚韧与执着证明了自己不输男人们的实力。

钻井工作又苦又累又危险，生活条件极为艰苦。后来的司钻，一次能扛两袋一百斤水泥健步如飞的大个子魏爱华，饭量特别大，但因为生活物资极度匮乏，平时很少能吃到肉。在姐妹们中间，一直流传着她的一个笑话，多年后仍常被提及：每顿食堂一份米饭一个菜，饭量大的姑娘不少，都是一个饭盒一个碗，唯独她总是两个比饭盒大一圈的小盆，打饭的师傅很实诚，给她装满一盆米饭，再装一盆大白菜，她总是嫌弃地嚷嚷："每天没点油花子的白菜恁大一海碗，吃都吃不完。"其实比谁都吃得快，吃干净的两个小盆锃亮锃亮的，可以照见人影，常惹得姐妹们笑作一团。

魏爱华记得特别清楚，当年的江汉油田海 8 井，是女子钻井队第一口总进尺进万米的井。但让姑娘们最兴奋的是当时上级特批奖励她们"吃肉"，后勤的同志们特意挑选了几头大肥猪，系着红绸敲锣打鼓送到井场慰问，周边的老百姓都跑过来看热闹，纷纷称赞姑娘们"真能干""了不起"，井场一时热闹非凡。魏爱华饱餐了一顿红烧肉，幸福得差点儿吞掉舌头。她因此有了个坚定的信念：好好干活儿有肉吃。她干活儿不惜力，事事冲在前，不知不觉就成为生产骨干、技术能手。

1977 年 11 月 4 日，为了在熊 18 井成功实现“六个当天”劳动竞赛，大家前期做了大量的工作。为抢进度，人先上，行李各自打包做好记号，随后送来。芦席棚还没有建好，要先顾生产再顾生活。车一到目的地，大家迅速下车，一拥而上先挖沟，来什么设备就上什么设备。拉的拉，抬的抬，劳动号子震天响。姑娘们挥汗如雨，顽强奋战五个多小时才把全部设备搬到新井场就位。

夜幕降临，一阵电闪雷鸣，暴风雨来临了。黑夜冒雨立井架，拼命抢开钻。探照灯光里，姑娘们头戴铝盔大显身手。井架分段对接起来了，她们爬上去摸黑穿上了大绳。黑夜光线不好，她们打手电进滚筒里连接钢丝绳。道路泥泞，吊车开不动，她们就一字排开，人抬肩扛抢装水龙带。几吨重的泥浆泵，铁棍撬不动，人推使不上劲儿，她们就蹚着烂泥，推上倒链拉。开始立井架了，大家一字排开，双手握着手臂粗的缆绳，一圈又一圈地绕着走，钻机一声巨吼，粗壮的钢丝绳拽着钻塔的钢身慢慢耸立起来，刺破夜空，鲜红的女子钻井队队旗在塔顶上迎着风雨招展。巨大的惯性将姑娘们甩在地上，她们早已筋疲力尽，躺在泥地里爬不起来。

那天，所有的人都参与抢建投产，忘记了吃饭。野外偏远路滑，将近 16 时，送午饭的车才到达。看到热气腾腾的饭菜，被冷雨淋透的姑娘们顿时眼冒“绿光”，临时搭建的行李寄放处有点儿远，也没几个人有力气去取饭盒。早饿得前胸贴后背的魏爱华实在等不及了，彻底“放飞”了自我，一把摘下头上的铝盔，在身上找了块还算干净的地方擦了擦，不管三七二十一舀了一头盔饭，姐妹们一拥而上，用带着泥巴的手抓起一把饭就往嘴里塞。吃完一口更饿了，大家各自取下头盔，还想有样学样，送饭师傅急眼了，眼看挡不住众人，直接趴在了饭桶上。他倒不是心疼那一桶饭，而是怕姑娘们头盔上又是油又是泥的，不干不净吃出毛病。他好说歹说，姑娘们才放过他，步履蹒跚地陆续回去拿饭盒。“忙的时候顾不上，一停下来闻到饭菜的香气，饿得心慌气短手脚发软，那滋味这辈子都忘不了。”多年之后，仿佛无坚不摧的铁姑娘魏爱华，因疾病才做过化疗，瘦了很多，但她满面笑容，歌声嘹亮，从不后悔当年的选择，“苦是苦，但几个人能拥有这样的青春？”

这场战役打得顽强，二十多个小时，姑娘们先后遭到五次雷阵雨的袭击，可是她们没有一个人躲雨，没有一个人退缩。

这是这支朝气蓬勃的女子钻井队当时最好的成绩：创造了当天搬家、当天安装、当天起井架、当天开钻、当天固表层套管、当天第二次开钻的“六个一”纪录。当宣布的哨声响起，姑娘们拥抱在一起高声欢呼，有的甚至放声大哭。芦席棚还没有搭起来，来不及清洗油污和泥浆，累极了的她们发泄完情绪，倒头躺在草垛上，捡个草垫子往身上一盖就昏睡了过去。这就是她们经常调侃的“天做被，地当床，金丝被，盖身上……”乐观中又带着点辛酸。

在江汉油田，她们使用 1800 钻机，钻井 12 口，口口井优质合格。在河南的南阳油田，她们使用 3200 钻机，钻井 7 口，创造了不少新纪录。1000 多个日日夜夜里，她们冒着江汉的暴雨、顶着南阳的烈日，转战千里，奋斗的足迹留在了通海口、王场、熊口、钟市和南阳的江汉油田，为石油勘探开发事业奉献出宝贵的青春年华。她们共打井 19 口，口口井质量合格，年年进尺过万米。她们不仅能打浅井，也能打中、深井，而且掌握了取心技术，实现了安全生产无事故，刷新了当时 5 项钻井纪录，令男钻工刮目相看，连续 3 年被油田、专业处室授予“红旗标杆钻井队”光荣称号。

钻塔巍巍　红旗猎猎

张苏平说，最艰难的一段时光，是在河南的南阳油田钻井的日子。1978 年 1 月底，姑娘们一人扛一个木箱，背一卷大被子，开启了前往南阳油田的征途。她们用被子将自己包裹严实，一大早出发，在敞篷车上颠簸了 14 个小时，到晚上 8 点终于到达了一个叫作桐柏山的山脚下。北风呼啸，一下车，21 道杠的蓝色老棉衣很快就变得硬邦邦的，抵御不了零下十几摄氏度的严寒，姑娘们冻得瑟瑟发抖，挤在一起互相取暖。但更让她们失望的是，野外一望无际的黄沙冻土，以及正在加紧完工的几个孤零零、冷冰冰的芦席棚。

芦席棚里更像一个“大通铺”，每一间房 16 张床整齐排列。说是床，其实就是 4 块砖头一张木板，夜里睡觉翻身会咯吱咯吱作响。但换班下来休息的女工们，躺下就能睡得昏天黑地，哪里还管吵不吵。当时实行准军事化管理，床要摆整齐，被子要叠方正，脸盆、饭碗、刷牙杯、肥皂盒都要形成一条直线。但要维持这种整齐并不容易，野外的风很大，常常从棚子的缝隙间吹进来，沙土盖满桌子和床。遇到暴雨天气，芦席棚里能积上半尺深的水，水面上漂着一只只工皮鞋，分不清谁和谁是一双。

在南阳油田的三个多月里，女工们不仅每天要在钻塔上面应对高强度的工作，还要被迫接受恶劣天气带来的影响。天寒地冻的野外，干一会儿活，耳朵、鼻子、手、脚都冻肿了。晚上就更加难熬，站在钻塔上，风很快吹得人浑身发麻，上下眼皮子只想打架，轰鸣的钻机震得井架直抖，人在上面控制不住两腿发软。但随着时间的推移，这些都被她们一一克服了。即使是在生理期，哪怕三九天，只要钻井需要，她们也要与冰冷刺骨的泥浆和水打交道，从不退缩。

曾经风华正茂，如今华发满头。在人生旅途上，张苏平经历了喜乐哀愁，看过诸多风景，一切都能视之淡然。然而，在女子钻井队的那几年经历，始终被一次次地回放、一次次地讲述，浸透在她和姐妹们独一无二的人生体验里。作为最先当上司钻的女工，她获得了姐妹们的普遍尊敬，也很珍惜这份靠实力获得的荣誉。她说，只要一上钻台，手握上刹把，就什么都顾不上了，没有人接替就下不了钻台。到吃饭时间，本来食物就少，人不到现场就更吃不上，相熟的姐妹运气好会抢一个馒头给她送上去，运气不好自己都吃不饱，也就顾不上她。久而久之，她就习惯了先做好准备，家境优渥的她经常收到父母寄过来的吃食，其中的大白兔奶糖十分珍贵。她每天上钻台前就先含一颗奶糖保证营养，以免上岗时体力不支。

她说，有一次遇到井喷，原油和天然气夹带着泥浆，喷得她睁不开眼，熏得她头昏恶心。面对危险，她没有退缩，而是勇敢地站在厚厚的原油里，冒着油雨，顶着气浪，一边下钻，一边清除钻台上的原油，泥浆从衣摆下方冲上来，几乎糊住了眼睛，她双手腾不开，就用牙齿把稍微干净点的内衣领子扯出来，勉强擦一下眼睛。在钻台下女工们的齐心协力下，最终循环泥浆固住了井壁，井喷被制伏了，每个人都成了“油人”。

尽管一直很瘦，家里人却都习惯喊张苏平“大胖”，对身为最小女儿的她的宠爱可见一斑。她母亲是一名退伍军人，70多岁高龄还从红安辗转到南阳看望女儿，见女儿如此辛苦，心疼得直掉眼泪，好说歹说要将她调回家乡。张苏平说：“您和父亲不是在部队也吃过很多苦吗？我是你们的女儿，没有什么困难是不能战胜的，我一直想当军人，你们怕我吃苦不同意，就当这次是我的一场长时间的‘野外拉练吧’。”

夏转兰的父亲常写信鼓励她，并希望她在工作中表现出色，积极入党。有一天恰逢狂风暴雨，井架工有事请假回家了，当天要起钻，接班的只有她一个人，要在32 米高的二层平台坚守四五个小时。她一边爬梯子一边感到肚子隐隐作痛，但又不能不上，那时候发的雨衣特别大，要用棕绳子扎紧，时间一长，外面的衣服是湿的，里面衣服也因为汗水全湿了。狂风刮得井架不断摇摆，晃得人直晕乎，吹得她一阵阵反胃呕吐，吐完了再上。狂风暴雨持续到天亮，夏转兰干完手上的活儿，躺在平台上，连安全带都没力气解就晕了过去，直到半个多小时后，有几个姐妹发现她一直没下来，爬到平台上将她抬了下来。

累吗？练兵场上，她们学打大钳手臂红肿得端不了饭碗，但比赛场上勇夺第一名，让男钻工都刮目相看，成功的喜悦让她们体会到收获的甘甜；苦吗？黑夜冒雨立井架，人拉肩扛抢开钻，道路泥泞油料送不上，自己抬油管接管线……当看到黑色的油流奔涌，觉得一切都值了；险吗？当井下出现险情，面对随时都会井毁人亡的危险，钻台上冒着井喷抢井口，缺泥浆跳进大池用身体搅拌，险情来临时，哪里还有时间想怕不怕？正是这些艰难险阻，磨炼了姑娘们不屈不挠的坚强意志。面对打出的石油样品，面对一个个被刷新的指标，她们的眼里闪着幸福的泪光。

信念不灭　精神不朽

多年来，有一个写满了各种心得体会的红色日记本，在姐妹们手中传递、珍藏。日记本的原主人叫张庆娥，她热爱学习，关心姐妹，谁要是有不懂的问题就手把手地教，谁家里有困难她悄悄地寄钱资助，她总是笑着，热情洋溢地鼓励每一名姐妹。

1976 年 4 月 21 日，张庆娥上下午 4 点班打钻，21 时上单根时，她看刹把太低不好用，便申请去调刹，经同意后，她就钻进滚筒护罩里，调好刹把，然后左手抓住钢丝绳，右手扶着滚筒准备出来，就在此时变故陡生，静止的滚筒因为外面师傅的误操作转动起来，她一瞬间被卷进筒底。幸好师傅反应过来刹车快，才没有发生更大的事故。周围的姐妹们全部吓傻了，哭着围过来，大家一个接一个下到 20 米深的滚筒底，一起接力将张庆娥送了上来。看着姐妹们焦急又痛心的脸，张庆娥想安慰一下大家，可是只喊出几个人的名字，便很快晕了过去。

那天夜晚的井场，平时热闹非凡的学习室鸦雀无声，没有了朗朗读书声，没有了嘹亮的歌声。姐妹们挨坐在一起为张庆娥祝福，有的甚至失声痛哭，这是她们第一次经历残酷的现实，心中都是无限惶恐。第二天，张庆娥在医院苏醒，给姐妹们写了一封信，让大家不要担心，她的伤势不重，提醒姐妹们在工作中一定要注意安全。

这一次事故，鲜活生动地告诉姑娘们，对于钻井队而言，进尺重要，速度重要，安全更重要。为了保证安全，队里开始进行严格管理，组织技术大练兵。从上岗前安全教育到班后总结会，讲上班的装束、戴安全帽、穿工作鞋，讲如何用打叉、怎样拉锚头，讲井架工如何安全攀井架，安全带怎样系……事无巨细，全部制定了详细的规则。就这样，姑娘们浮躁的心沉淀下来，开始反思自己的工作。她们在跌跌撞撞、不断学习中迅速成长起来。

“三条命：人命、井命、设备命，一个都不能马虎。”这是后来有姐妹在日记本上记下的张庆娥说过的话，这是一种自我提醒，更是一种责任与担当，这种精神在姑娘们的心中慢慢蔓延，继而作为女子钻井队的精神内核被传承了下来。在不断进取中，她们也在血与火的战场学会了隐忍与坚韧。

扛着两袋一百斤的水泥健步如飞，当水泥袋被割开，漫天的粉尘迎风而来，糊得她们灰头土脸；当站在高高的平台上，倒灌的泥浆喷溅一身，却不能松开刹把去擦一擦，要保持这样的姿态 8 个小时；当冬天在钻台上站上一天，连口热乎饭都吃不上，凛冽的北风吹得睁不开眼睛，手套被冻结在刹把上，需要用热水浇、榔头敲……这是她们每天都要经历的工作场景，她们为此流过泪、诉过苦，但没人打过退堂鼓。

一次，司机长鲁四年因为扁桃体发炎住院，当她听说队里就要搬家钻新井时，当天就乘车赶到了 200 多里外的钻井前线，又摸黑步行了 3 个多小时赶回队里，投入紧张的战斗；队长杨德秀正在指挥快速钻进，突然，一号上水管莲头堵死了，她纵身跳进了齐胸深的泥浆池，不顾泥浆从领口里灌满了全身，和另外两位师傅一起排除了沉砂，保证了快速钻进的正常进行……

当年的指导员陈静梅曾在女子钻井队成立 30 周年座谈会上发言道：尽管我们承受了常人难以经历的困苦，繁重的体力劳动给我们身体留下了各种伤病，但艰苦的环境磨炼了我们的意志，锻炼了我们的才干，培养了我们面对困难坚忍不拔的信念和毅力。这些都深深影响了我们以后的工作和生活。当我们走向不同的岗位时，女子队的集体荣誉引导我们直面新的环境，艰苦奋进的经历激励我们在油田的各个岗位上作出新的成绩。

1979 年 5 月，历时 1000 多个日夜，江汉油田女子钻井队在完成自己的使命后，退出了历史舞台。

在艰苦的岁月和共同战斗中，队员们结下了深厚的友谊。女子钻井队成立 30 周年时，在江汉石油管理局的支持下，她们专门成立了纪念活动筹备组，在江汉油田工作的张苏平、葛淑芳、乔蕊、陈静梅等 10 位热心姐妹，一边工作一边利用业余时间精心准备。那年 3 月 7 日，一辆大客车停在了油田泰丰酒店门前，一群 50 岁开外的女同志从车上下来，早就等候在门前的人们激动地迎了上去……当年女子钻井队的“铁姑娘”们，在时隔 30 年后又回到了魂牵梦萦的“娘家”，回到了这片她们曾经挥洒过青春与汗水的地方。年龄最小的“小燕子”徐娇荣激动地和姐姐们一一相认、拥抱，激动的泪水溢满每个人的眼眶……听说要去井队参观，姐妹们一路上兴奋不已。她们曾付出花样年华的地方，已经发生了翻天覆地的变化：芦席棚变成了繁华的商业街，低矮的平房变成了一幢幢漂亮的楼房，昔日芦苇丛生的沼泽地，如今已变成水乡园林式的石油矿区。她们穿着鲜艳的红工衣，幸福地依偎在一起，高唱“我为祖国献石油”，脸上带着饱经世事的沧桑，又带着对幸福生活的憧憬，誓言犹在耳边，那些戎马生涯里的点点滴滴，一直蕴积在她们的血液里，带着灼热的温度，熨帖着灵魂，慰藉着未知的岁月。

天涯此时月正圆

郭红升

胜利油田为什么被称为特大型企业?

一方面，是因为胜利油田作出的贡献和创造的辉煌。

一方面，是因为胜利油田庞大的用工总量，高峰时有 19 万名职工。

这个大企业直接办了个大社会，在当时，这也是一种贡献。

产量最高的大庆油田，人数最多时也未超过 10 万，当然，其中有历史原因、时代背景、油藏特性和地域因素。

胜利油田究竟有多少所谓富余人员?

即使进入市场经济，也从未有过正式答案，但后来在新疆以油公司形式成立，年产量 90 万吨的新春采油厂只有 243 人，而同样产量的胜利油田东部老采油厂却有数千人之众。

黄河钻井总公司曾是胜利油田最大的下属单位，用工最多时超过 1.2 万人，其他几家钻井和井下作业等石油工程单位也都是几千人的大企业。

2012 年，中国石化对石油工程行业进行专业化重组。

这些隶属于胜利油田的石油工程企业整合成胜利石油工程有限公司，带来了过去的技术装备、文化传统，也带来了所有的职工。

新公司运行了两年，就赶上油价断崖式下跌。作为甲方的采油厂开始精打细算过日子，一再压缩成本。作为乙方的钻井公司，过去那种大把大把发奖金的“好日子”也戛然而止，让一部分人“走出去”创效益，不仅是企业扭亏脱困的一条重要途径，也成为生存发展的战略选择之一。

其实，钻井人很早就走了出去，不仅走出了胜利，走出了中国，还走出过亚洲，但当时“走出去”的都是一线的骨干和精英，他们不仅要挣钱创效，还要为企业扬名。而如今，过惯了安稳日子的后勤辅业人员也要“走出去”。他们要为企业减负，还要为自己正名。

在这种趋势下，有这样一群员工，坚定信心“走出去”，满怀热心“融进去”，用汗水证明了自己的价值，用辛劳为企业创造了价值。

在他们平凡的故事里也折射出苦干实干的石油精神。

大漠孤舟问苍穹

2021 年 3 月 1 日早晨 7 点，手机显示新疆哈山当地气温为零下 20 摄氏度。

在中国石化胜利工程塔里木分公司哈山 5 井附近，停着一辆丰田越野。

车内，身上裹了一件军大衣，头上还缠了一条围巾的驾驶员正在有节奏地打着呼噜，井队的人喊他下来吃早饭，敲了好一会儿车窗，才把他叫醒。

这位驾驶员姓杨名鹏，是中国石化胜利石油工程公司黄河钻井总公司新疆项目部员工。被叫醒前，他已经在冰窖一样的驾驶室里睡了 3 个小时，如果没人叫他，他仍然在做梦。

头一天晚上 11 点，在睡梦中的杨鹏被甲方塔里木分公司北疆项目部的人叫醒，迅速送两位钻井工程师去哈山 5 井解决疑难杂症。该井距北疆项目部所在的新疆生产建设兵团农六师新湖农场整整 370 千米，杨鹏连开 5 个小时才赶到，在车上睡了一路的两位工程师下车去处理问题，杨鹏则在驾驶室里放下座椅迅速进入了梦乡……

这种半夜起床跑井的情况，杨鹏每个月都能遇上几次。

2020 年 3 月，全国疫情刚得到控制，杨鹏就随同黄河钻井新疆项目部第一批劳务输出的 30 多名员工，飞跃 4000 千米，从中国的最东端来到最西边。

他们在塔里木分公司北疆项目部落脚，被分配到各钻井队干营房服务。但干了半年，甲方就提前终止了合同，因为甲方开始压缩成本，外委转自营。队伍返回时唯独留下了杨鹏。工作期间的优异表现和履历中 20 年的卡车驾驶员经历，让他成了塔里木分公司北疆项目部一名开生产指挥车的外雇司机。

杨鹏的任务是载上项目部的人在北疆区域内跑井。这片区域虽然只有 8 口井，但每口井之间距离最长的近 400 千米，最短的也有 90 千米。在这里跑井每个月休息时间加起来不会超过 3 天，最多时一天能跑 1000 多千米，最少时也得 400 千米，一天跑六七百千米是常态。

当地司机都嫌路太远，最多坚持两个月就结账走人，多加钱也不干。

杨鹏过去在车队的时候上过青藏高原，爬过青海当金山，走过四川的盘山道，这些路虽然难走，但路边到处是可以欣赏的风景。

在北疆，以沙漠和戈壁为主。

诗人路过，可能会想起大漠孤烟、长河落日，游客来了或许会感叹沙海的壮观、天空的辽远。

如果天天在沙漠穿行，必须忍受难以言表的孤独，而戈壁的那种荒芜更让人惆怅；如果遇到沙尘暴，就会变成发自内心的恐慌。

有时候，杨鹏把项目部的人送到奎屯或哈山的井队，自己独自驾车返回。他要穿越准噶尔盆地，行驶在望不到边的沙漠和戈壁中，苍穹之下，一辆车就像是大海中的一叶孤舟，无论怎么前行，就是看不到彼岸。

来项目部第一周，杨鹏就跑了 4000 千米，其中有一次是半夜起来跑井。精疲力尽的他想请假休息一天，却无人换班。当时，他已经开始盘算，熬上两个月就去求甲方“放生”……

一觉醒来，养足了精神的他又提醒自己一定要坚持。因为自己在这里代表的是黄河钻井的一个项目，况且自己还是一名在党旗下宣过誓的党员，他必须坚守自己的阵地，更不能辜负了甲方的信任。

要长时间坚守，就只能自我调节。

杨鹏房间里有一台液晶电视，是甲方专门给他解闷儿的，这种待遇很多甲方职工都没有，但他从来不看。开一天车已经是精疲力尽，他更怕那种需要半夜起来去完成的紧急任务，他需要早睡，睡得越早精力就越充足，他得给驾驶室里的自己留出最好的状态。

来到新疆后，他从未好好观赏一下大漠的夜空。

夜晚行车，注意力只能在路的前方，有时星夜归来，尽管明月当空，他却不敢长久仰望——举头望明月，低头思故乡，看多了会想家……

杨鹏还强迫自己养成了不恋手机的习惯。他的手机，作用仅限于跟家里人视频、浏览工作通知和接打电话。虽然自己那双眼睛算不上炯炯有神，但也不想被手机伤害。开一天车下来就已经很愧对自己那双眼睛了，冬天如果下过雪，路和沙漠连成白茫茫一片，即使戴了墨镜，对双眼也是一种伤害。

因为自己姓杨，而且不喜欢那股膻味，杨鹏从小就不吃羊肉，但来了新疆后，他从强迫自己吃羊肉，到逐渐爱上了吃羊肉，因为这里饮食以羊肉为主。

踏上行程后，特别是独自驾车时，为了驱赶内心的孤寂，他刻意去想那些美好的事物。他会想起学生时代的天真烂漫，会回忆刚参加工作时的壮志豪情，会回味和家人在一起的幸福和满足，有时还会幻想生活中突然出现奇迹，或者幸福忽然降临……

他特别喜欢那种有绿化带的路段。

每次经过昌吉州的玛纳斯、阿勒泰的福海、克拉玛依的乌尔禾，他的心情就会立即晴朗起来。因为这里的沙漠有人工种植的绿洲，能在这么浩瀚的沙漠里完成这样的工程，看来人的潜能是无限的，而集体的力量更是无穷的，所以个人必须融入团队。

作为一名外闯人员，要融入甲方团队，就必须提供最优质的服务，光嘴甜点儿、腿勤点儿还不够，还得心细点儿。

项目部所有人都会坐杨鹏的车，其中肯定会有人上车忘了带水杯，杨鹏不仅要准备一次性纸杯，还要多备两壶水；他还准备了卫生纸、晕车药；冬天出发前，他要提前热车，客人上车后要感觉到温暖；夏天要提前开空调。这些细节比说多少好听的话都管用。

在难得的休息时间里，杨鹏无处可去，更无处可逛，北疆项目部周围都是农垦六师的棉花地。

他休息时除了保养车辆，最大的“消遣”就是找甲方的人聊天儿，因为他们多数家在东营，他会跟人家聊最近东营开了几家性价比很高的餐馆，哪个小区附近的菜市场比较便宜，他也会聊聊彼此的家庭情况，还会问问对方家里有什么事儿，等他回去看能不能帮上忙……

聊天儿是最好的沟通方式之一，不仅能聊出彼此的困惑和想法，也能聊出感情和友谊。

2021 年，北疆项目部又增加了两口井，杨鹏平均每周比前一年要多跑 1000 多千米。跟前一年不同的是，杨鹏赶上了沙漠的夏天。

其他季节，途中跑累了，可以下车活动一下，但夏季沙漠白天温度能超过 50 摄氏度，没有特殊情况，谁也不愿下车忍受那种烘烤，有的甚至都不敢喝水，以免途中下车方便。杨鹏只要过沙漠就要马不停蹄。

按规定，杨鹏在新疆干满三个月就能回家休一个月，但遇到疫情，规矩就破了。

2021 年 8 月初，杨鹏终于盼到了归期，但新疆因疫情全境封闭。

得知自己无法回家，一向稳重的杨鹏感到了难以抑制的郁闷和失望，尽管他的服务态度依旧随和友善，但项目部的人都能感受到他的失落，那段时间甲方的人都对他格外热情……这也是他长期优质服务获得的回报。

疫情并未影响他在人烟稀少的沙漠中继续跑井。

2021 年 8 月 14 日（农历七月初七），杨鹏把项目部的人送到准北 6 井，独自返回，在阿勒泰地区遇到了只有在初夏或深秋才有的沙尘暴，能见度只有 50 米，杨鹏只好把时速由 80 千米降至 40 千米，以往走这段路傍晚 7 点前就能回到项目部，因为不敢提速，返回时已是夜间 10 点。

饥肠辘辘的他想干啃完方便面就休息，突然想到这一天是自己农历 48 岁的生日。他赶紧打开手机，里面有多个家人打来的未接电话，还有多条祝贺生日的短信，有妻子发的、女儿发的，还有好朋友发的。

他要煮一包方便面，再煮个鸡蛋。小时候过生日，母亲都给他煮个鸡蛋，说是能转运；今天他也要给自己转转运，以后别再遇到沙尘暴，别再因为疫情回不了家……

他一边煮着面和鸡蛋，一边跟父母、妻子和正上大学的孩子视频，也给好朋友回了短信……

在车队的时候，从来没有节假日，跟妻子结婚也只休息了 5 天，自己把最美的年华都留在了驾驶室里。后来他当上了车队指导员，因为改革，车队合并重组，他改任物业队长，脏活累活干了两年多，物业队又被定为低效项目集体解散，他又来了新疆，本以为疫情会很快结束，却如此反复难测……

8 月 15 日早晨，太阳照常升起。“奔五”的杨鹏也照常醒来。

他不再伤感，不再多想，日子还要继续，他照常活动自己的身体，也照常检查车辆的身体，既然改变不了现实就接受现实……

2022 年 4 月初，又轮到杨鹏回家休息了，这次新疆安然无恙，山东却因为疫情封闭全境，全国多数地区都在限制人员的流动。又回不了家的杨鹏这一次却想开了，因为他更加成熟，北疆项目部已经让他有了家的感觉，甲方的人也早就不把他当外人。

他也不再讨厌沙漠和戈壁，因为长期穿行在它们的怀抱中，他仿佛感受到了这片土地的灵性。

他仍然想家，但会把这种思念默默收藏，既然爱家人，就要给他们更好的生活。置身沙海虽然枯燥辛劳，但现在的收入是过去的两倍。当他把自己在新疆挣得的薪酬交给妻子的时候，那是一种为人夫的欣慰；在给父母留下更多零花钱的时候，那是一种为人子的感动；在塞给女儿更多生活费的时候，那是一种为人父的幸福；在请朋友吃饭比以往更大方的时候，那是一种做男人尽好东道之谊的自豪！

这些都是单位和组织给的，组织给了机会，岗位给了薪酬。所以，他要为了形势的需要和组织的安排在这里继续坚守，也会为了家人的幸福而继续坚守。

置身京华望北斗

“来，尝一块稻香村的点心。”“哎呀，你不是减肥吗？”“等我吃完这块儿牛舌酥再说。”“吃个煮鸡蛋吧。”“煮鸡蛋谁没吃过，来北京就得享受一下特色。”“来，给你点豆浆，这么大一碗我喝不了……”“不行，我还要再吃块枣泥酥，大不了多做几个仰卧起坐。”

2021 年 3 月初，一个薄雾蒙蒙的早晨。

来自中国石化胜利石油工程公司黄河钻井总公司北京加油站项目部的员工王秀玲、陈瑞珍和龙燕三个人正在北京朝阳华严里的一个早餐店里有说有笑地吃着早餐。

2020 年 10 月 28 日，48 岁的王秀玲和 40 岁的龙燕作为第一批外输员工来到北京，经过一周岗前培训，一同被分到中国石化北京石油公司朝阳区快捷加油站。

头一个月，王秀玲就加油 97 吨，一举成为快捷加油站 17 名加油员中的冠军，同时也是项目部第一批抵京人员中的冠军。

龙燕以 91 吨名列第二，可她不服，说：“王姐，下个月我要当老大。”王秀玲说“行”……

到了第二个月王姐还是冠军，成绩是 99 吨，龙妹以 95 吨的成绩继续当老二。

龙燕哼哼唧唧地说："姐，下个月我要再赢不了你我就上吊。"王秀玲说："我这儿有根鞋带，你就用它上吊吧！"龙燕一把搂住王秀玲的脖子撒起娇来……

龙燕拿冠军的渴望依旧强烈，没想到第三个月来了 47 岁的陈瑞珍，上岗于朝阳区祁家豁子加油站，这位女士头一个月的加油量就达到 120 吨。

王姐和龙妹都不认识这位新来的陈师傅，因为黄河钻井太大了，于是两人选了一个休班日，来到了陈瑞珍工作的祁家豁子加油站。

两人很快就看出了门道：陈瑞珍的工作地点就在高速路口旁边，好多大型车辆都在这儿加油。

龙燕说咱们那个加油站来的都是小车，肯定比不了她这儿。但王秀玲说，人家可是在最冷的那个月干的，有好几天气温都是零下 20 多摄氏度，那几天加油还不能戴手套，这辈子都没受过那个罪，咱俩那几天加油量也不行，人家却照干不误，确实厉害……

那天，两人从下午 3 点一直等到晚上 7 点陈瑞珍交完班。

双方自我介绍之后，龙燕就开门见山要陈姐姐请吃饭，理由是抢了她俩的冠军。王秀玲说龙燕在开玩笑，让陈瑞珍别当真。陈瑞珍说请客没问题……

三个人吃了顿火锅之后，便成了无话不谈的朋友。

2020 年 9 月，当时还在后勤保障中心物业项目部当门卫的王秀玲，看到了中心新成立的北京加油站项目部的报名通知，虽然自己已超龄 3 岁，但仍激动不已……

第二天，她就直接去找到了相关领导。

王秀玲说自己虽然年龄大点儿，但思想上已经做好了吃苦的准备，身体也非常健康。说完就直接抓起领导办公桌旁边的一对哑铃，一口气举了十几下，身高只有 1.6 米，体重不足 50 公斤的王秀玲竟然没有气喘吁吁。领导连忙示意她放下哑铃，然后给她报上了名。

报上名后的王秀玲，怕以后上了岗跟不上工作节奏，她还特意去附近的加油站提前学艺……在北京的加油站初次上岗，她就表现得像一个"老司机"了，开关油箱盖、按键、取挂加油枪，动作娴熟而标准，当过会计的她算账的速度也特别快……

加油站的工作虽然是在不断重复简单的动作，但重复的频率过高，次数过多，王秀玲那两只经常劳动的手也开始累得打哆嗦，特别是看到加油的车辆排起来都望不到头，上岗之前的踌躇满志瞬间就消失殆尽……

在这里，上个厕所也只能等到吃中午饭，不像在以前的单位食堂，大家坐在一起，放松下来拉拉家常。在这里吃饭是轮流制，你吃完了就得赶紧去替换外面还在加油机前忙碌的同事，吃饭必须得赶速度，就像等火车的人刚端起一碗饭，火车却快要进站了……

上岗的第一天晚上，王秀玲躺在了床上没来得及后悔就睡着了。

次日醒来，她一睁眼，就又开始提醒自己，既然选择了这条路，再难也要走下去，身为后勤辅业的员工，想多挣钱就得多吃苦。

王秀玲是吃过苦的人。小时候在贫穷的农村长大，童年丧母，跟着父亲和哥哥学会了所有的农活儿，后来投靠亲戚来到油田，在黄河钻井农副业公司种过地、植过树、当过会计，后来又在物业干过所有的脏活累活……

丈夫在儿子初中毕业时就去世了，之前在病床上整整躺了 3 年，她同时照顾爷俩；丈夫去世后，她一个人供儿子上完了中学，读完了大学。儿子读研之后，为了减少母亲的辛苦，找了一份兼职的工作，有了微薄的收入，她每次在微信里给儿子发红包都被拒收，懂事的儿子一再劝她要照顾好自己……

但作为母亲，王秀玲知道儿子的理想，他还没有成家立业，为了儿子，她要坚持。

为了黄河钻井这个集体，她也要坚持。来到首都，她个人的表现关系着黄河钻井的形象，虽然自己只是一名普通员工，拿不出先进人物那样的贡献，但也要展现属于自己的那份担当。

从 2020 年 10 月到 2022 年 5 月底，只要进入北京市朝阳区快捷加油站，就能看到身材消瘦、身着蓝工装的王秀玲来回穿梭在每台加油机和一辆又一辆加油的车辆之间，她总是步履匆匆，又面带笑容……

2022 年 5 月 31 日下午 7 点，王秀玲和往常一样换下工装准备下班，在更衣室门口被站长叫住。站长用缓慢的语气告诉她，明天她就可以不用再来上班了，因为疫情期间出不了北京，公司的宿舍她还可以住，也可以来加油站吃午餐。王秀玲一听愣住了……站长说接到她原单位通知，她可以离岗退休了。

50 岁的王秀玲顿时热泪盈眶……

这段日子站上缺人，她忙得连自己要退休都忘了，在她的意识中，自己还能再干很多年。她想起了那首歌“怎么刚一懂事就老了”……自己的容颜还未老，鬓角也未染霜，精力依然充沛，尤其是在加油站这两年，磨炼了意志、耐心，也锻炼了体魄，王秀玲决定休息一段时间，再找个工作……

几天后，北京因为管控成功，放开了管制。

6 月 4 日，王秀玲回东营的前一天，甲方专程来到她的宿舍，送来了一个定制的蛋糕，上面写着“祝您永远年轻”。

陈瑞珍报名的时候，招聘的年龄标准正好提高了两岁。

很顺利报上名的她，倒是不必跟王秀玲一样去领导办公室表示决心，但跟王秀玲一样，来北京之前，她也在东营的加油站提前预习了业务。可来到北京，还没等换上加油站的蓝工服，她就被眼前加油车辆排成的长龙惊呆了……

虽然做好了吃苦的准备，但这个加油站紧邻高速路口，无论上高速还是下高速的车辆都要从这儿加油，而且小车、大车都有，那些开小车的司机结账都刷卡还好办，有些外地的大客车司机付现金，她得一张一张地数，一点儿错都不能出，精神得高度集中……

第一天上班，她就得一边提加油枪一边数钱。中午吃饭的时候，陈瑞珍握筷子的手一直在发抖。下班回到宿舍，一头钻进被窝的陈瑞珍同样是来不及后悔就睡着了。

但陈瑞珍不会后悔，她清楚这是大势所趋，像黄河钻井这样负重前行的老企业，就需要一场真刀真枪的人力资源变革。

低油价之前，她干过 5 年计生员，坐在办公室里夏有空调、冬有暖气，不忙的时候，还能给自己泡杯咖啡、上网购物。那个时候她就在想，如果黄河钻井遇到困难了，自己还能不能继续这样悠闲地坐在办公室里？

果然，低油价之后，整个公司开始压扁管理层，精简机构，合并岗位，很多曾经坐办公室的人都转岗到基层。陈瑞珍在基层队干过经管员，出劳务当过网格员，还到后勤保障中心办的商旅公司干过导游，虽辛苦却快乐，她很喜欢这种状态，可是干了一年就遇到了疫情……

在待岗的日子里，她为井队扫过公路、下过厨房。如今能有一个稳定的岗位，即使辛苦，她也满足，她深信自己能很快适应，那些辛苦的工作不都是有人在干？

她也知道，如今单位里那些坐办公室的，哪个不是身兼多岗，一上班就对着电脑，一天下来头晕眼花……

陈瑞珍不仅思想上放得下，行动上也跟得上。虽然她在油田长大，却从未娇生惯养。

小时候，家里 5 口人，全靠父亲一个人的工资，过年过节，还要给农村的爷爷奶奶、姥姥姥爷寄钱。母亲是家属，为了补贴家用，要参加劳动挣工分，平时自己种菜，自己做衣服、编凉席。陈瑞珍是家里三个孩子中的老大，跟着母亲学会了所有的家务，从小就养成了吃苦耐劳的品质，所以，任何困难对她来说都是暂时的。

提枪、拖枪、加油，一气呵成，动作娴熟、麻利。

从对排起长队的加油车辆慌乱紧张，到无论怎么忙都能从容应对，陈瑞珍只用了短短一个月。王秀玲和龙燕每次利用休班时间去看她，这位陈师傅的口袋里总是揣着 5 张加油卡，加油高峰时她一个人能操控 8 支加油枪，同时服务 4~6 辆车。

她经常说，最难的日子都挺过来了，已经没什么可怕的了。

她说的“最难的日子”就是 2020 年的最后那几天。

受寒潮天气影响，2020 年 12 月 27 日、28 日，连续两天北京最低气温达到零下 20 摄氏度、零下 22 摄氏度，29 日降到零下 26 摄氏度。那几天，棉衣、棉裤、棉靴，尽管已经“全副武装”，裹得严严实实，陈瑞珍还是冻得瑟瑟发抖。

加油机的按键是触控屏，戴着手套根本操作不了，陈瑞珍只能露出两只手操作。

凛冽的寒风中，呵气成霜，持枪加油时，手与加油枪接触冰冷刺骨，但陈瑞珍没有退缩。2021 年元旦当天，陈瑞珍共收取油费 2.4 万余元，远远超过其他员工。上岗第一个月，陈瑞珍达到 120 吨加油量，成为整个项目部和加油站的“状元”，她的个人收入也同样拿了“状元”。

陈瑞珍说，自己比想象中更坚强。其实，任何人在困难面前，都是如此！

龙燕的家庭条件比较好，父母都有退休金，丈夫是基层干部。

她报名来北京是想换换环境，不仅能增加收入，还可以感受大都市的繁华。

干物业的时候，她是电梯巡视员，整个居民区有 66 部电梯，要一天巡视完，工作以走路为主，她干了 5 年。这次来北京她第一个报名，但在新岗位拿起加油枪之后，龙燕才发现自己之前的想法是多么幼稚。面对排起长队的加油车辆，她就像一台机器一样重复着那几个简单的动作。在东营的加油站加油，根本没排过队，可在这里，去趟厕所，那些加油的车辆就会不耐烦地按喇叭，整得她连口水都不敢喝……

第一个晚上，跟两位姐姐稍有不同的是，她是带着后悔睡着的。

次日早晨，龙燕一睁开眼又来了精神。

根据“干一天休一天”的规定，这一日她可以随心所欲逛北京，看到街头五光十色的风景，来自世界各国不同肤色的人，新潮的时装、另类的气质、自信的表情，龙燕很快就忘记了加油站的疲劳……但北京逛多了，40 岁的龙燕不得不回到现实，也必须面对现实。

只有用辛勤的汗水才能在这个城市书写真实的回忆，否则，就只能是一个匆匆过客。

跟她一起的王秀玲，只有在下班后一起回宿舍的路上才有时间跟她谈心交流，她发现王姐最初也是愁眉苦脸，但越来越自信从容。王姐告诉她，适应能力是每个人生来就有的，关键是不能想太多。陈姐也告诉她，只要工作理顺了，心里的压力自然就消失了……

后来龙燕也经常用这两句话来开导项目部一起来的新同事，龙燕虽然吃苦不多，但性格特别要强，跟两位姐姐在一起，她不允许自己差太多。当她把逛北京的热情转移到工作中，工作业绩便直逼两位姐姐。2021 年 4 月，龙燕终于以月加油量 107 吨的成绩拿下了项目部加油量的“状元”。

发奖金的那一天，她买了一盒稻香村和一包京八件来犒劳自己。

出门在外，想家是不能控制的，人言落日是天涯，望极天涯不见家。

每天从加油站下班走在回宿舍的路上，本来是王秀玲她们最放松的时刻，望着首都街道上的车潮人海，她们很快就能忘记一天的疲惫，但在落日余晖之下，她们又会常常想起家中的亲人、家庭的温馨、家门前的小路、家附近的小卖部等一切与家有关的事物……

华灯初上，月上星空。看着街道上灯火辉煌，霓虹闪烁，面对着眼花缭乱的京华烟云，她们会感到自己是那么渺小，但并不孤单，因为背后还有黄河钻井，还有胜利工程。

龙燕和刚上初中的儿子有个约定。晚上只要能看到满天星辰，那就在 9 点钟准时一起观看夜空的北斗星，那个时候，妈妈一定在盯着他是不是在认真完成作业，看到北斗星他就不能再贪玩。起初，儿子知道妈妈是在逗他，但后来想妈妈了，只要夜里看见北斗星，他就渐渐信以为真了。

王秀玲来北京两年，两个春节都没回家。

每到春节前，她都让儿子回老家陪自己老父亲过节。连续两个除夕，她都用手机视频让爷孙俩看到了北京的夜色，很多年没回老家的她也在视频里看到了自己童年时的老屋……放下手机，她潸然泪下。

陈瑞珍的两个春节也是在北京过的。

两个除夕夜，她有说有笑地跟家里人视频之后，也独自流下了眼泪。她还在北京过了一个中秋，那天她正好上夜班，晚上加油的车辆一点儿不比平时少。当她跟家人视频的时候，那边却没有回应，肯定是都睡着了……

项目部的同事平时工作在不同的加油站，住在不同区域的宿舍，但她们会利用难得的相聚机会，倾诉各自的心得体会。

大家常常把自己来北京后长出老茧的手掌亮出来互相比较。项目部的每个人每天都要上千次地拧油箱盖、提加油枪，一开始，手指和虎口要先磨出大大小小的血泡，然后掌心先长出新茧，没多久，又会形成老茧。但她们并没有抱怨，而是将其看作一种荣耀。

正是手上的老茧见证了她们为企业、为集体创造价值的过程，也见证了她们追求幸福、提升自我的奋斗经历，手上的老茧也是她们为企业的外闯政策铺就的一条路。

通过合作，甲方认为像陈瑞珍她们这样的石油职工，来得越多越好，她们做事守规矩、卖力气，有极强的组织纪律性和集体荣誉感。她们不像那些从社会上招来的员工，事事讲条件，干得不舒心就结账走人，而王秀玲她们这批石油职工，无论是正式离岗还是放假回家，都会站好最后一班岗，非常认真地完成工作交接。她们都有极强的责任心，这可能就是“三老四严，苦干实干”的石油精神吧！

在胜利石油工程公司“走出去”战略中……

有一批员工虽然把最美的年华交给了过往的岁月，但他们能重拾梦想，整装出发。低油价之后，2015—2021 年，仅黄河钻井就先后有 728 人远赴他乡，他们把辛劳当作财富，把汗水化为充实，用自己的身体力行证明了爱拼就会赢，敢闯才有路。

虽然月是故乡明，但只要转变观念，勇往直前，无论哪里都会有最美的风景。

曲“径”向天歌

——胜利油田交联聚合物驱油技术的研发之路

任厚毅

即使在今天，胜利油田石油工程技术研究院退休干部吕西辉的胳膊上依稀还可见蚊子咬伤的疤痕。

是的，是蚊子咬伤的。

这些疤痕是约 30 年前留下的。

1991 年，时任采油工艺研究院（石油工程技术研究院前身）三次采油研究所副所长的吕西辉参加了一场战斗。

战斗的对象并不是人，然而却更难缠。

它们是蚊子以及其他叫不上名字的叮人的小动物。孤东“三个蚊子一盘菜”俗语绝非虚言。

它们数量庞大，如影随形，赶不完、躲不开，随手一挥就可以感受到噼里啪啦的撞击，即使用花露水一瓶一瓶往身上浇，也阻断不了蚊子隔着工作服往身上叮。

虽然吕西辉并不是一个人在战斗，他和同事们想尽了各种招，但还是败得很狼狈。

一天晚上，吕西辉在蚊帐里睡着了，胳膊贴着蚊帐的一侧让蚊子“吃了个饱”，醒来胳膊沉沉的一片麻酥酥，仔细一看，蚊帐外趴着一层蚊子，个个吃得肚子滚圆飞不动，红彤彤的像小灯笼。

战斗始于 1991 年的夏天。

为了向同行们证明交联聚合物驱油技术的有效性，三次采油研究所的几名技术人员把现场试验选在了蚊虫肆虐的孤东油田。

放眼望去，天苍苍、野茫茫，没有会战的地方，看不到树，一片茫茫野草，路上不停滚动着大团灰尘；有会战的地方，场面宏大，人车穿梭，钻机轰隆，气势恢宏。

他们当然是在一些不需要再聚集很多人的偏僻角落。那是孤东油田七区北区块的两口注水井。据说，吸引他们的是这两口注水井对应的油井比较多。

“这里注水能力和油层发育好。”吕西辉说，“最关键的是，油井采出液含水量已经高达 92%。”

含水高之所以成为他们的首选指标，是因为交联聚合物驱油体系解决的就是含水高的油层在添加聚合物时窜流严重，达不到预期效果的问题。

“技术好不好不能光拣软柿子捏。”吕西辉说。

当时的情况是，胜利油田整装油田如孤岛、孤东油田的含水量都达到了 92% 以上，进一步提高采收率迫在眉睫。三次采油开始进入人们的视野，并被逐步工业化应用。

当时油田已经开展聚合物驱油试验，但由于经过长期的注水冲刷，部分井的地层形成了大孔道，甚至特大孔道。可以想象，注入地层的聚合物都随着这些“优势”水道流走了，周围地层需要“驱”才能出来的油，只能“眼巴巴”看着。

由于越流越顺畅，“大水流”格外欢快，因而一旁“饥渴的油”愈加显得“郁闷”。

关键注水、注聚合物都是成本啊，相当于钱在“哗哗”地流，却没有回账。

那几年，难题像“山”一样实实在在摆在了科研人的面前。遗憾的是大家有心无力，基本上一筹莫展。

时至 1989 年，终于有一个人站出来“揭榜”了。

他提出了通过加交联剂来改善单纯聚合物的稳定性以及抗氧化性，提高阻力系数驱油的思路。

此人就是 1988 年从美国学习三次采油归来的刘玉章。

从 1986 年以来，刘玉章先后 8 次出国考察，搜集到了不少先进的三次采油资料，每次都带回许多灵感和新思路。

1986 年，他第一次被总公司公派赴美。一年的访问期结束后，他的导师要他留在美国攻读学位，甚至开始在美国为他联系工作。

“不，我要回到祖国去。我所见到和学到的，对我的祖国非常有用。”他坚定地说。

他是采油工艺研究院的第一个本科生。

早前，刘玉章曾是河口采油厂的一名铆工。一个偶然的机会使他走上了科研道路。

有一件事给他留下了深刻的印象。

他的师傅——一位 1956 年就参加工作、没受过多少教育，但有着一手好活儿的四级工，在预制一个大件时遇到了麻烦。

他让人把大件样品抬到一个大水泥广场上，然后用他熟悉的钣金展开法丈量尺寸。

他在水泥地上画了半天，按比例放大后，又用尺子量了好几遍，费了快一个上午的工夫才把几个主要数据量出来。而一位年轻的师傅并不动手，笑眯眯地抽着烟看着师傅折腾，随后，仅用一支烟工夫，便用中学所学过的正余弦定理和勾股定理算了出来。

比较两个数据，基本是一样的。

这使老师傅出了“洋相”，非常恼火。一旁的刘玉章悟出了一个道理：知识就是力量。

后来，刘玉章考进了石油大学采油工程专业。

1982 年 1 月，他以优异的成绩毕业，被分配到采油工艺研究院研究化学堵水。

刘玉章在科研活动中遵循一个原则：工程设计尽量简单，尽量想得周全、严密，尽量一次成功。

一次，一位工程人员在交给他的一份“黏土胶试验中心井堵大孔道设计”中，加有一趟管柱的设计。

他说：“我们能不能再想一想办法，再省事一些。”十几分钟后，他和那位工程人员对设计稍作修改，设计出了能达到同样效果的另一套方案，并不需要管柱。

那位工程人员感慨地说：“我们十分钟，他们三天工啊！”

在当时，交联剂还是一种新生事物。太新了，刘玉章想省事也无从下手，只好老老实实做研究。

国外研制的交联剂成本高、使用条件苛刻，受水质、聚合物、盐和温度的影响变化大。他们搞研究，还存在仪器、条件、设备落后和资金不足等额外困难。

那有什么，没有条件创造条件也要上。

他们小心翼翼地进行着各种试验。

试验大部分是强氧化反应，一旦外部条件发生变化，如降温等，就容易发生危险。另外，烫伤、碰伤、毒性、腐蚀性等危险也时刻在威胁着他们。

克服了重重困难，一年之后，也就是 1990 年，一种以铬离子为基础的复合交联剂终于出炉了。

交联剂刚刚问世，效果怎么样还未知，却引来了业内的一片质疑。

即使当年这种交联剂被当时的中国石油天然气总公司科技局组织的专家组鉴定为处于国际领先水平，也没有平息质疑的浪头。

“也不怪人家不买账”，刘玉章心里明白，毕竟是试验室里出来的产品，没有经过现场检验。其一，室内试验和现场工业化应用本身就有着巨大差异，这在意料之中。其二，大家已习惯了传统的聚合物驱油技术，短时间内也不容易认可这种产品的效果。

正因为受到了质疑，他们反而更加坚定了通过现场试验证明这种驱油工艺可行性的想法。他们一方面通过大量的室内模拟试验改进完善交联剂的性能；另一方面在试验之前对现场实施进行了种种设想。针对现场可能出现的各种问题，他们又对交联剂进行了重新筛选和对比评价。

当时孤东油区经常在冬天搞会战，根本无暇顾及新产品试验。无奈之下，为不耽误会战上产，在 1991 年的夏天，一群科研人员开进了孤东油田。

因为存在这样或那样的质疑，可想而知试验也在艰难中进行。

受设备和工艺的限制，一切都是土法上马，比如取样和剪切降解等。吃饭也是饥一顿饱一顿。没有住的地方，他们只能在附近采油队的会议室里，等采油工人打完扑克回去睡觉后，才能躺在会议桌上休息一会儿。

这个时候也凸显了另一个问题，就是蚊子更加疯狂的攻击。

吕西辉回忆说，条件确实很艰苦，不仅展开人蚊大战，就连洗漱、冲凉用的水，也是他们一桶一桶从很远的地方提来的。

功夫不负有心人。

两个月之后，他们在孤东油田七区西馆上 63 层，注入添加交联剂的聚合物溶液 6000 多立方米，对应油井含水量下降 2 个百分点，6 口油井日增油 20 多吨，终于令同行刮目相看，并获得了采油厂的认可。

随后，研究人员又开始根据现场需要研制普适性交联剂，让交联剂适用于不同的水质、聚合物和地层。

交联剂的普适性获得突破后，1992 年，他们开始扩大现场试验，先后在孤东油田三区、七区试验了 8 口水井。

这期间，刘玉章、吕西辉等一直坚持跑现场。

有一次，在去孤东途中，他们的 130 车发动机坏了，适逢大雨，为了赶时间，他们就在雨中修车，都淋了个“落汤鸡”。

“孤东累，孤东苦，四两馒头二两土”“人无歇脚处，鸟无树做窝”……这些都是当时人们耳熟能详的顺口溜。尤其是夏季，一是进入了高温酷暑天气；二是进入雨季，多数井场积水严重，路难行，车难进，施工难度可想而知。

1993 年，刘玉章担任了采油院副总工程师后，仍然坚持一周至少两次去现场，试验到紧要关头，仍然毫不犹豫住在井上。

那次住在孤东采油 18 队，一待就是七八天。他们去孤岛买来米面，自力更生、自给自足，一大伙人喝米粥、吃煮面条，一点儿也不觉得苦。这么断断续续，时时上井，有时住在井上，一折腾就是几个月。

一直到 1993 年底，现场效果越来越明显。孤东两个区块注交联聚合物后，大获全胜，含水量下降 10 个百分点，已累计增油 4.4 万吨。

尽管如此，困难似乎并没有减少。

因为没有搅拌器，所以在配置交联剂浓度时只能采用离心泵，导致交联剂黏度难以控制。因为对应的油井多，几个小时就需要取样，他们经常干到晚上 12 点后，还要继续化验检测，根据结果再进行方案设计。

算起来，从 1989 年刘玉章提出交联聚合物思路以来，用了 5 年时间，他们终于配套形成聚合物—交联聚合物驱油技术，并已基本成熟。

该项技术后经鉴定，整体成果达到了国内领先水平，为胜利油田注聚合物驱防止聚合物窜流、改善注聚效果提供了有力的技术支撑。

除此之外，他们还研究形成一套注聚合物黏土胶的采油技术。黏土胶在实验室里的实验效果比交联聚合物还要好，而且成本要低得多。

1994 年 3 月 29 日《胜利报》一版刊登报道：

1992 年 9 月我局在含水量大于 90% 的孤岛中一区开展聚合物驱现场试验，至去年底，见效最好的中心井含水量下降 4.7%，采收率提高 0.68%，日产量从 14 吨上升到 24.6 吨。试验区增油 4583 吨，目前见效动态基本正常。

报道并称“采油院研究试验工作在国内走在了前列”。还说“交联聚合物驱和黏土胶驱为我局在国内首创，黏土胶驱近日已上报申请国家专利”。

报道最后还对 1994 年的三次采油工作进行了总结：

1994 年我局加快了三次采油试验步伐。聚合物驱在孤东、孤岛扩大 80 口井，交联聚合物驱在孤东扩大 20 口井，进入工业性试验阶段。

据统计，1992 年至 1997 年，胜利油田先后在孤东七区西 Ng63、孤东三区、孤岛西区西 4–172 井组开展交联聚合物驱油先导试验，累计增油 4.9 万吨，部分油井采收率提高 4.5%，投入产出比 1∶3.59。

交联聚合物驱迎来了春天。

1997 年，乘交联聚合物驱顺利开展并逐步扩大应用之东风，采油院开始组建三次采油化学注剂开发生产中心，以黏土胶、注交联聚合物为主导产品，并向微生物细菌生产扩展，逐步形成油田三次采油产业。

1998 年，采油院承担了“九五”攻关专题“孤岛—孤东油田交联聚合物驱油工业化应用技术”，经过大量的室内研究和现场试验，逐步完善了实施方案，许多实施油井见到明显效果。

通过“八五”和“九五”攻关研究，交联聚合物驱油技术已成为胜利油田非均质严重油藏高含水期提高采收率的有效途径之一。

但从室内研究和矿场应用情况看，交联聚合物的动态交联规律、在油藏条件下的流变特性以及地层非均质对其渗流的影响等仍不清楚，困扰着交联聚合物驱油技术的更大规模矿场应用。

时势造英雄。

这时，另一位高知识人才出现了，时间是2000年前后。

他叫孙宝江。

孙宝江的履历异常简单。他从1981年考上大学开始，18年都没有离开过大学校园。也正因如此，已获得博士学位的孙宝江深刻认识到，只有和生产实践有机地结合起来，自己在专业知识上的优势才能充分发挥出来。

正当这时，胜利油田设立博士后工作站的战略举措深深地吸引了孙宝江。

胜利油田需要他，或许，他也更需要胜利油田。

孙宝江毫不犹豫地选择了胜利油田。

一进入采油院，他就马不停蹄地投入工作中。课题组人员落实了，资金落实了，没有实验器材就自己动手设计研制。

新成果很快问世——阻尼式交联剂微流量分配装置填补了国内空白。该装置对提高交联聚合物驱油的现场效果有重要意义，在现场4个注聚站的30口井上应用，运转良好。

他还在充分调研国内外资料的基础上研制了“交联聚合物动态交联和渗流规律实验系统”，可在不同温度、流速条件下，模拟交联聚合物在多孔介质中的动态交联规律，对交联剂进行质量评估，以及进行交联聚合物调剖实验。该项技术经鉴定达到国际先进水平。

向更高目标迈进是孙宝江不懈的追求。

他又向交联聚合物渗流规律研究项目发起了挑战。

无独有偶。同时期，另一位博士后跟他在这一领域比翼齐飞。

王业飞，1999 年 9 月获得石油大学油气田开发专业博士学位，1999 年 12 月进入胜利油田博士后流动工作站。

他将之前的黏土胶调驱技术进一步发扬光大。

随着黏土胶调驱技术研究工作的不断深入，以及实验规模的不断扩大，现场逐渐暴露出一些问题。王业飞博士入站后，与课题组的同志一起，对现场试验情况进行了认真分析。

他认为黏土胶是通过提高注入波及系数起作用的，从提高采收率的机理来看，仍是一种二次采油技术。应适时引入三次采油技术，使之能与黏土胶调剖技术配套使用，形成一种既能提高波及系数又能提高洗油效率的复合技术，以获得最佳的现场应用效果。

他在“注多级化学段塞”（简称注胶）领域渐行渐深。

注胶提高采收率是一项全新的技术，没有成熟的理论指导和试验方法可借鉴，研究难度比较大。

为了搞清楚试验区块的地质情况，他除到胜利采油厂地质所、工艺所认真查阅相关地质资料、施工设计和记录外，还经常一个人到各注水站、施工队了解情况，以取得可靠的第一手材料。

同样，为建立合理的试验模型，他不知和周围同志及学校的老师进行了多少次讨论。正是由于有充分的调查研究，踏实认真的工作作风和尊重实际、积极创新的精神，在王业飞的指导下，注胶提高采收率试验的总体设想很快付诸实施。

坨七 9 单元注胶试验区 34158 井，按照王业飞的试验方案进行封窜施工后，对应油井 33112 井的液面由井口降至 360 米，综合含水量下降 1 个百分点，验证了室内研究成果的正确性。

另外，王业飞博士的研究成果还在东辛采油厂进行了推广，东辛莱 11-531 井组因而获得了一个新身份：注胶化学驱提高采收率试验现场。

初步试验结果表明，高效驱油剂段塞能显著提高原油采收率。

山高林愈密。目前交联聚合物驱技术已经相当成熟了，不可避免的，它开始面对世界性难题：胜利油田三类油藏因为高温高盐带来的难以提高采收率的问题。

科研人员习惯了，逢山开路、遇水搭桥。即便是世界性难题，也可以像啃骨头一样，一点点啃下来。根据积累的经验和知识，他们研制开发出耐温抗盐交联剂，可用于高温 90 摄氏度和高盐含量达每立方分米 10 万毫克的油藏条件，形成了耐温抗盐交联聚合物驱油技术。

该项技术，通过向常规聚合物溶液中加入缓交联型交联剂，使体系在高温高盐油藏条件下仍然能保持较高的黏弹性，扩大波及体积，提高采收率。

该项技术为解决胜利油田三类高温高盐油藏提高采收率提供了技术支撑。

2003 年 8 月，该项技术首次在东辛采油厂辛 50 区块开展先导试验。试验区有 3 口注入井，对应 5 口生产井。

截至 2006 年 8 月，对应的 5 口生产井吸水剖面得到明显改善，油层能量得到恢复，日产油从 11.6 吨上升到 28.9 吨，含水量下降 3.7 个百分点。

有一个细节不得不提，在进行耐温抗盐交联聚合物驱油技术先导试验时，井口取样不是没有黏度就是黏度降得很低，这在当时被认为是公认的现场难题。

没有准确的黏度，就不能顺利进行先导试验。这也成为矿场试验最大的制约，当时遍求专家也未能解决。

科研人员下决心自己克服这个难关，他们通过查阅资料、现场试验，一路摸索，边试边干，终于研究形成一种“聚合物溶液黏度取样稳定技术”，完美解决了现场取样不能保持黏度的难题。

一些老取样人甚至不相信，到了现场亲眼见证才心服口服。

耐温抗盐交联聚合物驱油技术先导试验在国内外均属首次，课题研究和现场应用均达到国际先进水平。可以说，胜利油田三类高温高盐油藏资源提高采收率的难题已被破解。据统计，适用推广应用的油藏资源达到 3.745 亿吨。

如今，交联聚合物驱油效果明显好于聚合物驱已得到公认。但该项技术从来也没有停滞不前，一代代科研人员不断接力，砥砺前行，百尺竿头更进一步，使其在提高油田采收率过程中持续发挥着重要作用，为保障国家能源安全在油田开发史上刻下浓重的一笔。

大道深深"氢"情浓

张亚培　刘丽婷　张梦瑶

引　子

从油城三路经红旗中路到厂前西路，一批穿着淡蓝色服装的工人骑着单车进入茂名石化炼油分部的大门，吴金源是他们当中的一员。在这里，他负责在成品油生产流水线上加氢操作，一干就是 33 年。

"在公园散步的时候，我看到一句话很有共鸣：'不是做你喜欢的工作，而是喜欢你做的工作。'"坐在《羊城晚报》记者的对面，谈到 33 年与"氢"打交道，吴金源的眼睛里依然有光。"2018 年，习近平总书记接见了参与和推动广东省改革开放相关方面的 20 名代表，我有幸成为其中的一名代表，习近平总书记的讲话一直鼓励着我。"

这位头发有点泛白但面色从容自信又谦逊的高瘦男子，是中国石化汽（煤、柴）油加氢装置操作工技能大师、茂名石化炼油五部重油加氢装置班长，曾经获得中国好人、中国石化劳动模范、广东省南粤工匠、"大国工匠"等荣誉。以他名字命名的《加氢装置高压法兰拆装质量监督吴金源操作法》，在中国石化全系统加氢类装置广泛推广。

"因为喜欢，我不断挑战。大道深深，我们一直在奋斗路上。"正是出于这份热爱，吴金源 33 年扎根一线，刻苦钻研，精细操作，为茂名石化成为国内加工劣质原油能力最强的炼化企业作出了突出贡献，为国际先进的渣油加氢技术在我国的工业化应用探索中立下了赫赫战功。

一见"氢"心

1989 年夏天，阳光明媚，18 岁的吴金源从技校毕业后进入茂名石化。当走进炼油厂大门时，他望着眼前的炼塔丛林，一种自豪感油然而生。

由于父亲是茂名石化工人，吴金源从小就对茂名石化有着深厚的感情。“公司对我们家很好，父亲重病后，我们更是得到了公司的关爱，我一直希望长大后能和父亲一样，做一名有出息的石化工人。”想起过往的点滴温暖，他的眸光明亮坚定。

进入工作岗位第一天，领到厚厚的流程图，吴金源兴奋地立刻打开翻看了一下，只见密密麻麻的线条交错纵横，他一下子就傻眼了，不知从何入手。

7月的广东，太阳火辣辣地照射着大地，空气里翻腾着无数水滴，闷热难耐。吴金源整理了情绪，深深嘘了口气，告诉自己“时间容不得浪费，青春容不得挥霍”，便如饥似渴地埋头扎进学习中，把学习战鼓擂得山响。

他每天一上班就背起水杯，带上笔记本钻进装置里，碰到巡检的师傅，就跟在师傅屁股后面，一个个问题地提问，恨不得把师傅说的每一句话都记下来。别人是“跑流程”，他是“泡流程”，上班时间全在装置里泡着，衣服从来没干过，肤色一天比一天黑。晚上下班回到家，他反反复复地翻读专业资料。

“他研究问题啊，一定是要追根问底的，有丝毫不清楚他都不放过。”“当时大家都叫他‘阿颓’，就是很笨的意思，他碰到一些疑难问题，经常在现场一摸索就是半天。”身边的同事回忆起当时吴金源学习的样子都历历在目！

就是凭着这股大家认为“很笨”的韧劲儿，吴金源当学徒工期间写下了8本厚厚的笔记，这套勤问、勤跑、勤记的“笨功夫”，也让他仅用了3年时间就从一名“门外汉”变成问不倒的“活流程”，而这“笨功夫”也被他一直沿用至今。2001年3月，他顺利考取了炼油厂“装置活流程”；同年8月，他成为当时炼油厂仅有的三名“金星操作能手”之一。2005年9月，他在中国石化职业技能竞赛中脱颖而出，一举夺得加氢精制工种竞赛第六名。

为了学以致用，吴金源除了正常上班之外，比别人付出更多时间，扑在装置上。

一天凌晨3点，开工初期的柴油加氢装置现场原本空无一人，突然一束光穿过交织的管线，时隐时现。顺着光的方向，一个专注的身影正打着手电筒认真查看这套新装置的心脏——循环氢压缩机。作为开工单元组长，吴金源因自己经验缺乏感觉压力巨大，尽管加班到晚上10点才回家，但为了第二天能顺利开好循环机，不耽误开工进度，他只是稍稍休息了一会儿，又在凌晨赶回装置现场。随着天际一点一点明亮，吴金源心里也逐渐明朗起来，确认所有条件都准确无误，巨大的压力转换成了强劲的动力，他和同事们顺利开起循环机。

正因为把每一次的操作当作宝贵的学习机会，吴金源练就了一身“望、闻、问、切”的本领，成了大家眼中的“机王”。

有一次，正值吴金源当班，中控室 DCS 控制系统突然出现死机现象，这是柴油加氢装置开汽以来第一次出现这种情况。情况危急，毫无经验，大家都一筹莫展慌张了起来。紧急停车、紧急放空泄压等各种方法一一用了，却都不见成效。

吴金源始终保持沉着应对，凭着对整套装置的熟悉度，他在向厂调度和车间汇报后，紧急联系仪表处理，通知外操立刻降低新氢压缩机的负荷，现场紧盯住装置各重要部位的液位和压力、温度，自己坐镇中控，严防超温、超压、窜压。10 分钟后，DCS 控制系统得以恢复正常使用。

“氢”力开道

23 年前，茂名石化筹备建设国内第一套渣油加氢装置，这是我国加工高硫含渣、含酸、劣质原油的开拓性适应装置，能否开好关系着国内炼油企业的国际竞争力。

消息传来，大家都很兴奋。此时的吴金源已是有名的柴油加氢装置“机王”班长，却主动请缨到新装置当操作工。“我愿意为企业做开路先锋，哪里有需要我就去哪儿！”吴金源坚定地作出了决定，来到了新装置。

吴金源又拿出他的笨功夫，很快成为该装置的全流程操作手，和同事们一起安全平稳开起了这套新装置，为国内炼油企业建好开好渣油加氢装置积累了宝贵经验。

在他眼里，这套渣油加氢装置是茂名石化乃至中国石化的“宝贝疙瘩”，作为操作工，他的使命就是要让装置高效生产，为国内石化行业高效应用渣油加氢技术蹚出一条大路。

装置开起来后，吴金源每天琢磨着怎样开出高水平、创造大效益。他发现装置循环氢浓度低，需往火炬系统排放大量废氢，太浪费了。此后一个多月里，他泡在现场反复测算，否定了本装置循环使用这些低纯度氢气资源的可能。“能不能跨装置考虑循环利用？”在装置间“联合优化”还没被人们提及的年代，他这一想法无异于异想天开。

吴金源在反复摸索过程中发现，渣油加氢装置增压机出口刚好有一路管线通往本车间二加氢装置反应系统。他眼前一亮，“太好了”，于是大胆提出流程改造的建议，既能解决渣油加氢废氢出路，又能为二加氢提供氢气原料。

想法只有化作行动，才有达成愿望的可能。按照这个设想，吴金源和同事们利用渣油加氢装置大修的时机，对渣油加氢和二加氢相关管线进行流程优化改造。没想到现实操作却给了他们沉重一击。

装置间的联合优化，平衡是关键。二加氢装置在接收渣油加氢废氢后，出现操作波动较大，他们被迫停下该方案。初战以失败告终，但吴金源不服输的斗志却被点燃了。

认真生执着，执着必致成功。他再一次钻进钢铁塔林，一条一条流程研究摸索，从工艺流程、设备结构、现场操作等方面一点一点推理论证，终于找到最佳的优化流程。俗话说“吃一堑，长一智”，他吸取上次失败的教训，在平衡操作上下足了功夫，制定出详细的操作方案。

功夫不负有心人，这次方案实施后，每年可节约成本 3400 多万元。“吴金源氢气梯级利用操作法”也应运而生，而且在石化行业加氢系统被广泛应用。

“吴班长，气象台发布暴雨橙色预警了，我们想尽快回装反应器头盖。”有一次渣油加氢装置检修，检修最大项目反应器催化剂装填工作进入关键时期，施工单位负责人找到了吴金源。

这次装置检修，质量检验重担压在了吴金源身上。连续半个月来，他每天十几小时高强度工作，感冒了也没有休息。“今晚连夜赶，应该来得及。”他盘算了一下，答应了施工单位的请求。

3 个小时后，大雨倾盆而至，吴金源完成了所有大头盖的小法兰检查工作。待到工作结束，在场的所有人才发现，快速上涨的水位已浸没了工鞋，吴金源双脚泡在雨水里完成了这场“催化剂保卫战”。

在大家的努力下，渣油加氢装置开车以来一直保持国际先进运行水平，连续 12 年获得中国石化同类装置达标竞赛第一名。

“氢”路漫漫

10月的广东到处郁郁葱葱，微风中还带着些暑气。吴金源站在深圳“大潮起珠江”展览馆前，感到珠江一股温润的气息扑面而来。改革开放的号角正伴随着新时代的节拍，给深圳这座年轻的城市不断地注入着新的活力。

2018年10月24日，这一天对于吴金源来说终生难忘。中共中央总书记、国家主席、中央军委主席习近平在展厅内接见了参与和推动广东省改革开放相关方面的20名代表，吴金源就是其中之一。

习近平总书记亲切地和每一个代表握手，吴金源排在第七个。“尊敬的总书记：您好！我叫吴金源，是来自茂名石化的一线工人，我们茂名石化非常重视技能队伍的建设，已经启动了人才强企工程。今年是我们建厂63周年，大家期盼着总书记到茂名石化作重要指示。”简单的几句话，吴金源在心里练习了无数次。当习近平总书记和他握手时，他激动地一气呵成。

“茂名石化我没有去过，一说到茂名石化，我就会想起石化企业。”听完习近平总书记的话后，吴金源感觉到心里暖烘烘的。习近平总书记的那份和蔼可亲、平易近人，还有现场和谐融洽的气氛，让他紧张的心情顿时放松下来。

“没想到习近平总书记日理万机，居然会知道和关注关心茂名石化这个石化企业。”吴金源在心里暗暗对自己说，“只要我们为国家、为企业作出了努力和贡献，党和国家一定不会忘记我们的。”

2018年11月，茂名石化260万吨/年浆态床渣油加氢装置正在如火如荼建设之中。浆态床新技术的应用是当前全球炼油企业重大功能方向。茂名石化这套新装置，不仅关系企业提质增效升级，更承担着全球石化行业探索浆态床渣油加氢技术工业放大的重任。

从柴油加氢装置到第一套渣油加氢装置，再到如今的第一套浆态床渣油加氢装置。30年间，吴金源坚守初心，毅然主动请缨担起新装置建设和生产准备的重任，一次又一次走着别人没走过的路。

“装置的前期建设，包括现场施工的质量控制、职工的人员培训都是非常紧张的。吴金源大师能够主动请缨到这么困难的一套装置来参与建设，帮我们一起把关，是非常难能可贵的。”重油加氢车间设备副主任陈慧群不断地赞叹道！

浆态床渣油加氢技术，全球仅有一套 110 万吨 / 年的示范装置。如何把这个全球性新技术应用好，成为众多员工的心头大事。面对挑战，吴金源身上涌起了一股犟劲，他凭着多年积累的经验，一头扎进施工现场，监督施工质量，探索新装置操作方法。

2019 年 4 月，浆态床装置筹建进入紧张阶段。吴金源 90 多岁的祖母身体不适需要做手术。

从小就是祖母最喜爱的长孙，他想在祖母动手术和住院期间多照顾照顾她，尽点孝心。但当时装置设计专项审查进入关键时刻，怎么办？吴金源心里纠结极了。思想斗争了好久，吴金源最后还是决定留在厂里，等做完手头的紧急工作再回去好好陪陪祖母。

于是，吴金源和同事们开启了夜以继日、全力以赴的工作。在浆态床渣油加氢装置和轻油联合装置 PID 审查、设计审查、专题审查和 HAZOP 分析中，他带领班员发现多个设计重要潜在隐患，查出装置设计问题 100 余项，顺利通过审查。

此时，祖母也做完手术正在静养。吴金源好不容易抽出时间去看看祖母。他带着惭愧的心情来到祖母身边，没想到祖母不但没有丝毫埋怨，还叮嘱他要好好工作、注意身体。

这些年，家人给了他极大的支持，使他全身心地投入工作，获得了那么多荣誉。幸福感、自豪感油然而生，也更加坚定了他在企业发展中争当先锋做表率的干劲！

2020 年 12 月 31 日，全球最大、全国首套的 260 万吨 / 年浆态床渣油加氢装置一次开车成功！这标志着世界先进的浆态床渣油加氢技术在我国成功实现工业化应用。

新技术的成功应用虽有未来可期的效益，但前期的摸索运行更是考验着每一个人的操作水平。吴金源作为班长，也是为数不多的“老师傅”，承载着装置平稳生产的重托。

新装置开工初期，各种各样的问题总是层出不穷。“原料性质不稳定，导致下游轻油联合装置柴油、航煤质量不合格率偏高”，这是当前最为棘手的问题。

吴金源义不容辞接过艰巨的任务。从几套新装置摸爬滚打过来，吴金源有了丰富的经验。他带领年轻的队伍，收集了各种原料性质，并针对每一种原料分析适合的操作温度、压力。为了确保没有经验的操作工也能快速掌握操作要领，他们科学制定优化操作方案，形成了标准化操作法。

经过近一个月优化调整，浆态床新装置原料适应性显著增强，轻油联合加氢装置柴油收率、航煤闪点等主要质量指标合格率由 50% 提高至 99% 以上。

“认真巡检、精心操作、优化攻关，我们一定能做好第一个‘吃螃蟹的人’。”看到新装置运行日趋平稳，吴金源信心满满。

2022 年初，浆态床渣油加氢装置因电气扰动导致停工检修，检修前的关键一步是要将装置内的物料吹扫干净。由于这是国内首套 260 万吨 / 年浆态床渣油加氢装置，没有吹扫经验可借鉴，吴金源带领团队边研究边实践，加班加点编写了近 280 页的吹扫方案，最终高标准完成了吹扫任务。

在吹扫期间，团队中的年轻职工小周对吴金源由衷地敬佩：“吹扫任务既是体力活儿又是脑力活儿，又脏又累，但是有老班长‘打头阵’，大家干劲十足。”

磨砺“氢”功

“我志愿加入中国共产党，拥护党的纲领，遵守党的章程，履行党员义务……”2005 年 7 月，吴金源对着党旗庄严宣誓。这一刻，他感到无上光荣和自豪；这一刻，他更加理解了共产党员的责任使命。

“作为一名产业工人，就要有一股不服输的精神，面对困难要敢于攻坚，要甘于奉献。同时作为一名党员，要敢于担当、勇于担当。”成为党员的吴金源在自己的技术道路上，除了执着与坚持，更多了一份对党忠诚、为党尽职的担当。

渣油加氢装置检修前的吹扫是个精细活儿，必须在最短时间内把塔、罐、管线内残留的物料吹扫干净，确保装置达到动火条件，这是关系检修安全与效率的重要基础工作。于是，吴金源主动承担起装置吹扫、检修质量监督等最脏、最累、最危险的工作，加班加点义务献勤每年达 100 多天。

这不，一大早吴金源就带着 3 名青年员工在装置吹扫现场忙活了 3 个小时。

“吴大师，这段管线蒸汽输入一个多小时，怎么还没打通？”小杨摸着冰冷的管线，焦急地问。

“残留渣油紧黏在管道壁上，比其他介质吹扫难多了。干好这个既要有好的吹扫方法，又要有足够的耐心。”吴金源耐心讲解，仔细查看管线的走向和形状。这段管线的地漏在地底深处，残留渣油刚好堆积在管线拐角处，属于盲点，要用蒸汽打通它，得用巧劲儿。

只见他拿起蒸汽吹扫把头，一点一点地“瓦解”拐角处聚积的渣油。蒸汽吹扫把头像一把手术刀，在他手里灵活转动着，渣油污泥被一块一块地由内向外冲出。

“通了！通了！”听到蒸汽嗞嗞地喷出，3 个年轻人高兴地跳起来。

“只有对管道内介质的特性、走向和设备形状等了如指掌，才能根据实际情况采取相应吹扫方法，确定吹扫蒸汽的压力和用量，在确保吹扫质量的同时，最大限度节省吹扫成本。”吴金源一边讲解，一边带着徒弟开始下一段管线吹扫。

2013 年，吴金源被评为中国石化汽（煤、柴）油加氢装置操作技能大师，并成立了以他名字命名的“吴金源技能大师工作室”。这是吴金源人生的一个重要转折点。

成为集团公司技能大师后，吴金源就像上紧的发条，始终处于正能量满格的状态。吴金源带领工作室专业团队承担起技术攻关、技术创新的重任，他先后提出 260 多条建议，使渣油加氢、2 号柴油加氢、制氢 3 套装置实现安全经济运行。他还参与重大创新创效项目 10 多个，为公司增创效益近亿元。

2015 年，柴油加氢装置有 1 台循环氢压缩机出现润滑油乳化问题，每 5 天就要更换一次润滑油，每次都要更换 5 桶。这不仅增加了生产成本及工人劳动强度，甚至可能危及整套装置的安全运行。

怎么办？循环氢压缩机是装置的心脏，这个问题牵动着众多人的心，可多次攻关却没有起色。当时被大家称作生产操作“大师”的吴金源坐不住了，他天天围转在现场，用了近 10 天时间，从工艺流程、设备结构、现场操作等方面逐一排查，可并没有找出根源。

山重水复疑无路，柳暗花明又一村。他忽然发现，之前的攻关都是各专业人员从自身专业角度出发考虑问题，并没有综合考量。他立即结合设备、安全、工艺、操作四大块的综合知识，找到了解决问题的突破口。

2021 年 4 月，吴金源被中国能源化学地质工会授予“大国工匠”荣誉。坚守一线 32 年，这无疑是对吴金源最好的肯定。

在吴金源看来，只有将技能不断传承下去，才是发扬工匠精神的根本。

盛夏的茂名，太阳像个大火炉把大地烤得滚烫，周围的空气也变得热腾腾，人一动就浑身冒汗。

但装置检修是提升徒弟技能的最佳时机。吴金源抓住这个时机，带上刚刚入职的新徒弟吴土富钻进装置。

吴金源带着吴土富，在塔罐间穿梭，一边走一边讲解每一个塔罐的作用，每一条管线的介质和流向，要如何吹扫、怎样交出。吴土富紧紧跟在后面，一边听一边认真地做着笔记。

“吴大师”的称呼，新入职的青工们早就耳熟能详，能成为他的徒弟，吴土富不知道有多高兴。

吴金源在检修中要亲自检查车间内近 700 个法兰是否存在泄漏点。而法兰位置有高有低，吴土富跟在师傅后面，一会儿上到塔顶，一会儿钻到罐底。在一个离地面只有几厘米的法兰处，吴金源毫不犹豫地趴在地上，拿起喷壶仔细检查起来。豆大的汗珠从安全帽涌出，顺着脸颊往下流，吴金源毫不在意地扯起袖子擦了把汗，继续边讲解边检查起来。

吴土富看到这一幕瞬间明白了，为何他是“吴大师”。

“每一个法兰都关系整个装置的安全生产，容不得半点马虎。”吴金源看着一脸稚嫩的吴土富语重心长地说道。

“我从师傅身上看到了工匠的专心、专注、专业，也从他身上学到了做事事无巨细的这种精神。”经过几年的摸爬滚打，如今，吴土富已成为重油加氢车间最年轻的班长，但师傅当年对他的教诲依然回荡在耳边。

这些年来，吴金源先后带徒 60 多人，将经验和技术毫无保留地传授给工友。一大批徒弟，成了石化行业的行家里手，而吴金源依然守在炼油装置，依然默默地当着年轻同事们的人梯。

“我带徒弟会手把手教他们如何操作，更为重要的是，教他们多思考为什么要这么干和每一步操作风险的识别。带徒弟不仅要传授技能，更重要的是带思想、带作风，让徒弟受我的言传身教的影响。”吴金源带徒弟自有一套办法。

有一次渣油加氢装置大修，晚上 12 点多他和徒弟还在现场接吹扫蒸汽胶管。徒弟对他说：“吴大师，我看你很享受这种工作过程。”吴金源问：“你为什么这样说？”徒弟说：“装置大修吹扫和检修质量监督是最难、最累、最脏、最危险的工作，但是，干了这么多天，这么晚了，你脸上始终挂着笑容，因此我说你很享受这种工作过程，而且你也感染了大家。”

“个人的力量是微不足道的，只有团队的技能整体提高了，才能保证装置的平稳生产。”凭借着高超的技能和通俗易懂、灵活多变的教学方式，吴金源成为装置里抢手的“人气导师”，许多小年轻争着抢着想要向他学习取经。

车间青年职工张国明眼里都是对吴师傅的崇拜：“法兰面、密封圈哪里有裂纹，哪里有切面，吴师傅只要一看、一摸，肯定一个准。太厉害了！”

“氢”意暖暖

“家给了我很大的支持，每天满场地跑，加之检修正值多雨季节，工鞋真的消耗很大，但每天不管回去多晚，都能看到一套干净的工服和一双整洁的工鞋放于床头，心里暖暖的。”说起妻子，吴金源眼中多了一分温柔。

其实吴金源的妻子工作担子也不轻，作为护士长又是单位党支部书记，她出色地诠释着白衣天使的角色，曾获得“广东省中医系统优秀护士”“茂名市优秀护士”等荣誉称号。

“在医院这个特殊的工作地点，她不仅仅是一名救死扶伤的服务者，更在用爱去化解伤痛和别离。”在吴金源心里，妻子对待工作的敬业度也感染着他。

在吴金源印象里最深刻的一次就是一名外地务工、无身份信息被交警送来的车祸患者在抢救成功后，家属无法第一时间赶到照料，妻子每天在家给患者煮能够下咽的流食，精心照顾这位无依无靠的异乡人。妻子忙不过来的时候，吴金源有时间会搭把手，那次他送食物给患者，患者流着热泪告诉他，这是这辈子吃过最香的粥。

“能对自己负责的人我相信也会对他人履诺，最开始清苦的时候他就对我说，一定会给我苦尽甘来的日子，我相信他，如今他也做到了。”吴金源妻子李玉莲说起丈夫的时候满满都是骄傲。

从几十平方米的宿舍楼到如今拥有自己敞亮舒适的家，每一幅夫妻俩相互搀扶鼓励的画面，李玉莲都记在心里，还特地在家里准备了一处柜子，里面满满都是吴金源一路走来的痕迹，从工作中拿到的证书、红绸带、各类演讲稿到生活中形形色色有纪念意义的小物品，活灵活现展示着吴金源积极努力又饱含人情味的“好男人”形象。

吴金源不只是一名严师，也是一名暖师，这也是年轻人喜欢他的原因。每年未成家的外地后生仔们逢年过节都有机会在吴金源家里感受过节氛围，他们最喜闻乐见的便是“大师的那些小浪漫”：储物柜上满是来自五湖四海的小礼物，那是吴金源每次有机会外出培训或讲课时给家里带回的小惊喜；台历本上，家里每一个重大的日子都会有所标记……每一处都洋溢着暖意。

年轻人常常会好奇，对于孩子的教育，大师是不是“一视同仁”地呕心沥血、严厉苛刻？但得到的答案却让他们大跌眼镜——“放养”。

原来夫妻俩敬业奉献的行动给了女儿耳濡目染的教育，努力奋进成了孩子自觉的行为，从不需家长任何担心。女儿迎战高考时正值吴金源全力奋战装置检修，女儿用优异的成绩给了父亲最大的支持，以高于深圳大学一本投档线 50 多分的好成绩考入喜爱的专业。

尾　声

2022 年 7 月 7 日凌晨，大暴雨突袭茂名，一夜之间茂名石化炼油厂录得地区最大降雨量 190.1 毫米。“保护装置，紧急排水！”吴金源又一次打头阵，扎进防洪防汛的紧急战场，确保了装置安全。

“作为老党员，就是关键时刻冲得上去，危难关头豁得出来。”吴金源常说。

如今，屡获荣誉的吴金源，每天依然在塔林里穿梭忙碌着。“我还要继续努力钻研技术，不负胸前的这枚党徽，为茂名石化率先建成世界领先炼化企业贡献力量。”吴金源说。

大道深深，“氢”情永恒！每一次攀登，每一次蹚路，都镌刻在时光里，敢问路在何方，路在脚下！

逐光而行

王翠玲

所有的日子都去吧，都去吧，
在生活中我快乐地向前，
多沉重的担子，我不会发软，
严峻的战斗，我不会丢脸。

——王　蒙

约到刘吉明的采访，并不是一件容易的事情。

谈起他，熟悉他的朋友都会说："这个人不是在办公室，就是在生产现场。"妻子却摇摇头，俏皮地说："还有渤二井，一个人，一个影，一双紧蹙的眉头。"听到周围人这样的"吐槽"，刘吉明笑着说："那里承载着孤岛的情怀，月光下，和着五十年的发现井在寂静的夜里的低沉轰鸣，在那里，我能听到创业前辈们对孤岛的期望和祝福，心会变得无比坚定。"

2018 年 6 月，在孤岛采油厂开发建设 50 周年的庆典上，作为油田新型管理区建设试点的先行者，刘吉明庄严宣誓：不忘初心、牢记使命，从渤二井再出发。

1999 年参加工作，从地质所到注采科，从采油管理区经理到采油厂副总工程师再到采油厂副厂长，从一个毛头小伙子成长为一名精技术、善管理的复合型领导干部、油田创新创效标兵，刘吉明鬓边渐白，面容更加坚毅，唯一不变的是他眼中依然灿烂的光。

遇光：心之所向，素履以往

心里光芒照耀的地方，就算踩着简单的草鞋也要前往。

“我是一个农民的孩子，没有什么助力，全凭自己苦学，一步一个脚印，一步一个台阶，知识改变命运在我身上是最好的体现。”勤俭质朴的家庭环境，父母亲勤劳坚韧的性格，一直影响和塑造着刘吉明的精神世界。

1975 年，刘吉明出生在山东无棣一户普通的农民家庭，从背起书包的那一天起，他吃了许多苦，受了许多累，学习成绩却一直名列前茅。学校离家六七里地，每天天蒙蒙亮，他就穿行在乡村小路上去上课；在经常停电的夜晚，他伴着摇曳的烛光埋头苦读。看着父母亲在烈日下挥汗如雨，一锄一锄地打磨岁月，试图给孩子们挖出一片新天地，刘吉明暗下决心，发奋读书。1995 年，刘吉明成功考上大学，成为那个村庄考出来的第一个大学生。

刘吉明总是说，选择地质大学，选择孤岛，是因为情不知所起，一往而深。他与孤岛的缘分，是从那部感染了无数热血青少年的巨著《青春万岁》开始，一句“地质人才是金子”连同主人公们追求美好生活时眼里的光深深地烙印在他的脑海里。中国地质大学（北京）油藏工程专业毕业，连续四年成绩优秀，面对留京、考研、留校，那颗跃动的、温暖的心，让他毅然选择放弃，背上行囊，从首都北京来到胜利油田，来到孤岛采油厂。究其原因，既有“地质大观园”对每一个石油人的吸引，更有对近在毗邻的家乡父母的牵挂。

人生不是百米赛跑，而是一场无穷无尽的马拉松。刘吉明坐在从东营开往孤岛的车上，看着一辆辆从孤岛出发和一辆辆开往孤岛的汽车来回穿梭，盐碱、荒滩、芦苇草、抽油机……整个孤岛笼罩在一片淡黄的迷蒙景色之中，对未来的期待和憧憬充斥着这个年轻人的心。

炎炎夏日，骄阳把空气都烤得滚烫，刘吉明第一次上了作业井场。他身上穿着厚帆布做的工衣，脚上穿着笨重的工鞋，一根根油管提上来，油乎乎的，滴滴答答往下淌，弄得满脸满身都是。最难受的还是在井场上吃饭，午餐送到井场，满脸满身油污的作业工顺手折根芦苇秆插着馒头啃，吃完饭，接着干活，休息都是站在炙热的阳光下。

没来之前，他就听过在石油系统流传着的一句话：“钻井苦，油建累，又苦又累作业队。”面对如此艰难的工作环境和高强度的工作，他身边的作业工们却很淡然：“作业工这活儿苦，可是再苦再累，活儿也是人干的，你不干，总得有人干，谁干还不都是一样！”

艰难困苦，玉汝于成。刘吉明开始进入角色，白天跟班上井，晚上翻阅资料，有不懂的问题，就向身边的师傅请教。遇到脏活儿、累活儿都抢在前面，他运用自己掌握的知识解决一个个生产难题，迅速扛起了作业107队技术员的担子，并和身边的老大哥们结下了深厚的友谊。“一起扛油管，一起站井口，我深深体会到了他们的不容易，深深了解到了他们的喜怒哀乐，听到了最基层、最真实的声音，也为将来自己带队伍、做决策夯实了人生第一个地基。”回忆起在作业队的艰难岁月，刘吉明含着笑意的眼中透出温暖的光。

逐光：溯洄从之，道阻且长

如果说一年的作业队实习锻炼是刘吉明投身孤岛石油事业一个预演的话，那接下来的每一次身份转变都是他钟情于石油、钟情于孤岛的磨砺和考验。

（一）

2000年6月，刘吉明被分配到孤岛地质所综合室，成为一名地质科研工作者。孤岛勘探开发决策判断准确性的基础就来自地质所对地下油藏状况的精准诊断，地质是一切工作的龙头，是采油厂生产指挥“大脑”中的一个重要的记忆存储和处理系统，精细严密、精益求精、精雕细琢，刘吉明觉得，在这里工作讲的是用心和良心。

“探索地层”是一个并不浪漫，甚至有些清苦的工作。刚进地质所时，刘吉明感到压力很大，他常常站在区块的图表面前思考，在这里数据不像基层那样简单直观，面对这个庞大的数据海洋必须学会对比综合演绎推导，心思缜密一丝不苟，学会综合分析、对比、推演。综合室的岗位责任更是重中之重，这个岗位工作量大、难度大、要求高，对专业面的广度和全局感都有很高要求。这个工作，需要刘吉明心里装着全油区，对不同类型油藏和各个油田区块的开发状况都要掌握。接手工作后，刘吉明给自己定下了迅速掌握情况、积累齐全资料的目标，他想尽快全面掌握孤岛的发展动态，全方位了解孤岛的开发状况。于是，找齐资料，重新分析，数值模拟，整体评价，有了一个又一个加班到凌晨的深夜灯光。刘吉明在这里走的每一步，都饱含着他严谨认真的工作态度，从来没有一点儿浮躁和轻慢。地质所的同事回忆起刘吉明："一个纯朴的理科男，衣着简朴，经常加班，不爱说话，见人打招呼就是笑，笑也是严肃认真地微笑，讲话言简意赅。"

"那时候，我的第一个感觉，就是地质所的工作氛围不一样，所有人工作起来都是夜以继日的，根本没有'八小时'这一说法。"刘吉明回忆，"每个人的工作状态都是常态化，下班电脑不关，吃完饭马上又回到办公室，这对我的影响和启发非常大，让我认识到地质研究绝对不是一朝一夕的事，而是需要大量的积累和投入。"

学海无涯亦无境。刘吉明面对困难所爆发出的潜力和耐力，连他自己都想象不到，他把这一切都归于农村出来的孩子没有吃不了的苦，没有受不了的累。2001年，综合规划室肩负起"十五"规划的重任。这项工作时间跨度大、涉及领域广、工作环节烦琐，既要深入研究前期的开发资料，更要对未来中长期开发形势作出科学研判。时间紧、任务重，质量要求高。作为一个开发战线的新兵，刘吉明主动请缨，积极配合，除了苦练基本功，就是帮着室主任忙碌方案。所有的付出和汗水换来了回报，"十五"规划方案在厂里审核时获得高度评价，在管理局汇报后一次性通过，也成为采油厂今后一个时期改革发展的纲领性文件。

经历了"十五"规划的制定，刘吉明在开发思路上更加成熟，专业技术的视野也更加拓宽。忆往昔，刘吉明有些感慨，"生活的真谛从来不在别处，就在日常一点一滴的奋斗里"。

（二）

也许世上最唯美、最令人向往的感情便是："你努力地靠近光，成为光，散发光，而我总能一直追随……"刘吉明成家了，姑娘姓"郝"，标准的油二代，一个采油队的技术员。两人一见如故，相谈甚欢，经过很长时间交往"考察"，两人结为伉俪。虽然有着不同的人生经历，却有着相同的人生态度，用妻子的话说："我们虽不是一见钟情，但绝对是相见恨晚。"

从恋爱、结婚到生子，孤岛采油厂见证了刘吉明走过的人生重要历程。他白天上班，晚上加班，妻子的理解和支持，让刘吉明更加没有后顾之忧，想到妻子留的那盏夜灯，他工作起来浑身更有使不完的劲儿。妻子坐月子期间，他本应该对襁褓中的孩子和虚弱的妻子多加照拂，但他当时忙于工作，无暇照顾，多亏家里母亲的帮衬，才丝毫没有打乱他忙碌的工作节奏。他每次加班都美其名曰"赚钱养家"，晚上回来孩子已经入睡，早晨又早早去了单位。为了再多放一些精力在工作上，儿子刚满两岁就被送入幼儿园。那时候的条件并不像如今这样优越，孩子年龄小，没有托班，入园直接进小班，年龄的差距、自理能力差、环境的不适应等问题接踵而来。有时孩子生病了，还没等完全康复，又被送入幼儿园，好在幼儿园里的老师知道他们两口子工作忙碌，给予照顾，一家三口平安度过了学龄前阶段。即使这样，这对夫妻也没有彼此埋怨过，他们相互鼓励、相互扶持着走过激情燃烧的岁月。

（三）

业务求真务实，工作较真儿上进，待人纯真善良。一个个岗位的历练，让刘吉明迅速成长了起来，并渐渐形成他独有的人格魅力。他所经历的一切也必将成为一个个重要的音符，在他的命运交响曲中跳跃。

2003 年，刘吉明通过竞聘，到注采科工作，因为工作需要，原来的两名干事调走了，三个人的工作量一下子落到了他一个人的身上。出手必出色，完成必完美。面对工作，刘吉明这个心里有活、眼睛里有光，特别较真儿的小伙子又一次抿紧了嘴唇。

无论酷暑寒冬，刘吉明基本上每天都是工作到后半夜才回家，第二天天蒙蒙亮就坐在办公桌前，计划着一天的工作，盘算着去哪个区块深入了解一下井场情况。“干技术是孤独的，”刘吉明说，“很多时候需要钻进一个人的世界里。”虽然孤独，但并不寂寞，在他的心里，孤岛采油厂的每一口油井、每一条管线、每一个区块都在他心中的那束光里，陪伴着他。

非常规的工作状态，考验的不仅仅是业务熟练，对于精神状态、综合素质更是全方位的磨炼和考验。天天长时间的伏案工作，让他落下了颈椎压迫神经的毛病。有一次，他为了能高质量地完成一个重要的汇报材料，连续长时间超负荷地工作，因体力透支竟然晕倒在办公桌前……

“脚踏实地认真履行自己的职责，用心做好每件该做的事。”刘吉明用行动践行着自己的诺言。2004 年七一前夕，刘吉明光荣地加入了中国共产党，站在党旗下庄严宣誓：“对党忠诚，积极工作，为共产主义奋斗终身，随时准备为党和人民牺牲一切……”刘吉明的眼睛里有激动的泪光浮现，此时所有的付出都有了方向。

2006 年，油田打破多年运行架构，推行油藏经营改革，孤岛采油厂作为胜利油田第一大厂，被中国石化选为试点单位。改革的推进离不开部门的沟通对接，注采科是采油厂中最重要的业务部门之一，刘吉明又一次主动挑起大梁，与科里的人员加班加点，对地面工程重新梳理，各个管线和配套设备重新设计规划，实施起一个浩大的工程。

2009年的冬天，连续的恶劣低温天气一度让采油厂的冬季生产步履维艰。947口稠油井，122万吨产量，占了全厂总产量的35%，稠油井管理的好坏对总产量起了决定性的作用。因为孤岛地区特殊的地表情况，裸露在外面的管线越来越多，没有有效的保温手段是造成生产困难的主要原因。如何保证稠油井正常运行？本来就不苟言笑的他，又增添了新的惆怅。面对那难题，刘吉明精细掺水管理、探索新工艺，重新修订《孤岛采油厂油井掺水管理规定》，组织实施南区东扩掺水混输泵站、联合站低压掺水站升温改造，孤南4–2计量站掺水升温等五个工程项目。无数次试验，无数次探索，终于形成了以分周期、分时段、分物性、分区块、定温度、定压力、定水量为主要内容的“四分三定”优化模式，不仅提高了345口稠油井的掺水温度，平均降低回压0.12兆帕，每年还减少掺水量62万立方米，减少污水处理和升压费用121万元，减少稠油产量损失4000余吨，彻底扭转了多年来采油厂冬季产量运行的被动局面。他参与构建的“一块一井、一井一策”掺水优化管理模式，在油田进行推广。

六年沉淀，最终破茧成蝶。从作业系统到地质科研单位，再到采油厂机关，这段不断克服困难、知难而进的工作经历，使刘吉明具备了很快进入工作角色、迅速打开工作局面的能力，也培养锻炼了他的大局观和处理复杂问题的综合协调能力。刘吉明在干中学、学中干，刻苦钻研，实现了从地质到采油工程的跨界成长。他以“注采管理目标化、地面管理标准化、井筒管理科学化、设备管理精细化”为目标，参与了《孤岛采油厂三年滚动规划》以及《“十二五”“十三五”发展规划》《油田开发志》的编制工作；相继完成了“油田稳产基础调查”“抽油机专项调研”“机采系统能耗调查”等专题调研报告，为领导决策提供了有力依据；参与了油田采油系统井控管理细则等制度起草工作，制定了《双空心管加热装置运行管理规定》等多项管理制度，提高了注采系统制度化、规范化管理水平。作为油田专家库成员，他参加了多次大型现场检查以及项目招标工作。刘吉明也因出色的工作连续五年被评为“油田采油管理先进个人”，被授予“胜利油田优秀青年知识分子”“开发管理先进个人”。

秋风乍起，他穿着油迹斑斑的工作服穿行于井站、现场。与光同行，他把深邃的目光投向远方：石油这一行，是一个没有后退只有前进的行当，是意志和艰苦较量的行当，只有把全部的热情和智慧融进其中，才能在这片土地上行进自如。

成光：征途漫漫，上下求索

清歌一曲梁尘起，腰鼓百面春雷发。2018 年 3 月，采油管理四区作为油田改革发展试点单位，拉开了创建新型采油管理区工作的帷幕。刘吉明拿到了一纸沉甸甸的任命书：采油管理四区经理。

寂静的夜里，他一个人来到了渤二井的井场，仰望月光下石油前辈们的雕塑，他问自己：“新型管理区建设不是简单地换块牌子，是企业管理的一场革命，需要守正创新，更需要嬗变蝶变。刘吉明，你能不能挑起采油厂赋予的重担，带领四区的职工啃下这块硬骨头？”此时星汉灿烂，万物无声，他的眼神越发坚毅，心中光芒更盛。

注采科多年积累的经验，对新型管理区建设方向的明确认识，让刘吉明给采油管理四区带来了很多新理念和新思路。对于新型管理区建设，刘吉明有自己的想法：“虽是摸着石头过河，但作为采油厂“四化”建设排头兵，我们拥有扎实的体制基础和技术支撑，以此来推动传统生产管理方式的转型升级，是我们的优势。”

没有任何的案例可以学习，没有任何的经验可以借鉴，刘吉明带着他的团队投入了这场没有硝烟的战斗！两步走：第一步，“四化”先行打基础，打造形成地质、工程、生产“三位一体”综合指挥平台，构建“中心管控、技术支撑、组室协同、班组联动”的生产运行管理模式。第二步，研究大纲、吃透精神、凝聚共识，明确管理区职能定位，优化组织架构，深化五项机制、实现五大转变，编制完成新型管理区机制下的《采油管理四区管理手册》。这份集合了四区优秀管理经验的手册，在以后采油厂新型管理区建设的推广中起到了示范引领的作用，也为将来油田“三册”的编写进行了有益探索。

管理区的肖经理回忆说：“新型管理区建设是一个大胆创新探索的过程，先试先行，没有资料和实例供我们参考。做第一个吃螃蟹的人并不容易，刘总和我们四区的干部职工，为寻求一个合理妥当的处理方式，经常讨论到深夜。”整整三个月的时间，刘吉明他们吃住几乎都是在管理区宿舍，饿了就吃盒饭，经过不断学习考察、开会调研，不断地碰撞融合，完成管理区修订岗位职责 34 项，制度完善 60 项，调整业务流程 34 项。回忆起当时的辛苦，刘吉明笑着说自己都不记得当时有多累多困了，只记得解决问题后大家洋溢在脸上的笑容。

2018 年 7 月，刘吉明带领采油管理四区干部职工，高质量完成新型管理区建设，并以总分第一名的成绩顺利通过油田首批新型管理区验收。

提起这些荣誉，四区干部职工们常说，有一个好的带头人在前带领大家冲锋陷阵，四区就没有翻不过去的火焰山。

发光：旅力正兴，经营四方

马克思说：“人将围绕着自己的太阳旋转。”一位作家诠释说：“这个太阳，就是人的自身价值，就是人用作杠杆得以实现自身价值，并为社会所需要的事业，而人一旦拥有自己的事业，就会像太阳一样，使生命升华、辉煌，喷射出最耀眼的光芒，从而能动地改变生活，创造更新的光明。”

刘吉明也在围绕着心中的太阳旋转，并在旋转的过程中，散发着自己的光和热。

（一）

就在大家以四区为范本开始推进新型管理区建设工作时，刘吉明把目光投向如何让管理区经营优化权用活这个难题。随着经营优化权下放管理区，管理区也从生产运行变为油藏经营。花有效益的钱，刘吉明耐心细致地给大家灌输这个理念。

要用活主营业务优化权，首先就要深化应用一体化经营决策机制。四区设立成本预算、效益评价和资产优化三个小组，由过去“先干后算，边干边算”变为“先算后干，事前算赢”，对全部方案进行效益排序、动态优化，把每一分成本经营出最大效益。在刘吉明的带领下，采油管理四区实现了从注重产量向聚焦效益、从管理油藏向经营油藏的深刻转变。为了充分发挥市场配置资源的作用，他提出变“自己养队伍”为“花钱买服务”。与专业化、社会化队伍，采油厂科研单位建立甲乙方市场化契约关系，实现合作双赢。

新模式、新办法、新合作，实现了新突破。采油管理四区油气生产实现开门红，职工享受到改革的红利，思想有了大的转变，工作劲头更足了。管理区多次荣获中国石化金牌采油管理区、青年文明号，胜利油田先进基层党组织等荣誉称号。

“在当前这个‘船到中流浪更急，人到半山路更陡’，不进则退、非进不可的时期，信心比黄金还珍贵，实干比口号更重要。”谈起改革，刘吉明言语间满满的是自信和坚定。

（二）

刘吉明喜欢绿色。他觉得，大自然之美，莫过于青山绿水。他爱自然，爱这生命之色。他把绿色的理念应用在工作中，为职工撑起一把安全的绿伞，遮阳挡风。

神仙沟畔，芳草萋萋，河水清澈见底。四区的安全主任监督小宋指着一排排整齐的管线桥说：“你们看，那是我们管理区的桁架，以前出入地端没有拦油坝，就是用土一堆，存在着安全环保的风险。2018 年，刘总带着我们全部建成了水泥坝，彻底消除了隐患。”

“在安全环保工作上，我们不仅硬件齐全，软件也很过硬。”采油管理四区的职工这么说。2018 年以来，为了提升职工的安全环保意识和技能，刘吉明做了三件事：第一件事，在每月一次安全例会的基础上创建“问安采四”宣讲团，管理区三室一中心每周一、三、五在晨会上进行宣讲，内容涵盖安全环保政策、制度文件、案例以及在日常工作中发现的安全环保隐患苗头，全部宣讲一律是多媒体课件；基层班站把课件拿过来，增加自己的内容，一天两次在送班会上宣讲。第二件事，把停工停产培训抓实，管理区分成两个培训点，全体职工参加，一月一次，安全口讲安全，业务口讲标准。第三件事，在基层班站开展“结安全伙伴，争创安全绿色班站”活动，每两个职工结成对子，互相学习、互相监督、互相促进。

制定制度不难，难的是把它抓实，并一直执行下去。这三件事他们一干就是三年，并成为一种习惯，每一位职工都讲安全、重安全。2018 年以来，采油管理四区的 HSSE 工作一直在采油厂位于第一梯队。2018 年、2021 年刘吉明带领管理区的职工先后两次代表采油厂参加油田安全技术比武，获得团体二等奖，五名参赛员工全部获奖，获得个人一金两银两铜的好成绩。也是这两个年头，他缺席了儿子中考和高考的两个重要时刻。

“这次比武是随机抽的，抽到我们管理区时，我们兴奋极了，我们就盼着比武，因为我们每个人都时刻准备着，这正是给我们提供了一个展示自我的良好平台！”小宋眉飞色舞，豪情万丈。

安全先于一切，高于一切，重于一切，刘吉明用“解决问题永远在路上”的执着，盯住易发性问题，搞“回头看”，杀“回马枪”，不见成效不收兵，让这个区的安全生产工作蒸蒸日上。他带领干部职工建立了《采油管理四区作业活动清单》等八个表单，绘制了管理区及班站的风险四色图，使“双体系”建设的具体内容与日常工作紧密结合；制定了《采油四区“安全三基”实施细则》，设立了三个“安全三基”典型示范点项目，顺利通过油田工程技术管理中心和安全环保质量管理部的联合验收；推进“绿色基层单位创建”，实施“六步法”绿色管理，在采油厂“三标”建设验收和“回头看”中均获得第一名，走出了一条新型采油管理区高质量绿色发展之路。

（三）

“以改革创新为主线，抓住深层次矛盾和‘卡脖子’问题，先人一步抓落实，快人一拍抓落实，胜人一筹抓落实。”一直在采油厂改革攻坚创效工作中充当排头兵的刘吉明有着坚定的工作思路。

面对开发形势复杂多变、问题水井多、注采调整难度大等棘手问题，地质出身的刘吉明深深懂得，对于以水驱开发为主的采油管理四区来说，水井的管理至关重要，没有能量的补充，将会导致采出程度的降低。水井治理是一件功在当代、利在千秋的事情，不但要管，还要管好。就这样，采油管理四区在采油厂第一个成立了注水井精细管理班组，把注水业务从采油班站剥离出来。注水井精细管理班组的组建，不仅让基础管理水平得到了提升，数据全准率和洗井质量也有了大幅度提高。他们建立了欠注水井分析治理流程、水井浅层套漏预防管控机制，欠注井从 37 口下降到 5 口，真正实现了注水精细化管理。

2019 年 8 月 4 日，刘吉明的手机突然跳出了一条关于超强台风“利奇马”的信息，多年的工作经验告诉他此次台风来势汹汹，如果部署不妥当，应急预案响应不及时，管理区这一年的产量都会受影响。他立即通知生产指挥中心安排各负责人上午召开紧急会议，详细部署了应急措施，反复强调此次超强台风的破坏力。在“利奇马”袭击油区以前，刘吉明带领各负责人、党员骨干完成对所有设备设施的检查，对井场、井排路排水不好的地方进行梳理解决，全天 24 小时待命，及时应对各种突发情况。

七天后，“利奇马”台风汹汹来袭，给油区生产带来了严峻考验。采油管理四区因为提前部署得当，应急预案响应及时，所辖的油区没有受到严重影响，生产迅速恢复正常。

2022 年，是刘吉明工作的第 26 个年头，这个从黄土地一直奔跑着的汉子的逐光之路还在继续。他心里的那束光还指引着他，勇敢向前，去拥抱彩虹。

余光中说：“人生原是战场，有猛虎才能在逆流里立定脚跟；人生又是幽谷，有蔷薇才能烛隐显幽。”完整的人生应该兼有这两种至高的境界，能动能静，能微笑也能痛哭。二十多年过去了，当年分配来孤岛的 3 名外地大学生，如今只有刘吉明留了下来，他牢牢地把根扎在了孤岛这片年轻美丽、淌金流银的土地上，一干就是 26 年。26 年来，他敢挑最重的担子，敢啃最硬的骨头，每一步都坚守初心，每一步都踏石留印。他将真诚和情感倾注到这片培养他的沃土上，把青春和汗水融入“树孤岛品牌，建百年油田”的伟大征程中。

刘吉明的逐光之路，一路披荆斩棘，一路繁花似锦。这一路，他向光奔跑，与光同行，少年求学的烛光，作业井场上炙热的阳光，地质所、注采科彻夜不息的灯光，采油管理区职工群众期待的目光。在党性的理想之光照耀下，每一束光相互交融、熠熠生辉，指引刘吉明永不停息，一路前行。

“战火纷飞”的岁月

宋剑挺

中原石油工程公司业务涉及钻井、测井、录井、固井等专业，能够满足陆上各种复杂条件下的勘探开发需要。近年来，他们克服各种困难，不断拓展海外市场，许多工程技术人员，发扬铁军精神，远赴天南海北，远赴世界各地，付出了常人难以理解的辛勤和汗水。

年初，我用了几个月的时间，先后采访了近百名石油人，他们的故事好像发生在战争年代，一次次让人泪目。

“只见一个一个的炮弹，嗖嗖地往天上飞着……”

我见到路来宾时，是个下午。他坐在椅子上，窗台上摆满了花草。阳光很轻，钻进窗户，洒在娇嫩的花瓣上。他有30多岁，满身沉静。曾经奋战在战火纷飞的前线，现在归来，不知道他是什么心情。

我记忆中，最让我害怕的是2012年5月3日，那是在非洲的苏丹。

这天吃完晚饭，我们正在房子里聊天，突然听到敲门声，打开房门，敲门的人说井场着火了。井场离我们不太远，我们出门一瞅，发现着火的地方离我们的施工车辆很近，我们必须把车辆挪走，于是就往着火的地方跑去。

正走着，突然有个东西呼啸着从我们头顶飞过，后来才知道是颗炮弹的弹头。这时，一群苏丹人朝我们跑来，边跑边喊。他们讲的是阿拉伯语，意思是：赶紧跑，不跑就会被炸死的。我们不明白到底发生了什么事，仍然继续往前走。

这时又“嗖”地飞过来一个东西，像一个烟花腾起的声音。我们觉得不对劲儿，仔细一问才知道，是苏丹人的弹药库爆炸了。原来是这样，我们一下吓蒙了，就赶紧跑开，钻到了房子里。

不一会儿，监督（甲方管理人员）过来敲门，让我们到防弹坑避险。

我们以最快的速度跑到了防弹坑边，刚蹲到坑里，就听到外面咚咚乱响。声音虽说不是很大，但非常瘆人，不知道下一秒将会发生什么。

过了几分钟，声音大了起来，响声很闷，震得心慌，防弹坑边沿上的土开始哗啦哗啦往下掉。

防弹坑是事先挖好的，有两道，一道靠近弹药库，一道离弹药库远一些。情况紧急，我们先是跳到了靠近弹药库的那个防弹坑里。但离弹药库太近心里犯怵，于是又赶紧挪到离弹药库远的那个防弹坑里，这样相对安全些。

刚蹲到坑里，响声就有了变化，一阵一阵的，听起来像是枪声，比原先密集多了，把我吓得不轻。这时候，旁边有人递来一支烟，为了稳定情绪，我接过烟抽了起来，这其实是我平生第一次抽烟。抽着烟，慢慢镇定下来，又是一阵后怕，流弹、弹药库爆炸，哪个都能要了我们的命。我脑子一片空白，身体也止不住地发抖，就是人本能的那种恐惧。

我在防弹坑里待了一阵，听到爆炸声越来越急、越来越大，心想：要是一个炮弹掉到我面前咋办？那就必死无疑了。不能老待在这里啊！我想跑远点，于是就悄悄伸出头，往外面望了一下。这一望，把我吓呆了：只见一个一个的炮弹“嗖嗖”地往天上飞着，它们就像一头一头的怪兽，“嗷嗷”地尖叫着、狂奔着。

我正瞅着，一个炮弹在我面前不远的地方“轰隆”一声爆炸了，弹片黑压压地冲上天空，一股热浪扑过来，把我推到防弹坑里。我当时啥都看不见，以为眼睛瞎了，过了几分钟，我揉揉眼，眼前才慢慢有了光亮。这下简直把我吓死了，幸亏我只从防弹坑里伸出脑袋，如果整个身子露在外面，恐怕就粉身碎骨了！

爆炸声一阵紧似一阵，炸起来的尘土，快把我们埋住了。防弹坑里的苏丹人受不了了，他们就开始祷告起来，哼哼唧唧的，声音低沉密集，弄得整个坑道乱哄哄的。我开始烦躁起来，因为太害怕了，需要安静的环境，他们哼哼唧唧地念经，反而增加了我的恐惧。

由于过度紧张，我也记不清过了多久了。最后，爆炸声慢慢变小，等到彻底平息后，我们才敢从坑道里爬出来。

第二天，我们到现场看了，原来炮弹都在集装箱里放着，盛炮弹的集装箱本来是方形的，炮弹一炸，成了蜂窝状，变成圆的了。

他讲到这里，我松了一口气，没想到，他在非洲遇到了这么危险的事。这时，他皱着眉，瞪着眼，仿佛仍处于那时的惊恐之中。我就有意引开他，讲别的话题。

2014年，我去了南苏丹。当年12月的一天，我们刚对一口油井施工完毕，甲方的监督（油田的管理人员）就赶紧让我们收拾行李，马上撤离。我们问监督怎么回事。监督说，两个部落打起仗来了，说不定一会儿就打到这里了。

我们赶紧联系飞机，决定抓紧撤退，然后就开始往机场跑。到了机场，我们发现这里已经被一个部落的人控制了，他们打死了机场的调度，即使有飞机也没法降落。那些人拿着枪，气势汹汹地守卫着机场，谁也不敢靠近。我们聚在一起商量了一下，除了离开，再没有别的办法了，只好又赶紧返回了营地。

实际上，在营地待着就是等死！

我们的项目经理在北苏丹，这时候，客机已经不敢往南苏丹飞行了，只能租用运输机（货机）。项目经理找到负责运输机的领导人，他说，现在已经开始打仗了，去南苏丹必须付美元，还必须是现金，拿到美元后，才同意到南苏丹接人。

我记不清他们要多少钱了，反正数目比较大。项目部平时哪有那么多现金啊，这可把我们经理急死了，但是没有现金，人家就是不放行。我们如果不及时从那里撤离，就随时有生命危险。这时候，我们经理急得饭都吃不下，因为几十名兄弟已经站在死亡线上了。

在走投无路的情况下，我们在北苏丹的另一个负责人去了东非的乌干达找美元，找到一个熟悉的大公司，好说歹说，他们才答应借钱给我们。为了尽快解救我们，这位负责人包了一架飞机，马不停蹄地赶到北苏丹的一个机场，把钱交给了机场负责人。之后，他们才同意往南苏丹派飞机了。

听说飞机来了，我们就拼命往机场跑。到了机场，当地武装人员拿枪逼着我们，不让登机。这时我们已经听到了远处的枪声，他们说，另一个部落的人就要打过来了，现在谁都不能走。这还了得？如果不及时离开这里，我们有可能全部被打死。在这危急时刻，我们赶紧找到他们的首领，经过艰难谈判，他们才同意我们离开。

枪声越来越近，时不时有子弹从头顶飞过，由于情况紧急，飞行员只给10分钟的登机时间，时间一到，飞机就起飞，谁都不等。我们急得浑身冒汗，就一窝蜂地钻进了飞机。

这是一种拉货的运输机，飞机里面没有座位，只有一些木凳子，更没有安全带，遇到较强的气流，我们在机舱里像蹦极似的跳来跳去，到了南苏丹的首都朱巴，我的身子差点被颠零散了。

由于战争就要爆发了，我们在这里停了一天后，又紧急联系回国的飞机，遗憾的是当时没有直达航班，不得已就去了乌干达，在那里住了一周，终于订上机票回国了。

这时，我绷紧的神经才放松下来，心想：我们生活在国内，总觉得太平盛世，处处安安全全的，但在非洲，他们却遇到了这种危及生命的事，不是当面听他讲述，无论如何是不敢相信的。

我给他杯里加点水，让他缓缓情绪。他喝了一口，继续讲起来。

后来，我去了印度尼西亚。甲方在一个小岛上的原始森林里，他们平整了一片土地，当作井场。由于当地的地下水没法吃，我们就在地上挖个坑，上面铺上一层塑料布，接雨水吃。井队用的水，大部分也是雨水。这里下雨的时候比较多，早上天还是晴的，到了午后，雨就哗哗地下起来。下了一阵后，太阳又出来了，接着又开始热起来。那种热是蒸烤似的热，就像站在炼钢炉旁边，好像能把人烤化。由于湿度太大，被褥始终是湿的，像水洗过一样。每天的气温都是40多摄氏度，稍微一动，就会出汗。用毛巾把身子擦干，过几分钟，浑身就又开始发黏了。那种热啊潮啊，能把人活活整死，现在想起来还害怕。

多年来，中原石油工程公司的许多年轻人，离开濮阳油田基地，到了国外工作。他们不像城市里的年轻人，能和家人整天黏在一起，有的一年中最多相见一次。相拥相伴，对他们来说，只是一种奢望。他们虽说年轻，但他们的经历远远超出了其他行业同代人。特别是“别离”这个伤心的词儿，时时刻刻缠绕着他们。在和平年代，哪有比这种事情更让人难过的，可是他们都习以为常了。从表面上看，他们一个个普普通通，但通过深入了解，这些年轻人一个个又是那样不平凡。每采访一位，就会引发我诸多感慨。

“反政府武装把我们包围了”

李耀辉今年31岁，以前是油田某公司的技术人员。我见到李耀辉时，他正坐在办公室填着报表。窗台上搁着一盆绿萝，绿萝格外旺盛，粗大的藤蔓在窗棂上缠绕着。这是一个安静惬意的地方，和他正在向我讲述的非洲的经历，形成了极为鲜明的对比。

我瞪大眼睛听着。

飞机不停地扔着炸弹，呼啸声、爆炸声接连不断。

这是政府军的飞机，正向反政府武装阵地发起进攻。

……

如果不明就里，大家还以为是电影里的镜头。这可不是演电影，这是我亲身经历的事。

2012年7月，我们就在靠近苏丹的达尔富尔地区进行施工。有一天，我们正在井场里干活，突然一位负责安保的政府军军官跑过来对我们说：“赶紧跑啊，反政府武装攻破了我们的军事防线！他们快过来了……”我听到后，可吓坏了，当时我的工衣上全是油污，也来不及换了，就赶紧收拾必要的设备，随着政府军撤退。

我们开着工程车在前面跑着，后面有喊人的，有落下东西惊叫的，大家都吓死了，简直有“兵败如山倒”的感觉啊！

当地的路上全是浮土，车辆一跑，尘土飞扬，乱糟糟的。我回头一瞅，腾起的尘土，汇成了一条巨型烟带，一波一波地往天上涌去。大家坐在车上，有的抱着头，有的捂着脸，头上身上全是厚厚尘土，简直跟电影里的逃兵一样狼狈不堪，让我想起了敦刻尔克大撤退。

当时我们都坐在车上，由于过度紧张，加上路面崎岖不平，颠簸得厉害，我老是担心车子坏了。这个时候，如果车子真的坏了，绝对就落到反政府武装手里，一旦成了他们的俘虏，就别打算再活了。

这是沙漠地区，车在上面走得很慢，遇到大的沙堆，还得下来推车。当时我想，如果有飞机多好，坐上飞机，一下子飞得远远的，就再不会有危险了。可是我们只有几辆皮卡车，跑得跟蜗牛一样慢。这时大家都在议论，如果被反政府武装人员追上了，肯定就没命了，还不如趁早给家里打个电话，防止发生什么意外。但是掏出手机一瞅，这里没有信号，可把大家急坏了！

这时可以隐隐约约听到远处的枪声，加上汽车的轰鸣声，还有汽车荡起来的尘雾，狼烟似的，好像世界末日到了。大家的脸色都不好看，有的都流泪了。我也苦着脸想了很多很多，反正我做好了最坏的准备……

仿佛走了很长很长时间，我们到了一个军营里。这时候，我才松了一口气。

我们在这个军营里住了下来，整天吃的是洋葱和土豆。这里比较穷，除了洋葱和土豆，再没有别的蔬菜了。

我们住在军营里的一个小平房里，这个平房大概有二三十平方米，却住着我们几十个中国人。没有床，睡的是地铺。房子前面两三米处，有一道土墙，大部分时间，我们只能在房子和土墙之间活动，其他地方不断有炮弹落下，太危险了。

这点空间太小了，像蹲监狱一样，我们都憋得难受。光憋得慌也就算了，关键是外面的枪炮声整天整夜地响着，这里轰隆一声，那里轰隆一声，震得房顶上的土哗啦哗啦地落下来。真是太害怕了，加上吃不好，睡不好，又想家，一天一天的，真把人熬死了。

那时候，天热得很，往屋里一站，汗水就从身上咕噜咕噜冒了出来，在屋里根本待不下去，一天都睡不成觉。到了天黑，为了能睡上一会儿，我们争着在房子和墙之间的空地上占位置。虽然在外面凉快一点，但总是睡不踏实，因为炮弹嗖嗖地在空中飞着，万一有个落下来，我们肯定就活不成了。

最可怕是，每天都能听到反政府武装进攻的呼喊声，有时候，一阵紧似一阵的，好像他们马上就要打到军营门口了。

军营外面布满了政府军的高射炮，那些炮筒高高地对着天空，看着都瘆人。特别是到了晚上，这些高射炮不时地对着敌方阵地进行密集射击，发出那种“嗵嗵”的声音，就像地面要马上裂开了，震得心脏都是疼的。每一发炮弹爆炸后，迸发的气浪好像要把房子推倒似的，四面的墙壁筛糠似的来回摇荡。

每次发射炮弹，我都捂着耳朵，那种爆炸声震得我撕心裂肺。我坐在地上不停地想，如果炮弹落下来，我马上就会完蛋，我们这些人不就全部被砸死了？越想越怕，想得越多就越睡不好觉。在这里的一个多月里，我几乎没有睡过一个好觉。

最恐怖的是一天晚上，反政府武装快把军营包围了，枪声噼里啪啦乱响，子弹嗖嗖地从我们头顶上划过。在院子上空，我们看到一道一道的炮弹划过的火光，像火龙一样，撕裂着、咆哮着。大家都躲在房子里，不敢动弹，有的人都吓哭了！

政府军开着皮卡车，上面架着重机枪，不停地还击，枪炮声、喊叫声，乱作一团。我们躲在房子里，吓得不敢吭声。

这里没有通信信号，没有电话，不能和外界进行联系。大家都认为，得给家里人说点啥。想来想去，最好的办法就是写信了，实际上就是立个遗嘱，但是谁都不说“遗嘱”这两字，于是我们就开始把要给家人说的后事写在纸上。

大家写好后，想通过政府军送到外面去，这在当时是不可能的，所以就打消了往外送信的这个想法。最后我们只好把各自的“遗嘱”放在自己的行李里，一旦出现意外，家人应该会看到的。

现在我想起当时的那种场面，心里还觉得悲凉！

后来的一段时间，枪声渐渐少了，我们在房子里实在憋不下去了，就到墙外面的地方适当转一转。这时候，往天上一瞅，觉得天空特别蓝，特别高远，心里感觉也特别舒畅，毕竟在房子里困的时间太长了，实在受不了了。

我们离开房子也不敢走得太远，也就是50米左右的距离，转上一圈就赶紧回屋了。

幸运的是，一个多月后，反政府武装被打跑了，我们回到井队继续干活。

他讲到这里，感觉他轻松了，我也轻松了许多。没想到，在这样一个和平年代，这个年轻人在国外遇到了这么大的危险。

他缓了缓情绪，接着讲……

我们在非洲住的基地也建了好多年了，里面有好多油田单位。有一段时间，地方武装出现火并，在基地也可以听到枪声。

石油单位的安全措施要求较高。比如我们吧，整天躲到基地里，不让出来。只有出去施工的时候，才能走出院子。就是基地再大，让你整天躲到里面，十天八天可以迁就，再长点谁能受得了？所以在基地待的时间长了，人就变得木讷了，跟别人交流就容易出现困难。长期在这里待着，也没时间概念了，就知道日出日落，日复一日的，我是一点也受不了。

离我们基地不远的地方，有一个小集市，我们经常看到斯伦贝谢公司的人在市场里闲逛，还看见他们和当地人坐在一起吸水烟。

我觉得，我在非洲那个施工基地，出去施工就像放风一样。出了基地院子大门，可以看到野地里的树、庄稼，可以时不时看到路两边的村庄，心情就好了许多。

我最高兴的时候，就是到离我们基地两三千米外的甲方院子里闲逛，有时摘他们一根黄瓜尝尝，回忆一下家乡的味道，觉得这是最大的享受。这时候，我会不由自主地想起在濮阳的家，心里还有种说不出的难过。

有时候在院子里憋时间长了，特别想跟当地人聊聊，但不敢离开基地。基地虽然有当地的雇员，但是语言不通，没法进行深层交流，所以就长时间地干坐着。

我们基地旁边有个小集市，在基地待了两年，我只去过两次。这个小集市，有一条几十米长的街道，这里太穷了，街两边没有像样的房子，只有十来个帐篷、几间茅草房，其他的啥都没有，但是就是这样的破旧的小街，我也想过去转转，因为没有其他地方可消遣，闲暇的时候，实在无聊啊！

他沉思了一下，表情凝重，似乎又回到了过去。我及时岔开了话题，问他出国是否方便。

我们从国内到苏丹的路线并不复杂：从北京坐上飞机，到阿联酋转机一次，再到苏丹首都喀土穆倒一次飞机，然后坐上小飞机，到达离我们基地约半小时车程的地方。这个地方是个简易机场，飞机跑道都是土质的，遇到下雨，飞机就无法起降。我们在这里下了飞机，护卫我们的军车，把我们接到基地，我们就再次被“圈”了起来。

在非洲发生这些事情的时候，李耀辉才24岁。在中原石油工程公司，像他这样的年轻人远离家乡，走出国门的还有很多很多。在国外，特别是非洲，战乱、瘟疫经常发生，他们克服了思乡、寂寞、高强度的劳作等困难，经历的艰难和凶险是常人无法想象的。他们在自己的岗位上起了顶梁柱的作用，创下了一项项卓越的战绩，为单位争了光，为油田争了光。

“这里的非洲人，放牛放羊的都带着枪。”

马超是油田某公司的技术人员。他从国外回来，按说该休息一段时间的，但是没多久就到单位上班了。我一连几次到他办公室找他，每次都见他忙碌着，我不好意思打扰他，就悄悄离开了。等第四次找他的时候，他还在工作着，我再也等不下去了，就当场采访了他。

我是1997年从江汉石油学院毕业的，同年在中原油田参加工作。2001、2004年在陕北施工区，2005年我到了苏丹，直到2015年回国，在苏丹干了整整10年。虽说回来了，但这几年，每年都得去一两次，简直成了苏丹人了。

以前，在苏丹工作的员工比较少，最少的时候，就我们四个人。我们一般都是在苏丹工作9个月或10个月，才倒班回国，在那里几乎把人熬死了，有的员工一年多没有回过家。有个老工人，整整十九个半月没有回国休息，活儿多，走不开，没办法啊！

我2009年结婚，结婚后三个月就返回苏丹上班了。那个时候，我们住的地方还没有网络，用的是卫星电话，花费高，一个月只能给家人打一次电话，非常不方便。

我的孩子是2010年出生的，孩子出生的时候，我正好在家，她出生后没多久我就回苏丹了。10多个月后，我回国的时候，她扶着墙基本会走路了。孩子看见我很胆怯，晚上睡觉时，老是偷偷瞅我。

这次，我在家待了4个月，这期间，孩子始终没有跟我混熟。休假结束，我去了马达加斯加，我离开家的时候，看不出她对我有什么留恋。8个多月后，我从马达加斯加回到家，她快两岁了。这次比上次强一点，但是看见我还是有点害怕。我第三次回家是4个月以后，孩子已经两岁多了，这次好多了，敢正眼瞅我了。

现在孩子上小学了，我每次走的时候，都提前告诉她，我怕突然离开，让她接受不了。

我一般都是上午走，是专门凑这个时间走的，那时候她还没有放学，我不想让孩子看见我，或者送我，受不了那种“生离死别”的场面。

马超毕竟是四十多岁的人了，但讲到这里，眼里还是闪着泪光，他好像不愿意让我看到这种场面，就转移了话题。

那时候，在苏丹工作的员工，只要谁从濮阳返回苏丹，都主动给捎带东西，比如，药、烟、衣服、吃的东西等。你想想，家属们成年见不到亲人，带点东西，是种感情的寄托，并不在乎东西本身。

在苏丹工作比较苦，在离油区较近的荒野上围一片土地，弄一个院子，垒一道围墙，就当作基地了，住的是铁皮房，也就是常说的那种列车房。

苏丹的医疗条件特别差。各井队虽然配备了一名医生，但只是应急用，遇到大的病症还是解决不了。当地的医院大多离我们的基地七八十千米，医疗水平也不高，只能医治一些小病。有一次，我们的一个员工脚受伤了，跑到这家医院拍了个片子，医生说没事儿，但是这名员工还是感觉疼，到苏丹首都喀土穆医院，让医生看了看片子，说骨头有裂缝，弄点药，才算治好了。

2005年，我在苏丹的时候，军事管制就比较紧了，每个路口都有检查站。白天检查松一点，我们开着工程车放慢一点速度，就可以过去。晚上就不行了，到了检查站，必须将驾驶室的灯打开，慢慢开过去。如果让你停下接受检查，你必须配合，否则他们就朝你开枪。

有天夜里，我们的一个司机在经过检查站的时候忘了减速，结果哨兵对着他们就是一梭子子弹，正好车头过去了，子弹打在了工程车尾部，噼里啪啦乱响。司机吓坏了，赶紧将车停了下来。说明情况后，哨兵一看是中国人，态度好多了，马上放行了。

我们运输公司的司机遇到的危险比我们多得多。有一次，他们正在路上正常行驶，路边有个人突然朝他们开了一枪，子弹从正副驾驶员中间穿过，还算万幸，没有伤到人！在非洲这地方，现在我们形成了条件反射，只要看见路边站着人就害怕。

因为这里的非洲人，放牛放羊的都带着枪啊！

这里的钻井队都用铁丝网围着，后来他们怕铁丝网不安全，想用钢板围起来。具体是这样做的：用两块5毫米的钢板封住两头，中间填些沙土硬物之类的东西，作为隔离层。焊好之后，他们做个实验，先用步枪打一下，看看能否穿透，结果一枪就穿透了。钻井队觉得钢板也没有用，就干脆用铁丝网凑合了。

后来，我去了苏丹五区，这地方是个沼泽地，蚊子特别多。晚上钻井平台上有灯光，一群一群的蚊子、虫子围着灯光飞。第二天，死蚊子、死虫子都落在了钻台下面，每天能装一小翻斗车，看着一车的蚊虫，浑身起鸡皮疙瘩，简直是太瘆人了。

有一次，我们的一个员工，头被蚊子咬了几口，肿得像个发面馍，眼睛变成了一条缝。脑袋又疼又晕，在床上躺了好几天。

夜里，房子里也有蚊子，如果不开空调，它们就像战斗机群，一起向你进攻。这些蚊子比较毒，叮在哪里，哪里肿，所以空调不敢停，温度一低，蚊子就不那么猖狂了。

在苏丹五区，我们住在钻井队。在钻井队住就怕井队搬家，每搬一个新家，刚开始都是没水没电，夏天的气温一般都是三四十摄氏度，铁皮房被阳光一晒，气温能达到五六十摄氏度。这么高的温度，躺在铁皮房里，跟躺在蒸锅里有什么两样？离门口好远，就能感觉一股热气冲了出来，这种热气跟蒸汽一样，烫得皮肤发疼。到了房里，像跳进了火炉。刚开始不敢睡觉，就小心地坐在床边，慢慢适应这种热气。如果马上躺在床上，怕出意外。等觉得没啥问题了，才敢躺到床上去。

由于没水没电，只能吃些包子，喝点凉水。包子都是搬家前事先做好的，只是应急食品。井队每次搬家都吃包子，早都吃腻了，吃烦了，现在想起来还觉得恶心。

在非洲，有时候也会出现一些突发事件。

有一次在南苏丹，钻井队在卸泥浆料时，不小心将一些泥浆料撒落在地上。井队的一个人收拾完以后，将掉在地上的不好拾掇的泥浆料，扫到了路边的河沟里。当地的保安看到后，误认为井队的工人在投毒。当晚，警察就将这个工人抓走了。

按照当地的法律，这个工人蹲了几天班房后，被武装士兵从南苏丹押到了北苏丹，在法庭上进行了审判，最后在甲方的大力支持下，他终于被释放了。

当地人非常穷，住的是草房子，房子都是芦苇用泥巴糊的，有的连个门都没有。屋子里没东西，也不怕人偷。穿得破破烂烂的，有的人一年四季都是一双烂拖鞋。家里的孩子，小的捡大的衣服穿，直至穿烂为止。

我们对非洲雇员一向都很好。有个雇员每次回家，我都开车送他，一直把他送到家里。他家离施工地也就二三十千米远。后来，我的事多了，没时间送他回家了，我就给他送到公交车停车点，给他车票钱，让他自己回家。

2017 年，我去了哈萨克斯坦马腾施工点，这地方冬天零下几十摄氏度，如果穿一般的棉衣，只要一出门，感觉就像一下掉进了冰窟窿里，那种冷是深入骨髓的，再继续待下去，四肢就麻木了。有一次我从锅炉里接了一盆热水，端着往宿舍里走，从锅炉房到宿舍也就几十米远，但走到宿舍门口时，水已经结了冰。在这里冬天必须穿皮衣，才能正常工作。

之后，我去了哈萨克斯坦的北布扎齐施工点。这里夏天的气温一般都是 40 多摄氏度，只要一干活，浑身的汗马上就冒了出来，接着口渴得厉害，必须不停地喝水，即使喝再多的水，也很少小便，因为代谢得快，喝进肚里的水马上就变成汗水了。

白天干活得用布把脸罩住，不然的话，太阳能把人的皮肤晒伤。如果真被太阳晒伤了，晚上就会钻心地疼，你根本就睡不成觉。

气候恶劣还不算什么，最怕的是工作量太大了。这里就我一个技术人员，当地的油井井深大多是 500 多米，钻井队打得很快，一星期能进行几次施工，化验、施工设计等各种各样的活儿只有我一人干，整天忙得焦头烂额的，忙完一天，往床上一躺，跟死人一样。

由于工作需要，几个月后，我又到了哈萨克斯坦的埃米尔施工点。这里就我们两个中国人，其他的都是当地雇员。工作之余，适合交流的人太少了，寂寞得很。这里距离当地居民区特别远，几天也见不到一个人，只有整天待在院子里。有时候难受得很了，就到院子外面走走，由于这一带有野兽出没，也不敢走得太远。院子外面类似戈壁滩，一眼望不到边，看着就让人伤感啊！夜里也很长，总是翻来覆去睡不着，常常失眠。即便睡上一会儿，也老是做梦，当然是做的回家的梦。梦到孩子，梦到妻子，梦到父母。有一次觉得自己回到家里了，就是打不开门，把我急哭了，醒了原来是一个梦！

一个人如果离开家的时间长了，就会烦躁抑郁，心里容易出问题。我只要一寂寞就特别想家，老想一步回到家里，那种心情，一般人体会不到……

我们谈了一阵，他显得有些疲惫。对于他来说，疲惫并不稀罕，因为无论在国外或是在国内，他总是忙碌着。由于我们谈论的时间过长，我不忍心再继续打扰他，就结束了采访。

在走访的过程中，我始终心潮澎湃。

石油，对于我们老百姓来说，是多么的普通，但对于这些石油人来说，却是多么神圣！他们为此付出了青春、爱情、亲情和汗水，甚至生命。当我们开着汽车，享受舒适的生活时；当我们打开炉子，烹饪可口的美食时，谁会想到，这一滴滴汽油，这一股股天然气，是多么来之不易。

随着我采访的深入，我越来越觉得，这些石油人，才是新时代最可爱的人！

一滴黝黑的石油

——记劳动模范李振德

李　滨

农历腊月第二天，乌云密布，寒风扑面，冷气袭人，天空中不时狂舞着雪花。

正是在这个数九寒天里，我敲开了李振德的办公室门。门一开，迎接我的首先是憨厚而温暖的笑容，他皮肤黑黑的，话语朴实，“快进来暖和暖和”，顿时驱赶走了我浑身的寒气。

正是李振德，一个“老”作业工作者，管理局劳动模范，新长征突击手，优秀共产党员，五次荣立三等功，在头顶着无数炫目的光环下，显得那么朴实、平静，像一滴再普通不过的石油。

“我也没做过什么值得炫耀的事情，只不过做了些应该做的。”

当我说明采访他的来意后，李振德把手叠放在腿上，有些不好意思地笑了笑。这是我们劳动者的代表、让人敬佩的标兵——劳动模范吗？怎么没有华丽的衣服，没有如珠的妙语？

答案是肯定的。这就是我们劳动模范，是普普通通劳动者的一员，正是千千万万个他们，仿佛冥冥之中接受了石油的召唤，像地层中的石油奋力汇集到井筒里一样，从祖国四面八方会集到孤岛这块祖国最年轻的土地上，默默奉献着自己的青春和热血。

正是千千万万个他们，扎根孤岛，战严寒，斗酷暑，在孤岛这块曾经荒无人烟的盐碱滩上，克服种种恶劣的自然条件，用一副副血肉之躯引领一台台笨拙的钢铁机器，愣是把孤岛原油年产量推上了580万吨的高峰，至今仍保持在400万吨左右，稳居管理局第一的宝座，被称为“胜利旗帜上不落的辉煌”。

随着交谈不断深入，李振德的话匣子慢慢打开。

我乘着他的记忆之舟，缓缓驶向这个石油汉子心灵之海的深处。这里同样朴实无华，如貌不惊人的一滴石油。但是在这种平常的表面之下，蕴藏着博大精深的力量、铮铮铁骨和百折不挠的毅力。我真真切切感受到了这样的力量，这种力量通过李振德朴实的言语传递到了我身上，一种敬佩之情油然而生。

是个男人

那时的孤岛，简直就是荒凉的代名词。对于在山清水秀的莱芜长大的李振德来说，是完全陌生的，甚至是不可想象的。在这里，几乎见不到树，往四周望去，满眼的一望无际的芦苇荡；春秋两季几乎每天都在刮风，一刮风就起沙尘暴，整个天空都是土黄土黄的，让人睁不开眼，吃饭也感觉到牙碜；夏天则是暴雨和蚊子的乐园，一下雨，道路泥泞难行，蚊子更是大得出奇，让它咬一口，就会起乒乓球大的包，又痒又疼，让人难以忍受，就是在白天干活，不做好防蚊措施，也会被咬得浑身是包；到了冬天，大雪封路，蔬菜运不进来，连续一个星期啃咸菜疙瘩是家常便饭。

李振德刚一下车，四处打量了一下，几乎不相信自己的眼睛。

这就是我国的第二大油田吗？这就是孤岛吗？应该是充满南国风情的小岛啊？怎么只有一望无际的芦苇和一座座孤独的井架和抽油机啊？刚下过雨，李振德提着简单的行李，踏着泥泞的小路狐疑着，一步一滑地向芦苇深处几栋简陋的平房走去。这里就是作业三队队部，是他工作的地方。

接下来就是简单、劳累且有些脏的作业工生活。上井干活一身油迹斑斑的工衣，穿在身上极不舒服；一个班下来腰酸背痛，甚至连吃饭的力气都没有了；不等吃完饭，眼皮就开始打架，倒头便睡；休班时也没有什么娱乐活动，实在无聊就喝酒。

这就是我曾经百般向往的豪气冲天的石油工人的生活吗？这就是我的理想所在吗？我的青春难道就在这干活、吃饭、睡觉，再干活、吃饭、睡觉的重复中白白地消耗掉吗？一个月下来，李振德对作业工的生活已经非常厌烦了，开始磨洋工，要不就干脆装病不上班，在宿舍里躺着，盼望着天上能掉下来一块馅饼，自己突然离开这荒凉单调的盐碱滩，调到了大城市中过上“楼上楼下、电灯电话、出门坐车、看报喝茶”的惬意生活。

“你小子是不是男人啊，是男人就给我干出个样子。”他正做着美梦，不知道队长什么时候踢开门闯进来。队长眼睛里直冒火，一把把他从床上揪起来，唾沫星子喷到了李振德脸上，抡起拳头但没有落下来。“你是技校生，有文化，可别给咱老爷们儿丢脸。”一把又把李振德扔回了床上。

谁知队长这些气话对倔强的李振德倒起了激励的作用，别看他话不多，脾气也是憨厚型的，可他骨子里是那种愈挫愈勇的人。他一骨碌从床上蹦起来，斩钉截铁地说：“哼，我就让你看看什么是真正的男人。”

从此，李振德一发不可收。他先是拜技术最好的老师傅为师，边学边干，在工作现场不懂就问，不会就学，业余时间全用在了攻读业务书籍上，很快就掌握了作业工作的各种工序，重活儿累活儿抢在前头，一副拼命三郎的劲头，干活儿虎虎生风。全队的人都心里暗暗佩服：这个小伙子有干劲。到了年底，李振德因为技术过硬，在指挥部技术比武中获得好名次，被评为技术状元，同时被评为指挥部先进工作者，在表彰大会上戴着大红花神采奕奕。队长当胸给他一拳，笑呵呵地夸奖道：“好，你小子有种，是个男人。”

接下来，李振德更是全身心地投入工作中，原先的怨言和牢骚早已不见了踪影。他很快就被任命为班长、副队长，先后担任了作业 44 队、208 队队长，作业 213 队指导员。工作岗位变了，工作劲头却更足了。

不改革就没有出路

1992 年，李振德被任命为作业二大队作业 212 队队长兼指导员。

作业 212 队是一支具有光荣传统的队伍，以技术过硬、作风顽强、敢打硬仗著称，是当时中国石油天然气总公司的银牌队。“这是一副重担啊。”面对领导和组织的信任，李振德明显感觉到了压力，但他倔强不服输的性格又体现出来。“我一定把工作干好，让这支熠熠生辉的银牌队伍更加夺目，绝不辜负领导对我的期望。”

当时 212 队整体工作水平已经呈现下滑的趋势。上任第一天，李振德白天穿上工衣，跟班劳动，和普通职工一块干活儿聊天，了解他们的心声；晚上把队上的管理制度和办法拿出来一条条、一项项琢磨。没过几天，他就发现有些管理条例虽然对 212 队过去起到过非常积极的作用，但是已经不适应形势的发展需要，职工也有些怨言，因此急需出台新的管理制度才能让这个光荣的队伍充满新的生机和活力。

李振德召集队委开会，当他把改革的想法向大家通报后，立即招来不同的声音。有人说以前的制度不能改，是它们造就了212队的辉煌；还有人说即使改革了，就一定能成功吗？如果失败了，212队就砸在咱们手里了。

“不改革就没有出路，大到一个国家，小到一个团队，都是这样。”平时笑呵呵的李振德板起面孔，斩钉截铁地说，“就这么定了，出了错我负责。”小小会议室里空气都在震颤。

说干就干，李振德在借鉴以前成功管理经验的基础上，集思广益，大刀阔斧，革新除弊，先后出台了《作业212队管理规范化标准》《作业212队职工培训“3311”制》《作业212队双文明建设标准》等一系列崭新的管理制度，同时重点狠抓职工队伍的培训工作，推动了这个队整体技术能力和业务素质的提高，使作业212队职工队伍面貌焕然一新，战斗力和凝聚力空前高涨。

年终总结评比中，作业212队以优异的成绩圆满完成上级安排的各项任务，同时在各项工作评比中位居大队前茅，还以满分的成绩通过了中国石油基层建设委员会的检查验收，他们的管理经验还由李振德代表全队在采油厂经验交流会上做了典型发言，作业212队也被管理局授予“双文明建设优秀基层队”荣誉称号。“银牌队的光芒没有褪色，我们成功了。”很长时间紧绷着脸的李振德笑了，笑得那么开心、那么甜，像孩子一样。

质量就是生命

随着胜利油田改革不断深入，市场经济的运作方式在作业战线上也是初露端倪。在作业战线上摸爬滚打了几年后，李振德逐渐意识到在作业管理工作中，如果单纯追求工作量而忽视施工质量的话，无异于舍本求末，不注重施工成功率，不成功井数越多，则浪费成本越多；同时一个作业队如果作业成功率很低的话，在市场上就没有什么竞争力，只能等待被淘汰的命运。

因此，他首先提出来“一切围着质量转，一切为了产量干”的口号和“作业一口，成功一口，出油一口”的工作目标，号召全队干部职工不要在量上拼体力，而要在质上下功夫。同时积极响应大队承包制建设，紧密结合本队工作实际情况，制定了《作业 212 队承包经营责任制管理细则及考核管理办法》，这个管理办法重点突出作业质量，以严格控制成本入手，使每个人的责权利相统一。

在具体实施过程中，他把全队职工以车组为单位，分别成立经济小实体，在队委统一指挥下，采取车组定向承包制，一个车组承包区块内油井措施及区块外重点抢扶躺井的作业任务，另一个车组则承包区块内水井及区块外重点油井的作业任务。在考核兑现上采取“成功率—成本—工作量”三方面统一考核的做法，把职工的收入直接与本车组的经济效益挂钩，一月一考核，一季度一兑现，年底算总账，并把考核兑现结果及时在全队公布。这样一来，职工想干活儿的有充足的活儿干，多干活儿的多收益，不干活儿的拿不到钱，彻底打破了“铁饭碗、大锅饭”。职工每人心里都有了一个小“算盘”，车组也有自己的大“算盘”，互相在暗暗较劲儿，奋勇争先，在全队形成了车组与车组比着干、班组与班组成本算着花的良好局面，从而有效地控制了成本的支出，大大提高了作业质量，作业一次成功率连续多年达到 99% 以上，利润也非常可观，牢牢稳居大队第一名。

作业质量和成功率提高了，李振德没有扬扬自得，而是又在考虑另一个问题：在作业市场运作中，我们是服务单位，采油队是甲方，只有我们的服务质量上去了，队伍才更有竞争力。因此他又提出了“两个一百”工程，即只要上作业，就让采油单位一百个放心、让用户一百个满意，一切工作围绕甲方要求，以油井增产为己任，全面提高服务质量。队伍素质过硬和绝佳的服务质量，使作业 212 队在采油厂采油单位中树立了良好的形象，出油队的作业井也都乐于让他们来干。难怪一位管理区的负责人说：“作业 212 队给我们干活儿，百分之一百二十个满意。”

找米下锅

随着新技术的发展、作业队伍业务素质和服务质量的提高，油水井的免修期相对延长，从而不可避免造成作业单位工作量不饱满的情况。在作业 212 队承包的区块也相应地出现每年有几个月无躺井的现象，无井可上，职工就只能闲着，这样就白白浪费大好时光，毫无利润可言。

“对，没米下锅就找米。”这个时候的李振德已经是具有丰富工作经验的“老”作业队队长了，“年轻”时候的倔强性格已经慢慢转化成一种成熟的果断和勇于向困难挑战的勇气。他主动请缨：“别人不会干的活儿我们干，别人不愿干的活儿我们干，别人不敢干的活儿我们干。”

1993 年 5 月，采油厂外围区块生产形势非常紧张，作业 212 队所承包的区块工作量相对较少，李振德在大队领导面前立下军令状，主动承担了中二北区块部分热采井投产注汽的生产任务。当时采油厂刚刚开始稠油热采开发，这方面的经验还比较欠缺，而且热采井筒处于高温高压下，施工作业有一定的危险性。李振德也是第一次接触热采作业，在这只“螃蟹”面前，李振德没有丝毫退缩，而是迎头赶上。在施工的第一口井中 27–35 井现场，李振德不懂就学，不会就问，并找来有关书籍，边学边干，工衣不离身，始终盯在现场严把每道工序，24 小时没合眼，愣是把首次作业的这口热采井作业开抽一次成功，初期日产油达到了 42 吨，是名副其实的高产井。第一口热采井作业的成功，给了李振德巨大的鼓舞和信心，结果又一连干了 5 口井，都优质快速地完成了任务，并且每口井都是一次投产成功。

粗犷的荒原历练了李振德不畏困难的性格，过硬的技术又让他艺高人胆大，碰到越是难干的井，手越痒痒，工作热情越发高涨。他主动向“老大难”井宣战，别人不敢干的井他敢干，别人躲着走的井他却主动迎上。中 32–181 井是一口多次作业不成功、谁见谁躲的“老大难”，偏偏李振德不信这个邪，这下他的“牛”劲又上来了，主动找到大队把这口井要下来。别看李振德干起活儿来好像有使不完的劲儿，他可不是蛮干，而是苦干加巧干。他先是把这口井以前的作业井史全部借来仔细研究，然后带领技术员多次跑到采油队查阅有关地层资料，经过深思熟虑，他找出了多次作业不成功的症结所在：经过十多年的生产，生产层位 $Ng4^{4}$ 供液能力不足，出砂严重。他果断地提出了封 $Ng4^{4}$ 采 $Ng5^{3-4}$ 的建议，方案经采油厂批准后开始实施，作业一次成功，开抽后获得 8 吨 / 日的工业油流。昔日的“老大难”变成了今日的香饽饽，李振德又一次开心地笑了。大队领导都不得不佩服地说：“李振德这家伙就是能。”

职工队伍的工作热情空前高涨和工作量的相对饱满，使作业 212 队连续几年的利润在大队中首屈一指，职工的收入也比其他队多出不少。职工们都说：“跟着李队长干活儿，越干越有劲。”这样就形成了良性循环，职工收入多了，工作积极性就高，工作积极性一高，工作质量和效率相对就更高，作业 212 队的名气就越响，银牌队的声名远播。

烈火雄心

李振德在鲜红的党旗下庄严宣誓，成为一名光荣的共产党员，他把党的宗旨和一个合格党员应该怎么做、做什么牢牢记在心里。同时孤岛荒原艰苦的环境磨炼了他的意志，荒原风沙的打磨使他的品质更加闪光，越是到艰苦危险的时刻，“铁人”的形象在他脑海里越清晰。

在工作中，他时时处处吃苦在前，享受在后，脏活儿累活儿抢着干。一个乍暖还寒的日子，作业 212 队在中 34–22 井实施注灰，李振德在现场指挥，计算好注入量后，开始打压注灰。然而压力老是打不起来，注入的灰很快就不见了踪影，然后重新注入，仍是同样情况。李振德判断：一定是地层发生了严重漏失。针对这种情况，李振德提出了以增大灰浆密度来减少漏失的措施。得到有关部门同意后，李振德指挥加大灰浆密度并亲自测量性能，1.7、1.75、1.8、1.85、1.9，当灰浆密度达到 1.9 后，密度和黏度达到了水泥车循环的极限，水泥车像一头奄奄一息的老牛，喘息了几下然后没有了动静。灰浆无法流动，施工被迫停止。

怎么办？施工无法进行。李振德皱起了眉头。忽然“铁人”王进喜用身体搅拌泥浆的画面在他眼前一闪。对，就这么办。二话不说，李振德纵身跳进了灰池，用身体搅拌灰浆。当时虽然已是春天，但天气还很冷，灰浆冰冷刺骨，再说密度为 1.9 的灰浆几乎和固体差不多，水泥车那么高的压力都无法循环，人在里面寸步难行。李振德顾不了这些，使出浑身力气，奋力挥动着手臂，一点一点艰难地晃动着身体来搅拌灰浆。十多分钟后，水泥车终于循环起来，注灰作业正常进行。李振德被拖出灰池，浑身上下挂满了灰浆，不停地打着寒战，活像一座雕塑。从此，李振德有了一个“小铁人”的称号。

遇到有险情，李振德总是冲在最前面，他把油田的一草一木看得比生命还宝贵。中 34–222 井正在进行新投作业，射孔后井口出现溢流。“快抢下油管”，李振德一边指挥，一边冲到井口亲自操作，井口溢出的压井液连续不断，把他身上全部打湿。当油管下到第 30 根时，井口突然发出了一声尖锐的怪叫，“不好，井喷了”。

李振德正埋头于下油管，一股气流携带着原油、砂粒喷涌而出，像愤怒的怪兽一样咆哮着。他还没来得及躲闪，人就像一片树叶一样被强大的气浪凌空顶起，重重地摔在五六米外的地上，嘴角流出了鲜血。

几根下放到井筒里的油管被强大的气流轻而易举地抛向了半空中，像蛇一样扭动着落到十几米外。触目惊心的场景，惊心动魄的吼叫，会不禁让人联想到地狱的景象，即使鬼神见了也会胆战心惊。

李振德却不管这些，更顾不得疼，一骨碌爬起来，指挥道："快强装井口，万一发生大的井喷麻烦就大了。"说完又冲到井口上，站在最危险的位置，一边指挥一边忙碌着，连续几次又被气浪打飞出去，他也顾不得检查自己的伤势，每次都咬着牙迅速冲回来，冒着随时会被夺去生命的危险，靠着顽强的毅力抢上井口。时间一分一秒在流逝，死神却在一步步靠近，在李振德的带领下，同事们谁也没有退缩，他们只有一个信念，就是制伏井喷，保护国家财产不受损失，确保其他人的生命安全。如喷气式飞机般的井喷声让他的耳朵失聪，油气流如千万只呼啸的利箭直往眼睛里、鼻子里、嘴里钻，眼睛看不见了，鼻子无法呼吸就张开嘴，结果油气砂子等钻进了嘴里。李振德感觉快要支持不住了，他在心里给自己打气：坚持、坚持、再坚持。他没有后退半步，受他的鼓舞，战友们也没有一个人退缩。40 分钟后，在他和战友们大无畏的精神和坚强的意志面前，不可一世的"怪兽"终于退缩了，慢慢平静下来，驯服地龟缩进井筒内。"胜利了！胜利了！"在场的参战人员欢呼起来，李振德却由于全身伤痕累累，耗尽了体力，一头栽倒在井场上。

像这样比较大的抢喷，自担任队长以来，李振德前后参加了采油厂组织的四次，每次都是毫不犹豫地冲在最前面，总是占据最危险的位置。在一次表彰会上，采油厂一位老领导敬佩地拍着他的肩膀，半开玩笑地说："我们的英雄，都成抢喷专业户了。""他真是个铁打的人"，知道他的人都这么评价他。事后电视台记者采访他，问道："是什么让你在事故突发时不顾自己安危，第一个冲上去？"他笑笑说："我是个党员，又是队长，我不冲上去谁冲啊，换谁都是一样。"记者又问："他们都叫你'小铁人'，我感觉你的英勇事迹和铁人王进喜一样伟大。""我离'铁人'还差得很远呢！"李振德不好意思地笑了笑说。

铁骨柔情

在工作中，李振德绝对称得上是铮铮铁汉，不管干什么，都拿得起放得下，完全一个北方汉子，粗犷豪放，孔武有力，但你若认为他是一个只会干活儿的大老粗就大错特错了。熟悉他的人都知道，别看李振德干起活儿来风风火火，但在待人处事，特别是在对待亲人、朋友和同事上，却充满了亲和力，和他交往，总让人感觉到如沐春风般的温暖。

在队干部会上，李振德常说："我们制定了那么多规章制度，虽然是用来约束人的，但制度是死的，人是活的。我们对待队上职工，要以情感人，充满爱心，才能把我们队建设成一个融洽的大家庭，职工队伍才能心齐气顺。"

李振德是这么说的，也是这么做的。在队伍管理上，他总是以邻家大哥哥般的关怀和热心浸润着每名职工的心。别看李振德身体粗壮，却心细如发，在生活上对待别人柔情似水。队上职工谁家里有困难，谁遇上了不顺心的事，他都看在眼里，记在心里，并千方百计为他们排忧解难。

有一次，队上一名刚参加工作不久的职工一连几天都是愁眉不展，有时还偷偷抹眼泪。李振德看到后，主动跟班劳动，找他谈心，才了解到他的父母两人同时生病住院，老家发来电报，说急需上万元的手术费。因为这名职工老家在贫困山区，家里没有钱，自己又刚上班，还没挣到钱，所以想想在家等死而无钱医治的父母只能伤心落泪。知道了情况，李振德二话不说，先把身上仅有的50多元钱塞到了这名职工手里，然后号召全队捐款，同事们纷纷慷慨解囊。他又急忙赶回家，把省吃俭用积攒下的几千元钱取了出来，一块交给了这名职工，这名职工看着一笔笔充满爱心的捐款，一时不知道说什么好，竟激动地攥着李振德的手"呜呜呜"地像孩子一样哭起来。

当谈及家庭和亲人时，李振德刚毅的脸上闪过一丝愧疚。看到辛苦操劳家务的妻子和活泼可爱的孩子，李振德总是感觉给予家人的太少太少，而家人为他付出的太多太多，自己不是一个合格的儿子、丈夫和父亲。因此他用更加努力地工作，来回报家人无私的付出。

有一次母亲病重住院，家里一连来了几封病危催回的电报。可当时采油厂正在进行上产会战，为了不耽误生产任务，李振德先让妻子回家帮助照顾母亲，自己强忍内心的悲痛，全身心地投入工作中。母亲住院近一个月，李振德除了寄钱回去外，还不时通过电话了解母亲的病情。会战结束后，李振德才心急火燎地赶回家，其实母亲已经去世多日。母子血肉相连，自己母亲临终前都不能在床前尽孝，这对李振德来说无疑是一个晴天霹雳，他跪在母亲的灵位前再也控制不住自己的感情，号啕大哭，泪如雨下，谁都拉不起来。“是儿子不孝，儿子回来晚了。”后来他才知道，母亲在临终前知道他工作忙，要求家人不要着急把儿子叫回来，让他忙完后再回家，所以大家一直没有把母亲病危的事情告诉忙碌中的李振德。每当回想起和母亲在一起的日子，李振德总是深深体会到母爱的伟大，想到母亲临终前还那么支持自己的工作，干活的时候他感觉浑身充满了力量，有使不完的劲儿。

“干作业，就是忙，忘了老婆和爹娘。”这句不知道谁编的顺口溜虽然有些夸张，但是也反映了作业工人工作繁忙的现状。作为作业队的队长兼指导员，李振德要比别人更忙。起早贪黑自不必说，星期天、过年过节，几乎从没有休息过，工作忙起来，干脆晚上就在办公室和衣而卧，一连几天都不回家。干队长的好些年头里，李振德竟然没有陪妻子逛过一次东营，没有陪孩子去过一次公园，也没有一次去学校参加过孩子的家长会。有一次李振德参加会战十几天没回家，拖着疲惫的身子刚一到家，就抱起年幼的孩子亲，结果孩子被胡子拉碴的他吓坏了，嘴里喊着不要叔叔，不要叔叔，只往妻子怀里躲。妻子又好气又好笑，说：“这是你爸爸呀，怎么叫叔叔。”孩子嘴里嚷着“这就是叔叔，这就是叔叔嘛”，“哇哇”地哭闹起来。李振德又是一阵心酸。

由于天天晚上回家很晚，孩子早就睡了，早晨又走得早，孩子还没起床，他又很少能回家吃饭，所以他与孩子“见面”说话的机会很少，以至于孩子渐渐疏远了他。一次，孩子写一篇题为“我的爸爸”的作文，李振德忙碌了一天回到家，孩子已经睡了，妻子把孩子的作文拿给他看，当看到“我的爸爸是一个石油工人，虽然我叫他爸爸，但是感觉他是一个陌生人”这一句时，李振德眼睛湿润了。妻子也红着眼圈说：“今天是你生日，孩子给你准备了礼物，你没回来吃饭，刚才还哭着找你呢。”看着孩子眼角还挂着泪花，李振德亲了一下孩子，抽泣着说：“孩子，爸爸不是一个好爸爸，原谅爸爸吧。”

李振德把整个心思放在了工作上，整个家庭的重担全部落在了妻子柔弱的肩膀上。为了支持李振德的工作，妻子再苦再累，即使受了委屈也是默默留在心里，从没有跟他吵闹过。妻子和李振德一样朴实而坚韧，如荒原上特有的红柳一样。当问到嫁给几乎天天不着家的李振德后悔不后悔时，妻子平静地说：“不后悔，他有自己的事业，我全力支持他，他是一个好男人。”在李振德的背后，妻子是一个默默支持他、关心他的多么伟大的女性啊！

尾 声

随着采访的结束，我感觉到李振德的形象在我脑海里越来越丰满，越来越清晰。但也感觉到要让读者清楚地读到一个完整的李振德，并不是我这孱弱的笔触和这区区几千字的文字所能表达的。这或许仅仅是冰山一角，只叙述出来李振德很不起眼儿的一个点，表达出了他一个并不突出的侧面。但一滴水能反映太阳的光辉，从这几件事上我们能真真切切感觉到李振德把石油工人那种扎根奉献、坚忍不拔的品质表现得淋漓尽致。

说实话，我更愿意把李振德看成一滴石油，一滴再普通不过的石油。或许只有“一滴石油”一词用在他身上最为恰当，再美丽的辞藻用在他身上也显得苍白多余。

或许他就本身就是一滴普普通通的石油，是千千万万滴石油中的一滴。但正是这样不起眼儿的一滴滴石油才能汇集成波澜壮阔的石油之海，才能爆发出无穷无尽的能量。

翻开石油开发史，你会发现一幅幅波澜壮阔的石油工人战天斗地的史诗画面，耳边会轰鸣着石油汩汩涌动的声音，形成一场撼天动地的交响乐剧：一张张熟悉的面孔，一个个熟悉的动作，一声声熟悉的声音。

千万个音符在跳跃旋舞，你就是其中的一个；万千滴石油在歌唱，你就是其中一滴。

李振德，你就是一滴石油，肤色黑黑的，心却如烈火般炽热……

跃上葱茏四百旋

——致敬涪陵页岩气田国家示范区里的“车服人”

严岛影　何　亮

武陵山脉，中国西南山系跨度最大的拱门。出入这拱门的云深雾重，以及常年在云端里的跑者。他们跑世上最难跑的路，跑世上最险的路，也跑世上最有希望的路。这路通往一个个井场。有人说，他们是拉着国家能源在跑，不断延伸着共和国能源的长度。

——题　记

山若坐骑额顶天，
抓把云雨着先鞭。
武陵逶迤腾细浪，
跃上葱茏四百旋。

这就是武陵山脉吗？那个横亘在中国西南山系最大的拱门。
这就是武陵大峡谷吗？那个被称作鬼斧神工的天坑地缝。

山高、路险、云深、雾重。
九道拐、天台、尖尖岭、两头望……

你要在这样的路上跑车，从大平原的一马平川，到跌宕起伏的万千沟壑，且长年累月跑车，一个月最多的要跑6000多千米，车里装满了井站、输气站、脱水站等需要的生产、生活物资，或载着地质科研人员踏勘上井、上下班员工迎来送往，必须“安全正点，优质服务”。高速、国道、省道这样的“豪华路”他们也跑，但跑得最多的还是乡道、村道，以及名不见经传的山道。

当年他们绕着焦石区块跑，跑焦页 1 井，跑试验井组，30 多台车硬生生地跑出了 5 亿立方米产能。如今，江汉油田车服中心涪陵车队 180 辆皮卡车、工程车、越野车穿行在焦石、罗云、山窝、卷洞、水江、南川、白马、复兴等数百千米的陡峭挂壁间，为涪陵页岩气田国家示范区勘探开发提供车辆服务。100 多个平台，串起了 700 多口气井，也连缀起了武陵山脉 64 个山头，这些被誉为“国家车夫”的车服人在云深雾重的高山远水之上拉着国家能源在跑！

这里云雾厚、沟壑深、雨水多，一年近 300 天的阴雨天，一首《太阳出来喜洋洋》的巴渝民歌道出了当地人的“太阳崇拜”。太阳出来喜洋洋，见到太阳像过年，人喜太阳也喜，这真是喜上加喜。在这样的地理、气候环境跑车，其难度和艰辛程度可想而知。即便如此，涪陵车队每年行车里程达 400 多万千米，绕了地球 100 圈，会战十年安全行驶“零事故”。

这个群体永远在路上。他们把当年跑的区块连成了四句话，至今都成了气田的车服金句：焦石，一个能把石头烧焦的地方，那一定是个大熔炉；罗云，一个落下云彩的地方，那山一定很高；天台，一个登天的台子，那山一定很险；山窝，大山都有心窝，那跳动的一定是咱石油人。

近十年，涪陵页岩气田从“一井独秀”到“众井成林”，从“一张白纸”到“中国示范”，从“一亿产能”到“圆梦百亿”，建成了全国第六大天然气田，引领带动了中国页岩气产业发展。这背后有多少脊梁、有多少大脑，又有多少穿行于云端里的跑者。

有一种车辙通往国家能源的端口

一位曾在部队担任过号手的石油汉子，站在焦石东边的达耳山吹起了长号。随着雄浑、厚重、嘹亮、庄严的号声，人们仿佛感觉到那把长号架在焦页 1HF 井架之上，它的每一个音符都有了光芒，最后吹奏者连同太阳也一起吹了出来。

这位号手是车服人王其斌。

2012 年 11 月 28 日，中国页岩气的第一串火苗映红了巴渝上空。这天，司机班班长王其斌从 300 千米外的万州新区项目部载着管理、科研人员进驻涪陵焦石。下午，他们在焦页 1HF 井第一次看到了页岩气放喷时的场景，那团红红的火苗点燃了页岩气国家示范区的涪陵“圣火”。从建南沟到大安寨，王其斌和石油拓荒者穿山越岭寻找油气资源整整两年，终于在中国的榨菜之乡涪陵焦石见到了火红的“大场面”，那一刻，他和在场所有的石油人喜极而泣。

出气了，焦石出气啦！焦石放飞出的“火凤凰”，让江汉石油人看到了中国新能源的希望。

旋即，有近万的石油人云集焦石。鄂 N 牌照的江汉车辆成了这方资源版图上的真正跑者。

会战初期，这位第一任司机班班长总爱拜当地的司机朋友为老师。他随身带一个小本子，密密麻麻记下了焦石周边数十条村道、山道。那些羊肠小道尚未进入当地的交通网，他“问”出了方位、“问”出了距离，也“问”出了路况。

“那些路跟我们没有关系呀！”同事有些纳闷儿。

“或许哪一天我们新建的平台就在那条路上呢。”王其斌说对了，他绘制的“线路图”后来大都派上了用场。在通往天台 42 平台的望涪岭就在他的本子上记下了：出天台乡 200 米处左拐下行，路窄，可供一车行。肘弯 7 处，有 3 处山石易滑落（见标注），再行五里地与县道交汇，可远眺涪陵城区。十年里王其斌就在这样的“之”字路上安全行驶 50 万千米，年年被评为“先进工作者”。

2023 年，王其斌就要退休了。他说，这十年是他“高光”的十年。他说，他几乎跑完了气田所有的井，每口井放喷时他都在场，他是见过“火凤凰”次数最多的人。

幸运的王其斌，陪伴“火凤凰”诞生的人，能不高光，能不幸运吗？

圆脸、黝黑、敦实，握他的手有力。

在涪陵焦石我们见到了这位有力的王新民。

他的故事上了央视频、江汉 V 视《见证》。

这是两代人的故事，虽然给人有穿越感，但故事的主题一样，那就是“我为祖国献石油”。

1970 年 1 月，“铁人”王进喜率慰问团到江汉油田慰问，当他得知江汉没有一辆公交车时，决定将大庆的 10 辆京Ⅰ型公交车转拨给江汉油田支援会战。王新民的父亲王志贵是其中10位驾驶员之一。老人从玉门转战到大庆，又从大庆转战到江汉。车轮滚滚，每一道车辙都是中国石油工业的走向。他开的是大客，“为人民服务，安全行驶”是他的座右铭。子承父业，儿子也手握方向盘，开的是皮卡。父亲穿的是蓝色工装，儿子的工装是红色的。父亲告诉儿子，他的工装叫道道服，说完就比画着唱了起来：

道道服蓝又蓝，
石油人穿不烦。
玉门量的身，
大庆走的线。
石油后代还在穿。

儿子听懂了。无论颜色怎么变，量身的尺子和走线的针尖都是咱石油人压箱宝。

1986年，老人被石油工业部评为“百万千米安全无事故”的优秀司机。

2016年，王新民被油田评为“百万千米安全无事故”的优秀司机。

儿子王新民没有“输”给父亲，也为这个司机世家锦上添花。

儿子对父亲说：“惭愧啊，您的获奖级别比我高。”

父亲心里透亮：“哪里的话呀，那是老皇历了，现在没有石油工业部了，集团公司没有单列这一奖项，你是赶上了油田最后一拨获奖者，我在大平原跑，而你跑的是大山，你比我强！”

王新民生在大庆，父亲又是“铁人”王进喜挑选出参加江汉石油会战的司机。他说，他的这份“优越感”在很大程度上是使命感。2020年春节前，王新民驾车为技术监督中心运设备回江汉，突遇疫情暴发，居家隔离近两个月。开车的被封在了家里，路是他的生命线，他心急如焚。3月中旬湖北多地尚未解封，油田复工复产在即，车辆服务中心承担起“点对点”运送任务。“给你一项新任务，后天送一批复工复产的员工到坪北。有困难吗？”江汉到坪北有1400多千米，湖北又是重灾区，沿途封城封路并非一帆风顺。尤其湖北牌照的车辆更是重点盯防的对象。王新民明白，自己是党员，有A1驾照，能够驾驶大客车，熟知路况、路线，他被临时借调至通勤车队，是组织的信任啊！父亲有一句口头禅，其实那是王进喜的口头禅：没有条件创造条件也要上。王新民做足了功课，绕过武汉优化出了一条新线路。半个月的时间，王新民冒着疫情风险远距离运送员工赴坪北、涪陵往返6趟，行驶里程近7000千米。

送完员工后，他发现自己不仅仅是司机，也不仅仅跑了长途。他说，他是一个摆渡者，为复工复产的员工摆渡；他脚下的漫漫长途通往的是国家能源的端口啊！

王新民问父亲："'为国争气，安全行驶'是我的座右铭，你看行不行？"父亲回答："这座右铭好，我开大客主要是运送油田到武汉的职工家属，所以就有了'为人民服务'；你现在是在气田开皮卡，送物资到井站，'为国争气'，好好好！安全行驶都是我们的根本。"

你去过武隆大峡谷吗？

没有。

天坑地缝？仙女峰，酉阳龚滩？

别问这么多。没有时间去。我们有多少司机休完过完整的年休假？一个萝卜一个坑，车是满负荷在跑，轮休得排队。有时该自己轮休了，同事家里有急事，能去挤、去争吗？年休假留给家里最需要的时候，或老人走了、病了，儿女考学，没有怨言。我们总说，是我们拉着气田在跑，其实是气田拉着我们在跑。这值！有时的放弃，是因为有更大的希望在等着你，需要你。

张仁杰在忠县新区值班，跑一口井就要一个多小时，如果要多跑一口井就要2~3个小时，一个来回一天就过去了。忠县区块正在开发中，山路不好走，很多驾驶员不愿意去，张仁杰主动申请前往。他说，自己是党员。什么叫带头，冲在前，跑在前，这就是党员的本分。他每个月平均行驶5000千米，那些偏僻山道上的车辙只有一种车型在跑，技术专家刘乔平开玩笑地说：张师傅走的是"专用道"，不追尾，不错车，牛！忠县刚刚开发，手机定位不太准确，经常出现重叠现象，山顶的定位在山脚下，常常在山里兜圈圈。6月22日，甲方工作交接要寻找泰来201、202老井位，他手机导航又出现问题，碰巧遇见一位老乡，经过询问，老乡表示大概知道方位，随即带车前往，在山上跑了3个多小时终于找到了要找的老井。中午2点，他想请老乡吃饭，老乡婉拒了："出门在外大家都是朋友，有困难帮个忙是应该的，你们也是为我家乡搞建设，我们留个手机号，下回你们来，我做东！"

什么叫风景？听听老乡的话，你就知道这“风景”在未来，心里有了希望，就有奔头，那些景区还在那里，跑不了，只会越建越好，晚去一定比早去好。

有一种声音是云端里的声声慢

深冬。在焦石通往江东的崇山峻岭之间，数十台各种类型的车辆小心翼翼地在九道拐的急坡、肘弯上滑行，山套山像过山车似的，抬头是雾，前看是雾，路的两边还是雾。

嘀——

一声喇叭划破沉寂的肘弯，那是提醒对方前方有车，慢行！

车过卷洞，山雾弥漫，能见度仅有 5 米。跟车的材料员徒步在车队的前面开路。“听到声音了吗？”“听到了！”“跟着声音来！”提高调门用声音给司机指方位。司机张健说：“我们是在赶考，顶着风雪到焦石第一考是过九道拐。”把车开快了不难，把车慢开，慢得跟人步行一样，难！开数十吨的载重车更难。28 号开钻，还有两天时间，等不起。绕过翻斗岭，雾散了，路出现在视野里。虽说只有 10 千米的“雾路”，但他们足足走了 3 个小时。谢天谢地，他们总算抵达焦石。通往井场的大小道路喇叭声起，浮土扬尘。井架如雨后春笋，浓浓的机声穿透时空，宁静的山地小镇一夜间喧腾起来了。焦石第一次人涌如潮，着红工衣的人流就像一条澎湃汹涌的红河。

嘀——

嘀——嘀

嘀嘀——嘀

嘀——嘀嘀

听到一声喇叭声，那是在打招呼，叮嘱对方，慢行。

听到两声，那是祝愿声，平安。

两长一短，告诉对方前面弯多。

一短两长，那是有事停下车。

喇叭声是他们的车语。他们就用这样的语言在大山深处交流。

一个终点有四条路的备份，优化路线，那线路里是满满的安全，也是创效短程线。刘爱民、周艳武驻守在焦页 89 号平台，这一对初中同学在 89 号平台相遇了。刘爱民曾经是油田汽校的“总教头”，周艳武总喜欢向他讨教驾驶、修理绝活儿。89 号平台坐落于“九道拐”的山间，当地人俗称“两头望”，东边望见焦石镇，西边望见涪陵新区，低洼处俗称“天鹅抱蛋”，特殊的地理环境，全年被云雾笼罩难见天日。下雨前有雾，下雨后有雾，天晴依然有雾，塌方、泥石流时有发生，对安全行车要求更高。

“上茶！”刘爱民有主意了，周艳武也喜滋滋地一番“侍候”。喝完茶，刘爱民带着周艳武爬上两头望的东端指指点点。两人就这样各自画出由驻地到 14 个平台的优化路线图。那张地图，以两头望为圆心，放射性地伸向各个平台。“我们每天出任务，不止跑一个平台，所以我们规划路线，把各个平台串联起来，雨台山、尖峰岭、太阳村、江东、天台等，给我一个目的地，我可以规划出 4 条路线。哪些路村落多，有学校、有集市，人流量大，就尽量避开；哪些路易落石，要心中有数。如果突遇车祸、泥石流等封路的情况，就会多一种选择，不耽误生产……”刘爱民把山路连成了心路，经他这一优化，有四条路“垫底”就不愁跑不出安全奖、创效奖。

2021 年 4 月，严军“火”了，他被油田评为“精神文明建设标兵”。

“那火大吗？万一引发加油站爆炸呢？”

“我只想快点把火扑灭，救人要紧，哪顾得上那么多！”末了，严军又补充一句，“我没那么伟大，这恐怕就是职业病，见到不安全的就条件反射。”

4 月 18 日下午，皮卡司机严军送完井站物资后在焦石加油站加油，突然发现加油站出口不远处，一辆在等红绿灯的电动车后轮胎冒起了浓烟，骑车人毫无察觉。加油站、浓烟、周围的村民，他来不及多想，一边挥手示意车主下车，一边以最快速度拎起车里的灭火器冲了上去。当时，车子冒出火花，发出扑哧扑哧的响声，加油站的员工也赶来帮忙灭火，严军一边让员工拨打 119 报警，争取救援力量，一边组织大家展开灭火救援。在大家的共同努力下，明火被彻底扑灭，当再次确认现场无安全隐患后，严军这才松了一口气。

嘀——

严军的皮卡车在焦石通往天台的路上。一声喇叭声，路上的司机听懂了“慢行”的车语。

张健在涪陵车服项目部落下个雅号——“洁癖哥”。

怎样的“洁癖”呢？今年 6 月还没过完，他已经额外用掉了 27 管牙膏了。

“洗刷刷，洗刷刷！”不是漱口，不是刷皮衣，而是给他心爱的丰田“美容”。在车场洗车台，清晨或傍晚，总能听见“唧唧……唧唧”的异响，这种时候准是张健蹲在车旁边用牙刷蘸着牙膏刷车。

“我平时没有洁癖，但是对于车辆，我有洁癖！”

针对车辆的清洗剂种类繁多，大多是化学制剂，对车漆伤害很大，也不环保，不利于车漆的保养，张健就用牙膏牙刷有针对性地处理车漆上难处理的油渍、污渍。来到涪陵两年多，他驾驶过的丰田考斯特、三菱帕杰罗，车身、车内、发动机舱永远都是光亮整洁。“牙膏一个月 1 管，雷打不动，牙刷要选择软毛的或者是旧的，不伤漆。”

车是他生命的一部分，他的这份“洗刷刷”如果仅仅说是“爱美”，那你错了。从安全的角度，那是保养，一个把车保养得一尘不染的人，他的安全观从细微处着手，他的服务是从“美观”入手，车不能“微笑”，但美观是最赏心悦目的服务。

“杨师傅，文庆看你来了！”

“杨师傅，文庆又要回涪陵了！你放心，单位每天出勤前都要做健康检查！量血压，吹酒气！要是当年你不那么拼，多关心关心自己的身体，说不准咱们都在涪陵会战呢。”

朱文庆嘴里的杨春城的事迹上了人民网：《还原一个客车司机的最后2000米》。

2012 年 2 月 16 日，原江汉油田向阳社区客运部客车驾驶员杨春成在运送职工的途中因心脏病突发不幸殉职。在生命的尽头，为了乘客的安全他及时把车停到路边，并将其余乘客安全转移到另一辆公交车上。最后的刹车、最后的交代、最后一个电话、最后的 2000 米，如果不是杨师傅严格按照操作规则处理，车辆很可能在路中央发生车毁人亡的惨剧。他生命的最后 2000 米，虽然没有达到终点，但他走得没有遗憾。

朱文庆是杨春城的好兄弟，每次回家探亲，他都会来到车场为杨春城植下的石榴树清理杂草、施以养料。当年杨师傅从马王庙油区挖回来两棵石榴树幼苗移植到车场旁的院墙边，两棵石榴树荫似伞盖，伸出墙外的花枝，好像是向远在外乡的兄弟招手，在朱文庆师傅的眼里，仿佛那不是花，而是用鲜血凝聚成的一种生命的延续。石榴树落地、生根、开花、结果，晶莹透红的石榴籽象征着团结、友爱、耐心、拼搏、奉献的品质。当然，在朱师傅心里，那粒粒饱满的石榴就像杨师傅的叮嘱，安全高于一切！

2015 年 1 月，因油田客运市场调整，长途班车取消，一直从事大客车驾驶的朱文庆来到涪陵加入了页岩气田。在气田工作的七个年头里，他先后获得页岩气公司“稳产保效争领先，建功中国新能源”劳动竞赛先进个人、中心安全行车优秀驾驶员、优秀共产党员称号。

这些荣誉他都带回给杨春城“看”，告慰他：你没有走完的路，文庆帮你走！他每一年安全跑车里程 6 万千米，连续 5 年摘得里程数第一。

有一种职业是车服，也是国家“车夫”

焦石镇子外有一处烈士陵园。高耸云端的纪念碑像顶天立地的惊叹号。“不能打扰这片长眠之地。”司机们每经过此地都要放慢速度，不按喇叭，担心打扰了先烈的“睡眠”。有时遇到清明节，就靠路边停车，采撷些野白花、小黄花敬献在先烈的碑前。

太阳快要落山了，它压在武陵山脉雄浑的山脊线上，犹如挂在黛色屋脊上的巨大金轮。这些云端里的跑者带着满满的喜悦收车，也只有这时候他们才长长地舒口气，给项目部的领导报平安：队长，我已安全归队！

“我也到涪陵会过战呢！”年近 80 的董阿姨回到油田总会提起在涪陵、焦石的日子。儿子朱贵超，2017 年 6 月来到涪陵气田，从事驾驶员岗位工作。他是中心安全行车优秀驾驶员、优秀党员和先进工作者。“他话少心细，严谨认真，不仅是优秀的驾驶员，而且是远近闻名的大孝子。”车队同事这样称赞他。

2020 年 10 月，朱贵超的父亲因病去世，一向硬朗的母亲仿佛一夜之间老了许多，而朱贵超唯一能做的，就是线上陪伴母亲。显然母亲还没有走出失夫的悲痛之中。11 月，朱贵超决定把母亲接到气田换一个环境，也好尽尽孝道。讲明情况后，单位也很支持。母亲患有高血压、关节炎等疾病，为了更好地照顾老人，在十几平方米的宿舍里，他让母亲睡在床上，自己拿着同事送来的褥子、被子，打起了地铺。每天执行完出车任务，他便尽量抽时间陪伴母亲，扶着母亲一起去李渡新区的玉屏山公园爬山。在焦石值班的一个月，他把母亲也接了过去，朱贵超上班去了，母亲就在家中买菜做饭，特别喜欢擀面条、包饺子，冬至那天特意包饺子请同事一起吃。吃着热腾腾的肉馅儿饺子，大家都夸伯母好手艺。“大家都辛苦了！以后你们想吃什么跟伯母讲。咱来涪陵也是参加会战，没事做，闲着，是会战吗？”一席话说得大家鼓掌叫好。

“带着母亲会战”的朱贵超，其实是在通往能源的路上找到了家国的平衡点。

2021 年 7 月 1 日，涪陵车队党支部举办“唱支心曲给党听”演讲比赛。已有 40 年驾龄的老司机张应斌动情地说：“咱司机起点不高，但爬的山高。咱车服是一种职业，没有车服就没有找油找气的第一串脚印。气田未动，车马先行。重不重要？放在古代咱就是个车夫，放在今天，咱还是车夫，是国家的车夫，国家能源的车夫。”张应斌驻扎在焦石 42 号巡检站，服务工作涉及 6 个平台、49 口井，已经在涪陵会战 6 年，今年 58 岁，这个年纪上有老下有小，还有繁重的工作要兼顾。两个肩头，一头扛着家、一头扛着国。张应斌的母亲和老丈人都因脑梗卧床不起，需要照顾。妻子家中有“三朵金花”，她排行老二，姐姐和妹妹因病相继离世，照顾父亲的工作就落在了妻子一人身上。除了对家人的愧疚，在工作中张应斌时不时也会受委屈。井场有着急的任务，焦石的山路不好走，车速起不来……凌晨出车，跑到一半，通知问题解决了，不用来了。人家没错呀，张应斌也认可，“我们是车夫嘛，服务至上”，自我调节心理，甲方工作人员也不容易，他依旧会面带笑容，开好安全车。有多少苦，有多大的委屈，听到一口口新井出气了，自己也长长地出口气：页岩气真好！所有的烦恼都烟消云散。

李维国，人称“光头李”。

“常年跑井场施工现场，洗头浪费时间，为图省事我干脆就理成个光头。”李维国哈哈一笑，抚摩着自己锃亮的头顶。

他 2020 年 7 月来到涪陵参加会战。30 多年的职业生涯让他从一个阳光小伙变成了一位光头大叔，宜昌试采地面项目组位于夷陵区龙泉镇，工作区域跨度长，工作复杂、任务紧，李维国长年担负着宜昌、万州、恩施、利川各个井区的巡检工作。一辆福特车，一本行车记录本，每月 4000 多千米的路程，记录了他在项目组安全行车的工作轨迹。

李维国时常把“开好车、服好务、多创效”挂在嘴边。为了把工作做好，他有句口头禅："宁愿自己麻烦千万遍，不让用车单位一时难。"

2022 年 4 月 5 日傍晚，宜志页 2HF 井因暴雨停电，需要马上去井场启泵。接到抢险任务后，李维国帮着工作人员携带抢险设备，驱车赶往 30 多千米外的井场。途中因暴雨将一棵大树枝打倒拦住了前方的路，大雨滂沱中，他跳下车，将树枝移至路旁，搬开旁边的碎石，不顾浑身湿透，雨大湿滑，继续驱车赶往井场，确保了设备全部正常运转。

那一场春雨把他浇透了。

有点咳嗽，还好体温正常，他不担心自己感冒，担心什么呢？担心被当地防疫部门当"新冠"隔离起来！

不能跑车，连车夫都不是的，别说国家"车夫"了。

暖 流

陈远芳

3 月 5 日，江汉大地依然春寒料峭。高大挺拔的水杉丛林里，掩映着的油田托老中心显得有些寂寥。托管在这里的老人们，脸上默默然，心中却有几分暗暗的期盼。

果然，一大早，一群头戴小红帽、身穿红马甲的人，扛着红旗，提着工具，欢声笑语，像一群欢乐的喜鹊，飞进了托老中心大楼，也飞进了老人们的心里。

他们在庭院里，拔杂草、除垃圾，打扫卫生；在厨房里，擀面皮、包饺子；从楼下到楼上，从一个房间到另一个房间，为老人们剪指甲、修脚、采耳、理发。

这些忙碌的红色身影，像一股春风，在大楼里吹拂；像一股暖流，在空气中流动。他们温暖的马甲背上，写着一个共同的名字：江汉义工！

从零起步，组建江汉义工团队

说到江汉义工，自然就会说到袁大庆，他是江汉义工爱心公益协会会长，五星级义工。

今年 54 岁的袁大庆，是江汉油田采油气技术服务中心测试大队员工，中等个儿，衣着朴素，在人群里并不显眼。就这么普通的袁大庆，却将江汉义工的爱心事业做得风生水起。

一听袁大庆的名字，就会联想到遥远的北方、宽广的草原，把我国贫油帽子甩到太平洋去的大庆油田。的确，他父亲是一位老石油人，参加过大庆会战。袁大庆的出生，伴随着父辈那些艰苦而难忘的岁月，这名字也铭刻着父母对石油事业的热爱。

后来，父亲从大庆奔赴江汉，是江汉油田最早的拓荒者、建设者，因积劳成疾，去世得早。那时，袁大庆才20多岁。袁大庆觉得自己没有机会好好报答父亲的养育之恩，这成了他心中最大的遗憾，也成了他将孝道给予众多老人的缘起，后来创办江汉义工组织更是得益于此。

袁大庆有两个发小，他们从北到南，一起见证石油开发的艰辛，见证石油人的奉献与付出。20世纪90年代中期，两个发小分别从油田调到北京、上海工作。发小的父亲，分别是油田的工程师、地质老总，一个脑梗，一个中风，生活自理困难。两个发小都把父亲送到了托老中心，委托袁大庆抽时间帮忙照看。

那时，油田托老中心刚建不久，住房条件简陋，设施也不齐全，而且护工少。一个护工照看七八个老人，根本顾不过来。袁大庆去看望老人时，见电风扇没有配电盘，就买了送去；见蚊虫多，就送去蚊香；有时还把单位分的生活物资，拿去送给护工和老人们。就是不送东西，只要有年轻人来，其他的老人都会主动打招呼，脸上笑嘻嘻的，洋溢着喜悦的表情。看到老人们高兴，袁大庆也高兴。不知不觉间，他和老人们熟络了，亲近了，便把老人当成了亲人，把对父亲的遗憾，弥补在老人们身上。

去得多了，他不仅为发小的父亲服务，其他老人有需求，他也热心帮助。有一次，他又去看望发小父亲时，正赶上有一位老人去世。见人手少，他二话不说，忙前跑后，直到把老人入殓安顿好，才离开。对发小的父亲，他一帮就十年，直到两位老人去世。

2008年元月，袁大庆随江汉油田换班队伍来到山东莱州湾畔的清河采油厂工作。下车后，朋友们热热闹闹的，拉他去东营，他也想顺便到超市买些生活用品。

当时，正值隆冬季节，天寒地冻的，人们都躲在室内，手捂在手套里，捂在衣服口袋里。可大街上，却有一群穿着棉大衣、套着红马甲的人们，在捡垃圾、扫大街，干得欢实、起劲儿。热心的袁大庆被这情景吸引了，有些好奇，就去寻问、交谈。那些人告诉他，他们是义工，在志愿做服务。他期待地问："我能不能参加你们的活动？"那些义工高兴地说："非常欢迎。"他们当时就留下了联系方式。

袁大庆回单位驻地后，立即打开电脑，加了QQ群。从此，看通知、等通知、参加义工活动，就成了袁大庆工作外的全部业余生活。慢慢地，因为被需要，他热爱上了公益。"帮助他人，快乐自己"对袁大庆来说，不仅仅是一句口号，那是他内心最真切的感受。

以后，无论天晴还是刮风下雨下雪，每个周末，袁大庆都跑几十千米路，准时参加志愿服务。参加活动多了，和东营的义工们就熟悉了，大家想到江汉来学习参观。

当时，江汉还没有义工组织。袁大庆想：我们不比别人差，我们要有自己的团队。他不服输的性格被激发了，同时，更想把这颗爱心种子传播到江汉来。

在山东清河工作 8 年后，袁大庆随着换班的队伍又回到了江汉。他做的第一件事，就是组建义工团队。他给好朋友讲自己的想法，没想到一盆盆冷水浇了个透凉。有人说，不是有团委、工会经常组织志愿服务吗？参加集体活动就好了，你个人去组织，三分钟的热情，干不长久的。还有人说，你总不能长期自己出钱，帮别人做好事吧？没有经费，怎么支撑下去？

袁大庆找民政部门去申请，民政部门表示支持，但提出必须具备软、硬件条件，比如要有办公场所，要有自己的标识和标志性工服红马甲等。

倔强的袁大庆说："只要有一个人支持，我就有信心。"于是，袁大庆自己出钱租房做办公室，自己设计、购置了 50 件红马甲，做了一面印着"江汉义工"的红旗子。

他的行动感动了大家，2016 年 3 月 5 日，全国学雷锋日，江汉义工爱心公益协会正式成立了，登记册上有了 42 人。

他的爱人、女儿、女婿，成了义工团队最早的成员。他的许多同学、朋友也加入了进来。从此以后，这支爱心团队，像星星之火，燃起在江汉大地之上。

有了义工，油城更靓了

2016 年 5 月 8 日，母亲节。袁大庆决定将义工团队的第一场活动献给大地母亲，从水杉公园的环保做起。

水杉公园有一片国内最大的人工水杉林。因水杉素有"活化石"之称，在行业内外享有盛誉，是石油人休闲娱乐的好去处。正因如此，来园里游玩的人多，丢下的白色垃圾也多，有的角落甚至有狗屎。这些垃圾，像美女脸上的斑点，让水杉公园的美景大打折扣。袁大庆说："我们就从水杉公园的美容师做起，与文明握手，向陋习告别。"

每次义工活动，都要向民政部门申请、报备。民政部门对参加的人数、项目备案、审批。这些严格的程序、量化细化的标准、计算工时的规定，使得义工组织更加正规。从 7：30 到 11：30，一个上午 4 小时工时，脏、苦、累，他们用汗水积攒，努力达到星级标准。

第一次集体亮相，有好朋友担心申请名额多了，没人来，他失去信心和信任，建议只申请 10 个名额，试试深浅。袁大庆说，第一次把机会都给大家。他大着胆子申请了 40 个名额。没想到倡议发出后，在册 42 人，除他和爱人没占名额，人人都申请了。有的人还带着孩子来参加活动。

通知早上 7 点半，在李先念题字的“江汉水杉纪念碑”前集合。7 点不到，有些激动的人就早早地来到了集合地点。他们带着自家的扫帚、火钳夹，穿着统一的红马甲，已整齐地排队站好了。

袁大庆和公园负责人做了简单的动员，分片分工后，大家迫不及待地干了起来。捡垃圾的捡垃圾，扫路的扫路，每一个羊肠小道都走遍。这些红马甲，在茂密的水杉林里，在缠绕的灌木丛中，在绿色的草地上，迎着霞光，随拍就是一幅美丽的图景。

比图画更美的，是他们在劳动中洒下的汗水。有些垃圾时间长了，变得脏硬；有的在草丛里、灌木里，扫帚扫不到，火钳夹夹不住。义工们就用手当扫帚，用身体当火钳。有的手磨出了血，胳膊上蹭破了皮，也不管不顾。

一位义工大姐从密密的灌木丛里拧出一袋垃圾时，脸上、手上都挂着血迹。路过的游人无不感动地说：“你们真了不起！”义工大姐微笑着摇摇头，被夸得不好意思。

40 多公顷的水杉公园，他们一寸一寸地找垃圾，一块砖一块砖地扫路面，清理的垃圾装满了 16 大桶，抹去斑斑点点的公园更亮丽了。

更可喜的是，许多游人主动加入进来，到活动结束时，就新增了 21 人，义工团队由 42 人发展到了 63 人。水杉公园的环保活动，成了江汉义工的起点。他们从这里出发，沿着五七大道，向文化广场、东荆河堤、曹禺公园、紫月湖、南水北调兴隆大坝、马拉松赛场一路前行。每个地方都走过红色的身影，播下文明的种子，聚来敬佩的目光。

特别是当这些戴着小红帽、穿着红马甲的人们，穿行在曹禺公园捡垃圾、扫路面时，潜江市民眼睛一亮。市民们说，石油人真不简单，做义工做到了潜江，真是大爱无边啊！

一旦进入义工行列，就没有休息日了。他们用公益活动占满了每个周末、每个节假日。如果突遇大风大雨，室外无法活动，就改为室内。环保活动一般在室外，下雨了，不便展开，就改到敬老院去。晚上则安排礼仪、技能培训和文化学习。

因为只有这样，才能更好地展示义工形象，积攒到更多工时，向更高的星级攀升。因此他们争先恐后，生怕落了后。每次活动，一经发布，几十个名额，一秒钟接龙，名额就满了。有的人没“抢”到，很失落、懊恼。

郭迎忠，原是江汉油田员工，后来应聘到了中海油，在海洋平台上班，工作一个月休息一个月。每次休假，从海上到陆上，辗转多种交通工具，行程 1000 多千米回到江汉。为了省出时间做公益，他在动车上就开始报名，把“海休”变成了义工时间。

活动中，大家纪律严明，处处表现出石油人讲团结、打硬仗、不怕苦的高素质。有一次在借粮湖清扫垃圾做环保时，潜江地区去了十几支公益团队。在安排任务和总结点评时，江汉义工统一着装，列队整齐，听从指挥，无人看手机、讲笑话，让其他义工团队刮目相看。

江汉义工组建到现在，活动已无数，但一直没经费、没报酬。他们坚持分文不取，有时活儿没干完，回家吃完饭再来。即使有单位给了报酬，他们也捐出来，捐给敬老院。有一次在五七大道清沟除垃圾时，管理路段的社区领导给他们送来了两箱矿泉水，没有一人去拿。因为每个义工的双肩包里，有两件标配：雨伞、水杯。

他们唯一的激励方法就是工时。不断增长的工时，是爱心、是荣誉，是他们引以为傲的成果。

敬老院里，老人们像孩子一样笑了

2016 年 5 月 14 日，江汉义工第一次为老人们服务，他们来到了王场敬老院。该院在汉江之滨，与油田紧邻，过去经常有油田志愿者来此服务，有良好的企地互动关系。

他们像一团炽热的火，一到敬老院，就温暖了每个角落。按照分工，有的拿出理发的剪刀、推子、围脖，给老人理发；有的拿出盆子和水桶，打水，给老人泡脚、修脚；有的给老人采耳、量血压；还有的到厨房，忙着洗菜、剁肉、和面、调馅儿、揉面、擀皮、包饺子。

在这里生活的老人们，是经过严格筛查的。他们都是需要特别帮扶的五保户、孤寡老人。他们无儿无女，一辈子清苦。老人们长期干农活，有的脚掌变形，脚趾畸形，指甲奇厚。第一次有人给他们修脚，他们感到不自然，难为情。

老人们的脚不仅不好修，也许有的人见了，还会嫌弃。但义工们早有心理准备，像对待亲人一样对待老人们。他们把老人扶到椅子上坐好，自己坐在老人下方的小凳子上，熟练地给老人们洗脚。然后，抱着老人的脚，仔细地修去脚上厚厚的死皮，剜去脚盖缝里的污垢。老人们深受感动，渐渐地眼里噙满了泪水。泪水滑落到脸上，又滴落在干枯的手背上。

活动结束时，院长李小红点评、总结时说："袁大庆会长通过熟人找到我，要到院里来做义工，我一直不同意。我担心你们热热闹闹地来，一哄而散地走，把老人们吵烦了，吵病了。"李院长悉心照料老人，无私奉献爱心，被评为潜江好人、湖北好人。她说："你们为老人做的事，有些我都做不到。老人们一辈子没修过脚，我也没修过，你们修了，你们做到了。"说着，她哽咽起来，眼里含满泪水。

的确，为了打开服务市场，袁大庆几次三番地找李院长，不厌其烦地介绍江汉义工的服务项目、服务理念。袁大庆费尽口舌，李院长才勉强答应他们来试试看。

江汉义工原本想在母亲节那天，到敬老院，向老人们献上他们的爱心的，因为一次次被拒绝，才不断向后推迟。当他们终于能为老人们服务时，非常珍惜。一上午，没有人休息，也没有人喝院里的水，吃院里的饭，真正做到了"秋毫无犯"，活动结束就走了。他们感动了老人们，也感动了李院长。之后，江汉义工成了这里的"常客"，并成为最受欢迎的人。

同样，他们更想把这份爱心献给油田托老中心的老人们，那是他们的父辈，是在石油里浸泡了大半辈子的石油人。这些人的子女大多又在追逐石油，远走四方。无奈，袁大庆每次去协商，负责人都不给他说话的机会，没有笑脸，也不让座，总是不留余地地回绝。

负责人不客气地说："你们这些人，搞形式，凸显自己，有些沽名钓誉。每次来唱歌跳舞搞活动，拍照的、摄像的人比干活儿的还多。人一走，老人们就生病了，更烦躁了。你们还是让老人们清静清静吧。"

袁大庆来来回回跑了八趟，他太熟悉这个地方了。他做义工溯源，可以追溯到这里来。发小的父亲早已去世，许多熟悉的老人也不在了。袁大庆太想把义工们带来，实实在在地为这些老石油人服务，但每次都被拒绝。

袁大庆不气馁，他托关系，找朋友，找到了托老中心的上级管理部门。所谓精诚所至，金石为开。终于，义工们走进了袁大庆一直牵挂的这所庭院。

他们热情的态度、细致周到的服务，打动了老石油人们，也赢得了负责人的满意。从此，隔一段时间，他们就来服务，他们熟悉了老人，老人们也记住了他们，有的能随口叫出他们的名字。

为了让更多的老年人享受到爱心关怀，他们又转战到各个社区。拉横幅，插旗子，摆好桌椅小凳。捡垃圾、扫小路，用朴实的身影广而告之，吸引居民。

第一次进社区，义工们有些缩手缩脚，居民们也围观看热闹。袁大庆就热情示范，他微笑着把一位老人扶到椅子上坐下，然后坐在小凳子上给老人脱鞋脱袜，把老人的脚放进洗脚盆里，轻轻地搓揉。袁大庆说："你们用青春和汗水建起了我们生活的油城，给你们洗洗脚，我们开心啊。"大家纷纷跟着学，然后，理发、采耳、剪指甲，忙得不亦乐乎。

副会长谭琼，为了学会修脚，买了一套专用工具，在培训班上和工友互相练，回到家给自己修，给 70 多岁的爸爸修。她几次将自己的手拉出血口子，伤没好利索又继续练，直到学好练会。义工们理发、修脚、采耳的工具都是自备的。

后来，他们从油田走向潜江市，走向周边的熊口、杨市、龙湾、渔洋、张金、竹根滩、积玉口、高石碑等区镇。每到一个敬老院，他们必定要包一千个饺子，祝福老人们福气满满、健康长寿。一个个水饺整齐摆放，一锅锅沸水热气腾腾，吃惯了南方米饭的老人们，吃着别样的水饺，快乐得像孩子一样笑。

这些红马甲越来越受到关注，队伍不断在扩大。有的母子牵手，有的父子同框，夫妻、姐妹同行。许多小学生、中学生随爸爸妈妈参加活动多了，更懂得孝敬长辈、爱惜粮食，主动做家务，自己的事不要父母操心。

爱心导诊，温暖人心

人非神仙，孰能无病？

2016年7月，袁大庆根据自己在东营做义工的经验，主动找到江汉油田总医院领导，协商爱心导诊服务事宜。

油田总医院是一所集医疗、教学、科研、预防于一体的综合性国家三级甲等医院，除了服务石油人外，在潜江西城和周边城镇有广泛的就诊对象。医院大厅，挂号、收费窗口，几乎天天排着长龙一样的队伍。

门诊大厅虽然设有导诊台，却不能面面俱到。如果有义工参与，既能弥补服务人员少的不足，也能起到与患者沟通的桥梁作用。医院领导听完袁大庆的介绍，非常高兴，当即拍板，希望他们尽快过来。

打这以后，身着红马甲的江汉义工成了油田总医院的标配。从周一到周日，每天上午，医院最繁忙的时候，都有他们温暖的身影。他们都经过了严格的培训，从医院门口到医院大厅，从就诊科室到住院部，帮着维护秩序，陪同帮扶。特别是看到有些独自前来，行走不便的老人，义工们就推着轮椅奔过去，然后帮着挂号，引导到科室。许多老人弄不好智能终端设备，他们就在那里手把手地帮助操作。

一天，油建工程公司女职工任青陪着80多岁的父母到医院看病。父母行走不便，又不在同一个科室就诊，一时不知所措。两名训练有素的义工见到犯难的她，赶紧迎上去，帮着照顾老人、排队挂号。接着一人搀扶着父亲，另一人推着轮椅上的母亲，分别到两个科室就诊、化验、拍片、做B超，到智能设备上查检查结果，到不同的窗口拿药，跑前跑后，不厌其烦，忙到中午快下班时才办完。

任青非常感动，当即就问，自己能不能加入这个团队？两名义工高兴地给她留下了联系方式。

2021年11月，任青第一次走进义工团队，参加了消防宣传活动。之后，她成为义工团队一员，而且是较为活跃的一员。2022年2月，她加入爱心导诊群，专门在医院做导诊。短短8个月时间，她就成为三星级义工。现在，她刚刚办完退休手续，可以全身心地投入义工活动，向更高目标攀升了。

关于义工星级的申办，国家明文规定，一星级义工必须完成100个工时，二星级300个工时，三星级600个工时，四星级1000个工时，五星级1500个工时。目前，江汉义工有五星级义工16人，占潜江市五星级义工总数的70%以上。江汉义工有35万多个总工时，袁大庆工时最多，4200多个。在潜江众多义工团队中，江汉义工人数第二，工时第一。在高校和志愿服务团队密集的湖北省，江汉义工总工时排名第八。

35 万，一个庞大的数字，都是一个小时一个小时累加的，这是汗水的累加、爱心的累加，凝聚着义工们的快乐和幸福，当然也有眼泪和委屈。就拿做爱心导诊来说，他们一干一上午，没有一分钱报酬，也不喝谁的一口水，满脸微笑对待患者，有时却莫名受气。

义工在维持秩序，不守规矩的人说："我最烦你们这些穿红马甲的人！"

有人一进门就冲着义工喊："哎，快点儿，把我妈送到楼上去！"

刚来做爱心导诊的义工，在智能设备上操作慢点儿，有人就不耐烦地说："取个单子都弄不好，当什么义工？"

有人啥事都找义工："你们不是能帮我们吗？"以为义工有无限权力。

这些呛人的话，任谁听了都难受。但义工们并不往心里去，只要听到一声"谢谢"，他们就很高兴，觉得自己所做的事很值。

义工郑远琴，退休前是医生，更了解患者的痛苦。当义工后，她对患者给予了更多的关爱和照顾。每周一到周五上午，她都到住院部的中医科、肿瘤科，在重症监护室里陪伴重症患者，帮助他们用药、给他们按摩、陪他们聊天，甚至给予临终关怀。

义工廖菊香在社区开了家门店理发，社区没有不认识她的。她自己是个癌症患者，却总是力所能及地帮助他人。目前，她已升到四星级志愿者。中医科有个患者，长期卧床，像植物人。找理发师，没人去。有人建议找义工试试看，就找到了廖菊香。廖菊香二话不说，提上理发工具直奔医院，并坚持免费服务，直到其去世。

江汉义工的行为，潜移默化地影响着医生、护士们。2022 年 5 月，油田总医院医务社工部成立了志愿者服务队，医生、护士也加入了义工团队，承担起了江汉义工服务以外的项目。

应急，突击，在时光中奋进

每个节假日，江汉义工都安排得满满的，春节也不例外。

2020年春节，“新冠”疫情突发，各地相继封村封路。人们谈“冠”色变，都居家不出门了。但江汉义工在第一时间组建志愿者团队，发放宣传单、张贴倡议书、电话通知，动员大家积极战“疫”。

当他们得知，生态农业公司在“餐桌保卫战”中，人员告急、运输告急、配送告急时，立即组建突击队。一时间，“我请战，我自愿”“算我一个”“还有我，还有我……”微信里，请战书像雪片飞来。

尽管对参与人员做了严格规定，突击队还是超过百人。义工们承揽任务后，分别单个结成包保，一对一服务，帮助老人们送蔬菜、测体温、倒垃圾。

武建义是一名退休医生，没退休时就一直参加义工活动。楼道里，经常听到他亲切的问候：“王老伯，给您送菜来了。”听到家里有人回答：“谢谢啦。”他放下菜，转身离开。

咚咚一阵敲门声后，又听到他在问：“李阿姨，送菜来了，给您量量体温吧。”李阿姨开门，微笑着让他测量体温。测完体温，要离开时，他又问：“李阿姨，有垃圾带走没？”“有。”“好的，给我吧。”于是，武建义又提着满满的垃圾袋下楼。从大年初一开始，一个多月时间，他没在家完整地待过一天。

疫情期间，交通停运了。袁大庆开着私家车，往返于居民小区、医院、公安局等服务点，参加应急任务。53天连轴转，接送队员2280人次，驱车1.5万多千米，花去油费6000多元。

持续的疫情，打乱了生活节奏，医护人员两个多月没理发了。医院领导给袁大庆讲明情况，希望义工们打突击，为医护人员理理发。袁大庆立即组织，义工们接到通知，二话不说，有的关了店门，有的交给徒弟打理，自己加入理发队伍。除了服务医护人员，他们还服务特殊行业人员，包括公安干警、协警、消防队员、新闻记者、城管和防疫专班人员等，共1000多人。义工们用3天时间，全部完成了为油田抗疫人员理发的任务。

现在，江汉义工是一支越来越受群众喜爱的群团组织，哪里有公益活动，哪里就有他们的身影。每次突击任务，急难险重的活儿，江汉义工都冲在前，不负众望，召之即来，来之能战，战之能胜。

他们除了建工作群，还设有消防宣传群、反电信诈骗宣传群、居家养老服务群、爱心导诊群、青年大学习群、社区服务群、大学生社会实践活动群等小群。以群管理，少层级、简捷；按项目活动，务实、方便。

协会管理层有 6 人，都是五星级义工，管理在册志愿者 1355 人。年龄最大的 65 岁，最小的 6 岁。从 42 人到 1355 人，6 年时光，他们走过的地方洒满阳光。

2022 年 7 月，全省反诈骗宣传正在全面展开。江汉油田有 42 个居民小区，4 万多户居民，是犯罪分子最觊觎的地方，也是反诈骗的重点地区。面对如此庞大的宣传对象，公安部门首先想到了江汉义工，把他们列入反诈骗宣传阵营。江汉义工接受任务后，全力配合围剿电信网络诈骗犯罪。

盛夏的傍晚，酷暑的热浪还在空气中弥漫、蒸发。义工们利用晚饭前的时间，迅速来到小区居民楼前，匆匆集合，交代事项后，就开始一家家爬楼、敲门、宣传，大汗淋漓，口干舌燥，手把手地请居民签字、承诺，保护自身的财产安全。

“都到饭点了，衣服湿透了，你们还在忙碌，赶紧回去吃饭吧！”楼上楼下的阿姨、大爷感慨地说。

是啊，早了，居民还没下班；晚了，都要出去散步。他们就是要抢这个时间段，趁大家正在做晚饭或吃晚饭时，做好反诈骗公益宣传。

但并不是每个宣传对象都能理解、支持，有的人嫌烦，有人还不客气地往外轰人。尽管如此，江汉义工依然不厌其烦地挨家挨户走访、提醒居民，帮助群众守护好钱袋子。

8 月 7 日，潜江市突发 5 例新冠病毒阳性病例。疫情就是命令！

江汉义工团队立刻启动应急预案，紧急招募“疫情防控志愿者”。报名公告在官方疫情平台发布后，群里报名信息的铃声，如拉响的警笛，响个不停，报名踊跃，志愿如潮。就在大家积极报名时，他们接到街道办电话：午后开展全员核酸检测，请江汉义工大力协助！

离全员核酸检测还有几个小时，14 个社区，几十个采样点，义工们毫不含糊，全力投入。这些特别能吃苦、特别能战斗、特别能连续奋战的义工们，立刻奔赴“疫”场。在烈日下布置采样场地，如蒸煮煎炸，没人叫苦叫累。抬桌子，搭棚子，摆凳子，在地上贴一米间距胶带，个个撸起袖子加油干！

下午 6 点采样开始，全员核酸检测在晚霞中有序进行，义工们忙前忙后服务居民。酷热与苦累，他们全然不顾，心里只想早日战胜疫情，早日清零。夜幕降临，核酸检测在继续，义工在陪伴。

结　语

习近平总书记说："积小善为大善，善莫大焉。当有人需要帮助时，大家搭把手、出份力，社会将变得更加美好。"

江汉义工做的事，是小事，是实实在在的事，是群众欢迎的事。这就是小善，他们日行一善，天天如此，正在影响更多的人。

在潜江团市委每天向团中央志愿中国报告中，江汉义工是领衔的最活跃团队。他们累计开展公益活动 4000 多场次，收获的荣誉、奖牌、奖状、锦旗，把墙面占得满满的。袁大庆，2019 年被评为潜江好人，2021 年被浙江省志汇公益发展中心授予首届年度管理员大会"孺子牛奖"。江汉义工团队，2020 年被湖北团省委命名为"本禹志愿服务队"。

2021 年 11 月，袁大庆光荣地当选为潜江市政协委员，街道办事处专门给了一间办公室，义工们活动更方便了。袁大庆利用做义工的间隙，了解社情民意，写提案，建言献策，为群众办实事有了更广阔的舞台。

如今，袁大庆和江汉义工，每天都有公益活动，每周都要进社区。周六敬老院，周日环保，已成惯例。他们冬送温暖，夏送清凉，常年送关爱。他们像一股暖流，融进空气和阳光，在江汉热土上，深情地流淌。

绽放的石油花

——全国劳模艾晓慧炼成记

朱 涛

2020年11月24日上午，人民大会堂灯光璀璨、庄严肃穆，全国劳动模范和先进工作者表彰大会正在隆重举行。在欢快的乐曲声中，全国劳动模范和先进工作者代表依次登上主席台，中共中央总书记习近平等为他们颁发荣誉证书。当38岁的艾晓慧从习近平总书记手中接过荣誉证书时，她激动得双眼模糊，她知道这不是梦。经过13年的努力奋斗，艾晓慧从一名大学教师到采油女工，最终登上国家最高领奖台，实现人生的华丽转身。

艾晓慧很忙，作为一名边远站点的采油站长，她十天半月才能回来一次，还要照顾妈妈和到厂里交办工作。几经联系我终于见到她，高高的个子、圆圆的脸、齐耳短发和较快的语速可以感受到她作为一名女站长的干练。

近两个小时的交谈，她的笑容给我留下深刻印象。她说她的乐观来自妈妈，妈妈虽然几近失明，但每天都要到广场上跳广场舞，而且是领舞。妈妈的心里装着一个花园，不曾生长一棵杂草，因为妈妈没有教过晓慧埋怨、记恨别人，包括晓慧的爸爸。晓慧说："妈妈让我理解爸爸，尽管他们因性格不合分开，但不代表爸爸不爱我，分开多年，我还经常感受到来自爸爸的如山的父爱。"

因为母亲，她又回到了原点

艾晓慧出生在江汉油田，是一名油二代。作为80后的独生子女，她没有像同龄孩子一样，成为家中的小公主，而是用稚嫩的双肩，早早扛起家庭重担。

30年前，艾晓慧的妈妈被确诊"视神经萎缩视网膜变性"，双目几近失明。屋漏偏逢连夜雨，那年父母离异，父亲离她们而去，外婆也因煤气中毒永远地离开了。家庭变故让刚满八岁的艾晓慧突然长大。妈妈告诉晓慧，石油工人天不怕、地不怕，没有什么困难能难倒咱们。从那时起，她就成为妈妈的一双眼睛。

每天清晨6点，艾晓慧就早早起床烧水做饭，把早饭端到妈妈手上。单位照顾妈妈，安排妈妈在离家很近的锅炉房上班。艾晓慧先送妈妈到单位上班，再赶到学校上课。放学后，她飞奔回家做饭，再送到锅炉房和妈妈一起吃，吃完后帮着妈妈卖水票，然后赶到学校上课。

锅炉房关停后，艾晓慧的妈妈成为一名环卫工人。艾晓慧每天晚上领着妈妈，在路灯下打扫小区道路。她说："最难过的是年三十晚上，人们在新年钟声敲响时出来放鞭炮，然后再回去看春晚，留下一地的鞭炮纸屑，我得在天亮前清扫干净。"晓慧心疼妈妈，让她先回家；妈妈心疼女儿，硬要陪着她。直到天边擦亮，两人才拖着疲惫冻僵的身体回到家。"幸好是春节，放寒假的日子，第二天不用上学，要不就惨了。"艾晓慧笑着说。日子过得很苦、很难，可她依然豁达、乐观。

2000年，艾晓慧高中毕业，她选择离家最近的长江大学，成为一名美术专业的大学生。四年后大学毕业，艾晓慧面临人生的抉择，是留在家乡照顾妈妈，还是外出闯世界，实现自己的教师梦，她犹豫不决。妈妈懂她的心思，鼓励她说："守着妈妈没什么出息，去看看外面的世界，感受妈妈从未感受过的精彩。"带着妈妈的嘱托和期待，艾晓慧踏上追寻梦想的路。

很快，艾晓慧成功应聘为浙江一所民办高校的教师，每天站在讲台上教授学生知识，课后和学生打成一片。每月六七千元的收入，让她成为令人羡慕的白领，她终于实现了自己的梦想。可每当一天课程结束，夜深人静的时候，她总会想起远在油田的无依无靠的妈妈。

一天下午，艾晓慧刚下课就接到邻居阿姨打来的电话，阿姨在电话那头焦急地告诉她，妈妈摔了一跤，摔得头破血流，让她赶快回家。艾晓慧连夜赶回家，看到不满50岁的妈妈满头白发，脸上、腿上、胳膊上摔得青一块紫一块，她的心碎了。她含着泪说："看到妈妈的样子心里很难受，背着妈妈大哭一场。妈妈行动不便，生活越来越困难，我有义务照料妈妈。"在照顾妈妈的那几天，艾晓慧内心深处的声音越来越强烈：回家回油田，无论做什么工作，只要能照顾妈妈。

艾晓慧的想法遭到妈妈的强烈反对，一向坚强乐观的妈妈明白，教师是女儿的梦想，都市白领才应该是女儿的生活，让女儿留在身边会让女儿的青春枯萎。艾晓慧软磨硬泡，她告诉妈妈只要努力，青春在哪里都可以绽放。

艾晓慧做着规划，尽量做到不耽误工作又兼顾家庭，照顾母亲。她说：“回到家乡工作，即使没守在妈妈身边，有什么事情也可以及时赶回，对妈妈心理上的安慰和在外地是不一样的。”多年来，她养成习惯，收拾房间时，衣柜里的衣物按季节分层叠放，橱柜里的碗筷按大小分类摆放，家中常用物件都有固定位置，为的就是方便妈妈找到。

艾晓慧想回到家乡，除了照顾母亲，还有一个不为人知的原因。作为一名油二代，她对石油有着特殊的情感。从小生长在油田，钻井、油建、测井、井下……这些具有行业特点的地名早已刻入油田孩子的内心；而儿时就响彻耳畔的“我为祖国献石油”的豪迈旋律，更是成为一种石油情怀，融入石油后代的血液里。

2007 年 3 月，艾晓慧毅然放弃自己热爱的教师职业，放弃光鲜亮丽的都市白领生活，回到油田，成为一名劳务派遣性质的采油工。她被分配到江汉采油厂原采油 22 队，这是个偏远站点，远离油田矿区，前不着村，后不着店。

在高校当教师，艾晓慧拿的是粉笔，捧的是教案，面对的是朝气蓬勃的学生。回到油田当采油工，她拿的是管钳，提的是样桶，面对的是边远井队的荒凉与孤独，工作环境和生活方式彻底改变。她说：“要说心里没落差，那是假话。是消极还是积极？是沉沦还是奋起？我很快调整心态，选择后者。即便是当采油工，我也要当最棒的采油工。”艾晓慧朝着新的人生梦想起航。

做采油工，相当于从零起步。如何把这个零变成一个完美的句号，或者是充满期待和希望的省略号，艾晓慧动起了脑筋。为尽快胜任工作，艾晓慧每天跟在师傅后面，师傅每做完一项工作她就会追问为什么这样做，遇到问题就记录下来，回去再看书琢磨。她笑着说：“好记性不如烂笔头，这是当年我当老师时常对学生们说的。”一支笔、一个记事本是艾晓慧的掌中宝，无数个日夜，她往来于站点、井场，每一个闸门、每一条管线、每一道流程，她都铭记于心。

艾晓慧的师傅李拥回忆：“针对一些复杂的工作流程，我会先示范一遍，再针对重点步骤和注意事项进行讲解，晓慧就拿着本子和笔在旁边进行详细的记录，看着她认真地记录工作流程中每一步重点的时候，我就觉得这个 80 后女孩将来会给人惊喜。”艾晓慧进步很快，不到一个月，她就顺利顶岗采油岗位。在这里，她找回和讲台上同样的自信。

如果“断代”了，还是“油二代”吗

江汉平原的冬天是美丽的，比起北方的冬天多了一份静谧和温柔。一望无际的白色的原野上，红色的抽油机格外醒目，它和石油工人的红工装一样，让这片白色的大地燃起希望。

2008 年冬天，也是艾晓慧当采油工的第一个冬天，一场 50 年不遇的特大冰雪突然袭来，给油水井管理带来严峻考验。1 月 12 日，一口井的管线回压突然升高，急需大剂量加药，站上男同志都去处理管线穿孔，加药工作落在艾晓慧和另外一名女工身上。

通往井场的河堤路又陡又窄，工具车进不去，她们抬不动 300 斤重的大药桶，就把药倒进 50 斤重的小药桶里，一次一次分开加。这个冬季并不温柔，寒风夹着雪花直往脖子里灌，割疼了脸、冻僵了手。地上积雪有半米深，让人迈不开腿，手上的药桶重似千金，每往前挪一步，都要使出全身力气，不一会儿，胳膊就酸痛难忍。

另一名女工也是一起上岗的新工，这险恶的环境让她直掉眼泪。艾晓慧给她加油鼓劲儿，搀着她一步步往井场挪。艾晓慧说：“我个子大，有力气，就多拎一会儿；手冻麻了，脚冻僵了，就停下来抖一抖；滑倒了，爬起来，又滑到了再爬起来。我们硬是咬紧牙关，往返 12 趟，终于按时完成加药工作。”

低温大雪天气持续整整一个月，艾晓慧和工友们没有让一口井停产，没有让一条管线冻堵，没有耽误一吨原油产量。当采油工的第一年，艾晓慧就被作业区评为管井能手，成为大伙儿眼中的女能人。她把荣誉证书拿给妈妈，妈妈摸着证书上的烫金大字，脸上乐开了花。她开心地说：“那一刻，我真的好开心，干采油，我不后悔。”

秋天的江汉平原稻浪翻滚，一片金黄，红色的抽油机下的油浪翻飞，也是石油人眼里丰收的景色，不浪费每一滴石油，才是践行“我为祖国献石油”的庄严承诺。

2009 年的秋天，队上采油班在井场回收 300 多袋落地原油，党员干部都去井上帮忙搬运落地原油。站上的大班只剩下艾晓慧和师傅李拥两人，师傅正在抢修一个注水泵，无法抽身去处理那些落地原油。艾晓慧知道师傅的工作量很大，就独自承担起处理回收落地原油的工作。她默默地拿着镰刀把装油的蛇皮袋一个一个割开，再用热水把油冲到污油池中，最后再把一堆堆的蛇皮袋用小推车运到垃圾池。就这样，她不知道在污油池和垃圾池之间往返了多少个来回。等大伙儿搬运完最后一车落地原油回到站上的时候，她身上已满是油泥，红扑扑的脸上满是汗珠，300多袋落地原油大部分已经被她处理到污油池中。看到这一幕，大伙都不自觉对她竖起大拇指。一个女孩子这么迅速地完成了这么繁重的工作，让师傅李拥既高兴又欣慰。

这年冬天，联合站油改煤工程开工，站上新增一台锅炉，由于工作需要，艾晓慧走上锅炉岗。工作初期，作业区特地邀请培训老师到站上现场授课，看到站里所用的煤质量不是很好，授课老师说："这种煤，只有我能烧好。"艾晓慧听后不服气，暗暗把老师说的要点都记下来，没事就待在锅炉房动手琢磨。每天频繁铲煤、推煤，她的双手由白嫩变得粗糙，掌心出现老茧。党支部书记章潜看到她手上的老茧，称赞她的那股好学和不服输的劲头。三个月后，艾晓慧独立顶岗，第一个拿下司炉工操作证，成为作业区最早拥有双证的劳务派遣工。授课老师看到这个丫头把锅炉烧得热火朝天，对着她竖起大拇指。后来，老师对作业区经理说："这个煤，除了我，现在还有艾晓慧可以烧好。这个小姑娘，不简单！"时间一天天流逝，手上的老茧和晒黑的脸庞见证着艾晓慧的成长。同年底，厂作业区举办安康杯知识竞赛，艾晓慧一举夺魁。

2010 年 4 月，艾晓慧担任采油 3 班班长。这是一个特殊班组，全班七名班员有六名劳务派遣工。有人质疑，劳务派遣工年纪轻、思想活、收入低，容易闹情绪，一个年轻的女孩子能带好这个班吗？艾晓慧也感觉压力很大。

带班第二个月，厂区季度岗检在即。白天，艾晓慧带头爬上高高的抽油机，驴头除锈、刷漆、打黄油、喷点号，头上是似火的骄阳，脚下是灼热的铁板，一口井站下来，工衣都能拧出水。

晚上，艾晓慧带着大伙儿挑灯夜战，整改资料、核对数据。在她的带领下，大伙儿加班加点自觉奉献，最终顺利通过厂区岗检验收，打赢上任第一仗。她说："终于松了一口气，大伙儿纷纷对我竖起大拇指。"从城市白领到采油班长，艾晓慧的努力得到大家的认可。

采油 22 队副队长韩伟回忆："艾晓慧是一名称职的女班长，她到采油班后，不管什么脏活、累活都抢着干，许多在别人眼里只有男人才能干的活，在她那里都不是问题，让全队职工看到女性也是可以当好班长的。有一次管线穿孔，大家赶到现场看着满水沟的污油，首先想到的是回采油班穿雨鞋，可艾晓慧二话不说，脱掉鞋子、卷起裤脚就下到水沟里，查找管线穿孔处。经过半个小时的奋战，艾晓慧迅速将管线穿孔的地方打好卡子，晓慧那股吃苦耐劳的劲头给我们留下深刻的印象。”

同年 9 月，作为油田唯一的女劳务派遣工代表，艾晓慧参加中国石化优秀班组长培训班。学成归来，她将所学应用到工作中。她在班组实行设备标准化管理，让班员对着标准工作；在班组管理中，她实行日考核、周交接、月岗检，对班组成员不间断抓培训。班组整体技能水平得到大幅提升，年节约成本 60 多万元，被评为厂科学管理示范井、厂先进班组。

激情是一种可贵的力量，是一种饱满的精神状态，可以促使人释放出巨大的潜能。艾晓慧用饱满的工作激情带领班员提出一个又一个合理化建议。她们提出，针对老 2 斜 5–11 井的供气稳定、气量较足的特征，改进火嘴，增加一个水套炉，保证冬季量油的准确和稳定；她提出增加注水流程，不但节约 5 万余元的电费，还减少 2 万余元的维修费用；她提出的 10 余条合理化建议，直接创效 10 万余元。这年底，艾晓慧荣获油田十大杰出青年岗位能手称号。

从普通工人成长为采油班长，艾晓慧用了 3 年；从管理“门外汉”到入选中国石化优秀班组长培训，她仅用了半年。

2011 年 10 月 16 日，一个极其平常的日子，对于 29 岁的艾晓慧来说，却是一个值得终生铭记的日子。因为这天，她站在党旗下庄严宣誓，成为一名中国共产党预备党员。从一名劳务派遣工成长为中国共产党党员，艾晓慧深深感受到：在石油企业这个大家庭里，只有忠诚于企业，履行岗位职责，才能无愧于党旗下的铮铮誓言。

哪个班组缺人，党员艾晓慧就会主动请缨，二话不说顶上去；哪里有突击，她就会出现在哪里。老新联合站的锅炉不仅为采油 22 队老二区油井和联合站内热水循环系统供热，还肩负着员工宿舍取暖的任务。2012 年初，老新联合站推煤岗位空缺。这台锅炉每天消耗近 3 吨煤，推煤工是岗位的重要一环，艾晓慧主动请缨顶岗当起了推煤工，一顶就是两个月。

艾晓慧是采油 22 队团支部书记，她带领青年突击队平井场，该队团支部“利剑突击队”被油田授予“最佳青年突击队”称号。她带领青工进行擂台赛，提高员工技术水平，在作业区技术比武中，采油22队青工夺得团体冠军。

2012年3月，油田工会授予艾晓慧“巾帼建功立业标兵”称号。获得更多更高的荣誉后，艾晓慧没有放慢逐梦的脚步。一位老石油工曾说过，一名优秀的员工，不仅要会干，还要干得好、干得漂亮。艾晓慧说：“做教师是我的梦想，像父辈一样成为一名为祖国献石油的油二代何尝不是我的梦想，如果断代了，还是油二代吗？”做一名优秀的石油工人，做蓝领精英，成为艾晓慧追逐的石油梦。

采油树，一定是开“花”的树，那花是“油花”

4月的江汉大地百花盛开，是最美的时节，艾晓慧被选送参加中国石化技能大赛集训班，即将经历一场魔鬼般的训练。集训班里高手如云，艾晓慧年龄最小，资历最浅，经验最少。因为底子薄，她开始接受较慢，学习很费劲儿。为把理论知识学扎实，她把老师的课件全部拷下来，抓紧一切时间学，笔记本电脑的播放键和返回键都被磨掉了色。

为练好机械制图，艾晓慧从头练起，画满箭头、数字和线条的草稿纸堆成一座小山。实际操作中的调平衡是个力气活，体力消耗大，对男同志都是不小的考验。为增强体能，艾晓慧每天背着重达15公斤的铁榔头、扳手、摇把等工具，站在高高的操作台上，砸松固定螺丝，卸松锁块螺丝，用摇把反复移动半吨重的平衡块。她说：“尽管累得腰酸背痛，吃饭都拿不住筷子，端不稳饭碗，但还是咬牙坚持。”

4个多月的时间，艾晓慧制作300多张机械制图，每天背500道试题，体重下降20多斤。功夫不负有心人，在金秋的9月，艾晓慧摘取江汉采油厂采油工状元桂冠。

2013年10月，她被授予“湖北省知识型员工标兵”称号，并荣获湖北省五一劳动奖章。2014年9月，在湖北省石油石化行业采油工职业技能竞赛上，艾晓慧一举摘得状元桂冠。十年磨一剑，虽说通向领奖台的路仅有短短数步，可是艾晓慧却整整付出了两年的心血汗水。

2015年3月，艾晓慧光荣当选全国五一巾帼标兵，并荣获全国五一劳动奖章。艾晓慧把奖牌和证书拿回家，妈妈高兴地把奖牌挂在自己的脖子上，她让晓慧把证书上的字读了一遍又一遍，流着眼泪对艾晓慧说："慧慧，妈妈为你骄傲。"

2018 年 3 月，艾晓慧被中国石化集团公司转为合同制员工。她参与制作的"卡边带槽口的管道打卡装置""车载式油管线高压解读装置"两项发明，先后获国家知识产权专利。

2020 年初，组织上任命艾晓慧为马 50 站站长，她成为全厂唯一的女采油站长。上任的激情还未退去，突如其来的疫情就给她一个下马威。道路封闭，出行人员受限，为加强疫情防控，厂里暂时取消边远站点换班，站上仅留 9 名驻站员工，9 个人要持续驻守井站，确保疫情防控和稳产保产两不误。艾晓慧说："9 个人要完成平时 20 人的工作量，怎么做？作为一名站长，作为一名党员，没有困难可讲，没有撤退可言。"

又是大雪纷飞的冬天，气温骤降，全站 10 口油井回压升高，急需加药降回压，否则管线冻堵，损失不可预估。道路管控，送药车无法通行，艾晓慧就带头拎起各 50 斤重的加药桶和热水桶，带着员工一口井一口井徒步送。500 余公斤药剂和热水，20 余千米往返，保证油井的正常生产。

为保证员工正常生活，艾晓慧步行两个多小时，将物资送到拉油点。每天天不亮，她和员工一起对全站公共区域杀菌消毒，一天 3 次，从不间断。男同志头发长没法戴安全帽，她就想办法弄来理发工具，变身美发师，给男同志都理了干练的板寸头。

艾晓慧既当站长又当书记，带领员工严防死守、共克时艰，坚守站点 86 天，没休息一天，人瘦了 30 斤，但马 50 站却实现原油超产，取得抗疫保产双胜利。

4 月中旬，抗疫取得阶段性胜利，厂内恢复边远站点换班。艾晓慧风尘仆仆赶回家，眼前的一幕让她惊呆，家中各个角落布满厚厚的灰尘，三个月没见面的妈妈已经瘦脱形。那一刻，她泪如雨下，紧紧抱着妈妈说"对不起、对不起"。

在石油人的眼里，江汉平原这片土地上最美的风景是采油树，她红色的身影婆娑婀娜，在一片油菜花的鹅黄里翩翩起舞。因为有了采油树，这片农业的土地上有了工业的符号，农人种下稻麦、油菜、棉花，开出了稻花、油菜花和棉花，石油人种下的采油树，一样开出让他们自豪的"花"，那花就是"油花"。

2020 年 11 月 24 日，38 岁的艾晓慧迎来高光时刻。经过 13 年的努力奋斗，不懈逐梦，她作为中国石化江汉采油厂唯一的女采油站长，荣获全国劳动模范荣誉称号，走进人民大会堂，接受党和国家的隆重表彰。

如果说艾晓慧结束教师的梦想是缘于母亲，是母亲的好女儿，那么走近石油，爱上石油，为石油拼搏，做石油的好女儿，是她不悔的选择。作为一名油二代，“我为祖国献石油”的石油梦更是激励着她不断攀登事业的高峰。那铿锵的旋律，不仅是老一辈石油人的梦想，也是新一代石油人的梦想。

2021 年 10 月 21 日下午，习近平总书记到山东东营考察调研时强调：“能源的饭碗必须牢牢地端在自己手里。”艾晓慧深受鼓舞，她说：“确保国家能源安全，我深感责任重大，更加为自己的工作自豪。”

2022 年 6 月 21 日，湖北省选举产生出党的第二十次全国代表大会代表，艾晓慧当选，她将代表湖北省出席党的二十大。艾晓慧在追逐梦想的道路上更加踔厉奋发，勇毅前行。

“黑金”交响曲

常　佳

一曲悠扬，流畅婉转，管乐高低回环，从故乡陈年往事的老屋旁，从秉承石油匠心的探索与追求中，从黑金梦想的坚持与寻找里，从盘河岸边油区生活平凡的每一天，起承转合的音符，承载着青春岁月的点点滴滴，演奏出穿越时空的难忘乐曲。

“起：热忱”

记忆深处，一条璀璨的星河铺满天空。明或暗的繁星点亮农场的夜晚，外婆摇着蒲扇，凉风习习，我躺在外公的怀里，听着场院里的街坊邻里聊着新鲜的见闻。蝉、蟋蟀、青蛙共同演奏着悠扬的小夜曲。那时，灯光不足以照亮整个街道。远远望去，灯泡微弱的光芒就像田野里的萤火虫，半梦半醒间，我感觉自己是这个逍遥快活的小巫仙，骑着扫把就能飞到月亮上。

外公外婆的老屋坐落在盘河岸边的一片农场里。那时候时光走得很慢，我坐在门槛上观察着阳光踱步悄悄移动着树木的影子，蚂蚁在花草边上的泥土里搬着家。老屋里有棵会开花的树，小伙伴们固执地给它起了个名字叫“芙蓉树”。猫儿淘气地爬上芙蓉树，几片花瓣被惊动落下。溜入小姨的房间，床是用砖头垫着门板搭建的，报纸裹着黏面糨糊贴在墙上，散发着甜甜的香气，这小屋子既不保温也不纳凉，却美得很。平日里，小姨在“基地”的技工学校实习。我想那个基地应该有很多拿着破蒲扇、法力无边的“济公”，基地应该是神话传说中修炼的仙境。每次放假，小姨从“济公学校”回来，都会带很多我没见过的新奇小物件。小姨穿着漂亮的花裙子，在这个朴素的小村落里，显得格外洋气。

外公骑着“带大梁的车子”下班，身上有特殊的味道，是机油的味道。外公负责农场拖拉机的维修，平日积攒一些铁丝、螺丝钉和零件，能做一些很有创意的小物件。一块木板和几个小铁条焊出来的小板凳，目前已经三十多年了，油漆虽然已经掉落，却依然结实耐用。废旧的铁桶改装成烤地瓜的小炉子，冬天的时候我就蹲在小炉子旁边和外公一边聊天，一边耐心地翻烤着地瓜。

有时候，我们去农田帮外婆做些农活。沁凉的井水随着抽水泵的“一压一起”缓缓流出，清洗几个刚摘下的红彤彤的新鲜柿子，酸甜又带着一些“果沙”，浑然天成的味道，是大自然馈赠的礼物。我在菜园里踱着步，小心翼翼地抓白菜叶子上的虫，捕捉蚱蜢。不远处的外婆在帮豆角盖房子，帮黄瓜爬高，给南瓜挂网兜。外婆能种地，养鸡鸭，扯块花布，就能给我们作出漂亮的衣服。玉米面也能变成餐桌上美味的佳肴。

外婆家境殷实，陪嫁的木头箱子最底下有很多“大洋”，跟随外公来到这片荒凉的土地开垦、建设，从未抱怨过工作的辛苦和物资的匮乏，用粗粮细做、“化粗布为花裙”的技能将日子装点得有声有色，生活从未被怠慢和虚度。提起“家属”“大集体”这样久远的词汇，我会想起外婆，还有很多像外婆一样的梳着齐头短发、扛着铁锨、踩着缝纫机的“张姥娘”“李婆婆”“王奶奶”。我们这一代的小孩奔跑在农场的田野里，吃过百家饭，穿过百家衣，被不同的叔叔阿姨、爷爷奶奶抱在怀里长大。在物资缺乏、交通不便的年代里，他们是家庭温暖的港湾，也是油田快速发展的坚实后盾。

童年的故事和记忆就从这片农场开始。我们是这片油区的“油三代”。爸爸妈妈是“油二代”，工作很繁忙，忙于“会战”和“奉献”，“油三代”被安放在“油一代”身边。外公外婆家，就是我的新手村。

有一天，妈妈拿着一身花裙子和白雪公主的新书包突然出现在外婆家。妈妈拿着口红，用心在我的额头中间点了一个好看的红点，为我扎了好看的羊角辫。妈妈仔细端详我的样子，让我着迷和安全。妈妈接我回家上小学了，我坐了很久的公交车，来到了一排平房。从“新手村”正式踏入了“新手镇”，脑海里的世界又拓宽了一些，开始探索这片神奇的“艾泽拉斯大陆”。

矿区比农场要更“现代化”一些，高墙将矿区和农田分隔开来，高墙内是逐步建设和发展的家属区，高墙外有郁郁葱葱的麦田和正在耕种的老牛，抽油机愉快地挥动着曲柄。记忆里的天空是湛蓝的，云彩像被撕扯的拉丝的棉絮，湛蓝天空和白色云彩的色彩饱和度很高，纯洁干脆，白蓝分明，似乎没有一点融合和晕染。云彩遮挡了太阳，地面的影子会有清晰的轮廓，影子里和影子外会有很明显的温度差别。

记忆深处的矿区小院，干净得一塌糊涂。水泥盖板下的水沟里，有甩着靓丽尾巴的孔雀小鱼。几排整洁的小平房，孩子们在胡同里嬉戏奔跑。用砖瓦铺砌的胡同小路上，青苔装饰着砖瓦缝隙中的泥土，湿润且翠绿。

小镇的生活平静安宁，这里的每一位镇民来自“五湖四海”，说着不同地域的方言，从事着不同的工种，但是都被“石油”这两个字紧紧连接在一起，共同守护着“黑金石油”的奥秘。

连接“油二代”和“油一代”的是好几辆长长的公交车，我们叫它“大通道”，往返于爸爸妈妈工作的矿区和外公外婆生活的农场。每个周末，父母就会带我坐着那个长长的铁皮公交车，回到农场看望外婆外公。望着车厢里拥挤的人群，爸爸妈妈不得不把我从车窗递给等候接车的外公。外公的布鞋、说话的声音、急促的喘气声、身上香烟的味道还很清晰。恍若隔世，可是他已经离开我们多年了。

田野里，斑驳的抽油机留下了时光的影子，时光像一条银河横在记忆中，那时的我们无法想象这个石油小镇在祖国能源建设的海洋中乘风破浪。站在时光的彼岸我们也恍若隔世，几十年前的故乡宛若出水芙蓉的小姑娘，羞涩、清丽、初出茅庐却朝气蓬勃，宛若童话般纯净的存在。恍惚间，会怀疑那段时间是不是真实存在过。

我想用具有代入感的长镜头一般的语言，回到时光彼岸的故乡。也许是因为遥远的时光和沧海桑田的巨变，记忆始终无法沉潜为一段清晰而充满质感的纪录片，只留下一张张岁月里的零星的老照片和短视频。

说起对于石油行业的热忱，那是我、我的爸爸妈妈、我的爸爸妈妈的爸爸妈妈的故事。说起对于石油小镇的情感，那是三代人生活的记忆和青春往事。

“承：匠心”

“长大后，我就成了他。”油一代的工衣是绿色的，是部队的那种绿色。爸爸妈妈的工衣是蓝色的，是 20 世纪八九十年代的那种最朴实的工业蓝。我们的工衣是红色的，是朝气蓬勃的中国红、石油红。

为了深入系统了解学习石油开采技术，我对技能比赛有着深深的执念。不再幻想自己是外婆家能骑着扫把飞过月亮的小巫仙，我要成长为左手持管钳、右手拿扳手、头戴铝盔、身背呼吸器，随着技能比赛团队南征北战的女侠……

骄阳炙烤着全国技能大赛的训练场。热浪袭来，抽油机严阵以待，像铁炉一样把周围的空气加热晕染到模糊变形，时间被“专注”按下了暂停键，定格在这片时空里。汗水浸透了的工衣又被晒干，留下一圈又一圈汗碱，仿佛石油工作者追逐卓越技能操作水平的“年轮”。我们在抽油机旁边认真观察和交流使用工具的方法、拿工具的姿势、用力的技巧、摆放工具的位置，如何能把这项工作做得速度更快、质量更高、更安全省力。研习工具的脾气性格，学习精准发力寻找可靠的支撑点。

全国比赛召集了胜利油田最优秀的技师团队。聚是一团火，像极了《复仇者联盟》的各路英雄；散是满天星，大家像蒲公英的种子，把精湛的技能和工匠精神带回各个工作岗位。

面对挫折，保持热爱，无所畏惧。进行实训比赛项目“调冲次”的时候，我用尽全身蛮力，电机仍然纹丝不动，被掰弯的撬杠像个诧异的惊叹号。每次实操训练，拎着扳手和管钳兴奋地冲上去，手舞足蹈、手忙脚乱地对着抽油机“使尽全力”，却没有任何意外地惨败而归。受到很多次打击，仍然不会影响下次实操训练，继续拎着扳手和管钳兴奋地冲上去……

提升短板，沉潜钻研，久久为功。机械制图是创新的基本功，也是跨专业的难点。与最优秀的技师对标差距，每天研习机械制图，不管有多晚，不管有多忙，不管开心或者不开心，练习机械制图都会像吃饭睡觉一样定时定量。在比赛培训的后半程，量的积累终于有了质的提升，对于制图结构的理解渐渐深刻和系统了起来。在CAD软件制图比赛中，我感受到了打游戏的满足感，“RO”“L”“C”“QL”“LEN”“F–T–T–R–4”等快捷键的应用，就像是魔兽世界里的“寒冰箭”“火冲”“冰环”“闪现”技能的释放，先起手发射“标题框”，然后回身瞬发“点线面”，接着群攻三个视图，最后打磨“圆角倒角”，完善尺寸，有了难以言说的“满足感”和“节奏感”。

2019年秋天，我们到达了全国比赛的主赛场江汉油田。在武汉转乘高铁，吃了一碗老汉口的“热干面”。到达潜江已经是深夜，教练指着广场的龙虾雕塑说：

“我们来到了龙虾之城——潜江。相信你们每个人都能发挥出自己最高的水平，决胜在这千里之外的江汉油田。”

第二天清晨5点钟，东方的天空泛起微光，太阳还没有来得及照亮这座陌生的城市，我们就到了比赛场地。这里的树木笔直、细长而高大，植被和北方不太相同，路上有一些不知名的好看花朵和低矮灌木。江汉油田、西北局、胜利油田的选手对于比赛和操作的细节进行了交流，互相学习。我们看到了江汉油田的选手细腻的操作手法，是怎样把红丹粉擦得干干净净的；摸到其他油田、其他厂的不同性格和脾气的抽油机，同学们对于抽油机的应变能力也得到了很大的提高。江汉赛场的内涨式刹车和胜利油田培训基地的外抱式刹车不同，对选手在赛场的应变能力提出挑战。

太阳落山，天黑透了，教练和选手们返回住宿酒店。坐在公交车上，收音机里传出来带着“沙沙”声的音乐，“有暖风，在心中，何必畏惧过寒冬”。风吹起了长发，看着异乡陌生而新鲜的夜景，我依靠在车窗上，看到几位已经入睡的小伙伴，想着一路走来的朝朝暮暮，不管成败如何，来到千里之外的这片土地，踏上这个勇于进取的舞台，一直走在不断精进的道路上，就已经是一种胜利。

大概是高度紧张和疲劳后的彻底放松，我也睡着了，在那段短短的路程里，做了一个甜甜的梦，梦见外婆蒸好一笼和着花生和枣碎的玉米面窝头，梦见我坐在妈妈自行车的后座看见片片雪花落在我们的肩头，梦见音乐老师弹着脚踏琴弹起熟悉的旋律。

技能大赛是充满魅力的平台，汇聚石油行业最高技能操作水平的优秀教练与选手，同场竞技，交流学习，这里是优秀石油工匠诞生的摇篮，是石油“匠心”的炼金炉。在胜利油田职业技能竞赛的赛场上，我虽然没有如愿摘金夺银，但也得到了一枚来之不易的铜奖。荣誉和称号是一路走来的“副产品”，而这颗宝贵的匠心和遇到困难不曾退缩的坚韧，却照亮了我们之后的工作和人生。

“转：黑金”

全国比赛的长达半年的集训结束了，我们回归各自的工作单位，我把儿子抱在怀里亲了又亲，很愧疚地说：“妈妈以后好好陪你。”儿子开心地说：“没关系，妈妈，我有假妈妈陪我。”我问：“谁是假妈妈？”儿子说：“妈妈的枕头，有妈妈的气味，每天晚上都能陪着我。”我的内心有些感慨，希望能弥补对于家庭的欠缺，珍惜这平淡相守的幸福，希望所学知识技能可以转化为生产力，不再做飞过月亮的小巫仙，也不当提着扳手的女侠，就安于做一颗结实可靠的“螺丝钉”，钻好该钻的孔，守好该守的结构。由于工作岗位的调整，我进入单元管理岗工作。在技能路拿金奖的梦想还没有来得及实现，就在这里另起了篇章，从技能操作到专业技术的转变并不容易，比起新鲜和兴奋，更多的是茫然不知所措。这像是一种成长的断裂，也像是成长的延伸。

一部电影叫作《飞驰人生》，主人公是一位赛车手，被禁赛多年重返赛场实现梦想，他说：“巴音布鲁克赛道，1462个弯道，109千米。每天都在脑海里开20遍，我能记住每一个弯道。”参加技能比赛的时候，理论题库的6000多道题、几百张机械制图，我都可以做到精准无误。那如今，我是不是依旧可以延续这样的专注和热爱，搞清楚我们管理区的每一口油水井、每一个井组、每一个单元？低成本带来大效益的油水联动、精准措施、能增产增效的地质工艺技术，让我深深地着迷。

一张张构造图被铅笔密密麻麻标明小层序号，地下的层系和油水井的脉络，清晰可见。PCS上每一条生产动态曲线的起承转合都讲述着一段“故事”，每一张示功图身后都是油井的心跳，在一丝一缕的数据中心挖掘异常变化，在一串串数字和图形身后读懂油水井的状态，明确地层和层间的矛盾和问题，找到发力点。然后用油井的表现和数据变化进行反面推理，去验证对应水井的见效程度，改善水驱效果。立体的地下宫殿在脑海里逐渐清晰和完整，穿过层层叠叠的房间，推开房门，见到不同的“井朋友”，听懂了它们的喜怒哀乐和需求。

在探索油井工况和PCS数据处理方面，我渐渐摸出了一些“经验”，按照现代化管理的要求，我写了《依据大数据，油水井分级管理》，这是对于单井、异常井摸索做的经验总结，很意外地得到了现代化成果的一等奖。随后，我又朝着异常井组进军了，找了个下降单元P12-4断块进行分析，从井网、层系、单井分析，结合地质和工艺特征，明确连通关系，很幸运地在厂里的动态分析比赛中得到了一等奖。厂里推荐我去参加了局动态分析比赛。参赛的前一天，我们改材料改到很晚。地质所的李所长说：“为什么你的材料没有体现出流线调整呢？怎么才能体现出来呢？”我问：“我的实力确实薄弱，为什么是我来，不是吕经理来呢？他更合适。”疲劳的李所长歪在沙发上，半梦半醒地说：“因为大家觉得你需要这样的机会和历练。吕经理已经很成熟了，他有很多通道可以继续成长。”听完这些话，内心很感动，也暗下决心，精心培养几个单元，用低成本技术和油藏经营的理念把效益坐实，然后再用汇报的方式呈现出来。

分析比赛会聚了各个采油厂和油公司的汇报高手，在整个比赛的过程中，我也进行了深入的思考。作为管理区，我们分析的重点方向和着力点到底应该在哪里？如何利用数据验证数据，通过多平台追踪产量？如何将油藏经营细致到单井、井组？如何做好油藏体检工作，编制注采调整方案？如何在数据仪表盘失灵的时候，快速突破“盘库—井口”变化不一致的迷局？如何建立系统、精准、便捷的产量预警机制？

摸索 P2–23 单元和几个重点单元的分析和井组的调整，贯穿低成本开发技术、油藏经营的理念，提出治理措施，汇报、实施、跟踪效果，看到 P12–X64 井组见效、P15–XN1 井组见效、P2–186 井组见效、P16–XN11 井组见效，看到油井液量上升、含水下降，我感到了难以名状的快乐和满足，像是孩童时候在水沟里抓到孔雀小鱼，像是完成了一幅精美巧妙的制图。

岁月褪去了骑着扫把飞过月亮的纯真，沉淀了提着管钳南征北战的激情，“坐实单元管理岗”、做好稳定高效的螺丝钉，就是我对工作最诚恳的渴望。

苦练技术技能，不是为了拿多少奖牌，而是要将技术转化为生产力，看解决了多少实际难题，创造了多少效益。沉浸在这个层层叠叠流动着“黑金”的地下石油王国里，享受每个当下不断搭建、不断突破和不断细致的过程。

“合：沉积”

地质学里有个名词，叫作“沉积微相”，指在亚相带范围内具有独特岩石结构、构造、厚度、韵律性等剖面上沉积特征及一定的平面配置规律的最小单元。直到现在我也没有深刻理解这个名词的真正含义，却深深迷恋这个词，觉得这个名词浪漫多情而富有深意，它有着时空雕刻、不急不躁的美丽，有着生如夏花、向死而生的豁达。突破能力，会沉积为更高的水平；突破迷茫，会沉积为更坚定的信念；突破困难，会沉积为更全面的技能和更广阔的思路。在历史的长河里，我们都像小小的"沉积岩"，站在岁月的时空里，幻化为泥、为砂、为化石，在有限的生命中赤诚热烈，久久为功，不负青春。

我写了一首小诗《沉积微相》：

深浅交错　脉络层系
一枚树叶沉潜在时光彼岸
河流长途搬运着磨平棱角的石头
砾石、黏土、颗粒随着河流入海洋
盘河岸边的石油部落
沉积着岁月的故事
外婆摘了一盆槐花
香气填满时光的空隙
矿区小院废弃水塔旁长出青苔
火热的石油红被岁月压实
结构严谨　构造独特
厚度精妙　韵律活泼
安全帽和红工衣是石油礼赞的最小单元
藏在自然电位曲线或深或浅的凹陷中
聚焦曝光成为地球历史的一张张相片
芸芸众生　沉积微相

2022年4月

岁月承载着音符，融入历史长河，成为沧海桑田中生动的化石。河流携带着泥沙，从上游飞奔而来，又在下游缓缓流淌，经历千百年的沉积，盘河两岸形成故乡的土地，见证着石油行业的蓬勃发展。把能源的饭碗端在自己手里，是石油人对祖国庄严的承诺。

时光荏苒，2022年是临盘采油厂成立的第50个年头。公园里垂柳妖娆的枝蔓随着微风摆动，几片柳叶轻落池塘。池塘里的睡莲开了，颜色好看的鲤鱼探出水面。祥和的日子就如同波光粼粼的涟漪，泛起岁月水波般的年轮。热情赤诚的石油人在岁月中安家乐业，用柴米油盐的朴实生活将油城小镇装点得有滋有味，形成了集合各家所长的“临盘味道”，这里有正宗的商河金牌豆腐脑、马蹄烧饼、德州扒鸡、济南油旋甜沫、杭州小笼包、武汉周黑鸭、清真羊肉串、云南米线、陕西肉夹馍和凉皮……四海为家的石油人有了心灵的归属。

“看到抽油机的地方，就是我们的故乡。”盘河这座承载烟火气息与石油梦想的小城镇，从荒凉走向繁荣，发生沧海桑田的巨变，一座座楼房拔地而起，那些大大小小的油水井已经不仅仅是我们的工作，更是几代人的梦想，是诚恳火热的灵魂。滚滚流动的黑色工业血液，融入祖国建设的大江大河，也承载着每个小油滴的使命与热情。

择一事热爱，执一生之手，持一片赤诚，守一方使命。

家在彼岸

康玲玲

家，充满内涵、充满温度的汉字，意味深长，深藏人间万千，能引起无数人的情感共鸣；家，对于中国人有着特殊的意义，它承载着对生活的所有理想和归属。它是身心休憩的港湾，也是不断汲取力量的源泉，是情感的依托。

“欲治其国者，先齐其家。”家文化由家衍生而来，经历了漫长岁月的洗礼，家文化也被赋予了团圆、温暖、幸福等不同含义。

鱼翔浅底，潮起潮落。碧波荡漾的渤海湾，有胜利海洋人温暖的“家”。

“家是最小国，国是千万家。”丹心寸意，皆为有情。海洋采油厂把家文化建设作为推动高质量发展最基本、最深沉、最持久的力量，以家文化温暖人、凝聚人、激励人，汇聚迎战海洋、建设海洋、筑梦海洋的磅礴力量，让海洋人勇毅笃行。

一、海上有家

家是爱，
有爱的地方就有家；
家是你，
有你的地方就有家。

九曲黄河，奔流东去，汇成烟波浩荡的渤海。在渤海湾南部海面上，有我国目前规模最大的浅海油田。在这片远阔浩渺的大海上，有这样一群人——胜利海油人！

第一眼见到渤海，跟我想象中的不一样。上午，阳光晴好，风平浪静，远远望去，海呈现一种青玉色。坐上船，再低头看，又是碧蓝色。这里的职工告诉我们，不同的天气、不同的季节，海的颜色都不一样。

海洋采油厂的海上采油工，是胜利油田一支特殊的队伍。他们与海洋、船舶、平台、石油机械为伴，在远离陆地的海域开采石油，在海上一住就是 15 天。因为远离陆地，“海上采油工”在外人眼里多少显得有些神秘。“单调、孤独”，这是自 1994 年海洋采油厂诞生以来，外人对“海洋人”的普遍评价。

海洋采油厂担负着胜利海上油田开发建设任务，管理着埕岛和新北两个油田，采用“生产平台＋陆岸终端”的半海半陆开发模式，油井开井 548 口，水井开井 275 口，日产油 9810 吨，是落实国家“稳定东部”石油战略的重要阵地，也是保障国家能源安全的生力军。

“亲爱的，我来了！”

当油嫂们突然出现在平台，出现在海油职工们的面前时，这些男人们都蒙圈了。

这一位还在酣睡中，呼噜声打得那个响啊！媳妇儿拍拍肩膀，睡意蒙眬中，男人揉揉眼睛：“做梦吧？”再揉揉眼睛，可不咋的，媳妇儿活生生地就在眼前。

“媳妇儿，你怎么来了？”男人一骨碌爬起来，双目相对的一刹那，两人竟都红了眼圈。媳妇儿看着男人胡子拉碴的样子，忍不住扑簌簌掉下眼泪。

那一位呢，刚跟媳妇儿通完电话，媳妇儿问：“过几天休班回家想吃点什么？”男人说：“啥都行，只要是你做的，都爱吃。”这不，手机还温乎着呢，媳妇儿就跟天兵天将似的，一下子立在眼前了。能不发蒙吗？

……

这是海洋采油厂组织的“亲爱的，我来了——油嫂一线行”活动，为了保证活动效果，组织者要求油嫂们事先不能透露一点儿消息，当然，更不会通知平台上的男人们，一切都要严格保密。所以，油嫂们如“天上掉下个林妹妹”，一下子“掉”到男人们面前。

这些终日在海风中磨砺的男人们，这些不善言辞的男人们，回过神后，欣喜、感动之余，能做的，就是紧紧拥抱自己的媳妇儿。

孤寂坚硬的钢铁平台，因了女人们的到来，增添了些许温柔与馨香，连每日腥咸的海风，此刻也似乎裹挟着阵阵芬芳。男人们“嘿嘿”地笑着，眼角眉梢跳跃着动人的神采。

虽说是海油嫂，可女人们还是第一次来到丈夫工作的地方。碧波荡漾，海鸥飞翔，平台上条件倒也不错，吃的、住的都还好。可是大海之上，就这么孤零零的一个平台，就像一个荒岛。新鲜过后，就是说不出的荒凉与孤独了。冬天冷，夏天热，平台上的活儿一点也不能耽误。油嫂们在平台上转一圈，心里如海浪般，涌起一波波的柔软与疼惜。

“哗、哗”，海浪轻轻翻滚着，海风吹着面庞，咸湿的味道。有女人悄悄别过身，眼里噙着泪。知道自家男人在海上的不易，可来了这儿，才真真切切知道这“不易”的分量。

中午，女人们簇在食堂里。好不容易来次平台，给男人们做点好吃的。女人们使出看家本领，有包水饺的，有做寿司的，有做馅饼的，有做点心的……恨不得把所有美食都做一遍，让平台上的男人们好好享受一下“家”的味道。女人们双手上下翻飞，这边饺子皮一张一张雪片般，从擀面杖下飞出，那边一捏一合，小白鹅似的饺子就站满了盖帘；精致的寿司卷，一个个亭亭玉立地站满了盘子，赏心悦目；枣泥酥香甜的气息轻轻弥漫；梅菜扣肉、糯米肉圆、风干鱼……诱人的浓香飘满了整个餐厅。今儿一大早，油嫂们就把男人们最爱吃的菜肴准备好了，带上了平台。

相聚匆匆。临别时刻，油嫂们握着笔，在“家属安全寄语”的大红条幅上，写下自己对爱人的嘱托：你在外安全工作，家里放心；你在海上好好的，家里有我好好的；海上有你，我放心；家里有我，你放心……一字一句，都是心里永远也放不下的牵挂与企盼。

太阳慢慢地、深情地吻向海平面，油嫂们要回家了。夕阳把海面铺染成红黄橙蓝的色彩，梦幻般迷人。而女人们无暇观赏平日里见不到的美景，只盼望着时间能慢点，再慢点。

坐在回返的船上，女人们心里千转百折。真想在平台上多待会儿，多陪陪他，可家里还有一大堆事啊！老人、孩子，还有自己的工作，杂七杂八的事情，哪件事都离不开啊！那边，男人们齐刷刷站在平台上，挥着手，道别。这边，女人们站在回返的船上，也挥着手，道别。眼泪又一次溢出，怕人看见，转过身，一把抹掉，调整好情绪，再度挥手。

白色的海鸥伸展翅膀，无限眷恋地盘旋着、叫着，久久不肯离去。同样不肯离去的，还有一直站在平台上，远远目送的男人们。

“爱撒谎”的海油人

“志强，看天气预报说这几天海上风浪大，平台上怎么样啊？你妈不放心，非让我打个电话问问。”

“老爸，你就放一万个心吧！平台上一切风平浪静。”今天上午刚刚过去的一场强降雨，让他到现在还心有余悸。乌云压境，张牙舞爪霸占了整个天空。大海狂躁地掀起一道道骇人的巨浪，向平台猛扑过来，咆哮着要吞没平台。而后一阵阵急骤的暴雨，倾泻而下。整个平台在疾风骤雨的海面，显得如此渺小和脆弱。

“平台上挺凄惶的，不好熬吧？”

“怎么不好熬？平台上吃得好、睡得好，还有跑步机能健身。网络信号全覆盖，下了班可以玩手机，也可以跟家里视频。这段时间我还长胖了呢……”

平台上的孤独与寂寞，还有挥之不去的对家的思念，不是旁人所能想象的。他放下手机，深深叹了口气，跟刚才打电话的轻松愉悦判若两人。下周三是他倒班回家的日子，还有7天。每每远离陆地的日子，15天，他一天天地数着。他望向远方，想起上次背着行囊离家时，三岁的女儿紧紧抱着他的腿不肯撒手……

“媳妇儿，咱家里都好吗？给咱妈打电话，咱妈怎么不接电话啊……”

“哦……你问咱妈啊？咱妈，咱妈……那手机，不小心掉水里了，等你下平台，咱一起给妈再买一个。放心吧，咱妈都好着呢！昨天我带着甜甜去咱妈那儿吃的水煎包呢。”

“媳妇儿，你声音有点哑，怎么了？”

“哦，没事儿。这几天……单位有检查，忙得没顾上喝水。多喝点水就好了。放心吧，家里都好。”

婆婆突发脑出血，送到医院，她没日没夜地照顾。这几天的心力交瘁，她憔悴得不像样子。平台上的他打来电话，她硬是忍着，家里的事儿，只字未提。

……

像这样“撒谎”的事情，在海油人中间，比比皆是。他、他、他们；她、她、她们……无论哪个他或她，都“撒过谎”。就算平台上再艰苦、再孤独，哪怕经历了惊心动魄的风暴潮，“他们”对家人们说起时，总是避重就轻，口径惊人的一致：“平台条件好得很，我在平台，一切都好。”

海油人很关注天气预报，尤其家人们。一有恶劣天气警报时，平台上职工们的手机就要打爆了。媳妇儿打来的，父母打来的，兄弟姐妹打来的……一次次响起的铃声，全是浓浓的牵挂与爱。

有的男人怕自己胡子拉碴、满身油污的样子，让家里人心疼。下平台第一件事就是去浴池好好洗个澡，再去理发店理发、刮胡子，换上干净的衣裤，然后清爽整洁地回家。

15 天，是海油人特有的“密码”，这个简单的数字中，有青春、有理想、有责任、有担当、有愧疚、有思念。他们背上行囊，背着亲人们的惦念；她们一手撑起家，撑起柴米油盐。15 个隔着浩瀚碧海的日子，一起用责任和牵挂慢慢填满。

诗与大海

“海内存知己，天涯若比邻。董卿老师好，二位老师好……我叫王家伟，是一名海洋石油工人……远离了城市的喧嚣，诗词成为我出海时的精神依靠，这次参加《中国诗词大会》，希望让大家看到我们海洋石油工人的风采。”2019 年正月初六晚上，央视《中国诗词大会》第四季第六场正在播出，海洋采油厂 CB30A 平台会议室里一阵欢呼，身边的同事亮相央视让他们兴奋不已。

王家伟是本期节目的首位登台者，同时他也作为“百人团”中石油工人群体的代表参与节目。王家伟通过央视，向全国观众展示了他在海洋平台上拍摄的东营美景，海上日出、黄蓝交汇等浩瀚美景，让现场的嘉宾不由发出了“百川东到海，何时复西归”的感叹。在《中国诗词大会》的舞台上，王家伟从容镇定，准确作答，最终取得了 121 分的成绩。

2020 年 10 月 6 日晚，在 CCTV-1《2020 中秋诗会》上，王家伟再次亮相，一展海油风采。这次，他变换角色，从答题人变成了出题人。“蓬山此去无多路，青鸟殷勤为探看。”这是王家伟为《2020 中秋诗会》提供的考题。

节目的播出，展示了海上石油人乃至整个石油生产一线的员工风貌。他们是坚守在祖国碧海之上的“石油红”，由于工作环境的特殊性，这群“红工衣”“漂”在生产一线，和外界的交流少之又少，外界对“海油人”的认识也存在一定的偏差。王家伟想告诉人们，这个群体也能把枯燥乏味的一线生活过出诗情画意，他希望通过这个节目让大家更深入地了解、认识“海油人”。

王家伟屡次登上央视的节目，离不开海洋采油厂近年来日渐浓厚的书香文化气息。采油厂的每一座海上住人平台上，都有一个利用率非常高的“流动书柜”，定期配备和更新书籍。尽管海上平台空间的局限性，让他们的业余生活看似单调，但随着“书香海油”读书分享活动等的开展，更多的海油人纷纷参与到全民读书当中，平台上的业余文化生活也已告别了单调乏味，更加丰富多彩。海上采油工人也正努力在工作和生活中，寻找“面朝大海，春暖花开”的诗意。

“我的祖国 / 高山巍峨 / 雄伟的山峰俯瞰历史的风狂雨落 / 暮色苍茫 / 任凭风云掠过 / 坚实的脊背顶住了 / 亿万年的沧桑从容不迫……”正在平台值守的于贵龙和女儿共读诗歌《我和我的祖国》，这是采油厂组织的“大海上的读书会”现场。海油人家情真意切地朗读，叩动人心。

海上读书会通过视频连线方式，建立读书直播间，让爸爸当主播，连线在家的妻儿，共读经典。平台上的男人们特意把自己捯饬一新，当主播了嘛！可不能给老婆孩子丢脸。朗诵的诗歌是一家人商量了好几次才定下来的，背地里用视频练了好几回了。整日里战风斗浪的男人们，朗诵起诗歌来，也是抑扬顿挫，像模像样。

“红日初升，其道大光。河出伏流，一泻汪洋。潜龙腾渊，鳞爪飞扬……”铿锵激越的声音、专注投入的神情，这是海洋人每周五晚的国学经典亲子诵读现场。国学经典诵读讲解《大学》《中庸》《论语》《老子》等经典书目，自 2017 年开课以来，现已开展 118 期，共计约 300 组家庭、3400 余人次参加了亲子阅读活动，这里被评为“山东省亲子阅读体验基地”。

从经典文化中，海洋人汲取九万里风鹏正举的力量，历练也无风雨也无晴的豁然。

“书香海油”读书分享活动已成为一张闪亮名片，如星光明月的万顷光华，照亮海洋人前行的路，让海洋人学到豁达坚韧、百折不挠，不畏前路上所有未知的坎坷，不畏生活中不期而遇的困境，因为文字会给予力量。

心有光明，心存诗意，才不畏风雨兼程。

缺乏精神内涵的发展是不可持续的。致敬高质量发展，必须增强高质量的文化供给，不断丰富职工的业余文化生活，积极锻造职工多彩的精神家园。

采油厂不断创新企业文化载体，完善文化环境，海油文化深入人心，在油田内外的知名度、美誉度不断提高。采油厂先后编制《胜利海油文化手册》《基层团队精神汇编》，在《胜利油田》杂志、《胜利日报》《中国石化报》等报刊以专版宣传海油文化；制作文化灯箱，建设海油文化长廊；逢年过节制作海油文化贺卡、日历、挂历送发职工；制作“海油文化网”，开发“安康海油”App；开通微博、微信，做到传统媒体和新媒体全方位无缝隙宣传覆盖。

采油厂陆续建起了职工公寓、图书馆、体育馆、健身房、篮球场、足球场、体能训练中心等活动场所。为海上平台订阅报纸杂志，配备电视机、影碟机、流动书箱，开通无线网络，成立电声乐队、书法绘画音乐等兴趣小组，组建威风锣鼓队、篮球队、足球队，定期举办各种歌咏、舞蹈比赛和联欢晚会，“小活动不断线，节假日掀高潮”，职工家属们尽享丰盛的文化盛宴。

采油厂围绕培育和践行社会主义核心价值观，创新载体、丰富活动，持续开展讲故事比赛、新理念新故事征集、公益广告创作、微电影拍摄等活动，其中情景剧《一封家书》《拯救——4井》《这事我得管》荣获胜利油田讲故事比赛一等奖，并在中央企业EAP现场交流会上汇报演出；微电影《我的平台，我的兄弟》获得全国首届职工微影视大赛优秀奖；组织“最美海油人”“感动海油人物”“敬业模范”“幸福家庭”等评选表彰，使优秀的海油人事迹跃上媒体，走上舞台，成为海油文化宣传大使；同时发挥网络传播优势，利用视频新闻、专题网页等形式，在采油厂局域网进行同步宣传，文化传播全员覆盖，提振士气。

二、此心安处

所念在哪里，

家就在哪里。
此心安处，
才是家……

你上班，我看娃

“丁零零……”清脆的闹钟响起来。正值暑假，8 岁的盛博从小床上爬起来，洗漱、穿衣、吃饭，把小书包整理好，催促妈妈带他快点出发，去“海洋之星”托管班。

“我喜欢去托管班，有好多小朋友跟我一起玩，还有老师教我们打篮球、打乒乓球、画画……”盛博说的这个托管班是爸爸单位——海洋采油厂开办的“海洋之星”暑期托管班。

“海洋之星”托管班以海员培训中心办公楼为依托，占地面积约 400 平方米，每年暑期面向职工 1~6 年级阶段的子女免费开放，目前已连续办班 28 年。

盛博妈妈说，二年级的儿子在托管班很开心，可以写作业，可以做游戏，还有老师教知识。孩子在这里还结交了很多好朋友。

看到孩子们的舒心惬意，家长们也真正松了一口气。

“尤其是对于我家来说，我家两个娃，大的 9 岁，小的 2 岁，孩儿她爸在平台，15 天才能回来一趟。这个托管班可解了我的燃眉之急。没这个托管班，我都不知道暑假可咋办。”盛博妈妈笑着说。

在得到职工家属认可的同时，海洋采油厂不断创新托管方式、完善课程设置，形成了具有海油特色的托管教育新模式，按需开设特长教育，提高孩子特长水平。每年根据征集的职工需求开设兴趣班，除了开设篮球班、乒乓球班、武术班、小牛顿科学班、快速阅读班等课程外，还有丰富的海油特色课程：老海油讲故事；参观红色教育基地；和平台爸爸视频连线；绘制海油百米长卷；绿色海洋，垃圾分类；童心向党，红船剪纸等。他们坚持每年为孩子们搭建社会实践的平台，先后组织孩子们利用假期开展送美食进班站、到敬老院文艺演出、为临沂上岩峪小学赠送图书等志愿服务，培养孩子们的爱家爱国情怀，“海洋之星”托管班被评为“全国工会爱心托管班”。

海上生明月

“一年一中秋，圆月圆饼圆相思。”明月皎皎，人间团圆。中秋、家、团圆，这几个词总被联系在一起，而对于异乡客而言，月圆最是相思时。特别是对于 2021 届新入职的高校毕业生们来说，这是他们加入海油大家庭的第一个中秋节，他们纷纷通过视频和明信片给远方的家人寄一份祝福、道一声平安。

赵锐：“爸爸妈妈，你们好。我这儿都挺好，你们不要太想我，要吃好、穿好，万事开心。中秋节祝您万事顺心。采油厂给我们家在外地的，送来了中秋大礼包，还给我们准备了中秋家宴，很丰盛。”

向绍宏：“这是我在海洋采油厂的第一个中秋节，一切都顺利。爸爸妈妈不要牵挂我，采油厂对我们很关心，让我们离家在外的人体会到家的感觉。爸爸妈妈在家，别舍不得吃、舍不得穿，我已经长大了，能为家里分担了。我会跟爸爸妈妈常联系，汇报自己的学习和工作情况，也会给你们买小礼物。中秋节快乐！”

张毅：“今年我不能回去跟你们团聚，我在采油厂工作、生活都很好，你们平常日子里，注意多休息，保重自己的身体，我们刚参加了‘情暖中秋’手工制作月饼的活动。我给你们寄的月饼收到了吗？”

赵丽霞：“马上就要中秋了，爸爸妈妈中秋快乐。虽然离家很远，但请你们放心，我在这很开心，而且我还长胖了。大家很照顾我，我发工资了，一会儿给你们发个大红包。爸爸妈妈，我想你们了。”

对于新入职的高校毕业生，入厂教育培训由海洋采油厂首席专家、人力资源（组织）部、QHSSE 管理部、党群工作部相关负责人授课。培训课程包括海洋采油厂发展历程、干部人才培养政策、安全教育、油气开发历程、企业文化、员工管理规定等方面内容，帮助他们了解采油厂整体情况，及时转变角色，尽快适应岗位工作。

采油厂团委成立了新入职大学生临时团支部，组织召开了“新员工第一堂团课”，制订每月一期学习计划，开展 EAP 培训交流，给新入职毕业生注入“心”动力。独具海油味的“心灵关爱”，帮助他们树立扎根海油、奉献海油的信念和为海油拼搏、为胜利超越的信心，也为接下来的轮岗见习做足“心”的准备。

厂级培训后，新入职大学生被分至采油管理区进行岗前培训。各管理区围绕海上安全环保、生产自动化、劳动纪律等方面内容，指定专人授课，采取集体授课与座谈交流相结合的方式，促进新入职员工对管理区各项工作的认识，为其尽快适应海上工作环境奠定基础；实施“导师带徒”模式，指定现场、专业技术导师，为他们讲授海上平台现场知识、专业技术知识等内容，加快成长成才进度；通过熟悉平台现场生产流程、安全技能培训、学习设备工作原理及基本操作技能，提升岗位技能，充实知识储备，为海上油田高质量发展作出贡献。

为增强新入职大学生的归属感，消除大家对陌生工作环境的迷茫，采油厂实施青年“滴灌工程”，从个人基本情况、自我工作评价、个人发展意愿、需求帮助、组织评价、发展规划六个方面为他们精准“画像”，帮助他们做好一人一册职业生涯规划。开展面对面谈心谈话活动，通过亮身份、迎新人、听心声，扩大和加强团组织队伍建设，使他们迅速融入工作团队，实现人生价值。

采油厂先后组织开展“胜利起航相约槐林”“相约东营港　寻缘命中人”“青春有约青年联谊”等系列文化活动，为新入职大学生搭建学习、交流、互助、交友的良好平台，丰富精神文化生活。

“青山一道同云雨，明月何曾是两乡。”月光所照，皆是故乡；双脚所踏，皆是生活。奋斗的每一个日子都会闪闪发光。加入海油大家庭的青年们，渐渐褪去在象牙塔的迷茫，通过学、思、践、悟，进一步提升自己，融入团队，如一粒粒种子，正在蓄积向上的力量，坚定理想信念，练就过硬本领，脚踏实地工作，扣初心，守初心，新征程，共筑梦，续写属于自己的胜利故事！

心暖花开

心灵如浩渺瀚海，只有不断接纳美好、希望、欢乐、勇气和力量的百川，才能阳光永驻、风华长存。

碧波微微荡漾，海鸟翩翩飞舞。在每半月一次的倒班船上，传来阵阵笑语。

“媳妇儿生气了，应该怎么哄她？”

“‘包’治百病！”已轮休结束准备接班的平台员工小赵抢着回答。

“哈哈哈……”船舱里又飞出一阵阵爽朗响亮的笑声。见大家状态不错，“休假这段时间，在家跟孩子们处得咋样？”海洋采油厂 EAP 团队讲师小李温和的声音像聊家常。

“我家那小子，正叛逆期，敢顶嘴了，现在不知道该怎么跟他沟通。”

“别提了，我家那个也是这个样子。今年就要中考了，我和她妈都急得火烧火燎，她倒不紧不慢，真急人！”

……

你一言，我一语，倒班船上，大家倒出了压在心底的困惑。面对一团团乱麻般的困惑，小李抽丝剥茧，一样一样地梳理，引导大家找到问题的根源所在，纠结焦虑的情绪慢慢缓解。

临下船时，小李给大家下发制作精美的“暖心卡”，上面提供了多条咨询热线。小小卡片上，大家可以畅所欲言，写下个人需求和心里话；遇到困惑时，有地儿“放心说心事”。

这是采油厂EAP暖心团队利用海上职工倒班间隙，在倒班船上给职工们暖心疏导的温馨一幕。“春战严寒、夏战酷暑、秋战台风、冬战冰凌，一年四季战海潮”，特殊的海上自然环境和工作特点，对海油人身心健康影响较大。职工半月一倒班，工作强度大，工作环境封闭，活动空间狭小，生活单调枯燥。除了生存环境艰苦恶劣，工作上技术自动化程度高，平台设备密集、技术先进、标准要求高，平台职工需要一人多岗，一岗多能，安全生产压力不断增大。对常年工作和生活在海上的一线员工来说，闭塞的环境和高强度的工作给他们的身心带来较大的压力和挑战。

针对海上工作特点和改革形势，海洋采油厂EAP暖心团队开展一系列暖心举措，稳步推进海上大EAP构建，打造有爱的海油大家庭：聘请专业老师对EAP团队成员进行系统培训，提升专业理论知识；修订团队活动模板，按照情绪、压力、沟通、团队建设、提振信心、青春期孩子教育六个板块，形成一套EAP工作课程体系；为员工提供心理关怀和帮助，让他们快乐工作、舒心生活。加强工作针对性，在海上员工倒班前、住平台期间、倒班后居家休息的三个阶段，分类开展团体辅导、集体游戏和个别心理咨询，同员工聊家常、道近况、说烦恼，让员工敞开心扉说故事、大大方方解烦恼，尽情释放压力，解决海上员工“急、难、愁、盼”。

为帮助心理存在困惑的员工走出自设的“壁垒”，EAP暖心团队将员工心理困惑程度分为轻、中、重三个等级，建立完善“一人一策”动态心理管理档案，实行分类管理、分类施策和连续跟踪，循序渐进，春风化雨。

采油厂深入实施“幸福港湾”工程，常态化开展“家属一线行”“优秀学子经验分享”“金秋助学·成就未来”等家庭关爱活动；整合资源开通了“线上健康咨询服务”，海上职工如果感到身体不舒服，通过手机就可以与全科医生24小时实时在线问诊，倘若比较严重，还可以与北京医院专家预约线上咨询；组织建立了“京城—省城—油城”三级大病就医绿色通道，每年为300余名职工及家属提供专家就诊服务；遴选了有资质、信誉好的家政服务公司，为海上职工及直系亲属提供住院陪护服务，解决了出海职工的后顾之忧。

此外，构建完善集健康知识普及、饮食干预、体能测试、健康查体、看病就诊、就医保障于一体的全方位职工健康服务体系。每年对全员进行国民体质十三项体能测试和健康查体，并建立健康档案，科学制订适合海上生产、生活特点的健康食谱，开展全员应急救护技能培训，为海上平台、偏远站库配备有组合式健身器材、跑步机等职工常用健身器材的健身房，AED急救设备和净水装置；在餐厅配备了唱K系统及配套音响电视，不断充实职工体育文化生活。组织全员开展包括心肺复苏、海姆立克急救法等知识在内的应急培训，增强健康保障；建起了藏书超过500册的平台图书室……倾心打造一个有温度、有内涵的“家”。

船的力量在帆上，人的力量在心上。胜利海油人坚持以家文化建设为着力点，量力而行、尽力而为，持续温暖人心、影响人心、赢得人心。他们以海为家，坚持为海油拼搏、为胜利超越，推动海上油田实现了高质高效发展，文明建设成果丰硕，涌现出“全国青年文明号”中心三号平台、“全国最美青工”亓嘉颖等一批集体和个人典型。采油厂先后获得全国先进基层党组织、“全国企业文化建设优秀单位”、山东省文明单位、“山东省思想政治工作优秀企业”、“山东省管理创新十佳企业”、中国石化先进集体等荣誉，连续五届被评为中国石化红旗采油厂，连续两届被授予“中国石化先锋采油厂”称号；被评为“第十六届全国职工职业道德建设标兵单位”、“全国‘安康杯’竞赛优胜单位”、“全国基层职工互助保障工作优秀单位”、油田文明建设先进单位，在油田党建考核中连续4年位列A档。

心中有家，温情绵长；心中有国，情深义重。每个海洋人灵魂深处，滋养着炽热而深沉的家国情怀，焕发出了风雨同舟、万众一心的龙马精神，铸就了海洋人强大的精神家园。

征途是星辰大海，梦想是百年胜利。职工有信仰，石油有力量，企业有希望。他们攻坚克难，矢志担当，踔厉奋发扬征棹，笃行不怠向未来，撑起油田高质量发展的钢铁脊梁！

俯首甘为“拓荒牛”

——记河口采油厂原党委副书记、纪委书记唐金吉

李大伟

是大海陶冶了他博大的胸怀和深沉的性格，是埕东油田铸就了他俯首拓荒、勇于拼搏的精神品质，是石油事业培育了他心系群众、甘于奉献的高尚情操。他的名字和埕东油田紧紧联系在一起。他被称为“埕东小气候”的缔造者，为埕东油田的开发建设殚精竭虑，献出了自己的青春和热血。他就是河口采油厂原党委副书记、纪委书记唐金吉。

唐金吉 1947 年出生，现年 76 岁。作为一名老党员，退休后，他担任了河口采油厂“关心下一代小组”组长、传统教育宣讲团团长，依然发挥着自己的余热。每当讲起那艰苦的岁月和创业历程，在他心里总能生出一种老石油的骄傲和自豪。

回首自己的奋斗历程，唐金吉感觉自己是幸运的，是油田给了自己施展人生抱负的舞台，尽己所能，为党和国家做了一些事情，为群众办了一些实事，实现了自己的人生价值。

——题　记

没有文凭的“博士”

唐金吉上学不多，别人却送他一个“没有文凭的博士”的雅号。用他自己的话说，自己上的是社会大学，一方面是组织的培育和教诲，一方面是自己在工作中用心学习、用心感悟、用心积累。

唐金吉出生在日照市岚山区一个小渔村，14 岁高小毕业后，在家里干了四年的渔业，18 岁招工到 923 厂南辛店 101 油库，干起了半工半读的锅炉工，开启了在油田的职业生涯。在青少年时期的成长经历中，他注重自我学习，注重生活知识的积累，凡是能学到的对自己有益的知识，他都像海绵吸水一样学习吸收，积累自己的知识储备。

上学时，唐金吉的教科书只有《国语》《数学》《地理历史》《农业常识》四本书。他如饥似渴地学习书本上的知识，所有文章都能倒背如流，算盘更是打得噼啪作响。然而，这些书本上的知识并不能满足求知欲特别强烈的唐金吉。那时候，村里经常有说书人说书，《三侠五义》《三国演义》《岳飞传》等一些传统书目，唐金吉一有时间就去听，经常听得废寝忘食、如痴如醉，而且听过之后，有些说书的经典段子都烂熟于心，直到现在还能出口成诵。

兴趣是最好的老师。在那个文化匮乏的年代，唐金吉凭着自己的兴趣爱好，学到了许多书本上没有的课外知识。在唐金吉生活的渔村里，有一个结婚的风俗，请一位德高望重的老人家挂门帘说吉祥话，唐金吉每次听完长篇累牍的吉祥话，都要暗暗记在心里，回到家，找来纸笔记录下来，如有记不清的地方，还要专门去请教说吉祥话的老人家，这样来回学了三次，就全部学会了，并且记忆终生。

就是通过在生活中不断学习、不断积累，唐金吉打下了深厚的文字基础。他编写的《油水井管理三字经》在全油田推广，总结出的“埕东思想政治工作十八法”更是走出油田，讲遍大江南北。

生活中，他是一个有心人，善于观察气候变化，研究潮汐规律，悉心学习掌握水和船的关系、船和鱼的关系，学到了许多生活常识。他利用学到的科学知识和观潮常识，指导埕东涉海区域的生产工作。他通过观察总结埕东油区的潮汐规律，发现每年的 2 月、8 月都会迎来风暴潮，每个月的初一、十五会出现大潮，掌握了这些规律，提前进行生产预警，有效避免了生产损失。

工作中，他还做学习的有心人，利用一切可以利用的时间，学习理论著作，如列宁的《国家与革命》，毛泽东的《论持久战》《共产党基本的一条就是直接依靠广大人民群众》等一些理论著作，开阔了自己的知识视野，丰富了自己的学识。他不但学得认真，还对一些经典的论述进行深入思考感悟，并能将所学运用到自己的工作中。

他特别喜欢一些富有哲理性的语言，他学过之后，还经常去回味揣摩，深入思考，并结合工作和生活进行思辨，变成自己的知识储备，丰富自己的语言体系。他非常喜欢列宁的一句名言：鹰有时候比鸡还飞得低，但鸡永远也没有鹰飞得高。这条名言激励着唐金吉立志要像鹰一样翱翔蓝天，带队伍也要像鹰一样能够搏击长空。

1977 年元月，唐金吉被调到采油大队当宣传干事。任命下来时，唐金吉内心是忐忑的，因为在他的认知里，当宣传干事必须是科班出身一肚子墨水才能胜任。但是，领导既然信任自己，那自己就干干试试。当上宣传干事后，他撰写的第一篇新闻稿件题目为“14 户独生子女办了独生子女证”，不到 300 字，言简意赅，表词达意清楚明了。文章送到指挥部宣传科，立即被选用刊播。这也提升了唐金吉干好宣传工作的自信心。

在撰写领导发言材料时，唐金吉不喜欢人云亦云，而是根据不同的受众群体，把大道理讲成群众能听懂的话，有自己的思考、有自己独特的见解和工作思路，总能达到很好的宣传效果，这也成为他日后干思想政治工作的一个最大的优势特点。

思想政治工作与时俱进

唐金吉说：“80 年代，在埕东干工作，工农商学兵，农林牧副渔，肉蛋禽奶虾，事事有人管，样样有落实。苦不苦，累不累，只有自己心里最明白。”那时候，唐金吉和党总支一班人白天干事、晚上想事，谋事在夜晚、成事在白天。他经常半夜睡得迷迷糊糊，想起一件事，马上爬起来，记到本子上，生怕自己第二天忘了。虽然条件艰苦，工作繁重，但唐金吉从来都不怕苦、不叫累。这源于唐金吉身上那股不服输、争第一、站排头的韧劲儿和闯劲儿。

埕东油田自 1972 年投产，在开发初期，方圆几十千米没有人烟，自然环境恶劣，交通不便，经常受到海潮冰凌的侵袭，再加上离河口城区生活基地较远，生活条件非常艰苦。到 20 世纪 80 年代，经过十几年的艰苦创业，埕东油田的生产、生活条件有了很大的变化，由当初住干打垒，吃黑馒头、窝窝头，到住平房、吃白面馒头，职工的生产、生活条件在不断地改善。但是比起其他矿区，埕东油田依然是河口采油厂最艰苦的地方。

作为埕东的掌舵者，职工思想的变化，唐金吉看在眼里、装在心里。于是，他向上级提出了三条解决措施：一是把职工家属搬到厂生活基地；二是改变埕东油田职工的工作、生活条件；三是加强思想政治工作、稳住人心。想把近千口职工家属搬到河口城区居住生活不现实。改变职工工作生活条件受资金等诸多现实条件的限制，一时也解决不了。那么只能退而取其次，着力在加强思想政治工作、稳定人心上做文章，随后再根据条件逐步改善生活环境。

“四条工作原则”聚民心

一件发冰糕的小事，给唐金吉在做思想政治工作方面不少启发。那是唐金吉任采油四队指导员时发生的一个小故事。埕东油田在采油四队油区开垦了 20 亩荒地种豆子，当时是夏天，职工和家属们都在地里大汗淋漓地锄地，大队安排司机到指挥部拉来两箱冰糕。从河口拉回来，就得化三分之一；从这个地头分到那个地头，又要化一部分。有好多捞不着吃的人来找唐金吉：“我的冰糕没吃上怎么办？”唐金吉说：“没有了咱就不吃呗，我也没有吃。”有的人说：“你不吃，你是当干部的，我是最底层的工人，得有我那一份。”

第二天，唐金吉见到咋呼得最凶的那个老师傅在河口给他孙子买冰糕吃。唐金吉问老师傅：“昨天没有冰糕了，你朝我要冰糕，今天看着你孙子吃，你却一口也不吃。”老师傅辩解说：“今天我是爷爷，我不吃我愿意。昨天我朝你要冰糕，我是工人，得有我的一份。”同样是冰糕，今天他甘心情愿不吃，昨天差一口他也要朝你去要。

这件事对唐金吉的触动和启发很大。经过一番思考，唐金吉认识到：作为职工，你把他放在什么位置，他就有什么想法，有什么标准，就会产生什么样的要求。你尊重他到什么程度，他就会有什么样的作为。

受到这件事的启发，“四条工作原则”逐渐在唐金吉的脑子里形成。唐金吉和班子成员研究，提出了职工家属在人格上得到尊重，成绩得到肯定，困难得到同情，领导干部做的事情要说得过去、看得下去这“四条工作原则”，确立了“埕东小气候”的核心。后来，又明确提出了“心系群众，多办实事，创造安居乐业埕东小气候”的口号。唐金吉还多次在党员干部会议上强调：我们要牢记党的宗旨，甘做人民公仆，用真情实意温暖人，用体贴关怀感染人，用多办实事激励人，用一举一动尊重人。

人格得到尊重

当时的埕东油田条件有限，全大队只有一辆解放牌汽车和一辆北京 212 吉普车。唐金吉就给两名司机开会，明确要求：埕东有 200 多户职工家属，凡是看到埕东的职工家属从河口到埕东往返，只要顺路，车一定要停下来，能带上的一定带上，不能带的，给职工家属做好解释工作，说明情况。虽然这是一件小事，但是让职工家属心里头感到温暖，人格得到尊重。

做好群众工作是一切工作的出发点和落脚点。埕东油田把为群众办实事与思想教育结合起来，做事要做到职工群众心里去，干部坚持职工婚丧嫁娶、亲人来队、立功受奖、生病住院、天灾人祸、过生日“六个”必到，让职工群众亲身感受到党组织的关怀和温暖。印象深刻的是，20 世纪 80 年代的埕东年轻人结婚时，都能收到大队送来的贺喜牌匾。

直到现在，这些好的传统依然在埕东传承，埕东一代代年轻人都深有感触。每当他们到了谈婚论嫁的年龄，老埕东们没少为他们操心。没找对象时，忙着为他们介绍对象；找到对象准备结婚时，男女老少齐上阵，为年轻人的婚礼忙前忙后。在婚礼上，领导出面证婚、致辞，工会、团委送上鲜花祝福，让年轻人感受到埕东这个大家庭的温暖，这也成为埕东人最美好的人生回忆。

成绩得到肯定

工作不是一个人干出来的，能多发动一个，就多增加一份工作积极性；如果能调动起全员的工作积极性，人人有事干，处处无死角，让大家一起想事干事，那工作就能干得更好。怎样才能调动起每名职工的积极性？唐金吉从表彰激励上找到了突破口，组织政工组编写了“十八项现场贺功条件”，只要满足其中一个条件，就到现场去颁发“贺功卡”；如果一个职工在一年内得到 8 张贺功卡，这名职工就够参评当年厂级先进的资格。

“十八项现场贺功条件”规定，资料员连续 1 万个数据无差错，就有机会得到贺功卡。像资料员、仓库保管员这部分人也有积极性、也有自尊心，这些平日里在别人看来比较边缘化的岗位，只要符合条件，自己可以提出申请，政工组落实验证，就能颁发贺功卡。用唐金吉的话说，现场贺功让每个人都有争先进的机会，让每个人都英雄有用武之地。

有一天，女工孙广霞下班一回到家，就拿着一张“贺功卡”给家里人“显摆”起来。一家人看了又惊又喜。原来，孙广霞是一名仓库保管员。因为仓库保管员这个工作岗位属于后勤管理范畴，既不能像采油工一样在一线冲锋陷阵，也不能像技术人员一样在油藏开发研究上大显身手，所以，在评先树优方面根本不占优势，成为先进更是想也不敢想的事情。是“十八项现场贺功条件”让孙广霞看到了希望。在仓库保管工作中，她一反以前只求过得去、不求过得硬的工作常态，仓库管理精益求精，库存物料盘点得清楚明了，不但入库出库台账清晰无差错，物料摆放也变得两两成行、三五成堆，还每天将库房里外收拾得利利索索、干干净净、整整齐齐，得到考核小组的一致认可，因此得到了一张珍贵的“贺功卡”，光荣地向先进的行列迈进了一步。

树模争先，你只要想到什么地方，职工就能努力到什么地方。如果说，“现场贺功”是给平凡岗位的职工创造公平的争先创优机会，让普通的岗位创造价值，绽放光芒，那么，“招贤榜”就是给有想法、有技术、肯钻研的职工一个露脸的机会。生产中有解决不了的问题，大队则采用“招贤榜”公开找能人来解决，只要能解决“招贤榜”上的问题，胜利油田的先进个人就非他莫属。

那时候，老采油五队 18 号站稠油量油压差问题一直解决不了，成为一个困扰生产的老大难问题。一张“招贤榜”贴了出来，许多职工看到榜单都跃跃欲试，但这个难题如果没有两把刷子确实不好办。平时爱钻研、点子多的张廷俊站了出来，他想了一个好办法，通过小技改，把这个问题给解决了，而且用他的办法，量油压差三个月没出问题。大队给了张廷俊一次性奖励，还兑现了将他评为油田先进的诺言。“招贤榜”既发挥了职工的主观能动性，激发了职工的创造热情，又解决了油水井管理难题，提升了管理效益，可谓是一举两得。

老采油五队的炊事班班长胡道政，连续多年被评为劳动模范。他的老伴向唐金吉反映，老胡这个劳模当得太累了，每天都要早早起来干到晚上 9 点多，直到打扫完食堂卫生，才能有自己的空余时间。唐金吉了解到这个情况后，考虑到胡道政的现实情况，为了实现劳模的新老交替，就动员他退出劳模评选。胡道政一听，欣然同意，在开职工大会的时候，被邀坐在主席台上，表态要把当劳模的机会让给别人。这样做，既显示了胡道政主动把劳模让出来的高风亮节，又不会让别人胡乱猜疑胡道政不当劳模的原因，可谓两全其美。后来，大队给胡道政颁发了一个红红的大纪念册，以大队党委名义下文，聘请他为永久的“埕东公民”，并给他发了1000元奖金，这相当于是给了胡道政一个“终生成就奖”。胡道政感到非常光荣和自豪，心里的担子一下子卸了下来，轻装上阵，劳模干劲和风范不仅没减，工作干得更加轻松起劲儿。

后来，大队选树了扎根采油队20多年的女工邓成菊为油田劳模，在1995年管理局女工工作经验交流会上，邓成菊做了典型发言，成为响当当的油田女工典型。

困难得到同情

随着改革开放的脚步不断向前迈进，中国社会发生了翻天覆地的变化。这是不可逆的历史潮流。时代在变，职工的思想也在悄然发生着变化。职工对于物质生活的要求越来越高，如果埕东依然保持过去的生活状态，势必造成职工的需求与现实生活条件的差距越拉越大的局面。

埕东需要改变，以适应职工日益增长的物质需求。

让唐金吉决心改变埕东生活环境的，是一次乘车的经历。那是1986年3月的一天，他上指挥部办完事，赶去挤交通车回埕东，由于人多，刚一到车门，就和一位背着粮袋的大嫂一起被挤了出来。唐金吉问这位大嫂是哪个单位的，这位大嫂坐在地上，望着摔在地上的粮袋，泪流满面地说：“是埕子口的。”唐金吉听了心里一颤，眼睛发潮，一份群众工作没有做好的愧疚感顿时涌上心头。回到大队，他向党总支一班人展开两年来收到的45份请调报告，讲述了买粮大嫂的事，认为只有让职工“安居”，职工才能“乐业”，“要稳埕东产，先稳职工心”的指导思想提出来，“建设埕东小气候”成为埕东人共同的心愿。

入托难、上学难、理发难、买菜难、买粮难……唐金吉带领班子从解决职工最迫切需要解决的一系列问题入手，从“开门七件事”抓起，各个突破。他们发动职工腾出公路边的一排破房，翻修粉刷，安门修窗，破天荒地办起了粮店、百货店、菜店、副食品店、理发店、缝纫店，在大队附近分三个点办起了托儿所，建成“六店一所”。接着，为埕东小学修建了1500平方米的操场，垒了250米的围墙，翻修了10间教室，增建了洗漱间，垒了6个花坛，给13名教师免费做了一套工作服，还多次向有关部门反映，增加了交通车次，从根本上解决了职工家属衣、食、住、行等一系列难题。

困难本身就难，解决困难，更是难上加难。那几年，唐金吉经常是夜不能寐，白天晚上满脑子全是事。找资金、找关系、托人情，每天现场调研的情况、职工反映的情况、施工遇到的情况，样样拿出来，都需要丁是丁、卯是卯地想办法解决。唐金吉骨子里有一股不达目的誓不罢休的倔劲儿。他横下一条心，带着班子成员没日、没夜、没节假日地干，逐步完成了当初定下的目标，初步实现了“建设埕东小气候”的心愿。

随着生活条件的改善，上级又申请协调资金，盖起了办公楼、职工家属楼，安装了闭路电视，完善了矿区公路和供水、采暖设施，在生活待遇、物资供应等方面实行“十个优先”。20世纪80年代，埕东流行的歌谣是“埕子口，有三害，黄沙滚滚随风来，洪涝海潮水滔天，三个蚊子一碟菜，一个电视一个台，一个画面三道弯”，90年代，职工家属唱的是“看彩电，听三洋，骑嘉陵，穿西服，住高楼，睡软床，家家有钱存银行，社会主义道路宽又广”。埕东油田由一个“不是人待的地方”变成了“荒原上的乐土”。一位吵了几年要调走的职工，不但要回了请调报告，还送上了一份申请，把妻子接到埕东，一起为建设埕东出力。

为解决青工找对象难的问题，每个采油队专门设了接待室。接待室里铺上地板革，放上暖瓶、水杯等一些招待用的物品，热情招待来油田找对象的青年男女。他们在接待室的一方自由天地里谈情说爱，不打扰别人，也不被别人打扰，效果自然差不了，因此成就了许多青年情侣的温馨甜蜜时刻。唐金吉给这些促成了一桩桩好姻缘的接待室，取了一个好听的名字，叫“牛郎织女接待室”。

“离心力”变成了“向心力”。一桩桩一件件看得见、摸得着的实事，激发职工家属铁心做埕东人、全力做埕东事的积极性。埕东的各项工作都走在了前头。当年，埕东在全油田第一个率先推行分片包干、分项考核的承包责任制；第一个实行优化劳动组合；第一个实行“四位一体”联体承包制。从1988年开始，埕东油田进入了中、高含水期开发，原油产量递减加快，稳产难度大，含水量达90.44%，然而，埕东油田却依旧保持着百万吨级开发水平，“七五”期间前三年竟比规划多产原油30万吨，被誉为油田开发的“奇迹”。作为全国高含水油田开发管理的样板，埕东在全国石油战线上产生了广泛的影响，被树为全国高产稳产的一面旗帜。

说得过去，看得下去

群众的眼睛是雪亮的，干部的一言一行，群众都看在眼里。唐金吉经常教育干部：要求群众做到的，干部先做到；要求群众不做的，自己坚决不做。

1986年，利津县王庄虾池第一年出虾，虾池的王会计给唐金吉和李东海两名正职领导送了两份虾。看到这些虾，唐金吉对王会计说：“我们班子一共五个人，只有我们两个人吃虾，班子其他三个人看着说不过去。如果你们要是还有虾，就再送三份来。”于是，王会计回去一商量，又送来了三份虾。一共五份虾，唐金吉立即让人送到大队后勤，交给食堂蒸熟了，给当天就餐的每个职工加两个虾，并说明这是王庄虾池特意送来让职工尝鲜的。

埕东油田青工比较多，稳住他们的心，才能实现埕东的振兴。为此，大队就从办好食堂入手，给200多名单身职工建立了“口味卡”“生日饭”，特设“七种贴心饭”，有了病号，遇上生日、节日，来了亲戚朋友，立功受奖等，都可以受到“优惠招待”，这些做法都是唐金吉给食堂出的主意。

“口味卡”是为了迎合不同地方来的职工的口味，南甜北咸、东辣西酸，在食堂窗口处放上糖、醋、盐、辣椒面，让职工自己调剂饮食，让饭菜变得更加可口。“生日卡”就是把每个单身职工的生日写在卡片上，挂在墙上，到了职工生日当天，食堂都要给职工加个菜，送上一份特殊的礼遇。

有一名共建工，在他生日那天，当炊事员把一盘生日菜端到他的桌子上时，他深受感动，说自己长这么大从来没过过生日。吃完饭，他就去垫井场，甩开膀子干了两个小时，一气儿垫了10多立方米土，一时传为埕东美谈。

唐金吉说，每个人都有自尊心，每名职工的自尊心得到尊重，他的潜力就能被挖掘出来，干工作就有使不完的劲儿。

为每名职工的火炉子添点炭

什么是思想政治工作？思想政治工作就是给职工的火炉子加点炭，让火烧得更旺一些，让它永久不熄，热乎乎地焐着，让职工感觉到有希望，让每个人都有奔头。这个简单的道理里面，藏着唐金吉做思想政治工作最朴素的哲理。

回忆起自己的职业生涯，唐金吉说在退二线之前，不但没有享受过周末的休息时间，就连每年的初一都几乎没有在家待过。还记得他在采油四队任指导员的时候，每年初一，他都和队长陈让太去职工家里拜年，32 户人家，每家每户都要跑到。每到一户，都要在职工家里坐一坐，喝上一盅酒。三钱三的酒盅，32 户人家一家一盅喝下来，差不多有一斤酒。虽然有点不胜酒力，但是到了每户职工家里，一定要喝上一盅，和职工拉拉家常，给老人和孩子送上祝福，为的是让职工感受到干部和他们心连心。

真心融入职工群众中，和职工群众打成一片，和职工的心紧紧贴在一起，真诚对待每一名职工，干部心里有职工，职工心里才有你，队伍才有向心力。职工薛其友的爱人患有皮肤病，脸上常年烂乎乎的，别人见了唯恐躲之不及。唐金吉说，越是这样的家庭，越要去拜访，为的是一碗水端平，越是家里情况特殊，越需要得到更多的关心和爱护。

物质的满足代替不了精神的需要。扎实的思想政治工作需要在日常点点滴滴上下功夫。从一点一滴的工作中，让职工群众感受来自团队的力量，感受自身和团队息息相关，感受团队给予的肯定和激励。每当听说职工家里来了亲戚，唐金吉总是叫上身边一两个干部，从食堂里打上饭菜，到这位职工家里去，让职工感受到单位对他的重视，对他家庭的重视。在和职工亲戚交流的过程中，他会挑着职工的优点谈论，使职工脸上特别有光彩。即使这名职工平时表现不出色，也拣着好的说，无形中树立了职工干好工作的信心。

对唐金吉来说，凡是能为职工争取的，就一定要多为职工争取，不让职工吃亏。在 20 世纪 80 年代，每年每个单位都有 3% 的农转非名额，唐金吉考虑到一名职工在干作业时手受伤，生活受到了影响，家庭比较困难，就去找相关部门，为他争取来一个农转非的指标。

“炊事班也要朝着高精尖发展”，这是唐金吉给炊事班提出的要求。他还给两名炊事员出了题目，让天天围着锅台转的厨师当起了“研究员”，有了自己攻关的课题。他让炊事员王希全研究怎样才能让 90 年代的女工“吃了不长胖，还不缺营养”，让炊事员李志清研究怎样才能“吃饱不贵，吃好不费”。到了年底，唐金吉把生活科科长请来当评委，请炊事员发布研究成果，得到高度评价，为他们厨师评级鉴定打下坚实基础。那几年，大队每年都能评上一个三级厨师。在当时，三级厨师相当于中级职称，够分房标准。因此，炊事员们越干越起劲儿。

抓思想政治工作，唐金吉从来都是妙手著文章。他在食堂打出标语：365 天抓生活等于 365 天抓生产，得到了上级部门的高度认可。他提出每个食堂要搞饭店化、每个采油队的环境都要搞园林化、职工宿舍搞旅馆化、生产指挥要搞制度化“四化管理”，成为管理典型，经验在全厂推广。他积极向上级部门申请，为每个宿舍配穿衣镜、两抽桌、两个凳子、两个暖壶，在埕东建成了全厂第一个标准化宿舍示范区。

改变孩子的命运

1988 年上半年，唐金吉在和职工交流的过程中了解到，许多在十三中上中学的埕东子女，家庭教育和学校教育存在差异，导致低年级的孩子进了校门就受欺负，等到这些孩子升到高年级，长点本事，又去欺负别人，家长经常被叫到学校挨批评。不仅如此，还有不少学生因为打架进派出所。埕东中学生的成长成了职工家属的一块心病。为此，他针对埕东中学生上学远、生活不便、学习成绩差的情况，对埕东 7 年来毕业的 270 名中学生做了一次调查。经过调查，在 7 年里，这批毕业生中只有 1 人考上中专、15 人考上技校，而没有拿到毕业证的有 8 人，被公安局传讯、拘留的有 16 人。

怎样才能解决埕东初中生的教育问题？唐金吉左思右想，觉得还是得从根上去解决。埕东有幼儿园、小学，但是想再建一个中学，各方面条件均不具备。于是，他去找当时的厂领导磨破嘴皮子，表达要建立十三中埕东教学点的想法。厂领导很为难：十三中的师资力量本就紧张，如何再能分出精力去搞教学点？就问唐金吉：“是谁有这么大的面子搞这个教学点？”唐金吉解释说：“不是我唐金吉的面子大，也不是埕东哪个职工的面子大，是油的面子大。埕东是为国家生产原油，我们的职工坚守埋东是为国家作贡献，职工的子女教育不能因为他们的成长环境而耽误。”最终，在唐金吉苦口婆心、软磨硬泡下，厂领导松了口，但是心里还是担心埋东条件差，教师不愿意去。

唐金吉当时就做保证，让教师、校长把心放进肚子里，保证让教师享受埕东最好的待遇。唐金吉说到做到，他请教学点的教师到食堂就餐，也可以自己做饭，饭菜从大队食堂里出。教师享受埕东独生子女待遇，一月四斤肉，每天半斤牛奶，交通车上司机后面用布绣上字“十三中老师专座”。每年教师节，大队领导亲自去慰问教师，让教师充分受尊敬受重视，处处得方便，解决教师们的后顾之忧。

埕东三个初中班办起来了。教学点成立那天，学校召开庆祝大会，指挥部兄弟单位知道后，纷纷派领导参加，表示祝贺。附近农村老乡和个体户还送来贺信捐了款。开会时，领导在台上讲话，师生和家长代表在台下鼓掌，几十名家属不约而同挤在校门口高兴地流泪，连说：“大队又给我们吃了一颗定心丸。”

十三中选派了一批教学经验丰富的老教师和责任心强的年轻教师到教学点教课，每天都有三四名教师住校，盯紧学生的早自习、晚自习，保证了教学点的教学质量。青年教师韩伟滨大学毕业就来到教学点教学，担任初二的班主任。韩伟滨说，埕东的孩子朴实踏实，学习成绩普遍都好，埕东的职工家属对他们也很好，每到过年过节，都要邀请他们到家里做客，拿出最好的饭菜招待他们。

著名作家柳青曾说过：人生的道路虽然漫长，但紧要处常常只有几步，特别是当人年轻的时候。埕东初中教学点的办学意义，不仅仅是解决了埕东孩子上学难的问题，更深层的意义是改变了许多孩子的命运。从教学点考出来的第一个“女状元”杨芳，考上了油田的重点中学滨南第十五中学，大队给杨芳披红挂花庆贺。唐金吉嘱咐杨芳，以后毕业了，回来建设埕东油田。后来，杨芳又考上了石油学校，中专毕业分配，又回到埕东，成为建设埕东油田的青年骨干。教学点教出了不少优秀的学生，他们在油田各个岗位上发挥着作用，为油田建设奉献着自己的力量。

唐金吉无限感慨地说道，“埕东小气候”四条工作原则搞了十几年，到现在还没有搞完。四条工作原则的魅力在于从群众角度出发，尊重职工、依靠职工、为职工办实事解难题，是指导埕东思想政治工作建设的宝贵经验和财富，将继续指导埕东油田的思想政治工作建设，为埕东建设发挥引擎作用。

群山深处的青春方阵

张秉正　汤国毅

莽莽苍苍的武陵山脉，东临湖北巫山，西至云贵高原，像一条长龙横亘在祖国的西南大地，为四川盆地提供了一道天然屏障。随着湘鄂渝黔地区油气勘探的深入，这里成为石油人厉兵秣马的主战场。

离武陵山东北角不远的湖北利川建南镇上，江汉石油人在群山深处坚守了半个世纪，他们在这里工作和生活、生息繁衍，每一道山梁，每一道沟壑，都留下了他们寻找油气的坚定身影。

2013 年 11 月，锲而不舍的石油人在寒冬来临之前赢来了冲天一跃，江汉油田在武陵山中北侧的重庆市涪陵区焦石镇取得了页岩气勘探重大突破，拉开了中国首个整装页岩气田开发的序幕。

页岩气开发是一份“空白试卷”，前人没有干过，没有现成的经验可资借鉴，国外对我们实行技术封锁，卡我们的脖子，生怕我们“好起来”。当石油大军开进深山时，面对的是新的“一穷二白”，一切都得靠我们自己的双手去绘就。

当下的中国，早已不是半个世纪前一穷二白的中国了。

要撬开地层深处沉睡亿万年的宝藏，离不开先进的科技。在这支石油大军队伍里，活跃着一群年轻的大学生，他们站在科技的最前沿，背着太阳上山，赶着月亮下山，十年如一日，不畏艰难、忘我拼搏，似他们前辈一样，将自己青春与智慧的汗水洒在了每一道山梁、每一道沟壑，催开了“涪气”之花的蔚然绽放，为中国第一大页岩气田书写了最具活力、最有青春气息的一页。

十年，是一个时代；十年，是一首战歌。在青春之炼中，可以看到他们带泥的双脚、被晒黑的脸庞、热情而坚定的眼神。在风来雨去中，分明能感受到每一个足印的热度，足登坡坎，躬身向前，这勇往直前、前仆后继的足印在大山深处串起了一支青春方阵……

相逢是首歌

江汉人有几句挂在嘴边的俗语：上坪北，下建南，去涪陵。会战成为江汉人永恒的主题。然而，葛兰的“会战”却牵动了全家人的心，甚至家也与她的工作紧紧连在了一起。

2009 年 7 月，大学毕业后，她与恋人何小军就开始了“相思容易牵手难”的异地恋情，从江汉到建南，从建南到焦石坝，他们绕过崇山峻岭的阻隔最终喜结连理。

爱情之花盛开时，第一批参与涪陵页岩气建设的葛兰被评为“湖北省十佳最美青工”“湖北省首届向上向善好青年”，涪陵页岩气田称她为“不爱红妆爱武装”的“花木兰”。

十年，从没有家到成家，到生子，她从未离开过这片热土。是页岩气成就了她，然而，这些荣誉的背后，不仅有组织的培养、丈夫的全力支持，更有母亲和孩子带给她的宽慰，让她能集中精力投入科研中去。

前年，页岩气公司机关搬到了几十千米外的李渡镇。在离开之时，她的眼眶湿润了，8 年了，她在大山深处奋斗了 8 年。她永远也忘不了，在那段艰难的会战岁月里，他们一家三口的相逢之歌。每到周末，她都会止不住地眺望群山，看夕阳落晚霞，看彩云追满月……

她很喜欢电视剧《红十字方队》的主题曲《相逢是首歌》，当熟悉的旋律响起，一幅温馨而又富有浪漫情怀的画面就会在她脑海中升腾，随着南归的北雁飞向那曾经战斗生活过的非同寻常的四川小镇——焦石。

每个周末，丈夫何小军就从重庆赶来与她相聚，直到孩子出生。这样“牛郎织女”般的生活一直是她心中最甜蜜的存在，她甚至能记起丈夫与孩子的一颦一笑，更能记起，父女俩分别时，孩子撕心裂肺的啼哭与丈夫眼角晶莹的泪光。每次分别之后就盼望着相逢，他们之间不知经历了多少次这样的分离。

丈夫是一个贴心暖男，别人家是夫唱妇随，她家却正好相反。她与丈夫是大学同班同学，在焦石的 8 年，葛兰一心扑在页岩气的增产上，她的眼里只有采收率、调整管理、稳产保产等数据和图表，哪里有闲暇去体会丈夫的感受？

女儿出生后，产假一过，葛兰就带着母亲和襁褓中的女儿回到气田。从此，家就与办公室、宿舍成了同义词。每逢周末，丈夫会从重庆一路颠簸3个多小时赶到焦石与她们团聚。为了她，为了这个家，丈夫默默地奉献着，嘴里眼里看不出任何怨气。

何小军的每一次工作变动无不以葛兰为轴心，从新疆到北京，再到重庆，已是一家私企部门负责人的何小军，把自己的业务范围优先选择在重庆和万州地区，他用自己无声的“舍”，支持妻子赢取事业上的“得”。已是涪陵页岩气公司气藏工程所高级主管的葛兰想到这里，心中难免发酸。

记得有一个周末，焦石镇难得地放晴了，两岁半的小叶子急不可耐地嚷着要到外面去玩滑滑车。过来探亲的何小军一路呵护，半弯着腰，双手做环抱状，生怕孩子摔着。葛兰在旁边看着父女俩快乐地腻在一起，脸上露出幸福的微笑，这微笑中又透着一丝酸楚。

女儿的乳名是她起的，孩子出生的时候，页岩气的勘探开发正如火如荼。坐月子时，看着女儿娇嫩的脸庞，她的心却已飞回了气田，她惦记着气田的每一口井。葛兰熟悉每一口井的脾气秉性，哪些是听话的，哪些是顽皮的。遇到顽皮的，她略施小计就能让它们乖乖折服。在她的眼里，这些气井只是比女儿大几岁的“孩子”，她聆听过每口井的第一声啼哭，见证了它们成长路上的是非曲直，离开了它们，心中会有不舍，这种感觉很奇妙。

在公司大院内生活两年多的小叶子，成了人见人爱的“气宝宝”。她是公司最小的成员，天生就对穿红工衣的叔叔阿姨有亲和力。葛兰说，孩子虽然缺少玩伴，但并不缺乏爱，逢年过节，各级组织都会过来送温暖，热情的同事们更是把小叶子当成小天使，在这样的氛围里成长，小叶子有足够的安全感。

最初，葛兰也想到在镇上租房子住，可是，自己工作太忙，不想把有限的时间浪费在来回的路上。于是，她就近选择了宿舍，一来自己上井或者出差时，同事们可以帮着照应；二来孩子可以接触更多的人和事，得到更多的关爱。同事们都说，小叶子天真无邪的笑与“涪娃”一样有感染力，见到她，一天都是好心情。

然而，小叶子也有噘嘴皱眉的时候，一次次许诺不能兑现，孩子逐渐学会适应和淡忘。偶尔，葛兰才能挤出半天时间，带着孩子到涪陵商场的儿童游乐中心“放放风”。

迎着风，走在熟悉的焦石大道上，葛兰的心里暖暖的。丈夫、女儿、气井不正是自己一生要去珍爱的“吉祥三宝”吗？葛兰被自己的灵感逗笑了。

磨砺是人生最好的课堂，葛兰在这里找到了自己的定位，找到了前行的方向。2021 年，她带领气藏工程所 14 名员工首创了中国页岩井合理配产制度、页岩气井动态监测资料录取规范，建立了国内首套页岩气勘探开发一体化大数据分析决策系统，创造了涪陵页岩气开发功勋井焦页 1HF 井稳产超 1400 天、焦页 6–2HF 井累计产量超过 3.3 亿立方米、累产超亿立方米气井 139 口等多个中国页岩气井开发纪录。

她作为页岩气井合理配产专项负责人参与国家重大专项研究，该项目已通过国家验收。团队成员参与的科研项目，曾获江汉油田局级科技进步一、二、三等奖，获批专利 4 项、正在申报专利 7 项，发表论文 9 篇、参与 3 本专著编制，参与的 3 项创新创效重大成果，创净利润超 5000 万元。他们的团队荣获 2021 年度重庆市巾帼文明岗。

相逢是首歌，葛兰与页岩气的相逢不正是一曲别样的青春之歌吗？

每一次流泪都是头一遭

大学毕业后，刘乔平来到了江汉油田。没承想，刚走出大山没几年，他又返回深山——涪陵焦石镇，回到当年发奋苦读也要飞出去的故乡。

他回重庆老家时，已经是涪陵页岩气公司的高级主管，项目部负责人。他似乎早就忘了老父亲当年的叮咛：把书念好，飞出大山，再也别回来了。然而，他以为只要自己干出成绩，有出息了，父亲一定会高兴。没想到，父亲听说他如今回到山里工作，每天还得爬坡上坎，父亲沉默了，倔强的嘴角一抿，眼眶里分明闪出一丝泪花。

从小刘乔平就是父亲的骄傲，附近十里八乡，小小的刘乔平从走进学校念书开始就是班上的尖子生。起早贪黑的父亲即便再苦再累，只要看到儿子的奖状和成绩单，就会嘿嘿地笑出声来。听着乡民们的赞誉，父亲为有这么一个好儿子感到无上荣光。

静坐下来，刘乔平为父亲解释：大山里有宝啊，小时候，家里的一日三餐都得烧柴火，只要找到了这些宝，以后就再也不用烧柴了。父亲将信将疑：你那么聪明，为什么还要回到山里来？刘乔平耐心地说："我们是第一批找宝人，以后还会有第二批、第三批，儿子作为第一批创业者，能不带头干吗？只有把前路蹚平了，后来者才会走得更快、更平稳呀！您看，我的名字叫乔平，不就是为后来者蹚平道路的意思嘛。到那个时候，儿子自然不会再待到山里了。"

父亲对儿子又回到山里工作仍耿耿于怀。刘乔山只能告诉他，自己是在出差。可是，这样的出差，刘乔平一出就是三年、五年、八年、十年，这样的出差已经融入他生命里，也许，他这一辈子就离不开大山了，因为只有大山才能藏得住油气，而他所学的正是让油气重见天日，为人民造福祉的专业。

男儿有泪不轻弹。那夜，刘乔平久久难以入睡。

从建南沟走到了大安寨，他是第一批；到涪陵焦石坝会战，他是第一批；如今又去了复兴新区项目部，他还是第一批。刘乔平为自己能成为这众多第一批的拓荒者而感到自豪，如同父亲以自己为荣一样。

躺在熟悉的床上，刘乔平由父亲想到了妻子和女儿。妻子向梅是 2011 年湖北省采气工技能状元，省五一劳动奖章获得者，为了支持丈夫的工作，主动申请到后勤岗位。她父母双双患难住院期间，刘乔平也只是蜻蜓点水一般，到医院照看了两天，其余的重担全部压在妻子身上。

刘乔平最愧疚的就是女儿，从幼儿园、小学到中学，女儿都是脖子上挂串钥匙，步行十几分钟，一人上学、一人回家，忘带钥匙就在门外等。想到这里，刘乔平心头一阵酸楚，谁叫她生在了石油人的家庭呢！

一次，刘乔平问女儿："想我吗？""你都不在家，想你干什么？"女儿回答。那一次，刘乔平流泪了。女儿上学需要一家三口的合照，他愣是计划了好几次才完成。女儿还小，她并不知道自己的爸爸从事的是一项什么样的工作，也并不清楚为什么别人的爸爸可以带着女儿一起上下学，一起去游乐场玩，一起参加学校的各样活动，而自己的爸爸却每次都不遵守诺言，在她心中刘乔平不是一个好爸爸。对此，刘乔平只有苦笑。

2017 年，刘乔平荣获重庆市"五一劳动奖章"，"这下终于追平妻子了"。可是，刘乔平的路并不平坦，前路时时会有意想不到的艰难在等着他。

气田经过五六年的运行，开始显现老态。输气管线深埋地下，穿孔、泄漏时常发生，往往是摁下葫芦起了瓢，让人防不胜防，这已成为困扰科技工作的又一道难题，这个难题不解决，将直接影响产量。

这可是国家页岩气示范区啊，容不得半点马虎。刘乔平作为项目负责人，担子重似千钧。他始终记得，当初师傅告诉他，搞页岩气没有现成的经验可借鉴，四平八稳是没有出路的，必须放大胆子勇于创新，才能杀开一条血路。成了，你就是英雄；不成，再努力，再去拼，直到成功，成为英雄。

刘乔平一笑，他并不想成为英雄，作为部门的“头儿”，他没有退路，只有勇往直前。他知道，技术攻关与做数学题一样，遇到难关，只要硬着头皮上，就一定能冲破一片天。

“涪陵页岩气田就是你们的练兵场，有种就来试。成了，我们签合同，你们赢得市场，我们赢得质量。但是，风险必须一起承担。”刘乔平在与几家防腐公司洽谈协议时，颇有大将风度。

“咱重庆人，从不拉稀摆带。”冲着刘乔平的豪爽劲儿，几家公司摩拳擦掌，跃跃欲试，在大山深处摆开了战场。从 2017 年 3 月到 2018 年 6 月，刘乔平案头《腐蚀快报》上的数据逐天减少，从当初的一个月八九十次穿孔到一月不足二十来次，平均一天还不到一次。

刘乔平带领他的攻关团队，又一次创造了奇迹。

战国时，唐雎敢于为国献身，冒死与秦王抗争，不辱使命，安然归国。刘乔平也希望像唐雎一样，做一名不辱使命的侠客，只不过，他的使命在页岩气田，在全力确保页岩气的输运上。

2022 年五一前夕，刘乔平荣获“全国五一劳动奖章”，成为江汉油田唯一获此殊荣的人。只要保供能跟上，大山深处的千家万户就能用上安全环保的天然气。想到这里，刘乔平脑海中又泛起了父亲朴实的身影，继而联想到“涪娃”——涪陵页岩气的标志图腾。那是一团火苗，一团特殊的火苗，这个深埋地下亿万年的火娃，将被石油人带到祖国的四面八方，点亮大半个中国的万家灯火……

为着理想勇敢前进

中国人都忘不了 2020 年的新冠疫情，江汉石油人更忘不了复工复产带来的艰辛与困难。

春节临近，钻井工程项目部 35 岁的林安国被安排留守气田值班，他的首要任务是：3 天内完成工区“钻测录固”61 支队伍近 1200 名员工信息及流动情况的收集排查。信息繁多、数据量大，要一个一个地整理、一项一项地落实。

小镇上的鞭炮声此起彼伏，更增添了他思念亲人的情结，可是，他与同事们已经忘却了疲惫与劳累，心里就想着两件事：“一是气田的疫情防控一定要做好，一定不要在我这一环节出问题、掉链子；二是哪怕东拼西凑，也要确保施工队伍正常运行，一定不能出现大规模停工。”

他心中只有一个信念，“尽最大努力把疫情对生产经营的影响降到最低”“有我在，钻机就不会停”，作为一名年轻的共产党员，他必须冲在生产的最前沿。

随着全国疫情多点暴发，气田所辖区域内道路开始实行交通管制，甚至连进出井场的乡村道路也被限制通行。所有平台必须将复工复产方案按照“一台一案”原则，报当地政府审核通过后方可施工。方案要涉及防疫措施、物资组织、风险管控、行车路线、车辆人员安排等各个方面，工作强度很大。焦页 182# 平台的两口井遭遇浅层气，现场重晶石经过消耗已严重不足，若不及时补充，就会面临井控风险。

林安国的心急到了嗓子眼儿，他反复与现场沟通，梳理出现场隐患风险和设备材料情况，编制运行方案，得到地方政府临时许可后，立刻让连夜待命的运输队伍将重晶石材料运抵现场，避免了重大井控风险。

涪陵页岩气田作为油田“攻坚创效”行动主战场，完成全年产建目标任务至关重要。他梳理了气田的老井资料，并通过不断地查阅相关论文、交流和调研等方式，分析对比国内外其他气田钻井提速情况，归纳出设备升级、钻具优化、降低复杂是钻井提速提效的关键。

通过与钻井公司多次的交流沟通与研究分享，他们逐渐地转变了传统施工观念，开始尝试运用新装备。焦页 31#、107# 平台钻井设备升级到中国石化一级装备后，提速 30%，周期缩短 10 天左右；焦页 107–3HF 井完钻周期 49.94 天，是 2022 年第 5 次刷新白马区块最短钻井周期施工纪录。

每次上井，他都习惯性地来到司钻房，眼睛盯着仪表台，看到优化后的钻具一米又一米地钻进，一次又一次地刷新纪录。在焦页 29# 平台推广全新钻具组合，实现二开 2 趟钻，实现了一次新突破，创造了焦石坝区块二开钻头使用的新纪录。

针对钻井的复杂情况，他统计、筛查、研究了近三年300多口井的资料，认真梳理出浅层气、地层漏失等6类影响钻井提速的复杂因素，提出了“井身结构全尺寸瘦身试验”“钻井压裂一体化管理”等建议方案。他参与完成的《涪陵页岩气田长水平段钻井技术研究》获油田科技进步二等奖；制定的《涪陵页岩气田调整井钻井提速提效推荐做法》在涪陵主体区块推广应用，为钻井工程实现“四提”目标发挥了积极作用。2022年，焦页31-6HF井推广“四提”做法，创造了涪陵页岩气田25.75天的钻井周期最短纪录。

困难在他的坚持下一个个被克服，纪录在他的努力下一项项被刷新。然而，他心中最柔软的地方却留下不可弥补的歉疚。

2007年参加工作后，林安国转战清河、江汉和涪陵。2015—2018年，他在江汉、妻子在焦石、不到3岁的女儿在浙江，因为休假制度不同，三年间他几乎没有来过焦石看妻子，每半年他和妻子才能相约一同去浙江看女儿。

记得第一次去的时候，女儿见到他们第一眼就只叫了“妈妈”，没有叫“爸爸”。到了晚上哄女儿睡觉时，她说：“爸爸，你们以后能天天陪我吗？”他摸着女儿的脑袋笑着，不知道该怎么答复。妻子是个要强的人，从来都是报喜不报忧，最常说的4个字就是“你放心吧”。因为刚从采油转为采气，工作压力大，再加上与孩子相隔太远，她经常失眠，还患上了慢性胃炎，但这些事情都被她云淡风轻地略过了，直到后来偶然间看到她的胃药，他才知道她过得并不像她说的那样好。

随着气田大规模开发，林安国也来到涪陵，夫妻二人虽然同在一处，却聚少离多。父亲从老家过来帮他们带孩子，每天接孩子上下学，给孩子做饭，还时常嘱咐他“要吃饱穿暖，在施工现场多注意安全”，却对自己身体的病痛只字不提。

2021年，父亲感到身体不适，去了家附近的医院，医生看到报告单后，建议他去大医院再系统地做检查，父亲却说：“大医院没必要去，你给我开点药，让我不那么难受就行了。”林安国知道他是怕影响自己的工作。跟妻子一样报喜不报忧的父亲把这件事足足瞒了他大半年，当他知道时，父亲笑着说：“年纪大了，有点小病小痛很正常，莫要担心。”父亲笑着，林安国的眼角却湿润了。

与大多数的“涪气人”一样，大家都在为了祖国的页岩气事业拼搏奋斗，而家人们也都在他们的背后倾尽全力给予支持。

徐前是搞地质研究的，2018年大学毕业后来到涪陵。“虽然没赶上第一拨开发的脚步，却有幸见证了涪陵页岩气发展历程中最绚丽的那段历程。”他的对象在万州，徐前经常一两个月不见“踪影”，打电话也时常没有信号。

“山里信号差，有时候必须爬到半山腰才有两格微弱的信号，还时断时续。”徐前不止一次地耐心解释。然而时间一长，人的耐性都是有限的，对象下了最后通牒：“要么选择大山，要么选择我。”徐前吓坏了，师傅也为了他的爱情，特批了他一周的假。

见到对象，徐前耐心解释：“再等两年，山里的任务忙完了，我们就会有新家，那时候将是信息化管理，就不会时常往山里跑了。”对象只得又信了他一回。

如今，他们已喜结连理，徐前已是两个孩子的父亲。在参观了李渡新区后，妻子的心才安了下来。

张弛是“油三代”，与徐前同一批来到涪陵。爷爷参加了玉门、大庆、江汉的石油会战，父亲接过爷爷的班，也是石油工人，而自己大学毕业后，也选择了回到油田，支援会战。如今，他已在涪陵常驻了 4 年。“我时常记起小时候唱的歌，沿着革命先辈的光荣路程，为着理想勇敢前进。”张弛说，将自己的青春汗水播撒在大山深处，终有一天会开出无比灿烂的能源之花。

一群人，一条心，有着朝阳般的理想，有着坚定不移的步伐，他们将自己的青春年华心甘情愿地交给大山，交给中国的能源事业。也正是因为有了这样一支团队，有了这样一群充满朝气、心怀理想的新时代青年，页岩气才插上强劲的翅膀，实现了中国页岩气的涪陵速度，谱写了中国页岩气的青春华章。

驱动太阳

甄宇宁

他们用二氧化碳驱动地底岩心黑色的石油；他们用理想和信念驱动能源温暖的太阳……

——题　记

18 世纪 60 年代工业革命以来，随着石油石化工业的不断发展，化石能源燃烧产生的二氧化碳累计超过 2.2 万亿吨，导致地表平均温度已升高 1.1 摄氏度。据测算，21 世纪中叶升温如果超过 2 摄氏度，将给地球造成难以承受的生态灾难。

习近平总书记在 2020 年 9 月 22 日第七十五届联合国大会一般性辩论上提出了“二氧化碳排放力争于 2030 年前达到峰值，努力争取 2060 年前实现碳中和”的宏伟目标。

因此减少二氧化碳排放，或将其封存地下，或者利用二氧化碳在超临界状态时，具有较大溶解能力的物理特性，将二氧化碳捕集纯化后注入地下用于油田驱油，既能有效提高油田的采收率及低渗透油藏的动用率，使得大量的低品位油气资源获得解放，提高石油产量，又能实现二氧化碳安全地质封存，是实现“碳达峰、碳中和”的重大技术支撑。

昨天的脚步

2021 年春天，一辆 SUV 驰骋在东营到淄博市高青县的马路上，车上乘坐的是油田勘探开发研究院的中国石化首席技术专家吕广忠和他的助手。此时，他们正赶往高青县境内的纯梁采油厂正理庄油田，为即将开工的胜利油田百万吨级 CCUS

项目规划编制做前期的考察调研。

碳捕集、利用与封存简称 CCUS，是减少二氧化碳排放的关键技术之一。

正理庄油田的我国首个百万吨级 CCUS 项目，涵盖碳捕集、利用和封存 3 个环节，建成后将成为国内最大的 CCUS 全产业链示范基地，为国家推进 CCUS 规模化发展提供应用案例。这标志着我国 CCUS 项目建设取得重大进展，对该产业发展具有巨大示范效应。特别对有效提升我国碳减排能力，搭建“人工碳循环”模式具有重要意义。

有一个形象的比喻：正理庄油田百万吨级 CCUS 项目实施后，可每年减排二氧化碳 100 万吨，相当于植树近 900 万棵、近 60 万辆经济型轿车停开一年。

车很快到达正理庄油区，吕广忠又闻到了亲切又熟悉的味道。

他对这里的一切太熟悉了。十几年的打拼，这里留下了他深深的足迹，他和这里结下了深厚的情谊。这片旷野、这里的油井、这里的抽油机、这里的小路，甚至每口井地下的油藏分布，早已经变成了他熟悉的朋友。

他习惯性地把视线移向遥远的天际，远处白云悠悠，仲春的气息充满了诱人的味道。井场边当年那几棵白杨，现在早已遮天蔽日，枝繁叶茂。

那些嫩绿色的枝叶在春风里摇曳着，发出沙沙的响声。几株黄色的迎春花依旧灿烂地向他微笑着。他望着蓝天白云下的一口口油井，想象着即将开启的百万吨级 CCUS 项目，心里久久不能平静。

有人说，胜利油田的发展史，就是一部科技创新的历史。

胜利油田被称为石油地质的“大观园”，这里涵盖了全世界三分之二以上的油藏类型，构造复杂，断层密布，就像“一个摔碎的盘子，又被踢了一脚”，勘探开发难度之大，为世界所公认。

针对胜利油田油藏“薄、小、碎、深”的特点，油田科研人员通过大量的实践，自主研发出了多项勘探开发新技术。如果说单点高密度地震技术，就像给地层做“CT”，更容易锁定石油的“藏身之处”；领跑世界的化学驱油技术，相当于用扫帚将岩石缝隙中的石油“扫”出来，成为大幅度提高采收率的“撒手锏”的话，那CCUS就是“干毛巾里往外挤水”，把低渗透油藏从磨刀石般的石头缝隙里“赶”出来。

吕广忠作为油田勘探开发研究的专家，粗略算起来，从事 CCUS 研究工作也有十几年了。十六年来，他和勘探开发研究院的科研团队，在磨刀石上找油藏，低渗透里增产能，创造了一个又一个的科研成就，为油田 CCUS 工作奠定了坚实的基础，作出了令人刮目相看的成就。

十六年看似漫长，其实就是短暂的一瞬，特别是对一个一心一意投入工作上的人来说更是如此。吕广忠说，胜利油田二氧化碳驱油规模化应用面临混相压力高、不易实现混相、驱油效率低和储层非均质性强、连续气驱为主、易气窜等问题。针对这些问题，胜利油田开展了一系列的二氧化碳驱油的技术攻关。这些攻关可以分为室内研究、关键技术攻关和先导试验三个阶段。

20 世纪 60 年代，借鉴国外的经验，油田石油地质工作者曾经试验过氮气驱油的方法，但受当时的条件所限，这项研究一直断断续续。70 年代，胜利油田地质科学研究院开发实验室的科研人员曾试探通过二氧化碳驱动孤岛油田平房王油田的黏稠油，改变低渗透油藏的注入性问题。

90 年代，鉴于国外在二氧化碳驱油开发领域的成绩，油田对此项工作更加重视。二氧化碳驱油在东辛采油厂、现河采油厂曾作为一种增产工艺措施实施。断断续续的试验，虽然跨距比较大，但由于当时的环境与条件有限，二氧化碳驱油技术水平基本在原地徘徊。

1996 年，油田在地质院筹备气驱实验室；1997 年，地质院采收率实验室气驱实验组成立。

国内外研究发现，要实现二氧化碳驱替，解决“混相”是关键。

所谓“混相”，就是当地层压力达到一定条件，二氧化碳密度和原油密度相当时，二者就能像水和酒精一样融在一起，从而实现二氧化碳对原油的驱替，达到开发效果。

为了研究不同注入方式下的驱油效率，勘探开发研究院的专家们自主设计研制了二氧化碳驱非均质长岩芯物理模拟装置，利用从地下 3000 多米采的岩芯样本进行模拟试验，岩芯长度为 2 米，包裹连接起来的岩芯，像孙悟空的金箍棒一样。

2008 年 1 月，油田在位于淄博市高青县境内的高 89-1 进行了二氧化碳混相驱先导试验。这也是油田第一个二氧化碳混相驱的先导试验。

开展试验的目的是探索滩坝砂特低渗透油藏二氧化碳驱补充能量的可行性。

这是吕广忠进入勘探开发研究院，从事二氧化碳驱油研究后，作为“操刀手”

和大家一起干的第一个大项目。

此后，胜利的二氧化碳驱油事业也步入了快车道。

2010 年，吕广忠和同事一起联合油田设计院等单位实施了胜利发电厂烟气二氧化碳捕集纯化工程试验。这也是国内外首个燃煤电厂烟气二氧化碳捕集、驱油与封存全流程绿色试验项目。

2013 年，在同样位于高青的正理庄油田，樊 142–7–X4 井组二氧化碳混相驱试验也拉开了帷幕。

樊 142–7–X4 井组包含注气井 1 口、油井 6 口。樊 142–7–X4 井组的试验目的是观察二氧化碳混相驱注采能力及开发效果。该项试验于 2013 年 6 月开始注气，试验开始后，6 口油井关井恢复地层压力。2016 年 12 月，开井后全部自喷生产，单井日产油由原来的 1 吨升为 6~9 吨，并以日均产油 5 吨的水平稳产两年。

由此，樊 142 成为油田对二氧化碳驱探索的里程碑。

当然，樊 142 的成功绝非一帆风顺。但其成功坚定了胜利油田推广二氧化碳驱油的信心和决心。

经过多年室内研究和现场攻关，吕广忠和他的团队成员针对油田油藏物性差、混相压力高、易气窜等特点，逐渐形成了二氧化碳混相驱、气水交替驱等国内外领先的技术系列，并在滩坝砂樊 142、高 89–1、高 899、浊积岩商 853 以及复杂断块莱 113 等区块开展了规模化应用，取得了显著的增油成效。

这是一条荆棘之路，这是一条勇者之路。

半个多世纪的试验，半个多世纪的创新，半个多世纪的奋勇攀登。从无到有，从弱到强，从室内研究到国内最大的百万吨级 CCUS 项目启动建设，油田勘探开发研究院 CCUS 团队不断创新发展，实现了二氧化碳驱油与封存的双赢。胜利人在这条路上留下了一连串坚实的脚印，闯出了一条绿色低碳的发展之路。

春风吹过了吕广忠的头发，他从久远的记忆中又回到了眼前的正理庄。他想，半个多世纪的胜利科技进程里，有许多油田的科技先贤在这个领域里开拓进取、攻坚克难，他们为今天油田的 CCUS 的发展打下了坚实的基础。CCUS 的接力棒现在传到了我们手里，我们一定会干出一番成绩，不辜负他们的期望。

此刻，吕广忠进入了大战之前的一种兴奋状态。他的脑海里像演电影一样，一遍又一遍地过着油藏工程优化设计、油藏工程方案。针对气窜、波及体积低等可能出现的问题，他们又反复从井网井距设计入手，对井网井距与储层分布相适配，实现均衡驱替的方案进行了全方位的再审核。对优化注入方式，提高波及体积以及通过压力水平、注采参数优化，最终对目标中的安全、环保以及环境监测等都逐一进行了落实。

他的心情又激动起来，他又一次眺望正理庄天空的白云。

他畅想着几个月后，这里百万吨工程实施的情景。几十年胜利地质科研工作者为之奋斗、为之追求的百万吨 CCUS 项目即将变成现实，胜利油田发展史上首个百万吨CCUS项目将在他们这代人手中实施。习近平总书记提出的2030年前碳达峰、2060 年前碳中和目标的实现过程，我们胜利石油人将为之添上一笔浓浓的重彩。

爱与恨

“我对二氧化碳是又爱又恨。”这是吕广忠见到我们的第一句话。

这个开场白有点出乎我的意料，我知道吕广忠是油田 CCUS 方面的专家，一直从事低渗透油藏开发、气驱开发和数值模拟等技术攻关与应用研究工作，具有丰富的专业理论和实践经验，在开发基础理论与方法、复杂油气藏开发关键技术等方面取得多项成就。

我怀着好奇的心情，听吕广忠慢慢聊。

吕广忠的老家是聊城高唐赵寨子乡。20 世纪 80 年代的鲁北平原还比较穷困，但吕广忠小学和中学的读书成绩几乎每次都是名列前茅。在农村小学，那时能读到的书并不多，但吕广忠总是想办法找课外书来读。一本本好看的书籍让他着迷，一个个精彩的故事令他神往。特别是周恩来青少年时代发奋读书的几本连环画，让他非常痴迷。那时他开始崇拜伟人，并暗暗下决心要努力读书，改变家乡的面貌，改变自己的人生。

1993 年，他以优异的成绩考入石油大学开发系油藏工程专业。大学五年他几乎每学期成绩都是年级第一，5 年后他被学院保送读研。2003 年博士毕业的时候，系领导满心希望他留在学校，做一名既舒服又体面的大学教师。可他拒绝了，他提出要去油田科研一线，去火热的油田生产实践中学习锻炼。

选择了石油也就选择了风险，选择了石油也就选择了忠诚，选择了石油也就选择了责任与勇气。从此，吕广忠在胜利这个人生的舞台上开始了他的职业旅程。

渗流力学室成为他到地质院读博士后期间进站的第一个单位。但这个部门还是偏重于理论研究，他就主动要求去了断块低渗透研究室。

这期间吕广忠开始接触水平井、二氧化碳驱油等勘探开发新技术。

2006年秋天，他在水平井技术提升和动态分析方面忙得不亦乐乎。有一天，当时的院主要领导对他说：二氧化碳驱油是个新技术，有可能成为未来低渗透油藏开发的发展方向，你能不能先试一试？

从那时候开始，他就一边忙水平井，一边忙气驱。后来实在忙不过来，他就完全转型到了CCUS二氧化碳驱油研究上。

自从接触二氧化碳驱油的那一天，他就深深地爱上了这份艰辛却充满希望的职业。他说，把二氧化碳“吃”进去，把原油“吐”出来是个多么聪明、多么划算的好事啊。

开采石油，通常是将水注入油层，用水来驱赶原油。但吕广忠为我算了一笔账：二氧化碳驱油效率比水高40%，采油成本比水低20%，封存率一次能达到60%~70%，不仅能提高石油产量，还减少了二氧化碳排放，兼具生态效益与经济效益。

二氧化碳驱油最早在欧美国家发端，技术也比较成熟，但国外大都是埋藏比较浅的优质油田，技术要求比我们简单得多。并且他们大多自身就有二氧化碳气田，直接注入驱油。我们虽然在20世纪60年代就开始了二氧化碳驱油的探索，这几十年也做了不少的科学实验，但技术一直不成熟。

技术水平偏低制约规模化发展，与国外百万吨级以上的驱油项目相比，我国CCUS项目仍面临规模小、驱油效果不稳定、驱油收益偏低等问题。

在二氧化碳捕集环节，以前国内许多项目的实际年捕集能力较低。在从捕集提纯二氧化碳，再运输到油田进行驱油和二氧化碳地质封存这一过程中，一直存在着多个技术难题。

以前国内二氧化碳大多依靠罐车运输，而部分发达国家已经有超过5000千米的专用二氧化碳输送管道。由于技术水平限制，CCUS的大规模应用成本偏高，我们未能建立相关的产业链集群，因而难以产生经济效益，导致产业投入严重不足。

还有驱油效果不稳定的问题，严重影响了二氧化碳驱油产量。特别是胜利油田“打碎了盘子”的油藏特点，导致二氧化碳驱油工作一直断断续续，有时云遮归途，有时柳暗花明。

这些都让吕广忠急，他恨自己在这个领域不能有大的突破，恨自己科学研发的脚步太慢。为此，他常常为了一个方案彻夜难眠，为了现场一个良好的试验结果而兴奋不已。为了攻克那些实践中的技术难题，他常常在实验室的窗前仰望深邃的夜空，他想化作一颗流星，去探究那些勘探开发知识的海洋深处的奥秘；他想化作一缕二氧化碳的气流，深入 3000 米的地层去窥觑低渗透油藏的世界；他想化作一粒粒岩石封堵住“气窜”的缝隙与漏洞。

“爱之愈深，恨之愈切。”我似乎明白了吕广忠爱与恨的缘由。为了心中的这份爱与恨，20 年来，吕广忠像一个行者，一直在这条崎岖的山路上攀登不止。

“最难熬的日子莫过于樊 142 区块先导试验的那三年。”吕广忠说。

在进行了大量的相关试验，并通过低渗油田二氧化碳驱油启动压力梯度和有效压力梯度，对低渗二氧化碳驱油非达西渗流规律的研究，对驱油过程中原油黏度变化、压力变化、压力梯度变化等指标进行了全方位反复分析、反复调整、反复确认后，2013 年春天，油田决定在樊 142 进行 CCUS 二氧化碳驱油先导试验。勘探开发研究院与鲁明公司成立了混相驱项目组，开始了艰难的探索。

为了获知油藏压力的提升状态，项目组开展公关活动，解决了二氧化碳对电子仪器、橡胶件的腐蚀问题，并在 6 口油井、1 口注气井下放入电子压力计，每天跟踪分析矿场动态，通过组分数值模拟掌握二氧化碳在油藏中的运移规律，不断调整压力和试验路径。

这年冬天，正忙得满头大汗的吕广忠接到在聊城老家父亲的电话，老人提出要来油田看看。

没几天，父亲来到东营。看到忙得团团转的儿子，住了一天，老人就要回去。

吕广忠带着歉意说：“既然您来了，就多住几天吧，我这几天先忙，过几天再和您聊天，让建乔先陪您转转。”

“年轻人多忙点好啊，你忙吧，我不耽误你的事。”老人说。

忙过了几天，吕广忠觉得父亲来去匆匆的，总觉得应该有点什么事，就给母亲打了个电话。母亲开始还躲躲闪闪，几句话后给儿子道出了实情。

“你爹这几天总是不得劲儿，人瘦得不轻，也吃不下饭，在咱这里也没查出什么病来，要不过完年你带你爹去济南看看吧！”母亲说。

日子过得飞快，转眼年过了，吕广忠带父亲来到济南齐鲁医院，找到了多年的老同学帮忙，挂号、问诊、拍片……

很快，检查结果出来了。在劈头盖脸的埋怨声里，他颤颤巍巍地接过老同学递过来的化验单。当他看到“恶性肿瘤”几个字时，怎么也无法接受眼前的现实，他的眼里淌出两行愧疚的泪。

回到老家，他把实情告诉了母亲。母亲一时也六神无主，姐姐、弟弟听说了父亲的病情后都回到了家，大家商量下一步的治疗方案。

他后悔当时只顾忙工作，耽误了父亲的病情。他想现在只要有一线生机，也绝不能放弃，于是，他立即联系了上海的几家大医院，带着父亲又匆匆地赶赴上海。但是，上海的专家在看了各项化验单后，也都惋惜地摇着头说：回去吧，晚期了……

吕广忠带着父亲无奈地回到了老家。事已至此，他和母亲以及兄弟姊妹只能慢慢地接受这个残酷的现实。

正理庄的电话仍是一个接着一个。受地层能量不足及人工裂缝等不利因素影响，樊 142 出现了混相能力不高、注气井波及系数低等问题。此时，他只能先把父亲委托给姐姐、弟弟，返回单位继续投入正理庄樊 142 的紧张试验中。

忙完了那段时间，吕广忠请假回家，陪陪病重的父亲，在父亲的床前好好尽尽孝。可回家没几天，父亲就与世长辞，永远离开了他们。

“子欲孝而亲不待。父亲是个多么体谅儿子的人啊！为了不耽误我的工作，他有事连个电话都不愿给我打；他喜欢孩子，每次回家见到孙子都是一把就抱在怀里，然后跑到村前的小卖店里买两根火腿肠。可他想见孩子，又怕回家次数多了影响我，所以他总是默默地自己念叨念叨，以解思念之情……”吕广忠愧疚地说。

“我不是一个孝顺的儿子，也不是一个合格的丈夫，更不是一个称职的父亲。在我的生活里，我对得起所有人和我这个岗位，但我对不起自己的父母、妻子和女儿。”说这话时，他哽咽了……

此时，正理庄的春天正在上演着一幕幕 CCUS 的大戏，上百台车辆排成“一”字形，源源不断地把二氧化碳运输到油区，二氧化碳像一队队尖兵进入低渗透油藏的心脏。我想为了这一天，以吕广忠为代表的油田地质科研工作者默默付出了多少智慧、多少汗水，他们舍家忘我，他们默默无闻，他们执着顽强，他们筚路蓝缕、披荆斩棘，他们用奉献和大爱照亮了共和国能源的希望之光。我似乎更明白了吕广忠对 CCUS“爱”与“恨”的理由。我想，这种“爱”是一种情怀、一种眷恋、一种忠诚；“恨”则是一种责任、一种担当、一种舍我其谁的勇气与胆识。他们就这样爱着、恨着，在默默的爱与恨里，在平凡寂寞而又高尚伟大的事业里无怨无悔，奋力前行。

油之魂

胜利人在 60 余年开发建设进程中，不断厘清、选择、确立了自己的价值信仰，这种信仰就是将自己的人生价值与国家的命运紧紧联系在一起的责任感与使命感。

作为胜利科研战线上的一位孜孜不倦的探索者，吕广忠始终有一份用自己所学的知识报效祖国的情怀。这种情怀是胜利人不断开拓前进的动力，也是新时代胜利人的不懈追求。

说起胜利发电厂 4 万吨二氧化碳捕集装置的突破，吕广忠至今记忆犹新。

当时全球的气候变化已经成为世界各国关注的问题，其中以二氧化碳为主的温室气体排放尤其令人注目。

当时的勘探开发研究院领导对吕广忠说：我国走绿色低碳发展道路，以能源绿色低碳发展为关键，逐步形成节约资源和保护环境的产业结构和生产、生活方式。下一步生态优先、绿色低碳的高质量发展将迎来更大的发展空间，CCUS 工作将迎来更好的发展机遇。

吕广忠心想：“双碳”目标对我国绿色低碳发展具有引领性、系统性，可以带来环境质量改善和产业发展的多重效应。降低碳排放，有利于推动形成绿色简约的生活方式，降低物质产品消耗和浪费，实现节能减污降碳。加快降低碳排放步伐，有利于引导绿色技术创新，加快绿色低碳产业发展，在可再生能源、绿色制造、碳捕集与利用等领域形成新增长点，提高产业和经济的全球竞争力。这是多么伟大的事业，这是多么宏伟的目标。我们要抓住这个有利时机，把我们手中的 CCUS 工作推上一个新的高峰，为油田二氧化碳的捕集与驱油闯出一条新路。

说干就干。2009 年，根据油田的相关安排，吕广忠带领团队对胜利发电厂所排放二氧化碳进行捕集驱油的研究。

他们计划设计一套二氧化碳捕集装置，这套装置采用化学吸收法，利用化学溶剂与二氧化碳在低温下的反应，将烟气中的二氧化碳吸收出来，高温加热后进行二氧化碳的释放，从而实现二氧化碳的捕集。捕集起来的二氧化碳经过压缩和冷却变成液态的二氧化碳，然后通过车辆运往采油厂。

当时胜利发电厂每年排放二氧化碳超过 400 吨，造成了比较严重的大气污染。在油田 CCUS 研究发展的历程中，这是一项充满挑战的开创性工程。那些日子，吕广忠和项目组的同事收集资料、编写方案。由于国内没有可以直接借鉴的资料，他们不等不靠，迎难而上，结合相关单位设计捕集装置的每一道流程研究方案。

2010 年，CCUS 工程开工建设。2012 年，国内外首个燃煤电厂全流程 CCUS 示范工程建成。

燃煤电厂烟气具有二氧化碳分压低、强氧化、气体组分复杂的特点，同时用于驱油的二氧化碳纯度要求较高（99%），增大了捕集难度。经过反复试验，吕广忠和研究团队最终选用以胺类溶液为主的化学吸收工艺，通过二氧化碳与化学吸收液的可逆反应实现二氧化碳捕集，研制形成了燃煤电厂烟道气二氧化碳捕集纯化成套技术；将二氧化碳从烟气中捕集出来后，再压缩、干燥、液化及存储，通过罐车输送至油区用于二氧化碳驱油与封存。

当年经过专家评审，胜利油田自主开发的高效二氧化碳捕集溶剂及工艺比常规 MEA 工艺再生能耗降低 20%，同时吸收剂损耗有大幅下降，捕集成本降低到 191 元，同比降低 35%，达到国际先进水平。

在胜利发电厂二氧化碳捕集项目现场，我仍然可以看到烟气水洗塔、吸收塔和再生塔错落有致地林立着。

近十年过去了，现在回头看，虽然由于配套设备等种种原因，设备的运行周期不长，但那已经是在当时的历史条件下一个超前的、大胆的探索。这也是胜利 CCUS 迈出的重要一步。

捕集装置建成后，国内外的很多媒体都对此项目给予极大的关注。2012 年，中国工程院副院长谢克长院士率领黄其励等 5 位院士到现场进行了参观考察；在项目的研发和实施过程中，油田与国内外知名研究机构开展了广泛的合作交流，并共同开发研究 CCUS 相关技术，这个项目获得了油田科技进步一等奖。油田也参与了中国 CCUS 技术路线图的编写，为推动 CCUS 的发展作出了重要贡献。由于这个项目的影响，油田被邀请参与国际 CCUS 大型技术研讨会，并在大会期间宣传中国的 CCUS 技术，为中国在世界碳减排领域树立了良好形象。

吕广忠是一个具有责任和担当意识的学者，责任感、使命感驱使他不断迎接新的挑战。他常说的两句话就是“把事情做到极致”“今天再晚也是早，明天再早也是晚”。他是一个爱“较真儿”的人，为了一个数据、一个实验，宁可不吃饭、不睡觉。

正理庄油田的樊 142 区块的问题接踵而来。他们和项目组的现场管理人员找症结、调方案，一个个挠头的问题逐渐被破解。

二氧化碳注进去了，一时见不到效果，大家的心情很沉重，可更着急的是他这个项目的“操刀手”。

那年冬天，大地奇寒。一入冬，凄厉的北风就掠向华东大地，扬起漫天尘土。白天的太阳长出了绒毛，夜晚的月亮失去了皎洁的光泽。早晨，荒原上泛起一层厚厚的白霜，把枯草冻得生硬，把树枝冻得直直地指向无边的旷野。

2015 年的春天来得更早一些。在二氧化碳注入两年多后，监测显示，油井里的二氧化碳与原油终于实现了混相。在现场油井旁的吕广忠兴奋得几乎一夜睡不着觉。

于是他们研究决定开井，可井开后，产油量并没有达到他们的预期。

这时疑惑的眼神、奇怪的议论，以及对这个项目整体的怀疑与不信任都一股脑儿地来到他的面前。他感到了前所未有的压力。

理想与现实的距离使他迷茫与困惑。茫茫旷野，早春的寒风吹拂面庞，远处几株不知名的大树已经绽出新绿，大地即将苏醒。他知道“在科学上没有平坦的大道，只有不畏劳苦沿着陡峭山路攀登的人，才有希望到达光辉的顶点”。但光辉的顶点此时离他还很遥远，他当下还看不到任何结果。

3000 米地下的油层是在神秘地舞蹈还是昏昏欲睡、静默不语，都是一个未知数。他反复问自己：问题到底出在哪里？二氧化碳驱油研究了这么多年，现场的成绩在哪里？

他期盼着樊 142 的春天早日到来，盼望开井的日子能够油流奔涌。他时而劝自己相信自己，时而又怀疑自己，他甚至想到了退缩，这时有人也劝他调整一下岗位，继续搞他熟悉的丛式井或换一个容易出成绩的专业。

但这不是他的性格，他自小就有一股不服输的犟劲。正是凭着这股不服输的精神，他才有今天在油田科研领域的成绩。他想，坚守是一种信念，更是一种力量。他要凭着这种力量，继续在这里走下去。

此时，他的脚步似乎沉稳了许多，每一脚踩下去也更有了奋进的力量。他去请教领导和油田其他专家的意见，请他们指导逐一分析 6 口井的各种数据，并及时调整每口井的方案。

再调整后，他们作出了一个更加大胆的决定：将 1.9 万吨二氧化碳再次注入井底。

2016 年 10 月，正值收获的季节。

蓝天白云下的红色抽油机格外鲜活。此时，6 口井压力均升至 40 兆帕。

吕广忠和团队果断决定开井。

开井后的 6 口油井全部实现自喷，单井日产由原来的 1 吨飙升到 6~9 吨，并以日均产油 5 吨的水平稳定两年。

这是一个历史性的突破。他的成功，标志着几代人为之奋斗的 CCUS 工程结出了胜利的果实，进一步树立了胜利人对 CCUS 工程的底气和信心，为后来的胜利油田 CCUS 百万吨级驱油工程打下了坚实的基础。

“十三五”以来，胜利油田已经利用二氧化碳驱油增产 10 万吨。

吕广忠笑了，笑得像洒向井场的阳光一样灿烂。

一间实验室就是一个世界，他在各种数据的世界里徜徉。由于常年熬夜，他患有高血压等疾病，经常在办公室大把大把地吃药。疲倦时他会抬起头来，看看油田的夜色，看看万家的灯火。

那天晚上，加班累了，他和几位助手随意聊天。小王说：“吕高级，您现在要地位有地位，要成绩有成绩，干起活来还这么拼命，您这是为啥呀？”吕广忠回过头来微笑着一字一句地说：“是国家把我这个农民的儿子一步一步培养成一个大学生、博士生，现在我又荣幸地成为中国石化的首席技术专家。你要问为什么，你去看一看电影《我和我的祖国》，就找到答案了。”

此时我想，有的人把工作当成一种谋生的手段，而有的人则把工作当成一种信仰、当成一份事业、当成一种终生的追求。在吕广忠的心里，CCUS 已不再是纯粹的科研工作，而是关系油田与祖国未来的一种责任、一种信念、一种忠诚。信念铸就了力量，信念铸就了忠诚。而正是这种责任、信念与忠诚，铸就了我们的石油之魂，铸就了我们的胜利之魂。

2021 年 10 月 21 日，习近平总书记视察了胜利油田。习近平总书记要求我们“要坚定走绿色低碳发展道路，推动流域经济发展质量变革、效率变革、动力变革”。可以预见，顺应绿色潮流、实现“双碳”目标，是抢占发展先机、赢得竞争主动的战略抉择，向绿色低碳转型是石油石化行业实现高质量发展的必由之路。将来，我国这些领域将有更大的变化和发展，这种变化，令人向往，值得期待。

就在我写这篇文章的时候，正理庄的百万吨级 CCUS 项目正在紧锣密鼓地实施。此刻，站在 CCUS 前沿的科研功臣们，没有为来之不易的成绩摇旗欢呼。他们回头望一眼身后那些崎岖的小路，欣慰地笑过之后，又立刻把目光投向前方更高的峰巅。

挑战和较量永无止境，胜利人勘探开发、攻坚克难的步伐，也永远不会停止。

大漠春潮

姜化明

新疆是个好地方。到新疆前，听得最多的是这句话；到了新疆，听得最多的还是这句话。

踏上新疆的征程，从东部到西部，从胜利油田到克拉玛依，3400 多千米的行程里，我对新疆有着美丽的憧憬。一首歌始终在耳畔回响："不是天堂，比天堂更美的地方，广阔的草原，牛羊沐浴着阳光……如果你要去远方，新疆是个好地方……"

新疆的确是个好地方！炎热与寒冷、干旱与湿润、荒凉与秀美、壮观与精致奇妙地汇集在一起，独特的美令人神往。有人说，打开新疆的地图，它的地貌就像一只翩然起舞的蝴蝶，天山、昆仑山、阿尔泰山就是它的轮廓和身体，塔里木盆地、准噶尔盆地就是它的翅膀，绵延千里的天山横亘东西，以一己之躯把新疆分割成南疆和北疆，迥异的风光耐人寻味。

还有人说，南疆是大漠戈壁，是长河落日，是木卡姆歌舞，丝绸之路上的四大文明在这里交汇；北疆是雪山草原、是骏马牛羊、是河流蜿蜒，一首田园牧歌在这里流淌。从南到北是一首冰与火的诗篇。

其实，在新疆，在准噶尔盆地，这只有力的巨大翅膀不仅扇动出新疆大地上的美丽图景，也扇动出地层能量的蓬勃力量。准噶尔盆地油气资源丰富，是我国油气增储上产的主战场之一。自胜利油田勘探准噶尔盆地以来，发现了春风、春晖、阿拉德等油田，目前发现三级储量 6.25 亿吨，探明储量 1.53 亿吨。

走进西部大漠，时而可见"长河落日圆"的美景，时而可见"风掣红旗冻不翻"的凛冽。坚守在此地的胜利油田新春公司，却如同早已习惯这里的胡杨、梭梭树一般，将根深深地扎进祖国的大西北。进疆 26 年，新春公司从无到有，在准噶尔盆地边缘和沙漠腹地"贫油区"刨食，成为大漠戈壁上一颗耀眼的明珠，涌动出大漠春潮。

春潮生，激情向大漠

从东部到西部，从东营到克拉玛依，距离不可谓不远，但心的距离却很近。

从机场通往克拉玛依的路上，风景似乎与东部一些荒凉油区有些相似。不同的是，抽油机的脚下是茫茫的戈壁，星星点点的梭梭树、骆驼草肆无忌惮地生长着，或高或低的，仿佛被抽走了些许的绿色，构成了西部大漠特有的干旱的颜色。

西部是中国石油工业发展的摇篮。从克拉玛依的“大油泡”走过，这个类似于东部华八井驻地的地方，凝结成西部油田的荣光。走进这座城市，不为观光，更不为旅游，皆源于追逐胜利人的脚步，去探寻胜利人、胜利新春人扎根戈壁大漠执着找油的足迹。

走进新春公司，与干部职工座谈交流，他们的脸上镌着坚定和自信，语言里多的是憧憬与自豪——新春的历史过往铺陈而来，如同一首劲歌，给人力量；犹如一幅画卷，大气磅礴。

1996 年 4 月 29 日，胜利人飞越万里山河，从渤海之滨跨入新疆大漠戈壁，踏上了胜利西部找油之路。塔里木胜利和田勘探项目经理部的成立，标志着胜利油田油气勘探正式挺进新疆。

油气勘探，尤其是新区勘探，从来都是艰苦曲折的、循序渐进的探索认知过程。比起东部，西部的环境和条件更加恶劣。

胜利人“抛家舍业”来到西部，有的因为在前线值班，没来得及赶回家见病危的母亲最后一面；有的晚上得知老母亲因为突发脑出血要动手术，便连夜赶回去，手术后的第二天一早又赶了回来……“为了找油加班加点，已经稀松平常。没有加班费，就是为了把工作干好。”新春公司安全顾问韩文峰道出所有西部找油人的心声。

创业艰难百战多。从 1996 年到 2002 年，胜利人踏遍天山南北，穿过了无数茫茫沙海、皑皑雪海，从昆仑山上的“和参 1 井”到塔克拉玛干沙漠的“胜和 2 井”，从准噶尔盆地北端的“英 1 井”到天山脚下的“固 1 井”“固 2 井”，但是胜利西部勘探始终未见曙光。

西部的希望在哪里？在勘探最困难的日子里，胜利新春人有过困惑、有过焦虑，可为油而战的信念从未动摇过。因为胜利新春人只认胜利不认输！

人们都知道大漠的肆虐、无情，但胜利新春都看到了大漠的豁达、包容和那千年孤独也不烦躁的厚实。他们打破常规，在继承上解放思想，在发展上创新创造，提出了准噶尔盆地“断—压—相—隆”四元联合油气成藏主控因素，碰撞迸发出耀眼的智慧光芒。

雾散云开朗月明。2003 年董 1 井报捷，首次实现胜利油田在西部勘探的零突破。特别是排 2 井的突破，标志着一个“油藏埋藏浅、储集物性好、采油指数高、经济效益好”的浅层优质高效油田——春光油田的诞生。

“当时条件非常艰苦，在井上一待就是几个月，不仅要做好油藏资料规范，还要准备各种汇报材料，一个人干着好几个人的活，洗澡用的都是地下水，洗完澡身上都黏糊糊的。”说起排 2 井，新春公司党建专家鲍振兴记忆犹新。

忆往昔，峥嵘岁月稠。2006 年 3 月鲍振兴进疆，便和 5 名员工扎根到大漠深处的排 2 井。鲍振兴说，当时是公司发展的阶段，大家基本上是白天晚上连轴转，都被晒得黑乎乎的，甚至皮肤脱皮，但大家积极性很高，希望采出更多的原油！

正是像鲍振兴一样的胜利新春人，在极其艰苦的环境中，勠力同心、顽强拼搏，在大漠戈壁开辟了新战场，推动了西部找油的发展与超越。

2008 年，胜利油田在新疆实现 49 万吨的年产能。2009 年 9 月，中国石化集团公司对西部探区进行战略调整，将春光油田整体移交河南油田，将西部 13.5 万平方千米探区划归胜利油田。

春潮动，迈步从头越

雄关漫道真如铁，而今迈步从头越。对于春光油田的整体移交，韩文峰说，一纸命令下来，建起的油田就交给了别人，说心里话，实在舍不得啊！可是，见证并参与春光油田找油的胜利新春人毅然踏上了新的找油之路，他们坚信前方有着新的“春光”。

2005 年，在车排子地区以南的排 2 井取得历史性突破，获得高产的轻质油。“出来的油甚至可以直接加到车里用。”韩文风对此印象深刻，“油质非常好，阳光下蓝蓝的颜色、冒着青烟，被称为‘水上漂’油田。”

2010 年，围绕沙湾组主力油藏向外拓展，部署排 607、排 608 滚动井和评价井，部署开发井 41 口，实现了当年接手研究、当年部署探井、当年上报探明石油地质储量。

在新春公司，很多人提起杨国华，都亲切地叫他“杨铁人”。说杨国华是铁人，是因为他参与了一个油田的发现，并且赢得了“铁人”的称号。

杨国华 1974 年出生，山东临清人，不仅有着文化滋养的睿智，还有着军人般的个性，越是艰难越向前。2010 年，他从东部的现河采油厂来到新疆，2022 年 4 月任生产保障中心经理，穿梭沙漠腹地和施工现场成了他的工作日常。

胜利新春人都知道，“从零开始”让他们肩上的担子始终沉甸甸的。一入疆，杨国华就投入如火如荼的产能建设。联合站开始投产，放喷温度比较高，经过泵筒以后，析出一部分垢，泵的间隙比较小，会出现频繁的卡泵。杨国华就带着解卡，开始用反洗的方法，后来把光杆提出泵筒，用了一策又一策，经常在井场上连轴转。

杨国华依稀记得，那年的冬天特别冷，一次施工就得连续七八个小时，吊车干一段时间得收一收，不然吊臂就收不回来了。有一次，由于天太冷，收得不及时，吊车的腿收不回来了。吊车怕冷，他们不是不怕冷，但责任和使命让他们坚守，硬是用热情温暖了冬天。

说起当时的情景，杨国华没有提一个“苦”字。最初，他穿的工鞋是胶底的，冻得回到屋里直痒痒，就到奎屯买了毡筒，才勉强好了一些。当时住在野营房，8 个人一间。野营房起夜不方便，露头的地方就结冰了。为了注好气，往往是先注药剂，药剂都冻成了冰坨子，化冻特别慢，他一弄一晚上，从来没有停过。

“条件确实不好，有些事情都是想办法做。”杨国华的这句话，仿佛让人想起王铁人的“有条件上，没有条件创造条件上”的呐喊。

其实，在新疆大漠，不仅杨国华一个人工作拼命，每一个胜利新春人都憋着一口气，“宁可少活二十年，拼命也要拿下大油田”。

从 2010 年春开始，曾凯在永 3 平 1 井一待就是 6 个月，终于回到了东部，见到了家人和妻子。看到又黑又瘦的他，家人戏称他是“烧黑的火柴头”。

为弥补两地分居的缺憾，曾凯决定带着妻子一起到上海看世博会。可刚到上海火车站，世博会的影子还没有看到，他就接到单位的命令，要求回西部执行任务。

曾凯和妻子直接赶到机场，把妻子从上海拉到了大漠戈壁。农历九月初九，是曾凯妻子的生日，由于大家都在忙活，忽略了这个“客人”，加上人生地不熟，妻子没有饭吃，一个人在板房里哭。

待曾凯晚上回来，忐忑地把妻子带到128团，到镇上请妻子吃了一顿饭。在深夜摇曳的烛光里，终于换来了妻子的笑脸。

面对新的起点，其实每一个胜利新春人都是“铁人”，他们以特有的坚持和奉献支撑起西部大漠的一个个突破。

2010年底，胜利油田正式对外宣布：在新疆发现一个新油田——春风油田。这一振奋人心的消息，连同它的名字，像一股春风从西部一直吹到东部，又从东部吹向祖国的大江南北。

春潮起，瀚海苦征战

提起新疆，很多人憧憬美丽的自然风光、壮丽的大漠戈壁和特有的民族风俗。但在这里找油采油的人们，注定要远离美丽的风光和城市的喧嚣。

从克拉玛依出发，一路向南到排10西，穿梭在井站之间，体验了西部的“搓板路”。

从柏油路进入砂石路，行驶的越野车立即抖动起来，咚咚咚地上下颠簸，就像是公路上警示司机的减速带，颠簸密集而持续，车上的每个人也要跟着一起持续不断地抖动。车速度越快，抖的频率越高，仿佛要把乘车人的五脏六腑都抖出来，实在是难以忍受。

司机马师傅说，在新疆大漠戈壁，四季、昼夜的温差太大，热胀冷缩，再加上大风肆虐，便有了持续的沟槽和砂石，形成了像搓衣板一样的路。

越野车一路哒哒哒地跃动，每个人都全身上下晃动，车里所有东西也晃啷晃啷地跳动，若不咬紧牙关舌头都会被咬掉。司机师傅怕大家难以忍受，便放慢了车速，虽说颠簸的频率降低了，但颠簸的幅度反而更大了，同样是扯心扯肺的难受，尝试喝口水压一压，非但没有倒进嘴里，反而弄了一身的水。

走出颠簸的搓板路，接着是起伏的沙丘路。从一口井到另一口井，越野车碾起的沙尘弥漫着，就算短短的几十米，也看不到前面越野车的踪迹，整个视野都被连绵起伏的沙丘填满。

荒无人烟的戈壁滩，到处是零零星星的红柳、梭梭树、骆驼草，还有一些叫不上名字的植物。望着窗外的风景，不禁感叹这些植物强大的生命力。其实，坚守在新疆戈壁大漠的胜利新春人，何尝不是扎根的梭梭树、红柳树和胡杨树呢？

在胜利新春人口中流传着一句话，沙漠工作有“四怕”：白天顶烈日，晚上捱寒风，时常碰上小毒虫，最怕莫过沙尘暴。夏日的沙漠，地表温度最高能达到 60 多摄氏度，“贴墙烙大饼，埋沙煮鸡蛋”，这一点儿都不夸张。

在排 10 西，当越野车的温度显示 45 摄氏度时，大家已经很吃惊了。可随着一路颠簸，温度持续飙升，竟达到了 48 摄氏度。越野车里开着空调，脸上的汗水仍哗哗地往下淌，有一种窒息的感觉。试想，只是偶尔走一趟，都承受不了，常年坚守的胜利人又是如何度过呢？其经受的考验可想而知。

沙漠里有一种小毒虫叫“蜱虫”，外号“沙漠吸血虫”。长期在戈壁沙漠里作业的胜利新春人，大部分有被蜱虫叮咬的记忆。董臣强记得，有一次，他在野外地质采集的时候，两只“蜱虫”钻透厚厚的工衣，爬进他的身体里面。等发现的时候，两只虫已经深深地钻入他的大腿皮下。最后，还是在有经验的同事帮助下，用小刀割开表皮，才把这两只可恶的小虫取出来。

最令人难忘的是大风，大风不断扬起沙尘，竟然把胜利新春人的宿舍板房地基都掏空了，整个板房都悬起来，东倒西歪。大风过后，他们只好又拉来了石子，重新把地基填好加固。特别难受的是在沙漠里吃饭，一碗饭，二两沙。新春人经常自我解嘲地说：“饭里掺了沙子，能增强胃蠕动，促进消化。”

就是这样的环境，让胜利西部人都希冀春风油田的春风吹遍新疆大地。2009 年 10 月，西部 13.6 万平方千米探区划归胜利油田，面积是东部老区的两倍，探区面积广阔，看上去很美，却有很多想象不到的困难和挑战。

从 20 世纪 50 年代开始，先后有多家石油公司轮番在这里勘探，都没有找到商业发现，被贴上了“贫油”的标签。能不能把这个标签揭下来，是对胜利人的严峻考验。

“找油的就要找出名堂来。”面对仅有的十几口失利井及少量地震剖面资料，胜利人真有点“老虎吃天，无从下口”的感觉。没方向就想办法找，缺资料就想办法建，胜利人在西部广阔探区登高原、穿沙漠、进戈壁，开展全方位的地质勘查。

正值夏季，地表温度高达 40 多摄氏度，坡上坡下一个来回，就热得喘不上气来。为取全取准地层剖面资料，他们用皮尺一米一米量、一厘米一厘米测。两年时间，他们在准噶尔盆地周边开展了两轮踏勘，行程上万千米，观测剖面总长度达 300 多千米，取样 5000 多块，获得了较为丰富的基础资料，建成了探区的地质剖面。

理论突破引领找油突围，胜利油田先后发现春晖、阿拉德油田，共上报控制石油地质储量 5000 多万吨，预测石油地质储量 7000 多万吨，打开了西部油气勘探的新局面。

春潮暖，情牵准噶尔

人说，选择了石油，就选择了艰苦，更是选择了奉献。

“石油行业的苦和累是一种常态。”在新春人看来，石油不会驻足在繁华之地，正是有了他们的到来，才让贫瘠的地方繁华起来，给人希望、给人力量，精气神荡涤心灵。

与新春公司管理二区副经理裴卫兵交流时，他额头上的伤疤特别引人注目。说起伤疤，裴卫兵讲述了他的故事。

2011 年 1 月 5 日，一口抽油机光杆下不去，裴卫兵迅速赶往现场，一边仔细查看一边分析原因，没用几分钟就找到了症结。当抽油机又运转起来时，他已经冻得手脚冰凉，不知道怎么迈步了。前后十来分钟，厚厚的棉工装却阻挡不了极端寒气的侵袭。

事后，裴卫兵仍不放心，又折回到那口油井。压力正常，但井温不够。就在他低头关注温度时，抽油机卡了，机子顿了一下，光杆把他的安全帽打到一边，接着碰触到眉头，划了个不小的口子，鲜血将那一片雪地映得通红。

“既然选择了，就没什么后悔的。”谈及选择，裴卫兵很淡然，“没有这个平台，自己也不会有好的成长。”他觉得，虽然家在远方，但心的距离很近。

说起家、说起孩子，“杨铁人”眼圈湿润了。杨国华有两个儿子，老大上高一老二上幼儿园。老二小的时候，他几个月才回去一次，孩子一伸手就让抱，一岁多的时候见到他光是哭。后来老二熟悉了手机里的爸爸，见到杨国华却不叫“爸爸”。一说起孩子，杨国华脸上掩饰不住笑意。

或许是与家人分别太久，杨国华的小儿子信手涂鸦了一幅画，一幅根本看不懂是什么内容的画。视频聊天时，孩子咿咿呀呀，说是画了飞机和机场，等着爸爸坐飞机回家呢！看着孩子的涂鸦，看着孩子稚嫩的小脸，看着孩子期待的眼神，赫赫有名的杨铁人的心融化了。

杨国华说，刚到新疆的时候，特别想回家，现在已经习惯了。是啊，与在疆干部职工交流，听得最多的就是“现在已经习惯了”。其实，不为人知的是，他们都经历过“不习惯”的漫漫历程。

到西部去，到新疆大漠去。2015 年，付玮硕士研究生毕业，义无反顾地选择了新春公司，他觉得年轻人就应志在四方，就应到最艰苦的地方锻炼成长。

第一年，付玮很兴奋。戈壁、荒漠、胡杨、梭梭树，就连无处不在的蜱虫都是新鲜的，骆驼和野马有金黄的毛发，就连沙鼠都很可爱，尖尖的嘴巴、水灵灵的眼睛。他满眼的新奇，反而没有不适应、不习惯。

第二年，付玮熟悉了春风、春晖和阿拉德，熟悉了地质构造、油藏特征，熟悉了能够立起来的稠油和闪着光的稀油，闲暇的时候多了一份寂寞。

第三年，付玮每天四五点睡觉是常态。看别人七点半能够正常吃饭，能够放松地刷手机，他心理上也有过波动。后来领导跟他谈心，激励他好好干。再就是，看到副经理马志刚全年在疆，周末也回不去，他慢慢地就淡然了，把忙碌工作变成了习惯。

那时，付玮给自己一个座右铭：路虽远笃行可至，事虽巨坚为必成。

许士波和王孝燕夫妻俩是现河采油厂员工，他们夫妻俩来到新疆大漠，成为新春项目管理中心的外闯员工。

2020 年 12 月 17 日 15 时 25 分，东营直飞克拉玛依的包机刚刚落地，许士波第一个小跑出了舱门。他直奔候机厅外，只为隔着候机厅的玻璃，通过电话传音，与即将登机返回东营的妻子王孝燕会面短暂的两分钟。

其实，像许士波和王孝燕一样，现河采油厂双双携手外闯新疆的就有 15 对夫妻，队伍规模也扩充了近 10 倍，承揽了 1000 余口油水井管理业务，并把劳务输出业务拓展到管理和技术领域，成为支撑新春上产的重要力量。

在新春公司，不管是甲方乙方，还是前线后勤，只要在疆就是坚守与奉献。在新春公司综合服务中心副经理张涛看来，他们保障好前线，就是助力增储上产。

有人说，看我的手，就知道我从事的职业；有人说，柴米油盐为伴，一定很枯燥；有人说，让每个人都满意的后勤服务，注定充满挑战。为什么要走？因为盛年正当时，因为平淡不一定平凡，我们的面前是难忘情深，我们的身后是万家灯火……这是张涛的新疆感言。

2020 年 12 月，张涛送检查人员返回途中，因地面结冰摔倒导致右踝关节骨折。病情稍有好转，腿上钢板还没有拆除，他就投入工作，捧出了一颗赤诚之心。

征战边疆大漠，谱写壮丽人生。寒来暑往，岁月更迭，胜利人硬是把亘古荒无人烟，“没有草、没有水、连鸟也不飞”的戈壁大漠变成了“油井像铁塔、罐区像城堡、红旗像花朵”的现代化油田。其实，新春跨越发展的背后，多是不为人知的无名英雄的艰辛付出。

春潮急，沙场秋点兵

走进新疆大地，融入新春公司，“大兵团联合作战”响彻胜利西部。作为管理责任主体，新春公司起到了“穿针引线”的作用。

正如新春公司领导所说，在准噶尔盆地增储上产攻坚战中，他们与胜利西部各参战单位一家人、一条心、一起干、一起拼，全力打造资源有序接替的“新春阵地”、油公司建设的“新春模式”、管理服务支撑的“新春平台”和引领保障发展的“新春力量”。

其实，“大兵团联合作战”模式正让胜利运输公司新疆运输项目部实现着华丽转身。历经近 20 载的磨砺与蜕变，他们正沿着一条更广阔的大路奔驰，打造出胜利危化品运输品牌。

“作为成建制运输单位，支撑主业是一项政治任务。”运输公司安全副总监、新疆运输项目部书记李善伟说：“别人能做的我们做好，别人不能做的我们也能做好，为西部油气开发战略做好服务。”

2020 年疫情暴发，为了能够出车，押运员住在单位的会议室里。正在休假的温金勇经理本来要休假一个月，仅仅休了 4 天，大年初四就赶到单位。其实，他家就住在乌鲁木齐，也是四五个月才回一趟家。

“原油运不出去就得关井停产！关井停产的油井就有可能开不起来了！”李善

伟说，疫情期间，为避免上厕所，驾驶员、押运员都不敢喝水，吃住都在车上。

就这样，奎克高速路上，只有胜利运输的罐车在跑，即使到乌鲁木齐的路上，运输的大车也只寥寥几辆，只有胜利运输在奔驰，硬是在西部大漠跑出了一条“胜利路”。

滚滚车轮永远向前，轮印清晰坚定如磐。如果说，春风油田开发是胜利运输的第一次发展机遇，那么在加快西部勘探开发进程上，恰恰让他们迎来第二次春风。

大美新疆，风吹草低，天山脚下，浪漫多情。这是电厂新疆项目部支部书记王国立对新疆的想象。2011 年，当他踏上新疆大地，完全颠覆了他的美好的想象，面对的是戈壁滩，住的是板房，1 号燃煤注气站只是个基坑。

王国立说，当时感觉日子很长，就像人们常说的“熬鹰”。到疆第一天，他便在工作日志上写了一个“60”，第二天“59”，第三天“58”……当写到“10”的时候，就开始兴奋着，感觉离回家的日子越来越近了。

为掌握父母的情况，王国立在老人客厅和卧室各装了一个监控，还配上智能音箱和显示屏。对此，他的父母开心地说，现在人太能了，儿子都到边界了，还能看到儿子！

2019 年 4 月 5 日，王国立的父亲突发心肌梗死，母亲慌神了，赶忙给他姐打电话，还拨打了 120。他得知后，便急忙赶往乌鲁木齐，乘坐最近的航班向家里赶。最后，他的父亲还是没有抢救过来。可是他却兑现了“千方百计注够汽、注好汽，为稠油生产打‘底气’”的郑重承诺。

说实在话，对于每一名在疆员工来说，最难的是面对老人的生老病死。说起这段往事，王国立情不自禁地抬起脸，持续数十秒的沉默。他抬起头默默不语，那是怕眼泪再次掉下来啊！

仔细想想，在疆的每一名胜利人，他们的血脉里早已融入了胜利价值观的基因，自觉践行着“爱国、创业、创新、开放”的情怀，深刻感受了“一家人、一条心、一起干、一起拼”的浓厚氛围。

“不管是甲方乙方，都是站在新春大发展的一方。”胜利工程公司新疆钻井分公司副经理付波说，他 2002 年到西部，经历了冬天“冻得腚后跟疼”的冷，体会过夏天“晒得晕头转向”的热，可看着新春发展得越来越好，感觉特别自豪。

付波说，在野外很辛苦，冷的时候，有一种恐惧，下着大雪，零下四五十摄氏度，没有信号，有种与世隔绝的感觉。2005 年冬天，他们起下钻具，半小时一循环，四个人轮着来，每个人下来，都光着脚踩在七八十摄氏度的暖气片上，才能暖和过来。一次，用榔头砸东西，可能在外面冻得厉害，榔头本体都断了。

何标儒是地质录井公司新井录井部副主任师，自 2011 年到新春，便担起新春地区的地质录井工作，从车排子地区到准北、准中，再到永进、哈浅，哪里需要就往哪里迁徙，说是三个月倒班，可基本上没有实现过，为勘探找油作出了录井贡献。

“大兵团联合作战”在西部大漠戈壁上演，正演绎出一个又一个“新春速度”。

春潮涌，逐梦新征程

这是一次新的探索与尝试。2021 年 5 月，在酝酿一年之后，新春公司将年产原油 40 余万吨的采油管理三区拿出来整体对外承包，将已经成为稠油稳产阵地的采油管理三区“托付”给现河采油厂管理。

“整个管理区的生产、技术、经营决策过程都由我们来执行，东部与西部在管理和观念上都存在差异，确实有所担心。”从过去听从指令的“店小二”转变为可以决策的“管家”，杨洪元直言压力倍增。

但是因为有了做大油田新区产能这个共同目标，双方相信，只要向着同一个目标发力，就一定能形成合力创造更大价值。“希望能够通过合作，全面激活资源流动，真正把油藏经营理念植入大家思想观念里。”杨洪元说。

在新春公司，改变还不止于此，新的尝试一个接一个。

新春公司统筹钻井工程技术研究院、勘探开发研究院、采油工程技术研究院以及经纬公司相关企业等十余家承包商，共同制订了首个资料录取计划书，一次录取资料多家受益。

“在以后的开发进程中，‘勘探开发一体化运营’将成为主导。勘探开发与地质工程、研究部署和生产运行环环相扣、共同发力，实现全链条、全周期效益最大化。”新春公司领导说。

新春公司还改变之前生产例会只有本单位人员参加的模式，把所有参战单位纳入公司生产例会。每天上午九点半，下午六点半，东营、乌鲁木齐、克拉玛依、春风基地等 6 地 20 多家胜利西部参战队伍同步视频连线，协同解决生产难题。

在全新的协同作战模式下，新春公司驻地所有站的队伍心往一处想，劲儿往一处使，刷新了北疆永进区块单趟取芯长度最高纪录。

尝到了创新的甜头，新春公司人人都想做“第一个吃螃蟹的人”。2021 年 10 月 24 日下午，新春公司召开视频会议，对参与董 701 和排 601 北、中两个区块项目经理揭榜的 8 名应聘人员进行公开选拔。

实施揭榜挂帅，公开竞聘项目经理，对区块开发进行整体承包，对新春公司来说尚属首次。他们以揭榜挂帅为契机，通过机制创新激发干事创业的活力动力，逐步树立能者上、庸者下的用人导向，推动老区精益管理、效益开发实践。

春风油田老区受油藏“浅、薄、低、稠”影响，蒸汽吞吐轮次高，油藏高存水、高亏空问题突出，严重制约了春风油田效益开发。面对这些“痛点”，新春公司以滚石上山、爬坡过坎的精神，推动关键技术实现新突破，以奋进姿态开启高质量发展新篇章。

在排 6 南、排 604 区块攻关微生物采油技术；在稠油老区，开展四维地震攻关，研究剩余油分布规律，攻关老区加密技术；在征 1 井组开展二氧化碳气驱试验，攻关深层能量补充技术……

漠海寻梦，敢为人先。新春公司确定新的目标：“十四五”持续增储稳产，到 2025 年原油产量达到 240 万吨；“十五五”加快发展，力争到 2030 年原油产量达到 500 万吨。

五年翻一番，十年翻两番，让当前年产仅 120 万吨的新春公司感到了前所未有的压力。

重压之下，寻找出路。新春公司领导班子成员及主要科室负责人全部进疆，工作地点由东部向西部一线转移，工作模式由东、西部两地办公转变为以西部办公为主，传递出“来即战，战必胜”的决心与信心。

新春公司连续 4 天召开务虚会，探索“勘探开发一体化运营”“地质工程一体化推进”“中中合作”等新模式，攻关突破“卡脖子”核心关键技术，坚决打赢准中建产和准西稳产“遭遇战”。

从新春公司决策层到普通员工，一种豪气荡涤开来。

大步向前，只争朝夕。2021 年 8 月 3 日，设计井深 8200 米的奎屯 1 井正式开钻，标志着准噶尔盆地最深井施工全面展开。2021 年 11 月 4 日凌晨 2 点，在中国石化胜利西部永进井场，14 台整齐列阵的 2500 型压裂机组停止轰鸣，胜利西部动用设备最多、规模最大的压裂施工圆满结束。

春华秋实，厚积薄发。四季更迭之后，定是属于新春公司的美丽画卷。新春，英雄的新春人一直在书写春天的故事。我们有理由相信，春天的故事里不仅仅是坚守与奉献，也有收获的微笑，也有美丽的憧憬。因为西部大漠的新春始终春潮涌动！

丝路花开

蒋　振

2000 年前，汉代张骞的两次出使，打开了中国同欧亚大陆各国交往的大门，从长安到撒马尔罕再到巴格达、罗马，在这条横贯东西、连接欧亚的千年丝路上，古道、黄沙、烽燧，悠扬的驼铃声伴随着时光流淌。视线向南，在辽阔的南海、印度洋上，满载中国茶叶、瓷器、丝绸的郑和船队正扬帆远航，不仅为西洋诸国带去了五千年文明的慷慨馈赠，也架起了中外交流沟通的另一座桥梁。虽几经兴衰沉浮，中华文明开放进取、走向世界的脚步却从未停止。

斗转星移，时光变迁，当历史的车轮滚滚驶入 21 世纪，世界也走到了百年未有大变局的十字路口。2013 年 9 月 7 日，习近平总书记访问哈萨克斯坦，在纳扎尔巴耶夫大学发表演讲中首次提出了“开展区域大合作，共同建设‘丝绸之路经济带’”的设想。10 月 3 日，习近平总书记在印度尼西亚国会发表演讲时，发出了“发展好海洋合作伙伴关系，共同建设‘21 世纪海上丝绸之路’”的美好倡议。“一带一路”这一将给中国和世界深远影响的倡议由此诞生。近十年来，中国人民秉持着构建人类命运共同体的理念，深入推进“一带一路”建设发展，目前中国已经与世界上 140 个国家或地区、31 个国际组织签署了合作文件，共同加入“一带一路”全球大家庭。

中国和“一带一路”沿线国家在经济上、能源上存在着巨大互补优势，发展能源领域的对外合作既是“一带一路”倡议的重要组成部分，也是保障国家能源安全的有效手段。习近平总书记在“四个革命、一个合作”国家能源安全新战略中明确指出：要全方位加强国际合作，实现开放条件下能源安全。

作为国内石油工程领域的龙头企业，作为保障国家能源安全的重要战略力量，胜利石油工程公司全面对接国家发展战略，坚决扛起国企“走出去”的职责使命。新时代的石油人乘着国家“一带一路”建设的东风，开始了另一场扬帆远航。

亮剑，逐鹿国际市场

奢华的阿拉伯大帐、精致的椰枣点心、醇香的咖啡、悠扬的音乐，在沙特阿拉伯沙漠腹地井场，胜利石油工程公司沙特项目部SP103队“十周年安全生产无事故的庆祝会”正在热烈进行。甲方阿美石油公司钻井部总经理奥马尔先生正在发表着热情洋溢的讲话，他感谢了十年来每个人的辛勤付出，同时激动地宣布，将SP103队的钻井服务合同再续约10年。这不仅创下了沙特阿美市场钻机续约最长时间纪录，也意味着未来十年，不论国际油价、市场环境如何变化，井队的工作量和员工的收入都有了基本保障。

就在现场一片欢腾的时候，SP103队平台经理李军却悄悄离开了庆祝会现场。他独自一人爬上井场旁一座沙丘坐下，大漠孤烟直，长河落日圆，十年来的林林总总仿佛又浮现在了眼前。

2013年胜利石油工程公司罕见地一次性中标沙特阿美公司九部钻机服务项目，成为公司历史上最大规模的国际市场开拓。公司响鼓重槌，尽锐出战，一次性调集黄河、渤海、西南、塔里木四家钻井公司9部深井钻机，优选400余名经验丰富的干部职工参与项目施工，李军也同第一次踏出国门的干部职工一起，踏上了开拓国际市场的远征之路。

“虽然有国内十多年打井的老经验，可是到了海外市场，面对国际规则一切都要从头学起。”李军回忆道。现场施工全部使用的英制单位与国内普遍使用的公制单位有很大不同；甲方给的指令单，全是英文简称、缩写，就连大学本科毕业，出国前又经历英语强化培训的李军也看得一头雾水；职工们加班加点辛苦立起的井架，甲方一次开钻验收就提出了300多项问题，要求每一项都必须整改完毕后才能开钻；再看看手里的“兵”，一半以上是操着蹩脚英语的阿拉伯人、印度和巴基斯坦人，正穿着簇新的工衣，在一旁不知所措。

项目启动的日子难极了，压力也到了极限。“可是开弓没有回头箭，唯有一鼓作气，坚持到底！”李军回忆道，他给中方员工每人发了一个小本子，每天接班会前先带领大家背诵扉页上的单位换算；工作中遇到不懂的英语单词、短语，就鼓励大家用小本子记下，随时向甲方监督、第三方服务人员请教，晚上他再把全队一天积累的词汇汇总起来，打印裁剪成巴掌大小的“口袋书”，发给现场每一名中方员工背诵温习。对于外籍员工管理坚持以诚相待、平等合作，逐步摸索跨文化管理的门道。每次甲方验收提出的问题，李军都会用纸一条条誊抄下来，贴在办公室的墙上，每天只要有空，他就会来到贴满纸张的墙边，一边踱步，一边反复琢磨解决问题的办法。

知难不畏难，吃苦不言苦。李军带领干部职工从头学起，点滴积累，摸索规律，逐次推进，标准、工艺、操作、语言等一道道难题相继被攻克，9 部钻机全部如期通过甲方验收，顺利实现开钻，创造了沙特市场一次性启动钻机最多、当年全部开钻、当年实现收入等多项纪录。

钻机启动只是开始，如何才能在竞争激烈的国际市场中生存下去、发展壮大，又成了摆在李军面前的最现实的问题。市场竞争永远是效益的较量，必须把握住效益这个根本，坚持开源节流，深挖海外项目经营潜力，才能在激烈的国际市场竞争中立于不败之地。

公司海外市场运行的大多是日费项目，收入的来源主要由施工期间的日费和设备搬迁费用两部分构成。施工日费是井队在有效施工期间完成施工计划，并根据监督工作指令完成当日工作，甲方按照完成情况和费率标准，支付每日施工费用。动迁费则是设备停工搬迁期间甲方支付的一次性费用。李军通过摸索发现，即使每天都能 100% 地完成工作，因为日费价格固定，每天成本支出相对固定，施工日费收入和利润到达上限后也很难再提升。设备搬迁费是甲方一次性支付的，而搬迁期间主要成本支出——车辆租赁费却是按天计算的，只要能快速完成设备搬迁，就能减少车辆租赁时间，压缩成本支出，那节约下来的都是利润。同时，提高搬迁效率可以更快地投入下口井施工，早日获得新井施工日费。

掌握了这一创效密码后，李军迅速把主要精力放在提高搬迁效率上。他带领职工专门设计制作了爬犁和撬装，把原来分散的设备物资提前收拢起来，变为整体打包运输；按照设备摆放位置、车辆载运情况对搬迁流程进行优化，最大限度提高车辆使用率，防止窝工情况发生。他还带着队上职工对钻机主体设备进行模块化改造，大力推广井架主体整体搬迁和钻机底座整脱搬运，探索完善“底座、井架、导轨”安装快速定位法，有效加快钻机搬迁安装效率。原来需要用时 6~7 天的设备中短途搬迁，全部被压缩到 4 天之内，搬迁费用对效益的贡献率提升了 13%。

在扩大收入的基础上，还要拿出“地板缝里抠钢镚”的劲头严控成本支出。井上用的安全别针市场上采购 5 美元 1 个，他就买来同样质地的钢丝和加工工具，发动全队职工自己动手加工，一个月制作了 300 多个，不仅满足自身需要，还支援了项目其他井队。依靠技术挖潜，自主修复了循环罐面 PTV 防爆现实系统，节约维修费用 10 万余元。现场废弃的材料，也能变废为宝，淘汰下的活塞被做成了哑铃，钢板角铁的下脚料被加工成了桌椅板凳，不仅节约了采购开支，也丰富了日常生活。“我们每年都会从奖金中拿出一定比例用来奖励挖潜增效的金点子。”李军说道，通过优化作业工序、减少非必要物资报备、清退富余车辆……一项项精细管理的措施被提出、执行，调动了全员挖潜增效，井队的利润空间持续扩大。

其他成本能省则省，唯独安全却一点儿都不能马虎。以沙特、科威特为代表的中东市场，也是世界上安全标准最严苛的市场，甲方制定的 HSE 手册足足 1.2 万余条，对井场安全工作的方方面面规定得事无巨细，甚至在上下扶梯时是左手扶栏杆还是右手扶栏杆都有明确的规定。安全是天，必须事无巨细、点滴不漏。一旦发生安全事故，轻则井队停工，重则市场除名，这些代价是谁也承受不起的。

李军带领队伍对照各项规章制度和规范标准，从一个绳套、一张标牌、一次演练入手，一丝不苟抓工作达标、抓规范落地，将安全防控各项标准规范体现到每一项琐碎工作、细化到每一个微小环节。他们还把学习课堂搬到施工现场，对事故案例发生过程进行模拟演示，加深全员对事故的认识。对于钻机搬迁、起放井架等关键环节，无论是高温酷暑还是风沙尘暴，他总坚持在施工现场指挥，确保特殊作业环节作业安全。

安全工作中的严抓严管也是一种爱。在海外施工现场，救护车、医疗室、医生、应急药品都是标配，环保卫生间、井场营地固定消防系统等已推广使用。每年甲方、项目部通过取证培训、证书复训等方式，不遗余力地提升现场各岗位人员的操作技能，井队累计获得过甲方直接安全奖励达到 33.8 万元。“从严抓安全，最终受益的是咱们职工，有这么好的安全条件，我们还有什么理由不在这里好好工作。”李军说道。

经过十年的发展，公司海外市场由小到大、由弱到强，项目已经遍布沙特、科威特、墨西哥、尼日利亚、孟加拉国等 9 个“一带一路”沿线国家和地区，在建、完工国际石油工程项目 30 个，中外籍员工 2500 余人，多支井队被甲方授予安全生产金头盔奖、现场管理标杆队等荣誉称号，海外市场累计实现收入 196 亿元，成为推动公司高质量发展的重要增长极。

李军渐渐收回思绪，环视四周，视线所及，起伏的沙丘之间，来自哈利伯顿、Nabors 等世界知名油服公司的十几部钻机正星星点点，依次排开。目前沙特市场已经云集了跨国油服巨头和当地企业 200 余部钻机，每年还以 10~20 部的速度增长，北美、中东等世界主要油气产区活跃钻机数较上年同期增长 25%，市场已出现饱和态势。如何走好未来发展之路？这不仅让李军陷入了沉思，也萦绕在每名海外员工的心间。

突破，推动协同发展

石油工程是一项系统工程，既包括钻井、修井施工，也包括固井、测试、钻井液、管具、压裂等多项石油工程技术服务。“目前我们的海外市场主要集中在钻井、修井领域，而技术含量高、附加值高的工程技术服务占比较低，要增强海外市场整体竞争力，拓展盈利创效空间，就必须推动公司工程技术服务全面‘走出去’。”胜利石油工程公司海外工程管理中心经理李广庆说道。

进入高技术含量、高附加值的石油技术服务领域，意味着更加激烈的市场竞争，西方跨国油服公司利用先发优势，千方百计通过技术专利、行业标准等壁垒，试图把我们市场锁死在高投入、重装备、人员密集、利润低的施工领域。虽有千般阻碍，但公司上下从未放弃，利用国际专业展会、技术交流会加强技术产品推介，通过现场展示、免费试用等途径加快技术服务资质预审，海外员工以十年磨一剑的精神，孜孜不倦地等待着这样的机会。

2021 年初，海外工程管理中心墨西哥项目部项目经理刘永松获知甲方 DS 公司准备对钻头服务进行公开招标的信息，他立即将信息反馈回国内，由海外中心、钻井院等多家单位通力合作，迅速成立投标团队，在充分分析项目井型、地层特点和钻机情况后，优选公司钻井工艺研究院研制生产的五刀翼 PDC 钻头参与投标。虽然是第一次参与海外项目投标，而且面对贝克休斯等老牌钻头品牌，但我方钻头在钻头寿命、耐磨性、机械钻速等技术参数方面均占优势，并带着技术、商务、报价等方面优势，顺利进入最后授标阶段。

可是谁也没有想到，最后的授标谈判却风云突变。甲方突然又向各家参与投标的公司提出“钻头服务在原报价不变基础上，机械钻速再提高 5%，使用寿命再提高 10%”的要求，并要现场作出承诺。参会的刘永松立即将相关要求发回，万里之外，守在电脑前的国内投标团队马上对甲方新要求进行评估，并第一时间将评估后的肯定结论回复给现场。在看到其他承包商纷纷摇头时，刘永松站起来掷地有声地说道：“我们可以！”

看到甲方仍有些迟疑，刘永松进一步说道：“我们的钻机已经在墨西哥为项目服务了 14 年，前后完成过 200 口井施工，没有发生过一次责任事故，我以项目部业绩担保，中国的产品，在中国人手里，一定可以有最完美的表现。”会议室里安静下来。最后，甲方 DS 公司总经理戈麦森先生一锤定音：“刘，我们相信你，给你这次机会，可是你们也要明白，如果失败，你们辛苦积累起来的声誉也将毁于一旦。”

“捧着它，我就像捧着整个公司的希望。”刘永松回忆起钻头第一次下钻时的心情。随着钻头缓缓下入井中，一场正名之战正式打响。为了保证钻头的顺利钻进，刘永松带领现场技术小组提前制定了周密的方案，他和队上的技术骨干轮流排班，24 小时守在司钻操作台旁，按照之前确定的技术思路，与外籍司钻时时沟通，根据地层岩性、钻时变化，调整钻进过程中的钻压、扭矩等各项参数，确保钻头高效钻进。首次使用的国产钻头果然不负众望，充分发挥了自身稳定优势，在直井段、造斜段、水平段都保持了较高的机械转速，不论是泥岩地层，还是裂缝发育的灰岩地层，全部“手到擒来”。针对项目施工水平井造斜点浅、造斜曲率大、容易造成钻压不稳、影响钻进速度等技术难点，钻头对齿布、齿距进行了优化设计，使切齿能够有效切入地层，在保证机械转速的同时，实现了造斜井段钻压、扭矩的平稳输出。1000 米左右的水平井，全部一趟钻完井，每个钻头足以应付 5 口井以上的连续施工，区块内水平井钻井周期和建井周期平均分别节约了 12% 和 8%。

“very good（非常好）！”甲方总经理戈麦森先生评价道，“后续服务我们会优先考虑使用胜利工程的产品和服务。”南美区项目部乘势出击，又相继获得下套管、固井等项目，技术服务项目对项目部利润的贡献率已经基本上可以与钻修井业务平分秋色。

几千千米外的中东，张国伟、种法强也在为拓展管具维修服务市场忙碌着。作为胜利石油工程公司最主要的海外市场，钻机规模常年保持在 10 部以上，每年需要维修钻具近5万米，当地钻具服务市场早已被威德福、瓦扣等公司垄断，不仅费用居高不下，钻具维修质量也难以保障。为了保障井队正常生产，同时也可以把利润留在内部，在公司统一组织协调下，来自胜利管具的张国伟、种法强带领团队租下了国工废弃工房，用着从第三国运来的二手设备，开始了艰难的起步。

条件虽然艰苦，可他们加工维修的产品质量却十分过硬，再加上工作效率高、价格公道，张国伟他们也迅速吸引了中原阿拉伯钻井公司、华北沙特项目部、大庆油田沙特分公司等中资企业客户。“人家找到我们就是一份信任，只有提供优质服务才能建立起长期稳固的合作关系。”种法强说道。有一次穆斯林斋月期间，他们突然接到中资企业井队现场维修任务，从项目部到现场是700多千米的沙漠公路，种法强没有犹豫，带上一名外籍员工助手，备好物料立刻出发。斋月期间外籍员工白天不吃不喝，种法强就一人担负起绝大部分的工作量，手持角磨机一蹲就是一整天，往往干到中午的时候，胳膊就已经被震得几乎失去知觉，腰腿麻得站不直，手上磨出的血泡挑破了又长，疼得钻心。尽管超出了身体极限，他依然严格执行检测标准，保证每个步骤都不含糊。10天时间，他们打磨清理检测钻具799件，提前两天就保质保量地完成了任务，赢得了兄弟单位的高度评价。

“我们不能只在中国人的小圈子里混，而是要凭真本领去拓展外部市场。”张国伟、种法强又为自己定下了更大的目标。为此，他们扩大了规模，更新了设备，又克服语言、技术等方面的困难，通过聘请专家指导、开展联营合作等多种模式，相继取得沙特阿美钻具及工具维修资质、美国安科和国民油井耐磨带焊接授权、美国M&M公司内防喷工具维修认证授权、API Q1和ISO 9001质量管理体系认证。

资质只是敲门砖，能不能拿到工作量全靠多年积累的商业信誉，而这正是初出茅庐的管具服务项目最缺乏的。张国伟带着全套的资料，尝试着拜访了几家西方和当地钻井公司，不是吃了闭门羹，就是被礼貌地回绝，有的公司采购经理甚至直接告诉他：“我们已经有比较稳定的服务商，合作非常好，现在完全没有更换的想法。”“那您留套资料，我们先交个朋友。”张国伟迅速接话，化解了当时的尴尬，也为日后合作留下一线希望。

“刚开始遇到点小挫折没关系，我们不缺的就是屡败屡战的勇气。”张国伟拿来电话号码簿，对照着上面给一家家钻井公司采购经理打电话，介绍管具的服务项目、服务内容。只要察觉到对方有一点兴趣，他就会拿着地图，找上门拜访，一项一项介绍管具服务项目的取得资质、工作业绩和技术优势。有时一连几天都见不到对方经理，他就对着对方办公室里秘书、文员谈业务、拉家常，很快就成为外方公司许多人第一个接触到的中国人、第一位认识的中国朋友。

精诚所至，金石为开。就在张国伟他们一筹莫展之际，突然接到了之前拜访过的意大利塞班公司采购部电话："我们这里有些油管需要修复，你有没有兴趣来看看？"眼前的机会怎能放过，张国伟立即驱车赶到现场。对方采购部经理克劳丢先生正守着一堆油管一筹莫展，"15 天修复这 480 根油管，时间有点紧，能完成吗？"克劳丢先生问道。"没有问题，请您放心！"张国伟给出了肯定的答复。

时间紧，任务重。为了完成这来之不易的订单，张国伟带领团队从原料采购、下料，到加工过程的质量控制，加工后的产品交接都进行了认真细致的谋划。他把现场人员分成两组，人员倒休，机器不停，每天 5 点准时开工作业，一直到深夜都不停歇。而他本人一整天都会盯在现场，累了就到机器旁的椅子上简单眯上一会儿……15 天后，克劳丢先生亲自带队验货，480 根油管均按要求完成维修，质量完全符合要求。当见到两眼熬得通红，整个人都瘦了一圈的张国伟时，他也不禁竖起了大拇指。

凭借此次项目的良好合作，项目部不仅打开了塞班公司等外部市场，克劳丢也成了项目的朋友。项目部再接再厉，又相继开拓了色得考、精准钻井等公司钻具维修服务市场，拓展了耐磨带焊接、井下工具维修、钻具无损检测等管具服务项目，海外市场业务年均实现收入 1700 万元。

路虽远行则将至，事虽难做则必成。为了进一步发挥产业链优势，推动业务协调发展，胜利石油工程公司利用自身产学研用一体化优势，全面整合钻完井技术、海洋工程、特种作业等 23 类 100 项特色技术和管柱自动化装置、钻井液性能监控装置、高性能 PDC 钻头等 53 类 109 项特色产品，形成了"胜利天工"特有产品服务品牌。在品牌确立之初，公司就定下了"站稳内部市场，拓展国内市场，挺进海外市场"的发展思路，积极推进品牌"出海"，参与海外市场竞争，树立国际品牌形象。海外工程管理中心、沙特项目部、科威特项目部等海外施工单位积极发挥"桥头堡"作用，依托海外市场成熟布局，与国内二级单位间密切交流配合，在海外市场项目大力推介使用"胜利天工"产品，全面助力海外市场开拓。同时，利用公司完善的商贸物流体系，多方拓展国际代理商，积极寻求与国内知名油服装备企业合作，共同发力国际市场，公司海外市场业务协同发展之路必将越走越宽。

融合，实现行稳致远

海外项目人员构成复杂，既有国内派出的中方人员，也有沙特、科威特、墨西哥等项目所在国当地员工，还有来自印度、巴基斯坦等南亚国家的劳工，现场甲方监督、井场工程师多来自欧美等发达国家，有时同在一个现场工作的人员就来自十多个国家，每天召开的交接班会，也像是到了联合国会议现场。面对不同肤色、不同语言、不同文化背景、不同脾气性格的人，如何有效消除隔阂、推进文化融合，也是海外市场项目必须面对并解决的课题。

科威特项目部 SP990 队的中方司钻王健就遇到了一点小烦恼，他的好搭档孟加拉国籍副司钻塔米近来对他爱答不理。塔米来自孟加拉国一个虔诚的穆斯林家庭，为人诚恳谦和，虽然加入项目部的时间不长，但是他勤奋好学、踏实肯干，得到了王健等中方员工一致认可，他们不仅是工作上的好搭档，生活中也成了朋友。一次下班回营地的路上，王健与塔米又走在了一起，两人聊得起劲儿，王健自然而然地伸出了左胳膊去搭塔米的肩膀，塔米却下意识地躲开了。王健当时并没有意识到问题，直接一把搂上了塔米的肩膀。这下塔米不乐意了，带着不快的神情，扭头走开，只留下王健独自尴尬地站在原地。

王健一脸的愤愤不平，找到安全官杨恺抱怨起来："没想到塔米这么小气，我搂他一下子就不乐意了。"杨恺也感觉奇怪，平时塔米性格开朗，从来没见过因为开玩笑而红过脸，思虑半晌后问王健道："你用的哪只手去搂他？""左手啊！"王健不以为意道。杨恺瞬间明白了事情的原委："塔米是虔诚的穆斯林，在他们的教义里，左手被认为是'不洁'的象征，你用左手去触碰人家身体，很容易被当作一种不尊重的冒犯行为。"王健一听也恍然大悟，急忙拉上杨恺去找塔米解释。王健真诚地向塔米道歉，塔米也理解了不同文化之间的差异，大方地原谅了王健，一场误会就此烟消云散。

"不同文化之间的沟通方式也大相径庭。"杨恺介绍道。欧美监督普遍性格高冷，即使是面对面交流，他们也会站在两米开外刻意保持距离，有时现场声音嘈杂或者他说话声音小，我们就探着身子想听清他说啥，他又悄悄向后退 1~2 步。阿拉伯员工似乎又热情得过了头，熟悉之后朋友见面，他们就习惯性地伸过头来，仿佛只有脸贴脸才能体现彼此间的亲密。我们中国人最常使用的交流方式是握手，两人相距一臂距离，不远不近，主动伸出右手，再用中文自信地说出那句“你好”，不论对面站着的是谁，大手、小手、布满老茧的手、稍显稚嫩的手，只要两只手能握在一起，心就会向彼此靠近，友谊信任的种子也开始在此刻播撒。

在刚刚装修好的新房里，沙特项目部当地员工伊萨的结婚仪式正在进行。到了最重要的新郎致辞环节，伊萨却把几个黄皮肤、黑眼睛的中国人也请到了舞台的中央。“感谢中国石化为我提供的工作机会，感谢我的中国同事这些年来对我的帮助，我一定会更加努力地工作，为项目发展作出更多的贡献。”伊萨动情地说道。

伊萨家里兄弟姐妹多，条件不算好，年仅 18 岁的他只能匆匆结束学业，开始了自己的工作生涯。因为身体瘦弱，他之前曾面试多家钻井公司均被拒绝。这次他又是怀着忐忑不安的心情，开始了在胜利沙特项目部的试用期工作。

“从他渴望的眼神中，我就知道他是个可造之才。”SP165 队安全官兰明明回忆起他第一次见到伊萨时的情形。接下来的日子里，兰明明便把他留在自己身边，手把手地传授知识。从现场标准要求，到项目安全设施，再到设备基本操作，伊萨不仅白天用心学习，每天晚上下班后，他还会拉上兰明明把白天接触到的工具、设备的示意图非常用心地画在笔记本上，再标上尺寸，写明操作步骤。通过日常学习积累，井场主要设备工具的操作，他很快都能够了然于心。转眼一年时间过去，伊萨已经成长为一名合格的安全官助理，不仅掌握现场安全的基本知识、技能，还能利用语言优势把每天的安全工作安排得井井有条。得益于现场良好的伙食条件和规律的作息生活，伊萨已经出落成一个标准的壮小伙。当听说伊萨有转行做司钻的想法后，虽然有万般不舍，兰明明还是主动为他联系了中国石化沙特培训中心，为他报名了 IADC 司钻脱产培训班。伊萨也非常珍惜学习机会，通过一个半月的刻苦学习，一次性通过司钻岗位所有证书考试，成为项目部最早的一批沙特籍见习司钻，不仅完成了岗位的跃升，每月收入也比新入职时翻了一番多。靠着稳定的收入，伊萨装修了房子，组建了自己的小家庭，实现了从求职被拒到井队高岗的人生逆袭。

“我还要发挥自身优势，当好文化间沟通的桥梁。”伊萨说道。新入职的当地员工英语基础薄弱，听不懂队干部的工作安排，伊萨就主动将指令单翻译成阿拉伯语，再悉心讲给新员工听。中方员工生病就医，他又牺牲自己休息时间，跑前跑后，帮助翻译沟通，联系就诊取药。工作之余，他还义务当起了现场的阿拉伯语老师，不仅讲授基本单词、对话，还会模拟外出吃饭、商场购物、家庭做客等不同场景，讲授阿拉伯人的基本礼仪和风土人情。现在不仅队上的中方员工都能掌握30句以上日常阿拉伯语会话，也为深入了解阿拉伯当地文化，做好跨文化沟通管理打开一扇交流之窗。

相知无远近，万里尚为邻。胜利石油工程公司在海外市场大力实施“聚心”工程，以文化为纽带，全面培育合作共赢理念，营造中外员工和谐共处、共同发展的良好氛围，积极参与集团公司境外“开放日”活动，定期组织优秀员工来国内参观学习，目前已经有60多名外籍员工踏上了中国的土地，他们逛故宫、爬长城、品尝中国美食，近距离感受中华民族五千年来灿烂的文化。当然还有一件他们非常期待的事情，那就是亲身乘坐一下中国的高铁列车。金色的复兴号列车从车站缓缓驶出，犹如一只展翅欲飞的凤凰，随着列车不断提速，窗外的景物飞速闪过，车内仍然稳如泰山。“哇，每小时350千米，这么快的速度。”当看到车厢头的速度指示牌时，外籍员工一阵骚动，他们争相跑过去合影留念。“希望有一天，我也可以坐着这样的火车来中国。”一名外籍员工兴奋地说道。随着“一带一路”建设的深入推进，这一天或许真的为期不远。

从沙特项目部驻地出发，向南50千米的沙漠中，坐落着中国石化沙特1号基地，承担着项目物资保障、人员培训等多项任务。在这里也有条不成文的规矩，每名项目员工都要在道路两侧的沙地上种下一棵梭梭苗，尽管树干短小、枝叶卷曲，梭梭的根却深深地扎进沙地里。十年来，这里陆续种下的梭梭树苗，有的已经长到两米多高，蜿蜒伸展的枝条交结在一起，形成了一道绿色的屏障，不仅阻挡住了风沙，也给大地投下了难得的阴凉。伴随着短暂到来的雨水，梭梭树也会开出一簇簇浅粉色、淡黄色、白色的小花，为沙漠点缀出五彩的颜色，清风袭来，一路花香、一路芬芳。

一份三百一十二个红手印的请愿书

——记驻村第一书记、胜利石油工程公司扶贫干部石洪飞

巴丽蒙　王　福

这是无棣县柳堡镇大王柳堡村村民委员会的公用信笺。

上面不算特别清晰的钢笔或碳素笔字迹，显然是来自不同人的笔迹，需要你悉心辨认，有的工整，有的则又略显出拙朴，但都情真意切，因为每个名字上面都庄重地按下了自己鲜红的手印。饱含深情，真挚感人——王树岭、董清德、董本兰、王恩武、邱淑芬、胡云朵、王玉升……三百一十二个红手印，令人震撼，读之动容。

当大王柳堡村村支书王玉德将其颤颤巍巍拿出来，呈现给省委组织部领导时，全村人的目光齐刷刷地聚焦在这一刻。这承载着全村人深情厚谊的无尽感激之情，如此久违，如此弥足珍贵。

这是一张珍贵的村民向政府提交的请愿书——上面表达的是，要求上级将下派驻村在大王柳堡村的第一书记、党的好干部石洪飞留下来的强烈夙愿。

下派第一书记总结会上的领导感动了，连石洪飞也始料未及，被大王柳堡村村民质朴的情感深深打动了。两年风里雨里，多少个时光轮转，他的脚印已深深印在了这片土地上，驻村帮扶流下的汗水、情系百姓所办的实事，赢得了民心，得到了村民们的肯定和认可。

“大家放心，我们一定将父老乡亲的愿望带到省里去。”省委组织部的同志也许久未经历过这种场面，无限感慨。

这就是中国式农民最朴实无华的表达，没有华丽的辞藻，如此依依不舍，那是发自心底的由衷感激之情。

一、春种一粒粟，秋收万颗子

——无棣县柳堡镇大王柳堡村来了省派第一书记

1. 不忘初心，践行使命——从胜利出发，踏上艰难帮扶之路

2019年农历己亥“猪”年春节已过，神州大地喜悦欢快的鞭炮声已渐渐远去，鲁北平原仍旧春寒料峭，时有纷纷扬扬的雪片细碎飘落。

这天吃罢晚饭，窗外已黑洞洞的了，石洪飞随父亲步入院子，两个身影一前一后。

父亲忽然问：“这趟回，是咋？”

石洪飞抬起头来，看来什么也瞒不住他老人家，知子莫若父。

星空遥远又浩瀚无垠，蕴含着古今多少仰望者与有识之士的期许与叩问。

“这是造福一方百姓的大好事，好好干。”父亲语重心长，这是一位充满情怀、知情达理的老人。

沉吟片刻，老人倏然回身，手中烟头一闪，又一闪，似一个个忽明忽暗的疑问：“儿呀，我问你个事，你可吃得了那份苦？能将村里老少爷们当作自己亲人一样？能有决心为全村百姓做些实事？”

这几日，胸中虽积蓄着几多忐忑但又踌躇满志的石洪飞沉吟了片刻，还是坚定地连说了三个“能”。

石洪飞十八岁入党，毕业于中国青年政治学院，当时放弃了就职省共青团委及国家级部门等旁人趋之若鹜的机会，毅然选择来到胜利石油工程公司渤海钻井总公司，且坚决要求分配到最为艰苦的一线岗位，一干就是三十余载。他曾被授予“山东省劳动模范”以及省青年“新长征突击手”等荣誉称号。

回首往昔，峥嵘岁月稠，此次是他三十余年石油生涯从未经历过的一次转型。4月，鲁北平原田野间的风吹进鼻腔，使人为之一震，春天已翩然而至。

出发时，他的行李中多了一双父亲塞进去的老布鞋。看似并未增添多少分量，他却感觉沉了不少。他深知，至此父亲啥也没说，却又啥都说了。

早在2015年底，习近平总书记就曾经提出了：“我们要立下愚公移山志，咬定目标、苦干实干，坚决打赢脱贫攻坚战，确保到2020年所有贫困地区和贫困人

口一道迈入全面小康社会。”响应党和政府的号召，几年来，脱贫攻坚的战役在全国各地的贫困地区已取得决定性胜利。在人民至上的理念指引下，举全国之力，凝万众之心，发创新务实之力，取得了百姓称道的可喜成果。

这是中国历史上从未有过的伟业，也是世界上不曾有过的巨大奇迹。

2019 年，为推进脱贫攻坚和乡村振兴，我党选派第一书记工作至今已进行了 4 年。全国在岗第一书记已达十几万人，实现了建档立卡贫困村和党组织软弱涣散村全覆盖，带动广大人民群众摆脱贫穷落后，无疑对推进我国农村全面小康建设起到至关重要的作用。

能够被省里选派，石洪飞觉得无疑是一件十分幸运的事。这一年，他刚好五十一岁，虽已不再有年轻时的那股闯劲儿，但在岁月的历练中，眉宇间多了几分沉稳与干练。那些天，说实话性格一向爽朗的他失眠了，毕竟自己几十年的石油生涯，与乡村扶贫相去甚远，怎样不辜负党组织和人民的信任是他思量得最多的事。

2. 第一次踏上这片土地，来到大王柳堡村的第一顿饭

他还清楚地记得那一天。2019 年 4 月 28 日，来到大王柳堡村的那一天，一路奔波，石洪飞下了车，他并未急于进村，从村口望去，此处与沿途经过的村落看似并无二致。村头，几棵杨树的叶子已小孩巴掌大，昨夜一场响雨，一条进村之路已被早起的村民和牲畜踩踏得稀巴烂，看着就令人发愁。他决定先独自进村转上一圈。路边，别处已不多见的土坯房还是不少，还有多处闲置破旧危房，连屋顶都塌了，露出风吹雨淋的木梁，几只麻雀肆无忌惮地落在上面。越走他越发觉得脚底泥巴糊得沉，还有村内主路排水沟淤塞，散发出难闻的气味，更是增加了这个省级贫困村的破败感。村中只有一家不起眼儿的小卖部，偶有人拎着袋盐或酱油瓶子进出。

这可是有五百余户人家的自然村，几声空落的鸡鸣与犬吠，显出几分古老的寂静与幽远。

大王柳堡村位于滨州市无棣县柳堡镇西五华里，全村占地近 7000 亩，共有 511 户 1743 人，是当地人尽皆知的省级贫困村。我国是农业大国，农村人口占全国人口的 80% 以上，要实现全面建成小康社会的目标，重点在农村，难点也在农村，要彻底解决我国农村贫困人口问题，脱贫致富，推进脱贫攻坚和乡村振兴。早

在 2015 年 11 月 29 日中共中央、国务院就颁布实施了《关于打赢脱贫攻坚战的决定》纲要性文件。通过前段时期山东省下派第一书记的培训学习，一直以来从事石油行业的石洪飞，对此有了一个全新的认识和提高。

“他大婶子，可是去地里头吗？”

“他大叔，这黄牛喂养得可真不孬。”他与擦肩而过的村民热情打着招呼。村民抬头嗫嚅应着，拿眼扫视过来，目光背后投射出几分陌生、质疑、冷漠与空洞。

“你可是上面派来的啥书记？”也有人怯生生问道。

石洪飞立马心领神会。再看脚下，那双老布鞋已粘满黄泥与鸡粪。

较之村民初始时的不甚待见和疏远，下黑天，村老支书王玉德家摆下的酒席可谓是拿出了“高规格”。就连大王柳堡村村长也早到场了，满脸堆笑。可石洪飞此时却犯了大难，当场撂下脸子一番义正词严，未见得就收效好，无疑至此与村干部难以再交下心来；吃吧，这又让他左右为难。

正转脸时，石洪飞瞅见村书记家老嫂子正半蹲半坐在院落中织渔网，不时也侧脸看过来瞥上一眼，同时，手中的活计却不见停歇。

那晚接风酒，石洪飞与大王堡村里的干部都很尽兴，似乎是新遇知己，又似久别重逢，酒过三巡，已畅所欲言。对于连任八届大王柳堡村的老支书，石洪飞早有耳闻，打心眼儿里还是十分敬重的。同样，一番攀谈后，老支书也对眼前这个新来的第一书记建立了良好的印象，直爽、实在，好打交道，再看人家穿着一双农村常见的老布鞋，一身红工服，而且对于改变自己村的落后面貌有想法、有决心，像是来干实事来的。这无疑让其打消了之前的种种顾虑，自然就不知不觉多喝了几杯。

星光寥落，看夜色已渐深，石洪飞起身，走进院落，他走到村书记家老嫂子近旁，说着“家常菜手艺好着呢”，同时从兜里摸出 200 元钱，塞进了老嫂子的手里，嘴里还说着一番感激之话。

这自然免不了一番推辞。抵不住石洪飞的坚持，老嫂子就勉强收下了：“那先就这么着，这钱俺先收着，下回来家老嫂子给你做水煎包。”

之后几日，走在村里，石洪飞明显感到村民态度的转变，第一课看来大伙还是认可了这第一书记。

有村民主动与他打招呼了，看待他的眼光也有所不同了，充满了友善与信任，还有的向他反映村里情况与自己生活遇到的实际困难……

树立好一个党员的良好形象，廉洁自律，真诚以待，才能与他们交心，实实在在拉近了与村民们的距离，在石洪飞心里，这是多年来一贯的作风，也是他认为颠扑不灭的真理。

3. 重新焕发生机的大王柳堡党员班子建设，从第一堂党课开始

之前，石洪飞早有耳闻，当今部分农村党支部班子软弱涣散，部分党员思想觉悟低，有的党性缺失，混同一般群众，不敢亮身份，村支部班子没有真正得到老百姓的认可。经过调研，他得知大王柳堡村内已经多年没有发展党员，虽目前在册共有党员 47 人，但是党员年龄老化严重。

当他看到村里所谓的党员活动室，不禁一阵心寒。破烂的不知何年置办的桌椅不但陈旧，还落满了厚厚尘土不说，连像样的党组织制度规范也没有。

那次，通知下去召开的村里全体党员会议，等了半个多钟头，才稀稀拉拉地来了不到一半。眼见石洪飞舒展的眉头渐渐拧成了疙瘩，村支书王玉德不时望向院外的大门口，嘴里尴尬地说："这事早就吆喝到了，这人们……"来到的党员抽着烟卷，寒暄着，心里亦在盘算着。见半天没来到几个人，都纷纷起身，心不在焉地找理由说："书记，咱家地里头还有活儿，耽误不起，咱今天就到这儿？"

"回吧，地里活儿不能耽误。"石洪飞挥了挥手，心里却思忖着下一步该如何改善这种局面。坚持党建引领，做到"组织强"这一点无疑是无论如何也不能改变的。

之后风里雨里他跑遍了全村家家户户，通过走访发现，村内党员老龄化严重，流动党员居多，严重脱离组织生活。党组织建设薄弱，村委凝聚力不强，党员先锋带头作用发挥不出来。凭借多年的党务管理经验，石洪飞找到了问题症结。

根据调研情况，他连续召开支部班子会议，与班子人员谈心，与党员交心，全面统一思想，凝聚共识。同时，安排人员把大队部全部进行了粉刷，配齐办公设施，推行"制度上墙"，实行规范化、标准化管理，提升大家的责任意识。村里的党员活动室也悄然发生了变化。严格落实"三会一课"制度，每月 5 日被定为"议政日"，全体党员实行量化积分考核……在胜利石油工程公司渤海钻井总公司中亚项目部担任党支部书记的石洪飞，把在单位多年的党建经验带进了大王柳堡村。

还记得在第一次全体党员大会上，他就给大家上了一堂生动的党课。

——“好好想想当初你们为什么要入党？”石洪飞的声音铿锵有力，他把村里党组织建设薄弱、党员先锋带头作用发挥不出来的问题摆到了台面上，给全体党员上了一堂找回入党初心的党课。

首先，他问道：“各位党员都是在哪里入的党？入党宣誓的场景是否还记得？”大家回答得都很踊跃，有的说在部队，也有的说在工厂等。紧接着石洪飞又问：“在座的老大叔、老大哥，我想问一下，那时入党大家是否还记得，当举起拳头庄严宣誓时，是怎样的心情？是不是都怀着怎样为国家献身的精神？如今，大家的信念都变了吗？党员的标准还有没有？当初为共产主义奋斗终身的决心哪里去了？”

说到这里时现场寂静了好久，有的党员低下了头，还有好几个老党员掉泪了。由于长期没有人引领他们过组织生活，没有以一个党员的标准要求自己，有的人都快忘记了自己的身份，混同于一般老百姓。一番话后，有着四十年党龄的王树国听得老泪纵横，情至深处，他胡须略有些颤抖地说：“自己已七十多岁了，在部队时入的党，这几年光顾着自己家里那点营生了，都快忘记了自己的党员身份了，也很久没听过这么生动的党课了。石书记的话让我们的心里咋那么亮堂！”并指着大队部院内的一棵枣树说：“石书记，你看呀，我们就是那棵枣树，一半将枯死了，一半还活着，你来了，我们又重新发芽了。”

听着这位老党员如此的肺腑之言，谁人会不动容，石洪飞也是感同身受，紧紧握着他的手，所有言语，都尽在不言中。

那次党课，对所有党员触动很大。有人表示：这堂课让我们心里亮堂了许多，这些年光顾着自己的一亩三分地，忘记了以一个党员的标准要求自己，太对不起党组织了，以后，石书记，看我们的行动。

在之后每月的议政会上，全体党员也纷纷为村里的发展出谋划策，大大提高了村党支部的战斗力和凝聚力。同时，也全面加强了党员的党性修养，提高了党员的整体素质。现在他们在村里敢亮身份了，党支部和党员们已经得到了群众的认可，党支部成了村民心中的主心骨，每个党员都是他们的榜样。更令人惊喜的是，多年未补充新鲜血液的党支部，吸收了 4 名有志青年加入了党组织，有力增强了大王柳堡党支部的战斗堡垒作用。

二、日出扶桑一丈高，人间万事细如毛

——在扶贫帮困之路上

在大王柳堡村，几乎没有一家像样的企业，这是众所周知的事实，村里账面上没一分可供支配的钱。村里大部分家庭收入以种地经商或者外出打工为主，间或靠手织渔网和打苇帘手艺，赚取些微薄收入，常常是连日常开销用度都成问题。

通过挨家入户走访调研，听取群众对村“两委”班子的满意度和对村发展的期盼和要求，更加坚定了石洪飞改变大王柳堡村现状的决心，明确了脱贫攻坚的工作重点和着力点。

1. 千头万绪总关情，他始终记挂着每一位村民的冷暖

昨夜北风刮得紧，一大早，石洪飞准备往卢宝凤老人家里赶，迎面遇到了送孙女去幼儿园的村民王玉农。

王玉农老伴去世早，家里缺个忙里忙外的帮衬，一个上了岁数的男人日常料理就差点事儿。石洪飞和他打着招呼，寒风中见小孙女鼻涕“过河了”，遂掏出卫生纸，帮着揩干净。没走出几步，见王玉农大冷天穿着露出脚趾头的单球鞋，又回身叫住他，从自己车后备厢里拿出一双单位发的棉工鞋叫他换上。没等老人感激的话说完，他已招招手，消失在巷口。

贫困户卢宝凤老人的土坯房年数有多久了，连她自己也不记得了。石洪飞走进去时，屋里低矮阴暗不说，还有一道开裂的大口子，看得人触目惊心。村里像这样的危房贫困户还有八九户。

“带着乡亲们奔小康，都能脱贫过上好日子。”是他写在本本上的决心，是来到这里的初衷和责任。但说一千，道一万，老百姓要的还是实实在在的效果。不好高骛远，少说空话大话。一些与上级协调的事，石洪飞没少往镇上跑，也不知何时起，张嘴就“俺们村”成了他的口头禅。

来到村上短短两个月，走家串户，田间地头，他对哪家有几口人，谁家最近添了人丁，哪户反映了啥问题都大体心里有了数。这天路过赶集，寻思捎上两双老布鞋，脚下那双已经快顶不住了，他已习惯老布鞋趁脚又轻快，踩在松软土地上极为踏实的感觉。

村民们也对这个常穿着一身红工服的第一书记感到亲切起来，熟络起来。上幼儿园和上学的孩子，都称其为“大爷、大叔”，老人们见到他眼里也都含着温和的微笑。

为了给危房户争取每家3万元的资金，他那段日子成了镇政府的常客。“磨破嘴，跑断腿”有时他会这样自我解嘲。让大家都住上新瓦房，成了他的一块心病。事情渐渐有了眉目，石洪飞在回村的路上，听喜鹊正在枝头上叫得欢实，更觉得心里美得很。半途，他遇到村里老上访户董本兰。

说起孤寡老人董本兰，村里人都不置可否。九十多岁的老爷子，身子骨看着还算硬实，每个月他都会去镇政府反映情况，说来已是二十年前，有关集资款的事。不整明白，以他的性格会死磕到底，镇上与村里的人都习以为常，见怪不怪了。

石书记招呼老人上了车，见到老爷子黑外褂都泛了油光。

到了破破烂烂的小院门口，石洪飞也跟着下了车，拾起院子里的一把扫帚就扫了起来，见屋子里头被子也没叠，顺手也收拾收拾。

一向不太爱搭理人的董本兰，望着收拾立正的屋子，以及破木桌上的一堆吃食，陷入了沉默。

前几天，他还见书记在本村王宝泉家，就着碗中的虾酱，嚼着馒头，欢声笑语地聊着什么，一点儿没有书记的架子。忽然寻思着自己的那档子事，兴许可以给新书记唠唠。

2. 下田间地头，践行使命，为民解忧

——帮助他们寻找致富出路，也是发展的出路

节气过得飞快，那天石洪飞与村民王树建在地头攀谈时，了解到他的一个想法，让石洪飞对其刮目相看。果然年轻人思想活络，接受新事物快。

搞“新品种地瓜育苗”试验田这件事，石洪飞认为可行性强，并鼓励他可以先期咨询有关农业专家，再放心大胆地干，有困难找他和村支部。

其实，石洪飞来到大王柳堡村之后，也萌生过一个想法，那就是为村里农业发展找出路。为此，他还专程利用假期，跑到青岛平度，了解当地种植土豆、洋葱新品种出口海外的情况。怎奈进一步调研后，发现大王柳堡村地下水咸，根本不适宜。这一度让他觉得自己积累的农业知识还远远不够，还需要虚心地学习和再认

识。大王柳堡村村民经济收入基本以传统粮食作物小麦、玉米为主，种植品种单一，造成这种局面主要原因就是水资源匮乏，村民基本上是靠天吃饭。

因为培育种苗需要大量资金，再加上设备就是十多万元，王树建资金短缺，石洪飞带领村委会到银行多方协调，在第一时间筹借了资金，帮他联系了银行无息贷款 20 万元，六个地瓜苗大棚很快建了起来。试验田灌溉用水是难题，王树建又向石洪飞求助，没两天 100 米长的 PVC 水管便铺到了大棚旁。

苗圃长势喜人，石洪飞每次经过，都会进棚里去看看。

“书记，你这老布鞋咋看着跟俺爹那双一个样式。”王树建像发现啥新奇事似的。

“这就是农民本色。”石洪飞跷起脚，看着满是泥点子的老布鞋颇为自豪地说。

欢声笑语中，再看着烟薯 25、济薯 26、西瓜红、商薯 19、龙九五个品种的红薯、三个品种的玉米苗种绿油油地铺满大棚，致密有序，蓬蓬勃勃，他们都喜不自禁，期盼着一个好的收成。

从村委会向北 1000 米的 100 余亩试验田里，王树建还种下了自己培育的新品种，他还曾和石洪飞书记估算着今年的收成：按照玉米亩产 3000 余棵，市场价格每棵 3 元计算，单亩经济效益约 8000 多元，预计年收入达到三四十万元。而且，新品种的玉米不论食用价值还是市场价格都远高于普通玉米，不愁没有销路。

另外，石书记还操心另一件大事：如何将驻村扶贫资金发挥出最大的作用。为此，石洪飞还专门召集“两委”班子深入研究，最终达成广泛共识：投资 24 万余元购买树苗，种植在村民闲置宅基地上，谁管理谁获利。村民的干劲一下子就调动起来了。

3. 做实事暖民心，大疫面前更显党员的担当与本色

常言道，天有不测风云，也就是在王树建大批优质育苗准备销售的时候，新冠疫情悄然肆虐开来，外地人员无法进村导致种苗滞销。

石洪飞那时虽然忙着抓村里的防疫工作，但也不曾忘记王树建种苗销售之事。那段日子，可谓是他进村以来，面临的最严峻的考验。

那年大年三十，石洪飞赶回家中已是晌午。忙了一年，他何尝不期盼着与家人过个和美喜悦的团圆年。父亲肺癌做过手术，母亲岁数也大了，还有相濡以沫陪伴

自己三十余载的妻子，任劳任怨一直为这个家默默付出。细思量时，他都觉得自己对家人亏欠得太多。

新春佳节，一家人难得聚在一起，父亲想听听他这一年来都干得咋样，妻子看着他疲惫的样子，想让他趁着这几天，好好休息休息。

可晚上一则武汉新冠病毒出现的新闻，打破了这个除夕夜的安宁与祥和。

忐忑不安，心急火燎，他坐不住了，与村干部通话后更是坐卧不安。父母和妻子看出了他的心情，妻子薛玉凤无奈地叹口气，还以为一年到头，就这几天假期，能好好陪陪老人、孩子呢。他最了解妻子——贤淑、大度，是识大体的女人，且一向支持自己干工作。驻村时，时常500元、1000元地转账给他，也知道这些钱基本花在村里了，妻子却毫无怨言。

同时，父母亲的一番话更打消了他的顾虑：儿呀，你是省里派去的干部，你代表着组织，无棣的父老乡亲对你那么好，关键时刻他们都需要你，你安心地回去吧。

家人的大力支持，让他放下包袱轻装上阵，大年初二就急匆匆地返回到了村里，为了防止疫情发生和蔓延，他回村的第一件事就是和村班子封村、封路设卡。

这下可"捅了马蜂窝"。本来是有效的防疫手段，却引发了很多村民不满的情绪。

还不到半晌，负责执勤的王希华、董青真就打电话报告："走亲串友的村民根本不听劝告，还在这里吵吵着呢！""胡同口的车牌不知给谁偷走了。"

听着执勤人员在寒风中瑟瑟发抖又委屈的声音，以及村民的极度不解，石洪飞与村班子成员果断决定，先发动全体党员给村民做工作，利用广播进行广泛宣传，让村民了解疫情的严重性，告知整个村子所有出入口必须严格守控，并亲自带头和党员自发地在劝返点执勤。

雪花夹杂着阵阵寒风，村里党员和执勤人员毫无怨言，始终坚守在岗位上，石洪飞看在眼里，疼在心上。他自费为执勤党员买了6件军大衣，并为村里购买了400个口罩，带头捐款1000元。广大党员和群众也纷纷慷慨解囊，两天之内收到捐物捐款达3万余元。

疫情封闭期间的两个多月，他没有离开过岗位，时刻奋战在抗疫前线。眼睛熬红了，头发凌乱了，可是疫情防控工作却走向了正规化运作，这是他尤为欣慰的。同时，在他的带动下，村里涌现出了王恩泉、王希华、董青真、王文泉、女党员林风云等许多无私奉献的先进人物。为解决企业复工复产及村内劳动力务工问题，他积极与镇防疫工作指挥部联系，使村内务工人员率先使用“柳堡镇联防联控跟踪服务手册”，确保村内疫情防控与工人复工通行两不误。

大王柳堡村牢牢筑起了疫情防控防线，各项复工复产和农业生产工作得到了有序恢复。

那段日子，石洪飞还时刻牵挂着另一件让他寝食难安的事。

从 4 月 5 日开始，他的微信朋友圈就接连发起农作物的销售消息。另外，他还有针对性地在省内第一书记群里发出了这个销售信息，很快，众多订单纷至沓来。那些日子，王树建冷清的育种大棚陡然热闹忙碌了起来，打包、封装，快递发往省内及全国各地，足足销售了 100 多万棵种苗，给王树建解决了大难题。

石洪飞的脸上也露出了这两个月来罕见的笑。

4. 思民生解民忧，办事到家为村民

——“郎中”书记神奇的针灸医术

大王柳堡村村民致贫的根源还有一条是因病致贫，许多老人常年患病，导致其丧失了劳动能力，家庭没有什么经济来源，全村有 53 个村民有残疾证。这些情况严重制约着村民生活水平的提高，以及乡村建设的发展。

67 岁的村民董昭树因两条腿半月板严重破损，已经卧床多年，子女又不在身边，只能靠老伴董雪岭照顾，勉强度日。

初来乍到的石洪飞默默记下这些老人的各项身体状况、患病的原因。起初，与他一同走访的村干部不解其意，见书记密密麻麻地记着他们的病况与症状，仔细聆听着他们的讲述，更加摸不着头脑。

那时，村里人还不知石洪飞出身中医世家，并且具有国家高级针灸师资格。

三伏天，看着石洪飞的汗像下雨一样往下滴，董昭树心疼地让他停下来歇一歇喝口水。

“不喝了，大哥，还有一家等着我呢！”石洪飞想通过驻村的这两年里，让更多村民通过摆脱疾病，早点儿摘掉贫困户的帽子。

石书记会神奇的医术的消息不胫而走，不止大王柳堡村，两年来，石洪飞坚持给无棣县各村镇的 500 多名村民进行免费治疗，光购买医疗器具就自费 7 万余元。

平日里，给村里孤寡老人买菜和生活用品，给孩子买学习用具，给生病村民买药等，到底给多少村民买过东西，石洪飞的确也记不清了。但是村里人心里却明镜似的，都记得这份深情厚谊。

多少贫困户说穿上了他送的皮棉鞋，孤寡老人董沾祥说隔三岔五能吃到他送来的饭菜，连身患精神病多年的董转身上穿的都是他给买的衣服。每天早上，他都会雷打不动，到村口马路边转一转，护送孩子们一个个上了校车，看着每个孩子安全离开，他这才安心地开始一天的工作。

同时，他还与村支部商议通过，将由政府担保、省里下拨的帮扶包村产业资金120万元，投资山东鑫嘉源公司，以每年不低于8%的比例给贫困户分红，将近15万元的收益全部发放给了贫困户；针对村集体无任何收入这一实际情况，由政府出面，流转一般土地266亩，村集体每年增收10多万元。

石洪飞的事迹很快传开了，无棣县电视台、滨州市电视台、山东电视台、灯塔党建、滨州广播电台都播放过他的事迹。采访中，一向质朴的石洪飞平淡地说："我只是按照省委组织部和胜利工程公司党委的要求，干了自己分内的事。"

他深有感触地谈到大王柳堡村村民的朴实，真心换来的是百姓们的真情。石洪飞说：有时候自己的车停在了路边，不知道哪位好心的村民就会留下大枣、鸡蛋等物品，还有人放下了一双新鞋和手纳的鞋垫。在石洪飞看来，这是老百姓对他最大的认可，更是自己前进的动力。

三、八千里路云和月，莫等闲

——石书记驻村的七百个日夜

1. 建设和谐文明新农村，我们大王柳堡村不仅要实现脱贫，更要振兴

中华民族自古是个礼仪之邦，千百年来传承着古朴而又淳厚的民风。然而，如同许多中国农村一样，乡村礼道，家长里短，也有其复杂层叠、缠绕不清的难解绳结，有时彼此难以调和，又错综复杂。大王柳堡村有三大姓：东王、西王和董家姓。虽说同为一村，但彼此泾渭分明；虽同属一块土地，却鸡犬不相闻，老死不相往来。

社会的变革，时代的变迁，使生活更加美好了，古朴而又纯真的乡情应去其糟粕，变得更加充满温情。

石洪飞要求村党支部进一步加强农村精神文明建设，不断丰富群众文化生活，塑造良好的乡风民风，以文明新风助力乡村振兴。

当然，他也知道这需要一个长期的认识过程。就在石洪飞苦苦寻找良策的时候，一个契机让他看到了突破口。这天，当石洪飞转到七十多岁的村民王本林家时，见他家门道上挂着一个腰鼓，颇为好奇。攀谈中他了解到，原来王本林是“西王”颇有名气的鼓王，逢年过节都会展示一下技能，活跃了节日气氛。说着说着，老人还兴奋地敲起鼓来，果然名不虚传。

“年节都会来敲？”石书记的眼睛亮了。

“那可是不能少了，还有各家有喜庆事时，也要有的。”老人家洪亮的声音比鼓还响。

“在西王，还是镇上？”石洪飞接着问。“西王敲西王，东王敲东王，董家的呢敲董家的。”闻听此言，石洪飞陷入了沉思，同时，心里也翻腾着打谱好了一件事。

不久，大王柳堡村有史以来第一支锣鼓队成立了，石洪飞从县文化局找来锣鼓，从东王、西王以及董家各选出优秀鼓手。振奋的锣鼓声从此打破了他们各自为政、散乱无章的格局，步调一致的鼓点让大家拧成了一股绳。

曾经有人提议村里的锣鼓队叫“洪飞”锣鼓队，但被石洪飞拒绝了，他掷地有声地说道：“还是叫大王柳堡村锣鼓队吧，有气势。”大王柳堡村锣鼓队也不负众望，一炮打响，在柳堡镇上“庆丰收，迎国庆”锣鼓比赛中载誉而归，获得了全镇第一名的佳绩。

心齐才能聚力，兄弟同心，其利断金。石洪飞又适时在大王柳堡村提倡坚持文明乡村创建与乡村振兴融合，着力培育文明乡风、淳朴民风、优良家风——展现乡村文明新气象。

想起两年前，初来大王柳堡村时，在全村大会上，他曾向父老乡亲们描绘了如诗如画的美丽乡村，推进农村精神文明建设，让我们大王柳堡村“乡风民风美起来，人居环境美起来，文化生活美起来”。村民们掌声如潮，振奋不已。当然，也有人持怀疑态度，放言说：还是走着瞧吧，许多事情热热闹闹开始，最终还不是不了了之。

2. 一份完美的答卷——无私奉献为百姓，驻村帮扶结深情

如今短短的时间内，这一切实实在在地呈现在了村民们的眼前，变为了现实。

——投资近 50 万元建造了 300 平方米的文化中心，修建了近 1000 平方米的休闲广场，村民们有了自己的健身、娱乐的活动场所。

——投资 3 万余元，安装了 23 处高清摄像头，信号直接连到镇相关职能部门，给村民们创造了安全的生产和生活环境。

——积极对接上级有关部门，主动与县交通局沟通协调，修建环村路 950 米，拓宽路面 433 米。

——拆除破烂无人居住危房 23 处，危房改造 8 户，煤改气 279 户。

——在 500 米村路两侧栽种月季、冬青、松树和柿子树，村容村貌焕然一新，种植 26 万棵树苗，进一步强化美丽乡村建设。

一年多时间，石洪飞为大王柳堡村带来了巨大变化——511 户村民全部脱贫，摘掉了“省级贫困村”的帽子。

两年时间，从一个“省级贫困村”到焕然一新的“市级文明村”，石洪飞给大王柳堡村带来的是物质和精神的双脱贫。

有人说，石洪飞这两年是快马加鞭，只争朝夕的两年，不然一个烂摊子，一个昔日落后的贫困村怎能有如此巨变。

“感谢山东省委和胜利石油工程公司派来了这么好的干部，让我们村里不仅有了主心骨，也有了知心人。”这是 78 岁的老书记王玉德代表大王柳堡村全体村民递交请愿书的一幕。

印有 312 个红手印的申请书，交给了省委组织部考核人员，恳请让石书记留任。他们说村里需要他，村民们也更离不开他。

2021 年 4 月 20 日，石洪飞原本想悄然离开，没想到全体村民得信后，纷纷自发赶来了。这天一场小雨淅淅沥沥地落下，冒雨前来送行的乡亲们拉着他的手依依不舍，大家都热泪盈眶……

已脱贫的卢宝凤来了。过去她住的土坯房子屋外下大雨，屋内下小雨，石洪飞帮她修葺翻新，改善了住宿生活条件。在职两年，石洪飞为村里危房户争取到每家 3 万元的专项改造资金，拆除破屋危房 100 余间。

已脱贫的王树建来了。如今王树建的试验田发展得红红火火，两年的时间，王树建的收入翻了三四倍，还带领村里其他人一起干起了育苗种植。

村上贫困孤寡老人刘娥、张华凤来了，董本兰还送来了锦旗，上面金色的大字写着“一心为民，胜似亲人”。石书记协调镇有关部门，解决了多年来困扰他的生活难题，并通过土地流转、引进光伏发电等项目，让他与村里贫困户仅分红收入就达到 5000 元以上。每到过年过节，村里 80 岁以上的老人、老党员老干部和贫困户还能收到渤海钻井总公司党委赞助支持的米面粮油。

村里老党员王树国、王玉德也来了。两年间，他们看到在石洪飞的对接下，村里发生了翻天覆地的变化，从一个“省级贫困村”到焕然一新的“市级文明村”，并引导他们不断加强乡村文化馆建设，弘扬优秀传统文化，不断满足人民群众精神文化生活需求。

700 多个日夜，他的根深深扎在这里，往事历历在目。依依相送，终有分别时刻，紧握着双手不愿松开，一次次的拥抱还是舍不得。最后，面对全村父老乡亲，他深深地鞠了一躬，千言万语，尽在不言中。

其实，在石洪飞的心里头，还有许多未完成的夙愿。

“要想办法加大发展多元产业，增加村民收入。”

“村民们的生活质量要提高，大王柳堡村要变得有活力、有生机。”

“大王柳堡村目前还没有一所幼儿园……”

“虽然我要回到原来的工作岗位，但我依然会一如既往地关注大王柳堡村的父老乡亲，关注大王柳堡村的发展，为大王柳堡村提供力所能及的帮助。”

“为什么我的眼里常含泪水，因为我对这土地爱得深沉。”这是诗人艾青一生的代表诗句，亦是石洪飞此时的真实心声——作为“第一书记”他深深地爱上了无棣县柳堡镇大王柳堡村，也爱上了这片土地及土地上的父老乡亲。

与中原石油人一起谱写幸福篇章

贾雪梅

1973年，在历史的长河中只是沧海一粟，但对于在中国石化中原油田工作过的我却是一段自豪和辉煌。如今的中原油田经过45年的开发建设，已经发展成为一个具有油气勘探开发、工程技术服务、石油天然气化工等综合优势的国有大型企业，是中国东部地区重要的石油天然气生产基地。

我虽然没有亲身经历过“天当房地当床，棉衣当被草当墙”的会战场面，但从褴褛衣、木板房、大食堂、东风车、工作单位的记忆中，深深领悟到了油田人的博爱、宽容、大度、豪爽与满足。

“莫听穿林打叶声，何妨吟啸且徐行”，无论什么样的风雨，都无法阻挡中国石化人奔向美好生活的脚步。

我站在中原油田中原路上，脚下的每一寸土地都绽放出耀眼的光芒，中原油田人的一个个梦想，在花开花落中悄然实现。我的梦想，也在时代的车轮滚动中实现。

从遮羞御寒到时尚潮流

“爱美之心，人皆有之”，人人都想穿得舒服、穿得体面，但对于那个年代的我来说，是想都不敢想的事。

1975年，一纸调令让全家人随父亲从玉门油田来到黑龙江和吉林交界地带的吉林红岗油田。小学五年级的冬天，父亲张罗让裁缝给我们姊妹仨一人做了一件枣红色的罩袄。快过年了，母亲让我把衣服都洗一洗，我很听话地把衣服都洗了，晾晒在院子里。晾了两天衣服上出现好多“白点子”，父亲看到了很生气，说我就这么点事都干不好。我感到特别委屈，外边数九寒天，我人小瘦弱，水特别地凉，衣服没有淘洗干净。

1985 年，我即将初中毕业，同学们都在屋子里叽叽喳喳地打闹着，我却躲在屋外，低头看看自己腿上的蓝裤子，难过地趴在墙角哭了起来。膝盖处破了一个大洞，将要随着父亲调动来中原油田，这可以说是最后一次跟同学们见面了吧，心里面未免有些难为情。

父亲一个人上班，母亲常年有病，我不想让父亲过多操心，只能听着母亲的埋怨。这条蓝裤子是父亲用布票“抢购”了三米，为我们三个一人做了一条。我走路爱蹦爱跳，一不小心摔倒把它弄破了。这两件事一直萦绕在脑海，成了我心上抹不去的记忆。

1985 年一个清晨，我先随父亲来到中原油田。假期过完，我没有接到采油技校录取通知书。父亲把我送到了井下四中，我穿着方格子衣服背着花书包去报到。一进教室看到同学们都穿得很齐整，一刹那，我觉得自己特别的“土”。随着家里条件的好转，父亲给我置办了一些衣服，慢慢地我感觉在同学面前能抬起头了。高三的一个冬天，我洗完澡穿上父亲给我买的毛茸茸的彩条绒衣（这件绒衣比小时候穿的又粗又硬的绒衣不知道好了多少），甩着长头发“美滋滋”到教室里“显摆”去了。一场大感冒，再也不敢臭美了！直到 1990 年冬天，街上开始流行真皮皮衣了，我还把这件绒衣穿在单皮衣里面打底，很抗冻。直到后来，实在是不能穿了，我把这件绒衣“塞”到了缝制的靠垫里，小心地珍藏。父亲已走了很多年，每每拆洗这个靠垫的时候，都能看到父亲的身影，我将一直珍藏……

随着时间的推移，人们已经不再把衣物当作“遮羞御寒”的必要品了！我不是很贪心的人，一季有个三五套衣服，但是积攒下来的衣服多得一个星期每天着衣可以不重样。品种功能繁多，外加一年四季的排列组合，望着浩浩三壁橱的一家衣物，感慨油然而生。

时间进入 21 世纪，网络非常发达，马云开创了网上商城，琳琅满目的衣服扑面而来。我加入网购行列，穿新衣已不再是首要问题，随时随地都可以买，再也不用难为情了！追时髦讲品位，穿出个性、品位才是我的追求。经常有朋友问起我：“你穿的衣服都从哪里买的啊！穿在你身上真好看！”我笑笑，一时真不知道要怎么回答呢。

从曾经的“在意”到如今的“满意”

母亲常给我们说起20世纪60年代姥姥背着她在集体食堂吃饭的事情。到了我，也吃上了集体食堂。油田总部的高中一共就那么几所，油田一中、油田二中、清丰三中、井下四中离家近一些。提起学校里的大食堂，就想起了排队买饭摆出的“长蛇阵”。

1985年井下四中的学校食堂十分简陋，父亲为了解决我上学吃饭问题，还专门把全家人的户口落到了濮阳县，为的是能换上粮票吃上饭。

那时放学后的第一件事，就是拿了饭盒直奔食堂，动作稍慢就可能充当“蛇尾”，眼巴巴等着长长的“蛇身”一点点蠕动，终于挪到了打饭窗口，廉价和可口的饭菜早已卖完了。家庭条件好的同学，赶上周末回家拿来瓶瓶罐罐，各类咸菜。姐夫经常给我炒芥菜丝，很好吃。

1988年高考因身体不适，考场失利，我听从父亲安排去了采油一厂采油六队。那时候的我非常瘦弱，但要跟着师傅去抽油机上紧盘根。一次，我手里拿着个大管钳从输油管道上过，管道比较滑，一个不留神掉进了黄河支流里。10月天气很冷了，我的工棉袄全湿透了！采油站周边都是农村，冬天很冷，有时站里就一个人上班，我心里非常害怕。水套炉我是怎么也烧不好，不是水干了，就是烧不热，因为生怕发生爆炸事故，所以很多次都是干脆不烧，忍着冻。10月底一次下班后，我回到家里谁问我也不说话，就是不去上班了。父亲又把我送到采油一厂刚刚建制的高中，复读了7个月的高三，我拿到一厂5门课465.5分，以最高分的成绩考入总部石油技校，从此后，我重新吃上了食堂饭。

学校的大食堂很火爆，食品花样繁多，口感不错。放学后我快速向食堂冲去，就这样有时候还是打不着自己喜欢吃的饭菜。失望与饥饿交织在一起，敲盘子、发牢骚是很平常的事情。食堂的大师傅很理解我们，他手拿长长的勺子，轻轻在饭盆上一敲，会意地冲我们笑笑，示意我们不要斤斤计较。通常这个时候，饭菜的数量就会额外地多上些许，有时还特意添上几块师傅的“小心思”，自然而然地化解了我们心里的积怨。

工作实习时，我被分配到石油化工总厂（前身综合炼油厂），吃单位食堂。正式分配后，我去了集输公司油品二站，吃饭要到对面的轻烃站，有专人做饭，饭菜可口。1993 年，油品二站因单位调整划归石油化工总厂，刚开始是食堂送饭，后来油品二站自己建了一个小食堂，抽出职工自己做饭，每顿饭几个炒菜，大家吃得都还满意！ 2002 年，石油化工总厂新建装置，我进厂学习，再一次吃集体食堂，每顿饭有补贴，花个块儿八毛的能吃饱。食堂不断改革创新，推出花样早餐及后来的套餐。

2018 年我来到普光工作，每天在普光管理中心大食堂吃饭，丰盛的自助餐任意挑选，每天有不同的花样，随到随吃。幸福的油田职工感受着“最好一餐在食堂”的普惠式服务，还不时地有服务人员周到服务，饭后发时令水果！

2021 年退休后，为了自己的健康，我不时地穿游在各大超市。改革开放 45 周年，中原油田各大超市遍布，任由我选择，同学的母亲也说道：“从来都没有想过，老了老了能过上这样的生活！”物品丰盛，生活美好，曾经心里的“在意”全都变成了心中的满意。

从绿板房到大楼房

初到中原油田，印象最深的是采油一厂那苹果绿的木板房。所谓房子，是外面刷着绿漆的看起来颇显潦倒的木板房——简易房而已，每一家的大门乃至墙壁都是两米不到的长形木板拼在一起的。家与家之间没有宽敞的柏油街道，只有鸡犬相闻的泥土窄巷。邻里说话串门子很方便，谁家有了好吃的，似乎隔着墙壁也能闻得到，屋子的门也从来没有锁过。

现在想想，倒似乎很有一番田园风味，更何况这已经比那种用杂木杆和芦苇搭成的房子强许多了。一排排、一片片的木板房，近看与大地连在一起，远看和蓝天融为一色，肩并肩、手拉手，是一道亮丽的风景线。

一家人就挤在窄窄的采油一厂作业队分的临时木板房里，夏天热得透不过气来，像待在蒸笼里面一般。母亲本来就体弱多病，坐在木板房里热得直流汗。一间房子，左边一张大通铺，右边锅碗瓢盆勺。家里唯一值钱的一台电风扇吱吱呀呀彻夜转着，吹出的热风吹遍屋里的每个角落，就这样也睡不着觉。一次，母亲让我把风扇旋钮停一下，我也不知道怎么扭的，风扇再也不会转圈了，为此，母亲埋怨了我很长时间。屋子一到雨天时常漏雨盆盆罐罐也有了用武之地。房子里别提什么自来水、马桶、淋浴头、洗脸池了，每次洗个手都要跑到父亲工作的院子里去，要不就跑到附近的招待所里去洗。白天上厕所还好说，夏天晚上也没什么问题，冬天就很麻烦，往往冻得人不愿起夜。

没有自来水，想要用点水还要跑到作业队的锅炉房去打回来。夏天即使再炎热也只能忍着，不能洗澡，身上一股汗酸味。秋天起风了，风沙顺着门缝儿溜进来，在被子上、灶台上落下厚厚的一层。冬季寒风肆虐的时候，也不忘记捎带着房子里的人们。没有暖气的木板房，四壁薄薄的，人瑟缩在被窝里还不想出来。下过雪了，房顶上铺满了洁白的“棉被”，屋里似乎暖和了一些。大有天当被、地当床之豪情了！正如杜甫诗云：“俄顷风定云墨色，秋天漠漠向昏黑。”“床头屋漏无干处，雨脚如麻未断绝。”不禁呐喊：“安得广厦千万间，大庇天下寒士俱欢颜！”

就这样，父亲在井上经过一天的劳作，消磨了全部的精力，晚上回到“养精蓄锐”的木板房，照顾完我们姊妹，倒头就睡，鼾声顿起，即使大风即使炎热即使寒冷，也要向着梦乡进发。父亲把最好的年华贡献给了中原油田文留采油一厂作业大队，德国专家都不禁伸出大拇指夸父亲是“No.1”！

我在这里度过了三个春秋冬夏，真切感受到了20世纪80年代人们对“木板房，木板房，夏天热来冬天凉，大风一刮直摇晃，隔墙放屁听见响”的生动描述。

1986年，我们终于住上了油田分的第一批福利房，对于五口之家，房子虽小，却也有了避风港。喜不自胜的一家人，购置了三洋电视、洗衣机等家用物品，木板房里的东西也陆陆续续地搬了过来，摆开来新与旧、中与西交错，倒也无序为美。

时针指向1996年，我也费了九牛二虎之力分上了自己的住房。结婚时还住在婆婆的钻井一公司的平房里，非常不方便，没有卫生间，肚子挺得老大了还要弯着腰从低矮的自来水管上接水洗刷。如今自己的住房虽然“高耸云端”，但终究是自己的，我可以在里面任意“折腾”了。去掉购置房子的2万元钱后，收的礼金还有盈余。我不亦说乎地忙着，不知疲倦地打扮着，新鲜感久久长长。

不久，孩子长成了翩翩少年，教育问题就成了令我头痛的大事，前线的教师力量明显不如总部。这时候才想到一位领导说的，让大家早一点入手买商品房。

入手早的同学同事在南疆、清华学府世家等地买入了商品住房，我却不知商品房为何物。当时铺天盖地的宣传攻势，也让我为之心动，跟家里人商量未果，本打算从学府世家购置房子的计划也推迟到清华园碧水云天售房后了。房价如娃娃的脸说变就变，年前一个价，年后又涨不少，对于工薪阶层来说，什么时候都没有钱买房。树挪死人挪活，别人买得起我也能买得起。2005 年，我强撑着又是借款又是取住房公积金，怎么也凑不够买房的钱，嘴上烧起了大燎泡，但是咬定青山不放松，誓死拿下“硬骨头”。多方筹措无力的情况下只好赊账了，老板也慷慨，反正没有拿到房子钥匙，一切不都在掌控之中吗？房子盖到一半的时候，我们到黄河路来了一趟，那不知道该叫路还是烂泥坑，闻着马夹河水散发的臭味，深一脚浅一脚地踏进来，烂泥坑里平地起高楼，心里总没有踏实的感觉！

2006 年 7 月挨到拿钥匙时，手里多多少少凑了一些钱，算是把房钱付清了，但装修又成了难题，还是没有钱，只有想办法找朋友借。虽然没有找装修公司，但是我参观别人家，对装修风格心里大概也有了谱。自己做起了装修师，不懂装修材料，选用的都是便宜的材料，但大概朝着一个方向，一样的颜色，也有了些模样，松木家具、大屏电视、电脑等家用物品都是几十年前没法比拟的。费了不少周折后，跟开发商打交道落实孩子转入油田六小上学的名单问题，孩子是最后一个勉强用铅笔填到业主买房孩子转入的名单上的，然后我又跑到五一路油田教育局把孩子转入六小，虽然每年还要掏转学学费，但孩子的教育问题也得到了妥善解决。

岁月如白驹过隙，当年的石油村变成了如今的石油城，看着路两边高高低低的高楼大厦，我不禁感慨：今天的中原油田早已不是当年的面貌了，华灯初上，一座石油城在无人机拍摄的角度下，车水马龙，人潮涌动，星光璀璨。

我的地盘我做主　我的时间我掌控

1985 年来到中原油田后，我住校，每个星期采油一厂会派“专车”——东风敞篷车来接我们这帮学生。我非常瘦弱，个子又小，每次往车斗里爬都特别费力，先让别的同学把书包接过去，再让一个人拉住我的手把我拽上去。夏天赶上雨天，任风雨打在脸上身上；冬天可就遭罪了，车一开呼呼地冷风顺脖子灌进来。高中毕业去了采油一厂采油六队还是坐敞篷车，真的是太冷了。这时候才体会到父亲他们天气再恶劣也要坐敞篷车上井是多么不容易，姐夫是机关食堂的，也是常年如一日把饭菜送到井上。

总部的公交车都是一种叫“气包车”的车辆，气包车的大名叫常压燃气车，是将井口喷出的天然气不经过任何压缩，直接灌装到燃料容器中燃烧的公交车。油田会战初期，国家石油短缺，有人就想到了用天然气充当公交车的燃料。第一次近距离接触气包车，看到车顶四周安装了一个金属架，鼓鼓的天然气包被绳索牵引着固定在上面，高大壮观。等天然气被消耗了一些，气包变得相对松软，跟随车身的抖动而晃荡，伴着风力的方向而摇摆，心头不免滋生出多余的担心。

公交车背着大气包在城市的街道上、油区的公路上奔跑，给油城增添了又一道风景。最令人赞叹的是加长的气包车，两辆车厢铰接在一起，车顶前后两个气包，用完这个再用那个，公交运载能力和续航里程翻倍，极大地方便了油城市民和油区居民。

随着油田的发展壮大，采油队的敞篷车换成了广州大轿车，再也不用怕风霜雪雨了！再后来，公交车变成了两节的“大通道”，刚开始有的车顶上还“长”了两个长长的“犄角”，“犄角”倚在轨道上，车子走过不光有吱吱啦啦的声音，还携带着火星子。后来犄角、轨道也不见了！ 2路“大通道”跑了很长时间，一拐弯“吱吱扭扭”的声音从两节车厢中间通道里穿过来，生怕两节车厢断链，冬天冷风从通道窜进来，很冷啊！ 20世纪80年代末各种类型的轿车如雨后春笋不断涌现出来，90年代初期的中巴、后期的宇通、后来的大客，变化繁多。

每当看到新型舒适的班车、宽阔平坦的马路，我都会情不自禁地自言自语：“这一代石油人赶上了好时候！”

“好时候”的标志，是如今油田的班车夏有空调、冬有暖气、整洁明亮、快速安全，与当年的“气包车”比较，再也没有了一路上的颠簸和一车厢的埋怨。

人们的生活发生了质的变化，条件好一些的家庭90年代末就置办了私家轿车，出入很方便。小妹赶时髦置办了大众“菠萝”，让我很羡慕！我每天省吃俭用，于2011年也置办了一辆轿车，方便照顾孩子，回家看望老人！

人们再也不必为挤公交车费时费力，反而让私家车玩出了新花样。自驾爱车旅行，拼车技，玩越野，无所不及，“车”在人们心目中完全就是出行工具的代名词了，我的地盘我做主，我的时间我掌控！

2016年3月18日，濮阳—郑州旅客列车首发，终于实现了濮阳人家门口的火车梦，从此后濮阳客运就可以和全国铁路交通联网了，人们的出行变得丰富多彩，选择的余地更大了！运输公交总站也交还给了地方，名称更换为东方车站。除了去各个厂的公交车，还有发往各大城市的大轿车，功能强大了！濮阳高铁经过周密规划，严格施工，于 7 月 20 日正式通车，石油人坐着高铁外闯市场，在各大城市拓宽渠道，经营业务，回家探亲，缩短时间，拉近距离。中原油田人与新时代并轨向前奔跑！

从南征北战到外闯市场

我与广大中原石油人一样躺在自己创建的“幸福成果”上，一路狂奔追赶时代的列车。作为油二代的我们跟随父辈们天南地北南征北战。石油工人参加大会战时燃烧的激情、岁月的记忆深印在脑海，中原石油人克难创新、投产会战技术攻关、科技兴油的三个故事，激励我一生与石油为伴，把青春热血奉献给油田。从 1999 年分配到石油化工总厂，我就与油田结下不解之缘，从实习期开始一直努力工作，奋发图强，准备就守着中原油田度过今后的岁月。

谁知平地起惊雷，20 世纪 90 年代中期，油田很多单位改制，许多人面临着下岗。我是沾了未出生孩子的光，没有在 1996 年首批下岗分流中被淘汰，因为当时的政策是优先照顾怀孕妇女。整个油田的下岗风波闹得沸沸扬扬，人们的心慌乱起来。后勤单位的职工有些自谋出路了：有的停薪留职二次创业，我所在的油品二站有职工在黄埔开始养了兔、羊、牛；有的人在政策指导下，在老商贸中心跟广东人学起了做生意，时间长了，广东人不见了，大部分换成了油田人；有的人去了总站附近的改制单位——绿能高科。大部分人还是坚守在油田单位，成为三个故事里的主角，为中原油田的再次腾飞默默奉献着青春和热血！

2005 年四川达州宣汉县普光镇发现中国最大规模的海相整装高含硫气田，截至 2013 年 2 月，已探明天然气地质储量 4122 亿立方米。根据中国石油天然气行业气藏分类标准，这属于特大气藏。为有效开发利用高含硫天然气资源，国务院将“川气东送”工程列为“十一五”国家重大工程，将普光气田作为工程的主供气源。

普光气田由中国石化集团中原油田分公司管理开发勘探，气田开采面积为 1118 平方千米，资源量为 8916 亿立方米，是我国已投产的规模最大、丰产最高的特大型海相整装气田，这真是给油田转型发展带来的最强“福音”。2005 年 3 月，一批来自中原油田的石油人外闯市场，责任担肩，甘于奉献，跋山涉水，打破了大巴山深远的沉静，牵出沉睡上亿年的“气龙”！为实现自身价值，为油田创造财富，很多人抛家舍业把工作重心放到了这里。

普光气田高含硫化氢毒气，其浓度高达 15 万 PPM，简直可以称为“秒杀中的秒杀”。中原人在没有任何经验可借鉴的情况下，独闯“龙潭虎穴”，掌握“毒”门秘籍，顺利实现普光气田开发，让普光气田成了亚洲第一、世界第二的天然气净化厂！普光、大湾、毛坝、清溪场、双庙场等地的装置全部投产，普光净化厂建设 6 个联合 12 列生产装置，年净化能力为 120 亿立方米，至 2017 年 4 月底，累计产商品气 423.18 亿立方米，硫黄 1217 万吨。气田的优质天然气通过“川气东输”管道已输送到重庆、武汉、南京和上海等地，惠及上亿人。普光人自豪地说，“毒气”变“瑞气”，“普光”呈“祥光”。

为此，我多次为包括老公在内的大美净化人点赞助威，能在普光气田工作是一辈子值得荣耀的事情。期间我多次报名要求去普光工作，因为种种原因一直未能成行。

2017 年中原油田再一次遇上“寒冬期”，石油勘探局发出号令：大打扭亏脱困、分离移交、瘦身健体“三大攻坚战”，本着“自家活，自己干”的理念，随着外闯市场的规模不断扩大，很多油田人走入了新疆深处、内蒙古探区、淮南中安联合、广州中科炼化、中天合创、天津大港、海南、成都等市场，甚至走入西藏、海外等市场，更多的油田人来到了普光气田，结束了多年“抗战”——夫妻分居。我所在单位石油化工总厂完成使命，从历史舞台退出，在转型中谋求发展。我有幸作为中原油田石油化工总厂普光维保项目部人员，经过严厉考核留在了普光气田天然气净化厂并转岗到油气加工技术服务中心普光维保项目部宣传岗位工作，与油田多个单位的人员齐聚普光气田，共同承担起普光气田大部分运行维保业务，也终于与自己热爱的事业交臂言欢，让自己二十多年在一线工作深埋在心底的文学梦想得以实现。作为来自一线基层单位的新闻工作者，刚开始，一切工作都不熟悉，投稿途径弄不明白，但一直坚持不放弃，用一腔热情拥抱工作。摸索前行，多看多学，从多个媒体渠道快速学习，补充“营养”。积极督促自己，强化政治理论学习，特别是习近平新时代社会主义思想以及集团公司、油田公司和企业大政策方针的学习。利用基层熟悉员工工作场景的条件优势，对三四十种场景撰文拍摄，捕捉最美身影，捕捉新闻热点，广泛宣传先进人物事迹；用身边人教育身边人、用身边事感动身边人的辐射带动力量，发挥通讯报道作用，积极发动基层通讯员挖掘基层报道素材引导他们捕捉新闻，注意时效性、新闻性，做到下情上达，第一时间报道项目部新闻事件。正确把握报道大方向，准确把握宣传报道切入点，为油田改革发展鼓与呼，为企业发展呐喊助威。

在繁忙的工作之余，我积极参与单位与普光分公司各类文艺活动并拍摄中心及项目部多种形式活动场面，多维度、多角度、多场次挖掘拍摄普光工区真善美事件，以独特视角撰写各类文章，制作新媒体稿件。对工作不遗余力，尽最大努力，真刀实枪磨炼提升，让项目部宣传工作开启新的篇章。我的文稿和摄影作品先后刊发在中国石化新闻网、奋进石化、中国石化微平台、中国石化及中国石化新闻网官方微博、中原石油报、中原 V 品牌、中原油田手机报、中国石化中原油田公众号、中国石化中原油田官方微博、中原电视及先锋中原微平台、中国石化中原油田官方抖音、中国石化中原油田普光气田官方抖音等纸媒和新媒体上，共发表各类文章 593 篇。普光气田已安全运行十几年了！和大多数油田人一样，我深切地感受到：能在普光气田工作，可以说是我工作生涯中最值得纪念的。

从事工作 29 年，先后获得多种荣誉称号。2020 年 11 月退休以后转入油田基地社区，笔耕不辍，继续发挥石油人的光和热，甘当志愿者，为居民健康防疫、居家常识、抗洪救灾等社区工作进行大量拍摄、写作，对社区工作人员、医护人员进行报道，传播真善美！无论何时我都会继续努力，奋发拼搏，与广大石油人共建美好家园。

从“月光族”到走上小康之路，还拥有了自己的私家车，吃上了讲究的食品，穿着风格各异的服装，是我做梦都不曾想到的事情，如今都变成了美丽的现实。每当穿着漂亮衣服从家中走出，驾上私家车，奔驰在宽广大道上时，看着身边柏油路上川流不息的车流，看着马路两边整齐的葱茏绿树，感受到石油城的勃勃生机和日新月异。

中原石油人在油田党委的带领下，用勤劳、智慧和勇气谱写了波澜壮阔的改革开放史诗，创造了美好幸福的生活。

大海的舞者

李　悦　许荣波

引　子

大海无可争辩地影响着人类的发展。

茂名水东港位于南海之滨，面向东南亚，背靠大西南，拥有着无比优越的地理环境。早在20世纪之初，伟大的先驱孙中山在《建国方略》中就提到，要在茂名建设一个美丽的港口。

茂名港口的历史并不算长，始建于20世纪90年代，由于茂名石化将在这里兴建港口，所以很快就纳入茂名地区发展的总体布局中。

那时的割门、爵山还是一个小渔村。这里既沿海，又绝非僻壤。大海清明、澄澈，可偏偏处于被遗忘的角落，贫瘠的沙滩上荒草萋萋。

潮起潮落，云卷云舒。

第一次响起了掘地挖土的隆隆机器声，震醒了荒滩……

一个昔日普通的小渔村，转眼间成了现代化工业园区和国家石油仓储基地，从港口驶进驶出的巨轮一艘接一艘……割门、爵山这两个昔日的小渔村，在南粤大地开始变得举足轻重。

2014年11月14日，港口人以最动情的第一次拥抱，迎接25万吨的“捷龙”号外轮。接卸油轮的那天，国内外媒体云集，公司领导亲临现场，港口领导直接坐镇指挥，五六艘作业拖轮向“捷龙”号出发。

“捷龙”号终于冲破层层迷雾，顺利驶入单点海域。第一代单点拓荒者们承受了常人难以承担的压力，他们甩开膀子大干。几经艰辛，单点投产成功，人们载欣载奔，且歌且舞，老一辈建设者们更激动得手舞足蹈、热泪盈眶。

是啊，这是大陆首套单点系统，又怎能不激动？

当他们张开双臂面向大海时，自然吸引了来自世界各方的目光……

自此，茂名石化拥有了自己的单点海上原油接卸系统，这将在原油接输史上发挥重要作用。

有时，你会看到一个很有意思的现象，当年那些拓荒者总爱把目光聚焦在一个叫“放鸡岛”的地方，以及它后面的那片辽阔的大海，那片海展现着一种空前的壮阔……

这大海是何等的浩瀚啊！它毫无保留地向世人呈现出它博大的胸怀。

大海的“驯龙”人

倘若要将单点系统作一个比喻，它无疑是一条矫健的“巨龙”。单点的原油接输量占据着公司原油进厂的半壁江山，具有举足轻重的地位。尽管如此，海队人还有一个梦——做大单点卸油总量，减少卸油成本，接卸量突破千万吨的年吞吐量！

这条路何其艰难，又何其遥远。

这么多年过去了，水面有时波澜不惊，水下却暗流汹涌，海底管线不停地经受着湍流的冲击，管线逐年抬高，已高出海底 1 米多。正是这种无形的压力，让海队人寝食难安。管线的刚性毕竟有限，长此以往，管线绝难抵御浪潮的轮番冲击。

这是一个触发点，其实也是一个契机。不过，海底管线不同于陆上设备，在工艺、施工与管理上有着诸多技术要求。这当中不仅要修改单点设计参数，还要满足接卸多油种的需要。如果按原先设计，几乎可以不做改变就能坐享其成。然而，他们却选择一条更为艰难的路子。

为力求资料准确无误，他们到处查阅，多方设计，用一年多时间来秣马厉兵，各个方面都做了充分的准备。

终于，改写历史的一天在 2017 年悄然来临，历时一年多的海底新管线投入运行，这里成为原油管输的“龙头”。

“龙头”已然昂扬。

这时的单点“驯龙”人显示出他们高超的“驯龙”技能。

茂名单点新海底管线投产后，卸油效率大幅度提高，原油接卸速度也从 2000 多立方米每小时提升为 8000 多立方米每小时。

他们将25万吨级单点系统升级到30万吨级，自此，港口进入了“30万吨”大港行列。

每每回忆往事，海队人总有不少感慨。是的，他们的梦在大海，大海也让他们豪气冲天、激情澎湃……

每次接卸原油，他们吃住都在油轮上，24小时紧盯卸油过程，练就了一套高能本领。他们有把油轮的油卸干榨净的本事，甚至多次出现“负损耗”的神话和奇迹。在这方面，其中“元老”级人物——主任技师孙铁最有发言权，在单点苦干多年，双手磨出一层老皮，结成干硬的老茧……以其多年经验，自创的一套卸油方法，每年减少油轮滞期费用达400万元。

当然，油轮检测方面也较为重要，尽管他们已加强了油品的检测，但挡得住太阳，却挡不住风。有些接卸的油轮，偶尔存在油带水现象。他们针对这种重质黏性原油大，容易出现“油包水”现象进行了攻关，并固化明水检测，优化操作，采取国际通用的试水膏检测法与使用油水界面仪检测，实行“双重保险”，解决了高黏原油计量难问题。

2021年2月12日，正是大年初一，吴昱声带队出海，在登轮后开始检尺作业，船方大副说：“没有水，都卸给上一港了。”吴昱声坚定地摇了摇头，他紧接着就放下检尺，紧盯油水界面仪，一边竖起耳朵听明水警报。“嘀！嘀！嘀！”警报器随即响起来，在现场检测的商检人员忍不住竖起大拇指：“声哥，厉害！”

为了做到准确无误，吴昱声又在检测探头上涂测水膏，这种测量结果更准确也更直观。经检测，显示有3个油舱带水。对此，船方人员心悦诚服，再也找不出任何借口。

单点“驯龙”人惯于海上征战，处处表现得可圈可点。

2020年4月10日，更换单点锚链和软管，过程缓慢而艰难。由于是大型海上工程，每个步骤都不容有失。

每一次设备大检修，单点领导都要在场。每当这时，作为车间主任，张国伟都会蹲守在一线，紧盯安全作业的每一个环节。在海上施工，一待就是十几二十天，忙起来脚打后脑勺，想睡上一个安稳觉都很难，有时刚眯一会儿，又有事打扰，睡不成了，只好接着干。

冬春交替，气候多变。天气预报说冷空气要来了，面对即将来临的恶劣天气，他抬头看看天空，心有不甘，决定和老天爷赛跑。他派人24小时紧盯天气和海况变化，然后繁弦急管，目不交睫地全力抢拼。他们争分夺秒地赶，起劲地忙碌，终于争抢到更为有利的契机，如愿赶在了冷空气到来之前完成。

冷空气如约而至，海上突如其来地刮起6级大风，天空中银蛇狂挥乱舞，雨打在脸上隐隐生疼。海面上波涛涌动，风声、雨声、海涛的轰鸣交织在一起。此时，张国伟在风雨中指挥人员从容撤离。整个工程没有受恶劣天气影响，还提前20多个小时完成，而这恰恰是他没有合过眼的20多个小时。

2022年7月，茂名石化海上单点接泊系统经历了12级的“暹芭”台风，台风造成附近一艘工程船的遇险，沉没在单点南面约5海里地方，沉船附近情况不明，直接威胁单点油轮靠离泊作业安全。

为保证安全靠泊油轮，台风过后，海队人便积极协调专业海上扫测队伍进场扫测。三天的扫测里，张国伟、巫建爽、孙铁等都紧张地忙碌着，轮流配合扫测队的工作，数据分析、检查校核，不放过一丝一毫的“不放心点”。7月10日上午，当海事部门组织专家组通过了单点海域的通航评审，他们才长长地松了一口气。11日，早已在码头待命的海上作业队船舶和人员立即出发，奔向已在锚地等候了几天的超级油轮“迪奥多”。

“逆风”突击队

2020年初，一场疫情以迅猛的势头席卷全球，这场空前的灾难让人猝不及防，其惊人的传播速度让人陷入了人人自危的境地。

在巨大压力面前，难免有人忧虑、惊慌、恐惧……种种顾虑始终未能消除，不少人谈疫色变，除了沮丧就是发牢骚，领导三番五次进行动员，任你口水说干、嘴唇磨破也无济于事，工作一时陷入僵局。

困难横亘如山。车间主任张国伟、支部书记李悦着实煎熬，他们不厌其烦地向员工介绍着新冠疫情的感染渠道，车间制定的防控措施等。

支部决定召开动员会，发动党员奔赴抗疫第一线。会上，支部书记李悦发出倡议：“疫情当前，我们党员有人敢做‘逆行’者吗？”她目光落在每一个党员身上。

张国伟第一个站了出来：“我是车间主任，又是党员，我先上。”

“我是党员，虽然我妈住院，但我姐在，我可以出海。”

“老婆和娃都送回了她娘家，我已经做好了准备。”

“大伙都看着咱党员，我们能退缩吗？书记，算我一个。”

音有五律，光有七色。重任在肩，关键时刻还是党员干部走在了前面，像这种带头作用可能从来都没有缺少过，但在这个时候，却显得尤为可贵。片刻，动员会变成了誓师会。

很快，一支由党员组成的“特别作业队”组建了起来。

出海前，海上作业队召开动员会，分部领导到场为这支“特别作业队”送行。张国伟穿上厚重的防护服，带着孙铁、吴昱声等 6 名清一色党员，他们逆风而行，义无反顾。

张国伟是第一个登上这艘油轮卸油的，明确告诉外方人员要按照我方人员的要求严格执行防疫工作。为了避免交叉感染，他们与船上的外籍员工分区域作业，远离易感染的生活区，住在外甲板外的“苏伊士”工人房。他们带着自热饭、速食面和矿泉水，洗衣做饭都在狭小的空间里。休息时，他们也受到无尽的干扰，从隔一层地板的机舱传来无休无止的轰鸣声，辗转反侧，难以入眠。

茂名，亚热带季风性湿润气候，一到夏天，烈日炎炎，便燠热难当。当时，南海的气温逐渐变暖，即使未到夏天，也与夏天一般无二。特别是在油轮的甲板上作业，白天温度高达 35 摄氏度，由于防护服不透风，到脱下来时，全身都是湿漉漉的，皮肤也起了粗糙的小疙瘩。由于严重脱水，加上每天吃速食面，很多人都患上了口腔溃疡。面对着汹涌的疫情，他们克服常人难以克服的困难，艰难地闯过了这一关。

当然，在家里的党员也不轻松。疫情防控当属头等大事，由于市内口罩、酒精等抗疫物资都较为紧缺，为了购买抗疫物资，党员们东奔西走，寻遍了市内各大药店。陈国晓和梁德焕甚至跑到乡镇去，在公馆购到口罩，在袂花购到酒精，有朋友给他们打来电话，说高州有防护服，化州有防护眼镜，他们又分头赶往高州、化州方向……连番奔赴，好不容易配齐了防护服、口罩、酒精、饭盒和药品等一应物资，两人瘫倒在沙发上，一动也不想动。

从 2020 年 3 月疫情高发至今，茂名共接卸外国油轮 178 艘次、接卸原油 3048 万吨，其中党员 534 人次登轮作业，均实现零感染。言语再多，也比不上行动的诠释，党员们在抗疫第一线攻城拔寨，凯旋而归，党员们的行动消除了不少人的疑虑。

奏响稳产保供的激越乐章

2020 年 12 月 22 日，“茂石化七号”船夜间返航途中，天色渐渐暗下来了。党员、机长黎志才发现控制室的舵机报警箱指示灯全部亮起，黎志才错愕了一下，他检查了一遍设备，没有发现异常。在抛锚检查后，在保险箱中发现一条保险丝烧了，更换之后，报警显示正常。

这东西可能并不起眼儿，关键时刻却能捅出娄子，这是一个不能想的问题。

为了确保设备正常运行，副主任陈国晓、副主任董晓与九船机大管轮梁冠、七号轮机长黎志才等组织人员对机舱各类管路及阀门进行了一次全面排查，重点检查了机舱滑油管路、燃油管路等。他们像搜索器，主动进入那个频道，堪比局域网络。

高华兵在排查燃油管路时，发现日用油柜燃油速闭阀关闭不严，初步判断有两个可能：一是填料函内盘根老化；二是盘根未压紧压严。他将日用油柜内所剩燃油放回油舱、更换盘根、紧固螺栓、重新抽油回油柜，及时解决了油路堵塞。

轮机员王美康发现污水泵齿轮端面移位。他用铜棒把两个齿轮敲回原位，和轮机长黎志才打磨好端面，然后重新上紧阀门。

“茂石化七号”船大管轮张洪生，有主意，见识广，人称“教授”。他在年初出海卸油途中，发现右主机增压油压力有点降低，原来一直在 0.21 兆帕运行，这次表指示为 0.19 兆帕。虽然压力还在正常范围，但毕竟与平常有异。他颇有疑惑，当油轮靠好单点后，七号船抛锚进行守护，他停了右主机进行检查。他仔细观察了一下，发现刻度盘有两颗小螺丝松动了，导致刻度盘没有固定，往外突出，阻碍了指针摆动。他把压力表拆下来，将那两颗小螺丝上紧，装回试机后，压力又妥妥地回到原来的 0.21 兆帕位置上。

他们个个都很专注，接连查了几天，直到把所有的机泵、阀门都检查了一遍。

海上作业队的作业拖轮，肩负着每年超千万吨原油的接卸任务，如果拖轮带病作业，会存在较大的风险。船舶设备一向受海风吹、海水浸，腐蚀得比较快。车间把单点设备作为特护设备后，在一些关键环节持续发力，特别是推行三级管理制度，把设备细分职责，分解落实到每一个党员和职工身上。船员自觉维护设备，经常开展打补丁式歼灭腐蚀点活动，把里里外外几乎翻了个遍，船舷或甲板只要有点锈蚀，马上着手清除。有些锈迹仿佛附骨之疽，极难根治，他们也敲敲打打，除锈上漆，消灭腐蚀点，使得设备焕然一新。在 2022 年港口分部 TnPM 绩效评价竞赛中，海队连续 7 个月获得第一名。

放飞梦想扯起帆

大海是有性格的，且常常难以捉摸。

刚出海时，还风平浪静，转瞬间就浊浪滔天。而那些航行中的拖轮，像一只只鲸在无边大海里游弋，偶尔“嘟”的一声拉响汽笛，就像鲸鱼喷出来的水雾。

海队人就是在这样的环境中日复一日、年复一年地成长起来的。

崔锦勇是土生土长的茂名人，对生活充满无数幻想，尤其是对海。1999 年，崔锦勇从航海院校毕业如愿分配到了茂名石化港口。刚到单位，领导就对他们说：“你们要轮流到各个作业区去跟师傅学习、锻炼，近距离、多角度去了解港口。”半年时间，崔锦勇跑遍了茂名站、化州站、廉江站、湛江站、单点油轮等多个单位。

2000 年 7 月“茂石化七号”在广州城安围船厂大修期间，车间安排崔锦勇到七号船。他风尘仆仆从茂名坐车到广州船厂任职实习机工。监修的轮机长接待他并给他安排了工作，他目睹了船舶厂的脏乱场景，在场的人从头到脚都是汗水夹油污，但全身散发出一股不服输的干劲儿。崔锦勇紧盯每一步细节，甚至爬进舱室检查舱底。

监修的日子异常辛苦，白天连续工作，晚上还要加班，除了工作就是休息。50 多天的工期，有些船员亲属在广州都没空去探望。

2002 年，崔锦勇从七号又调往八号任职三管轮，2004 年晋升二管轮，2006 年车间安排他到广州参加海事脱产学习培训，并考取大管轮任职资格证书，随后考取了轮机长任职资格。

在海队，像崔锦勇这样成长起来的人为数不少，他们在工作中学习，在工作中成长。海队人爱学习已经蔚然成风。

大年初六早上，“茂石化七号”船迎着朝阳，乘风破浪向单点海域前进。此次出海的任务是按计划对单点进行检修维护。经过两个小时的航行，“茂石化七号”到达单点，开始了对单点的检修维护。

午饭过后，黎志才把陈伟斌叫过来，他对陈伟斌说：“等会儿带你熟悉一下应急消防系统。”听到这句话，陈伟斌心里非常高兴，谁不知道轮机长是技术大拿？这分明就是节日“加餐”嘛。他很快就来到了机舱，黎志才觉得陈伟斌这个小伙子是块璞玉，稍加雕琢就会成才。于是，他从消防水系统、消防炮系统、二氧化碳灭火系统等给陈伟斌讲起，一些看似枯燥的操作，让他说得很有连贯感和细节感。

2 月 15 日，正值牛年大年初四，“茂石化九号”船正在海上执行拖尾任务。

虽然经年累月做着同样的工作，但对轮机长刘阳来说是常干常新，每天都充满激情，浑身有使不完的劲儿。他每天最想做的一件事就是将机泵擦拭一遍，他对来接班的人将机器设备油、水、电、气、仪表、舱底水位、管路及接头等进行逐一交底，还能一五一十地亮出“真经”：燃油舱现在使用左舱，左右舱要交替使用，目的是防止船体倾斜过大；循环柜液位目前使用正常，但也要每隔 15 分钟检查一次；还有，空压机记得放残；热水柜中午不用时要关掉……

每次干完活，他都特别有满足感，茶余饭后总能见刘阳脸上堆着笑容。

刘阳就是这样一个人，对大海特别钟情，只要说起海上工作的事情，他的眼睛总眯成一条线，舒眉展眼，双手还不时比画着，可见他对工作“入戏很深”。

你笑起来真好看

“哥，你看，我今年又拿了三好学生……”

这天是大年三十清晨，尹吉良接到了母亲打来的视频电话。12 岁的妹妹抢先接过电话，给哥报喜信。视频里，她兴高采烈地大喊大叫。

“不回，有事呢！”

一听到尹吉良不回家过年，妹妹变得一脸沮丧，噘起了小嘴，转身将电话塞给了母亲。母亲对着视频问他：“大年三十了，你今天打算怎么过呀？还是自己动手包点饺子吧，别老出去吃饭。”“妈，我正准备出门买点肉和芹菜，中午和同事一起包饺子呢！”尹吉良一边说，一边捂着嘴，狡黠地笑着。

不过，尹吉良可没有说实话。大年初一的早晨，天色微明，他就迎着新春的第一缕阳光出发了，去接卸牛年的第一艘油轮“美洲虎”。

因为第一次出海，他内心非常激动，一早就收拾好行装。

上船的时候，风刮得有些猛，由于冷空气南下，形成强对流，海面上翻起白浪，这对一个新人来说，是个不小的考验。刚上船坐定，船长凌上康让水手长周光给安排了一个通风良好的床位。周光叫尹吉良先休息一下，说出了放鸡岛怕是会晕船。果然，刚出放鸡岛，尹吉良就感头晕目眩、四肢乏力。初次出海的人，难免会尝到这样的“下马威”。

尹吉良躺在床上，没有一点胃口。大厨崔守仁师傅做得一手好饭菜，焖、炒、煎、炸、炖，没有他不会的，当得知来自山东的小老乡尹吉良出海前才吃了一点稀饭，便到厨房制作了山东煎饼给他送来，轮机员梁怡锋也从自己行李袋里拿出干粮和水果递给小尹。尹吉良感到心头一热，瞬间泪光盈盈。

等了很长时间，总算熬到了上油轮那一刻。他沿舷梯登上了油轮，来到甲板，外籍船员似乎也知道这一天是中国的传统节日——“春节”，他们首先问候一句：“Happy new year！”然后用含糊不清的中国话说：“新年快乐、恭喜发财……”虽咬字不真，真诚的祝福却是溢于言表。尹吉良大感不解，来到监控室，看到了日历上2月12日、13日两天用红色字体特别标着“Chinese New Year”。

家，是海上作业人员的渴望，与家的联系，更多地利用手机镜头。

“宝贝，爸爸让你看一下海上的月亮。”

吴昱声站在拖轮上，双手高举手机，一边对着天空，一边进行着视频通话。“爸爸骗人，你不是说海上的月亮更圆、更漂亮吗？这个月亮跟家里的还不是一样？”手机里随即传来一阵咯咯咯的笑声，吴昱声的嘴角上扬，脸上不禁泛起了笑容。

2020年的新春佳节刚过，新冠疫情暴发，茂名这个粤西的油城虽然没有受到大的冲击，但偶尔出现的一两例感染者，都让人惊悚不已，惶惶不安。这个时候，之前母亲因肿瘤做过手术的患处出现了疼痛。由于疫情期间的管控，医院人满为患，“一床难求”，医生建议可暂时在家静养，老人夜晚辗转反侧，难以入眠，轻声呻吟让吴昱声牵肠挂肚。

这时，一艘来自南美的油轮即将到达单点。

支部要求党员带头出海作业。由于吴昱声母亲生病，需要人照顾，当支部征询他的意见时，吴昱声想：自己是党员，在抗疫的重要关头，最应该站出来。可母亲病情加重，已被送进了医院，这令他感到左右为难。他权衡了一下，义无反顾地报了名："我妈由我姐先看着，我去。"在场的人一听，深受感动，那些为自己找理由的人更惭愧地低下了头。

临行前一晚，吴昱声站在病床前拉着母亲的手，久久不愿松开。母亲红着眼睛，深深地叹息了一声，然后对他说："你要出海，妈不拦你，单位的事重要，你可一定要照顾好自己。"吴昱声明白，现在国外疫情汹涌，母亲是担心自己与外国人接触会染上疾病。为了安慰母亲，他故作轻松地说："妈，您放心吧，我们防疫措施做得很好，万无一失！"当他看到母亲依依不舍的神情时，心里一阵酸楚，转过身快步向门外走去。平时不轻易流泪的他，在关上病房门那一刹那，泪水已然在眼内纵横。

竭力维护航道安全

2021 年 3 月 30 日凌晨，港口分部接到茂名交管指令，一艘名为"惠通"号的货轮在夜间航行中，不慎在水东港第 11–12 号浮标附近搁浅，需要紧急救援。

凌晨 1 时 20 分，港口分部派出三号、九号拖轮前往救援。接到指令后，除值班的人员以外，大家都以最快的速度穿好工作服、救生衣，拖轮开足马力，飞快地赶到现场。由于潮水极低，水浅，货船卡入太深，尽管经过近 3 小时的努力，还用两艘拖轮在搁浅货轮左右进行拖带，仍然像蚍蜉撼大树一般。夜晚救援，始终存在风险，为避免出现新的意外，海事部门决定暂停救助，等待天亮海水涨潮后再继续抢险。

两艘拖轮于凌晨 4 时返回码头停泊。

早上 9 时，"茂石化九号"拖轮再次抵达搁浅现场。海事部门根据气象水文潮汐变化，确定了抢险的最佳时机，并制定了具体救助方案。

"茂石化九号"将缆绳挂上了搁浅货轮的艉部，用力往外拖。随着"茂石化九号"的发力，缆绳顿时绷得笔直，不时发出"扎扎"的响声，任你如何腾挪拖拽，货船却不动如山。在场的人都一筹莫展，连海事部门现场指挥人员也忍不住深深叹息。正在这时，船长蔡志明沉思顷刻，突然灵光闪现。他与海事人员商量了一下，便用高频与船方沟通，要求货轮与拖轮配合，尝试动车助力。

货轮上，船长、大副、轮机长商议了一阵，同意了这个方案。货船启动主机，烟囱喷出一股黑烟后，传来一阵轰鸣声，船身开始抖动，后面浪花翻滚。

“好了，动了！”有人不禁失声呼叫。

果然，搁浅的“惠通”号货轮缓慢地移动，脱离搁浅水域，滑向航道。10时22分，搁浅货轮成功脱险。

结束语

天高云淡，海也格外的蓝，它博大，恢宏，仿佛一个大舞台。

而海队那些“驯龙”人，则是大海的舞者！

这些年来，海队人始终把基层党建工作放在重要位置上，充分发挥支部把方向、稳大局、促落实的作用，带出一支务实重行、言行合一的队伍，原油接卸产量逐年递增。2020年，海上作业队党支部被评为集团公司先进基层党组织。

好一群搏击风浪的弄潮儿，他们在白天与黑夜、风里和雨里，既有辛酸与疲劳，也有欢笑与委屈。但他们或铁骨铮铮，或柔情似水，从不埋怨，面对困难，透出一份从容与自信，不管前面风雨如晦还是荆棘满途，他们总是笃力前行……

散文

获奖作品

夏风向晚

陈 东

油管滑落，管钳接过；丝扣扣入小滑车，缓缓平躺进油管桥。钢的管钳与铁的油管相撞相擦的振动，是深夜游走在大平原上唯一的声音，空寂地回荡一遍又一遍，简单且重复。

大平原坠入深夜，星星关掉月亮的台灯，盖上云被，哄她入睡。炙热的风，降温的油管，汗流浃背的作业工，一幅流动暗夜着色的油画，被劳作渲染的厚重感，不是一两滴汗水可以化开的。灯光下，机器轰鸣，无法惊扰平静的心。如何度过漫漫的长夜？他们在井场上起下油管，将长夜划成分秒，一夜就是一瞬，一瞬便是一夜。

1

红色大巴车链接着城市的钟声与乡村的鸡鸣，更链接着他们的生活。下午三点半上车，他们把未做完的梦丢在坐垫上，把慵懒交出去，把惦念交出去，把与工作无关的杂念抛出去。

大巴车在蜿蜒道路上由城市游向乡村，游向遥远的田间，像画师着墨山水之间，拖着一条硕大的笔锋，从西向东肆意涂鸦，为白云镶上了红边，在一次次蒸腾中，陷入沉寂。那是夕阳不舍大地，在最美的刹那留下一句安慰：明天还回来。蓝幕垂下，色温渐渐冷却时，大地沐浴在金色的落日余晖下，红的土、绿的树、灰的墙，还有成群的白色羔羊，呈现出一天中最丰富的存在。直到后来，太阳回首一声叹息，向白昼的忙碌作别，所有的颜色都被大巴车后长长的夜幕吞没……向晚的风，便是落日留下的叹息，叹息时光不老，叹息岁月匆匆，叹息着人们不变的追求，叹息着未实现的理想。

那时，他们走进井场。失去太阳，大地融解着天空的边际，模糊处有东西蒸腾而去，弥漫如雾，蓝幕渐渐拉开，缩小了所有人的视域。几颗星星闪烁，是空中碎小的钻，又如微波荡漾的湖心上的几艘小船，恍惚中摇入睡梦。向晚的风吸纳了炙热的空气，游走于大平原，吞没乡间纵横的阡陌，吞没沙沙作响的杨树林，吞没黄河故道，吞没喧嚣的城市夜生活，吞没沉睡的乡村街道，吞没所有阳光曾经照射的地方。剩下的，只有井场泛着冷光的探照灯和荒野里双目如炬的猫头鹰。

2

大平原的深夜不过是浩瀚黑暗之海的小浪花，沿袭了所有时间的慢节奏，躲在大多数人的睡梦中，不计较分秒地经由日落流向日出。城市夜钟声声，黄河岸边的快成杨摆动着长臂，为沉睡的人们挡住最后一丝冷光。那些冷光如平原上的繁星，眨一眨眼，就点亮了散落遍地的一个个井场。那时，通井机的节拍紧凑，和着气葫芦的一收一吸，大绳时而绷紧带着大钩直入云霄，时而喘息拖着管柱顺流而下。它让所有人习惯于跟紧节奏，恰如步入舞池的女人，无须教授就懂得踩准节拍便可愉悦心灵。

向晚的风，是这场空寂舞会的唯一观摩者；落日是时间送出的入场券。它无意为他们的辛劳打卡，也无意在黑暗的荒芜中欣赏拙劣的假面演技。它只是静静地游走于整个井场——全黑世界中的唯一光亮，抚摩作业工，每一双手、每一双脚、每一张脸庞。又或者，当汗水滑落，它轻轻吹过，在酷热的缝隙中送来一丝微凉。哈，像吃了一根老冰棍儿，身子哆嗦一下，落了一地鸡皮疙瘩。抖擞一下衣衫，抬头仰望，目光不寻找月亮，也不去寻找星星，更不需要担心蚊虫的叮咬，它们早在一次次与皮肤的撞击中淹溺于酣睡中。要做的只是注视着即将缓落的吊卡，习惯性承接每一根油管。

3

抽油机底座上晾着四大杯茶水，向晚的风缓缓吹过，却不承想越吹越热。通井机的轰鸣震荡着它们怀揣的水平面，形成一圈圈波纹，还未待散开，就撞击杯壁，反弹回来砸出一个个水冠。微观世界的“巨浪”，从来不是焦点。它们发生了，形成了，也从未奢求一星半点儿的观照。存在就是幸福，和着暗夜中能量的转换寻找节奏。有那么一小会儿时间，通井机熄火，轰鸣声停止，远处的快成杨淹没声声鸟叫，就连青蛙也躲进了芦苇丛中，默不作声。整个井场就是换幕的间歇，演员下了台，来不及卸妆，满脸油泥围坐在一起。断了催眠曲的看井狗从梦中醒来，挂着长舌头在主人们身前毫无顾忌地蹭来蹭去。谁也不会嫌弃谁。汉子们以茶代酒，撩拨黑云下酣睡的弯月。这个懒家伙打个哈欠，缩回云中继续睡去。不去打扰了，他们自有欢笑。话题关于妻子，关于孩子，关于家人，关于左邻右舍，关于粗茶淡饭，关于天南海北的人或事。换到平时，没有人去体会时间的流逝。他们享受着平安，恰如温热的风。

向晚的风吹过脊背，抚摩豆大的汗珠。它依然是热的，穿过炉膛的火，将身躯淬火成钢铁。

他们向大平原深远的黑暗呼喊，有人吗？没有回答。他们向遥远的城市呼喊，有人吗？都已睡去。他们向头顶的星空呼喊，有人吗？星星眨一眨眼，分不清天上人间。

当轰鸣声再次划破空寂时，他们被钢铁浇铸的肉身，比十八米的井架还冷一度。生活蕴含的悲欢，是寒冬里的铁棒，舔一下，痛里带苦，苦中含乐。

4

由地下千米喷薄而出的石油，与暗夜同色。亘古的沉寂让二者气质相通，黏滞、缓慢、流动，缓慢地推着深夜的时钟向无边的未来靠近，却永远到不了尽头。即便在风中翩翩，它也决意区别于庸脂俗粉，只会在红工衣上勾画涂抹、顿笔出锋、侧勒弩掠，画出石油人的图腾，画出平凡孕育的某种精神。这种勾勒摒弃的所有牵挂、所有顾忌、所有惦念和伤怀，全身心沉浸在流动的黑色中，不需要也不舍得打开手电筒，看一看它真实的样子。他们深深知道，自己的血液中流淌的，与之气质相同。

脚底的黄沙土与黑色的石油相比，究竟谁先来到这片土地？或者说，究竟是先有了油才有了黄沙，还是先有了黄沙再有了油？又或者，所有的黄沙和油是相互依存的，沙中有油，油中有沙。作业工与大平原或许也是这样，共存着，相互依赖着。

和稀油的柔弱无骨不同，他们躲在憨厚的外表之下，深藏的内心像页岩油，裹着一层硬硬的壳，除非打烂绞碎，否则不愿吐露半点儿心声。

小时候，放了学，他们常常丢下书包跑出很远很远，坐在高高的土堆上，摘一根细长的芦苇叶放在嘴边，为夕阳唱一曲《长亭外》，唱长大后的理想，唱未来的方向，唱很多很多远足的梦，唱很多很多即将遇到的人。现在，他们还在一起，在宽阔的井台上，在微冷的夜灯下，依然并排坐着，依然手执一苇，依然唱一首《长亭外》，唱给逝去的青春，唱给远离故土的同窗，唱给相依相伴的爱人，唱给期盼成长的儿女，最后唱给自己。他们不得不承认，所谓成长，就是打心眼儿里原谅自己的平庸。

向晚的风，是唯一听众。那首歌，再熟悉不过。它不敢贪恋独享，揣着曲子游走于大平原，游向遥远的城市，游向遥远的他乡，游向亲情、爱情和友情，借着平原的名义向所有呼喊发出邀请：邀请远行的你们，常回家看看。

5

大平原除了绿油油的麦田，只剩荒芜。这荒芜期待被赋予诗意。黑夜来临时，渴望尤甚。它环顾四周，竟找不到心灵的落脚点，慌张地流窜于草木之间、星空与大河之间。只有井架下冰冷的灯，机车和灯下的四个人。轰鸣声正是他们制造出来，用以证明大平原存活的证据，我却写不出只言片语的诗歌。什么是诗歌？什么又是诗意？他们把简单的重复刻在无字的丰碑上，不去深究远方在何方，诗意是何意。在他们看来，面包与理想相比，可以果腹，更真实，更容易获得甜味的满足。可他们并不知道，十八米井架下的铿锵作响，照明灯下的战风斗雨，那些咀嚼苦涩滋味中体会出的甜蜜，本就是诗歌。

爬上井架，从十八米高处俯视大平原，快成杨身后的一束束车灯飞驰而过，如划过的一串串星，和伫立在黑暗中的电线杆一起，经纬分明地勾勒着模糊的阡陌。又或者，你可以把它看作淹没在黑暗中的一片平静大陆，风抚慰着北国江南的绿色麦浪，安然交付给睡眠。成长和衰老都依赖于睡眠。有时候，时光漫漫，慢得走不动路，慢得小心翼翼，生怕触碰到谁的美梦，让人大汗淋漓地从床上惊醒。有时候，时光又是那么快，一夜抹白了愁人头。

黑暗并非黑板擦拭去的绝对“零值”。近处的黑暗归于睡眠中的平庸，远处的微光却是高远的志向。它们是被赋予意义的信仰，凭借顽强毅力熬过长夜，为了下一个日出距离目标更近一步，或者只是为了证明自己走错了方向。这都不要紧，光从不惧怕黑夜吞噬。所有黑暗都是暂时的，再大再强也抵不过一次完美日出的照耀。

面对那些汲汲营营，我们也无意去指责平庸。失去方向、迷失信仰甚至沉溺于某种贪恋的人，并不一定就有严重的人格缺陷。他们只是缺少一个契机、一个机会、一次偶然，或许就是在一瞬间，那种志向会被激发出来，做出伟大的事情。

夜晚瞭望的视角，提供了新的焦点。灯光把冰冷的钢铁结构装扮成夜幕下独自开放的昙花。这么多年，没有人曾这样看过它们，也没有人将它比作昙花。再好的梦也不会懂，那朵明亮的花，没有花蕾，更没有花瓣，甚至连花托也懒得摆设，只是静静地沉寂于黑夜的漫长，自怜花香。

向晚的风一次次留恋，带不走一丝花香。

6

北纬的雨云，内涵如大海浩瀚；北冰洋的寒冷，太平洋的滚烫，西伯利亚的狂风，北海道的暖流，汇聚而来。它悲悯的眸子临幸夜幕下不肯睡去的大平原，犹如仰视西斯廷大教堂上恢宏的《创世纪》。它感叹于沧海桑田的变幻，感叹于人类的壮举。秦皇跪拜、徐福东渡、曹操咏诗，他们活在一部部正名扬威的史书中，活在老百姓的口口相传中，活过了千百年的中华兴衰，活过了近代史的屈辱和奋起。千年后，年轻的土地上重新谱写史诗篇章，历史摒弃了个人英雄主义，这不再是某个人、某些人的伟大，而是一群人的团结奋进、顽强拼搏。

有关过去，你要走进向晚的风，走近深达千米的油水井。井下，先辈们的呼喊声、欢笑声回荡其中，振聋发聩。并不久远的年代里，一群人在荒原上披荆斩棘，创造着奇迹。井口回响，呜呜地诉说往事：没有路，他们就铺路；没有水，他们就引水；没有油井，他们就一眼一眼打出来。轰鸣的机器彻夜不息，却挡不住疲惫的酣睡。有那么几个夜晚，他们偷偷睡了，去梦中与异乡的亲人相拥流泪，醒来又擦干了眼泪，循着轰鸣声投入火热年代。

这一夜，红柳没有睡，在风中吹着哨子。白天里的它们矮小柔弱，不发繁茂的叶，不开美丽的花，周身溢满酸涩的汁液驱走前来啃食的羔羊和牲畜。只有在夜晚，它们醒过来，偷偷扎根，扎向很深很深的沙土里，把根留住，也把命留下。同一个目标，同一个方向，才能让彼此呼吸自由，让付出有回报、让生命有价值。沙土里拥挤向下的根茎深谙此道，黑暗中团结协作的人们亦是如此。

夜深了，轰鸣声驱赶着困倦。彼此之间的话语早已熟悉，也懒得再说什么，一个眼神或者一个动作，就知道要做什么。爱，无须相互凝视，而是向着外界的某一个目标共同凝视。他们不会抬头寻月亮，更不会站直身板远望。那样做，只会把夏夜拉得越来越长。这时候，思绪往回退一步，深吸一口气，抖擞双肩，全身骨头咔咔作响，就能卸去大半的疲惫，在心底为自己打气，加油！

夜，即将结束。

鸡鸣三遍时，太阳初升，我们重回人间。

在弧光中穿行

吴文奇

一

尽管这个夜晚的路途非常短，但其在我的人生记忆中，注定是一次难忘的旅行。

因为有着耀眼的弧光，因为我们走在这猛然撕开无边黑暗的弧光之中，因为这些耀眼的弧光成串连片——我们就在这弧光射影中穿行！

我默默地走，高抬腿，常低头。高抬腿，是为了防止地上电缆和绳索的羁绊；常低头，是为了避开各种管道和工人搭建的架台。我非常小心又非常激动地默默地走着，走走停停，回头张望，四面环顾，生怕会遗漏身边这忽亮忽暗的风景。

这片风景已在身边存在三十多年了，我们天天见它，在它的旁边无数次地经过。但可能是太熟悉了的缘故，很多人对它视而不见，已经没有了初次见面的震撼。包括我，多少年了，心中早已没有了和它初见时的对话。但今夜，我望着夜幕下灯光中它那伟岸的身影，穿行在它钢铁身躯的间隙，扪心自问：炼塔呀，我对你会真的视而不见吗？你对我真的是无所谓了吗？

回答是否定的！因为在自问的过程中，一幕幕在这炼塔下发生的故事便涌上心头，一个个身影映现眼帘：那年大检修，我们起重工师兄弟 14 个人，分成了两个小组，跟着我们的师傅，就在这反应塔旁边四层楼的高台上抽换热器机芯。那天，天瓦蓝幽远，白云飘飘，塔林上满是猎猎的彩旗，一条条宽大的大红标语从高高的炼塔尖上如瀑布般垂下，现场的广播喇叭里播放着播音员铿锵有力的声音。那场面，是何等的鼓舞人心啊！再往前走几步，铆工班的小张，那次就在这个换热器旁边，手里抡着 18 磅的铁锤，“咣！咣……”地砸向生锈的螺栓。他双臂举起铁锤，昂起戴着橙色安全帽的头颅，略微转身后挺的身躯，在我的眼中已经定格成了一座矫健有力的雕塑，永远难忘。对了，还有这些弧光，就是被小乔她们那批女焊工手中的焊枪点亮的，她们或蹲或立，头上扣着防护眼罩，焊枪与钢铁碰撞出耀眼夺目的弧光，白亮刺眼，或连续或间断，就是在太阳下，弧光也能映照出她们美丽的身影。当时，我们这帮年轻人——这帮工作任务完成后，时不时会出现在女焊工旁边的单身青年们，就把这一弧光形象地称为“青春之光”。

今天，我再次想起了“青春之光”，就在这大检修的夜晚，就在这片片的弧光之中，想起了久违的“青春之光”！是的，我想在大检修现场，很多人都会刨开自己深邃的记忆，想起自己在大检修中、在这炼塔管道的丛林之中发生的点点滴滴。对于洛阳石化来讲，4 年一次的大检修，就是一场大会战，这冰钢冷铁的塔林就是工人们青春绽放的战场，就是工人们演绎青春的舞台。

今晚，我们就穿行在这战场与舞台之间，突兀成片、夺人眼目的弧光，就是这战场与舞台的背景，身边这一群群忙碌的工人，就是战士和演员。黑暗中，工人师傅的面目或许模糊不清，但在这成片的弧光闪烁之中，他们的身影变得耀眼明亮、光彩夺目，当他们走向这战场和舞台并与之合二为一时，那就是一场青春壮怀激烈的战斗，那就是一曲生命高亢昂扬的大合唱，那就是一部人生荡气回肠的连续剧。

二

“把安全帽系紧！”“注意脚下！”进入一联合车间装置时，和我同行的机动处程处长不时地提醒我。

他就在我的前面走着，拿着手电，在装置的炼塔管道上照来照去。

“大家辛苦了！”他来到一处施工现场，向干活儿的工人打招呼。

“是程处呀。”有人认出了他，搭话说，“程处，这么晚了，你还来工地？你也辛苦。”

“还是大家辛苦！干活儿的进度到哪里了？我来随便看看，你们继续干。晚上光线不如白天，大家要注意安全。”说着，程处拿起手机拍了几张工人施工的照片，招呼着我继续向前走。走了十几米，在塔林丛中又拐了一个弯儿，眼前“唰”的就出现了一片炫光，异常耀眼。我们抬起手挡着刺眼的光线，来到了这三名干活儿的工人旁边，程处没有吭声，站在他们身后拍了几张照片。在“哧哧”的电流声中，他们工作得很投入，没有人抬头看到我们，只有那闪断的弧光给我们打了招呼。

程处拉了我一把，我们继续向前走。很快一阵尖厉的呼啸声传来，循着声音，我们来到了另一处施工现场。一名工人拿着砂轮在打磨一根悬空向下的钢管，打磨处在他的头顶上方，他戴着安全帽仰着头费劲儿地打磨着，砂轮与钢铁摩擦发出的持续尖叫声，仿佛要刺破耳膜，扯得我头皮发麻，头发直立。在这面对面听不到人说话的尖啸中，一股股火星被砂轮甩了出来，足有 1 米长，透着热气、发着光芒，向前方散落。在黑夜的衬托下，那划着弧线坠落的星光火束分外明亮，让我们把这名工人满是汗珠和污垢的脸看得异常清晰。

又到了另外一个施工的地点，一名工人正在用切割枪切割一根粗大的钢管。钢管的位置不高不低，这名工人不能站不能蹲，只得深弯着腰作业。“姿势很累人，估计这名工人干完活儿，一定会腰酸背痛。”程处对我说完就走到这名工人身后拍拍他，问：“你们今晚加班的工作快完成了吧？”

“对，快结束了。”那名工人停下手中的工作，站直身体回头对程处回答道。同时，他还摇了摇头、伸了伸腰、踢了踢腿，活动一下腰身。程处笑了，对他说：“好，你慢慢干吧。”说完他向我摆了摆手，示意“走吧”。我也笑了，向程处伸出了大拇指，但程处已经转身走去，没有看到。

我们从三联合车间装置的弧光中走出，隐约看见路上有 3 个人影走来。“程处，你好！”他们向程处打招呼。程处拿手电向他们脸上一扫，发现是隆惠公司的张书记：“哎呀，张书记，你们这么晚了还在现场啊？”

“你程大处长这么晚还到现场，我们敢不来吗？”张书记开着玩笑说，“大检修的工期快到了，工人都干了一个多月了，比较疲惫，我们来给他们鼓鼓劲儿。”

“好，你们做得好！给工人鼓鼓劲儿，多发一点儿奖金。”程处笑着说，“今天我批加班表，看到今晚你们公司有 200 号人加班，大家还是蛮辛苦的。你们忙去吧，我们还要到别的地方看看。”说完，我们就道别离开。

在路上，就在这塔林丛中，程处对我讲：“你看，工人累，干部也不轻松。加完班后，工人回家了，但干部还得留下开会，要安排明天的工作任务。”说完，他又指着装置说：“我们的企业、我们的工人多不容易，这几天下雨，天气又这么冷，大家都干一整天活儿了，晚上还得加班，没日没夜地工作。这就是我们的产业工人，这就是我们共和国的脊梁！”

三

今晚，我穿行在钢铁长城般的塔林之中，穿行在炼塔下弧光铁影的交错之中，我既找回了对炼塔的熟悉，又找到了对炼塔的陌生。在这些炼塔之下，难道我们仅仅就是一个匆匆的过客？炼塔和我们是怎样的关系？我们和国家又是怎样的关系？国家、我们和这些冰冷的钢筋铁骨又是怎样的一种情分？

古印第安人有句谚语，意思就是走得太快，要当心灵魂是否能跟得上。在我缓缓穿行在这片塔林时，我似乎也成了一个古老的印第安巫师，努力用自己的心灵去触碰这炼塔的灵魂。这钢架铁管之间曲折的行程，这明亮黑暗瞬间交替的过程，不就是企业建厂几十年来的前进历程吗？不就是我们石化工人奋斗人生的象征吗？奉献企业，产业报国，无悔人生，这炼塔难道不像一颗硕大的焊点，将我们这些石化工人与企业、与国家牢牢地焊接在了一起吗？

想起在 20 世纪八九十年代刚参加工作的时候，我和同事们经常眺望着炼塔，在心中向它诉说自己对企业的挚爱，即使瞟一眼当时熊熊燃烧的火炬，心中也充满了无限的激情。那时候，大家对企业的爱，是从心底迸发出来的，表现在工作的拼搏中。多少年过去了，国家进行了改革开放，企业也经历了改制转型，在这一系列的发展过程中，我们也产生过很多疑惑，因为减员增效、买断工龄、效益亏损等，很多人离开了企业，大家感受到切肤之痛，似乎对前途命运产生了些许茫然。“奉献企业”“报效国家”这些口号提得少了，企业似乎也出现了些犹豫，大家觉得自己手中的工作好像距离国家越来越远了。线不捋不顺，理不辩不清，正是在经历这一次次改革、阵痛和反思之后，企业和工人才一次次地发生蜕变，一次次地登高望远，一次次地制定发展战略，一次次地从暗淡中走向光明。

今晚，我在弧光中穿行。在短暂的旅途之中，我看到了一群群在弧光中辛勤劳作、质朴无华的工人。看到了他们，就像触摸到了这座钢铁巨人深沉有力的脉搏。也许他们在专心工作的时候，不会把自己和富国强民联系到一起，他们想的只是如何把手头工作完成得更好，还可能想如何把家庭的生活质量提高，或许还会想下一次的旅行，等等。时代发展了，我们不能也不需要把一个工人日常的劳动上升到一定的政治高度，我们都是一个个平凡的工人，正在度过自己平凡而忙碌的一天。不过，当我们停下手中的工作，向思想深处探索的时候，我们就会觉得，正是我们每一个平凡的工人，平凡的每一天，构筑了企业的擎天大厦，富强了我们伟大的国家。

今晚，我穿行在弧光之中，也穿行在思想的隧道。爱企业、爱国家，每个时代都会有自己独特的内涵和表现方式。经过几十年的改革开放，视野、文化、思想的多元化发展，我们的现代工人不可能再如改革开放初期老一代工人那样，用一种直白而单一的方式来表达思想。只要我们现代的工人能用自己的付出和心血，把他们平凡的工作做到极致，干好了该干的工作，起到了应起的作用，不也就完成了他们的使命了吗？从表面上看，现代工人和老一代工人日常的想法和做法渐行渐远，但我觉得老一代工人劳动的精髓不会消失，它需要的只是重新描画。时代需要前进，也必须前进；思想需要发展，也必须发展。我们在反思中前行，在检讨中提升，无论岁月如何变幻，只要大家热爱劳动的本质没有改变，认真负责的态度没有改变，创新进取的作风没有改变，那么，工人永远都是企业的灵魂，永远都是富国强民的主力军。

尼采说过，我属于今天和过去，但我的一些东西，将属于明天和将来。深夜里，从工地现场出来以后，我激荡的心绪难以平静，我把在检修工地拍的一组照片取名“检修之夜”，发到了微信的朋友圈，没有想到，第二天一大早，我就收到了好多的“赞”。

我是一个普通的工人，也经历着平凡的生活。不过，在历经这次弧光洗礼后，我想我会在忙碌的工作之余，在今后无数个黄昏和早晨，走出家门，或走到原野或登上高楼，会在绚烂的夕阳或是喷薄的朝霞下，如年轻时一样不断眺望我们那散发着金属光芒的炼塔。

啊！老家的压水井

郭　祥

20 世纪 70 年代，我的家乡明港小镇几乎没有压水井，更没有自来水，人们吃水要到镇上河坎很陡的明河去挑。老家的压水井大约是 1975 年春上打的，而且是驻马店的一位远房姐姐帮助打的。那年我刚上小学五年级，那时的新学期在春季，而不是现在的秋季。

吃水不忘挖井人。打井那天，材料、工具和打井工人都从驻马店运来。没有开工仪式、没有勘察水脉、没有取样化验，只是驼背的爷爷捻着胡须、拄着拐杖，指着小院西侧靠墙的位置说："就在这儿打吧。"于是乎，关乎全家人乃至半个小镇吃水的大计，就这样拍板敲定。打井的时候，左邻右舍都来看稀奇，煞是热闹。井成出水之日，小镇便爆出一条新闻：老郭家的压水井打好了！

自从打了压水井，老家茅屋土墙柴门的小院便热闹起来。先是抽取泥浆水，因为压水井汲水管根部尚未形成漏斗状储水区，必须将其周围的泥浆抽取上来，直至变成清水方可食用。于是乎，全家老少齐上阵，谁有空闲谁压水——身板硬朗、从不惜力的奶奶自然是生力军，在操持全家生计的同时，一有空闲便去压水，直至累得直不起腰来。

放学回家后，我最高兴的事便是压水，有时还约几个小伙伴到家帮忙。年幼的弟弟妹妹们两人合伙吊在压杆上压水，吱吱呀呀的摩擦声、哗哗啦啦的流水声和着嘻嘻哈哈的欢笑声，宛如一支旋律曼妙的小夜曲，在幸福温馨的小院中流淌开来。

大约过了一个月光景，井水由浑浊变清淡，终于变得清澈透明、清凉甘甜，到我家挑水的人也渐次多了起来。街坊邻居、父母同事、老师同学、认识的不认识的，三五成群，合伙结伴，挑着担子抬着水桶到我家挑水。铁桶叮当，水声哗啦，人声鼎沸，煞是热闹，宛如一幅市井风俗画。

随着时间的推移，我家压水井的水越压越旺、越压越甜，知名度也越来越高，以至于方圆一公里、半个小镇的人们都会集到我家小院挑水。平日已是摩肩接踵，人声鼎沸，到了星期天，人们更是排起长队。小院柴门常常是凌晨五六点钟便被喊开，直至夜里九十点钟方能合上，用披星戴月形容来挑水的人们再贴切不过。

自从打了压水井，老家那茅屋土墙柴门的小院，便终日萦绕着挑水人的喊门声、木门启闭的吱呀声、扁担与铁桶的撞击声、压井出水的哗啦声，咿咿呀呀、嗡嗡嘤嘤，无休无止。老家小院不仅成为街坊邻居压水的场合，后来还演变成洗涮场所。邻家的阿姨、婶婶们，为了省事省工，把自家的瓜菜、脏衣服拿到我家清洗。更有脑瓜灵光的阿姨，一大早到我家洗衣，洗完了挂在我家晾晒，下午来收衣，落了个干脆利索，无牵无挂。

记得东边有个邻居，颇有经济头脑。盛夏酷暑到我家压水，顺便在水桶里兑上色素和糖精，搅拌几下子就变成了冰糖水，挑到大街上去卖。五分钱一搪瓷缸，进城赶集的农人争相买水解渴，一天要卖几挑水，挣两三元钱。要知道，那时一个职工的月薪也不过 20 多元钱。我那善良厚道的长辈，守着无穷无尽的井水，却没有卖一分钱的水，没有收取邻居一分钱的水费。

朋友来了有好酒。我那善良厚道的爷爷、奶奶，把家里仅有的几只小木凳拿出来，供人们排队压水时坐下歇脚，但依然还有很多人站在院里门外等候。爷爷索性到集市上买回几把白茬木椅、两打粗瓷碗和几盒“毛找烟”（一毛钱还要找回一二分钱的香烟），沏上大碗茶，摆上“毛找烟”，供人们消磨等候的时光。奶奶为此每天都要烧几大壶开水，招待前来压水的人们。听着人们一声又一声地喊着“郭娘，郭娘”——其实，奶奶姓杜，明港淮河村杜老湾人氏，有一个花儿一样的名字——奶奶笑眯眯地应答着、招呼着，脸上流淌着淮河水一样轻轻的、柔柔的笑意。

遇有腿脚不便的长辈来压水，爷爷很客气地请人家坐下喝茶、吸烟、拉家常，差使我们姊妹把水压好，摇摇晃晃地给人家抬去。长辈们往往拿出仨核桃俩枣酬谢，姊妹二人连忙摆摆手，撒开丫子跑回家向爷爷复命，爷爷一声赞许，算是对我们最好的褒奖。姊妹几个年幼的心里像吃了蜂蜜一样甜美，耳濡目染、潜移默化中播下了助人为乐的种子。

那时候，给我印象最深的便是摆“龙门阵”了。所谓摆“龙门阵”，就是人们将街头新闻、遗闻逸事、民间传说、历史掌故以戏说、调侃的形式，在等候压水的时候，不拘形式、不论章回地讲述出来。一人说书，满场听众。于是乎，老家小院又成了不卖门票的说书场。那年月，物质生活贫乏，人们能在我家小院听说书，也是一种文化享受和精神慰藉。

说者没有行头、不取报酬、唾沫四溅、滔滔不绝，说到得意时嬉笑怒骂、手舞足蹈、恣肆汪洋，已然忘记是来压水。听者不买门票，或立，或坐，或吸烟，或压水，听到精彩处，哈哈大笑，前仰后合，大声附和，根本不论是否失态。记得小镇一工厂陈姓师傅说《岳飞传》，断断续续、真真假假地“演义”月余，是“郭家说书场”的明星大腕儿。大概是凭借练就的嘴皮子功夫，竟成为厂工宣队的台柱子。

学童时代，学过“流水不腐，户枢不蠹”这句成语。初学时，懵懵懂懂，不甚了了。但老家小院压水井的“流水”和柴门的“户枢”，却给我上了一堂情景生动的实践课。由于大量抽取地下水，小院地下已经形成通畅的水脉，因而井水毫无异味，清冽甘甜；由于长时间无数次地启闭，小院木门的门轴被磨得纹理清晰，光滑可鉴，怎么可能生出蠹虫呢？这句成语，今生今世，没齿难忘。

岁月如歌，往事如烟，昔日光景白驹过隙般逝去。20 世纪 80 年代以后，随着家乡明港自来水的逐渐普及，嘈杂喧闹的老家小院渐渐归于沉寂。多年以来，街坊邻居们到底从我家挑走多少水，没有统计过，也无法统计——我只知道我那善良厚道、乐于助人的长辈们，未曾收取人家一分钱的水费；我只知道我那诚实守信、恪守孝道的父亲，为找寻压水用的橡胶密封垫，一趟又一趟地跑工厂、进商店；我只知道我们姊妹几个经常从爷爷那破旧大褂口袋中，摸出几角零钞去买“毛找烟”；我只知道因取水过度，地基塌陷，老家厨房后墙出现了裂缝……

少年时代，我的土墙柴门的老家小院，是那样的亲切、温暖、舒心，邻里之间是那样的热情、坦诚、互助。我的父辈或许不知道“上善若水，厚德载物”这样的话语，却用一生的善行践行了它。

啊！老家的压水井。每当回忆起这些如烟往事，总有一股热流洋溢在眼眶，总有一股暖意荡漾在心头。

荒原上（散文四章）

邹会莉

活在荒原，日子未免平淡。

可是，时间长了、久了，细品一番，还是颇有一番滋味的。

下面，请你保持必要的耐心，听我来说给你。

巡线黄河入海口

秋日的阳光最令人怜爱。一眼望不到边的苇子林，秋季里变红的黄蓿菜，林立的线杆，都因了阳光而熠熠生辉。

这是荒原的最深处。我们到这里来，可不是秋游的。近期，采油管理区的用电状况出现波动，为此，作为供电单位的员工，我们把对线路的排查作为主题党日的一项活动，特地放在了周末来开展。

天刚蒙蒙亮，我们就集结完毕。经过 40 分钟的颠簸，来到了美丽的黄河入海口。

清晨的保护区，笼罩着淡淡的薄雾。我们兵分三路，顺着线杆开始一段段地排查。高压线路跨越沟渠、水洼，我们拨开比人还高的苇秆，躬着身体向前行进着。叶子的倒刺把手和胳膊划出血口，硬邦邦的秆子顺着头和脸粗拉拉地滑过。林子里密不透风，被打扰的蚊子群腾空而起，在头顶上不断盘旋。

穿越苇子林后，又遭遇了一片沼泽。我的雨鞋上沾满泥巴，刚从泥里拔出来右脚，左脚便又深深地陷了进去，用力一拔一个趔趄跌坐在泥水中。半天巡视下来，每个人的衣服、鞋子都沾满了泥，我的腿像灌铅般沉重。

午饭是自带的干粮。那是我吃得最香的一餐饭，用狼吞虎咽来形容一点都不过。

在荒原上野餐，最大的好处便是视野开阔。抬眼望去，磕头机、苇子林和不时低空飞过的大雁构成了一幅绝美的画卷。大美的深秋里苇花开放了，雪白的苇花像极了天上洁白的云朵，也由此成了这个季节的风景主角。

午餐后继续巡线。小伙子们准备好冲锋舟，穿上救生衣，向着水池中的线杆划行。哗哗的声音惊扰了这一片宁静，红工服、小舟、苇花的倒影相映在清澈的湖水中，和谐而静好的画面。

入海口的自然保护区里，还有一座临时变电所。说起来，我对这个变电所可是太熟悉了。这些年里，每当黄河进入汛期，我们就会过来值守，切实保证采油管理区的正常用电。有一年，我们还特别针对鸟类在这一地带的电线杆上搭窝的情况，专门在树上搭建鸟窝、为线路加装绝缘保护层，以防止鸟窝、鸟的排泄物造成线路跳闸。或许因了这些鸟窝的搭建里，有我的一份功劳，之后的日子里，每次来到入海口，我都会特地观看一下那些鸟窝。

说真的，我喜欢那些鸟。

毕竟，鸟的鸣叫，让荒原生动。

也因此，那天的排查活动中，我还专门负责对鸟窝进行排查呢。

四季

在荒原，在苍苍茫茫的黄河入海口，四季总是那么分明。

这便使得生活在这里的石油人，对这里的一草一木都充满着深深的眷恋。

油田生产一线，离基地远，离海边近，寒冷的空气，凉凉的带有腥味儿的海风，总给人乍暖还寒的感觉。也因此，工人们对温暖的春天总是那么在意，只可惜工地上的春天短暂了些。春天像个没有耐心的少年，仿佛待了没一会儿，便急火火地去了别处。

春天让人怀想。靠近海边的那片抽油机的世界里，曾是寸草不生的盐碱地。不止一年的春天，每年的植树节，我都和同事们去那里种下耐碱耐旱的树种。功夫不负有心人。终于，当荒原上和渤海边，一株株绿色小树在注视中拔节生长时，我知道，那是对石油人热爱自然、保护生态的奖励。

荒原的夏天漫长而炎热，外出巡线时最难忍受的还是草丛里的长脚蚊子，它的喙会刺透厚厚的衣物，不吸个肚子滚圆绝不撒嘴。每次外出时，我们要把全身上下捂得密不透风，在裸露出来的地方狂喷药水，但即便如此仍频频中招。

有一次，我的工友大昌在荒野里作业时，一不小心触碰到杂草丛中野生马蜂的窝巢。瞬间蜂群倾巢而出，围着他发起猛烈攻击。他抱着头倒在地上，脸上和手上密布如指肚儿大的马蜂。我们慌忙用衣服驱赶、用药水狂喷，尽管如此，大昌的脸上还是被马蜂叮了好几口，没一会儿，面部便肿了起来。

好在年轻人总是容易快乐起来。

离我们单位不远的地方，便有一大片藕池。清晨，洁白的荷花傲然挺立着，碧绿的荷叶铺满整个池子，叶子上还留有大滴晨露，晶莹剔透。每每这时，我们就会跑去赏景观花，大片大片的荷叶，满眼的绿色，让人的心也变得清爽起来。

海边的秋天来得急切，一阵阵秋风秋雨吹拂下，瑟瑟大地显露出微凉寒意。前线圈里秋色也是分外妖娆，芦花飘雪，红黄相融。有片林子中也有霜降后红艳艳的叶子，可媲美香山红叶，查证后是一种耐盐碱干旱的杉树。

其实，我最喜欢冬天的荒原，雪落无声，给大地铺上一层厚厚的棉盖。

雪后的原野是厚重的，充满着水墨画的意境美。

往往这时候，那些身穿红色工衣的石油人，会为寂静的荒原平添许多的灵动和生机。

四季的荒原，见证着我们的成长，也默默地看着我们走过岁月。

我们的工作区

我的单位是油田一家供电管理区。单位很小，只有二百来人。单位又很大，管理着整片滩海油田输供电线路。

在我们工作的这片土地上，有一个四季皆美的仙河镇。这是一个年轻的小镇，一个 20 世纪 80 年代中期随着孤东会战所建起的石油小镇。

小镇的四周被密密的槐林环绕着。每年的 4 月下旬，走在镇子里，槐花的浓郁香味环绕着你，人的心情也就莫名地变得好了起来。靠近镇子的西边，有一条美丽的小河。河不大，也不小，清澈舒缓地不分昼夜地流着。一年里，总有一些老石油在这里垂钓。

河叫仙河，途经的地方便叫神仙沟。神仙沟，多好听的名字，它应该和一个美丽的传说相关。谁能告诉我它的来历呢？不管怎样，因了一个美丽的石油小镇，也因了一条美丽的小河，我们工作的这片土地，便真的生动起来了。

一年四季，我和同事常年奔波在变电站、高压线路的巡检路上。在荒野深处远远地看一眼阳光下的楼群，看大地深处高高矗立的铁塔，心里就涌起说不出的舒畅。这个时候，就连变压器发出的嗡嗡交流声，在我听来也像一曲柴可夫斯基宏大的交响乐。尤其想到，就是这声音把光明传送到千家万户，心中就充盈着喜悦。

在这里工作，令人愉悦的还远不止这些。野外工作会遇到风雨和飞雪。雨雪过后，渤海滩上道路泥泞、沟壑纵横。这时往往线路会出现故障，我们就需要巡线查找问题。而这个时候，雨洗净了荒原上的草木树叶。走在巡线路上，不知名的花朵绽放在路边，装扮着荒原大地。偶尔，草丛中还会窜出一只尾翎斑斓的野鸡，咕呱着飞向荒原深处。

这样的情形，为我们单调的生活平添了许多的乐趣。

若是飞雪来了就更有趣了。若碰巧是在傍晚，而我们走在变压器测温路上时，漫天的雪花洋洋洒洒地飘扬，在光影散射下散出条条银线，清透夺目，如梦如幻。人走在雪花里，心中仿佛响起那优美的旋律——《春天的芭蕾》，想在雪中来一段舞蹈，就像穿行在童话的世界。

说起来，大学毕业刚分配到这里，第一次去荒原上巡线，我还偷偷地流过泪呢。那时候总觉得荒原太大，大得让人心空荡荡的，没有一点儿着落。可是，如果你在这里生活二十年，当你回首时，这里的一切竟然充满着不可思议的甜蜜。那些如花般的女工们，静静地绽放在荒原。如铁塔般的汉子，把汗水默默洒在这片土地上。岁月偷走了年轻的容颜，却沉淀下最真挚的感情。

一想起他们，我的心里就满溢出欢喜。二十多年下来，我像熟悉自己的身体一样，熟悉着巡检路上的每一条小路、每一株小草。我是从什么时候，真正地爱上了这片土地呢！

情满荒原

这是无边无涯的苇子林，漫步其中，绿浪会把人深深地淹没。

我们就在这片荒原上两点一线地奔波。天蒙蒙亮，就坐通勤车到前线，直到披着浓浓的暮色，赶在擦黑前，又一脚着急忙慌地踏进家门。日复一日，年复一年，不停歇地忙碌着，只有呼啸的风、流动的云和绵延的荒原陪伴着我们。

我的朋友、同事，大都生活在这里。

在这里，一干就是一辈子。

年轻时来到这里，来到这座滩涂油田，一眨眼，便从一个风华正茂的年轻人变成了两鬓染霜的老师傅，便到了退休的年龄。我曾看着好几个年长的同伴，坚守到最后一个班，巡视完最后一次线路，才含着眼泪交班。

有一段时间，梅子的妈妈病了。上完夜班，梅子就得搭乘班车去医院陪床照顾。一连数月下来，梅子也跟着憔悴了不少。姐妹们看着内心也着急起来，大伙儿就聚在一起商量，要伸把手帮助她走出目前的困境，让她不那么辛劳奔波。

商量来商量去，终于有了一个简单可行的办法。我们先临时替她倒班，让梅子有更多的时间陪护。这个办法好倒是挺好，只是大家得克服一些因排班而产生的新的不便。有点儿困难就克服吧，谁还没有个事儿呢，谁又敢担保自己不遇到个麻烦事儿呢！

梅子听闻后紧紧地拥抱着我们，她由衷地说，还是咱们这里好！

生活在这里，令我们最痛苦的，不单单是伙伴的退休离去，有时还有永远的逝去。我们知道，生死离别的事经常发生，可是在荒原的深处，大家一起经历了那么多的风风雨雨，突然的变故当然让人受不了。

我说的就是他——一个年长的老石油。

由于年龄的原因，他从野外一线退到了生产后勤。后勤事务繁杂琐碎，但在他眼里，却都是放不下的大事。不幸的是，前几年，他却因肺癌倒在了病床上。

多好的老大哥呀！

追悼会上，望着他的黑白照片，工友们都流下了惜别的眼泪。

还是来说一些高兴的事情吧。当然，这里最好的还是那种融洽欢快的气氛。

每年的腊月二十九，忙乎了一年，大伙儿就在一起做个“团圆饭”。我们会精心地搞一次大扫除，将办公室、职工宿舍都收拾得干干净净的，还会自己写春联、挂彩灯，围坐在一起包饺子。

每每这样的时刻，也是考验大家厨艺水平的时候。大家伙儿有切菜的，有和面的，我负责擀皮。一上午的工夫，一盘盘元宝般的饺子摆放整齐，赶紧放进冰箱，留着给外线人员抢修回来当夜宵。想着晚归巡线的人员，在天寒地冻的时候来上一碗热乎的饺子，我的心里也是美滋滋的。

当然，最忙碌的还是食堂里的大师傅。他们忙着制作炸货，炸带鱼、炸藕盒、炸丸子。浓烈的香味让食堂内外弥漫着节日欢愉的气氛。

让我高兴的还是和大家迎除夕过新年的场景。在大院里放完鞭炮后，我们三五成群地玩起“够级”比赛。虽然我很少打牌，可那次在两位高手的辅助下，我的牌运出奇地好，引得他们不屑地说，“臭手摸好牌”。冠军奖品是个水杯，我的获奖感言就是，“好运来了，挡也挡不住啊！”

活在荒原，苦多，但快乐更多。

这也许就是我们始终坚守在这里的一个原因吧。

安棚油田意象

王　秉

1

清晨的太阳，从地平线上冉冉升起，一派祥和，清新宁静。

一条平整、光滑的沥青公路上，在去往河南省桐柏县郑老庄的312国道丁字岔道路口处，职工上下班通勤车沿着指向蓝色安棚镇的路标方向朝北走，穿越路两边民宅，一拐弯，爬上一条并不太高的铁路桥，一路上先向西、再往东，最后才到桐柏县安棚镇雷沟村附近，也就到了河南油田采油一厂安棚转油站。

安棚转油站就在路边，几乎和周边民房一样高低，院落面积也不太大。院落里面装着另一个单位——采油一厂赵凹采油站。两个单位的主办公楼各居一方，一个坐北朝南，一个坐西朝东，显得凌乱且不规整。初到这里，我会蒙圈，会转向。直到太阳升起或落下，才知道这个院子的大门正对着东。

刚进入5月，这里的夏季似乎比其他地方来得更早一些、更热烈一些。尤其在中午时刻，太阳的强光更加直接、更加肆无忌惮地照射着整个院子水泥铺的地面，除了挨着厕所那一溜大杨树，院内三五棵法国梧桐树可怜兮兮地站在院中央，显得又矮又丑，就像犯错的孩子一样，在强烈的阳光下一声不响地罚站。

安棚转油站一楼是职工食堂，职工餐厅仅有三个单间宿舍大小，虽窄小但很温馨，饭菜既干净又有滋味。凡是来这里吃饭的职工，一律凭卡，也包括油服单位维修班等油田内部施工单位员工。他们一大早从魏岗或双河赶过来，在井上或站上干完活儿，临近中午，就在这个职工食堂就餐，然后也不午休，就接着干活儿去了。每一次来，他们按照工作清单，至少要干三四样活儿，因为来一趟的确不容易，有时候会一直干到傍晚，甚至天黑透了才收工回家，然后在第二天，又有新的工作任务清单等着他们，依次循环下去。

中午，来食堂吃饭的人是分拨的。在安棚转油站和赵凹采油站上大班的员工，每天乘坐上下班通勤车，他们早餐、晚餐不在这里吃，中午这顿饭少不得要在这里解决。

几乎每天的中午，总有其中一拨或两拨赶来吃饭的外部维修施工员工，他们吃过饭后，就来到一排水泥板平房前，就着短小的一窄溜房檐阴凉，一排5人至7人，稀稀拉拉一屁股蹲坐在台阶上。他们有的穿着油腻的红工衣、油污的浅腰橡胶工鞋，有的背靠墙打盹儿，有的低头抠手机，有的木呆呆地望着头顶上的蓝天，瞅着院内被太阳光暴晒的几台私家汽车……

2

晚饭后，我会骑车走出安棚转油站，出东大门，先左后右拐上去安棚镇方向的柏油公路。一路上，除了偶尔有几辆去往碱矿拉货的大货车，还有老乡的两轮或三轮电瓶车时不时从我身边擦过。还好，路面平整干净，沿路驻扎的村庄里，也能见到个别住户，门前水泥场地上，摊晒着从地里割回来的艾叶，时不时散发出一股股清香。

从安棚转油站到安棚镇街，大约要走四千米的路程。街道两边也和所有的乡镇一样，盖满了门面房，空的太多，开张的仅占少数。这里分老街和新街，老街很空，有的街坊住的是瓦房，很旧，有的街坊翻新了，盖起了至少三层的独家小院楼房，虽然如此，门前却早已经失去了昔日热闹、繁华的场面。几乎与老街背靠背的，是一条宽敞道路，路两边很齐整地排列着两三层门面房，有卖百年卤肉的、街边摆地摊卖烧烤的、自家门面卖牛肉面的，有卖镰刀、桑叉、锄头等农具的，也有卖手机、卖服饰的……来到一个新街与老街交会的十字路口，虽然是傍晚时分，却也根本看不到任何一辆公交车，当地人说，这里就是安棚镇交通汽车站。

听当地人说，这个地方本来物价不高的，因为与安棚镇街紧挨着的一个碱矿，是个号称“亚洲第一大碱矿”的企业，生产效益特别好，来这里吃饭逛街的工人们很有钱，物价自然就抬起来了。果然如此，通过打听，我信步来到一家当地人比较认可的牛肉面馆，尝试着要了一小碗牛肉面，九元钱，一点儿也不比城里便宜，但味道鲜美，口感不错。

几根冒着白烟的、高高耸立的烟囱，扎在碱矿生产厂区中央，门口有移动的不锈钢电动门，紧闭着。旁边有一个可供行人穿过的通道，有值班保安把守着，偶尔有穿着天蓝色工装的工人，骑着电动车或进或出。

夏季傍晚，虽然黑得晚一些，但也不能在同一个地方待得太久。于是，我骑着山地车继续走，乘物以游心，离开安棚镇和碱矿，朝着方向并不是太正的南边出发，走到哪儿就算哪儿。我一路前行，又走上了平整、干净的柏油公路，沿路有几个叫不上名字的村庄，这些村庄个别住户门前照样摊晒艾叶，总感觉这个地方既陌生又平淡，我心想，也许生活就是这样吧！走着走着，天边落日由鲜红渐渐地下坠成暗红，最后彻底躺平，不见了踪影。黢黑的路面，有大货车占去路面的大部分，有时能把我挤到路边的杨树下，稍有不慎，会有被大车边边角角挂走的危险。我不得不掉转车把，打开手机导航，原路返回去。当时回到安棚转油站院子里，已经是夜里九点多，天彻底黑透了。

3

南陡，并不陡。我去看了，就在山脚下占了一席之地，足有一个小村庄大小的地方。这里有一群小型抽油机，还有一个烧锅炉的院子，里面有三层白色小楼，住着七八名倒班石油工人。石油工人说，这里的油很稠，在地下埋得深，比其他地方油层至少深一千五百米，所以得用热蒸汽把它们从底层蒸发出来。至于这个地方为啥叫南陡，他们说不清，只是含糊说，也许是地质油藏构造方面的称呼吧！

南陡油区产出来的油和气，也要通过附近单井输送到安棚转油站。有人说，南陡油区地下油很多，是下一步主要开发的方向，也是整个油田后期发展的最后希望之地。

头一次去南陡，是在一个大清早，跟着赵凹采油站一个送早饭的值班司机跑了一趟，路上七拐八绕，跑了半个多小时。快到地方时，我隔着车窗远远地一望，在太阳升起的地方，在并不高的桐柏山余脉绵延几十千米的地方，一个袖珍型的小油田就长年驻在这里了。我当时被眼前美丽的、安静的、乡野的、一种说不清的荡气回肠彻底感动了，心里在说：难道还真有这样的地方？如果这不是传说，也至少应该是一个梦幻。这个地方，我一下子就喜欢上了。

还有一次是夜访南陡。我干脆开着私家车，摸着上次已经熟悉的道路，毫不费劲地再次来到南陡。一路上，偶遇碱矿上下班通勤车，一会儿工夫就过去七八辆，我们擦肩而过，各走各的路。

到了南陡油区，我见到了在这里倒班的石油工人。我主动上前打了招呼，说明来意。他们听了之后，毫不掩饰地露出欣喜之情。我们很快聊得火热，谈在这里上班的感受，先说油田的改革，又说南陡地方很美，还说到附近五六千米的山路，只要爬上去，上面有一个被当地人唤作喇叭口水库的地方，一圈绿树环绕，风景独特，空气也十分清新。水库里面的鱼好吃，旁边还有一片野桃林，没人管，但桃好吃，到时候邀请我再来，要带我亲自采摘品尝。于是，我在心里期待着这一天的到来，再等上一个月左右的样子吧，我再来，我必来，应该能吃到桃。

4

安棚这个地方，地处丘陵，坑坑洼洼，村庄有一出没一出地从地里、从坡上陡然冒出来，很不规整。非但如此，村村通水泥道路，就像一条条水蛇一样，有的爬过这个坡，有的穿越那个坎，例如张岗、雷沟、朱洼等村名，叫得贴切，起得形象。

昨晚太阳即将落山时，我再次骑车出了安棚转油站，来了一趟说走就走的单人旅行。照样，沿路的村村通道路很平整，路两边的青草、不远处的池塘，还有叫不上名字的村庄，显得很安静、很空旷。在一个坡度缓的空场地上，被青草覆盖的坟，有大有小，也显得很安静，多少会让人想起点什么、思索点什么，这只是一瞬间的火花，没有必要费劲儿去多想。

路，就在脚下。沿途就是风景，开阔的是自己的心胸，释放的是来自不同方面的琐碎压力。人生就是如此，时不时地把自己的灵魂放在一个空旷的、安静的大山或大海里，静一静，澄一澄，好好过滤和沉淀一下日常的繁杂和烦恼，然后把一个本就应该活得轻松的自己，重新投放到生活中。现在的我，就是在做这个事，特别有价值、有意义。

在十分安静的旷野里，我仍然独自骑行。放眼望去，割过麦子的田野，留下了麦茬子，地上依然一片金黄，依然有一阵阵傍晚的清凉，伴着麦香，一同飘进鼻孔，真的很舒爽。有的路段还铺满了用割麦机收来的麦子，铺在很少有人走的村村通路面上，一下能铺很长一截儿，也没有人照看。我就把山地车的两个轱辘轧上去，虽然有点阻力，但内心却有说不出的异样，压在轮胎下面的金黄麦子，沙沙沙地响，显得很亲切。

不知不觉骑行到一个村庄的最里面，该拐弯了，但不知道该往哪里拐。这个并不能叫上名字的村庄里，空空如也，几乎遇不到一个人，安静得有点让人恐惧。我看到远处的树底下，有一个水泥砌成的台子，位子稍高一点，仔细一看，才知道是个吃水井。静极了，又有点潮湿，我心里发慌，赶快骑车离开这里，朝另一个方向去了。

5

我曾在傍晚夕阳落山、霞光满天的美好时刻，站在一条干净的村村通水泥公路上，驻足远眺几个红工衣的石油工人。他们在红色的抽油机上爬上爬下，似乎在调平衡或整改曲柄销子转方设备隐患，就像无声的电影画面一样。在夕阳金灿灿的光线里，我只能隔着刚刚割过麦子的麦茬地，静静地观望，满脑子却干涩得很。我想写下一首诗来表达对石油工人的赞美，但又觉得这样司空见惯的画面，也不值得大惊小怪。说到底，自己写不出诗，才是真正的原因。这时，我掏出手机看了时间，已经是傍晚 7 点 10 分的样子。

路过一座院子，紧锁的大门里面矗立着几棵高大茂密的香樟树，树下除了地面上落了一层稀稀拉拉的枯黄叶子，也只剩下空和静了。我停下来，仔细往院子门口两边看，一边的白墙上写着“安棚油田 5 号计量站”的字样，别说这个时间没有值班石油工人，即使正常上班也几乎见不到一个人。因为油田发展进入后期，再加上不断改革，曾经热闹的、多达十几个石油工人的计量站，也变成了现在的无人值守站。现在的他们有的已经退休，有的走出去外闯市场……

世间万事万物，力量最强大的应该属于无形之剑——时间。时间这把利剑能改变整个地球，改变整个人类世界。我不厌其烦、一次又一次地站在安棚油区的田间地头，站在高高的岗坡上，朝脚下大片大片的黄土地望去，远望零星的、被枝繁叶茂的树林掩盖的村庄，内心五味杂陈。这里的安静，一次次摊平和放松我的内心，此时此刻，也让我有足够的空间和闲暇去思考人生、品味人生。当然，我也看到了大多数人平时忌讳谈的坟，其实，人的生与死就是被时间移开成两个面，一阴一阳，这是阴阳师所不能互相转换的，至少是目前科学家解释不了的谜。从古到今，一直有从阳到阴，却没有从阴到阳之说。这一切都是时间说了算，不管人生之路有多长多短，也不管你做事多还是少，或者愿意不愿意，只要到了时间点，就由不得自己了，人最终的归宿就是一个四四方方的盒子，一个圆锥形的大土堆。

在返回的路上，我走在安棚镇万岗村党群服务中心的广场上，看到一个上了年纪的老汉搬着椅子，坐在一个用太阳能光板供电的LED电线杆阴影下，一边摇着扇子乘凉，一边看两三个上了年纪的农村妇女，跟着音乐节奏跳广场舞，旁边还有几个小孩子自顾自地打闹着玩。这些人与偌大的广场融合在一起，为寂静的空间增添了灵动的美。

夜色越来越浓，在通往安棚镇的乡间公路上，偶尔有一辆汽车路过，两束灯光扫过之后，又迅速恢复了黑和静。这个时候，除了卖烟酒的路边门面房亮着灯光，还有收购艾叶的一户人家，在夜间显得特别明亮和安静。人还没有走到近处，艾叶的清香就涌入了我的鼻腔，既清醒头脑又爽心爽肺，真是个好东西！

加油站的春夏与秋冬

薛庆儒

春风徐来

春来了，当春风吹进“朝阳”，在加油站罩棚下尽情地打着旋儿，一股脑儿地将春的温暖送进油站的时候，原本在厚厚冬装包裹下的员工的那一张张笑脸，终于得以尽情绽放。那一刻，你会恍然间意识到，其实那一张张质朴、真诚的笑脸，原本就是为了顾客而热情绽放的、献于顾客的最美礼物。

情绪是会感染人的，伴随春风拂面，当一句句“您好”温馨回响在“朝阳”下，顾客的脸上也荡漾着微笑，那是被来自加油站的“春风”吹开的，以至于让人心底闪过一丝恍惚，到底是春风吹开了加油站的一张张笑脸，还是加油站可爱员工们的笑靥引来了春风？我更愿意相信后者，那是另一种美，另一幅春天的美丽景象。

当顾客们在员工的感染下由衷笑起，相信他们所感受到的已绝不仅仅是员工的一张张笑脸，而是中国石化为他们开启的美好一天。

曾几何时，当头顶“朝阳”的小姐姐、小哥哥们为过往的司机指引道路；一次次为司机送上优质便捷的服务；在寒冷的夜里，为远道而来的旅客们端上一杯热茶、送上一句温馨体贴的问候，那一刻，谁的心里不是春风扑面？那一刻，加油站已经不再是原本意义上的加油站，而升华成了一轮让人充满希望与向往的红彤彤的朝阳。

那刚刚消逝的寒冷冬季，虽然总有“悬崖百丈冰”，但我们员工的笑容却是“犹有花枝俏”，而且她们“俏也不争春，只把春来报”，不用“待到山花烂漫时”，总会看见“她在丛中笑”。

猛然间想起了王安石那首有名的《泊船瓜洲》：“京口瓜洲一水间，钟山只隔数重山。春风又绿江南岸，明月何时照我还？”不知哪里来的雅兴，好想把它改上一改，为它烙上深深的、来自我们加油站的印迹——《泊车朝阳油站》：“驾车纵横神州间，大地缩为几重山。春风又暖加油站，休憩加油把家还。”

一首“改装”过的打油诗，让我们为过往的朋友加油、为他们的事业助力、为朝阳下的员工喝彩……

夏日雷雨

夏天的雨，总是说来就来，夹杂着狂风，混合着雷鸣。

今天是个很忙的日子，一年一度的高考从今天开始，莘莘学子摩拳擦掌，在考场上为自己的人生写下拼搏奋进的一笔。加油站的“爱心送考畅行绿丝带”车辆也已经准备就绪，要为学子们加油、护航。然而天气总是捣乱，当真应了“六月的天，孩子的脸——说变就变”。

伴着一阵疾风，天上的乌云快速聚拢，顷刻之间便有了乌云压城城欲摧之势。带着轰鸣的雷与酣畅的雨，老天决心要荡涤这尘世间的灰尘与夏日世界里的一切躁动，却全然不顾在这个特殊日子里，自己的行为给人们添了多少的乱。

抬头望向罩棚外的天际，白昼已经变成黑夜。一道闪电撕裂天空、照亮了天际，雷声、风声与雨声，顷刻之间便降到了天地之间。电闪雷鸣——雷公、电母尽情地发作，用自己的方式为世间带来一种截然不同的气象，让人感受着来自大自然的威力，似乎只有这样，才能让人感受到它的强大，感觉到自己的渺小，它要让所有人都惧怕它。

它没有想到有人会“反抗”，显然高估了自己。首先冒雨冲出加油站的是站长，她接到了考生的求助电话，“爱心送考畅行绿丝带”驶进了风雨中，载着考生避开被暴雨淹没的路段，驶向考场，助力孩子奔向梦想起飞的地方。紧接着冲入暴雨中的是紧急送油车辆，市政涵洞抽水机械超负荷运转，关键时刻她们送去的不仅仅是应急的油品，更有中国石化作为央企的责任与担当。忽然，又一位员工冒雨冲出了罩棚，在大家好奇的目光中，她为一位无伞的路人撑起了避雨的一片“天”，全然不顾自个儿被大雨浇了个透心凉。

罩棚下响起一片掌声。鼓掌的既有加油的顾客，也有猝不及防被雨浇进加油站避雨的路人。掌声中有和谐，也有温暖……

油站秋夜

万籁俱寂，只剩虫鸣。

夜深了，没有了白日的喧嚣，秋夜里的加油站静悄悄的，展示着它不一样的美。

几乎忘了有多久没有仰望夜空，不曾让夜风轻拂脸庞。我伫立在熟悉的加油机旁，静候顾客。秋的夜好美，略带一丝清凉的风温柔地抚过我的脸庞，瞬间让人的思绪飞扬。

如果说春是绿色的世界，冬是白色的天地，那么秋，则是斑斓的世界，我喜欢秋之斑斓。

有人说，秋是黄色的。因为古人说，长江悲已滞，万里念将归，况属高风晚，山山黄叶飞。因此，秋的色彩是黄色。

也有人说，秋是红色的。因为独立寒秋，湘江北去，橘子洲头，看万山红遍，层林尽染。深秋时节，相约去香山看红叶，定是极美的景致与情调。

一部描写加油站工作与生活的小说《青春如此辉煌》，把秋描绘成了蓝与白的美丽世界：秋日的春城昆明，天是那么清澈的蓝，加上朵朵白云的衬托，让人心旷神怡，仿佛置身天高云淡的高原仙境！白云离你是那么近，好像你只要一伸手，就可以将它摘下来。

然而我却独自沉醉于这秋夜的黑里，我固执地认为，深邃的夜空，在漆黑透亮的天鹅绒上撒满碎钻，才是对自己头顶这一方天空最美的情感表达。那漫天闪耀的繁星，总能让自己找到儿时的记忆里，奶奶讲过的一个又一个美丽动人的故事。

一束耀眼的光，伴随进站加油的车辆，把我拉回现实。

“先生您好，欢迎光临中国石化加油站，我是 1245 号加油员，很高兴为您服务。”加油动作一气呵成。微笑送别这子夜好不容易等来的一位顾客，我的心头多少有些失落。真想挽留这顾客多待一会儿，邀他来共同品味，品味这与众不同的加油站的秋夜之美。用我们山东话说，拉一拉我们的企业，说一说我们的加油站，聊一聊站上员工的青春故事。对了，有件重要的事，要着重强调哦：我们已经不叫“加油站”了，准确地说，我们叫“加能站”，油气氢电服，综合加能哈。感觉好光荣、好自豪哦！

伴着秀发在秋夜的风里飞，我沉醉其中，不自觉间做起引车手势，微笑开启车门，再次重温那熟悉得不能再熟悉的引车服务与问候：“师傅您好，欢迎光临中国石化加能站，我是 1245 号加油员，很高兴为您服务。呵呵……”

我笑了，如孩童般，沉浸在这秋的夜里。

秋的夜好美，秋夜的加油站更美。

冬日暖流

北方数九的寒天总是冷得让人难以忍受，刺骨的风夹杂着雪粒迎面扑来，就像刀子从脸上刮过——好疼，暴风雪要来了！

加油站上，今夜，是她——一个被客户公认的服务标兵值班。“这该死的暴风雪！”她像当年的保尔一样，诅咒着这恶劣的鬼天气。无论过去还是现在，尤其是在今夜这样恶劣的天气里，她都固执地认为不能在第一时间为顾客送上服务是一种遗憾和对顾客的不尊重！但是今夜实在是太冷了，刺骨的寒风在她的身边呼啸而过，她快被冻僵了。她违心地朝营业室走去。

“嘀”，一声熟悉的汽笛声传入耳中，“来车了”，她没有丝毫犹豫地冲了出去，却不想被风猛地刮了个趔趄！重新站定，迎着风，她把自己藏在那副大棉口罩下的脸露了出来——带着甜甜的笑：“先生您好，请把车钥匙给我，这么冷的天，您还是待在车里吧，我来为您加油。”她为顾客送去了一缕暖流，带着春天般浓浓的暖意。

寒风，依旧在呼啸，伴着寒风中她摇曳着的身躯。

“砰”，车门打开了，带着她送上的温暖，司机从车中走了下来，深情地望着她、望着她头上那顶带有朝阳标志的工作帽：“小妹妹，这大冷的天，让你在这里为我加油，真是不好意思，太感谢你了！”司机的话语中带着几丝颤抖，含着几分感动。

“没关系，这是我应该做的，我会为您办妥所有加油的相关业务，天太冷了，您还是回车上暖和吧。”她的语气是那样的随和而又坚定。

“谢谢！”司机被深深地感动了，在这寒风和暖流的碰撞与交汇中，带着对她和工作帽上“朝阳”的深深谢意和信任而去……

车走了，加油站在这个寒风凛冽的冬夜里又空荡荡的。她的心也跟着升起一股淡淡的惆怅，那是一种不能为顾客服务的失落。忽的，她想起了刚才那位司机临走时对自己头顶工作帽的深情一望，他在看什么？她急忙把帽子摘下，放在手中仔细地端详起来，她以前从未这样仔细端详过自己的工作帽：那里有高高矗立着的油田井架和炼化企业的烟囱，有巨大而又浑厚的储油罐。瞧那黑黑的，是潺潺的石油；看那红红的，是工业的血脉！这是一个多么美丽和富有意义的标志啊，她不禁激动了起来，自己就是这轮“朝阳”照耀下的员工啊！一股幸福与骄傲的暖流在心头激荡。在自己给予顾客一丝暖流的同时，“朝阳”也换回了顾客给予自己的一片温暖的海洋！在这寒冷而漫长的日子里，正因为有了这片温暖的海洋，自己才能在这冰封地冻的加油岛上，笑傲瑟瑟寒风，壮美自己年轻的人生！

蓦然，她的心头充满了希望和力量，迎向即将驶进站内加油的车辆，顶着寒风，朝加油岛大踏步走去……

我们也是“战狼”

——我写《血脉》的前前后后

樊俊利

那是2001年的秋天，我作为一次大型征文的获奖作者，与主人公——一位退休的石油职工一起走进庄严的人民大会堂，他获得“共和国的脊梁”荣誉称号。夜半时分，我起来上厕所，却听到他在床上辗转反侧，喃喃自语：“我做得还不够，还不够……”

2017年10月，我赴重庆涪陵页岩气田采访，遇到胜利油田的一名压裂队大胡子队长，我问他：“多长时间回一次家？”

“一年回一次，有时候一次也不能回。”

“回不去不想家吗？”

“想家的时候我会把自己灌醉！”

当我所在单位的一名基层队队长从撒哈拉大沙漠的井队外闯市场归来，三个月没见到一片绿色的他，见到一棵树，跑上前去抱着号啕大哭……

这些平凡如尘的石油故事，深深地击打、震撼着我的灵魂，令我陷入深深的思考：究竟是什么让这些普通的石油人具有这么博大的情怀和崇高的境界？

是石油精神！这是石油人的根与魂。

石油是共和国的血脉，石油精神是中华民族精神的血脉。

于是，我有了一种欲望，一种创作的念头：写一部以传承石油精神、胜利精神为主线的报告文学，展示石油职工为国担当的家国情怀和当今的生存状态。十分幸运的是，这个创作题材得到了中国作协的认可，被列为中国作协2020年定点深入生活扶持项目。

我诚惶诚恐，采得认真，写得认真。

一

石油精神具体来说就是铁人精神，既然是铁，那么必然具有“狼性”。

这儿的“狼性”是指冷酷无情、缺乏人情味，这与当下倡导的人文关怀有点格格不入。我想起了前段时间轰动一时、深受人们喜爱的电影《战狼》。人民子弟兵肩负神圣的使命，与恐怖分子和邪恶势力进行了顽强的斗争，凭着不辱使命、不怕牺牲的革命斗志，以高超的战斗技能和聪明智慧战胜了敌人，维护了祖国的尊严，书写了中华民族不畏强暴、敢于斗争的精神。可以说，“战狼”鼓舞了海内外的中华儿女，大涨了中国人民的志气！

历史证明，面对侵略者和敌对分子，我们必须要有“狼性”，不能做任人宰割的“羔羊”，要敢于拿起武器，不畏邪恶，顽强拼搏，像武松那样，把“虎”打死、打服，否则，“虎”还会爬起来吃人。中华民族是爱好和平的民族，中国是礼仪之邦，有五千年的文明史。但是，如果面对虎豹豺狼，你和它讲“仁义”、讲道德，那你就像东郭先生一样，不但会成为它口中的美食，而且它会笑你傻、讥你蠢。

弱肉强食本是自然法则，“枪杆子里面出政权”“朋友来了有好酒，豺狼来了有猎枪”。中华民族是世界上最优秀的民族之一，中国要成为世界强国，立于不败之地，我们就要发扬“战狼”精神，同一切反对派做坚决斗争！

石油精神是生来具有红色基因的精神，是具有“战狼”元素的精神。

作为“共和国之血”的石油，对于祖国振兴、民族复兴大业有重要的战略意义。

黑色的石油大多与荒凉、偏僻密切相连，石油发展史也是一部与天斗、与地斗的艰苦创业史。“石油工人一声吼，地球也要抖三抖”“石油工人干劲大，天大困难也不怕”“宁肯少活二十年，拼命也要拿下大油田”……这些豪言壮语每一句都折射出“狼性”的光芒。

钢铁是坚硬的，是无情的。钢铁打造的兵刃闪烁着冰冷、凶残的光芒。“铁人”也是刚强的，表面看起来冷酷无情。“铁人精神”“石油精神”的核心就是“革命加拼命”“苦干加实干”“舍小家顾大家”。在会战时期，他们肩负为国找油的使命，住的是干打垒、地窝窝，吃的是草种子窝头，喝的是羊尿蛋蛋水，战天斗地，浴血奋战，终于从无到有，建设了祖国大油田和经济大血脉。如今，时代变了、环境变了，然而，为国献油的担当和责任没有改变，这种“狼性”会一直赓续，“石油战狼”没有变成“石油羔羊”，我们还是披着“石油”外衣的“战狼”！

二

新时代，新召唤，新使命。

自2016年以来，我国石油产量连续三年下滑，地宫拉响警报！作为不可再生资源的“黑金子”，勘探难度越来越大，油藏含水量高，井网、井筒、主阵地老化，东部老区分散、隐蔽；而且由于勘探开发技术不足，采收率低，产量下滑，开采难度越来越大。胜利油田保持年产量2300万吨，这个目标犹如泰山压顶，让人举步维艰。因此，提高采收率，寻找接替能源刻不容缓。

科技工作者始终是攻克“碉堡”的先锋兵，面对重重困难，他们夜以继日，或伏在电脑前紧盯一道道曲线，或在开会研究方案，或在实验室一丝不苟、目不转睛地啃着“硬骨头”。加班加点成了家常便饭，没有周末，没有节假日，有家顾不上。饿了要份盒饭，困了就在办公室的沙发上躺一会儿。忘记了日期，忘记了季节变换，分不清白天黑夜，全部心思伏在地下的“战场”。

作为勘探开发研究院勘探首席专家的李军亮，父亲病重住院，他开车回安丘看了一眼父亲，当日急急赶回单位，加班一个通宵。有位叫李政的地球化学实验室主任接到一项研究课题，一连三天三夜把自己封闭在办公室里，搜集数据、绘制图纸。一天没吃东西，他实在饿得受不了，翻遍办公室找不到一点儿吃的，最后，泡了一包“三九”感冒灵，咕嘟咕嘟地喝下去……

50岁的地质工程师包友书正逢感冒，因忙着技术攻关，一连几天几夜加班，身体严重透支晕倒在厕所里……

正是凭借这种“狼性”，石油科技工作者利用自己的技术创新攻克了一个个“拦路虎”，在胜利油田六十岁生日之际，献上了“三份厚礼”——化学能驱动、页岩油勘探开发和CCUS（二氧化碳的搜集、存储和利用），提升了原油采收率，建设了全国页岩油示范基地，实现了绿色石油的开发，为保证国家能源安全、把能源的饭碗端在自己手里作出了重要贡献，使胜利的品牌叫得更加响亮！

还是回到《大海与钢铁》中来吧。

写这篇文章时我采访的时间很短，捕捉的故事却非常感人。在大海上捞油，本身就面临着诸多困难。我听到的大都是职工们在海上战风浪、除冰凌的故事。海上风浪大，危险因素多，并且一人在海上，全家人的心也全部拴在大海上。一提起家，他们眼圈发红，一脸愧疚，因为根本顾不上家，甚至老人生病住院、去世，都不能及时赶回家。因为出海要看老天的脸色，天气不好，风大浪急，船就不能及时航行。再者，在海上也不是说走就走的，从平台到岸上来回一趟，一艘拖船的费用就要十几万元。因此，不是海油人无情，更多的还是无奈。条件、环境造就了石油人，造就了石油精神，造就了“石油战狼”。有位海上采油队队长，因天气不好、风大浪急，他在平台上一待就是 27 天，回到家时，1 岁的女儿已经不认识他，叫他叔叔……

2022 年 6 月，我随油田西部采访团走进戈壁滩和沙漠，看到在酷热的夏季，油井的值班员工工服里面却套着秋衣秋裤，扎紧了袖口，原来是防备蜱虫的攻击。有的职工受到侵害后，拿烟头把蜱虫烫出来。他们轻松地说，其实蜱虫并不可怕……

三

这种石油“狼性”一直感染着我、激励着我，红柳芦苇的荒凉、大山的沉寂、沙漠的孤独、大海的疯狂锤炼着石油人、塑造着石油人，将每一名有血有肉、有情有义的“石油羔羊”打造成不畏艰险、勇于奉献的“石油战狼”。他们怀揣着同一个目标，传承着同一种精神，唱着同一首歌：我为祖国献石油！

为“石油战狼”书写，为“石油战狼”歌唱，也就是我创作的目的。

无论是主动放弃干部岗位甘愿当一辈子工人、退休不退岗的陈仁贤，去世后要求把骨灰撒在变电站的于文学，战井喷牺牲在钻台上的钻工吴玉田，还是做好事不留名的杜全芳、王为民，传承时传祥精神的时新春，以及科技创新的共和国院士顾心怿，全国劳模代旭升、唐守忠……无论是荒原上空璀璨的明星，还是盐碱滩默默无闻的芦苇，他们身上流动着石油，也流动着“战狼”之血。

其实，这种“狼性”的背后是似水柔情，“狼血”也是滚烫的，因为里面流动着有温度的泪水。

有一位运输战线的老劳模，当时正在外地执行任务，父亲去世了没能回来。又过了几个月，女儿要结婚，他到海南执行任务，本想参加孩子的婚礼，但替班司机因故没有上去，他留了下来。于是，有的人说闲话，说他为了出风头，没有人味儿。一个多月后，恰好有一个机会我去了他家，客厅中烟雾缭绕，摆放着父亲的牌位。阳台上还有一只大箱子，他说，那是给女儿买的一台黑白电视机，亏欠她的，以作补偿……

无情未必真豪杰，豪杰情在不言中。

如果你真的了解石油人，那么请你深入他的内心看一看吧。他们钢铁般的外表闪烁着“狼性”的光芒，其实里面是滚烫的血肉和深厚的情义。许多时候，他们的泪水只能默默地流到心里，他们的真情只能埋藏到心底，将对亲人的小爱书写成对石油、对祖国的大爱。他们有情有欲、有苦有爱，珍爱亲情，向往天伦之乐，但当这一切与事业相悖之时，他们义无反顾选择的是石油大局。这种看似冷漠无情的“狼性”，其实饱含着更深的情意。可以说，每一名石油人身上都有至少几个“狼性”的故事，十几万石油人就有百万个“狼性”的故事，几百万石油人就会有上千万的“狼性”故事。共和国的石油发展史正演绎着《战狼N》。

选择了石油就要无怨无悔。

新时代石油人的“狼性”与社会主旋律、价值观并不矛盾，而是一脉相承，对于家庭和个人所具有的“狼性”，更彰显了对党、对祖国的深情，彰显了石油人灵魂深处的人性。

作为一名土生土长的黄河口农家子弟，我十分庆幸成了石油人，蹚在石油中的老玉米不仅深爱着这片热土，更感恩与石油的不解之缘。35年的石油工作经历，使我的血管里流淌着石油、骨骼里注入了铁的元素。

令我欣慰的是，经过两年半的采访、创作、打磨，2022年7月，这本凝结着石油深情、散发着石油芬芳的长篇报告文学《血脉》终于出版，并且被中国言实出版社评为“七月好书”，这是石油的魅力，是石油精神的伟大感召力和影响力！

由于水平、能力有限，这本报告文学集还有诸多不如人意的地方，但作为一名石油老职工，这是我用大半生向石油交出的一份答卷。石油精神、胜利精神就是一座宝藏的地矿，需要我们石油作家不断挖掘、开采，从这点上说，我这本书起到了抛砖引玉的作用。

平凡创造了伟大。这本书中描写的普通人物都是我的同事、身边的英模，石油人写石油人，脉络更相通，情感会共鸣。小人物大情怀，正是这些平凡的石油石化人共同书写了共和国石油石化事业辉煌的篇章！

伟大的时代呼唤伟大的英雄。

一个有希望的国家不能没有先锋，一个有希望的民族不能没有英雄。一个企业不能没有英模，不能没有能工巧匠。书中几位英模人物在胜利油田都身负盛名、家喻户晓，乃至在全国也具有一定的影响力。他们是石油职工的优秀代表，是石油战线上的时代精英，是矫健勇敢的“石油战狼”！采访、书写他们的过程中，我的魂灵再次被涤荡、洗礼。

“石油精神”闪烁着“狼性”的光芒，作为一匹“石油战狼”，我自豪，我骄傲！

飞雁滩之恋

李大伟

小时候，经常听长辈说起飞雁滩，我心里对飞雁滩充满了无限遐想。多么动人的名字，那里一定是一个美丽的地方。

工作后，离飞雁滩很近，才有机会走近她。

初次相见，惊异于她的朴实无华。飞雁滩没有碧蓝的海水、金色的沙滩和诗意的渔帆，她只有一汪汪浑浊的海水、一摊摊浑黄的泥湾和无限延伸的海岸线。

飞雁滩是一片爱的海洋。

难舍难分，海与滩的爱恋。海潮涌来，飞雁滩变成了一片汪洋。浑浊的海水充满了海滩，翻滚着滔滔的波涛，释放着爱的力量。海潮退去，海滩平铺直叙地诉说着一次次洗礼。那一条条蜿蜒的潮沟里，流淌的仿佛是情人的泪水，在每一次退潮后，都要流个九曲回肠，肝肠寸断。

一次次的飞雁滩之旅，一次次的亲密接触，我竟不知不觉地喜欢上了飞雁滩。

她朴素的外表，难掩深厚的底蕴、浓重的色彩和炽烈的情怀，而这些美好都埋藏在千米之下，源于那丰富的石油资源。黑色的石油饱含着一腔热情，从地下喷涌而出，源源不断地输送到祖国各地，化作一股股建设的力量。

刚工作不久，我无意中翻到一张老照片，出于好奇，向前辈探听了照片的故事。2008 年 10 月的一天下午，一位功勋卓著的油田老领导，不顾耄耋高龄，冒着肆虐的寒风，来到飞雁滩，由别人搀扶着登上迎宾亭，遥看滩海上的油井，眺望浅海深处的远方。在他壮志满怀的心中，定然绘就了一幅胜利石油未来的美好蓝图。

我想，飞雁滩一定有她独特的魅力所在。

二十年前，在飞雁滩诞生了我国第一个开敞式开发的滩海油田，“飞雁滩”也因石油而扬名。飞雁滩油田刚开发的时候，这片滩海被当地渔民唤作“落雁滩”，是一位石油老领导匠心独运，将“落雁滩”改为了“飞雁滩”。只一个字的改动，便使滩涂变得灵动而富有诗意。

飞雁滩海拔仅有 0.8 米，一天两小潮，每月初一、十五两大潮。四通八达的油区道路将滩涂分隔成大大小小的田字格，道路所通之处，修建了水泥浇筑的井台，井台之上便是一口口终日忙碌的油水井。潮来时，海水填满田字格，远远望去，井台就像飘摇在海里的渔船，油水井就像一桅桅渔帆。

飞雁滩是一片石油的乐园。

早晨，一轮旭日从海边冉冉升起，醒来的虾蟹活跃在浅浅的水洼里，早起的海鸟在海滩上低飞觅食。伴着朝阳，飞雁人扛起管钳，开始了一天的工作。夕阳西下，飞雁人忙碌的身影被拉得很长很长，映照在波光盈盈的滩海上，染一身飞霞，慢慢融进暮色里，消融在深深的夜色里。

在朝夕相伴中，第一批建设飞雁滩油田的年轻人结成了 22 对夫妻，演绎了一段段美好的爱情故事。油水井是他们的红娘，滩海就是他们爱的泥壤，他们将爱的根深深地扎在飞雁滩，为石油事业默默地奉献着青春和汗水。

在飞雁滩，还有许多感人的故事被人们口口相传。

一年夏天，一只受伤的小海豚在海滩上搁浅，被老师傅毕士民发现时，已经奄奄一息。毕士民赶紧上报队部，和野生动物保护部门取得联系，将小海豚救了起来。后来，经过医治，小海豚恢复了健康，又回到了大海的怀抱。

喜欢飞雁滩，不仅喜欢她含蓄的热情、传奇的色彩，更喜欢飞雁滩上辛勤耕耘的飞雁人。飞雁人濡染了飞雁滩的朴实无华，变得淳朴忠厚。他们日夜与海滩相伴、与油井相依，他们的生命里已注入了大海的胸襟，渗透了石油的精气神。

还记得那年，海水化身厚厚的冰层，凌锁潮水，冰封大海，将飞雁滩变为一片冰的世界。大自然经由风暴潮，向大海发号施令，狂风裹挟着巨浪袭来，把厚达半米的海冰揉碎，一次次重击线杆、站台、道路，把破坏力发挥到了极致。

沧海横流，方显英雄本色。面对自然灾害，面对油田损失、生死考验，飞雁人挺身而出，英勇奋战，用身躯、用精神捍卫着自己的领地。他们在风浪中保护油井，挽救设备，在冰雪中抢扶躺井，维护线路，挽回了灾害造成的损失，谱写了一曲曲惊鬼神、动天地的壮丽诗篇。

正如《飞雁滩之歌》唱的那样：飞雁滩上天地宽，扎根住下了一群英雄汉，为了石油滚滚流，我伏冰卧雪心也甘。

也不知什么时候，自己被飞雁滩深深地吸引，已然爱上了飞雁滩。

激情岁月

尹希东

一

周末，从黄河尾闾的仙河石油小镇骑车到孤东海堤兜风，骑行一个多小时就到了孤东海堤。站在壮观的围海海堤上，眺望着烟波浩渺的大海，我不禁想起了那场闻名全国的孤东石油大会战。尽管那段热血澎湃的激情岁月在石油史上已经过去了三十六载，但作为孤东会战的参与者、亲历者，目睹着这片共和国最年轻的土地上发生的变化，思绪情不自禁地飞回到了那个遥远的年代。

孤东会战的主战场是靠近渤海的一片片广阔孤寂的盐碱地。芦苇荆棘丛生，几十里荒无人烟。一片片沿海滩涂，涨潮时，渤海的海水能迅速涨到“一棵树”附近。会战大军一边蹚水修建拦海防潮大堤，一边抢修道路直插海域搭台钻井。站在荒原上，耳朵听见的是远方的海涛声，眼睛看到的是海鸥的盘旋。在这里搞会战，拿石油工人的话说，就是“苦苦苦”，真正是与海斗、与天斗、与地斗、与蚊蜢斗。凡是踏上孤东荒原土地的石油人都知道苦到什么程度。当时有耳熟能详的顺口溜作证：“鸟无树做窝，人无歇阴处。”“孤东累，孤东苦，四两馒头二两土。”“土石桥，泥泞路，孤苦伶仃一棵树。”在“先生产、后生活”的年代，一切为石油大会战让路。那个时候荒原上没有砖瓦房，会战员工的住宿条件非常简陋：有的住的是“干打垒”窝棚，就是用芦苇或玉米秫秸扎成苇帘围起来，里外抹上一层泥巴；没有“干打垒”的，就在地里挖个洞，上面盖上厚厚的茅草，称为“土窝子”；还有的住在四面透风的帐篷里。当时有一句口号：“上班夺油搞会战，下班盖好干打垒再会战。”说实在的，无论是“干打垒”“土窝子”，还是帐篷，都不好住，空间狭窄，大通铺，人员拥挤，大多是五六个人住在一起，中间只有一条窄窄的过道，连工衣、生活洗漱用品都没处放，且有时还有大花蛇在窝棚顶上蜿蜒爬行。特别是夏秋时节，光秃秃的荒原，白花花的盐碱地，毒辣辣的太阳，地面温度格外高，潮湿闷热是常态。更难耐的是荒原上的蚊子，孤东的蚊子个头超级大，有“三只蚊子一盘菜”之称。不仅大白天追着人咬，而且一到煞黑天就成群结队，嗡嗡嗡地漫天飞舞，吃晚饭不是躲在蚊帐里，就是点上篝火驱赶蚊子，不然吃不成饭。人干一天活儿累了，钻进蚊帐倒头就睡，而身体贴着蚊帐的那一边，往往就成了蚊子饱吸的“美食”，当早晨醒来时，蚊帐里外会落着一只只吃饱了飞不动的蚊子。有时连鼻孔、张着喘气的嘴巴里都有胡乱撞进的蚊子。晚上上夜班，必须穿双层工衣、长筒雨靴，武装到“牙齿”才能阻止蚊子的袭击。

就是在这样“有条件上，没有条件创造条件也要上”的异常艰苦的环境下，石油人喊响了“困难面前有我们，我们面前无困难”的口号，风餐露宿，战海潮、斗风沙，在千里荒原上打响了这场规模宏大、气势磅礴、阵势非同一般的孤东大会战。

当时，我就住在孤东大红门北边的一间值班房里，负责收集孤东前线会战战况，向《滨海战报》传送会战信息。大红门是孤东会战的标志物，大门柱以红、黄为主色，寓意各项事业红红火火，石油工业蒸蒸日上。从大红门向东，一直通往大海边。每当经过大红门，看到“几千里黄河，裹高原风，携昆仑雪，穿三门，过峡谷，浩浩荡荡，流经千年，冲出神州新天地；十万人劲旅，举大庆旗，筑铁人志，立钻塔，修海堤，风餐露宿，历尽艰辛，建成华夏大油田”的门联，我心中就充满了工作的力量，早已把会战的苦和累忘到了九霄云外。

当时会战指挥部的大本营，就设立在孤东油区的防洪大坝内，排着一溜70余栋湖蓝色板房，称为“板房指挥部”，壮观的湖蓝色与天空的湛蓝色相互辉映，场面颇为雄美。还记得，当时在前线指挥部流传着一句口号：“白天跑基层，晚上一片灯。”这是当时的真实写照。无论是干部还是职工，工作连轴转，时间就是原油，时间就是生命，用“争分夺秒”来形容一点都不为过。干部与职工吃一样的饭菜，睡一样的木板床，忘记了星期天，没有了节假日，一心扑在会战上，许多青年推迟了婚期，老人病了顾不上回家。日历牌上的红色星期日，大家戏称是“星期七”，恨不得把1小时的工作10分钟干完。真正是职工身上有多少汗，干部身上就有多少汗；职工身上有多少油，干部身上就有多少油。在会战现场，分不清谁是干部，谁是职工。累了，就到海堤上，任由渤海湾的风吹拂胸怀，亮开嗓子高歌一曲。

正是依靠着这种超强的作风与效率，实现了会战超前完成。当时我所在的井下作业系统，主要的任务是半月要实现作业交井55口的目标。由于作业队伍少，所以意味着要增加一倍的工作量。作业队风雨无阻，昼夜苦战。那时的野外作业，技术还不发达，遇到风雨泥泞天气，淤泥没过膝盖，井场设备搬迁人拉肩扛是经常的事，如果遇上井喷和冲砂施工，穿着的内衣都会被油水淋透。记得有一次抢上一口重点新投井，井场上没有电，正遇上倒春寒，荒原上又下着雪粒子，呼呼的冷风夹带着雪粒子、沙子一起扑打着井场上干活的人们……职工的体力消耗极大。

还记得当时的战报上表扬过孤东会战的"五朵金花"，五姐妹是油建一部五大队翻斗车驾驶员，年龄最大的22岁，最小的20岁。她们每天都与会战的男职工一样，早出晚归，相互比赛，各不相让，一天拉土45车次，每天都160%超额完成当天的工作量，成为会战前线一道亮丽的风景线……

凭着这种大无畏的精神，会战第一战役打出了威风，提前十天实现了"苦战一百天，原油上一万"的奋斗目标。1986年7月1日，在庆祝中国共产党成立65周年的日子，召开了孤东会战第一战役祝捷大会，五千多人面朝滔滔渤海、滚滚黄河，席地而坐，人人心潮澎湃，热血沸腾。这次祝捷大会，既是一次庆祝大会，又是第二战役的动员令、战斗令，意味着大会战进入了荒原上高温酷暑雨季更加艰难、更加艰苦的时期……

孤东会战，在我心目中成为永不磨灭、永不褪色的记忆，将激励着我把"闻油则喜，为油而战"的信念和"我为祖国献石油"的精神传递下去，把石油人艰苦奋斗、攻坚克难的铁人作风弘扬出去。

二

前些日子，单位开展队史展馆图片征集活动，我翻出了一摞照片，其中有一张是在荒原里的家属院照的，我一身棉工衣、头戴皮帽子、脚穿翻毛大头鞋和孩子站在堆满积雪的篱笆前。这张照片是搞宣传的小王拍的，那天我和小王刚从一个野外井场采访回来，小王看到孩子在玩雪人，就给拍了一张。看到这张图片，一下子触动了我记忆的底片，荒原岁月里的那些篱笆时光，就清晰地浮现在我的脑海里。

三十八年前，一辆解放牌大卡车拉着我和一群小伙伴向一个叫"九二三厂"的地方行进，当车子在沙子路、土路上颠簸着经过一片片广袤的黄土地时，沿途扎眼的除了高高的钻塔、井架、输油罐，就是矮矮的这一丛、那一丛的篱笆了。经过一天多的长途跋涉，大卡车把我们送到了黄河口北岸一个叫“东方红基地”的大院队部，走出大院向外面一望，看到的景象是一片片的篱笆、青砖简陋房屋和无尽的荒草野坡。

在农村，篱笆随处都是，那时，很多人家打不起砖墙、土墙，就沿着院子刨一溜沟，将玉米秆、高粱秆、秫秸密密地排在一起，填好土、踩结实，然后两边横上长木棍夹紧，再用草绳或麻绳系牢靠，围成一圈篱笆墙，我们潍坊寿光老家方言俗称夹“薄障子”。对于从小看惯了篱笆，和小伙伴们经常钻篱笆的我来说，乡村篱笆并不奇怪，而在荒原上能看到这样的景象着实让我惊讶。

当我第一次怀着好奇走近这些篱笆时，发现这些有篱笆的地方是一个个石油人居住的地方。这些篱笆与乡村的篱笆形态大致一样，但用料有些不同，这里的篱笆是用荆条、水柳、槐树、桑树、茅草根茎等混合体扎成的，这些都是荒原上生长的“农作物”秆秆，不论横向或纵向的篱笆都埋得很深。听老工人说，若不深埋，就极易被荒原里的大风刮倒甚至刮跑。有人形容道，荒原里的风，一年刮两次，一次刮半年。那荒原里的沙子风刮起来可不是闹着玩的。看来实践出真知，关于扎制篱笆的经验，也是石油人在与大自然长期不懈的斗争中总结出来的。

寂寞的荒原虽然让人感到时间有些漫长，但时光也溜走得快。几年之后，我也和其他家庭一样在一处新篱笆院里开始了新生活。我把篱笆内的菜园整理一新，并根据季节种上了韭菜、豆角、黄瓜等。在我看来，篱笆墙虽然比不上砖墙高大、硬实，但也有它的诸多好处，比如通风、亮堂。白天，一大早就能看到金色的阳光从篱笆缝隙里钻进来，院子里早早醒来的鸡、鸭被阳光抚摩着撒欢儿相互嬉戏、叽叽喳喳，好不热闹，引来了一群群麻雀、野燕在篱笆边飞来飞去。夜晚，隔着篱笆就能看到荒野里钻塔远射的一盏盏明亮的灯，一闪一闪的格外亮丽。坐在院子里，看月亮从篱笆外黑黝黝的东方冉冉升起，望星星、数星星，听夜空里不时划过的不知名的夜鸟的鸣叫声，听篱笆外不远处青草地里、水泡子里飘来的夜虫、蛙鸣声。

冬季里下雪时，雪把篱笆埋得老高老高，篱笆瞬间就变成了一堵银色的耀眼的墙，远观时就像一幅幅精美绝伦的冰雕画，又似蜿蜒的“长城”墙，煞是好看。孩子们在篱笆外堆雪人、打雪仗，有的孩子还将爸爸的安全帽、狗皮帽子、旧管钳等拿出来制成雪人的模样，一边唱着《我为祖国献石油》，一边手舞足蹈，小手冻红了全然不知。爸爸妈妈隔着篱笆看着孩子们玩耍得不亦乐乎，脸上挂着笑容。那时的荒原里，几乎没有什么文化娱乐设施，出生在荒原上的孩子或跟着爸妈从老家移居来的孩子，睁开眼就是望不到边的大荒原，爸爸上井场，妈妈下稻田，孩子放了学后就在荒原上野来野去，或在水泡子里玩耍、摸鱼、捉毛蟹、打水仗，或在一人多高的野草地里捉迷藏。没有玩具，他们自己学会了制作铁环、毽子、链子枪、沙包等。荒原上特殊的生活环境，锻炼了孩子们独立的品格和自己动手的能力，这些石油人的孩子不是娇生惯养、四体不勤、五谷不分的一代，他们和他们的爸妈一样，从小就适应了大荒原艰苦的生存条件，从小就知道了“油田是我家”，从小就会背诵“宁可少活 20 年，拼命也要拿下大油田”“勤打井，多出油”“有条件要上，没有条件创造条件也要上”的铁人口号，他们以铁人为荣。记得有一个孩子与一个地方县长的孩子比谁的爸爸厉害，第一句就大声喊出了：“我爸爸敢跳泥浆池，你爸爸敢吗？”……在父辈的熏陶下，石油孩子们汲取着、传承着铁人精神，虽然享受不到城里的优越条件，但他们长成了一条条的荒原汉子，像耸立的钻塔、井架，像站立的院墙篱笆一样有骨气、有志气、有硬气。他们即使考上大学、当了兵或到国外留学，也忘不了荒原上的家，他们念着从小住惯了的大荒原、大旷野，有的在外面待不惯，就回到了荒原里。

当我融入了篱笆的日子后，更真切地品味到了篱笆的力量以及它给我带来的一段段生活的美妙细节。篱笆虽然站在那里默默不语，但它所衍生出来的内涵是足够丰富多彩的，篱笆演绎着日子里的柴米油盐酱醋茶，氤氲着日子里的苦辣酸甜。

篱笆外的日子是男人的，而篱笆内的日子是属于女人的。当男人走出那扇简陋的篱笆门，十天半月甚至一年半载不回来时，女人就理所当然地承担起了篱笆内的生活，上班工作、种稻田、抚养孩子、喂鸡、喂鸭、照料公婆等，每天忙得不可开交。从男人离开家门的那一刻起，思念就像旷野上的野草一样生长起来：有时独自出了家门向着通往远方的那条荒野小路眺望许久，心里生长着一种团圆的期盼；有时就走到菜畦旁凝神注视着男人临走时种下的一粒粒种子、一棵棵秧苗，精心浇水、施肥，用心呵护好每一棵菜苗的茁壮成长，时不时用手指掐算着男人归家的日子，许多的夜晚里是风吹篱笆雨洗窗，泪花花泡着天上的月亮。

当男人一身尘土回来时，篱笆边的野草长高了，篱笆内菜园的各种菜已长得水灵灵的，茄子开满紫花儿，豆角吊得长长的，黄瓜噘着黄嘴儿，韭菜绿得赛翡翠……男人蹲在篱笆旁，看到这些鲜鲜亮亮的蔬菜，点燃一支旱烟兴奋地吸起来，禁不住感慨一番女人的不易，脸上挂满了笑容。这时会有孩子从背后突然搂着脖子，一个劲儿地喊"爸爸、爸爸回来了"。一脸黝黑的男人陡然回过头来，给孩子的脸蛋、额头上一个深深的吻，孩子咯咯地笑着。有的当男人走进篱笆门时，孩子不认识是谁来了，吓得哭着直往妈妈的怀里钻，这时男人提着一身油工衣呆呆地木在那里，样子着实有些傻，傻得就像做错了事的孩子低着头不知说什么好。孩子的妈妈不停地哄着孩子："这是你爸爸、你爸爸，快叫爸爸啊，不然爸爸又要走了。"这时孩子好像突然明白了什么，乖乖地走近爸爸……

篱笆里藏不住心事，谁家来了亲戚，谁家两口子吵架了，谁家的孩子哭了，都能隔着篱笆听见。早晨或者傍晚，人们隔着篱笆亲切地打一声招呼："王哥吃饭了吗？"那边很自然地回应着："吃过了。"有时隔着篱笆打着招呼："老张，快过来嘬两杯小酒，我刚从野沟子里抓了几条又大又肥的鲜鱼回来。""好嘞，我这里刚打了马场散酒也带上。""老李，快来看看我家种的大冬瓜，得有三十几斤！"特别是谁家的孩子考上大学了，那是篱笆人家相守在一起的日子里最高兴的时刻，大家纷纷带上各种礼物前往祝贺，篱笆院里挤满了祝贺的人。

年年岁岁，岁岁年年，普通的篱笆，引来了阳光，引来了清风，也引来了丝瓜、扁豆、爬山虎、野葡萄等藤蔓植物。篱笆，就这么简简单单地一年四季伫立着，晨迎朝霞，暮送斜阳，春夏秋冬，四季轮回，与石油人共同成为形影不离的荒原守护者。

就这样，一户户人家、一丛丛篱笆，在荒原上构成浓浓淡淡的水彩画，把石油人普普通通、平平凡凡的日子渲染成了一首首清香四溢的诗章。这使我体会到，篱笆不再是一种物质需要的产物，更是一种精神文化的产物，它承载着一个年代的责任、使命和担当。今天，假如你的思想还有些浮躁，工作还缺少一些激情，心态还有些不平和，就细细地体味一下 20 世纪石油大会战时期篱笆人家的精神吧，也许你能从中找到解读人生的答案！

如今，那些篱笆的日子虽然远离了，但那由篱笆滋生出来的温暖却一直绵绵地浸润着我的心……

此　刻

赵　清

此刻，澄澈的沉淀池面倒映着蔚蓝的天空，风起时云影在水波中变幻。成群的蜻蜓在水面上翻飞起舞。它们迎着阳光，每一对翅膀都闪着金光；它们兀自飞翔，遇着巡检的人，不闪不躲。有些什么如跳跃的歌随着江水从管道口奔突而出。

突然看见一只小江蟹爬到操作室门口，我俯身拾起，感受到季节的交替和生命的悸动。

盛夏了，炙热的现场，蓝色的工装，黄色的安全帽，明晃晃的笑容，亮晶晶的汗水。夏蝉在浓密的树叶中不倦地鸣叫，两只聪明的小猫紧紧地抱着巨大的输送管道，滚烫的肚皮贴在上面纳凉，一只是狸花猫，一只是玳瑁猫。

此刻，江水潮涨，江面平阔。水从上游而来，承载着野性和质朴，承载着力量与激情，承载着岁月与流逝。大江流过这里，水波荡漾。而我们在这里，几十年了。

几十年来，几代人置身于这片土地，曾有人指路开路铺路，曾有人筑墙筑楼筑塔，曾有人流血流汗流泪。时代的歌谣，铿锵有力；岁月的延伸，不疾不徐。如这身后的璀璨灯火，落入这条河流，深沉静谧，昼夜不息。长江水滋润的天空下，日升日落，所有的记忆默默窖存，散发芬芳。

此刻，我们与金陵石化紧紧依偎，我们与一条江紧紧依偎。江岸的平原，我们将自己站成山的倒影。这是多么幸福的时刻。

蓦地想起父亲，那一年清秋，他携全家而来，踏入这片土地。面对家人们的迷茫和憧憬，他说："我们要去炼油厂，那是个好地方。我们的生活会越来越好。"鲜活的青春、沸腾的热血、奔波的身影已渐渐走远，曾经的故事依稀已无人记得。换我长大，换我珍藏。换天上的一盏微灯，我一入夜，便能看见。

我想起我的年少时光。明窗净几，春衫轻窄，镇日书声，不知忧愁。顺风顺水，在这里开启人生，从铂重整到公用工程。脱胎成石化人，渐渐熟知了设备与流程，待得久了，如同面对高山与流水，一静一动，眼睛与耳朵，都能生出画卷和歌声。展开手掌，掌心里飞出一只白鹭。你的或是我的笑靥，日光流年。

熟悉的地表温度、熟悉的机器声、熟悉的气味……石化人的五感异于常人，这是经年累月练就的一种能力，仿佛身体融化在这里，仿佛人剑合一。与机泵、管线、阀门、仪表；与分离塔、加热炉、反应器、换热器；与水、电、油、气这些朝夕相处，寻常岁月，回首时亦岁月如歌。

我看见一个孩子站在厂门口，急切的眼神望着金陵石化的大门。他知道他的爸爸妈妈在那门里面，一到下午五点就能看到他们分开拥挤的人流走向自己。

我看见身边渐渐多了年轻的面孔，千禧年出生的孩子也已经与我们共事。年轻人的活力，青春的脸庞洋溢着诸多美丽。长江后浪推前浪，他们也选择踏入这条河流，在光阴的流动中开始一次次飞翔，追逐着人生的梦想与幸福。生生不息啊！

此刻，我站在凉水塔上望向远方，江水在左。我看见富庶的平原上一座座高塔矗立，加热炉一盏一盏点燃，每一台泵都明确地指向它的目的地，油品如江水般在固定的流道里静静流淌。装置与装置之间道路平坦，花木葳蕤。而此刻的夜色浓稠，橘黄色的灯光温暖辉煌，机器与虫鸣交响，一如既往。我们唤起星辰，所有的故事都从零点开始，四季的歌谣，日复一日。

花儿开满山

彭娇妍

一到春天，这里便是五颜六色的世界。

粉的桃花、白的杏花、紫的紫藤、黄的油菜花，还有操作室窗台前的各色月季花，每一处装置，每一个枝头，都溢满了芬芳。花丛之中，有酮苯脱蜡、润滑油加氢、年 30 万吨加氢重整、丙烷脱沥青等各色各样的生产装置；还有棋子一般，分布在装置四周的大大小小的储罐，各种不同型号、不同颜色的管线纵横交织，把装置与装置连成一个庞大的整体。每一处风景、每一处角度，几乎都是画家们最为喜爱的创作素材。

宋晓峰所在的装置是三催化 280 万吨 / 年重油催化裂化装置。这里的桃花最为耀眼，他最喜欢的，也是这里的桃花。他说："桃之夭夭，灼灼其华。之子于归，宜其室家。"银白色笔直地耸入云端的塔釜，是古诗词里的仄声；各种各样的管线纵横相连，是平声。平平仄仄，仄仄平平，把一台台反应器连成一个整体。伴着隆隆的机器轰鸣、源源不断的动力，与公司的经济增长和提质增效一道奏出了《诗经》的味道。

三催化于2020年建成投产。最初设计为80万吨/年，此后扩能为120万吨/年。根据企业的发展规划，又是一年桃花绽放的时候，荆门石化的设计者将装置再一次扩建，其生产能力在原来的基础上再翻一番，达到了 280 万吨 / 年。还是一催化工艺技术员的宋晓峰得知这里需要人手，便主动请缨来到了这里。

该项目总投资近 12 亿元，是荆门石化提质增效的重点工程项目之一，由中国石化工程建设有限公司、福建龙净环保股份有限公司、湖北金石炼化建设有限公司等多家单位参与施工建设。近千个施工项目，上万个作业环节、检查项目，厚厚的施工图，体现着荆门石化快速发展的步伐；作业现场的起重机吊装设备的哨子声，打桩机的"突突声"，切割机、砂轮机打磨金属的"嗡嗡声"，仿佛在演奏石化人积极向前的时代强音。

宋晓峰和每一个参与施工建设的人都热情高涨。作业现场的主体工程、脚手架和防护栏上，挂满了大红的“发挥党建共建优势，共同助力攻关创效”“大干、苦干、快干，以‘三个超常’夺取疫情防控和工程建设‘双胜利’”字样的醒目标语。这是党组织对宋晓峰及每一个施工人员的殷切嘱托，也是作为共产党员的宋晓峰每天进入作业现场必定要在心里默读的责任信条。

作为这里的区域班长、高级技师，宋晓峰每天带着班组同事对照施工计划、设备安装流程图，仔细检查施工质量，核查当天的任务落实情况。每天到达现场的第一件事便是领取领导的工作安排，根据工作安排，分析总结最佳实施方案后，再对所辖的承包商、班组人员，因才施用，合理布置，发挥其最大效能。

工作中，他时常想起父亲给他讲起的“荆门石化建厂”的故事。这里原本是一片荒野丘陵，桃花遍野，还有长长的竹皮河环绕其间。根据“三线建设”选址的需要，荆门因南贴荆州临长江、北近襄樊依汉水、东达武汉通九衢、西处三峡连云贵等优越的地理位置，还有便利的公路、铁路和水路交通成为“五七会战”的地址首选。宋晓峰的父亲和战友们一道，积极响应党中央“三线建设”的号召，以及“备战备荒为人民”的时代召唤，收拾行李，带上家人，从祖国的四面八方来到了这里。

数十里长的“荆门石化建厂”建设工地上，宋晓峰的父亲和战友们在这里风餐露宿、披星戴月。工地上没有活动板房，简易的芦席搭棚从黑风口一直连到了竹皮河边。稍大一点的风，就会把芦席棚的工棚棚顶刮走。大型吊装设备、汽车、卡车等运输工具及现代化交通工具几乎没有，所有的安装设备都要靠肩扛人挑。催化装置的反应器只能从厂家送到襄阳，父亲和工友们就用板车组起一支长长的运输队，一边喊着劳动号子，一边快马加鞭，在路上一连走了好几天才把设备运回工地；生产线上需要氧气，父亲就和工友们用芦席搭起工棚，露天生产；有的地带不平整，没有挖掘机，父亲和工友们就发扬“蚂蚁啃骨头”的精神，用铁锹、锄头，一筐一筐地运。即使是这样的简陋条件，宋晓峰的父亲和工友们也仅用三年时间就建成了一座初具规模的战备炼油厂。

儿时的宋晓峰时常爬上东宝山顶，远远地眺望父亲辛勤劳动的场面。父亲因在工作中表现突出，被评为“车间先进工作者”。车间的领导敲锣打鼓地把证书和奖金送到宋晓峰家里，在众人的围观中，宋晓峰看到父亲从领导的手中接过奖状，还披上鲜艳的大红花。深受感染的宋晓峰也暗自下定决心，长大了要像父亲那样，不论做什么，都要用心仔细，做一个对社会有用的人。只有“敬业”才会“爱岗”，只有“实干”才能“兴厂”。

提升自己，照亮他人，才是花儿的使命。如诗歌一样作业现场的每一个人，不论岗位在何处，只有发挥自己的最大作用，才能如诗歌一样，奏出美妙的乐章。80 万吨 / 年重油催化裂化装置施工现场作业点多，施工面积广。除了施工方、承包方，还有机、电、仪数支队伍在现场交叉作业。除了工作质量，现场人员的安全防护、疫情防控，以及每一个施工环节的质量好坏，都关系着工程的施工进度。

宋晓峰认为，这里的工程也和诗歌一样，人是诗歌中的乐符，施工项目是和弦，要想奏出好听的歌，每一个元素都要起作用。为了使整个工程进展协调一致，他放弃了所有双休日，把家搬到了施工现场，对施工现场所辖人员、承担的工作任务实现统筹管理。他把每一天的工作切片分段，不论是承包商的工作任务，还是施工队伍的施工情况，都责任落实到片区，当天制订计划，当天验收。同时，善于利用班组治理优势的他，在督促施工质量的同时，还给大家制订每天的检修学习计划，力争实现作业人员贯通区域内的每个作业流程，把每个人的作用发挥到最大化。

280 万吨 / 年重油催化裂化装置的旁边，便是大片的林地。施工过程中，为了保护这里的一草一木，工地四周的树木、花草都被尽力地保留着。装置前的空地，也被宋晓峰和同事们见缝插针地种上了草皮，不远处还摆着一盆一盆的千日红、步步高。被移植在装置附近的桃花们便三三两两地开在装置的四周，默默见证着装置的成长。

在水联运试验阶段，各类大型设备、塔釜、管线、阀门、压力表、机泵已安装就位，开始进入下一个试压环节，仅装置控制回路联锁调试的调节阀就多达 61 处。设备试压是装置投入使用前的关键环节，也是考量施工人员及操作人员细心与责任心的“试金石”。

经过深思熟虑，宋晓峰让班组内操负责监测仪表数据，外操每隔 2~3 小时到现场查看设备电流、润滑和机泵运转情况；外操和两位大学生负责检查稳定双脱区设备上所有的螺栓是否全部上紧。同时，他还给新分来的大学生每人准备了一个学习笔记本，要求他们把当天所学的内容记在笔记本上。整个试验过程，依表确认、工艺确认，调试结果每调试一项，就记录一项，实现了无一缺漏。

随着气温逐渐变暖，枝头粉嫩的桃花开始结出一个个碧绿的小桃儿。装置施工现场的气温也已攀升至 37 摄氏度，骄阳之下，人即使不做任何事情，也会汗流浃背。手里总是带着手电筒、小铁锤、小扳手等工具的宋晓峰，每天却要在这里的管线、塔釜、阀门间穿梭 3 万余步。他的蓝色工作服上总是带着浓浓的汗味，裤脚上、劳保鞋上总是沾满施工现场的泥土，体重在不知不觉中轻了 20 余斤。

在产品精制区，容 430 号罐高 20 米，有 30 个阀门、8 条主要管线，还有无数法兰、螺栓、垫片、人孔、压力表、排凝器、电器仪表。其中任何一个部件的安装没有到位，或出现松动，都会影响该区域产品的质量，其质量的好坏更决定了公司的声誉和效益。宋晓峰带着手电筒，与同事们一条一条地排查，不放过任何一处可疑点。

容 430 号罐前，有一排大小 13 个阀门组成的阀门组，虽然施工单位在安装时对阀门的走向、介质都挂了标识牌做了详细标记，但是不肯放过任何一个可能疏忽环节的宋晓峰对这些做了标识的阀门也进行了核查。

在给容 430 号罐试压时，宋晓峰发现其中的一个阀门压力表指针不动。经过仔细检查，发现是阀门里面的一个阀盖没有拆卸下来，宋晓峰立即做了处理。在放尽罐中的积液后，处在罐底的宋晓峰用管钳小心地旋开容 430 罐下方的排凝阀。当排凝阀打开时，宋晓峰发现排凝孔里出来的水流并不通畅，起初是细细的一条线，不一会儿便成了断断续续的水滴。宋晓峰用一根细铁丝在排凝孔里轻轻捅了捅，反应凝孔立即流出一股灰色污水，继续往里捅，宋晓峰感到前方有一种硬的物质，经判断，该段因焊渣残留导致排凝孔阻塞。经过疏通、引入蒸汽吹扫后，宋晓峰将这处异常点上报给了上级领导，同时在自己的《工作日志》中做了详细记录。

精制区和吸收稳定区压力表有 800 余块，管线近 10 万米，容器、反应器近百台，在压力试难度过程中，宋晓峰和班组成员逐一排查、逐步确认。这样的工作，宋晓峰几乎每天遇到，并及时处置各类异常百余处。

当桃花的花瓣开始纷纷扬扬从枝头落下，风中传来有关收获的消息。伴着逐渐升起的暖阳，宋晓峰也和桃花、桃花的果实一样，不断成长、成熟。

宋晓峰知道，搞好工作，除了要有扎实的专业技术、过硬的实际操作技能水平，还要有丰厚的理论知识作支撑。一个真正优秀的操作工，不仅要掌握本岗位的专业知识，还要对相关岗位如钳工、电工、仪表等深入了解，把理论与实际相结合，才能实现触类旁通。因此，工作现场，也是他学习的平台。

在施工现场，他向施工人员学习设备安装知识，向机、电、仪操作人员讨教电器仪表及设备维护保养知识，同专业技术人员探讨工艺原理、研究不同环境下不同设备的运行工况。工作之余，他还通过大量阅读技术论文，学习别人的工作经验；把别人的事故教训当作防止自己出错、止损的指南。经过长期摸索，他把阅读方向锁定在“催化人”“海川化工论坛”“仪表圈”“学习通”等专业公众号上，并坚持每天至少读一至两篇专业论文。读的过程中，他还将不同类型的文章分门别类置于文件夹中，以便随读随取。

施工过程中，他通过总结分析，相继提出优化气压机运行、降低转速并合理控制裕度的方案，使气压机在正常运行、不发生飞动的同时，中压汽用量有效降低，一年就为公司创效 278 万元。他提出停用分馏一中冷却器、顶回流冷却器，脱硫再生塔底重沸器全部使用一中热源、停用蒸汽加热的方案，节约系统循环水用量和蒸汽用量成本近 210 万元 / 年。在 FDFCC 装置检修中，他配合 LTAG 工艺技术改造，提出将催化劣质柴油转化增产汽油方案，每年为公司增效达 8000 万元。

只有经历了阳光、雨露，结出的果实才是香甜的。他不满足于自己现有的学业水平，业余时间，当同事们在三五成群地打球、跑步，从事各种各样的娱乐活动的时候，他报考了大学函授班。他不仅得到了领导和同事的认可，还在分管领导和专业技术人员的指导下，成为催化装置最年轻的运行班组组长；他独立承担装置检修，系统开工、停工任务；他从技师成长为高级技师、炼油一部横班班长，先后 4 次在荆门分公司业务竞赛催化裂化装置操作中获得“金奖”，他所带领的班组多次被评为集团公司、荆门石化先进班组。2018 年，他被评为“荆门石化劳动模范”；2019 年，被评为“荆门石化首届石化工匠”；2022 年，被评为“中国石化集团公司劳动模范”。

他所在的 280 万吨 / 年重油催化裂化装置，建成投产后运行工况良好，采用的 MIP 工艺、原料油非均相混合乳化、高效进料喷嘴和雾化技术、烟气净化组合等先进技术，完全达到了预期的设计目标，成功解决了荆门石化催化加工能力不足、重油平衡困难、渣油加氢效益无法发挥、润滑油系统生产难以适应市场变化需求及企业环保质量水平提升等难题，成为荆门石化的动力中心、经济中心、绿色环保中心。

现在，在公司领导的指挥下，宋晓峰正同装置的专业技术人员一道，在积极探索与渣油加氢装置联动优化原料组成，以实现高价值产品最大采收率。

又是一年春天，当装置里桃花灼灼，依次向大地绽放美丽颜色的时候，280 万吨 / 年重油催化裂化装置迎来了一批新分来的大学生。

这些新分来的大学生，满脸朝气，无比蓬勃稚嫩。作为师傅的宋晓峰带着他们检查装置现场的关键部位设备运行情况，对项目的工艺流程进行创新攻关。

在他的讲解下，新分来的大学生，曾经对人生、对未来满是迷茫的容颜在花一般地绽放。

和师傅宋晓峰一样，他们也喜欢上了桃花。

他们记得，师傅宋晓峰曾说的：

把工作当作一首诗，
每一天才会有新的目标；
对自己要要求高一点儿，
爱厂如家，
工作才会严谨、专心致志；
做最好的自己，
种在心里的花，才会开得更艳！

太阳刚刚升起

饶　艳

雨过天晴，空气清爽，炼塔在蓝天的映衬下，发出耀眼的银色光芒。

“安全工程师竞聘结果出来了，周海在笔试、面试中都是第一……”交接班会上，运行部主任话音刚落，大伙儿齐刷刷鼓起了掌。周海原以为自己会欣喜不已，没料到，一层轻雾漫上了双眼，大伙儿热烈的掌声，他听来也有些恍惚。

这是周海在班组的最后一轮班。

巡检时间到了，他佩戴好安全帽、硫化氢报警仪，拿好“三件宝”来到了装置，查完所有巡检点，他上到了塔顶，望着远处错落有致的塔林，周海有种高声呼喊的冲动……

两年前，周海转岗到了这里。那时，他一直以为自己这辈子就在薄膜生产线上干到退休，没想到，刚迈过 42 岁门槛，又转岗到炼油装置。

周海清楚记得，宣布薄膜装置关停的那天，他刚把生产调整指令书送到岗位，转产的事情还没交代完，就接到办事员的电话，让他立即到会议室开会。原来，薄膜市场这几年持续遭遇“寒冬”，装置陷入亏损泥潭，近两年扭亏无望。上级果断决定，关停装置，人员全部转岗。

文件明确表示，副科级以上领导，厂里统一调整安排；技术人员和操作岗位职工一并转岗至倒班岗位。工人到哪儿不都是倒班，走就走呗，岗位职工没那么纠结；纠结的只有周海他们这三位工程师了。

“你们才 30 岁出头，从头再来，没问题。”看着自己的两个“小战友”，周海想到了自己当初来薄膜装置的情景。

那时，周海还在老薄膜装置上班，新薄膜装置筹建时，单位就给大家吹风，等新薄膜装置开工投产，老装置可能会关停，人员都得面临转岗。周海不仅是 10 年工龄的“老职工”，还是 8 年工龄的“老班长”，妥妥的一枚技术骨干。在新薄膜装置招聘时，他脱颖而出，如愿来到了新装置。这一年，他 32 岁。

新薄膜装置产能是老装置的 4 倍。据说产品质量、工艺技术都要优于老装置许多。3 年后，周海从班长竞聘到了工艺工程师岗位。周海说，那是初秋季节。那天，走进工艺工程师办公室，坐在桌前，看到窗外，天很蓝、很高。

是的，很高、很蓝的天是他和同事们的心境。做事、干活儿要的就是个心境。

那一年，他们成功开发了珠光膜、消光膜等新产品，实现了 3000 万元的盈利目标。

周海曾经工作的老装置关停，职工都转岗到了炼油装置，还在倒班岗位。大伙儿对他称赞不已：当年决定果断，有眼光！

没想到，在新装置才工作 10 年，已 42 岁的他，又得再次转岗，而且是自己完全陌生的炼油装置。不惑的年纪，怎么才能征服那些密密麻麻的管线？周海心里没底。

纠结归纠结，路还得走下去！

那天，周海去办公室收拾东西，天很阴，云很重，伸手能拧出水来。初秋的天气，法桐叶刚刚染上一层薄金，草坪还是绿色的，月季花也开得灿烂，大自然一片生机勃勃。周海无心欣赏这路边美景，他的车速是路段的最高限速。

10 年，3600 多个日日夜夜，说放下就放下，那是“装”。周海的办公室在二楼，站在走廊的窗户前，厂房尽收眼底，分切机、时效架、收卷机，再往前是横拉、纵拉、挤出机……那个夜晚，是他带领班组 8 名兄弟开启了生产线。

“阳光总在风雨后，乌云上有晴空……”收回视线，周海下意识揉了揉发酸的鼻子，哼着歌儿，打开办公室门，走了进去，拉开柜子，开始收拾东西。

从上班就在薄膜装置，不管是老装置还是新装置，周海与薄膜装置打了 22 年交道。操作规程、笔记本、培训试卷、旧工作服……他把这些不要的东西摆放在地上。最后，周海在办公桌抽屉里翻出一沓照片，靠在桌前，一张张抽看，装置调试安装、首次开工、班组获奖、外出调研、新产品生产……“我去，人生最能拼打的 20 年全跟薄膜装置纠缠上了。”同事眼里书生模样的周海竟然蹦出了这样一句话。

周海把照片和一摞荣誉证书装进了纸箱，这些他要带走。

关上房门，走下楼来。天已放晴，阴云已散，天空裂开了一道晴光。

周海转岗到了催化装置——炼油装置的龙头。在塔顶干活儿，周海习惯抬眼望望西边薄膜装置的方向。因为离得太远，而且薄膜装置是室内生产线，不像塔林罐区高耸林立，啥也看不见。可每次到了塔顶，周海还是习惯抬眼望望。

倒班的日子，如细细流淌的溪水，平静而缓慢。从工程师到学徒工，周海常有种“空”的感觉，逼迫他丝毫不敢松懈。班组 20 多人，年轻人占了多半，看着他们稚嫩的面孔，周海有种时光穿越感：22 年前的自己，不也是这副模样？时光不能倒回，周海坚信，只要坚守梦想，就能迎来春暖花开。

慢慢地，周海喜欢上了新岗位，特别是夜班，站在塔顶，厂区炼塔巍巍、灯光璀璨，美得像一幅画。在别人眼里，这画中的人儿都是幸福的。企业“牢记嘱托、再立新功、再创佳绩，喜迎二十大”的主题行动如火如荼，运行部紧盯效益目标，技改、优化的力度特别大，大伙儿个个都铆足了劲儿。周海也铆足了劲儿，奋力朝目标追赶。

一年后，43 岁的周海顺利通过了全国注册安全工程师考试。此时，正值运行部新装置渣油加氢进入开工倒计时，他受命负责现场安全工作。设备调试、管线冲洗、容器试压……装置开工的前期工作，繁忙、琐碎、劳累。周海却说，他喜欢盯在现场，机泵的轰鸣，风中飘动的风向标，空气中偶尔飘过的油味儿，都让他有种稳稳的踏实感。

渣油加氢装置开工，按时间节点稳步推进。这天凌晨，周海带着班里新入职的两名大学生到塔顶改冲洗流程。“师傅，你看！”一到塔顶，两个年轻人就兴奋地叫了起来。东边，一轮红日正冉冉升起。来装置两年多了，这是周海第一次在塔顶看日出。他记得，薄膜装置开工，在生产线忙了两天一夜的他走出厂房时，太阳也正冉冉升起。

站在高高的塔顶，周海思绪如潮，工作的过往岁月，如浪翻卷，击打着他的胸膛。这轮班结束，他就要走向安全工程师岗位，又一个新的开始。期待、兴奋、笃定，周海难以表述自己的心情。

“周海，切换减渣流程……”对讲机传来班长的声音。

“收到，我马上到操作室。”说话的同时，周海已快速从塔顶跑下。

雨后的天空，太阳刚刚升起，霞光万丈。

孤东的青春记忆

胡庆文

提起孤东，心中就不由自主地涌起一股暖流，倍感亲切。想想在这里工作的三十四年，我感慨万分。

三十六年前的夏天，三年技校生活在枯燥无味中悄然而去，远处传来孤东会战的消息，为了参加会战，油田领导决定，让我们提前毕业。

我们这些喝着黄河水、看着磕头机长大的油田娃，对会战有着深刻的了解：先是父母们头戴铝盔走天涯，一次次的会战缔造了胜利油田，后来是哥哥姐姐的孤岛、河口、纯梁会战，油田又大了好多。那时的我们已按捺不住内心的激动，心像小鸟一样飞到大海和黄河交汇的地方。会战指挥部领导到学校做了动员报告，就像给大家打了一针兴奋剂，我们激动得彻夜不眠。在欢送的掌声中终于启程了，坐上了去孤东的汽车，少男少女们一路欢声笑语，一路上对大海充满渴望，冲淡了旅途的困乏和疲倦。临出发的时候，老师同学都来送别，知道我们去的地方叫孤东，是个能听见海涛、看见海鸥盘旋的地方，带着羡慕的口气说："你们到时候可以天天看海了。"仿佛已看见我们与海浪嬉戏。

估摸着快到了，大家不停地朝外张望，希望看到电影电视上的那种一碧万顷、水天一色、海波接天的美景。一个小时以后，带着满身的疲乏和一路风尘，我们被放在一个望去四周茫茫野草、路上不停滚动着大团灰尘的地方。此时已是下午四点半左右，简短的欢迎仪式后到了吃饭时间，吃过饭后有些人迫不及待地要去看海，这才知道我们住的地方离大海还远，不是一步两步能走到的。

走出那个叫指挥部的板房区，不远处是一个叫大红门的地方，一个铁板材质的造型门。说到大红门还有一段趣事，1986 年大红门征集对联，爱好文学的我跃跃欲试，几天搜肠刮肚、绞尽脑汁，两副对联脱口而出，"红门红柳新土地，黄沙碧海拓荒人""风雨涤荡黄河口，曙光初照大红门"。正在为自己的作品沾沾自喜时，消息传来，我落选了。一等奖是石油学校一位中文教授所书“几千里黄河，裹高原风，携昆仑雪，穿三门，过峡谷，浩浩荡荡，流经千年，冲出神州新天地；十万人劲旅，举大庆旗，筑铁人志，立钻塔，修海堤，风餐露宿，历尽艰辛，建成华夏大油田”。好一副气势恢宏的长联，我自愧不如。君不见，大门外是天苍苍、野茫茫，大门内是令人震撼的一幕，是孤东会战的宏大场面。那时心都惊到嗓子眼儿，首先映入眼帘的是远远近近耸满原野的井架，像黑色的森林一样，隆隆的钻机声震荡着大地，孤东大地旺盛的生机在涌动，扑面而来。会战时的孤东，看不着树，草也很少见，参加会战的有来自油田各行业的队伍、五个省份的民工、部队的军人，裸露的海滩上忙碌的人群一片又一片连成人的山，各种型号、大大小小的生产车辆不间断地穿梭，如流动的河。那时候车多，路也在修建之中，柏油路和土路混杂，卡车在十字路口因堵车而形成车龙，四个方向不大一会儿都能聚集到几十辆上百辆的汽车，到处是紧张繁忙、热火朝天的场面。从来没见过那么多的人、那么多的车，仿佛进入了电影中。

多年后回味，孤东会战在我的脑海里凝结为这样一个场景：幕布被一双无形的巨手从天际撕开，原始的地平线被赤裸裸的蛮荒笼罩着，咸涩的海风在盐碱滩上来回冲荡，想以它的肆虐扫灭闪现的每一丝生机。在这样的背景上，各路征战大军踏进荒原，挥舞着旗帜，没有序曲、没有过渡，剧情直达高潮，而且一个高潮接着一个高潮，激荡人们的心灵，把时代的最强音在原野上奏响。孤东会战的所有场面冲击着我的记忆，凝结为这样一幅气势恢宏的画面，这画面又反过来不断冲击着我的脑海。我想，凡是参加过孤东会战的或是见过孤东会战场面的人，一定都被当时场面的激烈、壮观深深地感染过。

我们开始住的地方叫“一棵树”。相传 1965 年利津一老农在这里种下一颗柳树，1983 年地调队来此勘探，工人们看到此树鹤立荒原，都惊呼“一棵树”，地名由此而得。会战时这里集中了长庆、四川、滇黔桂几家公司的作业队、钻井队和地质调查队。后来听说还有中美合作的三维地震队，为此我们专门去拜会了美国人，结果我们学的“三脚猫”英语，根本无法进行沟通。到“一棵树”我们住进了木板房，木板房离我们并不遥远，在油区偶尔会见到，它和“地窝子”“干打垒”一样为石油人遮挡了最艰难时的风风雨雨，应并列为中国石油的功臣。尽管五六个人住一间，而且木板房比我们在技校的宿舍宽敞，可墙壁薄，房顶也薄，太阳晒得透透的，里面如蒸笼一样。

真正的孤东生活开始了，没有浪漫、没有陶醉，仅仅几天的放纵后，仿佛又回到了枯燥。能站在孤东的海堤上，敞开胸怀让渤海湾清新的风扫荡肺腑，吐纳清新的空气，对呼吸了一天沙尘的我们来说是唯一的浪漫。但生活绝不浪漫，烈日的火辣、盐碱的咸涩、原野的荒芜，还有鼻孔都能撞进的蚊子，每天都在考验着我们。房子比较小，六个人挤一个房间，连工衣都没处放，只留窄窄的走道。正赶上炎热的夏季，晚上没处待，只好到外面扑打蚊子。到了孤东，便有人介绍“三个蚊子一盘菜”，可以想象蚊子的威力。刚到孤东，每人都领了一顶蚊帐，但不能总缩在蚊帐里，怕咬的人在最炎热的夜晚穿上长筒雨靴以阻止蚊子的进攻。

会战时期，报纸很少看到，没有电话，没有文化生活。我们最高兴的事就是驻地后面有个大水库，夏天上零点班和上八点班的人下班后，都可以去畅游一番，人多了也是嬉闹一片，在欢乐中洗去了身上的油泥汗水，也洗去了一身疲惫，还洗来了精神焕发。玩够了，洗干净了，每次都要游到吃饭时间。后来，我们分到了各个采油队、计量站，那时候，采油队是工、农、兵大联合，有各个油田、采油厂调来的职工，有沂蒙山区的农民工，有济南军区援建的军人，技术力量相对较弱，领导、老师傅对我们这些专业出身的技校生期望很高，这让我们诚惶诚恐。短短几十天学到了很多实践经验，至今仍觉得受益匪浅。

在紧张忙碌的会战中，刚来时那种对新生活的向往、对蔚蓝色大海的兴致慢慢淡去，取而代之的是春天那漫天的黄沙和日出而起、日落而息的风；夏天那炎炎的烈日和铺天盖地的蚊虫；秋天那恼人的绵绵细雨和泥泞道路；冬天那凛冽的寒风和冰天雪地。多少次潮涨潮落、多少个春夏秋冬，我们扎根在了荒原。岁月在流逝，转眼六年过去，我从一个初出学校的学生变成老练的石油工人，在新走上岗位的弟弟妹妹面前我成了老大哥、老师傅；在老师傅眼里，我从毛手毛脚的小子，变得沉稳干练。带着他们的信任、帮助、支持，我从采油工、采油班长变成采油队队长，成了家，有了孩子。从此，我觉得自己肩上的担子更重了，因为我要做年轻人、子女们的榜样。

有几个惊心动魄的事件在我的脑海里打下了深深的烙印，后来的日子里，每一次在影展、回忆录、孤东新闻中看到那张著名的黑白照片，骄傲自豪就油然而生，那是我为孤东拼搏奉献的铁证。照片中的我是个背像，背后的故事却是每个孤东人不可磨灭的记忆。时间定格在1992年9月1日，一场50年未遇的特大风暴潮突然袭击孤东海堤，使孤东油田经受了一场严峻的考验。9月1日凌晨4点，受16号热带风暴的影响，孤东油区刮起了6级到7级的东北风，并夹着瓢泼大雨。风越刮越急，雨越下越大，阵风风力增强到11级，水借风势，风助水威，汹涌的海潮呼啸着卷起千层冲天大浪，以排山倒海之势扑向孤东海堤，无情地吞噬着大坝。当时，我在孤东采油十九队担任副队长，当晚值班，接到通知后，我和当时的指导员简单地做了一下分工：他带领年龄大一点的师傅，处理生产运行，保障在家职工的安全；我带领青年突击队的小伙子们，上大堤抢险。险情就是命令。早晨6时许，我赶到东大堤巡堤查险。迎面遇上孤东采油厂厂长，厂长只对我说了一句话："小伙子们，用绳子连在一起，保住大堤！"当时，高1米以上的水泥和石块组成的挡浪墙，已经被狂风和巨浪撕成碎片。针对险情，抢险领导小组制定决策：死守东大堤，坚守北大堤。同时，下达紧急命令，立即组织精干力量奔赴指定抢险堤段，抛石护堤。一支由各条战线党员、领导干部、青年骨干组成的抢险突击队迅速组建起来，我光荣地成为其中一员。王书记身穿雨衣来到我们中间，和我们一起抛石。运石料的车上有好多"编织袋"，于是我们就把它绑在腿上，一是阻挡海浪的拍打，二是御寒。惊心动魄的场景被定格为一张黑白照片，而我的背影有幸留了下来。28年来，每当我看到这张照片都会热血沸腾，那段经历是我一生最宝贵的财富。

还有一次惊心动魄的记忆，那是1994年秋后，采油四队队边有口长停井，由于遭到盗油者的破坏闸门失控，井口压力猛增到十几兆帕，井场周围充满了危险的气息。抢险工作紧锣密鼓地开始了，打头阵的是我和大班班长，抢险队员戴着防毒面具，拿起工具，在众人的注视下走向井口，小心翼翼地操作，井场外的人屏气凝神，紧张得仿佛忘记了呼吸……险情最终被排除。事后有人心有余悸地说："我们差点儿以为你下不来了，你胆子真大。"我说："哪里是胆子大，我一样会害怕，但是万一控制不住，后果不堪设想，必须有人冲上去啊！"在一次次险情中，我深刻地体会到了"责任"二字的含义。

在采油队枯燥而琐碎的日子里，我和同事们品尝着别样的人生百味。采油工就是生长在采油树上最外层的一片片绿叶，他们承受来自大自然的风吹雨打，感受来自阳光的抚慰！他们用生命真实的体验将平淡如水的日子连成一串串黑色的珍珠，虔诚地挂在岁月老人的胸前……

一晃三十几年了，当年的同学有留下的、有调走的，也有离开油田转行的。当年豆蔻年华、如花似玉的小姑娘都退休了，推着婴儿车看着油四代；当年指点江山、激扬文字的护花使者也都到了天命之年，言语间都冠以“老”字，“小胡”变成了“老胡”。同学毕业三十周年聚会时，不约而同地提出最想到孤东去，到海堤边，再次敞开胸怀让渤海湾清新的风扫荡肺腑，吐纳清新的空气，感受渐渐远去的浪漫。是啊，谁能忘掉孤东呢！不管走到哪里，孤东会战在我们的脑海里永远是青春的、是激情的，是一生中最难忘的！

再见了！酸站

高永忠

2021 年夏季的一天，我听闻酸站没有了，起初有些吃惊。一日，我骑着电瓶车专门跑了一趟，进到那个院子，发现大部分院墙还在，院子里的建筑只剩下没有了门窗的办公室空壳，院子空空如也，倒也清静。院子里曾经发生过的故事，都没有了载体。

我打开记忆的闸门，检索有关酸站的故事。那个伴随我青年时代 16 年、一个面积 13345 平方米的院落，我清楚地记着院子里的每一级台阶、每一颗石子、每一间房子和每一个储罐。那个生人在院子外边公路上几十米远就可以闻到一点呛鼻子的味道，而我们在熟悉的环境中，嗅觉早已麻木的地方。那个曾经位于城郊，46 岁的材料员和 26 岁的技术员狂飙自行车，在百度地图显示 3.1 千米的距离中，从原准备大队居民区到酸站，他们用了 6 分钟的地方。

1991 年 8 月，已经在科研单位工作了 4 年的我，奉命从河口采油厂工艺研究所调到当时的准备大队配液站（俗称酸站）担任技术员。该站是新成立的四级单位，负责河口采油厂油水井化学增产、增注以及工艺用料的存储、配制和发放，当时有人员 38 人，包括 20 名农民劳务工。

每天早上，当我骑着自行车赶到时，就见劳务工兄弟像花果山的猴子，爬满了大罐上边的平台和爬梯迎接我们上班；队上的晨会后，他们和正式工一起，拿着发料单或者油井酸化方案，到后院去发料、配酸。劳务工在的时候，装车、卸料和酸液配制环节，队干部不是必须参与的。半年后，劳务工因各种原因返乡，只剩下 17 名正式员工。

也就是从那时起，队干部成为配液工，因为大型施工配酸、发料人手不够，节假日职工需要倒休。在后来的岁月里，配液站的人员因故调走而逐渐减少，最后的队级编制只剩下了 7 个人，日常工作中，装车卸料成了我们的家常便饭。

我记得酸站每一位同事的故事，记得那些经典的事例。酸站的任务基本都是体力活，突击性强。有一年夏天的下午四点钟，供应处来了一批货，30 吨油井堵水用的工业氯化钙，全部是 50 公斤的包装袋。当时站上有队干部和职工共 6 人，我们开始往料台上卸货，用手推车往库房里倒料。老师傅用激将法考验我的能力，让我也试着推小车倒料。我在农村没干过多少体力活，仗着一百多斤的体格我也不含糊，推起满载氯化钙的小车往库房里推，没到目的地就侧翻了，只能重新装车。或许，我不是干体力活的壮劳力。装车、卸车还是没有问题的，我经常自己卸一车 5 吨 25 公斤包装的货物。

酸站的生产任务，除了装卸车，主要业务是配酸。除了储酸罐，酸站先后有过 15 立方米、30 立方米的配酸池，不管人员是否充足，多年以来，配酸任务是酸站的重中之重。配酸要根据所配酸液的性质和剂量，决定工作量大小。一般说来，分酸洗液、小型酸化液和大型酸化液配制。大型酸化需要配制五个以上的工作液。避开专业术语，配酸需要放原酸到配酸池，人工往配酸池加入各种附加剂，然后泵入酸罐车，酸罐车再去加余量的清水。大型酸化需要如此反复数个周期。

20 世纪 90 年代末，酸站的四级编制只剩下了 7 个人，3 个干部、4 名职工。日常工作常常遭遇繁重的体力活。遇到周末，干部带班，遇到大型酸化配酸任务，就把家里的休息人员喊来，一起施工。

大型酸化配酸施工属于重体力劳动，配酸施工常常进行一天，甚至施工前一天先配制一半酸液，第二天配余下的一半。除了原酸，附加剂有各种性质和包装容器。有一段时间，酸化工艺有一种地下合成方式，让两种以上的原料在地下发生反应。对配制过程有较大影响的有工业甲醛。这种原料大家都熟悉，但是不一定接触过大剂量的工业甲醛。此种原料有毒，腐蚀性、挥发性较强，夏日里配酸，戴上防毒面具会喘不过气来，棉布口罩不管用，在投料时，大家倾倒完物料，迅速盖上盖子，依然难以忍受现场浓烈的甲醛味道。干部发明了一个土办法，果然奏效。较厚实的棉布口罩，戴上两个，用自来水打湿，口罩带子勒紧，基本上起到防护效果。但见现场酸雾缭绕，大家急匆匆地在其中穿梭，配制完此号工作液，进入下一个程序。

凡事都有例外，2004 年初，配液站编制已经取消，酸站只剩下我们 4 名职工。有一次配酸有原料甲醛，我们按部就班配制酸液，盛夏的天气比较炎热，有一个时段，我觉得我的人中部位火辣辣地痛，我以为鼻子破了，打开口罩，那里竟然流下一滴淡黄色浓浓的酸液。

1991 年，我以入党积极分子的身份调入酸站，三年后，我正式加入中国共产党。我先是担任技术员，后来担任指导员兼技术员，编制取消后，我又担任技术员，副队长兼技术员，我的技术职责一直没有变化。单位同事劝我们多吃血制品和木耳，以净化血液和排毒；曾经有单位主要领导当面表扬酸站职工默默无闻、无私无悔敬业奉献；老单位退休的 80 岁老师傅说起我，一直听从领导安排，指哪儿打哪儿。无论如何，我个人也只是一名普通党员，坚守岗位，尽自己的一份责任。我和酸站党员干部和员工的工作经历，都像流水一样成为过往。

伴随采油厂油公司改革和新型管理区建设的步伐，随着原料配送最后一公里打通的实现，三防药剂直接配送管理区，酸液配制因为客观原因也不具备条件了，酸化施工作业，罐车直接到井场，缩短了化工原料存放使用的周期，减少了环境污染，这可能是油公司改革和新型管理区建设的一个缩影吧。

听说原酸站院落的场所将建一座太阳能发电站，明天我们将会看到一排排、一行行太阳能发电板，采油厂新能源建设的步伐又往前迈出一步，届时太阳能在此处变成清洁的电能，我们期盼昨天的太阳，照亮明天的夜晚。

美丽而神奇的西藏

杨擎宇

得知要被派往西藏项目部出差一段时间的消息，我兴奋得一连好几个晚上都失眠。西藏是我一直向往的地方，它美丽、神奇，质朴、圣洁，远离尘世喧嚣……那里有碧蓝的天空、白色的经塔、飘动的经幡、悠远的藏歌、一路虔诚朝拜的信徒……

曾无数次设想第一次进藏的理由和方式，旅游、出差、陪家人、陪朋友、独往……乘飞机、火车、自驾、骑行甚或徒步……但都因种种原因一直未能成行。

由于出差地是被称为“世界屋脊的屋脊”的羌塘无人区，并向可可西里深入……必须做足出发前的准备，如备齐防寒衣物、体检、健康监测、增加体育锻炼和参加必要的高原应急处置培训等。

离出发的日子越近，心里就愈加期待和紧张。

终于，在入秋后的一个清晨，安排送我前往火车站的师傅打来了电话，我便带上反复检查了无数次的行李匆匆下楼登车。

时下，正值初秋，南方的酷热依然没有丝毫减退。小区花开满庭，绿树成荫，四处弥漫着沁人心脾的金桂花香；一丛丛、一朵朵黄色、白色、暗红的菊花在金桂花枝下的花台里竞相开放，迎风摇曳，把南方的秋色之美和丰收意境展现得淋漓尽致。

按照项目部制定的上高原安全管理方案，每批进藏人员都必须经过三个阶段的适应调整。第一阶段是从工作常驻地到达格尔木，在格尔木市适应调整三天。待适应这一海拔高度的工作和生活后，再从格尔木市乘坐汽车到达那曲，在那曲完成第二阶段的适应调整。第三阶段，是从那曲到双湖，再根据工作需要在双湖和可可西里工区间往返。

第一阶段行程还算顺利，几乎没费任何周折，就抵达了格尔木，住进事先安排的宾馆。在这里，我没有感到任何高原反应，每天和同事走在略显冷清的高原城市街头，四处寻找带辣味的川菜馆和湘菜馆就餐，期望在进藏前留下家乡的味道。

三天后，到齐的一行13人分别乘坐项目部安排的四辆越野车，一路向那曲方向驶进，过纳赤台、西大滩，翻越昆仑山口，再绕上五道梁、风火山，驶上长江源头第一桥，穿越沱沱河……下午时分，车开始向海拔5200多米的唐古拉山口挺进。

这条长达几千千米，当年由慕生忠将军带领，组织1300多名官兵和无数群众，战天斗地，仅用七个多月时间就完成修建通车的"世界最高海拔公路"，经过数年改造和加强维护，已成为内地通往拉萨的运输大动脉。

车向前奔驰，远处的雪山尽收眼底，近处的景物快速后退；头顶，白云随车飘移；成群的牦牛和马、羊散落在公路两边的山坡上悠闲食草……视野尽头，天与地是如此相近相交，让人产生一种莫名的兴奋和极不真实的虚幻，人像游弋在空静的天际。

最终把人从虚幻拉回现实的，是车上有人出现了晕车的症状，要求下车呕吐。起初，晕车的只是一两个人，且症状极轻，但随着海拔不断升高，车颠簸跳跃在坑洼不平的路面，晕车就开始像传染病一样，一人传多人，多人又相互影响，最后几乎车里每个人都未逃脱呕吐的命运，直吐得昏天黑地，死去活来，上气不接下气。车厢里充斥着一股难闻的酸腐味。

呕吐最严重的时段，是车开始向海拔5231米的唐古拉山口冲刺。每爬升一米，车厢里的人就感觉空气中的氧气被抽走一成，稀薄得让人断氧，头痛愈加剧烈，胃里更是翻江倒海。可提腹弓腰咳一阵，又什么东西都吐不出来。那种狼狈样简直让人无法直视。

好在车冲顶几十分钟后，终于爬上了全程最高点，随即转而向下，大家晕车的症状稍有缓解。

从早上六点多出发，直到晚上九点，我们才抵达设在那曲市郊的过渡安置点，算是结束了一天的行程。

在那曲休整一个星期后，大家又在清晨登车，向下一个目标地进发。

好在有在那曲的七天适应期，这次更高海拔的行程较为顺利，大家几乎没有出现较严重的晕车和高原反应，就一路昏昏沉沉地睡到了目的地——位于双湖县城的项目部保障基地。

这里名为县城，其实没有几栋像样的建筑。数十栋红瓦白墙的矮房没作刻意设计和布局，较随性地往一处拼凑，就相拼成纵横交错的几条街巷。无论站在哪处街口，往任意一个方向望去，一眼就望穿整座县城。

车一驶进保障基地大门，SGC2135 队队长、项目组组长张波就走上前一一与大家握手，热情寒暄。得知每个人都安全和身体基本适应高原反应后，他放了心。

晚上，由张波主持，项目部为新到的人员举行了接风宴。晚餐不算丰盛，主菜是牛羊肉，蔬菜很少，没有水果。原因是高原生活物资匮乏，新鲜蔬菜和水果不易采购且不适合长途运输。

因身处高原拒绝饮酒，饭桌上，张波以茶代酒，真诚向大家表示欢迎！他是项目启动后第一批上高原的人员，已经在海拔 5000 米左右的双湖基地和可可西里工区之间往返奔忙了二十多天，部署两处基地建设和指导采集前的测量、钻井、下药等各工序工作开展。看上去，他面容发黑、嘴唇发紫、满脸倦意，一看就是高原反应和过度操心引起的长期睡眠不足。

简单的接风宴很快结束，基地又恢复到一贯的昼夜忙碌。

因赶了一天路，我们被安排到简易的宾馆早早休息。躺在这座中国最年轻、世界海拔最高的县城的基地床上，回想着这一路的经历，思忖着此行的出差任务，我怎么都无法入睡。

西藏是我国西南重要门户，更是我国油气资源勘探开发的“处女地”。长期以来，世界众多专家和学者都试图揭开它所在的青藏高原隆升以及控制浅部变形与深浅之间联系的奥秘。近年来，我国加快了羌塘盆地的油气资源勘查工作。2009 年，在多个国家重点项目的资助下，中国地质科学院启动了完成穿越青藏高原中南部的深地震反射长剖面计划。但由于自然条件恶劣和技术“瓶颈”难题，此项目工作一直未取得实质性进展。2020 年，利用近年发展的具有国际水准的新技术，中国地质科学院重启青藏高原深地震反射长剖面计划，并部署了冈底斯构造带关键地区深地震反射剖面野外数据采集项目，圆满完成“第一次青藏高原综合科学考察研究”任务。在取得第一次综合科考研究成功的基础上，2021 年，中国地质科学院再次部署青藏高原北部关键地区深地震反射剖面野外数据采集项目，拉开了第二次综合科考研究的帷幕。

而承担这两次综合科考研究野外地震资料采集施工的，正是我所在的中国石化地球物理南方分公司。我此行的目的，就是跟随分公司高原地震队作业人员深入羌塘无人区，沿测线穿越可可西里、阿尔喀山、祁漫塔格山、库木库里盆地，进行一线采访和拍摄，记录和报道中国石化"物探铁军队"在"世界屋脊"上开展地震勘探作业场景和背后的感人故事。

我深感责任重大，不敢掉以轻心。因为每一次对青藏高原的勘探，都是一次壮举，都将有望改写中华人民共和国勘探史。以我的学识、见识和能力，能胜任这项重任吗?

躺在床上，越不想去想，越是胡思乱想。直到想得呼吸开始困难，头剧烈疼痛，耳朵里有万只虫鸣，胃里翻江倒海。就像人被抽空了抛扔在床上，同时有千斤之力挤压，让人喘不过气，一直昏昏然、飘飘然、沉沉然，不知道身处何处——我知道我是高原反应了。

尽管一夜无眠，但我对工作依然不敢有丝毫怠慢。第二天，在我的强烈要求下，项目组领导同意我跟随项目人员一道进入可可西里无人区。

车才出县城几百米，水泥路就断了，改为了戈壁荒野中的两道车辙。越往前走，车辙印越是浅淡，最后干脆消失。车就完全蹦跳在起伏不平而且小石块遍地的高原荒野上，发出吱吱嘎嘎的声响。人在车里随车跳动和摇晃，像极了被狂风吹拂着的一片麦浪。

奇怪的是，车辙印消失的地方，开始出现指路牌。车就沿着指路牌延伸的方向一路前行。指路牌的出现，让人产生一种莫名的亲切感和安全感。

"杨工，你看到的这些指路牌，都是我们从那曲市定做好后拉过来栽上的。"也许是看出了我的疑问，随行陪同的SGC2135队副经理叶天生主动解释，"双湖县城太小，像这样的指路牌和再简单一些的标语标牌，双湖县城都做不了，只能来回跑上千公里到那曲市去定做。"

项目部为什么要在荒无人烟的高原栽立指路牌呢?在车上，叶天生给我讲了发生在前一个工区的事。一次，一名司机执行完送人任务后，在返回生活基地途中，误判了方向，把车子开进了无人区深处，车就在这时抛锚了。高原上没有电，不通路，手机无信号。司机自知是迷了路，这里离两处基地太远，项目部人员根本不可能在短时间内搜救到这里，就带着车上仅剩的水和干粮弃车徒步往外走自救。可他走了一天一夜，仍不知道身在何处。而项目部这边，领导知道他出车一整天未归后，就组织全项目人员进入无人区寻找。可哪能那么轻易找到人？最后还是司机凭借自己丰富的户外经验，一路走一路登高辨别方向和观察地形，专门搜寻山下有无移动的羊群，终于在一座山顶看到了山下有羊群白点移动，就锁定羊群方向一路追去。又走了一天一夜，司机终于赶上了羊群，找到牧民，在那里吃了一顿饱饭，借宿了一宿，第二天让好心的牧民用摩托车把他送出了无人区……自那以后，项目部就在荒野中栽立起了指路牌，指引施工车辆和人员安全出入。

“别看在高原荒漠中栽立指路牌的这个办法很笨，但确实实用！”叶天生说，“自从栽立了指路牌，项目就再没有出现过人员和车辆迷失方向的情况。”

西藏羌塘，被视为“生命禁区”。这里属于典型的高寒气候，年平均温度为 −10.0~4.1℃，最低气温为 −46.2℃，被称为“风窝窝”，年均大于 17 米 / 秒的大风天数接近 200 天，含氧量仅占内地的 45% 左右；并常有狼群、棕熊、野牦牛等猛兽出没……

果然，车行过最后一个路牌不远，前面就出现了几顶军绿色的帐篷。它就是设在羌塘无人区腹地的项目一线生产基地。每天，作业人员从基地出发，沿着测线向两端无人区深入，去完成一段段的一道道工序施工。

此时，高原强风正一阵紧过一阵吹拂，吹得帐篷啪啦作响，左右摆动，寒风刺骨，无法睁眼。刺风还夹着沙石，吹打在手背和脸上，有扎刺的痛感。

大门口立着几根钢管，显然是基地设立的门脸，但上面的标语和彩旗早被大风撕碎、甩断，仅剩褪色的几缕布条。风灌进顶端钢管口，发出呜呜的啸叫。

“今天的风还不算大，像往天，我们人都无法在外面站立。”叶天生说。而我却受不了这种风吹，感觉风吹到脸上，就像把我要呼吸的空气带走了，一阵胸闷气短，就要窒息。

刚进帐篷安顿好，留守值班的测量操作员景湘就给我讲述了他一次外出测量与棕熊相遇的经历。

那天，他和另两名队员一组前往阿尔喀山半坡测量，刚转过一座山头就迎面撞上了一头大棕熊。棕熊体形健硕，头大而圆，前爪尖利，晃动着笨拙而充满力量的身躯。幸好当时棕熊没往这边看，而是把注意力集中在山下的一头母棕熊上，但还是把大家吓得不轻。他们每个人都赶紧找出防熊喷雾紧握在手，伏在一处石坎下一动不敢动，生怕弄出半点儿声响把几米外的棕熊吸引过来。棕熊站立在原处，不停地往这边张望，过了好一会儿，才晃着健硕的身体慢悠悠下了坡，直追母棕熊而去。见棕熊走远，他们才松了口气站立起来，这时才发现紧握喷雾的手已完全冻僵……

晚上，我又听到了另外的故事。去年，项目部钻井班长杨名山在一天晚上突感胸痛，同时发热、呕吐，全身大汗淋漓。经队医初诊是患了急性胆囊炎，必须马上送医院手术。可这时，杨名山还身处海拔5100米的藏北无人区工区里，这里离最近的双湖县城还有近七个小时的车程。但病情不等人，队长张波当机立断，安排队医和另外两名队员马上驱车出发护送病人前往双湖县医院。可赶到双湖县医院，却因医疗条件太简陋，无法开展大一点的手术，病人只得再向560千米之外的那曲市人民医院转送。在经过近20个小时的折腾和颠簸后，杨名山终于被推进了手术室。可这时，杨名山的意识已经开始模糊。最后手术成功，杨名山保住了一条命。主刀医生走出手术室的第一句话就是："如果再晚一点点，病人就没救了……"一个月后，杨名山康复出院，马上要求继续上项目。

还有一次，由测量班长马超带队，完成刀背山的一段测量。这时，高原天气突变，狂风挟裹着雨和雪猛砸下来，气温开始骤降。雪下了一天一夜，气温降至零下30多摄氏度，大雪完全封住了山。马超一行5人，只能蜷缩在两顶单薄的帐篷里，仅靠着一个天然气炉取暖和随身携带的干粮充饥，熬过了救援路被阻断的5天，等来了队伍救援。

……

这些天，有件事一直令张波头痛不已。事因是第二批从青海玉树接收来的分包商员工，与第一批从青海格尔木招收来的一样，员工刚到工区驻地适应不到一周，就提出要离开。理由还是这里太艰苦，他们不能为了几个钱把命丢在这里。一人说走，个个都哄闹着一并撤退。项目组反复做大家的工作，但不起任何作用，大家去意坚决。

张波踱步在被风鼓吹得不断摇晃的帐篷里，灯光昏暗闪烁，令气氛显得更加沉闷。最后他猛然站定，挤出一句话："让他们回——"然后弓腰果断而快速地在一份工资结算单上签了字。

分包商员工的再度撤离，再一次扰乱了张波的心绪，也打乱了项目组的整个作业计划。但这次，张波已经横下了一条心：不再接收除钻井之外的分包商员工，所有工序作业全部改用自己队伍人员……

特殊情况，特殊应对。这正是体现中国石化“物探铁军队”作风的时刻。高原地震队队长兼项目组组长一锤定音，全场鸦雀无声，以沉默代替支持。

于是，在接下来的两天里，项目组高效行动，重新调整方案和分工：由张波亲自挂帅，再返西宁、玉树和理塘等地，去洽谈高原打井分包商……几乎不动声色，就把分包商员工中途离开的不良影响降到了最低。项目仍按计划有序推进。

第一天，跟着放线班人员进入羌塘无人区工区，善变恶劣的高原天气就给我来了个“下马威”。出发时，天气一片晴朗，碧蓝的天空中，太阳直射，朵朵白云游弋其间，见不到任何异常，有种高原初春的感觉。但到达作业地，工作才开展到一半，天空就突然暗淡下来。紧接着乌云密布、寒风凛冽，随后就是一阵豆粒大的雨点噼啪打来。还来不及躲闪，雨点就变成了冰雹，稀里哗啦一顿猛砸，直砸得头顶的安全帽乒乓响，肩膀、手臂和暴露在安全帽下的其他身体部位，被乒乓球大小的冰雹砸得生疼。队员们先是躲，后是撤，等返回停在两千米外的车上时，身上已经是一片青乌，衣服全被雨水浸透，伏在身上如一件冰铠甲。

“高原天气就是这样，前一分钟晴，过一分钟雨，再后一分钟就是冰雹和大雪，风整天刮。”马超说。因此在车上，每个人都要另备一套衣服，防止身上衣服打湿后无衣可换。

车上，马超告诉我，他已经是第七个年头不能回家过春节了，要在海拔5000米左右的“生命禁区”度过。尽管每年春节，队领导都想尽一切办法烘托过年气氛，组织大家贴对联、挂灯笼、包饺子、拼做家乡菜……但青稞酒端在手里、菜夹到碗里，大家却吃不出年味儿，等到轮流用卫星电话向家里报平安时，都止不住哭了……

他们为什么哭？我不知道。我只听到风在车窗外拼命地刮；看到豆大的雨点夹着雪花飘砸在挡风玻璃上，又一起向下滑；车里如冰窖一样寒冷；大家都期盼着风雪快些过去，迎来阳光，好继续爬上山腰完成当天的放线任务……

记　集

孟凡民

集就是乡村的农贸市场，一般五天一集。

集一般都设立在乡镇政府的驻地。这些乡镇政府的办公机构、附属单位，便沿街道两侧摆开：供销社的百货门市部，食品门市部，农药、化肥、种子、烟酒糖茶门市部，新华书店，邮电局，粮所的粮油门市部等。这些门市一律是红砖大瓦的房舍，比一般住户人家的房子高、宽出数尺来。屋舍周围是三尺的水泥散水，一米来高的水泥墙围子，门槛比街面一般都要高出二尺以上，于是各门口都砌三五层的水泥台阶。

这些大大小小的门市部门口两侧的散水上，依次散落着卖麻，打绳，卖牛、马、驴套绳的，织席卖篓、换筛子底的，铁匠卖锄头、铁锨、镰头、菜刀、扒钉的，卖编筐的，有卖干菜、调味、山珍、海味各种黄豆酱的，还有贩卖芭蕉蒲扇、蚊帐杆子、竹扫帚、笣子的货摊子；邮电局门口有篆刻印章，代人写书信的方桌。离于首稍微偏远一点还有卖粗瓷碗盆、水缸面瓮的，有卖火纸、门神灶王、挖耳勺、皮筋、针头线脑的小货郎的货摊子，还有卖跳蚤药、虱子药、老鼠药的临时小贩。这些都是小本买卖，货摊子大的占有三五尺的地面，小的只立个身子，前怀里放一个“猫篮子”，有的干脆就不立摊位，提点物品满街筒子转悠。有的是老摊位，生意人，买卖精，油嘴滑舌的，想讨个彩头早开张，集市还没有上人，嘴皮子便痒痒得冒烟，于是在略显空寂的大街上，率先大声吆喝着招揽起生意来；有的人是第一次到集上处理一点自家不舍得吃的生瓜梨枣或柴鸡蛋，有时是一窝陈年的麻，或者是麦秸莛子想换几个零花钱的。他们脸皮子薄，未等对方讨价，一张粉脸红到耳根，羞得不敢抬头大声说话，仰仗的是厚道实诚，靠的就是货真价实，家里缺这一样的，只要价钱公道你就拿走便是。还有剃头的摊铺，剃头师傅不用吆喝，都是自动送上门的生意。他们有一堆家伙什儿：木柴、水盆、桶、凳子、推子、剃刀、镜子、围裙等物件儿；还有一个盆架，这盆架与家常用的有所不同，是改造过的，上边放水盆，给客人洗头，下边加了一个铁皮做的小火炉，用来烧热水，烧干透了的木柴，不冒烟，在上边水盆洗头时不呛人，水一直是热着的，袅袅绕绕着一窝一窝银丝一样的蒸汽，很温暖，哗啦舀一瓢倒在上边的水盆里，很是方便。

我老家所在的张庄集是“一六”集，大集。东边毗邻黄河，黄河那边就是山东省的郓城县、梁山县，于是郓城的木材、银耳、山羊、白莲藕，梁山的石材、石灰、棉花、棉籽油，通过黄河上的摆渡船运到集上。为赶这个大集，这些商贩要早动身，往往是天没有亮透就来到集上，在于首的开水铺子前，先打尖儿歇歇脚，停好了车子放稳货物，要一壶滚烫的开水，倚了火炉旁的长条凳子坐下喘口舒心气，缓解夜间赶路、渡黄河时的颠簸、劳累。

等他们喝透了水，养足了精神，当地商贩便从四面八方的大道、小径，涌入集市，集市上的布市、菜市、粮食市、木料市、牲畜市便有了熙熙攘攘的人群，热闹、繁杂的集市便渐渐开始了。

先说布市。布市在张庄集的北街上。街道的两侧布满了卖布匹、成衣、鞋袜、内衣的摊位。摊位是一个不大的木床：上边便铺了薄草席，有的铺了苇箔。每家摊位还拉了五颜六色的布棚子，遮挡太阳：这些布棚子有红的、黄的、绿的，在上空交织在一起。布匹的摊位上摆放了成匹的布，有天津的花布，济南的方格布、的确良，杭州的府绸、涤纶等各颜色的布料；成衣的摊位后边是个方格架子，把红的、黄的、绿的、灰的、黑的衣裤用撑子撑着，一排排挂在架子上……

布市在整个集上算是素静的一块地方。在这里别看大家都心平气和地讨价还价，但也是暗中较着劲儿，比着心眼，是个磨耐心的地方。因为到这里来买东西的人，大多数是贤淑安静的闺女或初嫁才当家主事的小媳妇儿，她们三五人一群，二三人一伙，一句不咸不淡的话就能引她们嘻嘻哈哈地笑个半天。她们看上哪件成衣或者新样式的花布，往往会把价钱压得很低，她们有足够的耐心等着还价。特别是年轻的媳妇，为讲到称心如意的价格，她们往往要一些心计，不是嫌弃布料薄，就是嫌布料不鲜亮、掉色等，找出一堆的毛病，说得一无是处，有时装着要走的样子，每到这时，这些小摊主就要拿出一些诚意，把价格再往低里降一降。

我们那里男女青年定了亲，都是在集市上裁几身好的布料，买几件成衣、几双皮鞋就算是定亲物了。刚定亲，女孩子腼腆，那面皮子纸一样薄，没有言声，粉脸就像鸡冠子一样红到脖子根，头低得埋在怀里，细声慢语的，声音小得只有自己能听得见。卖布的摊主看到这种情况，往往会把最流行的布料、最时髦的成衣推荐给她们，价格也抬得高出一大截儿。刚定亲爱面子，怕对象说自己小气，在讲价上不会大打折扣。出现这种情况后，往往是跟在后边的嫂子、姐姐冲过去帮助讨价还价，直到把价钱砍杀掉一半方可。

羊市里经常人声鼎沸、热闹非凡——因为这里有斗羊。相传，斗羊始于三国时期，一次曹操被袁绍打败，兵退澶州城。一日曹操忽见两羊相抵，非常威风，他精神为之一振，马上计上心来。于是召集将士观赏抵羊，果然鼓舞了士气，军威大振，一举打败了袁绍。从此，澶州便兴起了斗羊之风。这些传说是否真实？管他呢，只要人们喜欢，就什么都好。

我们常把一个老实人比喻成温驯的小绵羊。其实羊是不温驯的，它有好斗的习性。斗羊一般选绵羊即小尾寒羊，又是公羊，性子烈，个头高大，力道足，好斗；头上顶着两只大弯角，感到十分坚硬，骨质感十足，根部粗，上梢尖，在尖头上钻个小眼，拴一条牛皮绳，脖子上挂一个铃铛，“丁零零”响，煞是威风。斗羊个个精神十足，走起路来，一副傲视群雄的样子，高昂着头，鼻子“喷儿、喷儿、喷儿”地朝上高翘着喘粗气。它的主人用手紧紧地攥着皮缰绳，生怕不小心挣脱了，那坚硬的大羊角随便一摇就能把人扳倒。养斗羊的人从大口袋里不时地掏出玉米粒儿、红薯片，放在羊嘴跟前让羊“灰儿、灰儿”地吃两口。斗羊不时地抬高两只前腿打站立，好像随时准备投入一场搏杀。我们小孩子都喜欢要这大羊角玩，年下杀羊的时候把它敲下来，扔在火里烧，把芯子磕出来，尖头锯掉，就成了羊角号，憋一大口气，吹得呜呜响。

有时，集上没有等各路的斗羊聚齐全，有上一个集抵输了的，这个集见了面想赢回来一局，于是他们就先圈出一个场子来，两只羊就开始抵上了。主人先把两只羊拉开十几丈远，摘掉缰绳，右手抓着羊角上的皮绳松开，左手用力在羊屁股上一拍，嘴里发出“嗨——嗨——”的声响，斗羊就奔驰而出，冲向对方，“咣”的一声响两只羊角抵在一起，铃铛似的大羊眼瞪得要滚出来似的。这时候，双方的羊主人就会跑过去把羊拉开，这便是一个回合。一两个回合以后，两只羊便抵红了眼，有时候还拉不开。你瞧，这羊的脾气多犟。

斗羊都是爱好者自发组织的，没有一点儿输赢，真喜欢，纯爱好。斗赢了，感到是一种光荣，带来一份愉悦；斗输了，下一个集接着斗。谁把谁的羊脑袋抵流血了，羊角抵断了，谁把谁的羊腿抵瘸了，各认倒霉，只怨你的羊不够强壮威猛。

集上还有牲畜市。牲畜市就设在一片树林子里，牛、驴、马、骡的缰绳就高高地拴在树干上。有的烈性骡马不时地嘶鸣几声，用前蹄子“咚咚咚”地打击地面一阵，后蹄子不时地尥几个蹶子，时常尘土飞扬，还弥漫着一股股牲畜的草料、屎尿的气味。到牲畜市逛游的人都是村庄里的好庄稼把式，不管认识不认识的，到了牲畜跟前大家都友好地点头笑笑，不是夸骡马饲养得好，膘肥体壮，就是夸犍牛的毛色油亮，英武，一看就是好牲口。

买卖大牲畜，价格不能明着说，双方把手指头伸在袖口里摸手指头。有时买牲畜的人想压低一些价钱，就假装生气，气呼呼地扭头走开。这时候旁边的经纪人就快点撵几步去拉买主，让两方都让一让价，好促成一桩买卖。

我想说说经纪。经纪就是中间人，早在一千多年前的唐代就有经纪的记载，《旧唐书》载：“禄山为互市牙郎。”意思是安禄山这个人曾经当过商品买卖的中间介绍人。清·佚名《燕台口号一百首》中有一首云：“骡马牵连入市沽，倩他经纪较锱铢。可怜长尾刀刀剪，指鹿论钱得价无。”诗中有一小注云：“买卖作中者曰‘经纪’。”

早些年，在家乡集市上经纪发挥着各种交易活动的协调作用，现在集市上大概只有牲畜、木材、粮食这些大宗的贸易还继续使用经纪这种贸易形式，其他早就抛弃了。

集上还有木材、线子、鸡蛋、家具等各式各样的市。

每年过了腊月二十三小年，集头上还有临时的烟花、炮仗市……

集上还有捎口信的。有爹娘年龄大，走路不方便的，想念出嫁的闺女了，就托赶集的邻居碰到闺女村上的熟人给闺女捎个口信回去，让闺女得闲到娘家来看看！

故乡老院草青青

邱振军

这几天，山东老家的雨季让我这个在外漂泊了近30年的游子又牵肠挂肚，故乡老院的草在雨水滋润下，是否又如往年一样长到及腰？

在和娘通话中，得知今年的草没有肆虐生长，二姐几次跑到院里喷洒农药，控制减缓了杂草的长势。

这时，前几年和娘在老院清理杂草的画面又浮现于脑海中。

九年前，父亲去世后，我们姊妹六人怕娘一个人在老院居住孤寂，就让娘搬进了镇上修建的小区里生活。娘刚住进小区的几年，经常走上几千米的路，到老院里种些蔬菜，什么韭菜、茄子、西红柿等品类挺多，院里的杂草刚刚一露头就被娘连根拔起清除干净，那时走进院子里，几乎见不到杂草丛生的样子。

但是过了几年后，随着年岁的增长，娘到老院耕作已有心无力，院子里的杂草就抓住机会，疯狂生长，有些肆无忌惮。

每年8月末时候，我从新疆休班回来，都要专程从山东东营辗转回到德州老家，和娘相约一起，到老院清理那些让娘一直念叨不休的杂草。

其实，让娘一起和我到老院除草，目的就是有娘做伴，也和娘有更长久的相伴时光。

1995年，我从四川的一所石油院校毕业后，分配到了新疆的塔里木油田工作，一干就是27年，每年只有很短时间休班回山东，在山东也是东营和德州两地奔波，一年中陪伴娘的时光屈指可数。

记得每次返程新疆上班，基本上都是从德州老家启程，每次也都是娘拖着年迈的身体，把我送到去火车站或飞机场的汽车上，目送着我离开。那些记忆，每次重拾都让我泪噙双眼，潸然泪下。世界上最伟大、最无私的爱，就是父爱和母爱，从不掺杂一丝别求。

老院有近百平方米大小，每次除草都需要花费两三天时间。

记得每次我和娘吃过早饭，就用电动车驮着娘回到老院，打开老屋的门，拿出一个小凳子，让娘坐在凳子上，我就开始了拔草作业。因为山东老家每年的降雨较多，草可以无忧无虑地生长，像是把理想触及天际。草的高度都在一米以上，其中夹杂着一些长似小树的大灰菜和把根密密麻麻扎在地皮的爬腕草等。

8 月末，还处于夏季尾巴阶段，天气异常闷热，蚊虫也不时贴着脸颊飞奔，欢快地唱歌，还会冷不丁儿“亲吻”我一下。汗水不时地滴在地上，我便撩起上衣，擦拭着汗水。

一开始是蹲在地上拔草，接着就是双腿跪在地上，最后索性爬行着，这时娘会从老屋里找出两个小棉垫，让我铺在膝盖下面。

除草过程中，我一直叮嘱娘不要参与拔草，但娘看着我劳累的样子，为了尽快清除完杂草，会偷偷地拔一会儿，还会把散落在地面的草整理成堆，迈着蹒跚的步子抱到院子外面。

在拔草作业中，不时能听见娘叫着我的乳名：“利军，休息一会儿再拔吧。”此时此刻，看到年过八旬的娘，满头白发，深刻着岁月沧桑的皱纹，心中感到些许的酸楚。在小的时候，姊妹几个整天围绕在娘的身边，总是感觉不到和娘在一起的时光宝贵，这时被娘叫起乳名，那种幸福感又萦绕心头。

在休息的片刻，娘会对我说起在我去新疆上班这段时间里，镇上和村里发生的大大小小的事情。我会认真地倾听，和娘交流着彼此的看法，评论着一些事情的是是非非。

就这样，经过我和娘的连续“工作”，整个院子的草被清除干净。这时娘怕草上成熟的种子落在地上，第二年卷土重来，我们又拿起扫把，把院子打扫得干干净净，才收工回家。

每年和娘一起在故乡老院里拔草的时光，已成了我人生中最宝贵的记忆，和娘一边拔草一边聊家常，尽管辛苦，但很高兴，也很幸福快乐。因为我知道，或许除草是一个借口，陪伴娘才是我最大的心愿。

转眼间，又到了今年 8 月，很是期待着老院里杂草丛生的样子，像是相见多年的故友，也可以和娘再次相聚。

时光总是在和人的赛跑中匆匆而过，感叹时间如手中流沙，转瞬即逝。老院草青青，亲情长依依。再过几天就要休班回东营了，多陪伴母亲、多陪伴妻子、多陪伴孩子，来弥补长期在新疆上班，对家人亲情的亏欠。就算老院里的草不再茂盛，我也会把娘接到东营，住上一段时间，多陪伴娘度过晚年时光。

云端之路

邱怀超

白云之巅，赤道肩梁。裂谷逶迤，至大至刚。云端之路，穿破荒凉……

在非洲的东部，有一个神秘国度，人类发源地之一——肯尼亚。

早在明朝时，中国航海家郑和就曾到达肯尼亚的马林迪、拉穆等地，蒙巴萨港那里至今留有中国人的后裔。这里也是国家“一带一路”倡议的终点站，联合国环境规划署和人居署总部就设在肯尼亚首都内罗毕北郊。

如果你有幸站在从动物世界马赛马拉延伸过来的 B3 公路终点上，便会看到纯净湛蓝的天空下，白云缭绕的云端上，有一座现代化城市伫立在眼前海拔两千多米的东非大裂谷上，宛如天空之城，这便是素有“东非小巴黎”之称的内罗毕。

在郊区，山麓丘陵绵延起伏，茶园、咖啡园、菠萝园、郁金香花园等农场坐落其间。溪流在灌木丛中缓缓流淌，牛羊在马赛牧民的驱赶下觅食吃草，一番与世隔绝的田园景象、旖旎风光。时年五十多岁的丹麦女作家凯伦·布里克森在文学名著《走出非洲》里写下这样的开场白：“在非洲的恩贡山下，我曾经有一座农场。”中国石化胜利建工公司修建的乡村道路便穿梭于此，这是一条东非高原的“云端之路”。

想必大家都还记得钱钟书先生在《围城》里的经典段落：“围在城里的人想逃出来，城外的人想冲进去，对婚姻也罢，职业也罢，人生的愿望大都如此。”多年前，每当我静下来的时候，总会在想：我们的围城在哪里，是否有路可以逃出来，或者冲进去？我想，谁也难以解答这种难题吧！

作为一名恪守赤诚初心的中国共产党党员，一名勇闯海外的中国石化胜利建工人，从北非阿尔及利亚开始，途经法兰克福、伊斯坦布尔、迪拜、阿布扎比、卡塔尔、曼谷，游历过地中海沿岸阿尔及尔“白色之城”卡斯巴哈，参建过撒哈拉沙漠扎尔则油田，经历过利比亚、中非、南苏丹战乱撤离，一步步走来，我和海外结下了不解之缘。

当得知前往肯尼亚修建乡村道路时，我在想，原本我们一直在路上，从未停留过。也许，你从未想过去往这个地方，根本不了解这个地方，但是，你最终还是来到了这个地方。其实，我们谁也不知道下一刻会发生什么、会遇到什么，但是，我们难免会在人生的道路上四处奔波。

也许，这是一条平凡之路。无论你跨过多少山和大海，经历过多少路途坎坷，面对要走的路，谁能年少不轻狂，独自去闯荡呢？

也许，这是一条不凡之路，它会让你抵达新的大陆，一片陌生的热土，那是赤道附近的东非高原，原始与现代共存的国度。在那里，黄皮肤与黑皮肤有着深度跨文化交流，承载着共同构建“中肯命运共同体”的责任与使命。

也许，这是一条超凡之路、净化心灵之路。当有“地球伤疤”之称的东非大裂谷横亘在你眼前的时候，云端就在脚下，你可能会被它震撼。它会让你渴望在无尽的旷野里奔跑，奔向那天地一线之间。你会为了逸想而脱俗，为了梦想而驰骋，驰骋在那非洲草原上……

内心的迷茫，抵不过流水的时光。倏忽间，我便抵达内罗毕肯雅塔机场，开始新的旅程。

初见肯尼亚乡村土路，一种原始的异域景象浮现眼前。此时正值旱季，路面崎岖不平，尘土飞扬，遮云蔽日，这就是我们将要修建的“云端之路”，一条具有非洲特色的“搓板路”。

在赤道异常刺眼的阳光下，路上积满了尘土。来往车辆在上下起伏的“搓板路”上来回颠簸，带起了漫天扬尘，车内不时传来被尘土呛出的咳嗽声。路旁来往的村民们只好扎起围巾，遮住耳朵和口鼻；路边的小商铺则用玻璃板或塑料布搭起隔断，尽力阻挡着扑面而来的滚滚浮尘……

道旁的农作物饱受扬尘侵扰，茶叶、咖啡豆、菠萝、甘蔗、芒果上满是尘土，犹如蓬头垢面的落魄少女，鲜嫩翠绿不再。田园化与现代化面临着矛盾冲击，村民们是多么渴望一条现代化道路啊！

“SINOPEC！ SINOPEC！ SINOPEC！ ……”当印有中国石化 LOGO 的彩旗在乡村道路项目开工典礼现场飘扬时，肯尼亚村民们轰动了。他们齐声大喊着中国石化公司的名字，摩肩接踵如洪流般向我们涌来，非洲人的热情在此时显露无疑。

年迈的村长为我们献上了一群鸡、几只羊和一筐水果，他激动地握住我的双手，黝黑皴裂的脸庞上老泪纵横。他感叹有生之年能够见到一条现代化道路在村中穿过，解决了他们世世代代遗留的交通问题。

年轻人则在非洲鼓的韵律中跳起了马赛土著舞蹈，女孩们的草裙舞、男孩们的跳高舞，还有村民们的拍手、跺脚与歌唱……

肯尼亚村民们修路的渴望在此时此刻犹如洪水般释放了，不加掩饰的兴奋表情洋溢在每个人的脸上，正如这片土地一般狂热，我被异域他乡这样欢快的场景震撼和感动，许久不能平静。

愿望总是美好的，可现实总是残酷的。在非洲施工的艰难可想而知，单单一个雨季就让我们焦头烂额。“内罗毕”的本意是马赛语“冰凉的水”，这里的雨季也确实十分漫长，几乎每天都在下雨。每当层层乌云压顶时，倾盆大雨便会骤然而至，让人措手不及。这样的环境对路基施工大大不利，铺垫好的基层土被雨水反复浸泡成“泥浆”，施工进度严重放缓，重重困难摆在面前……

至今记得，那是一个大雨滂沱的夜晚，干燥的浮尘早已变成泥丸，我们的四驱越野车在极其湿滑的坑洼泥面上艰难前行，不受控制的车辆总是不停地打滑，左右扭动，稍有不慎便有滑落到山坡下的危险，让人惊心动魄。

这样的烂路在雨水的浸泡下，致使两驱车完全停摆，四驱越野车行驶起来也非常吃力，村民们只好用驴车、牛车作为交通工具，或是用光脚泥腿拉着“平板车”艰难跋涉，苦不堪言……

看着他们满身泥泞、步履蹒跚的身影，我们的员工都是心急如焚，恨不得直接从国内搬条柏油路铺上，让非洲村民们早日用上中国人修建的道路。

尽管层出不穷的困难阻挠着施工进度，但我们众志成城，困难犹如纸老虎一般，最终还是被我们攻克了。

当地的村民们累世居住在这片土地上，他们对雨季的判断是我们施工的“晴雨表”。在年长村民的帮助下，我们逐渐摸透了雨季规律，这种跨地域、跨文化的交流也让我们钻研出来一套行之有效的雨季施工办法。“雨前我备，雨进我退，雨驻我防，雨退我上”，这样的十六字施工办法使得进度大大提升，也让村民们被雨水浇灭的热情重新燃起。

旱季来临时，热情的村民们帮助我们寻找水源，许多电子地图上查找不到的水源地被一一发现，这让我们的洒水车能在修建的大路上络绎不绝地行驶着，尽情地喷洒着……

村民们还帮助我们寻找土场、石场，让他们的孩子到我们公司应聘，支援道路建设……

“众人拾柴火焰高”，我们的员工开始日夜鏖战，在非洲大地上展开了一场没有硝烟的战争……

天有不测风云，“COVID–19”新冠疫情在非洲爆发了。

由于非洲村民们的防疫知识不足、意识淡薄，加之当地的防疫物资匮乏、医疗条件落后，疫情很快在非洲大地蔓延起来。

非洲的贫困落后是防疫难点，肯尼亚还有非洲最大的城市贫民窟基贝拉，这也导致许多匪夷所思的防疫政策出台。听说居民感染后，症状较轻者可以居家隔离，穷人家里只有一个房间、一张床，他们只能在床上拉上帘子，两人头脚相向，背对而眠。这样的隔离措施也是无奈之举，更是疫情难以控制的一个因素。当地穷人连饭都吃不饱，谁会花钱去买口罩，在乎疫情呢？

防疫刻不容缓，我们从国内订购大批医疗口罩，储备防疫物资，对肯籍雇员展开动员，再让他们向自己的家人、朋友、邻居们广泛宣传。我们还组织宣传队伍、宣传车辆，用大喇叭向沿线村民讲解防疫知识，赠送国产医疗口罩、英文宣传册……

为化解非洲人民对新冠疫情传播源头的误解，我们把中国防疫成功的经验分享给当地政府、社区和村落，动之以情，晓之以理，耐心沟通交流，消除他们对中国的误解。

“意识的觉醒，防护的到位”，让乡村道路项目在非洲防疫的大潮中独树一帜，形成一股清流。

响应国家号召！复工复产！

面对疫情常态化，乡村道路项目吹响了战斗的号角。防疫，修路，两手一起抓！

我们在无形杀手的阴影笼罩下，克服心理恐惧，迎难而上，施工机械的轰鸣声再次响彻肯尼亚乡村小路，中国石化人在海外再次扬起了启航的风帆。

风餐露宿、披星戴月，“钢筋铁骨”的中国石化人已经融入了肯尼亚这片热土。

饥困时，我们把金合欢树下的草甸当作歇脚的卧榻，“咕嘟咕嘟”狂饮含氟较高的井水解渴，大口吞咽烤玉米、木薯饭充饥。

旱季时，我们如炭火上炙烤的“羔羊”；雨季时，我们如冰窖里颤颤巍巍的“落汤鸡”。

赤道烈日会让皮肤灼伤蜕皮，阴冷潮湿催生的湿疹会让人皮痒难耐。蚊虫的叮咬、疟疾的传播，杂草丛生的恶劣自然环境不断侵扰着中国石化人……

可是，“没有过不去的火焰山”，我们怎能轻易屈服？中国石化人吃苦耐劳的“铁军精神”在这里发扬光大，让这条道路如黑丝带般滚动铺进。这让当地村民对中国公司刮目相看，也让他们看到了早日通车的希望。

烈日高照的旱季，沿线村民们为中国石化人送来甘甜的菠萝、芒果、甘蔗……

阴冷潮湿的雨季，村民们为中国石化人送来温暖的束卡（红底黑条或大红色的布）、羊皮毛毯和热乎乎的牛奶、烤肉……

中肯同心修大道，披荆斩棘通天堑。

“SINOPEC！ SINOPEC！ SINOPEC！……”当肯尼亚村民们再次高喊中国石化公司名字时，这条东非高原上的“云端之路”被我们修通了。

漆黑的柏油道路平坦洁净，蜿蜒地穿过一座座农场，两边的农作物焕发出勃勃生机，犹如娇艳欲滴的妙龄少女。在蓝天绿水的映衬下，一幅幅田园风光的绚丽画面映入眼帘，我们成功了。

MATATU（肯尼亚最受欢迎的公共交通工具，横排三座面包车）结束了颠簸的岁月，大声播放着节奏欢快的斯瓦希里语歌曲（肯尼亚母语歌曲），平稳地行驶在乡村道路上。

一辆辆乡村摩托车快速地来回穿梭，接送着肯尼亚乡村居民。

肯尼亚国家长跑队、国家自行车队寻找到了合适的训练道路，运动员们可以尽情地奔跑着、驰骋着、梦想着……

黄色的校车上传来孩子们的欢声笑语……

夜幕降临，附近的村民们燃起熊熊篝火，烤起羊排、馕包肉、羊肉肠（肯尼亚人过节吃的烤肉），Changaa（自酿蒸馏酒）、Busaa（自酿啤酒）随意摆在地上，大家围在一起徒手拍鼓、欢歌狂舞，庆祝乡村道路提前通车。

我们在村长的诚挚邀请下，与当地村民们畅谈阔饮，共同庆祝。年龄稍大的孩子们组成合唱团，为我们唱起了肯尼亚民歌，“Jambo！ HakunaMatata（斯瓦希里语：朋友您好，请无忧无虑，忘记烦恼）……”

乡村道路修好了，附近的土地开始升值，农作物变得畅销，红茶、咖啡、鲜花可以顺利出口创汇。我们为当地村民们提供了培训和社会就业的平台，促进当地经济飞跃式大发展，为推动国家“一带一路”倡议在非洲落地生根，扛起了央企的责任与担当，扩大了中国在非洲的影响力。

“回顾、凝望、沉思”，看着我们修建的道路，感觉人生便如浮云朝露一般。回想起这些年的情节，如电影快进，历历在目。

我们曾经受邀参观当地小学，难以置信的萧条景象让我们大吃一惊，内心深处受到了极大触动。几间漏雨的破草房便是教室，几个斗大的窟窿便是窗户，几块平整的大青石板摞在石头上便是课桌，几根粗大的木墩放在地上便是座椅……贫困、落后，这与市中心的繁华形成鲜明对比。

衣衫褴褛的孩子们是多么渴望获取更多的知识啊！他们的眼神真挚纯洁，深深打动了我……孩子们把废旧的破袋子用透明胶缠成一个“足球”，在草甸上开心地踢来踢去，而我的心里百感交集……早有准备的我们带去了学习文具、体育用品，这让孩子们狂喜不已。几天后，我们帮助学校修缮了教室，摊铺了校园小路……

非洲的天气也会出现异常，这里曾遭受大旱，粮食短缺的穷人会饿死。我们四处奔波采购粮食，捐助当地穷人，帮助他们渡过难关。

看到瘦骨嶙峋的孩子，心头总是一酸，我会把从国内带来的维生素、钙片给他们补充营养，期盼他们健康成长……

当然，在这样一个世界著名的野生动物保护区里，我们修建的道路也会迎来“不速之客”，除了凶猛的狮子、猎豹难以见到，呆萌的狒狒、斑马会经常出现，但它们并不怕我们，这是肯尼亚保护野生动物的传统所致。我会找些香蕉递给狒狒吃，让工人清理路上的一坨坨粪便，引导它们去水洼饮水，这便是人与动物之间的和睦相处、人与自然的完美融合。

也许，有一天，当我离开时，我还会梦到在肯尼亚的日子，梦到皎白的月光洒向黑皮肤的纯真笑容，还有他们望着我们中国石化人修建的“云端之路”的清澈眼眸。

蒙巴萨港白沙滩、马赛马拉动物大迁徙、肯尼亚山冰雪、门南盖伊火山灰、恩贡山风车、奈瓦沙湖河马、马加迪湖火烈鸟、凯伦故居后花园、小象孤儿院、蓝花楹、东非黑木、肯尼亚红茶、TUSKER（肯尼亚啤酒）、Ugali（玉米粉制作的主食）、SukumaWiki（东非甘蓝）、Chapatis（一种薄饼）……肯尼亚的特色元素会永远萦绕于心，难以抹去。

采油人的春夏秋冬

彭松江

春

一年吹两次、一次吹半年的盐碱滩海风，它总是先吹弯芦苇的腰身，再吹白芦苇的头颅。为核实一项工程，我一路颠簸来到目的地。小站除了孤零零的一间平房和两幢野营房，四周再无房舍。挺立的抽油机上下起伏，散落在低洼处的红柳被春风吹得左右晃动，更增添了小站的荒凉和空寂。

敲开平房的门，走出一位黑红脸庞的汉子，姓余。在这个偏僻小站，他一个人承包下了编员五人的工作，管理着八口油井。

余师傅告诉我："已经六个年头了，没有回过湖北。""想家吗？"话刚出口我就后悔了。余师傅眼中有丝惆怅一闪而过，顿了一下说："想。父母也想我们，特别想孙子。"说到这儿，余师傅把目光转开了。顺着余师傅的目光望去，我看见一株红柳在风中摇曳。

"您的爱人和孩子呢？"我脱口而出。余师傅脸色由阴转晴："爱人这会儿到二十千米以外的学校接孩子了，去年我们买了辆摩托车，接送孩子和购买生活用品都很方便。今年春节父母太想孙子了，就到小站和我们一起过的年，一家人团团圆圆的，真好！"

人呀，本身就是一枚神奇的种子，不管从何处来，落到最需要的地方，也就安下了家。周作人在《故乡的野菜》中曾写道：我的故乡不止一个，凡我住过的地方都是故乡。看着眼前的余师傅，我又一次相信了。

夏

盛夏七月的一天，一场大雨之前。

前两天的一场大雨冲垮了海滩的一段进站道路，车辆受阻，油运不出去，生活物资送不进来。经过一个多小时的颠簸，我们站在了被雨水冲垮的路段上查勘。

天很暗，大雨前的空气仿佛凝固了一般，闷得让人喘不上气。乌云压境，似乎要和地皮贴在一起。不远处几座平台上的储油罐，倔强地挺立着，仿佛要奋力为天地撑开一线空隙。忽地，一个树杈形闪电在天地间扯出一束不规则的亮光，轰鸣的雷声在我们头顶响成一片，接着，暴雨倾盆。

回程途中，我们的车犹如飘摇在风雨中的小船，艰难地前行。我用手抹去车窗上的雾气，这时看见一位采油姑娘正向前奔跑，我们急忙将车开到她身旁停下。采油姑娘上了车，站在车门前摘下工帽，一串雨水顺着她的发梢滑落。见她一身湿透的工衣紧贴在身上，我关切地问："冷吗？快过来坐。""不冷。我就站这儿吧，别弄湿了座椅。"采油姑娘看我们都盯着她，莞尔一笑："好大的雨呀！""你怎么在雨中奔跑？""刚巡完井准备回站点，这雨就下来了。""回到站点赶紧把衣服换了，小心感冒。"采油姑娘用感激的眼神看着我："不要紧的，夏天，一会儿就干了。"说完她转过身用手抹了抹车门上的玻璃，望着车外自言自语："我最喜欢雨了。"

"我最喜欢雨了。"时至今日，我又想起那被淋得透湿的采油姑娘的话，心中涌出一股柔情。是呀，风餐露宿惯了，雨就是她朝夕相处的好伙伴，雨水把清河石油人的一个个日子洗得透亮。

秋

在去作业二队采访的途中，半里一丛红柳，一里一方苇塘，裸露的盐碱滩在深秋的阳光下泛着白光。十来分钟的车程后，张队长从院内迎出："队里正在自整自改，力创标杆队，院子里有点乱，请进屋听我汇报。"撇下张队长和一行记者，我信步走进一间没上门的砖房。

砖房内墙刚粉过水泥灰，空气中弥漫着浓浓的泥浆湿气，俩工人正用丁字尺裁白胶纸。我好奇地问："裁这做什么？"他们笑答："用它美化野营房的文化墙。"

走进野营房，一小伙儿正踮着脚往墙面粘白胶纸，看见我粲然一笑。"工作多长时间了？"我问。"今天第四天。""喜欢这里吗？""当然，这里人人友爱，一来又赶上队里创标杆，很有建功立业的情怀。”

“小王，累不累？换你一会儿。”“小王，下班了到家吃饭，你嫂子包了饺子。”说话的是从砖房走出的那两个工人，手里拿着裁好的白胶纸。小伙儿笑答：“不累。又有饺子吃了。谢谢师傅们！”见师徒仨唠得开心，我含笑走出野营房。

院角种着一棵石榴树，一位工人正在浇灌，看见刚完成作业浑身是油的俩同伴忙笑着招呼：“看，又结了三颗石榴。”

坐在车里回望作业二队，蓝白相间的屋顶与蓝天白云遥相呼应，想这群可爱的清河石油人，都在忙着自己该做的事，井然有序，乐观和谐，别说是打造标杆队，就是再创多少辉煌也不足为奇。

冬

我的朋友老赵曾在钻井队上班，他给我讲述了清河采油厂开发初期钻井队的难忘经历。

老赵说，1986 年 6 月，他们钻井队接受任务从湖北奔赴山东。那会儿的清河采油厂被人们习惯性地称作“八面河油田”，八面河的称谓来自当地老百姓对水的渴望而酝酿出的美好想象，因为在那片一望无际的荒凉盐碱滩上，基本饮用水都要从几十千米外的地方拖运。盐碱滩大片开阔地上的浮土足有二十厘米厚，风一吹，漫天扬沙。

小李是当时钻井队年龄最小的工人，刚从技校毕业，十七岁，单薄得像个孩子。小李嘴很甜，话也挺多，是家中的独子，虽然身子骨单薄，却很勤快，干起活来总是跑在前头，对钻井队的一切都感觉新鲜。

1987 年除夕那天，下了好大的雪，全队都在紧张地忙活着一口新井的钻井任务，都想早些干完活回队部吃团年饭。平时话挺多的小李那天不说一句话，只是拼命地干活，单薄的身子在风雪中显得更加瘦小。干完活后，全队围坐在食堂的几张圆桌旁一起团年。屋外风雪交加，屋内队友们直着嗓子行酒令，吃着喝着、喊着叫着，忽地不知谁哼起了《想家的时候》，大伙儿便都跟着和了起来。这时，从不抽烟的小李突然来了句“师傅，给我来支烟”。原来那个除夕是小李的十八岁生日，也是他第一次在外面过年！

老赵一把搂过小李，用力地拍了拍他的肩。

在那个飘雪的除夕夜，老赵和小李在风雪交加的野外围着钻塔走了很久。雪地上，一圈一圈足印被风雪覆盖，一圈一圈新的足印又重新生长出来……

老赵最后说，小李现在壮得像头牛，当钻井队长好几年了！

坪北山上“一棵树”

单修霞

这里是陕西延安坪桥以北，这里是高天厚土的黄土高坡，这里是江汉石油人的“南泥湾”。

扎根在被海拔 1600 米的空气净化过的坪北油区，任谁都不禁想感激一下明净高爽的蓝天、大朵大朵的白云、钻石般闪亮夜空的繁星，以及纯粹清新得令人肺腑无比通畅的空气。

满眼的连绵山包、蜿蜒崎岖的羊肠小道、梁峁起伏、沟壑纵横、风起黄沙扬……所有这些都难以叫人皱一下眉头，心被强烈的感悟充盈填满——像是一个人到达想要去的地方，属于那里，安于当下，静谧而平和。

黄土大地就这么神奇！蓝天白云、夜空繁星的强大精神治愈功能自不必言说，仅一棵矮树便能宽慰驻扎坪北油区的江汉石油人的孤寂心境。真的！如果不是黄土大地上的常客，你绝不会知道每一株树在土坳里如何挣扎着奋发生长，如何在无数个孤独的白天和夜晚静默独处。

坪北油区很难见到一棵巍峨直立、身姿挺拔的大树。附近黄土坡上的树什么形状都有，造型多么奇特的枝叶和多么异样的成长方式都可能出现。地上的每一棵树都渴求生存，努力寻找生机。

为着拼命吮吸一口大地的养分，树的枝条不断地以分枝呈现，每一个分枝独立而生，无不至树梢处再延展出更细更小的分枝，如须髯般盘结交错，如花瓣般缤纷美丽。纵然餐风宿雨、雪打霜欺，树的所有枝条、枝叶无不奋力舞动，昼夜不歇。淅沥沥、哗啦啦、滴滴答……一棵树演绎出了一整支乐队的声响。

油区黄土坡上的树很少成林成片，多是这里一棵，那里一棵，每棵独处一隅，自成一方天地。车在黄土弯道上行驶，远处山头一棵孤树豁然闯进视野，山的高度、坡度、弧度那么大，山头仅此一棵树越发显眼突兀，令人欣喜惊叹。好家伙，一棵树竟有坐拥一座山头的气魄！

坪北油区附近有个大山包真的是以“一棵树”为名，算是当地网红打卡点之一。只要说“一棵树”，司机师傅们都知道往哪里开。这棵生在山顶，与太阳为友、与冷月握手的树，不太高，但很大。它的大是横向的，矮短的枝干上顶着一头捧花造型的繁密枝叶，绿团团、胖墩墩的，简直有点遮天蔽日。

有时车子接连转过好几道弯口，还能从某个角度远远地看见“一棵树”立在那里，像是一位见面熟的朋友招手邀你过去，听一听它的成长故事——它独自在那里许久了。走进黄土地，来到坪桥以北，在山头守护着采油平台的江汉石油人会在第一时间为你讲述“一棵树”的故事。

“一棵树”算是坪北油区近前的黄土大山上最为亮眼独特的存在，弯着、曲着，蓬蓬勃勃，不成片、不成林，孤零零地立在那儿。可真叫人惊喜不是吗？！

坪北油区方圆 64 平方千米，总计有 146 座采油平台，分布于各个山头，采油平台上最少的有 1 口油水井，最多的有 25 口油水井。每一口油水井都像是石油人的孩子一样，被悉心呵护和管理着，日夜不歇地奉献石油。

老坪北石油人告诉我，地上的树同地下的石油一样充满生机，给人希望，它不只是“一棵树”，它是好多好多的“一棵树”。你看，这儿有它，那儿有它，很远很远的地方仍然有它！是的，在这儿，有它们，就很好。

我曾专程步行数小时去见它——“一棵树”（用脚丈量大地，在弯道奇多的黄土高坡上很寻常，也是与大地更为亲近的一种选择）。离很远我便看见了它，于是就一直望着，朝向它的方向前行，直到它在我眼里变得跟山一样高。噢不，是比山还要高。我早知那是一棵树，却感觉它更像是山头立着的一面旗帜、一种信号。我想到了电影《鸡毛信》里的那棵用于向村民报告敌情而被放倒的“消息树”。

视野中，“一棵树”立于大地之上，高山之巅。低矮粗壮的主枝干深扎在黄土地里，亚麻纤维状的绵长根须大多铺展在地面上，像无数条跃动翻腾的巨龙，喧嚣呐喊着，拼命加油鼓劲儿，以昂扬挺立之姿、坚韧隐忍之功，让存在成为呼吸一样的本能，也让活着、活好成为见证过往苦难历程的生命力量。

一份资料表明，黄土地上植被难以存活，为了汲取维持生命的汁液，需要比树木本身庞大得多的根系，扎在土里的根的规模比地面上的部分要大好几倍。坪北油区的许多树即使树根露出地面，根须也比树干要长许多。因为稀少，更显珍贵，格外被高看几眼。油区内的树们也于无形中涵养出大山代言人的思维和气度，争相以胜利者的姿态昭示生命勃发的激情所在。

在每一位由江汉水乡园林走进陕北黄土大地的石油人的眼里，与丰腴之地的树以盎然绿意点缀生活的功效不同，贫瘠荒芜之地里的树们哪怕只是站立着，存在在那儿，就是鼓舞，就是无穷的力量。即使那些弱不禁风、枯瘦如柴的小树也令人怜惜。想想吧，如果亲亲的黄土大地、油区内外的黄土坡上没有一棵树，那真是太无趣了。

每一位走进黄土地的江汉石油人都看见并感受到了树的不可替代的存在。在坪北油区，一个采油平台就是一座山头，都有一位守护油井生产的“孤勇者”。平台与平台隔山而建，人与人隔山而望，在山与山之间、平台与平台之间，树挺立着，与平台上的石油人和抽油机一道，在沧桑厚重的黄土大地上吟唱奋斗生命的赞歌。

只要初心在，万事都不难。为使山更绿、天更蓝，坪北石油人发挥来自江汉水乡园林的优势，积极绿化山头，在黄土大地上栽种了一片又一片的“江汉林”。

植树节那天，当地村民艾丕忠向正在王家湾耕植“江汉林”的坪北石油人申请拿三棵树，他说：“我要把树栽在王家湾毛主席雕像前，绿化王家湾，喜迎二十大。”

他的心愿得到了满足。

春风吹又生

贾雪梅

四川省达州市宣汉县土主镇，是一个充满乡土气息的小山村，少为人识。她不高贵，因亚洲第一大气田普光气田坐落在这里，让她于平凡中闪烁着淡淡的光、散发出耀眼的光芒。黛绿的大山、幽香的野花、翠绿的植物、鲜美的食物、温润的雨水、漫天的云朵、瓦蓝的天空诠释着她的爱与慈祥，她就像天下所有父母一样，养育一代代生活在那片热土上的人们，养育着不远千里来到这里的中原石油人。

清晨，淡淡的炊烟在土墙瓦屋上袅绕，浓郁的树冠中，清脆的鸟鸣也不曾打破乡村的美梦。三三两两的“红工衣”走入山间，迈向草丛，走过河道上的红街桥去四十米大道，或去管理中心锻炼身体。当地人叫“芭茅”的植物开花了，粉色的、浅粉色的，一束束、一丛丛，开在民居旁，开在山坡上，开在田野里，开在山涧边，开在巴山深处。一年四季，每一处土地上，无论是山坡、荒地，还是溪流、岸边，芭茅无处不在，根连根、手牵手，一簇簇、一片片，像青纱帐，像芦苇荡，蓬勃旺盛地生长着。呼吸着山野清新的空气，“红工衣”走向普光管理中心食堂，美好的一天，从一缕炊烟袅袅升起开始，从芭茅花的清香里开始。

在“红工衣”每天上下班经过的路边，它们认真地生长，吮着风，努力地向上仰起头、张开叶片，拥抱远方的客人。

芭茅其实是一种草，是一种有着顽强生命力的草。冬季它们看似干枯的叶片依然挺立着，任凭风吹雨打，枯黄而不萎靡，抱团簇拥，根茎深深地扎在泥土之中，汲取着营养，蓄积着力量。立夏之后，地温渐升。此时，芭茅锥状的幼芽顶破泥土，铆足了劲儿直往上蹿，一天一个样，叶片青翠欲滴，茎干圆润细腻。正值当地人抢收油菜籽之际，嫩嫩的芭茅叶疯狂地扩张体形，仿佛要把一冬天的“损失”补回来。听老家在四川的同事说，芭茅叶中有一种海绵状的髓，是可以吃的，小时候孩子们都抢着吃，虽谈不上美味，却是孩子们的最爱。我最终也没有闲工夫去尝尝。

每天从居住的土主镇十层楼到天然气净化厂，需要十分钟。车窗外石化路边的芭茅兀自开放着。劳累一天的“红工衣”上了班车，沉重的脑袋靠在窗户上，总能看到那些恣意摇曳的芭茅，疲惫就缓解了许多。

我们来普光的时候是2月底。当时，芭茅枯败的茎叶倔强地挺立着。2017年6月，中原油田石油化工总厂面临转型发展的抉择。千余名职工纷纷背起行囊，投入各个外部市场，而普光维保项目部作为总厂的主战场，顺利完成由炼油主业向技术服务的转型，在巴山深处倔强地生长。

在芭茅蛰伏的时候，农舍边、小径旁、山涧里零零散散的樱花开放了。它们如同刚来这里的石油人，迫不及待地想打量一下普光的风光。

听采气厂的工友说，周围山上，野樱花成片怒放，特别漂亮。我很想去山上欣赏欣赏。但是，每天穿梭于105视频教室、“十层楼”、生产管理中心之间，虽然远离城市的水泥丛林，但繁忙的学习培训也让我们无暇感受春天的脚步。置身于大山的怀抱，虽然忘记了欣赏巴山的美景，但每个日子都简单、充实。

经过4个月严格的培训、考试，我们终于获得进入普光天然气净化厂的资格。我拿着小小的门卡跨进净化厂大门的一瞬间，内心复杂而喜悦——克服重重困难，我终于成为普光气田建设大军的一分子。

正是春分节气，芭茅的叶片开始返绿，随处可见的油菜花呈蔓延之势，迷醉了我的眼，陶醉了我的心。爬上高高的观景台观看，净化厂在群山掩映和油菜花的陪衬下，赏心悦目，游动的“红工衣”在净化厂的各个角落忙碌着。夜晚，净化厂灯火辉煌，为漆黑的巴山镶嵌了一颗巨大而闪耀的明珠。

芭茅与艳丽的桃花、洁白的梨花争抢阳光雨露，奋力拔节，越长越高，终于冲出枯茎败叶的围困。又一个转瞬，满山的樱桃红了，那颜色分明是普光石油人工衣的颜色。

入夏，翠绿的芭茅不停地拔节生长。芭茅花开，洁白中有点粉红的圆锥状花束，高高地挺出叶丛，随风摇曳，活脱脱一个清丽佳人，撩拨着我的心弦。贴心的领导把西瓜等防暑降温品送到火热的联合装置检修现场。

下班后，吃过晚饭的“红工衣”三三两两相约，或去“十层楼”后面的付家山、四十米大道、石化一路走路转圈，或上杨侯山、廪君山转转，抑或去活动室打打球、自发组织打打牌。小镇不大，目及之处，都是“红工衣”的身影。

有雨的夜晚，听雨滴敲打遮阳棚的声音；晴朗的夜晚，到“十层楼”楼顶欣赏满天的星斗。或者聚在一起，交流工作学习心得、闲话家常。

逢小镇早市，“红工衣”会不约而同地选择早起赶场。金黄的枇杷、紫黑的葡萄、不歇脚的李子、脆甜的玉米、酸倒牙的橘子、金黄的梨子、红艳艳的苹果、白生生的白薯、红皮绿脸的冬枣、红心的柚子……生产管理中心和好娃娃幼儿园门口、“十层楼”下，水果换了一茬儿又一茬儿，一直到芭茅花开放的深秋。回家轮休的同事似乎约定好了，或手提，或筐盛，或纸盒装，无一例外都是当季最新鲜的水果。他们要把普光水分充足、肥硕甜美的纯天然水果带回中原的家，让家人尝尝。

记忆中，有一片茂密的芭茅。它们就在宣汉火车站回土主镇的路上，这也是“红工衣”休假回家和上班的必经之路，只要方便，我回来上班的时候都要叫车子停下来，扑向它们的怀抱，轻轻地抚摩它们一下，像是久别的老友重逢，有很多话要跟它们讲。它们像自由的精灵，在远离世俗的淡泊中，独守大山一方瘠土，筛风弄月，潇洒倜傥。瘦瘦的筋骨把生命的诗意一缕缕地挑亮，将野地的清苦和宁静浓缩成亘古的沉默，醉倒了金风，醉倒了远行的石油人。

芭茅汲取营养，旺盛地生长着，密密的芭茅花像一片片灿烂的微笑，锯齿般的茅尖指向天空。从苍翠的湖绿，渐渐化作凝重的墨色，却依旧亭亭玉立，倩影婆娑。翻越季节的山峦，静候白露降临，那满目的芭茅花与大巴山边的皎月融为一体，绵延至月光不能触及的远方，也依旧追风逐月，充满蓬松的张力。

秋风起，芭茅迎风起舞，摇曳生姿。山上放假的孩童们开始上学，芭茅花的颜色也渐渐变淡变白，秋风一吹，年轻的花结成了绒球，种子飘飞，飞到哪里，就在哪里生根发芽，在山野上扎根，无拘无束。

寒冬时节，芭茅越显苍白，那些青草般的叶子也开始枯黄，但茎干仍然坚毅地挺立着。农民们刀砍斧削，即便将它连根掘起丢在地上，但只要附着一丁点儿泥土，它照样存活。刀砍也好，火烧也罢，对它来说，仅如剃头一般，拒绝俯首，拒绝妥协。它们叶枯茎衰，但来年春风一吹，又重新欣欣向荣。它不择环境，在泥土肥厚的地方，在贫瘠荒凉的所在，甚至在光秃秃的岩壁上，都能安营扎寨。它们抱团取暖、开疆拓土，凄风苦雨摧不折，雪剑霜刀劈不倒，即便躬身匍匐，一旦雨停风住，依然长叶当风，茎秆高举，风姿绰约。野火烧不尽，春风吹又生！

所以，我对芭茅情有独钟。因为它像极了在这片热土上奋斗的石油人。

“芭茅”这看似俗气的名字，却蕴含着智慧，充满了诗情，缓解了山民疾苦。这白发苍苍的芭茅，是樵子柴担上悠然飘起的一缕秋光，是村姑眉宇间挥之不去的一抹苍凉的妩媚。

小镇脱贫攻坚的战鼓擂响，芭茅逐渐退出了山乡人的舞台。去年深秋再一次去往小镇的路上，目睹芭茅花，心里五味杂陈。芭茅花，曾经开在大巴山上的每一个山头，今天看到你，那么亲切。像芦苇一样，临风听鸟啾，你是我记忆中的勇士，在风中飘摇舞剑。

斗转星移，暑往寒来。中原石油人带着芭茅的柔韧和刚强，用智慧和勇气在这片贫瘠的土地上深深地扎下了根。有芭茅的地方就有芭茅花的自由飞扬，智慧之花就会尽情开放。晚霞落日中，那些花朵儿在风中摇曳，配上近水远山，更有一种壮怀激烈。一丛一丛，根茎发达，紧紧团抱在一起，每一处风景，都让我无限遐想。回到这里，似乎再次感受到，有芭茅存在的地方，炊烟便会袅袅娜娜地升起，小镇也便有了一种暖暖的情调。

每每看到芭茅，就想到了同事间暖心的关怀，小镇上美味的石锅鱼、鲜鱼庄的大盘鸭、农家的地锅鸡……

行走在芭茅丛中，一簇簇不张扬的花儿开在山谷，散发着清香，摇曳生姿。一路往山里行走，它在风中带来的一阵阵芬芳，如此浓烈而甜蜜，使整座山充满回忆……

车子沿着小镇到达州的高速路行驶，看着忽闪而过的芭茅花，我带着芭茅的柔韧和刚强，再一次走出了大山……

绿萝系取春长在

彭　宁

七月开始，连日艳阳高照、酷热难挡。办公室走廊上大多数花草都蔫儿了，却总有一片鲜活的绿色迎面而来，让人眼前一亮。那是之前单位分发的几盆水培绿萝，在白色的三角花盆架上，一直努力伸展着细嫩的新叶，藤蔓婆娑，像瀑布一样倾泻而下，让整个走廊变得生机勃勃。而随着绿萝那透着一股精气神的、蓬勃旺盛的绿，我脑海中催生出许多画面。

一

那是多年前的一次江汉油田清河采油厂之行。角七站，一个被三面盐池环绕的孤岛般的小站，方圆二三百平方米内，打下了 22 口井，是当时南北区最密集的丛式井。在遥远的地平线上，一片钢铁树林矗立在水天交接处，清晨的阳光悬挂天幕，云彩蔚然如金色软垫，铺呈在成群的井架周围，线条刚硬的采油树因此有了柔和的底色……天地辽阔，极目望去，四周皆是空旷的荒滩、规则的盐池，人迹罕至。画面中无处不在的空白，使得井架在视线中更加孤寂和遥远。小站内，四间砖房两两相望，几间铁皮房一字排开，和众多的油井形成环抱的格局。

该站虽说地处偏远，却在当时我国最大的湿地圈定的自然保护区内，是清河水鸟聚集最多的地方。守站员工平时最重要的工作之一就是防止污染。

走进干净整洁的小站，入眼的是一片绿萝，在值班室窗台下努力生长，成为目力所及之处唯一的绿。几十个矿泉水瓶摆成绿萝方阵，废弃的瓶子被充分利用，每个瓶子中插着一到两枝绿萝。或许是盐碱滩的气候使然，绿萝的叶片并不茂盛，但根须与叶秆是那样的强壮、坚韧，穿插在水瓶中恣意舒展，充满生命力。

刚交接完班的员工张健说，这是站上唯一存活的植物，用空调排水口的水浇灌出来的，站上平时用的水碱度太高，喝的纯净水要找车到队部拉回来。因为用水紧张，养绿植成了奢侈的爱好。

说起绿萝的来历，三十出头的小张有点不好意思。守站两年，他把回家休假的机会都让给了家里有孩子的同事，远在江汉的妻子打电话说要来看他，他想也没想就拒绝了："这里是个大荒滩，连点绿色都没有，又都是男同志，你来了不方便。"妻子生气了，连着几天一接通他这边的电话就挂机。

恰逢雨季，大家都很忙，一天交班后，他顶着烈日，走到三千米外的队部打电话，并拉着党支部书记在旁边帮忙解释。妻子终于说出了心里话："其实我就是生气你这么久都不回家。"小张说，当时握着话筒，他竟然不觉间泪流满面。不久后，妻子来了，还带来很多花种和植物，但最终存活下来的只有绿萝。

那时候常常下雨，平时还好，遇到风暴潮，大雨肆虐，盐池漫水，站内常常被淹，有时候水会流到房间，将鞋子、工衣、盆子以及一切花花草草都泡到水里。这个时候，大家根本顾不上抢救自己的物品，不管是当班的还是休息的，全部上阵，冒着大雨巡检油井，将打滑的皮带归位，处理各种突发事故。指头粗的雨点子打在身上，像鞭子抽一样疼。井场湿滑不堪，跑得快的人会不小心跌倒，胳膊、腿上摔得伤痕累累，但谁有时间注意这些呢？他们爬起来又冲上去开、关阀门，为设备排污、挡雨，一个个都成了浑身没一块干净位置的泥人。这大概就是他们都不愿意家人来探亲的原因吧，怕家人看了心疼。等风停雨歇，他们都会来看看这些绿萝，风风雨雨让他们丢弃了很多东西，但这丛绿萝却历经时光，顽强如昔。

后来，在厂里的支持下，家属在暑假期间陆续来探亲。虽然他们几经颠簸辗转到达这里，待不了多久就要离开，但大家都会在这片绿萝前照张全家福。厂工会就将收集上来的各种照片做成窗帘、挂历等，送到员工手中。看着他们展示宿舍里那别具一格的窗帘，很难不被他们脸上幸福的笑容深深感染。

那年月，在这片广阔而荒芜的盐碱滩上，每一个人、每一座井架，甚至那平凡的小小绿萝，都难免沉浸于孤独，而他们的存在却昭示着一种精神，一种勃勃生机。

二

知道吗？要经常抚摩绿萝，让它感受到来自生命的善意和温暖，它的叶子才会越长越厚实、越变越娇艳，因为“美是邂逅所得，美是亲近所得”。

跟我讲这番话的她，曾是江汉盐化工储运部的一名大班长。江汉盐化工是全世界最大的消毒剂生产厂家，其外销产品为漂粉精和强氯精，多年来畅销国际国内市场。生产装置满产满销，产品贸易量不断增大，发货任务越来越繁重。发货时，要求产品从检验、入库、储存到发货都要一再核实，拍摄现场照片作为备案记录等，大班长时刻绷紧神经，压力很大。库房的方寸之地，叉车穿梭、打包机运转，大家贴标签、擦灰尘，各司其职忙碌不已，有时候连喝口水的时间都没有。大班长不仅忙更要精细，还要协调叉车、检查垛位等，事无巨细，多年来，她没有出过一次差错。

她和爱人特别喜欢养花莳草，阳台上绿植遍布。但她最喜欢绿萝，觉得绿萝具有旺盛的生命力，总是悄悄地自我成长，给人惊喜。

她在值班房的桌子边上，摆放了几个玻璃罐，水培着一些绿萝，在忙碌的间隙总是时不时地摸一摸，修剪一下。于是，绿萝的叶子长得又大又厚，从办公桌上垂下来，长势喜人。在库房灰暗的色彩里，除了白色的漂粉精包装桶，就多了这一抹难得的绿。它见证着发货员的辛苦忙碌、加班加点、夜以继日。去年，大班长退休那天，她将值班室打扫得纤尘不染，将绿萝的每一片叶子擦得锃亮，在大家依依不舍的眼神中，含着眼泪一步一回头地离开。

班员们自动接过了照顾绿萝的活儿。随着漂粉精项目不断上马，漂粉精发货量越来越大，发货员却没有增加，于是更忙碌了。累得狠了，她们就会换着来办公桌旁的条凳上趴一会儿，看着绿萝强韧、蓬勃的藤蔓，她们会细细摩挲它的叶片，怀念老班长说过的话和做过的事儿。

那年春节新冠疫情来临，国内各地对消毒剂产品的需求急增。因道路交通管制，储运部的民装卸工无法按时复工，而向风险区发送漂粉精、消毒剂产品的任务却刻不容缓。自此，储运部开启了连轴转的工作模式，所有人员全部到场帮忙。老班长听爱人说了情况，就跟着爱人赶来了。储运部 24 名党员志愿者连同各分厂支援的包装发运突击队员，投身到热火朝天的发货工作中。考虑到安全因素，老班长说：“我不能指挥发运货物，不能参加搬运、拆垛等繁重的体力劳动，但我能干些技术含量低的，比如贴标签、打塑封、上托盘等工作，缓解一下人手少的困难。”她奔走于 1 号、2 号库房之间进行巡检，当发现有的包装桶有灰尘、标签张贴有误时，就卷袖上阵擦洗桶身、重贴标签……

一个多月连续发货，实在累了，大家就互相依靠着，坐在值班室那张咯吱作响的条凳上，一只只粗糙的手轻轻摩挲着绿萝嫩绿的叶片，相视一笑，一切尽在不言中。

三

当你负重而行、心中惊惧，却突然在昏暗楼道里见到一抹绿，你是什么心情？

新冠疫情来临，负责消杀工作的李敏，是基地服务中心环卫班的一名女员工。她说，每当踏进一个封闭的楼道，总是能感到沉重的压力，觉得病毒离自己很近。她背着20斤重的药桶一层一层地爬楼梯，防护服下的工作服早已被汗水浸湿，护目镜因水汽凝结看不清东西。她一边一丝不苟地消杀，一边自我安慰控制着想要逃离的脚步，因为这是她的责任。

参加消杀，是她主动申请的。每天，漂粉精浓度配比、药量控制、药桶上车、背药桶上楼消杀，她样样抢在前、干在先。大量公共区域的消杀任务，总是累得她直不起腰。随着新冠疫情蔓延，消杀工作量再次加大，站里抽调了3名男同志过来帮忙，但仍需要一名女同志参与消杀，李敏又一次站了出来，选择留下。

有一次，李敏正好消杀到自己家房头，爱人看见了，心疼地劝她："进屋洗把脸再干吧。"李敏只是向爱人摆摆手，又背着沉重的药桶向前走。"妈妈……"儿子听到动静，站在门口喊她。看着孩子期盼的眼神，李敏心里酸酸的，喉咙里像堵了棉花，她朝孩子挥手喊道："不要靠近妈妈，跟你爸爸进屋写作业去。"忙归忙，忙是因为心中有责任，但她也怕呀，时刻处在一线不怕，就怕连累了家人。

直到她在一户居民家的门把手上，发现了悬挂的一小瓶水培绿萝，娇嫩的叶片中夹着一张小纸条："你辛苦了，送给你，你像绿萝一样顽强。"瞬间，她泪眼婆娑，觉得肩上的药桶不再是生命不能承受之重，似乎有人和她并肩扛起了一切艰难和险阻。

后来的每一天，她不再匆匆来匆匆去，而是停留的时间长了些，就细心地发现，很多居民家门上都贴着一张张纸条："你们辛苦了！""我们与你们同在！""爱你们，我们齐心抗疫！"……她终于知道，在这个封闭的楼道里，居民更害怕、更期盼关爱，自己背着药桶重重的喘气声，居民们听得见。满满的爱和支持，给了李敏无穷的动力。封闭楼道里的垃圾，她每天定时去清理；隔离家庭放在门口的垃圾，她主动去丢弃；隔三岔五，她帮隔离居民送菜送药……

后来，她说，绿萝就像一味治愈心灵的药物，让人心情放松。她将这个故事讲给了一名小区志愿者朋友听，那名志愿者后来打电话告诉她，在例行给一名隔离居民做身体状况咨询时，居民特别烦躁，几乎崩溃，志愿者做完心理辅导，突然灵机一动，送食材过去的时候，将家里的一小丛绿萝剪下来，装在瓶中放在居民家门口。后来，居民将那一瓶绿萝拍照发在朋友圈，写道：那一刻，她在家里很想哭，因为身边的美好与关怀。

“花为年年春易改，待放柔条，系取长春在。”曾在海边、山区、荒原的采油采气小站里，在生产现场、在办公区域，看到过各式各样努力伸展着枝叶的绿萝。无论何时，只要有一点水的滋养，它们就能枝繁叶茂，即使经历了冬天、经历了阴霾，那心形的叶子，仍如托举的手掌，总是向上生长着，顽强又坚韧。那鲜嫩的叶片里，攥着多少如春天般美好的故事。

孤岛，我美丽的幸福家园！

刘 坚

从1993年至2022年，整整29年！看到这个数字，我的心头一热、鼻子发酸，眼泪不由地模糊了双眼。

1993年，我还是一名初出茅庐、涉世未深的莽撞青年，背了满满一大袋子书，道别了生我养我的黄土地，挥别了白发苍苍的老父亲，穿着母亲连夜给我做的老粗布鞋，步行十多里坑坑洼洼的石子土路，来到山里唯一一条通往市区的柏油路。等了几个小时才等到最后一班公共汽车，拐了九曲十八弯，到市区已是繁星笼罩的黑夜了。拣了一家最便宜的旅馆凑合着过了一夜，第二天一大早坐上了去省城的大巴车。就这样，步行，小车倒大车，大车倒火车，铿铿锵锵，颠簸了三天两夜，才到了新婚爱人工作的地方。

爱人工作的地方叫孤岛。这对一个生长在偏远山区的文学青年来说，太具诗情画意和吸引力了。我经常开玩笑地对爱人说，我当年之所以能在众多介绍人中相中了他，很大一部分原因是“孤岛”对我的诱惑。在我的意念里，孤岛四面环海，岛上青砖红瓦房，植被茂密，周围碧海蓝天，白帆点点；清晨迎着朝霞，捡拾海贝；夜晚听海潮击岸；日暮，踏着落日余晖牵着爱人的手悠闲地赤脚走在金色的沙滩上……

然而，理想很丰满，现实很骨感。

第二天醒来，环顾四周，灰蒙蒙的天空，周围是一片一片低矮的灰砖瓦房和在寒风中瑟瑟颤抖的枯黄的芦苇，远处有数得见的几栋楼房和密密匝匝林立的井架。

爱人把我安置在他二叔家，第二天就去上班了。突然到一个陌生的环境，我极度地难堪和恐慌。爱人好几天不回来，我像一只在寒风中觅食的鸟儿，战战兢兢，小心翼翼，观察着周围人的脸色。每天早早起来，抢着干力所能及的各种活。我能从人家的眼神中看到“不欢迎”和“被打扰”。我多么想逃离这种压抑窒息的环境，想要一个属于自己的安身之处。我问爱人：“你把我带来，难道没有租好房子吗？”爱人支支吾吾，说房子不好找。婶子也有意无意问我房子的事，让我如坐针毡不知如何回答。在二叔家整整寄居了3个月，才终于在朋友的帮助下找到了一间10平方米的小房子。二叔张罗着让堂哥堂姐给我们安家。大堂哥送一张双人铁架子床、几把靠背椅，二堂哥拿两床棉被，我的小家就这样安下了。房子虽小，但爱人把墙刷了白，家具被我擦洗得铿亮，铺上我们新婚的粉色床单，挂上新的粉色窗帘，也算窗明几净，温馨可人。

我将几千里路带来的书摆在书桌上，终于可以坐下来读书了，可是，内心却波涛汹涌，不能平静。爱人一个月168元的工资，本就不够两人生活，不懂过日子的爱人还天天带一帮同事来家蹭饭，少时三两个，多时七八个，我只好将结婚时的礼钱和衣服钱拿出来贴补。半年之后，我的1200元钱被海吃一空。当爱人拿了家里仅有的68元说同事们要他请客吃饭，心灰意懒的我丢下门上的钥匙，回头看了一眼寄予了无限希望的“家”，愤然离去。在去车站的路上被爱人同事撞见，被他们生拉硬拽回去，至此，爱人才发觉自己的荒唐无知，认错悔改。不久，我也找到一份在养殖场当库管员的工作。年底我有了身孕。为了攒钱养育孩子，爱人和我都更加努力地工作，我兼职了一份出纳的工作，厂长答应多给我一份工资。一次盘库，我和会计对账，发现我的手里多了3200多元现金，几次核对后找到了厂长，最后商议将这笔钱挂账处理。不懂财会的我，年底盘账发现我手里少了3100多元现金，我提出让多出来的账抵销这个账，厂长以这两笔账的数字不一致为由，拒绝销账。我起早贪黑，每天吃着没有一点营养的清水煮白菜，忍着孕吐等反应的痛苦，兼职的这份工作半年来没拿到一分钱工资，到头来还要我自己赔这3100多元钱！我一个月170元工资，等于我这一年多白干了不算还要倒贴近千元！我愤怒地辞去了这份屈辱的工作。

我的那个房子离水管太近，冬天水管常流水，房基浸泡在水里，墙皮大片大片脱落，屋里的被褥衣物潮湿发霉，刚出生的女儿后背和大腿湿疹红彤彤的一片，整夜哭闹着不睡，我们只好找了一间更小但相对干燥的房子。没住两个月，听说我们住的这个地方要拆除盖楼房。孤岛那年大搞扩建，到处拆了平房盖楼房。老公刚刚丢了工作，找房子四处碰壁，找了一个多月都没找到。有一天，天空下着小雨，我正躺在床上给孩子喂奶，听见外面砸玻璃的声音，我跑出去一看，房顶上工人正在拆房揭瓦，我抱着 5 个月的女儿站在雨中，惊慌得不知所措。幸好有一个朋友的妻子看到雨中的我们母女，赶紧推着独轮车，帮我们把被褥搬到他儿子的房间，收留了无家可归的我们。那段时间是我们最为落魄、最为难过的日子，爱人一吃完饭就四处去找房子，我整夜整夜睡不着觉。还是爱人曾经共事过的一个车队队长，将我们暂时安置在他们队上一间五六平方米的电视室。住了不到 10 天，因为有队员嫌我们住在电视室，他们看电视不方便，另一名副队长黑着脸撵了我们好几次。我和爱人走投无路，去求那名队长，队长说房子实在太紧张，只有一间库房闲着，不知道我们嫌不嫌。哪里还顾得挑拣嫌弃，能有个安身避雨的容身之所就感激不尽了。那间库房很高很大，大概有五六十平方米，没有窗户，只有 4 个一尺见方的透气口，刚能照进一线光亮，那扇对开的大铁门，风一刮哐啷哐啷得响，女儿经常在熟睡中被惊醒。白天若不开灯，房子里就漆黑一片，像黑夜一样。

那一年我们搬了 5 次家，精疲力竭。我开始疯狂地思念遥远的家乡，思念我的亲人和温暖的热炕。中秋节，我带着牙牙学语的女儿，又像来时一样颠簸了三天两夜回到家。公婆住了我们的婚房，正忙着装修另外两间给小叔子当婚房。回家了，却依然没有自己的住房。陕北的冬天来得早，薄薄的几场雪落下已是冰天雪地，马上进入腊月，许多在外打工的人开始收拾行囊回家的时候，我们却衣衫单薄地又一次踏上了外出漂泊的艰辛之路。

抬头回望了一眼家乡沉重的大山，我对爱人说："咱们这次出来一定要好好打拼，把我们的女儿培养成才。"我们又回到了那间没有白天黑夜的库房，用仅有的 3000 多元积蓄办起了一间汽车电工修理铺。因为没有人脉关系，加之爱人不善言辞，没有挣到一分钱，过年借了朋友 200 元钱给二叔送了两瓶酒，买了一些过年的青菜，就剩了两元钱。爱人用这两元钱给我和女儿一人买了一双袜子，一边给我们娘俩穿一边自责落泪。第二年爱人找了一个工作，半年不发工资。女儿不到两岁，我干不了别的，就把那间活动板房安置在爱人单位附近，做些面食来维持生计。天冷了，大家都喜欢我做的西北面，跑到我住的库房去吃，没有桌子凳子，大家就端着碗站着吃。吃的人多了，我就在板房旁边搭了一间简易的厨房，放了几张矮桌凳。时间久了，有些人提出想吃点炒菜、喝点酒，我就现学现卖，给他们炒点家常菜。没想到大家都说我们的饭菜实惠好吃，熟人介绍熟人，朋友介绍朋友，二十多年来，我们店门口没有立一块牌子，没写一个字，客人却源源不断。我们把店面扩大，由一间到两间，由两间到三间，由三四人小桌到十几人的大桌，生意就这样稳定下来。2016 年，女儿以她们系唯一一个院级优秀生的身份大学毕业，顺利考上了她心仪的 211 名校攻读研究生；2019 年顺利找到了一份稳定的工作。我和爱人一直紧攥的拳头松懈开来，回望 1993—2022 年，整整 29 年，我们已经青春不再，两鬓斑白，年过半百。

我们这一代人，大部分是靠自己打拼，白手起家。2010 年，我们买了第一套两室一厅的小房子。2021 年，槐花盛开的 5 月，我们又买了第二套三室一厅的大房子，在国庆期间装修完毕。2022 年元旦，我们住进了新家。

搬进新家的那一晚，我和爱人都辗转难眠，回想起这 29 年像无根的浮萍一样风雨飘摇的大半生，感慨万千，既欣慰又辛酸，想到当年艰辛不易，几次落泪。抚摩着写着我们自己名字的红色的房本，有一种游船靠岸、浮萍落地的感觉。

古语云：安居乐业。安居，对一个人或一个家庭是一件多么重要的事情。一个人只有安居了才能安心工作或创业，安居就像草木与土壤的关系，安居能让一个人有归属感和幸福感。2022 年元旦，一个值得我们记住和庆贺的日子，我们终于在异乡的土地上落地生根，有了一个属于自己的家。

孤岛啊！你见证了一个游子从无到有、从青春到中年的奋斗与拼搏；你实现了一个文学青年的梦想，让她在您富饶、广袤、多情的土地上写诗作画、生儿育女、繁衍生息。孤岛啊！你是安放我肉体和灵魂的故乡，一个托付我们后半生幸福的美丽家园。

巴山深处有钻塔

张　均

清晨，大巴山慵懒得就像个没有睡醒的孩子，被一层薄雾笼罩着，山峦、翠柏、溪流、农家……漫入眼帘的世界，到处都是若隐若现的神秘和美丽。

山道两旁农户家的炊烟袅袅升腾，幽静峡谷中潺潺的水流声悦耳动听。正在这时，几辆拉运着钻井设备的卡车，在崎岖不平的山道上快速向着巴山深处行进，几只俏立在枝头的翠鸟被惊动起，扑扇着翅膀飞向更远的树梢……

千里挺进大巴山

大巴山盘山公路上，关山海坐在搬运钻井队设备的卡车里，蜿蜒颠簸地向着花冠 1 井井场挺进。

“打响头一炮，咱就没白活这一遭！”肩负着市场开拓使命的华北工程西部分公司 90152HB 钻井队队长关山海，在入川誓师大会上的一声大吼，让这支刚刚圆满完成“亚洲第一深井”——塔深 1 井的英雄之师，马上辗转千里、精神抖擞地投入祖国“川气东送”建设的洪流中。

设备从新疆启运入川，由于路途遥远，搬家车辆需要有人押运。“党员干部跟我上。”关山海第一个站出来带队押车。涉大漠、翻天山、渡黄河、越秦岭，近 3000 千米的路程，车队一走就是十余天，终于进入了四川境内。

“左转向。”“倒，倒，慢点儿……”离新井场越来越近，运输车队也离开了高速公路，进入村镇公路，而蒙蒙细雨也不合时宜地从天而降。由于坡陡路滑，载有重型设备的运输车，上坡时往往需要前有推土机牵引，后有吊车协助，才能艰难前行。

“蜀道之难，难于上青天，侧身西望长咨嗟！”关山海和同事们深切感受到，九千米大钻超高、超长、超宽的重型设备在蜀道上行进的艰难，对诗仙李白仗剑出川的感慨有了更深的感悟。

路途虽然艰辛，但最令关山海烦恼的还是近五米高的设备如何在沿途的村镇穿行。街道窄，电话线、网线如蜘蛛网般密布。为了让“巨无霸们”顺利通行，关山海和井队员工人手一根用竹竿制作的简易绝缘棒，挑线、疏通道路、指挥交通……40多千米的路程，大伙儿车上车下要爬数十趟，雨水汗水混杂在一起，让关山海和兄弟们累得呼呼直喘。

一路艰难，一路行进。终于，车队抵达了花冠1井井场，关山海和同事们立刻投入紧张的设备安装工作中。

“关队，班组好几个兄弟生病了。”一天清晨，关山海听到班长葛序强的汇报，立刻来到员工宿舍。平日里一个个龙精虎猛的石油汉子，有的感冒发热，有的腹泻，有的甚至患上荨麻疹，满身起了红疙瘩。

“大家这是水土不服，要赶紧治疗才行。”一进屋，井队医生纪英丽边忙着给大家打针、配药，边焦急地说：“储备的药品马上就要用完了，这可怎么办？”

“别着急，我马上去镇卫生院求援。”关山海立刻乘车来到当地村镇卫生院，在听完介绍后，医生刘明清马上配齐井队员工所需的药品，带上两名护士，赶到井队生活区，和纪英丽一起为员工输液、打针、消毒……几天后，井队员工病情终于被遏制住了。关山海拉着刘大夫的手表示感谢。老刘摆摆手说：“应该的，以后咱们就是邻居了。”

绵绵的细雨，淅淅沥沥下个不停。常年在这样的环境里施工，很多员工身上起了湿疹，一片一片红红的。抹上药膏也只能起一时之效，过段时间又会反复。刘大夫知道后，告诉大伙说：“吃鱼腥草，对付湿疹最有效了。你们看，这山湾湾里到处都有鱼腥草。”大家在刘医生的指导下学会了辨认鱼腥草。刚开始吃时，大家还接受不了鱼腥草那股特有的腥味，时间一长，员工都爱上了吃鱼腥草。只要一有空大伙就会采些回来，用海椒、蒜汁凉调，那味道美极了！在食用一段时间鱼腥草后，加上平时工作时注意防潮，大家果然摆脱了湿疹困扰，能够全身心投入钻井施工作业中。

翻山越岭接管线

“嘿呦！嘿呦！”蜿蜒崎岖的山道上，十几个身着橘红工装的石油汉子，两人一组扛着一根根重达 30 多斤的铁管，艰难地行走在山道上，吆喝声、号子声混杂在一起，在山谷中荡起层层回声。

“兄弟们，注意安全。”走在队伍最前面的队长关山海放下肩头的铁管，揉揉红肿的肩头，抹了一把头上的汗水，单手叉着腰说：“有了水，咱们花冠 1 井就能顺利开钻了。”

“都说四川水量充沛，咋用水这么难呢？”马宝坤大口大口地喘着气说。

“谁让咱们的井场在山腰上，只能到几百米的山下小溪里取水。”班长葛序强说，“橡胶管又不能承受这么大压力，只能用铁管接了。”

“没问题，兄弟们再加把劲儿！”说着话关山海带头扛起铁管，拨开浓密的杂草，慢慢摸索着向山脚下的小溪艰难挺进。

“停一下，这有个陡坡。”说着话，关山海放下水管，走到坡前，攀着树枝探出身子。“嗯，这坡不小呢。我先下去，你们把管子顺下来。”

说话间，关山海将马宝坤递过来的棕绳在一棵大树上反复缠绕了几圈系牢后，背身拽着绳子，蹬着陡坡，1 米、2 米、3 米……慢慢地接近坡底。

“慢一点儿！”“注意安全。”站在近 15 米高的坡上，葛序强、马宝坤慢慢送放着手中的棕绳，满脸都是担忧之色。

“好了。”关山海顺利到达坡底后，向上面挥手示意将铁管顺下来。一根、二根、三根……管子不断地被顺了下来。“哎哟。”正在大家忙着整理管子时，突然，马宝坤发出一声哀号，紧接着他蹲下身子，捂着额头。“咋了？”“没事吧？”一时间，班组的兄弟们都围拢在小马身边。“马蜂蜇了我一下，好疼呀。”说着话，小马把手慢慢抬起，只见他额头上一会儿时间就起了一个小红包。

“把毒挤出来就没事了。”说着话，张志强就准备帮着小马挤额头上的包。

“不能挤，敷上药就不会有事了。”关山海一边说，一边小心地在四周挖来几棵蒲公英，揉碎后敷在小马额头上，“蜂巢一定就在附近，大家注意。”

听着老关紧张的话语，大家的心一下子提到了嗓子眼儿，小心地观察着周边的环境。“在那儿，我看到了。”葛序强小声地对大家说。只见不远处的一棵杨树杈上挂着一个脸盆大小的蜂巢，几十只胡蜂飞进飞出，不断地蠕动着，让人看得不寒而栗。

“这可怎么办？”马宝坤说。“没事儿，捅马蜂窝我有经验。”说话间班长葛序强已经扎好袖口、裤脚，指挥众人立刻向山谷深处躲避。他则戴好手套，砍下一根竹子拿在手上，把塑料袋套在头上，走到树下，对准马蜂窝捅了上去……

瞬间，蜂窝落地，胡蜂像是炸了营一般，到处飞舞。老葛蹲下身，点燃早已准备好的柴草，浓烟熏烤下，蜂群逐渐散去。

没有了胡蜂的干扰，关山海带领大家扛起铁管，蹚过峡谷中的小溪，终于来到了提前选择好的一个水塘前，接管线、紧螺丝、拉电缆……

耀眼的阳光越来越强烈，穿透山谷中的薄雾，那雾气被阳光一照就像幕布一样徐徐拉开了，翠柏、劲松，更显苍翠。

“歇会儿吧，伙计们吃完再干。”中午时分，炊事员老赵挑着两个箩筐，担着热乎乎的饭菜来到了接管线现场。

“吃饭喽。”老关直起身子，招呼着大家来吃中午饭。闻着诱人的饭菜香味，小马放下手中的管钳，拍拍双手，紧跑几步，来到老李身边，揭开饭筐深吸一口气说：“嗯，真香。”说着话一块回锅肉已经被他叼到嘴中。“去去去，小馋猫儿，把手洗干净再吃。”说着话老李拿出碗筷，给大家伙打起饭来。

简单的午餐就在大家的嬉笑声中结束了，闷热的山谷里，葛序强带着大家加快管线接送工作。汗水顺着额角流成了线，抹一把；橘红的工装被汗水湿透了又捂干，捂干了又湿透，留下一片片不规则的白色汗渍地图……但谁也不在意这些，大家有的对扣，有的接管线，有的平整地面。时间一分一秒地过去，在大家的努力下，管线距离井场越来越近。

终于，经过两天的努力，山下的溪水终于被泵入井场的蓄水池中。一张张疲惫的笑脸在池水的掩映下显得英姿勃发。

向着地心挺近

经过繁忙的准备，大年三十当天，花冠 1 井终于迎来了开钻的日子。作为西部分公司在四川元坝气田施工的第一口井，公司格外重视。

关山海还清晰地记得，开钻仪式上，公司领导走上钻台，亲切地与他握手。“开钻！”随着一声令下，在礼炮、鼓乐鸣响声中，司钻葛序强娴熟地开泵、开转盘、抬刹把几个动作一气呵成，系着红绸的钻杆顺利钻向地层深处。轰鸣的钻机声响彻井场上空，一群白色的鸽子被惊醒了，打着嘹亮的鸽哨，划过寂静的大巴山直冲向蔚蓝色的天空。

机器的轰鸣声打破了小乡村的宁静。“让我进去看看吧。”“我们就想见见石油是怎么被打出来的。”……花冠1井井场外，周边村民携老扶幼，争相一睹我国第一台九千米钻机的风采。

“老乡都想看个稀奇，不让进也不是办法。”为了让好奇的村民了解90152HB钻井队，队长关山海指派在老九千工作二十多年的电器负责人张志勇为大家介绍井队的历史：“你就给他们当导游，带着老乡进去看看吧，一定要注意安全。”

“这是我国第一台九千米钻机……”“058项目就是这个井队和联合国一起合作施工完成的……”在村民戴好安全帽、穿戴好工装后，张志勇分批带村民进场参观。

“过年你们都不回家呀！春节我们可是要和家人团圆的！”“我们是轮休制，不能回家，在井上大伙一起包饺子、吃年夜饭、看春晚，热闹着呢！”老张的一席话勾勒出了井队过年的气氛。

“你们辛苦了！”一个小伙子说，“不过，这是在为我们造福。这里早日打出天然气，我们就不用再远离家乡外出打工了，家门口的活都干不完呢！”

“我提议为给我们造福的石油老大哥鼓掌。”一个干部模样的中年人说。话音刚落，“啪啪啪”热烈的掌声纷纷响起。“谢谢大家，谢谢大家！”张志勇鞠躬致谢。一起身，他那张经过风吹日晒，黝黑的脸颊上挂满了自豪的笑容，可是眼眶里却浸满了激动、欣慰、快乐的泪水。

井场上，员工们不停地忙碌着，为花冠1井二开做着准备。“咣当、咣当！”甩钻具的声响比新年的鞭炮声更响亮，回荡在大巴山上空……

上天容易入地难。队长关山海深知四川工区地质结构“高压、高温、高含硫”的“三高”特性，稍有不慎就可能造成不可挽回的损失。钻井施工中，他时刻盯在井场，严把安全生产关，细化施工方案，优化技术措施，协调各方力量，忙得“不亦乐乎”。有时实在是累了，老关就在井场办公室的椅子上趴一会儿。钻遇危险井段，他就干脆全天候24小时守在钻台上，指挥操作，优化参数，鼓舞士气，直到井下安全了，他才睡个囫囵觉。

随着井深不断加深，安全风险越来越大。由于临井资料少，即使是小心翼翼，花冠 1 井井下的复杂状况也不可避免地出现了……

“报告，起钻遇阻。”4 月的一天凌晨，刚刚入睡的关山海听到对讲机内传来钻台紧急的汇报声。“我马上到。”他拿起对讲机回复后，立刻披上工装，戴好安全帽，三步并作两步就跑上钻台。

“控制在 10 吨内，稳着点上提。”“不能通过。”“快速下放。”“开泵倒划眼。”……时间一分一秒地过去，随着关山海一道道指令，钻具慢慢被起入安全井段。“有关队在，心里就有底，再难的事情也没问题。”事后，当班司钻葛序强说。

从新疆到四川，工作起来的关山海就像上足了劲的发条一般，一刻也停不下来。为了能率队在新工区打出开门红，他 9 个多月才回家 10 天。“孩子想你了，你不能回家，我们来看你吧。”身为油二代的妻子理解石油人的辛苦，特地放下工作，带着两岁多的女儿到井队探亲。

“关队，嫂子来井队一趟不容易，井场有我呢，你多陪陪她们吧。”副队长王东真切地说。“没事没事，现在是咱们这口井的关键期，不盯着我心里像猫抓一样难受。”关山海笑着说。

虽然家属来了，但关山海每天还是一如既往地坚守在井场，每天早上孩子还没醒他就去上班，回来时星斗满天，孩子已然入睡。“本来是想让你多陪陪孩子，但是来了以后，一家人在一起吃顿饭都成了奢望。”面对妻子的抱怨，关山海将妻子和女儿抱入怀中，亲亲姑娘可爱的小脸蛋说：“我们家的小棉袄能理解爸爸的。”

巴山月夜抗洪忙

入夏的晚上，一轮明月挂在大巴山上空，皎洁的月光，把 90152HB 钻井队施工地花冠 1 井井场照得格外明亮。

明月、钻塔、远山……组成了一幅难得一见的巴山月夜图。看着眼前这幅浓墨重彩的山水画，井队员工无不为之陶醉。乘着阵阵清风，大伙干起活来一点也不觉得累，反而感觉特别惬意。在吃夜班饭时，连平日里少言寡语的司钻葛序强都说：“一轮明月，两条鸡腿，四两米饭。这真美，太有诗情画意啦！”可谁也没有料到，这仅仅是一出川剧“变脸”的序曲……

凌晨 1:32，明月渐渐隐去，天色暗了下来。一道道闪电如顽童般东一下、西一下地在夜空中肆意涂鸦。“轰隆隆”的雷声也由远及近，“华北西部”的旗帜在风中猎猎作响。刹那间，雨点如黄豆般砸在员工安全帽上，溅起层层水花。机房排气管在暴雨冲刷下开始还挣扎着蒸汽弥漫，眨眼间被降温后的排气管上就只是水蒸气“袅袅”升腾……

如此强劲的暴雨，今年还是第一次！为了让雨水尽可能少地进入污水坑，不让一滴污水流出井场，90152HB 钻井队员工视雨水为命令！没有迟疑、没有退缩，关山海第一个冲入暴雨中；班组人员冲入暴雨中；大班人员冲入暴雨中；辅助井队施工的服务方人员冲入暴雨中……

暴雨里，大家有的扫水，有的架泵，有的疏通排水渠……雨伞和雨衣在这狂风暴雨面前无济于事，但大家此时已顾不得这许多了！关山海和井架工陈星光一手遮住双眼，一手抬水泵。当把水泵在清水沟放置好后，两人的内衣已被雨水顺着雨衣脖领向下浇透了……副队长王东、电工刘松松在暴雨中抢接水龙带。在接好最后一个接头后，他们又习惯性地抹了下脸上的雨水，彼此对望不由得哈哈大笑，原来两人脸上已被粘上油污的黑手掌抹得像个花猫……

“咔嚓”又是一声炸雷，井场灯光一下全灭了，一道道闪电在这漆黑的夜色中更加醒目。“不好，网电房跳闸了，绝不能耽误井场用电呀！”正在大机房内负责为水泵开开关的发电工王中磊顾不得穿上雨衣，拿上手电，一个箭步冲出屋子，进入小发电房，在检查发现沃尔沃发电机组油水正常后，他立即启动发电机跑温、送电……看见井场又灯火通明后，他拉拉湿透的衣服，跺跺脚抖抖身上的雨水，又冲入暴雨中……

随着时间一分一秒地过去，雨水和汗水顺着员工脸颊流淌着。没有一个人退缩，抹把脸、倒倒靴筒里的水，大家又投入抗洪抢险的战斗中……

不知什么时候风住雨停，大伙才得以歇口气。就在此时，一道闪电又划过夜空。“‘变脸’谢幕了，闪电你该回家啦！”不知谁冲着天空喊了一句。“哈哈……”井场上空回荡起大伙爽朗的笑声，这笑声在寂静的夜空里传得很远很远……

在大巴山进行钻井施工，关山海和井队兄弟们不但要承受恶劣自然环境带来的侵扰，还要时刻承受井下复杂随时发生带来的精神压力。但是，所有的困难仅仅是他们取得丰硕钻井成果的一个注脚。“胜利了！胜利了！”当钻头触及 7806 米的深度，圆满完成入川施工的首口井时，井队沸腾了，公司沸腾了，就连整个华北石油局都沸腾了。但长时间的过度操劳，加上饮食休息不规律，入川施工不到一年的时间，关山海竟然瘦了 20 多斤，脸色泛黄，时常感到浑身乏力。生产间隙，他到医院做了检查，结果显示血糖高达 18 点多，医生严厉要求他住院治疗，可关山海开了点药，又毅然决然地回到了井队，和井队兄弟们一起又马不停蹄地投入花冠 2 井钻探施工中……

十八勇士保井伏龙

“发生井喷，请火速支援。”正率队施工花冠 2 井的 90152HB 钻井队队长关山海，接到甲方应急救援中心的电话心头一沉。作为常年身处一线、从事石油钻井方面的专家，他清楚井喷是地层高压油气失控释放，它就如同脱缰的野马，稍有不慎就可能造成人身、设备、财产损失，重庆开县罗家 16 井“12·23”事故的惨痛教训依然近在眼前，此时关山海顿感压力如山般袭来。

“抢险风险高，勇士们跟我上。”井队抢险誓师大会上，关山海组织班长葛序强、副班长马宝坤一起组建了一支 18 人抢险突击队。

黄沙漫漫，白日惨淡。

花冠气田月山采气区，某井由于井下压力突然升高，井口升高短节套管四通右边阀门内侧刺漏，刺漏面积不断增大，致使井口失控。

此时的抢险现场，油气裹挟着泥沙激射而出，几十米高的油龙，呼啸着、喷涌着，肆无忌惮地在井口张牙舞爪。井场已失去了原来的样子，被厚厚的原油覆盖起来，高压油气刺破空气的“呲呲”声震耳欲聋，井场周边的土地都在有节奏地颤动……

险情就是命令，“有条件要上，没有条件创造条件也要上”。西部分公司抢险队员一到某井现场，按照抢险施工方案，立刻投入战斗中。绵绵细雨中，抢险队员们有的接管线，有的修建蓄水池，有的搭建防火墙……

随着时间一分一秒过去，2 月 9 日各项外围准备工作基本就绪，抢险工作最危险、最关键的时刻到来了。

“让我们合张影吧。”关山海平复平复紧张的心情，看着身边这些已经换好抢险防护服的兄弟们说。他清楚，身边这些兄弟进去就可能出不来了。

“大家跟我上。”合影刚结束，井口换装突击队队长关山海一声大吼，“这事干成，就没白活这一遭！”他带领5名身着抢险防护服的勇士，一头扎向井口。

越是接近油气喷涌的井口，危险越大，大家的心情也就越紧张。关山海不自觉地扽扽绑在身上的尾绳，带领弟兄们小心翼翼地走向被气浪包围的井口……

“哪有不怕的。”当时的场景现在回想起来，葛序强依然心有余悸，“几十兆帕的压力，随时可能把人刺成筛子。”

“拼了。”身着银白防护服的壮汉们一声大吼，纷纷跟着关山海跳进圆井，抢险突击队员们手持为避免撞击产生火花的特制铜扳手、管钳、大锤，一个个有序进入战斗岗位，进行拆卸井口下法兰盘螺丝作业。

下法兰盘螺丝由于长时间处于油气刺漏环境中，发生了扭曲变形。由于现场井喷气流声音大，抢险队员之间根本无法听到对方说话，只能相互靠提前沟通好的手语进行交流。大家两人一组，一个背住螺杆，一个扭动螺丝帽……一扣、两扣、三扣……

随着时间一分一秒地流逝，井内喷洒出的油水，糊在队员们的身上结成了一层厚厚的铠甲；狂躁的气流声，震耳欲聋；油水顺着脸颊灌入防护服，湿透了队员们的衣裳，让人不禁打战。

顾不上这些。抢险！抢险！抢险！这时候大家只有一个信念，一定要把井口尽快换装好。

终于，历经了近120小时的顽强拼搏，肆虐的油龙被制伏，油井起死回生，参加抢险的华北西部18名勇士脸上露出了欣喜的笑容。

车行巴山，极目远眺。

遍染绿色的崇山峻岭与巍峨高耸的钻塔交错而立，相互守望。微风拂过，沙沙作响，仿佛喁喁私语，交谈着石油铁军战天斗地的英雄事迹，探讨着打开大自然宝库的恢宏诗篇。

月季芬芳

康玲玲

上初中的时候，我在离家百里外的临盘油区职工子弟学校上学，也就是胜利油田第十七中学。我和那些同样离家远的同学们住校。在班里，我跟桂小阳最要好，她坐在我后面，她是走读生，她的家就在临盘油区。

住校的日子清苦又孤单，学校食堂简单粗暴的清水煮白菜、炒茄子、炖土豆，让人深恶痛绝。刚离开家的我无助又无奈，经常想家想得掉眼泪。好在小阳待人热情，时不时地，她会叫着我去她家吃饭。

她家住在临盘油区最西边，家里四口人。桂叔常年在野外施工，一个月在家待不了几天。桂婶是家属，没有工作。哥哥小东比小阳大四岁。小东个子高高的、瘦瘦的，很文气的样子，上高一。我第一次去她家，桂婶从屋子里出来，攥着我的手，像早就认识我一样，温热馨香的气息，无端地让人感觉亲厚。

桂婶中等个子，皮肤白皙，眼睛不大，却黑澈澈的，眼神柔和。她常穿一件浅豆绿色的毛衣开衫，里面搭配一件米白色的衫子，小翻领，娴静又洋气，越发衬得她的皮肤光洁润白。最让人注意和羡慕的，是她的乌黑长发，梳成一根大粗辫子，黑亮亮的，在脑后盘成一个发髻，说不出的特别韵味。桂婶说话是浙江东阳口音，虽然听不太懂，但是桂婶说出来，却温温婉婉的，像迂回蜿蜒的溪流，清亮悦耳。小阳家住三间平房，有一个挺大的院子，院子铺着鹅卵石的小径，小径一侧种着月季，另一侧种着菜。小径呈“S”形，有曲径通幽的美感。那些月季，可真是花团锦簇。红的、粉的、白的、黄的，花瓣层层叠叠，姹紫嫣红，沁人心脾的芬芳，引得蝴蝶纷纷地飞来飞去。阳光暖暖地洒下来，整个院子郁香、繁华，一派锦绣。

去她家吃饭，是我最快乐的时候。还记得那些日子，放了学，我和小阳挽着胳膊走在去她家的路上。夕阳的余晖洒下来，醉人的绯红色，有美好的暖意。天边的晚霞，一片片的，橙红、绛紫、蓝灰、金黄……如五彩织锦一匹匹散落着，倾泻出一片流光溢彩。我俩絮絮地说着悄悄话，长长的影子拖在地上，跳跃着、变幻着，像跳舞的音符。不知说到什么，我俩一下子笑起来，脆响的笑声惊飞了树上的鸟儿，那只鸟扑棱着翅膀，飞远了，一会儿就看不见了。

冬天，桂婶常做砂锅煲。那只砂锅黑黢黢的，好几道裂纹了。然而，就是这只砂锅，盛放着让我到现在也念念不忘的美味。每次我们围坐在桌前，桂婶两手垫着布子，端着那只黝黑的砂锅从厨房走出来。我们的眼睛盯着砂锅，欢悦而期待。白色的热气氤氲着，丝丝缕缕，奇异的香气让人沉陷。闭着眼，吸一口气，感觉自己都羽化成仙了。桂婶是魔术师，经常会变出让我们叹为观止的美食。我们猜这一次，砂锅煲里会变出什么。盖子打开了，是咸肉雪菜豆腐煲。咸肉红白分明，咸香不腻。油煎过的豆腐，入口却是鲜豆腐般的嫩滑，吸收了鲜美汤汁，醇厚甘美，满嘴留香。雪菜呢，烘云托月一般，让整个煲的味道又添了新的层次，让人回味无穷。灯光明亮，炉火跳跃，饭菜的香气在屋子里缭绕，仿佛人间烟火的欢腾与妥帖。外面不知何时飘起了大雪，一片，一片。

有一次，好像是过什么节日，我想不起来了，小阳邀请我去她家。那天，桂叔也回来了。一进院门，就闻到诱人的浓香。小阳说，妈妈在煲土鸡。晚饭，桂婶做了好几个菜，桂叔倒上了酒，一小口一小口地抿着。砂锅土鸡煲上来了，揭开盖子，浓郁的香气一下子把我们的魂都勾跑了。屋里，酒香、饭菜的香糅合成醉人的气息，发酵一般，醺然、黏稠、热烈。土鸡煲端放在饭桌中央，泰然的样子，宛如压轴的名角。砂锅里漂着一层油，鸡块酥烂，用筷子轻轻一挑，就能骨肉分离，很是嫩滑。桂叔说，这是家乡的土鸡煲，很有名的菜。那天，桂婶陪着桂叔也喝了一小盅酒，她脸色微红，神情娇柔。说起家乡，桂叔桂婶话稠了些，一句一句地。然而，一会儿，两人又沉默了。不知想到什么，桂婶还抹了抹眼角。火炉上坐着一只铝壶，水开了，壶盖“呱嗒呱嗒”地响着，小东起身，去灌暖壶。月亮升起来，又大又圆，静静悬在窗边。桂叔放下酒杯，轻轻地拍了一下桂婶的肩头。小阳给我舀了一大勺土鸡煲里的汤汁，浇在我的白米饭上。稻米香混着肉汤的香气，完美配合，味道悠长醇厚。真的不知道，该怎么形容这道菜。就像一首长长的诗，韵味隽永，简直就要大声朗诵出来。窗外，夜空深蓝，星星晶亮，皎白的月色静静流淌进来，像一条银色的河流。院子里的月季，在月色下别样妖娆，馥郁的花香在月光中微微荡漾、起伏。院子角落里，小虫子“唧唧唧”叫起来，一阵一阵的。

初二上学期吧，女孩子特殊日子那几天，我肚子疼得厉害，上不了课，请假在宿舍里躺着。身体一不舒服，就不由悲从心来。我正悲悲戚戚的时候，有人推门进来，是小阳。她提着一个布包，里面是一个保温桶。小阳说："快，趁热把这个吃了，我妈用月季花煮的鸡蛋，吃下去肚子就不疼了。"小阳的口气不容置疑。保温桶里静静卧着几个鸡蛋，滚烫而芬芳。咬一口，有清甜的花香。我吃着鸡蛋，喉咙里有肿块似的，硬忍着不让眼泪掉下来。吃完了鸡蛋，我又迷迷糊糊睡了一小觉。醒来之后，真的很神奇，肚子不那么疼了。多少年后，想起这一幕，鸡蛋的温烫和香甜，让一个孤身在外求学的孩子，被爱包围，兀自温暖。

那年年底，桂叔下班路上骑摩托车遭遇车祸，当场就断了气。桂婶整个人就像被人抽了筋骨，一下子失了神，连哭都不会了。小阳哭得撕心裂肺，我也不会劝慰，只是陪着她一起哭。料理完了所有的事，桂婶才"哇"的一下哭了个痛快。

小阳的哥哥小东在读高二。有人给桂婶出主意，说这个情况，小东可以去桂叔单位参加工作，减轻家里的负担。桂婶却没有同意，继续让小东读高中。

桂婶剪了短发，在街上扎了红蓝彩条相间图案的塑料棚，支上锅灶，摆上桌凳，卖起了馄饨。桂婶的馄饨，皮薄馅儿大，分量实在。她的摊子就在学校操场对面，课间时分，有好多同学跑过去吃。桂婶戴着雪白的围裙、雪白的套袖，看上去利落又洁净。她两手飞快地包着馄饨，麻利地放入沸水锅里。这边的碗底，备好了少许猪油、油渣、香油、虾皮、紫菜、盐。从另一口锅里舀入高汤，丰郁的香气一下子激发出来，弥漫着。煮好的馄饨，捞出放入碗里，再撒上一把青翠的香葱末、芫荽末，碧如翡翠，养眼、诱人。馄饨皮薄如蝉翼，一口咬下去，馅团香浓，鲜美的汤汁随即溢到嘴里，齿颊留香。

打理馄饨摊很是辛苦，从早到晚，从严寒到酷夏。小阳兄妹俩放了学，只要有空，就去桂婶那儿帮忙。记得一个秋夜，我跟同学们去操场，隔着操场的栅栏，看见桂婶一个人守着馄饨摊。北风凛冽，风刮得塑料棚呼啦呼啦响，顶上的那盏电灯晃晃悠悠的，光影闪烁。没有顾客，桂婶一个人，站在摊子前，身影孤单。风，吹乱了她的头发。薄薄的雾霭升起来，缥缈不定的雾气慢慢拢着桂婶，说不出的寂寥与苍凉。

我们也吃过别家的馄饨，比桂婶的差远了。我给小阳说这话时，我俩正站在教室后面的那棵梧桐树下。阳光透过树枝洒下来，一小块光斑落在小阳脸上，一跃一跃。小阳用手拢一下额前的发，头一抬，带着那么一点儿骄傲、一点儿得意。她说："当然了！说这个我最有发言权。我妈包馄饨可讲究了。先说肉吧，我妈不用绞的肉馅，要自己剁，剁的时候要加姜末和胡椒，这样肉馅细腻松软，才会香。肉呢，我妈说，要选猪前腿与头之间的五花肉，瘦肉多肥肉少的那种。还有面皮，要自己擀的，不要机器轧的。面粉中加一定比例的红薯粉，面皮才会又薄又有韧劲……"

后来，桂婶收了摊子，盘下一个小店面，雇了人手，主打小吃。除了馄饨，还有黄灿灿的炸糕、肉饼之类的小吃。就是靠着这个小小的店面，桂婶供小东小阳兄妹俩上学。

哥哥小东考上了中国石油大学，后来又读了研究生，读了博士，现在在中国石化工作，他是我们小镇第一个博士。

小阳呢，研究生毕业后，在北京安了家。桂婶呢，把小饭馆盘了出去，执意回到了东阳，她思念的家乡。听小阳说，桂婶这些年明显老了，头发全白了，背也有点弯了。得了一场大病后，记忆明显迟钝了，一阵清醒，一阵糊涂。

那些记忆，穿越重重光影，扑面而来。满院月季云蒸霞蔚，芬芳醉人。桂婶，还是青碧丰润的好年华，面庞光洁，发髻黑亮。她戴着雪白的围裙，浅浅地笑着，从厨房里端着砂锅，慢慢向我们走来。白色的热气，丝丝缕缕地飘散。

放下小阳的电话，我也是刚刚知道，原来桂婶的小名，就叫月季。

陇原“胜利红”

丛松彪

甘肃自然风光优美，黄土高原、广袤草原、茫茫戈壁、洁白冰川构成了一幅雄浑壮丽的画卷。甘肃形态如意，宛如一柄精致的“玉如意”镶嵌在中华大地；甘肃姿态如意，承载着华夏文明的博大精髓；甘肃心态如意，是世界四大文明、六大宗教交汇之地……走进甘肃，心灵就能得到洗礼和升华，找到慰藉和归宿，就如同行走在“如意”之上。

全国脱贫看甘肃，甘肃脱贫看东乡。东乡族自治县位于黄土高原和青藏高原交会处，平均海拔超过2610米，是全国唯一以东乡族为主体的县，堪称“贫中之贫，困中之困”。东乡族自称“撒尔塔”，有语言、无文字，信仰伊斯兰教。由于当地干旱缺水、植被稀疏、自然资源匮乏，当地人曾用“大山开会的地方”“地球裸露的肋骨”和“渴死麻雀滚死蛇”来形容这里的贫瘠、深沟和陡坡。近日，我跟随“胜利油田助力乡村振兴公益行”第三批志愿者团队来到甘肃省临夏州东乡县高山乡布楞沟村和胜利油田援建的石化中学，亲身感受布楞沟村翻天覆地的变化，感受中国石化集团公司脱贫攻坚的非凡成就，感受国家脱贫攻坚精神的时代力量，感受中国特色社会主义制度的成功实践。

黄土高原是典型的大陆性季风气候区，十年九旱。车行途中，虽未见大漠孤烟、长河落日的壮阔之景，但望去也有苍茫辽远之感。车载播放器里，羌笛的乐音悠然地循环着，像是执意要把远处的山拉过来给我们看。我们沉醉在西部这幅独有的雄浑画面里，并被戈壁滩上的一种植物吸引了。

陡峭的山坡上，冰草、蒿子、席芨、狗尿骚，它们有高挑的枝梢，西风吹来，就朝着东面打躬作揖；刮北风时，就又向着南边点头哈腰。而匍匐在地的骆驼蓬，总保持一动不动的姿态：它是最底层的生活者，枝叶单一、弯曲，默默爬行，命运似乎充满了苦涩，但它不哀怨，不慕繁华，不随风倾倒，不攀缘，不借助高枝炫耀自己。在干旱制成的荒漠里，其他草木早就枯萎了，只有骆驼蓬抱紧一身绿，根一直往深处行走，枝叶在地上蔓延，不避烈日，不畏干旱，蓬勃地为黄土地撑起一寸一寸的绿茵。

骆驼蓬属蒺藜科，是一种多年生草本植物，主要生长在干旱向阳的陡坡地。它们一蓬又一蓬，矮矮的，半圆状，灰绿色的一团，看不出哪是枝哪是叶。走近一看，立马被它们惊到了。这是怎样的一种植物啊！不见主干，只有枝丫，而且枝全部虬屈，枝上生满尖利的刺，叶小到微不可见。俯身细看，竟然发现了花朵。那些花朵也小到不能再小，却也艳到不能再艳。什么植物在这几无人烟的地方竟如此灿烂？中国石化挂职干部说："是骆驼蓬，生命力极强，别看它们那么矮小，下面的根可长达二十多米呢！"

原来，它们的高大是深藏于地下的！西域终年干旱，风里也难得有一丝湿润，为了抽枝、长叶、开花，履行自己作为植物的职责，根们变身为工程师，向着大地的深处进发。地下黑暗，它们就点一盏心灯；遇到顽石，它们就在岩隙中躬身前行；遭遇碎石的围击，它们就化身士兵，与阻挡者对峙，剑拔弩张间，每一条根都成了盘绕对方的绳索，盘曲柔韧，倔强不折，直到穿越此阵，到达能汲取营养的更深处……这哪里是不起眼儿的小小草木呢？它们高大到令我仰视：繁华的城市里，我们夜以继日地设计；生存条件好，我们会散发属于自己的光芒；环境艰苦，我们也自成独有的霓虹。在平原，我们是葱绿的树；在山岭，我们是绽放的花；在荒漠，哪怕寸草不生，我们也能把根扎住，向地下挺进，挺进。

从 2013 年起，中国石化派出 8 名帮扶干部，投入 4.5 亿元，推动布楞沟流域发生翻天覆地的变化。援建布楞沟村通村硬化路，完成布楞沟流域道路建设 70 千米。如今，"烂泥路"变成了"硬化路"，有效解决了布楞沟流域 6 个乡镇、25 个村的群众"晴天一身灰，雨天出不去"的出行难题。"百年大计，教育为本。"为办好农民家门口的优质学校，中国石化在全系统捐建且在营的 246 所学校中优选出 37 所，组织 37 家直属单位"一对一"结对帮扶。东乡县石化中学是胜利油田对口教育帮扶援建的一所初级中学，是解决搬迁居民教育难问题、改善当地办学条件的重要民生工程。在东乡，中国石化投资 6630 万元援建石化中学、布楞沟小学、龙泉镇中岭小学、达柴小学等 7 所学校，让东乡孩子可以就近入学。2021 年 9 月 1 日，在清脆的上课铃声中，东乡县石化中学正式开学，800 名新生朝气蓬勃，翻开新篇章。

教育帮扶是中国石化帮扶工作重中之重。2021 年，中国石化引入北京师范大学资源，培训 600 余名乡村教师，发动干部职工捐赠图书 12 万册，帮助学校抓好德育和思想政治工作。围绕帮助脱贫地区的孩子们实现在“家门口”享受优质教育的帮扶目标，胜利油田在深入调研、严谨论证的基础上，制定了“党建 + 团建队建 + 社团”工作模式，助力学校构建德育体系的工作方案，确保教育帮扶工作“科学、精准、适度、可持续”。油田派驻干部按学期、分批次地实地推动帮扶工作。作为油田精心选派的首批志愿者，2022 年 4 月 13 日至 8 月 12 日，贾涛、王立勤、陈彦喆、刘彤 4 人带着满满的热情踏进了校园，开展为期 4 个月的教育帮扶工作。从山之东到陇之西，从黄河入海口到黄土丘陵沟壑区，工作和生活发生了巨大变化，但他们很快就融入了东乡，似骆驼蓬一样，扎根在布楞沟村。他们将自己的“爱心”带进深山，给孩子们带去了希望和阳光，抚慰了他们幼小的心灵。在那里，留下胜利人美丽的身影。

初到胜利油田这所对口帮扶的学校，现代化的校园环境让志愿者们眼前一亮，看到了脱贫攻坚给乡村振兴带来的巨大变化。然而，多年的贫困落后以及传统的“重男轻女”现象、“早婚早育”等习俗使很多孩子遭遇坎坷命运。近 30% 的学生语文识字量在小学三年级水平、数学成绩在 30 分左右，2021 年 9 月开学至今已有 20 名学生辍学的现实，刺痛了驻校辅导员们的心。他们协助学校建立少先大队，成立两个共青团支部，将党史党课、红色教育、石油石化优良传统等融入共青团、少先队活动中，加强党支部对团队活动的指导。他们还开设“翰墨书香”“羽球飞扬”“快乐篮球”“中华武术”等第二课堂，协助学校建设团校及团队活动阵地，促进学生政治素质、科技文化素质的提升。

油田还积极发挥资金、信息、技术、人才等方面的优势，从班级、学生、教师、党员等多层面搭建帮扶对接平台。在“手拉手”助学行动中，油田部分直属单位及机关部门党支部、团组织，与东乡县石化中学 2021 级 13 个班级结成对子，帮扶覆盖 140 名留守儿童、单亲儿童、孤儿以及品学兼优学生。同时还积极协调被清华大学等众多“双一流”大学确认为优质生源基地的东营市胜利一中 15 名教师入校与东乡县石化中学教师结对，现场开展教学交流、联合教研等活动。

学校建起了红领巾广播站、红领巾记者团、《红领巾新闻播报》视频专栏等平台，利用图片、视频等方式给孩子们展示大山以外的世界，成为提升学生思想政治素质的红色阵地。学生们的自主意识、自主能力得到了极大的锻炼与提升，学校也焕发出更深层的发展活力。相较于城市孩子，这里的学生不习惯表达自己的情感。志愿者们察觉后，从网上订购了带锁信箱，在学校楼梯角搭建起“烦恼回收站”，每周五开箱，每周一回信。王立勤用女性独特的细腻和温暖，填补了学校心理健康教育的空白。每天晚上，她都会一笔一画写好回信，装进自己手叠的信封里，挨个儿送到孩子手中。渐渐地，少年们脸上的笑容越来越多，字里行间洋溢着积极、乐观、向上的气息。擅长宣传工作的刘彤提出开设《洮河诗书》专栏。2114 班马晓艳作为开栏表演者参与首次录制，一经抖音推送，浏览量突破 3 万人次。每周一次的班会上，油田驻东乡县石化中学的辅导员们都会将整理好的实时资讯、科技前沿等内容，以图片、视频等形式展示给同学们，为他们带来大山之外的故事和资讯。

为进一步深化精准帮扶，丰富学生们的假期生活，油田组织开展甘肃东乡县石化中学“胜利研学”活动。2022 年 1 月 18—24 日，胜利油田组织首次甘肃东乡县石化中学“胜利研学”活动。这次活动，胜利志愿者带领石化中学学生一起遇见文化地标、阅见典范人物、传承石油石化优良传统，用笔记录难忘的研学活动，让孩子们在行走中开阔了视野、增长了见识，对人生萌发出新的期许。参加这次活动的学生，很多都是第一次走出大山、走出家乡。“快来看，快来看！这个瓶子里装着的就是石油。”在油田科技展览馆的展示柜前，马娜子热兴奋地招呼着同学们。马娜子热和其他 49 名同学一起，从 1000 多千米外的甘肃东乡县来到胜利油田，开始为期一周的“胜利研学”之旅。为了让孩子们拓宽视野，实实在在学到更多课外知识，油田精心制定了研学线路，给孩子们呈现了一个新鲜、壮美而又神奇的世界。7 天的时间里，同学们先后到油田科技展览馆、华八井等地游学，了解石油的形成、开采及应用知识；追寻胜利油田的发展历史，感受以“苦干实干”“三老四严”为核心的石油精神；现场观摩采油生产一线油井运行情况，增加对油田建设的直观印象，深刻了解胜利人践行“我为祖国献石油”的执着与追求。

曾经，流过东乡县城的洮河就是他们见过的“大海”。在黄河入海口，孩子们真实感受黄河入海的壮美；在曲阜孔庙前，他们深刻体验“拜师礼”的庄严与肃穆，了解孔子思想、齐鲁文化的深邃与厚重；在济南大明湖、趵突泉，他们陶醉于优美的自然风景中；在山东博物馆，他们通过参观丰富的藏品共同感受齐鲁大地的历史悠久和文化底蕴；在博物馆门口，同学们录制手势舞《一起向未来》，为北京冬奥会加油助威……

转眼一个学期过去了，“上次考试，全县700分以上的有7名，其中6名是东乡石化中学的”。2022年6月，办学仅一年的东乡石化中学获评“临夏州德育五星级学校”“全县民族团结进步示范学校”等称号。7月13日，油田4名帮扶干部被东乡县教育局授予“东乡县2022年中国石化‘一企一校’教育帮扶优秀工作者”荣誉称号，油田教育帮扶工作得到了甘肃省临夏州委、东乡县委的高度肯定。

2022年9月28日，油田召开教育帮扶工作推进会。管理局有限公司执行董事、党委书记，油田分公司代表牛栓文强调，教育帮扶是一份使命，更是一份责任。要以更高的政治站位扛牢央企责任担当，以更实的举措优化校园育人氛围，以更贴近的关怀促进学生全面发展、健康成长，推动油田教育帮扶工作再上新台阶，打造“志智双扶”标杆，持续巩固拓展脱贫攻坚成果、助力乡村振兴，以实际行动迎接党的二十大胜利召开。中国石化派驻挂职干部代表胜利油田捐赠50万元“石化朝阳助学金”。

“没有花香，没有树高，我是一棵无人知道的小草。”2022年8月13日，贾涛、王立勤、陈彦喆、刘彤相继返回各自工作岗位。这也意味着，胜利油田首批教育帮扶辅导员在甘肃省临夏回族自治州东乡县石化中学的工作圆满完成。

骆驼蓬、骆驼蓬，你是沙漠植物中的骄子。你没有挺拔的茎、翠绿的叶、艳丽的花，但你一代一代倔强地生长着，把根须深深地扎进沙砾之中，摄取一星半点的水分和营养，日积月累，把它储进自己的叶和茎里——但那不是为自己永存，而是为他人造福。骆驼蓬，你本是一种普通的、无名的蓬，但人们用“骆驼蓬”这个美号为你命名，这是你的骄傲，也是你的光荣。黄色的河水遇上湛蓝的海水，形成河海交汇的天下奇观，蔚蓝和金黄在这里水乳交融，海浪和流水在这里纵情嬉戏，如两匹美丽的锦缎缠绕在一起，呈现出裂帛般雄伟壮观的美。一簇簇翅碱蓬，为这方土地晕染诗意的颜色；一杆杆芦苇，站成黄河口独特的风景。翅碱蓬、骆驼蓬，正是胜利志愿者的“胜利红”。近日，由4名政治素质高、综合能力强的干部组成的胜利油田第二批志愿教育帮扶小组成立，9月底，“胜利红”乘风破浪扬帆远航再出发。

那些童年的记忆

王 艳

父亲在母亲八十岁寿宴上，看着近 20 口的大家族，四世同堂，人丁兴旺；虽无大富大贵者，却都安居乐业、丰衣足食，幸福的生活令寿宴后的回忆显得轻松而惬意。精神矍铄的父亲自豪地说："我们的家，萌芽于新疆，成立于大庆，壮大于江汉，完整于胜利，最后，落脚于江苏。"

父亲出生于 1936 年，湖南常德人。童年，启蒙于乡间私塾；少年，边上学边务农；青年，父亲响应国家号召，应征入伍。他常常感叹：我当的是化学兵，比当工程兵的战友少吃了不少苦。

入伍后，因为父亲政治过硬、表现好、形象又好，很快便被部队首长看中，当了几年警卫员。转业时，父亲作出了人生重要的一个选择，跟随部队集体转业到了新疆白碱滩油田，成为新中国石油工业创业初期一名光荣的石油工人。

父亲所在的队伍皆由转业军人组成，是一支能吃苦、作风过硬、英勇善战的铁军，后人称"石油师"。大庆油田会战，父亲所在的队伍又转战到黑龙江。

童年时，看过一部黑白纪录片《大庆战歌》，里面的内容不甚明白，却清晰地记得母亲一改往日的淡定，指着银幕激动地说："那个搭帐篷、扎着长辫子的人是我！"

多少次家庭聚会时，父亲回忆说："大庆会战初期，环境恶劣，物资短缺，设备不全，技术薄弱，尤其是生活条件极其艰苦。我们自己建干打垒，经常饿着肚子干活，人拉肩扛是常态。"有的战友熬不下去当了逃兵。坚韧要强的性格，促使父亲坚定地留了下来，铁人王进喜是他所在钻井大队的大队长，他任组织干事。

在大庆油田工作期间，父亲将在湖南老家教书的母亲带到油田，组建了小家庭，他们的婚房是干打垒。虽然家徒四壁，母亲却无比欣喜，因为她成了油田小学的一名教师。父亲母亲，远离故土，心怀梦想，克服重重困难，坚定地投入石油工业的奠基事业。在这片热土，我的姐姐、哥哥相继出生。

我的父母用青春、汗水建设的大庆油田，使年轻的共和国甩掉了贫油的帽子，筑就了中国石油工业的一座丰碑。石油城在贫瘠的土地上拔地而起，第二代石油人在这里茁壮成长。

我记事时，便听身边的叔叔们叫父亲："指导员，开始认字了！"无数次朗读父亲水杯上镌刻的文字："干部是人民的公仆……""一不怕苦、二不怕死，三老四严、四个一样。"大庆精神，深深扎根在脑海里，油田的孩子最值得炫耀的一句话："工业学大庆。"

我们在《我为祖国献石油》的歌声里出生、长大，那句"哪里有石油哪里就是我们的家"是对石油人最好的诠释。

我们的家，由大庆油田迁到湖北江汉油田，不久后，又搬到山东东营胜利油田。

油田的孩子无拘无束、无忧无虑，早习惯了父母的离别、频繁的搬家。走南闯北的经历多了，胆子练大了，适应能力超强。

1975 年，江苏石油会战拉开了序幕。父亲的井队由胜利油田奉命转战苏北，石油会战指挥部成立，坐落在江都邵伯镇。江苏石油会战的这一年，父亲很少回山东探亲，偶尔会有井队的叔叔捎回包裹，里面大多是给孩子们的糖果等零食。

第二年的初夏，母亲高兴地宣布一个消息："孩子们，我们又要搬家了！去南方！去江苏！去鱼米之乡！那里有你们的爸爸！"母亲的脸上满是憧憬和兴奋。

鱼米之乡？河流很多？鱼虾很多？稻米很多？上幼儿园大班的我，还是第一次听说这个词，已经在母亲的描述中开始无限地遐想，那该是多么美的地方！

搬家的消息一出，家里门庭若市。学校的老师陆陆续续到家里送行，哥哥、姐姐的同学到家里串门。大人们不会空手来，都会拎着糖果和饼干，有的老师讲着讲着还抹起眼泪。

离别，伤不到我们这些懵懂无知的孩童。想着马上就要去那么好的地方，心里高兴还来不及呢！

石油大军，就是一支不穿军装的部队，沿袭着很多部队的作风，家属和孩子也不例外。只要有什么大行动，一切听指挥，整齐划一是肯定的。

搬家那天，油田驻地很是热闹，每家每户的行李标上姓名记号后统一装上卡车，真有点“部队未到，粮草先行”的味道。大人和孩子们在几位叔叔的指挥下，先是坐着敞篷车到火车站，又被安排上了绿色铁皮车厢的火车。第一次见到火车，大家很是激动，兴高采烈地奔赴那个遥远的目的地。

这次参加“江苏石油会战”的迁移，牵涉的人员众多，以至于胜利油田包下了这趟列车的一大半车厢，三个孩子跟着母亲完成了又一次搬家。

经历长途旅程，不知道倒了多少次车，起初的兴奋变成了疲倦，我们也终于到了目的地。最后的交通工具是一辆解放牌卡车，车最终停在一处偏僻的农村，这是路的尽头。环顾周围，皆是长着农作物的大片农田，田里有高大的玉米和绿油油的稻子，几排灰色小砖房分布其间，听大人议论，那是洪泽县部队农场留下来的一处营房。

这情景令小人儿倍感失望，对着母亲直嚷嚷：“这就是你说的鱼米之乡？没有幼儿园，没有商店，更没有看电影的大礼堂！”母亲眼神茫然，瞅着眼前的景物，似乎也没心思搭话。

刚下车，远处有个戴草帽的人向这里频频招手，母亲拉着几个孩子兴冲冲迎上去，那人摘下草帽哈哈大笑起来，我们这才认出，那是久别的父亲。

父亲穿着油田工作服，一张脸被晒得黑里透红，往日的俊朗消散不少。他笑嘻嘻地摸着哥哥的头招呼说：“孩子们，欢迎来到鱼米之乡、我们的新家！这里是江苏油田钻井农场！等把家收拾好了，带你们去掰玉米棒子！”

父亲说这些话时激情满满，带有煽动性和感染力，暂时驱散了全家人因劳顿、失望呈现出的萎靡。我急吼吼挤到父亲面前，拉着他的手积极响应：“好呀！去掰玉米棒子！”

我们的新家，就是盖在农田边的草席房，共有十余排，周围杂草丛生。每户的房前，开有一个长方形的简易小门，连门把手都是铁丝随意拧成的，上面挂着一把铁锁。一个门里就是一户人家，只有里外两间房，窗户也很简陋，在席子上剪开一个正方形的口子，上方挂着一块差不多大小的正方形席子，周边用竹子加固，窗下面有根竹竿撑着。

看着狭小局促、四处漏风、飘摇不定的草房，六岁的我一屁股赖在地上放声大哭，边哭边控诉：“你们都是大骗子！我不要住草房，我要住砖房！”母亲转脸瞅向父亲，父亲则难掩一脸的尴尬。

虽然失望，但我们取行李、布置家，让寂静的农场好一阵喧嚣热闹。本来就没有什么家当，母亲仅用了半天，麻利地收拾停当。为了防止轻飘飘的草席房子被大风刮飞，几个叔叔找来钢丝并拉来许多大石头，将草房逐一做了防风加固。他们把两块石头分别绑在钢丝的两头，用钢丝压住房顶，距离几米就固定一下。草房子是刮不走了，可大石头特别多，还碍事，此后，很多孩子玩耍时都被它们“暗算”过。

孩子们顾不得大人们的这些琐事，早就迫不及待地奔赴农场边上那条哗啦啦流淌的小河，清澈见底的河水，真的有不少小鱼小虾。

很快，方圆几里的地形便被我们摸清楚了，这条小河很长，相隔百余米的距离，分别架着两座水泥桥，流淌的河水给孩子们带来无穷的乐趣。

正处夏季，河水丰沛，成群的鱼虾在水里游弋。白天，倘若感觉到燥热，便扑通跳到河里游泳。到了傍晚，太阳收敛起毒辣，我们便先去草垛下挖蚯蚓，红色的蚯蚓易引鱼儿咬钩，有了好钓饵便拎着鱼竿去河边钓鱼。晚上，小伙伴们也不闲着，三五成群地打着手电筒去河边、水塘边捉青蛙、照螃蟹。这些因水而生的乐趣，都是之前不曾有过的。

河边嬉戏，使我们这些刚刚凑到一起的孩子很快消除了生分、戒备，彼此熟稔起来。那个草房子新家所带来的惆怅失落，早被抛到九霄云外。

草席房子弊端不少，漏风、不隔音，你家说什么隔壁家听得一清二楚，真要说什么悄悄话，那就要压低嗓门儿咬耳朵了。好在那时谁家都没什么值钱的东西，家家夜不闭户，串门串得很勤。

简陋的家住上一段时间后，孩子们渐渐喜欢上了草席房。这房子，有坏处也有好处，没有了隔离、屏蔽，走到屋外，大自然的美景能一下子涌到眼前。房前房后有大片的泥巴地，飞蓬、大蓟、蓼花、苍耳茁壮成长，粉粉白白的野花芬芳一片。牵牛花、扁豆花、丝瓜花纠缠在窗前，参差不齐的枝蔓随风摇曳，小蜜蜂和各种昆虫纷纷造访，煞是有趣。夜晚，一阵阵蛙鸣此起彼伏，夹杂着断断续续的虫吟，这声音好听，宛如天籁。

农场有广袤的田野，河流纵横交错，植被种类丰富。闲暇无事，挎个小竹篮，带个小铲子，随便找一片田野，就能寻觅到马齿苋、灰灰菜、马兰头，蹲下来挖一会儿，屁股挪上几十米，就装满了一篮子。原来，爸爸妈妈没有骗人，鱼米之乡真的是鱼虾成群、稻米飘香，美得似画一般！

搬家过来好多天了，因为没有学校，孩子们处于放羊状态，玩得酣畅淋漓。大人们却忙得脚不沾地，像是在打仗。很快，钻井农场小学挂牌成立了。

农场小学处于农场中心，学校上课的铃声辨识度极高，那是校长拎着个铁榔头敲击悬挂在房梁上的一块报废的套管头传出的声音。几间教室很简陋，是灰色的简易木板房。这房子一点儿也不隔音，几个班级上课的声音混杂在一起，根本听不清楚老师在讲什么。刚开始，教室不够用，一年级、二年级合用一间，其他年级各用一间。

不久后，我们真的去掰了玉米，此时，父亲早已回井队上班，带我去掰玉米的是在钻井农场小学当教师的母亲。

农场，多的就是土地。眼看地里的玉米到了成熟的季节，校长决定，停课一天，老师带着学生去田里义务劳动，收割玉米。妈妈安排我跟她的学生们一起参加义务劳动。她说：玉米地就是青纱帐，收玉米就是在钻青纱帐。

农场的玉米地，广阔得一眼望不到头。金灿灿的玉米棒饱满诱人，可真要把一大片地收拾干净，绝非轻松好玩的游戏。兴冲冲地钻进青纱帐，才晓得其中厉害。那老玉米叶子又密、又硬、又锋利，伤人于不觉。

摘玉米的方法很简单，扫荡加捡漏。师生们站成一条横线，一人负责一垄，依次在玉米地纵向采摘，缓缓地向前推进，有几个高年级同学跟在后面检查，看有没有漏网之鱼。

不一会儿，裸露的胳膊、腿上就被玉米叶划出大大小小的血口子。烈日当头，田里劳作毫无遮掩，毒辣辣的太阳躲都没法躲。虽然妈妈给我头上扣了一顶大草帽，但是摘完玉米，已近黄昏，人早被晒得漆黑。

看着堆成小山的玉米，师生们兴奋地惊呼："我们大丰收了！"老师笑呵呵地给每个学生发了两穗玉米作为劳动奖励，孩子多的家庭分得多，能煮上满满一大锅。玉米看着诱人，虽然怎么煮都觉得老，我们却仍啃得津津有味。

两年后，我们告别了草房，住上了砖砌的小平房。再两年，住上了小二楼。

搬离钻井农场时，我已上初中。舍不得房前屋后那些蓬勃的庄稼；舍不得我家房头父亲种下的那棵玫瑰，繁花满枝时，那一片嫣红常常引得行人驻足流连；更舍不得同学送的那棵葡萄，夏季的黄昏，当紫色的果实挂满枝丫，我常常搬一把小凳子，握一卷闲书，边看书边摘葡萄吃。那情景，羡煞众人。

五月的风

任西波

1

1968 年五一劳动节的小晚会刚刚结束，3297 钻井队的职工们还沉浸在《大海航行靠舵手》的合唱兴奋中，地质技术员林友进和爱人胡瑛坐在自己宿舍里——一间可以侧面看见星光的苇箔房，胡瑛低声哼着《我们走在大路上》的语调，晃动着小腿。林友进看着活泼的爱人，他就喜欢她每天像欢快的百灵鸟的样子，让生活充满了青春的激情。

孤岛荒原五月的晚上，微风带来芦苇嫩嫩的清香，也会有蒲公英小黄花的淡淡香味从窗外飘进来。苇箔房围成的小院旁边，是一丛丛红柳，正好在东和北两个方向围拢着，像这片荒原伸出的手臂。刚刚绽出的绿叶子，小叶片簇拥着向上，晚上挂满了晶莹的露水。

胡瑛回忆说，那时仰望夜空能看见满天的星星，像红柳花一样的星星。仿佛天空上有一棵大树，星辰是叶片，太阳和月亮是果子。

1968 年 5 月 1 日，对 3297 钻井队和渤二井来说是一个很特殊的日子，渤二井完钻了。五一劳动节，渤二井完钻了，出油了，向北京汇报了！

林友进和胡瑛当时还没有意识到渤二井对于这片热土和国家能源事业的重大意义，渤海滩涂上的二号探井成功出油，带来了孤岛油田、桩西油田，后来是孤东油田和海洋滩涂油田等，像一颗种下的太阳，结出了更多的小太阳。2021 年 6 月，孤岛采油厂为祖国奉献原油两亿吨，如果挖一个一立方米的壕沟，可以围绕地球转两圈。

什么是平凡的？什么又是伟大的呢？平凡的奉献也许是微小的，一滴又一滴石油的累加就是祖国能源事业的伟大贡献。

鲜花盛开的春天。渤二井的抽油机在缓慢地转动，是的，它依然在缓缓地转动，在阳光下，在月光里，带着这片滚烫的热土在时光里飞翔。

2

2020 年 7 月 29 日，孤岛采油厂文联决定对孤岛发现井——渤二井的钻井队的历史进行追访。2020 年 7 月 29 日，早晨 5 点 30 分发微信群征集线索，并转发与孤岛和胜利油田有关的 32 个群。7 点 14 分，得到“李怀原老师”与“孤岛会战美篇”两个线索，深度学习。去地质所查找资料，发现 3297 队与 32105 队有争议。去查原始资料，发现渤二井现在的名字——中 14–4 井，钻井交井是 3297 队，地质报告是 32105 队。最后落实钻井井队是 3297 队。

2020 年 7 月 29 日下午，找钻井系统于贵信同志落实。

2020 年 7 月 30 日，于贵信来电，查到 3297 队地质技术员林友进。

林友进回忆说：1968 年 4 月底从垦 12 井搬迁到渤二井，草芽刚刚泛绿，春风吹拂衣襟。不过，那时黄河口的春天是微寒的，到了晚上要裹紧被子。

1967 年的冬天，在垦 12 井，海潮，冰凌。黄河冰凌泛滩，那时候没有孤东大坝，冰水挤压过来，大铁块也会被推翻割裂。我们一听到敲锣声就跑，记得跑过一次，收兵回了东营辛镇，再杀回来，开钻打井。

站在垦 12 井的钻台上向东遥望，是漫漫的阳光反射出的悦目的白、浩大的白，像冰面上有一个硕大的太阳，偶尔海鸟从天地间孵出，是孵，好像从蓝色的蛋壳里慢慢呈现，有时是一只，有时是一群，它们在你一低头的瞬间，好像消失和融化了，天上又是青色的空，诗人叫这种空为“寂寞”。

从垦 12 井搬家到渤二井，没有路，车颠得像坐船一样。

4 月底，孤岛荒原小路上的野花开始开了，黄色的小花是蒲公英，白色的小花是小野菊，红色的碎花是罗布麻。早晨的露水打湿着裤脚，苇丛中摇曳着明亮的阳光，那是林友进最快乐依恋的时光。他和胡瑛有时在傍晚的红柳丛里漫步，一束束红柳花和晚霞，还有爱人微红的脸庞交映在一起，不远处，野水荡漾，不知道名字的鸟群在起飞降落。

有时刚分开就开始思念了，坐在野水洼旁，水底的太阳在摇晃、在微笑。

五月的风还带着一丝凉意。记得 3297 队离开孤岛的时候，一丛丛野花已经开始连成片了，看着越来越远的孤岛油田，就默默地在心底收藏了一片春光，时刻照耀着我们的回忆。

3297 钻井队在孤岛打完渤九井，就去了高青、临盘、纯梁、牛庄和胜坨等地，那时候，胡瑛和林友进已经分开，互相的思念是一种煎熬，一封信走得很慢，有时，走着走着就走丢了。

3

渤二井于 1968 年 4 月 19 日开钻。

在开钻之前，已经有钻井前期的预备工作队伍，从黄河大坝向北直到渤二井井位修了一条简易的路，一层苇箔一层泥土，十几层叠加起来，不过一上钻井设备，仍压得到处是坑。在渤二井与神仙沟之间的红柳丛里，建了一个苇箔房的小院，是现在钻井队板房院子的雏形，一圈苇箔房，留一个向东的门。3297 钻井队上来后，就在门口竖起了一面红旗，有三米多高，为了让来找的同志们在远处可以看到。

队伍刚上来，被干燥的春风来了一个下马威：早晨起来，被子上都是黄土，同事起床只能看见彼此的眼睛，脸上都是土。不过那时大家并不觉得苦，彼此嘻嘻哈哈的，到神仙沟提一桶水，洗洗就完了。一到上班钟点，我们还是部队的作风，点名排队去接班。

《我为祖国献石油》由渤二井老地质工胡瑛深情地歌唱着，这是在林友进和胡瑛夫妇的家里采访时的一个细节。

我和孙劲松主席在采访刚开始时是忐忑的，听许多接触过林老的同志说，林老对采访非常反感。他有一句口头禅：“采访我干什么？党和胜利油田给我的荣誉太多了，去采访一下那些在一线待了一辈子的老石油。”确实，孤东会战时，林友进以会战为家，在一线，在钻井会战前线办公室，在钻前安装队伍里，为了赶进度，他经常滚一身泥水，安装井架是最先抵达井场的，泥里泥里走、水里水里蹚。会战表彰时，林友进是十个骑上大红马、戴上大红花被表彰的人中第二位，李晔给他牵马。后来，他又与李晔老指挥住在一个院子里，前后楼，这是一个老石油的缘分故事。

我们进门的不知所措，一会儿就被这两位老石油的实在融化了。

孙劲松：您打的这些井里头比较有名的，您记得哪几口井？

林友进：我当然知道，一辈子忘不了啊！我的骨灰就要撒在渤二井。

孙劲松：啊，渤二井！

这口井不仅是孤岛油田的发现井，也是许多老石油心灵的发现井。

林友进：我已经给孩子们交代好了，我们把骨灰撒在那儿（回头看了看老伴胡瑛，那种一生相濡以沫的眼神回应）。以后孩子儿孙们看我们，去看看渤二井就行了！

胡瑛：嗨嗨！

林友进：明白吧！兄弟！

胡瑛：说的老实话，说的老实话！真是说，那时候，现在……

孙劲松：向您致敬！

林友进：我没想到你们来采访，对渤二井体会得这么深，我的眼泪都要下来了，我没想到，我没想到！

（一个老石油发自内心的一番话语，让我们感慨万千。）

在以后与胡瑛阿姨的电话采访中，我更加体会到了他们夫妇对渤二井的深情。渤二井，承担了林友进和胡瑛夫妇最重要的情感。一是他们结婚的正式日子是“五一”，二是渤二井完井是在“五一”。这里承担了两份深情，带着深深的钢铁情根。

五月的风，在黄河入海口是万物峥嵘之风，带着拳拳深情，鼓动黄河的波浪，摇荡渤海的波浪，拂动芦苇的波浪，抚摩红柳的波浪。

4

渤二井的地质资料，在风声中慢慢掀动。那个上午，2020 年 7 月 29 日，在地质所的资料室里，阳光从南边的窗子斜照进来，资料上有石油的痕迹，也有石油人汗水的痕迹，翻飞的灰尘中，仿佛能看见一代代孤岛石油人在这些资料里穿行。

记得 2018 年，孤岛采油厂搞了一次勘探开发 50 周年老照片展，我就在现场接待参观的老石油。那些白发苍苍的老石油们，互相见面，笑声朗朗，那些艰苦的岁月都成为美好的回忆。他们互相辨认着：那个是谁，那个如今在什么油田，那个已经走了，那个早就走了。那天，展厅的阳光从早晨到傍晚，都好像带着回忆的淡黄色。孤岛老照片在我眼前飘入又飘出，它们一直在时光中生长，让孤岛这片热土充满生机。

一个老石油的深情回忆，让我感慨万千。渤二井是孤岛油田的乳名，是这片热土上的第一口涌泉。从 1968 年 5 月 17 日开始，孤岛石油人开始打捞太阳、追寻太阳，从此开始，孤岛的光荣和梦想有了载体，孤岛的理想和追求有了传承。

现在的无人机镜头是广角的，它飞翔着，扫过荒原的芦苇、野水、野花，慢慢抬高。太阳已经在四月中旬有点热度了，仰望时让人晕眩。

林友进：那时候，一下雨就没有路，路是探井打完、有油以后才正式开始修缮的。

胡瑛：渤二井修路的时候，有个指挥姓郭，那时他五十多岁了，姚福林指挥限他半个月把路修好。

林友进：他为了把我们这个井队搬上来，从南大坝到渤二井那条路，一层柞木杆子，上面一层土，再一层草袋子，再一层土，一层柞木杆子，大概五层。用拖拉机压一层，再压一层。钻井副指挥郭晓光，一件军大衣，四五天盯在那儿，解决卡脖子的道路问题。

林友进：我们曾经在垦 10 井把雪水融化到桶里，挑回来喝。我曾经累到什么程度？傻乎乎的，站在那儿，啪的一声倒在地上睡着了。为了固井三天三夜没睡觉。那时，我们工作用大庆“三老四严”要求自己。

好家伙，孤岛油田第一口出油的井，北京都来人了。

（回头看看老伴胡瑛）我们两个人就是在孤岛渤二井结的婚，那时结婚，年轻人都偷偷摸摸的，只是跟指导员说一声，害羞。

胡瑛：食堂那时在神仙沟边上，我回来，怎么都找不到宿舍了，一个职工指着一间苇箔房说：“小胡，你在那儿，和林技术员一间。”友进四点多下班回来，我们就撒了一包糖，这就完了（缩脖子一笑，好像回到了少女时代）。这不挺好的吗？挺好的。

胡瑛：那时，友进又高又帅，很阳光，很有正义感。我会采一把小野花放在我们宿舍里，淡淡的香味伴着入梦。这时，蚊子还没有到满天飞的时候。

林友进：有时会看到马场的马群，当时真想骑上马，跑上一圈。但马群因为钻机的声音太响，都躲得远远的。

五月的风渐渐暖了，现在的孤岛是槐花盛开的季节。我与老石油们聊起了槐林。是啊，他们来时还没有槐林。万亩槐林也是一代创业者的杰作。

那个年代有一个口号：艰苦奋斗，齐心协力，拼命也要拿下大油田。

艰苦的时光，现在回想起来，他们的回忆是美好的，苦吗？很苦，但那是很快乐的青春岁月。

5

从 1968 年 4 月 19 日到 5 月 17 日，这片热土其实是从春寒料峭到春风浩荡，再到春原绽绿，生机勃勃，一切都像这段美好的时光一样，该发芽的都已经发芽了，爱情也绽放出温馨的绿意。

林友进：当时我是地质技术员，一大早在泥浆循环筛子旁蹲着，一点儿一点儿清理着砂子，油花出现了，眼睛亮了。当一把油样在阳光下反射出油质的光芒，我的心颤抖了，捧着油样三步并作一步，感觉像飘起来一样，那是最幸福的瞬间，也是我真正酷爱石油事业开始的瞬间，感觉自己飞向了队部。五分钟后，整个井场成为欢乐的海洋，我参与了为祖国发现一个整装油田，是多么地幸运！

现在的美丽孤岛来自渤二井这口钢铁的情根，进一步发育成为上千口油水井的孤岛油田。

渤二井，1615.21 米明化镇组，历时 8 天 3 小时零 5 分，井斜 2 度，位于俊林村（北站）北 350 度，5.3 千米，海拔 4.52 米。开钻 1968 年 4 月 19 日，完钻 1968 年 5 月 1 日，完井 1968 年 5 月 6 日。中间修电机。水泥固井表层套管，4 月 19 日 14 点 23 分开始，14 点 46 分完成。

5 月 5 日，二次套管固井，220 袋水泥，全队上阵。从固井前搬运到完工，三名女工也浑身水泥尘土，根本分不清男女了。

这是孤岛凸起顶部开钻的第一口探井，5 月 17 日完钻求产，3 毫米油嘴试油，获得日产 13.2 吨的工业油流。

渤二井精神是孤岛精神的根。

孤岛油田的发现和开发，打破了凸起无油的禁区。

1994 年 4 月 15 日，一个铁树开花的日子，一个诉说奉献的日子，一个吹响二次创业进军号角的日子。这一天，孤岛采油厂经过二十年开发建设，累计为国家生产原油一亿吨。

2011 年 6 月，孤岛采油厂“庆祝胜利油田发现 50 周年，产油 10 亿吨”庆祝活动启动，“孤岛父子兵，青春献石油”活动在渤二井井场举行。

五十多年弹指一挥间，历史正悄然远去。我们铭记历史，铭记先辈的奉献与汗水；我们牢记历史，牢记先辈的嘱托与希冀。我们正在创造新的历史。新时期实现新发展，新挑战迎来新机遇。风雨同舟，自强不息。

五月的风充满五月的骄傲，飘扬劳动的味道。五月的风挥洒青春的味道，多少石油人的青春年华像石油一样输送给了我们伟大的祖国。五月的风绽放百花的味道，花蕊吐露芬芳，每一朵花儿都摇曳季节的娇艳，莫让飞舞的花瓣在匆忙的旅途中不经意间漏掉。五月的风充满阳光的味道，蓝天白云唤醒初夏的明媚，折射一束束赤橙黄绿青蓝紫的光影。在这缤纷的世界里，什么是你一生中最大的骄傲？我轻轻地问五月，五月的风轻轻飘过，我的心随风飘荡。五月的风带走无怨无悔的付出和回报。

石油的火焰，在祖国的蔚蓝之间

解品军

时间如海浪，永不停歇。

海浪，就是大海这巨大表盘上的指针，大海不会干涸，海浪就一次次向我们涌来。我们的生命，如鸥鸟的翅膀，飞翔如呼吸。当一生走完，我们会有无限感慨。像翅膀划过天空，也许什么痕迹也看不到。但我们的确曾经在这辽阔的天空下和苍茫的海面上飞过。

海浪翻滚着，像晶莹的花瓣，挟裹着腥味的空气，在海面上行走。这样的画面，总让我想到轮回。从第一次见到老 168 平台，已经八年过去了。老 168 海油陆采平台占地 3 万平方米，进海路 2.67 千米，平台总井数 67 口，是目前中国石化最大的海油陆采单体平台。作为重要的生产区域，只有与工作相关，你才能在这里进出。大片的苇丛、红地毯、滩涂，还有或安静或咆哮的大海，并不示人。只有飞鸟是自由的，可以随时随地出入。

白鹳、白天鹅、丹顶鹤、蓑羽鹤等上百种鸟儿在此出没。有些鸟儿，因这里的气候和丰盛的食物，从候鸟变成了常住客。这里的石油工人，从我们的父辈开始，就如候鸟一样，从四面八方赶来。慢慢有了油二代、油三代，在这里安家落户。一座共和国土地上最年轻的石油城开始耸起，而我们就像一些候鸟，再也不会离开。

那年一场风暴潮袭击了这里，油井不能停，作为油田唯一的移动发电队伍，我也得以和老 168 相遇。海面上不停翻滚的白色巨浪，海底涌动着的汹涌暗流，一起冲向我们所在的岸堤。你能感到大地在颤抖，望着开始运转的抽油机和忙碌的石油工人，除了沉默，再无其他。我的目光向更远处探寻，散落在极远处的海上平台，像一座座堡垒，在海面上安营扎寨。

沉默久了，总会有一种声音打破平静。时间已近傍晚，发电的时间还遥遥无期。又到了涨潮的时间，大海撞击海工石和岸堤的声响越发嘹亮。在这里工作的人，都是彼此再熟悉不过的面孔，多年相处下来，仿佛话题所剩无几。于是，我们的到来，让大家开始彼此讲述自己的过往。

老 168 平台目前有 9 人，班长阿华，瘦高个儿，刀砍斧凿般棱角分明的脸上，布满了岁月的皱褶。他习惯称呼老 168 为他的老朋友。他不急不缓地讲述着过往，从最初的方案，到道路的铺设、平台的防护、油井的钻探、管道架设、电力输送，到最终成就了老 168 的辉煌。一切都像刚刚发生一样，没有悲伤，也没有喜悦，他平静的讲述，却让我感到藏着如大海一样的风暴。

因为前几天的风暴潮，海水淹没了通海路，车和替班的人进不来。值班的三个人，在海水没过膝盖的井场和值班室坚守了三天三夜。再远一点儿，去年冬天，冰凌一夜间堆满了通海路，像尖刀密布，刀刃挨着刀刃。上下班的人，相互搀扶着，绕着冰凌走。滑倒了，爬起来继续走；再跌倒了，大家搀扶着一起走。平常十几分钟的路，一走就是两个小时。

老 168 投产初期，产量和气量不稳定，造成分离器压力不稳定，需要人员每 20 分钟录取一次压力，而压力一旦超出预警范围，就会出现分离器损坏，以及大面积的环境污染。阿华说，那个夜晚，值班女工一直往返于分离器和值班室之间。压力高的时候，女工盯着压力表不敢离去，再厚的棉工衣又如何抵挡那个深处的寒冬？有时，真羡慕那些飞鸟。酷暑、严寒，再远的路，都有翅膀庇护，都能在须臾间抵达自己的向往之所。

最后，我问阿华：“你最苦闷的时候，会干什么？”“啥也不干，我只记得有一次把自己灌醉，大哭了一场。”沉默，彼此的沉默，海浪继续撞击着海工石，仿佛要摧毁它一般。月亮和星群，已经在夜空升起，像神的灯盏，在夜空中，也在此时的大海中。发电机停止的那一刻，我们在沉默中离别。

以后每年电网检修时，我都会来到这里。网络、监控、自动化，平台在不知不觉中变化着，越来越科技化和规范化。我和阿华他们还是习惯着沉默，以及沉默后的诉说。在老 168 周围滩涂的浅水中，你时常见到许多的白鹭、灰鹭和白鹳，因它们类似的捕食习性，我们称呼它们为“老等”。

“老等”体形消瘦，总是一条腿立在水中，乍看上去像个残疾人，立在水中不知所措。时间久了，你又觉得它们像修仙得道之人。当海风吹动它们的羽翼，或者它们轻轻转动脖颈时，你才觉得那不是雕塑，是生命。它们枕部垂着的细长长翎和胸部披着的蓬松蓑羽，让人觉得它们来自另一个世界。它们一直在等，当鱼儿出现，会从死一般的寂静中复活，用迅雷不及掩耳之势击杀面前的猎物，然后用最优雅的姿势飞起。阿华和他的同事，就像“老等”，我也是，更多的人也是。

万物都有命运。老168平台也不例外，为了绿水青山，为了大海的蔚蓝，更多的沉默和伤感，像海浪一样再次袭向每一个人。2020年10月21日，对阿华和我们来说，都注定是一个被铭记的日子。鸥鸟还在飞翔，在鸣叫，越来越多的老石油赶来与老168告别。我也在告别的人群之中，我们终将像一只曾经的候鸟，在找到自己的栖身之所后，再次离去。

裹着腥味的海风，越来越大。在老168平台告别的现场，每个人都渴望这离去的时间，久一点儿，再久一点儿。早已退休的老石油，在讲述他们那个年代艰苦奋战的往事。刚毕业的小伙子，在抽油机下，要用自己的青春热血前赴后继。有人朗诵着略带伤感的诗句，有人唱起豪迈的歌曲。直到大家一起合唱《我和我的祖国》时，在嘹亮的歌声中，我相信有人会流下泪水，有人会攥紧拳头。分别都是痛苦的，就像这大海，有时会替我们泪流满面，有时我们也会替它忍住悲伤。

老168已完成封井，像一个出海的水手，终于上岸。大海，不会寂寞；大海，不会孤独，它继续拥有鸟群、鱼群和无休止的海浪。今天之后，老168平台上的抽油机，再不能像一道道钢铁的闪电，于昼夜之间切割海风；再不能将地下的黑石油，源源不断地运送到我们的生活中；再不能有电机的轰鸣，与海浪相互呼应。还有在这里工作的石油工人，再不能回到这里，再不能在老168平台上，像一只只红色的鸥鸟，飞翔在祖国这蔚蓝之间。

石油的火焰，在祖国的蔚蓝之间。蓝色的是天空，是大海；白色的是云朵，是浪花。只有黑石油的火焰，在这辽阔的天地间，始终不曾熄灭。为子孙后代留下一个更蓝的天空，一个更蓝的海洋。在离去的这一刻，我听着海浪再次撞向岸边的海工石，巨大的轰鸣声，像一种宣言，也像誓言。路两侧的海鸥、白鹳和白鹭，在我们经过时，不停地飞起、跟随。

突然想起雪莱的诗句：“你从大地上腾空而起，越飞越高，像一团火焰。”不必转身，我知道这火焰正在祖国的海天之间，熊熊燃烧。火焰里有石油、鸥鸟、云朵……

10 年来，我们一直走在大路上

武鑫彪

白驹过隙，时光荏苒，我与春天再一次相拥。年初调到分公司机关，任务和使命再一次发生了变化，新的压力压在了肩上。不过，这次我多了几分泰然和从容，不似刚刚参加工作的那几年，在每次遇到新任务、新要求时，是那般地急躁和窘迫。办公室窗外的柳絮，纷纷扬扬，漫天飞舞的柳絮，幻化成朦胧的记忆，将我的思绪再一次拉向曾经的远方……

仙境里，在大西南云雾深处把井打……

工程公司的第一年，我正好接到通知，去重庆干探井。对于已经去过很多地方的我来说，西南还是一片处女地，内心充满了好奇与激动。

天真的我特意选择了白天的火车，希望能够趁机饱览一下沿途的风光。惊叹当年三线建设时期修出来的铁路是这般惊险，悬崖峭壁接踵而至，占据路途很大比例的隧洞遮蔽了外面险秀的风光，在心里，最终满满留下的，是对先驱们无限的崇拜与敬仰。

恰逢春季，在阆中秀美之地与大家会合之后，我们又乘坐了半天的火车和半天的汽车，穿越崇山峻岭，到了重庆东南之隅——酉阳。路上我们还在叽叽喳喳地讨论桃花仙人陶渊明所绘的人间之境究竟会多么有诗意，但在半夜下火车的时候，心就凉了大半截儿。火车站不在县城，且位置也较偏僻，黑漆漆的一片。“完全不符合重庆在全国人民心中西南经济中心的形象。”有人评价道。

那一夜，我们深刻地体会了西南春季的湿冷，路面和建筑都是湿乎乎的，被窝也暖不热，潮潮的，钻进去如同冰窖一般。作一个东北人，我承认我㞞了，天不亮就爬出了被窝，静静地熬守黎明的到来。翻看了导航，好在距离不是太远，直线距离只有 7 千米，我琢磨到队上简单休整一下，干一些前置的工作，就可以回到自己熟悉的环境，放上两个电热油汀，那就暖了，不用再受这般洋罪了。

我承认，我确实又天真了。地图上看着是挺近，但随着狭窄的山路盘旋上升，几经七扭八歪，终于在两小时后，怀着孕吐般的感觉跌下了车。老乡开车的技术是真的好，结算完费用，人家就马不停蹄地回去了，毕竟，“时间就是金钱”的观念早已深入人心，远处蜿蜒的公路像丝带一般，车子似一颗珍珠一样游走滑远，消失在我们视野里。坐在行李上，顺着山势望去，一早出发的地方尽收眼底，一千多米的落差，给我们带来视野开阔的愉悦之余，更多的是——在内心翻江倒海之时，感觉身上更冷了。

重庆的冬天，完全和“火炉”这个称号扯不上关系，冬春季节来自印度洋的水汽，锲而不舍地滋养着每一棵草木、每一朵野花，也滋养着每一块石头、每一根钢梁。一连几天的早晨，出门即仙境，细微的水汽，像雾，又像毛毛雨，衣袖上、帽檐下的发丝中，满满的都是晶莹剔透的“水晶粒”。由于温度低，井场铺地的石头，以及营房设备上，都被裹上了一层光滑无比的冰。就连人出去走一圈回来，发梢和眉毛也都挂上了一层水晶。

在川渝地区工作了7年的老丁，对这种情况已经司空见惯了，但也丝毫不敢松懈。早晨雾大，能见度满足不了稍远距离的观察，那就主攻室内的安装调试工作，因为这时候的衣服还算干爽，对电路板等一些小物件的威胁还不算严重。到了上午9时，雾气散了一些，光线也强了一些，勉强可以到室外广阔的空间，呼吸着还冰鼻子的春天气息开工了。

老丁的腰间是个百宝箱，除了安全带、手套及其他一些工具零件，还要备一个钢刷子或小铲子。电缆，是信号和能量输送的核心，也是川渝地区安装工作中最难的一项。克服湿冷和滑润，防止身体因拖曳线缆而滑倒跌落，成为最大的安全难题之一。设备表面的冰，硬度、厚度虽不够，但是在水雾的作用下，易碎且光滑，稍微不慎，脱手或滑跌都是很有可能的，钢刷子和小铲子可以较好地清除这些山野的小精灵。

酉页2井，重庆地方能源公司的重要井之一。为了加快钻探速度，高山钻井最利神器——空气钻井压缩机组已然进场，摆满了各个角落。原来成熟的规则在这里需要做一下改变，线缆需要绕过各种压力管道，重新设计方案。新方案对老丁而言不是问题，作业前交底也做了。但是在具体执行中，老丁仍需要进行总体指挥和过程监控。就在这压缩机组的巨大轰鸣中，地下传来了小说里怪物游走的风啸声，在废液池边化成一缕缕烟雾传递出来。巨响淹没了老丁通信的吼声，他的嗓子一度被迫停工了两天……

重庆的冬天真的是透心凉，在外面干了一天的活，手里的工具表面都密密麻麻沁满了水珠，衣服早已潮透，接线工的手已经冰得几乎不听使唤了。闯进屋里，大家争先恐后地甩掉沉重的衣服，倚靠滚烫的电热油汀，抱着人手一瓶的老干妈横扫起了晚饭。山间的天似乎是个婴儿，好不容易有些泛晴的天，突然变脸大哭，狂风大作，在外面“值班”的大黄狗虎皮已经卖力地狂吠起来，但那非常有穿透力的吼鸣，被风带去相拥了，只留下隐隐约约的喘息。大家扔下碗筷，穿上刚刚被烤出蒸腾热气的工衣，夺门而出。

一些怕雨的笨重设备没有来得及搬走，暗夜的风雨就已袭来。虽说暗夜，其实天还没有黑，但是厚厚的云层，外加山林中草木幻化成的鬼影，深夜的气氛已经带到了，大家还是需要打起十二分的精神。勉强支起来的遮雨棚，被风裹挟着晃动飘摇，捆扎的铁丝已经咯吱作响，但也很快就被风雨卷带得松动了，毕竟不敢捆太紧，狂风的力度泄不掉会令伞杆变形，那对紧急防雨是灾难性的。几个人分散开来，一人把住一个伞棚腿，但粗枝大叶的老爷们儿，还是被带得站立不住。终于，几个人搬来了更大的石头，伞棚束缚上了绳缆，稳固了很多，滴水成线的雨水顺着伞棚击在地面的石头上铿锵有声，飞溅起的水花早已冰透了每个人的裤管，虎皮早已没了动静，浑身湿漉漉的在角落里瑟瑟发抖，冰凉的雨水飘向了每个人头上的乌丝、温暖的脖颈深处……

翌日，山间再一次云雾缭绕，钻塔顶部消失在天地之间。经历一夜的风雨，火红的风向标已经打了结。就在那朦胧之间，老丁爬上了高处，雾突然极速流动了起来，风向标带着它那艳丽的石化红，又一次飘扬在天地之间。

彩云吗？我在毛乌素沙漠里见过它……

毛乌素沙漠虽说在多年大力治理下，已经是郁郁葱葱了，但是局部的高大沙丘依旧是点缀在这片原野上的金色弹珠。历史上留下的荒凉之感依旧，干旱带来的创伤，最直接的影响就是人烟稀少，牛羊成群的景象在这片草地和沙棱林不多见，只有几匹骆驼游荡在这片天地之间，显得颇为悠然自得。

枯燥的景象，迅速地磨尽了一众人对新区块风景的兴致，在摇曳的小车中，鼾声四起，很快都一个个地睡去了。

不知道过了多久，睡眼蒙眬中，透过车窗，看到了瓦蓝的天上，不知道何时飘来了几叶纱云，轻悠、缥缈。8 月的鄂托克前旗，拥有着它难得的惬意。

苏里格南，中国石油和法国 TOTAL 公司联合开发的油田区块。我们此行，是中国石化首次进入该区域，与双方开展合作。作为中国石化石油工程在该区的先遣队，也仅仅 7 个人，虽然规模小，但大家还是雄心壮志，有坚定的信心完成此次任务。原本昏昏欲睡的兄弟们，不知何时，各个生龙活虎，说话的声音也高亢起来。一下车，都撇下随身行囊，直奔工作现场。

SN×× 井区，布局都是排子井，井场方方正正，9 口井码成一线，间隔 10 米，目标是在地下建成九宫格开采格局，各井靶点水平间距 1000 米。工程最大的难点是，每个井场钻取高达 1500 米的大位移，3900 米至 4200 米井深，1 至 9 定向共计 9 口井，且每口井仅有 19 天至 22 天工期，时间紧，节奏快。除了我们所面临的常规挑战，还有双甲方，即中国的中国石油和法国的 TOTAL 公司，这也就意味着，我们要出具两套资料——一如既往的中文材料和我们都没尝试过的英文图表。

祝慧，团队年轻而又老练的带头人，早些年去过印度尼西亚，对外文资料的要求有一些了解。为了这次工程能够顺利开工，他临危受命，把自己几年前积攒的存货毫不犹豫地全部贡献了出来。到队的第一天，他就把准备好的资料模板与参考打印出来，人手一份，并在墙上挂起了小白板，为每个人列出了学习计划，他则承担起了全队学习工程英文的总教员，人称“QC 头”。但此时的他，仍面临着一个巨大的挑战：海外多使用 Schlumberger 的标准规范，TOTAL 公司也不例外，而我们缺少的，恰恰就是 Schlumberger 制作资料的各种程式化软件。如何满足 TOTAL 公司的特殊资料要求，成为祝慧最大的难题。

为了胜任工程的要求，祝慧提前两个月就开始攻关这个难题了。查阅了很多资料，尝试了多款软件，最终，他成功地摸索出利用既有数据库资源，通过 LogPlot 软件生成数据图表的方法。这是一个全新的策略，为全队打好硬仗做好了方法及软硬件准备。擦亮的枪，上好的弹，就差神枪手。由于资料的特殊性，甲方要求每日 0 时及早晨 6 时均按时反馈，否则将处以高额罚款。为了让各个岗位的人员都掌握这个利器的使用方法，又快又准地出具实时资料，他这个教练员开启了长期的陪练工作。忙完白天的事务性工作及上井报告的编写，每天 22 时至 2 时，早晨 4 时至 7 时，祝慧守在电脑前，耐心细致地一步步指导、一个个提醒，这一坚持，就是近两个月。在首日完钻、次日开钻的节奏下，中间没有喘息的机会，这段时间他夜间基本上不眠不休，本来长得很白净的他，一圈熬下来，人黑瘦憔悴了不少。

赵立成，数据工程师，虽已年近五十，但凭借多年在鄂尔多斯盆地的工作经验和现场作业阅历，养成了对参数非常敏感的习惯，祝慧经常调侃他“赛过狗鼻子”。直罗组，地层虽为浅层，但是烃类含量在地层中具有一定的特殊性，表现为乙烷高于甲烷的特征。这次在苏南，老赵再次坚持己见，将原来诸多甲方代表存疑的乙烷高于甲烷的数据如实提报给了甲方，没想到，这次竟得到了米歇尔的认可。他们根据前期的调查，以及我们从未见过的各类数据分析、建模，认可了老赵的数据库真实可靠。工程资料，老赵同样一点儿也不含糊，每天要亲自去巡检一番，甚至偷偷摸摸“做一下坏事”，看值班人员能不能迅速发现“数据异常”并作出相应反应。当米歇尔一行拿着我们的资料到各个队伍进行展示和宣讲时，我们甭提多高兴了！首战即出彩，特别是真实性、可靠性，出师就成为甲方心目中的标杆。但是工作量确实太大了，跟祝慧一样，老赵也要夜间工作，后来项目部于心不忍，为小队增派两个人手，才有力地缓解了工作量巨大带来的人手不足问题。

我的搭档是和我一同参加工作且轮流到队的 3 个同龄人，也是本次项目的重要骨干。与我不同，他们 3 个自参加工作伊始，就来到鄂尔多斯盆地，一干就是 5 年，对整个盆地的各项情况都比我熟络得多。第一个是朱正金，长江大学毕业，本次任务的首席资料员。我能够参与此次项目，也主要是跟他学习重要的工作方式和方法，为以后在该区块新增队伍积累后备，打打下手。他以前去过吉林的最东边，带领先遣队参加延长在新区块的首井钻探，参加了集团公司重点探井的地质资料全井现场技术主持工作。后因为新成立的鄂北工委缺员，他在 1 口井完工之后，作为重要管理骨干被抽调走了。蔡顺东是接替朱正金的，由于我比他“早到了一步”，所以后备变前卫，提前“转正成了首席资料员”，他主要是和我打配合。但是在具体的工作中，他独到的见解非常多，能够注意到很多细节，甚至出现了看当下而知结果的“盲干”情况，对工程的进展和后续预测，都有很多自己的把握，为工作顺利进展提供了很好的辅助——对了，他是西南石油大学毕业的。可惜，在 2 口井完工之后，集团公司组织出国人员外语培训，他作为佼佼者，又被抽调走了。宋业森和蔡顺东是同班同学，英语杠杠好，来了之后，就成了我们的“首席发言人”。每次米歇尔等法国人来，都是他前去交流，他不仅是我们的形象大使，还是钻井队的“兼职翻译”。在顺畅沟通和过硬素质、精准数据的多重加持下，我们的团队在短短几个月享誉作业区，成为甲方最信赖的石油工程队伍。

终于，在刺骨的寒风中，白天低于 –20℃的作业区冬休了，我们收拾好行囊再一次启程。4 个月里，我们完成 6 口井累计 2.5 万米的工作量，成功地挑战了前所未有的艰巨任务，每个人的脸上都是喜洋洋的。兴奋之余，我想起了来到的那一天，在天空中的几叶纱云中，有一抹绚丽的彩云，随车前行，在大漠的天空中，是那样地光彩夺目……

黑土地，大胆合力手缚最高产气龙……

广袤的松辽盆地，不仅有肥沃的黑土地可以丰收粮食，地下还有油气这能源宝藏。刚刚在腰坨子干完了集团公司重点探井的我们，又接到了新的任务，到隔壁 10 千米的龙凤山去搞大会战。

龙凤山，一个名字特别有诗意的地方，其北方 60 千米处便是我们人人熟知的查干泡。不过龙凤山也算是水草肥美之地，硕大的龙凤山水库就在我们队伍旁边。破天荒地，随着北 2 井的重大发现和北 201 的资源确认，我们在东北的 4 支队伍都集中在了这里。此次，我是项目部驻现场的设备主管，同时兼任一支小队的领队长，我带的队伍正好在中间部位，到其他 3 个队伍，步行 20 分钟即可抵达。有如此便捷的条件，我们几个游散之兵也可以时不时地聚在一起谈工作、话家常了。

也许就是在中间位置的原因，离油气藏核心最近，经历过前期顺风顺水的常规工作后，“离奇的事儿”开始不断显现。

我不想总当个书呆子，特别喜欢研究琢磨各种事物。上班学习仪器，空闲之余也喜欢琢磨软件。恰逢西北油田部署远程传输系统，我向项目部索取了工区全套的地层层序表，为该软件编写了一套地层代码，丰富了字典数据库。在公司派代表去部署交流时，甲方盛赞了我们的态度积极认真，之后我作为特邀代表前去参会。但我也毛愣，曾经刺激项目部领导，公开问“能不能给我配个顶尖的师父，咱也能多干点儿活？”领导没办法，给我安排了个人称“白毛”的老师父。也正是这个师父，每天安排我把小班到队长的活都干了，自己甘当“诸葛亮”。经过两个月的“高强度劳动改造”，实习期不到 4 个月的我，成为公司提拔最快、最年轻的录井队长。

这次在龙凤山，4 支队伍走得也近，一个好汉三个帮，不知不觉中，我们就搞起了事情。原来的野营房的设计，特别喜欢把长桌放在房子中间，我总觉得空间狭窄且不方便，就把每个队的桌子都移到了墙边，装上了墙灯，搞一块 10 元钱的玻璃，看数据描图更加方便了，就连甲方来了也觉得大气。平日，3 个队伍的生产进度不一样，也为我们相互帮忙提供了“契机”：我们一起去小张队伍修设备、去老王队伍看岩心、去长勇队伍赏原油花……以往，单队作战惯了，突然遇到这么热闹的环境，大家都像打开了话匣子，瞬间工作就丰富多彩起来。

老王是工区的标杆，我总喜欢跟他讨教东西，再顺些成熟的经验回来，当然，还有他亲手蒸的包子，酥软蓬松，香中带鲜，吃三个，揣两个。老王干活确实细，各项现场资料台账，做得井井有条，标准全面，其本人也是个活字典，我们几个但凡有个疑问，一个电话，一问就明，一点就通。松辽盆地有个特点，就是相对于鄂尔多斯盆地和塔里木盆地，甚至是崎岖不平的四川盆地而言，全区域的火成岩分布不均且种类繁多，登娄库组和营城组多有显现。且不说探井，开发井都能搞出五花八门的岩屑来，什么凝灰岩、安山岩、花岗岩、闪长岩等，甚至会出现相邻很近的两口井，产物也不尽相同的情况。根据甲方的要求，现场无法准确识别的，可以送交长春研究院进行鉴定或者化验，但老王拿出了一手绝活，理化生手段都用上了。酸泡、牙咬、暴晒、模板画线、显微镜、锥子……样品不在他手里受上十八般酷刑，似乎不能画押投降，最后也只得乖乖“承认”自己是个什么品种。老王也正是靠着这般本领，结合自己对各种样品的理解，能够快速准确地识别岩性，确定地层，为勘探提供思路，为轨迹调整提供最快、最准的依据。

此时，我的队伍油气显示频发，3 个队伍和项目部都觉得我这边异常，老王更是给我提出了多种方案和思路，提醒我一定要仔细甄别真假显示。甚至，几个人亲自来帮我会诊，查看具体情况。我这搞事情的性格他们也都是清楚的，面对我头头是道的说法，最后留给我一堆措施技巧和担心。特别是岩屑，照荧光几乎没有显示，但是烃类含量一直高，就连监督也坐不住了，他平时不怎么亲自来过问我进度的，那段时光，也是全天候守着我。现场一圈人为我大胆的定性紧张得不行，长春方面，无论是项目部还是甲方，都心存一个大大的问号——毕竟多年在盆地中的开发，十米以上的油气层厚度都是极为罕见的，更不用说几十米，单井厚度近百米的了。如果是真的，这绝对是掉进气窖里了。就在我们接连不断上报高质量的油气显示时，项目部、甲方勘探院、设计院等，乃至局长，接踵而来，到现场查看情况，询问定层依据、听汇报、查资料、察工作。巨大的压力迫使数据工程师和地质师纷纷跑来游说、建议我，要不减少一点儿，降低一点儿。由于接连有新的大规模显示出现，每天我都要亲自去看现场情况、巡察设备、核实数据、汇报、做 PPT 并答辩，电话接二连三，“享受”着前所未有的“照顾”和“关爱”。“严细全准”，要坚持原则，最终，一百余米的钻探成果报上去了，甲方在我们的数据支持下，下定决心现场测试。

终于，当日产万余立方米，烈焰可以普照整个油区的火炬点起的时候，大家都释然了、欢欣了，甲方特意给予我们重奖。我们每个人都很自豪很开心，点燃熊熊火炬露出了激动情绪，那夜，我们围着熊熊火炬，豪气地散了一大圈步，任凭阑珊火影在胜利的笑容上舞动。

莽汉原，汉子齐聚敢探最深层奥秘……

虽说是东北油气分公司的地盘，但这次，我们被扔在了莽汉原。开鲁盆地莽汉断陷，地处内蒙古中东部，是一块处女地，二十多年前打了几口不足 2000 米的浅层探井以探索煤的分布，到我们上去之前，九佛堂组一直是地质之谜。

洪 1 井，集团公司重点探井，该井的部署依旧是保守了一些，只设计到 2800 米，但是比周边的井深了近千米，且最近的离我们的井位也有 20 千米之远。我们此次任务是不放过任何蛛丝马迹，找到油气存储和运移通道，为后续的开发部署提供依据。用大家的话讲，我们此次来莽汉原，简直就是空手套白狼，在这片处女地，根据仅有的一些资料，到地下深处去寻宝。

坐车过了辽河，沙漠地貌特征就非常明显了。很难想象，在我们东北的边上，竟然有这么一片沙漠。路上过去了几辆拖着沙滩卡丁车的车辆，我们都笑了，与他们享受生活不同，我们这次是去为大家更好地享受而奋斗的。幸亏井位在内蒙古的边上，开鲁县的饮食习惯还是偏向东北。在白音好来嘎查，我们在小镇的边上吃了一顿午饭，炸三样虽然大家还不算习惯，但是到了井位，具体能吃到什么，就听凭天命了，所以，大家这次还是横扫一空。

由于地处偏远，远离大本营，不管是钻、固，还是测、录等，各个专业都远离各单位项目部的后勤保障点，所以，没有个十足的准备，这块骨头给谁都是不好啃的。我们到现场时，伙房没有准备好，住的地方也没有完全就位，水电都不具备。那天的晚饭，众人坐在离现场二里地的老乡院子里，每个人抱着饭盆，蹲坐在沙地上喝着稀饭，望着天上璀璨的繁星。老乡也是喜忧参半，平日家里不曾来过这么多人，好不容易这么热闹一下，家里却没有这么多粮……

天亮了，摆在大家眼前的是一台台未能到位的板车。最后一千米的路实在是太难了，沙子为主的路，在重车碾压下根本就不堪一击，稍不慎，陷进去都是小事，歪倒了那就是大麻烦，毕竟不是几个人说抬起来一推，撵上几头毛驴抽两鞭子就能前进的。一众人通过推土机牵引的方式，终于弄了几台设备进去，但是路况也在折腾之下变得更扭曲坑洼了。终于，在大家的焦虑中，几车管排到场了，在一阵灰尘缭绕和喧闹呼号中，管排一字排开，沿着小路通向了井场。

设计的井浅，架子也相对小一些。不过胜利不愧是老大哥，这支井队干活动作就是麻利，在来莽汉原之前，他们的年度进尺已经过了 25000 米了。他们常把长征精神挂在嘴上，哪里需要哪里上。虽然现实困难很多，完成更多年度进尺的任务压力很重，但也丝毫不松懈，道路一通，一众汉子分工协作，井井有条，东一榔头，西一棒子，没几天洪 1 井就开钻了。

由于莽汉原地处高原，构造运动相对稳定，形成时期几乎与松辽盆地同期，环境大同小异，唯一的区别就是物源的不同，造成了不同物性的沉积层序。通过前期研究和工程中的密切关注，1900 米之前的任务很快就完成了，整体比较顺利。

进入漫长的九佛堂组了。虽然在地震资料上有所体现，但是地层太厚，谁也摸不准下面是什么，方圆百公里内，一点儿金钉子的探井以及具备相应功能的开发井都没有，后面的探索只有靠我们自己了。

松辽盆地最典型的情况，就是以花岗岩、花岗变质岩等火成岩或变质岩为基底。揭示九佛堂组近 400 米时，各种不同的声音就爆出来了。很多人认为，以凝灰岩为主要成分的地层，应该就是基底了，所谓九佛堂组，应该就是个镜中花水中月，根本就不存在。根植松辽盆地的甲方，也越来越怀疑继续钻探的意义了，毕竟，以往的井，除了浅层喷发岩诸如安山岩、玄武岩等，基本上其他火成岩岩性的，都是基底了。在大庆油田，基底都没有什么实质性突破，主力产层依旧在厚厚的白垩系沉积岩地层中，即使中间夹杂了火山喷发带来的火成岩，但也是相对较薄的。其间，甲方甚至派遣了吉林大学的有关学术团队到现场进行论证，生怕井口布置在了火山口上，那可是无底洞。

不打无准备之仗。既要对自己负责也要对甲方负责，根据我们掌握的专业知识，凝灰岩属于喷发岩的一种，也就是说，只要没见到正儿八经的花岗岩或花岗变质岩，就不能轻易放弃。我们将自己的想法向各方不断地宣贯，没人否认，但是也没人正面出来支持我们。就这样，我们顶着巨大的压力，内心只是期待井队能够快速钻进，尽早打穿这一磨人的“地板”。

但是，我们觉得，自己也不能当等闲之辈。我在研究新疆外围探井资料的过程中，发现一个规律：在陆相砂泥岩地层中，钻井参数中的扭矩震荡较为厉害，而在相对较纯的碳酸盐岩如石灰岩、白云岩中，则相对平稳。我联想到吉林一带的基底均为火成岩，质地相对均匀，应该也会存在相应的特征。倒查吉林地区的井，数据基本上印证了我的想法，虽然钻时因为火成岩质地更坚硬而慢了一些，但是扭矩震荡确实缓和不少。所以，洪 1 井大量的凝灰岩是何情况，值得研究。出于对全国油气分布的好奇，我之前下载了几本电子版《中国石油地质志》，终于在该书中找到一句对该盆地 1980 年前后的一口井的描述——九佛堂组多以凝灰质砾岩为主。

砾岩，不管是什么成分，哪怕是花岗砾、石英砾、鞍山砾，都属于沉积岩。有了这一点，心里就有谱了，为了进一步确认，我们一天大量取样十几次，仔细冲洗、研究，希望能够找到砾的证据。一些具有较为光滑弧面的岩屑，成了我们的定心丸。但是就在这样的情况下，甲方内心依旧焦灼，我们依旧“没有朋友”。

“武队，钻时突然快了一些。”数据工程师在晚饭后不久，突然给我来了个报告。职业敏感提醒我：有情况。因为是探井，不能轻易冒进，我们就给井队下了地质循环通知。

由于井下的油气水及物性资料仍要待钻井液循环反刍上来，需要一些时间，在结果出来之前，内心仍旧是一番紧张，在大冷的冬天，手心都出汗了。几个人各就各位，检查设备，包括重复性检验、性能检查等，在较短的时间内，要完成最佳状态的调整，确保返上来的资料能够及时、准确地被我们“擒获”。

“气测值升高了！”值班室又传来报告，我们都忙不迭地跑过去看。确实是升高了，但是升的幅度有限。紧接着是不好的消息，气测烃类的含量稳不住。快，抓紧分析！地质循环的成本不低，即使是重点探井，甲方一般每个月也就只给我们 1 天的时间。泡酸、泡氯仿、干照、直照、滴照，钻井液和岩屑一个都不能少。终于，在一颗岩屑中，我们发现了些许的荧光，滴照可扩散，呈放射状。实锤了，这应该是一处油气运移通道。从哪儿运？运哪儿去？这个我们把握不了，打蛇打七寸，我们还是决定将这个“七寸”上报给甲方。

怀着对新事物的好奇和对勘探开发的负责，甲方终于决定就地取芯。这一次，同样是各路甲方代表、吉林大学学术研究小组等亲临现场观芯。经过一天的努力，一筒齐刷刷的凝灰质砾岩被取出，印证了我们之前“九佛堂组是沉积地层”的说法。同时，我们在岩心上部发现了几组裂隙，在裂隙面上发现了油气踪迹，荧光直照显示 100%。“附近一定有东西！”这一消息，振奋了所有人。毕竟，经过漫长的揭示，尚未见到储层及生油层，在不具备生烃的火山岩中，有这么良好的运移通道，也不能是“空穴来风”。在轻悠的油香中，我们借机提出了大胆的请示——探出新的地质要素，建议将井加深。甲方爽快，同意了我们的建议，决定将井的深度增加 200 米，因为这 200 米已经到达钻机的极限了，要不可能还要加深更多。

接下来的 200 米地层，依旧是看似永无止境的凝灰质砾岩，虽说加深的建议得到了甲方的支持，但是大家的心依旧悬着。没有油气显示，没有岩性变化。根据前期的经验，盯紧扭矩规律变化、看住岩屑砾状形态成了我们每日关注的重点要素，一旦发生变化，要及时请示。终于，凝灰质砾岩的灰质含量增加，颜色由灰白色向灰绿色转变，悬着的心提升了——难不成砾状层结束了，真的到达“基底”了？就这样，横着的心更难挨了，到了交接班的时间，大家也都没有急着回去，井队也时不时跑来，询问“是不是要提前结束了”，几乎所有的人都在看我如何请示。近 900 米的凝灰质砾岩，已经挑战了所有人对地层厚度的认知，毕竟，几乎没有人遇到过，在一个地层中可以有这么厚、一成不变的沉积岩。

时间一分一秒过去了，由于没有可参照对象，一切只能靠自己。根据以往的经验，基底留口袋 50 米，也是这次给我自己的心理极限。岩性产状发生变化已经过去了 20 米……25 米……28 米……30 米……

“武队，这会儿钻时好像加快了！”大家立马就来了精神。行业内的共识，砂岩加快、碳酸盐岩放空是孔渗性或孔洞性好的表现。在排除了人为校准数据、工程参数调整的干扰外，我们小心翼翼地又放了半米的进尺，数据反馈，钻时确确实实加快了。

“马上地质循环！”井队干脆地响应完了之后，除了值班的，大小干部都蹲在我们的数据房门口，等待最新的消息。两个采样工倒是也默契，主动加大了采样密度和采样量，在振动筛的梯子上来回穿梭。伴随着铿锵有力的脚步声，最终，物性更为松散的凝灰质砾岩被取出，同时还有个更好的消息——气体含烃量急剧上升，几乎达到了 100%。

就这样，消息被火速地报告给了甲方，等来了取芯的指令。第二天，一筒独具特色的岩心展现在所有人面前——顶面是碎裂程度较高的凝灰质砾岩，中上部是近 3 米厚度的煤层，中下部是碎裂程度较高、缝面含有黄铁矿的泥岩，底部则是氧化环境下沉积的白云质泥岩。经过荧光确认，在泥岩段中，缝面多含有油气显示，显示出很好的油气生成和运移通道。就是这么一筒芯，取全取准了物性、岩性及油气水资料，补充了该区域的资料，拓宽了所有人对开鲁盆地的认识，为后续勘探开发部署提供了最真实、准确的依据。我们也收获了探井筒筒心见显示的重大成绩，创造了打探井的较高水平，展示了承揽外围探井地质发现能力。

泥泞里，自行车骑着我一起上井……

要说干工程，最讲究的就是打协作战。有疑大家一起商，有事大家一起迎。一般情况下，大家都分散在各个地方，只能通过即时通信或者电话沟通交流，运气好的时候，就可以扎堆了，就像走亲访友一般，趁着工程允许的当口，走走路、串串门，工作和生活瞬间丰富了不少，经验和技术也水涨船高。

早在陕北靖边工作的时候，我们面临的就是沟壑纵横带来的交通不便。在我们搬家的时候，车队就因为拉运绞车等重型设备出现在长上坡趴窝的情况，不敢进也不敢退，后来是找了别的大车在前面拖上去的，总结的经验就是重车坚决不能打头，否则万一困在荒郊野岭，连拉运借力的车都没有。

在东北工区，也出现过类似情况，那是在长岭腰坨子打双 9 井。在东北这片湿润的土地上，为了躲避夏季丰沛雨水带来的地陷与运输困难，我们特意选择在寒冷的冬季开工，也很争气地在预计时间内完成了一开任务。但一场大雪，给我们带来了前所未有的困难。井场到干线公路有一条 7 千米的土路，大雪掩埋了深深的车辙，就在当天，项目部开着牛头来井队视察工作，却因为看不到原有的车辙状况，一个打滑，车子就像一只被手掌托起来的小乌龟，四个轮子挣扎着旋转，车底盘却被坚硬的大地托举着纹丝不动。兄弟们步行几千米将它推了出来，车不敢前进而返程了。就在那个月朗星稀且酷寒的夜晚，测井车因路滑掉进了路边的沟里，至此，我们现场与外界的交通运输基本上中断了。

井队做饭用的是煤气罐，很快，全队就断了气，热乎的饭菜基本上是保障不了了。好在井场旁边就是大广高速，为了解决大家的吃饭问题，项目部采购了方便面和热水壶，以及一些饼干，附带了一些生产材料及资料，通过高速送到路边。我们一行人深一脚浅一脚，挪移到高速边上，人拉肩扛，穿越曾经是绿草茵茵的山野，将物资扛了回来。井队已经最大限度地关停生产设备设施，但是用油的问题解决不了，仅一个小发电机在工作，面对着日期不明的道路封锁，只能靠紧裹着工作服来保暖了。生产自救不放松，大家都拿起了仅有的工具——扫帚、铁锹、钢钎和大锤，组成了临时护路队，呼气成雾、滴汗成冰，用了 3 天的时间，终于将 7 千米的道路初步打通，保障了重要物资车辆的通行，危机才得以解除。

在东北，老王是我们的军师，他带领的队伍，个个都是有“智慧”的。但是，有时候，请教军师、回报军师也不是个容易的事儿。这天，老王的一个设备出了问题，让我这个曾经就读物理学专业的人去看看。没有汽车，我自费买了个自行车。一个月之后，铃铛颠散了，两个脚蹬也只剩下了光杆，车胎磨损得像是个服役多年的老车，完全没有一点儿新车的影子。

东北的天，孩子的脸，看天是看不出来有没有雨的，东边轰隆西边雨、挂着太阳赏彩虹是常见的。一朵朵积雨云在天上飘来荡去，下面雾气蒙蒙，滋养着大地。这不，我刚骑着自行车出门没几分钟，太阳还温暖地照在我身上，冰凉的雨点儿就倾泻而下，很快，眼镜上已经都是雨雾，看不清道路了。黑土地盛产黏大米，著名的五常大米也是来自这片辽阔的土地，而我此刻最大的感受——黑土地的土也非常“黏人”。没几步，自行车的车架与轮圈之间就塞满了泥巴，寸步难行，站着蹬也蹬不动了。路还是要走的，我找到小木棍，抠了抠，挑着好走的地段继续前行，怎奈还是扛不住黑土对自行车的喜爱，转眼，泥巴和轮子又纠缠在了一起。就这样反复了几次，雨水顺着发梢、脸颊呈股状流下。终于，狠狠心，自行车被我扛在了肩上，我们一起蹒跚在泥泞的小路上。我和自行车谁也没想到，它会有一天骑着我走了两千米的路。

4 个小时后，问题解决，不知什么时候雨已停，令路面干爽了许多，蓝天白云飞，爽风微微吹，我们又飞奔在另一条新的道路上。

叶尔羌，喀什边陲追梦的惊险之旅……

新疆的实际时间是要比北京时间晚两个半小时的。所以，用北京时间来执行任务，总感觉蛮舒服的。在早晨五点多、六点多执行工作的时候，看着满天的繁星，多少有一些莫名的快感。

大家七手八脚地把行囊和设备物资等都装上了车。这次，我们的目标是塔克拉玛干的腹地，塔中西侧的顺托果勒西区域。师傅说，我们把东西都预备好，赶在 9 点前出发，到了那里，也是半夜 10 点以后了。为了赶时间，我们摸黑就出发了，两千多年前的轮台古国之地，如今也是西北地区的小明珠，只是此刻是清晨，路上鲜见行人，我们在巷子里转了几个弯，就在沙漠公路的起点开启了新一天的征程。

曾经有个兄弟跟我讲，他一开始去了和田玉北区块，天不亮的 6 点就出发了，结果太阳落山了还没有到地方，出发时在塔克拉玛干沙漠，跑了一天还在塔克拉玛干沙漠，风景一成不变，南疆太大了。

车窗外的胡杨林，在晨曦中更显得稀疏，经过了一个只有几座小矮房的小村落，跨过了塔里木河，就真正地进入了茫茫大漠。沙漠公路两边都有几十米的绿化带，每几千米就有一座小房子，在行进了 4 个多小时后，我们停留了一下，拜访了其中一个小房子。看守泵站的是一对年过不惑的夫妻，什么通勤工具也没有，每天要做的，就是看好泵房设备，因为绿化带全靠这里的水进行滴灌。他们居住的空间也很狭小，由于整日的野外巡视和劳动，日头已经将他们烤得黝黑。与外界的联系，就是每隔大约一周的时间，有专车为他们送来水米蛋菜；他们唯一可以娱乐的工具，就是一个电视机。但是泵站整体靠太阳能发电，遇到阴雨或沙暴天时，面对储量有限的蓄电池，夫妻俩还是要让电给泵站，不能让万里绿色长城在这几千米中缺秧少苗。这一幕震撼到了我，原来在大漠中，除了石油工程，还有很多我们未曾谋面、默默无闻的人，忍受孤寂和艰辛，在这荒凉之中，拥抱太阳。

由于出发太早，一车人几乎都昏睡过去，突然，司机又停下了车。“想必你们很多人都是第一次来这里吧，我们在这里看看风景吧。”一个高大的沙丘上，面对着一片较为开阔的大漠，上面赫然悬挂着一行字：“只有荒凉的沙漠，没有荒凉的人生。”平日看多了标语的我们，这一次，汗毛立起。

这里是塔中，已经是 14 时了，远处有几个联合站，以及有着超市、旅店的塔中小香港，在这里我们要转弯西行了。迎着不断西下的太阳，路也越来越难走了，终于，在黄昏时刻，我们在搓衣板般的砂石路，“享受了 200 多千米的又一次‘震撼’”。23 时，我们终于看到孤寂的井架，犹如茫茫沙海中的灯塔，在夜幕中坚强地散发着耀眼的灯光。

我们在转弯处停下，为了到现场尽快开展工作，大家纷纷啃起了面包、香肠，在冬天酷寒的攻袭下，带的水喝一口下去，冰寒彻骨，直达天灵。到了现场，卸物资、人员交接、技术指导、设备检修，大家不顾旅途的劳累，在夜半的沙漠腹地，生龙活虎，伴着钻机的轰鸣投入工作。

两个小时的忙碌后，我们又开始返程了。由于各个队伍都在越冬生产，车辆越发紧张，人闲车不闲，星夜兼程，只为不耽误第二天的计划。颠簸了一天，大家都累了，熟悉的鼾声四起。路程遥远，我怕司机瞌睡，努力寻找话题。车子如同夜间幽灵，飘过空荡无人的道路，穿过塔河桥，缓过一段漫长的迷雾公路，终于在天亮的时候，赶到了基地。

几年过去了，工程公司成立了工委，用车也更加机动灵活，像这样赶路的情况，再也不会有了。

在野外时间久了，大家普遍感觉几百千米的路程已经不算遥远了，但是公司担心，出现个意外情况，救援是大问题，所以，有心脑血管疾病的人，是不能往现场派的，特别是外围探井工作。但是急症谁也无法预料，我曾亲身体会过这么一遭。

多浪 1，叶尔羌河畔，集团公司及西北油田外围重点探井。我们上来的时候正好又是一个冬天，叶尔羌河面被冻得结结实实，不过还是比大后方轮台要温暖一些。这里在塔里木盆地的最西缘，远远地能望见高山，田地草木也繁盛一些。工作之余，去河滩上游冰，在枣林里和老乡捡灰枣，成了我们在新疆难得的大乐趣。

但是，毕竟天寒地冻的，我不慎受了凉，紧接着出现了连锁反应。前夜，井上刚刚取完芯，回到办公室，我就感觉到胃不舒服，猫在被窝休息了。一早醒来，痛感还未消失，我有些担心，但早饭依旧如往，上午就这样在隐痛中挨过。午饭过后，疼痛突然加剧，难以直立，难以仰卧，难以行走，老蒋见状，赶紧联系了老乡，用摩托车载着我飞驰了半小时，到了最近的乡卫生院。怎奈，言语不通，我都不知道医生给我下了个什么诊断结果，最后就是输液一瓶，开药两盒。

输液回来之后，感觉更加严重了，中午吃下的东西、喝下的水，一点儿也不下，开始出现了呕吐的现象。终于在黄昏的时候，老蒋又一次叫来了出租车，到 200 千米以外的麦盖提人民医院。

路上的我，就像是个要爆炸的气球，颠不得，碰不得，一会儿跟司机说“开快点儿，受不了了”，一会儿又叮嘱他说“慢点儿开，颠得实在是太难受了”。身体格外敏感，路面的一丝丝颠簸，都会令我崩溃。司机也大气不敢喘，总觉得自己拉了一个瓷娃娃，万分小心。天越来越黑，外面的风景也逐渐模糊，只能看见一棵棵树缓缓向后方移去，前不见来车，后不见房屋，车子就像盗梦空间的扁舟，在夜幕中飘荡……

终于，到了人民医院，急诊科接待了我，终于有人可以汉语交流了，20 多岁的我被放置在轮椅上做了一些检查。结果出来了，肠梗阻，好在不是非常严重，输液吃药就好了，不过要是再拖延，穿孔了，那就是生命问题了。终于，在夜半 3 时，经历了一整天折磨的我得到了一丝缓解，我在医院的病床上，睡着了……

六月里，穿着棉衣远望那皑皑雪山……

5 月，乘着火车来到了敦煌。5 月，家乡早已是花海成片、柳絮纷飞。此时的敦煌，杨柳刚吐新叶，寒风料峭，令人皮肤一紧，在阳光下，还能感受到些许的温暖。我就像冬天的小猫，一到基地，就猫在了滚烫的暖气片旁。

老同志们说，这里对青海油田的人们来说，已经是很好的地方了，早期在冷湖，前无村后无店，喝着盐碱水，吹着四季的风，住着干打垒。后来为了油田的发展和职工的福祉，最终落户在这甘肃西南角。我们在晚饭后漫步在基地学校的塑胶操场上，感叹着青海油田一切的来之不易。

熟悉了基地之后，我跟车上了一线队伍。

从甘肃到青海，沿途又是不一样的风景了。出了敦煌，就是一路上坡，跨过著名的肃北铁路线，爬上刮风如鬼号的当金山，就到了具有绵延千里雅丹地貌的柴达木盆地，除了高山和鲜见的咸水湖，基本上一路无人烟。

冷湖镇，原本差一点儿就发展成几万人口的县城。中国石油撤走后，这里只有一条主干路和几个餐馆、旅社，外加一个被视为生命线的加油站。周边成片的干打垒只留下残垣断壁，无声地诉说着昔日的繁荣。我们要去附近的一个井队看看，为他们送去物资和给养。这里地势虽较为平坦，但明显感受不到烈日下的温暖，蓦地，发现脚下与传统的沙漠和戈壁滩不一样——这里是厚厚的白碱。以前听说过青藏铁路修筑在盐碱之上，没想到，我们的井架竟然也可以在厚厚的盐碱地上屹立。在现场，兄弟们给我们演示了一下，将一杯饮用水倒在地上，就像变戏法似的，很快，一个溶蚀坑就出现了。看着他们憔悴的面容和干裂的嘴唇，我们就知道，这里的环境，不仅仅是盐碱地的存在这般恶劣。

下午，我们沿着公路翻越了几道山梁，终于来到了柴达木盆地南缘的格库（格尔木—库尔勒）公路。彼时，格库铁路尚未通车，一群建设者们开山倒石地修筑着路基，原来，即使在这无人区里，我们也不是孤单的奋斗者、开拓者、奠基者。我何其有幸，领略了四大盆地其三的不同气魄与魅力。

路上，我们见到了海西茫崖老县城，其规模不如上午我们抵达的冷湖镇，几个小土房基本上早已废弃不用，只有为过往大货车提供维修的店家勉强在这里维持。新的茫崖市已经追随青海油田的发展脚步，搬迁到了花土沟，毕竟这油田上的磕头机和井架，像金针菇一般聚集在一起，一簇一簇的，连格库铁路都不得不弓起身子，以特大桥的方式自油区跨过。

狮子沟紧邻花土沟的北侧，之所以叫狮子沟，我想，应该是这里的山崖面经过多年风蚀，形成的大面积千佛崖酷似雄狮的头发吧。这里，也是我此行任务的目的地。

狮子沟，青海油田的主战场之一，海拔 3600 米到 4200 米。我到达的狮 41 井区，海拔 4000 米，当天晚上，我就有幸看到了零散的雪花从 6 月的天空缓缓而降，窸窸窣窣。特殊的地理位置，决定了水汽不够浓厚，透过云层，还能看到远处的天空群星闪耀，离天又近了不少呢！南面是昆仑山的余脉与青藏高原北缘山脉的结合处，一排雄伟的山峰一字排开向远处延伸而去。大家都说，翻过那峰顶常年积雪的大山，在那一侧，常年冻土，没有夏天。尕斯库勒湖就在山脚下，像一面镜子倒映着群山的巍峨和苍穹的深邃。我们所有的生产和生活用水，全部来自这个咸水湖，智慧的人们在旁边建立了一个净水站，我们享受着人工淡水，产出的盐碱也源源不断地运向远方，或是变成肥料，或是变成什么其他加工材料。

一个月过去了，我们在钻井液中见到了集中带量的油花，火炬也点亮了整个山头。此时的天也和煦起来，我们一行人缓缓爬上最高处，虽然已经适应了一段时间，但是爬坡后，我们每个人都气喘吁吁，年近四十的老李，更是选择了休息，没有与我们一同上来。望着西侧的高山缓坡，我想，在山那一面的塔里木盆地，也有很多我们的兄弟，在 40℃的高温下坚守岗位。而南面 5000 多米的山峰顶部，依旧白雪皑皑，与我们的钻塔一同屹立在这人间仙境。

波斯湾，海外梦想启航的时刻……

我在实际工作中，去过的外国就是沙特和伊拉克。这两个国家都是波斯湾畔的石油大国，只不过，两个国家的经济基础，绝对是两个极端。在沙特工作的两年时间，相较于在伊拉克的半年而言，我的工作状态是相对轻松的，虽然工作业务范围很广，但是有了伊拉克的经历，在文化冲突和处理事务上，则稳重了许多。若提及经历，在伊拉克的感受，确实更深刻一些。

经过艰苦卓绝的谈判，2018 年，公司有两支井队终于要登陆伊拉克市场了，在米桑区块，开启集团公司在伊拉克的第一钻。而出于市场开拓的需要，我们一行 7 个人，则组建了涵盖钻、测、定、录、固等多个专业的技术团队，到济加尔省为甲方提供技术支持与管理服务，钻井队隶属伊拉克国家石油钻井公司。

我们所处的区域距离海边有近 500 千米，海拔也仅在 10 米上下，这片曾经富庶的“土地”（我们满眼看到的还是沙漠），当时的基础设施确实很落后，旁边的村落零零散散地分布着，干涸的农田也只待伊北部库尔德山区的冰川融化或雨水浇灌。唯一令人耳目一新的，就是在近 50℃、整个夏季无云雨的情况下，鲜见地，池塘不会干涸，苇子郁郁葱葱，随着干裂的热风倔强地摇曳。还有就是，人们虽然生活困苦，但是在村落旁，总是有一个现代化的塑胶足球场，夜幕降临，年轻的人们在射灯的照耀下奔跑、欢呼，俨然是站在了世界的舞台中央。

我怎么也不会想到，此生第一次出国，居然是大家眼中的“战乱国家”，我们的营地距离一个城镇较近，附近有两个村落，所以，还算不上人迹罕至。记得到伊拉克的第一天，我们驻扎在甲方所在的第二大城市巴士拉，入住了只有 18 层却是最高建筑的巴士拉宾馆，安保非常严格，进门被搜查了个遍。

我们 7 个人乘坐着两辆安保车、带着两个持枪保镖，在路上奔驰 6 个小时抵达了作业区基地，除了省会纳西里耶较为繁华，满眼只有黄沙与稀疏的椰枣。进入基地是个烦琐的过程，要经过军队、油田警察、营区安保层层检查，漫长的路上，似乎没人睡觉，在这陌生的国土，只有车里“请系好安全带”的中文标语让我们有一丝丝安慰。全部准备就绪，已然是半夜了。基地也是全面武装的，由外到内，依次是 1 米高的土垒、堆土垒形成的“护城河”、4 米多高的 T 形厚重水泥墙 + 棘菱网、环区公路、又一道 T 形厚重水泥墙 + 棘菱网等多重物理防护，还有个卫星基站保持与外界的通信。管理员再三警示我们，没有通行证不得出营区，没有安保车辆及保安不得出基地。

我们每天要通勤往返于基地与现场之间，虽然只有不到 3 千米的距离，但是每次要半个小时以上，安检丝毫不得放松。有一次两个同事忘记携带护照，直接被军方扣押了，交验了证照才予放回。好在两河流域有淡水鱼，色、香、味俱全的阿拉伯烤鱼成了我们不多的慰藉。

在现场开展工作，多数以交流、管理承包商和提供技术思路为主，斯伦贝谢和喀麦隆是这里的实力担当，在他们那里，我们深刻地了解了世界主流行业标准和操作方法。我承担了大部分的数据加工、处理和分析任务，作图、出报告成为我的主要任务，为了调查真实结果、还原事发经过，我常常驻守现场取证。

是夜，枪声响起，第一次经历这种事情，还是依照公共安全培训的原则，首先趴在了地上。但是现场的房子都是架空半米的（后来才知道是为冬季防洪设计的），趴着也不安全。就在起身准备逃进营房之时，又见数颗子弹划破夜空，在营房上空约一米的地方，带着火花朝井架飞去。心跳到了嗓子眼儿，全身也没了力气，自己几乎瘫软在了地上。

而后的经历，我们也逐步都习惯了。后来我们在基地活动时，几乎每周都能听到长达 20 分钟的集中射击的声音，当地人告诉我们，可能是谁家结婚或者有老者去世了。其实，伊拉克人对中国人是非常友好的，井场给予我们较高的礼遇，后来的我们再听到枪击声，就像听到了鞭炮声一样平常，内心祈祷他们的生活越来越美好吧。

在技术团队的日子里，工作量稍微偏大，通常要忙到很晚，1991 年出生的河南周口女孩，是甲方管理层中的一个中国人，主要负责钻井工程技术的集中管理和对外联系，操着一口流利的英语，拥有着敏捷顺畅的逻辑思维。事件与工程报告基本上都是她完成的。与国际接轨，适应甲方需求，我们的任务这一环不能缺层。由于人少，要随时补位，我们把各专业的软件都汇集到了一起，展开了大学习、大交流。Landmark、Geomaps、PowerBI 等，都成了我们的新晋领域，更多、更高、更复杂的玩儿法逐一被解锁。学习专业英语、处理问题、分析复杂、形成资料，那段时间，我们基本上都要工作到半夜。领队的建国同志在海外工作了很多年，但仍然没有放弃学习，不顾整日的劳累，每天早晨都蹲坐在门口，在少许凉爽的晨曦中，听和朗诵地道的英文，充实自己。

另一队人马积极地运作着设备清关和运输工作，学习新标准，推动新设备早日上马。如今，伊拉克的钻机已经安全平稳地运行了三年有余，根基越来越稳，影响力也越来越大。当年对伊拉克项目存疑的人们，也见证了我们在疫情大考中的坚忍不拔。当年的先锋队，也有很多人登上了更高的领导岗位，肩负起更大更重的发展责任。

十年，弹指一挥间。十年，逸事流水演绎。蓦然回首，十年不算太久。大浪淘沙，我们在改革与发展的浪潮中雄壮前进；金光闪耀，跟随正确的领路人，向顶天立地的铁人尖兵学习奋斗。新时代的我们，正担负着端牢新时期能源饭碗的重任，通往康庄的大道，路就在脚下，哪里有石油，哪里就是我们的家。我们已经举起奋进的旗帜，向未来，有信心，有能力，高质量发展的号角依旧不歇，战歌依旧嘹亮。

泪洒巴山

陈　名

从汉水之滨到渝水之畔，从江汉平原到巴山林地，他们的脚步走到了千里之外。走进页岩气田的他们，个个肩上担负着“为中华民族争气、为中国石化争先、为江汉油田争效”的神圣使命。使命使之然，忠孝难两全。远离家乡的石油汉子们，不能在父母面前承欢尽孝，不能与妻子把家事共担，孩子的世界里，也少有父亲的陪伴。每当说起家事，这些豪迈的七尺男儿们也难免心酸……

章随意：最想对母亲说声“对不起”

仿佛一夜之间，父母就已是古稀之龄的老人了。第一次看到父母白发苍苍站在自己面前笑着问长问短时，章随意一下子就想起了一首歌——《时间都去哪儿了》。真的是柴米油盐半辈子，转眼就只剩下满脸的皱纹了。

48 岁的章随意是井下测试西南项目部川渝项目安全负责人。自 2006 年底到建南会战，之后又转至涪陵页岩气田，十多年的时光倏然而过。他清晰地记得，当年离家时，母亲的腰身还是直板板的，做事利落，走起路来如一阵风。但现在，自从一次受伤住院后，母亲的精神就大不如前。每次见到章随意，话明显多了，不停问他“在外吃得习惯吗？”“住房舒适吗？”“气候怎么样？”反复叮嘱他要照顾好自己，生病了一定去医院看，等等。

面对母亲的关爱，章随意心中无比温暖，妻子汪韩容则在一边打趣他：“有妈的孩子是块宝。”

然而，那一件往事，让母亲成了章随意心头最大的牵挂。

“母亲出身农家，在油田也开垦了一片田地，每年都种不少油菜。2014 年 6 月，江汉正是油菜收割季节。母亲每天骑着一辆小三轮车，和父亲一起收获自己的劳动成果。年事已高的老人一次操作不慎，车子翻倒了。坐在车上的父亲没有大碍，母亲右胳膊却摔断了。”说到这里，章随意忍不住红了眼圈。

为了不影响儿子工作，老人不让家人把这件事告诉章随意。汪韩容和小姑子轮流在医院照顾。出院后，汪韩容说伤筋动骨一百天，坚决不让婆婆劳作。她每天一大早起床，买菜送给老人，顺便做早餐、准备午餐，一连三个多月，直到婆婆的胳膊完全康复。

章随意说：在外工作十多年，是妻子对父母的照顾才让他心安。他非常感谢妻子的支持和付出。等他退休有了时间，一定陪妻子去她最喜欢的地方旅游，直到老得哪儿也不能去了，就坐在家里背靠着背，听听音乐，聊聊愿望……

张诣：你是我的最爱，你是我的花

一向坚强的张诣没有想到，妻子潘亚莉的一句话就触碰到了他心底最柔软的那道线，让他一下子泪流满面。

在张诣看来，妻子勤劳懂事孝顺，而在妻子眼里，张诣厚道体贴上进心强。两个人一见如故，在而立之年建立了爱的小巢，并于第二年迎来了儿子的出生。

作为 JH-YL104 酸化压裂队的一员，工作近十年来从泵工、混砂工、仪表工、班长到如今的技术副队长，他早已成为队里的主心骨。因此，在儿子出生没多久，他就告别家人，只身奔赴涪陵，继续未完成的工作。面对分离，潘亚莉心中非常不情愿，但善解人意的她知道丈夫的追求，选择了支持。挥手道别后，张诣给妻子发了一条短信：两情若是久长时，又岂在朝朝暮暮。妻子回道：好男儿志在四方，你安心在焦石坝工作。

从此，视频成了张诣与妻子、儿子每天的必备节目。看着儿子一天天长大，却对屏幕前的爸爸一脸陌生，张诣不免有些失落。妻子每次都安慰他：等孩子大了，知道爸爸曾经参加国家级页岩气示范区涪陵页岩气田的建设，肯定会感到自豪的。听了妻子的话，张诣也就释然了。但他知道妻子在家的辛苦，因此总是想方设法制造一些小浪漫，给妻子送去甜蜜。去年，看到妻子的手机外壳磨损严重，在她生日之际，张诣把积攒多日的 7000 多元零花钱拿出来，悄悄给妻子买了一部最新款手机。

就在前几天清晨，一早张诣就接到了妻子的短信：你什么时候回来呢？好希望你在江汉啊！

这条短信让张诣心中略有不安，他忙打电话给母亲询问情况，得知儿子已经发热两天，一直在医院打吊针。担心儿子的妻子连续两夜没有休息，抱着儿子一直掉眼泪。

既牵挂儿子又心疼妻子的张诣只有打电话安慰妻子，内疚自己无法赶回去帮忙。妻子听了反倒安慰起丈夫："你不要操心了，我刚才是一时着急才发的短信，有妈在，一切都没问题。你的工作任务重，一定要注意安全，别再让我们挂心哦！"

妻子故作轻松的回答，让张诣的千言万语都哽在喉头，泪水却一下子涌了出来。

向开军：女儿"语录"永难忘

"妈妈，你给我生个爸爸吧！"

"我的爸爸常年在远方工作，从来没有带我逛过公园，我不知道该怎么写父爱的作文。"

"我们一家好像只有我和妈妈，爸爸是外人。记忆中好像没见过我爸爸几次，我就长大了。"

女儿的这几句经典语言，分别是 4 岁、9 岁、13 岁时说的，都是妻子转告向开军的，但这几句话一直牢牢记在他脑海里。

向开军是 JH–SY158 试油（气）队的队长。常年在外征战的他，与女儿相处的时间非常有限。虽然做父亲不称职，工作却得到了多方的称赞。

在焦石坝，该项目部第一项工程就为向开军赢得了"铁人"之称。那是 2013 年元月，项目部接手焦页 1 号平台建设任务。甲方提出的要求是，2 月 15 日，平台建设必须结束。

向开军算了一下，施工时间只有 18 天。这 18 天里，他们要把山挖开推平 7000 多平方米。这 18 天里，向开军每天辗转于山间，跨沟过壑，查看钢筋工下料、布筋，木工制模、固模，水泥浇注等每一道施工。每个施工项目，既要赶时间，又要保质量。向开军一天待在现场的时间超过 12 个小时。特别是井架基础建设、污水池混凝土浇筑等关键工序，他全程守在井场，不敢有片刻松懈。18 天下来，工程保质保量完成了，他的体重却减轻了 20 斤。跟妻子视频聊天时，妻子一下子竟然没认出他来。

每逢汛期，涪陵地区就会有泥石流等自然灾害。6 月初的一天，一夜暴雨，山上冲下的泥土、山石将附近一位村民的渔庄团团包围，渔庄的鱼塘被填埋了一半，鱼也被冲走了不少。当时，向开军正带着同事在附近施工，见此情景召集全项目部员工与地方抢险力量一起，帮助村民清理“泥山”。向开军和抢险工人一起，小块的石头亲自肩扛锹挖，大的碎石用挖机、铲车，一点点挖土运石，第一时间清完了“泥山”。同时焦石镇凉水村至天台乡一段 20 多千米的乡村道路也发生严重塌方，泥石流将道路截断。这边刚帮村民抢修完毕，向开军又立即组织员工开展道路抢修工作。“加把劲儿呀，兄弟们，这可是上井的施工道路。早一天修通，就能保证气井早一天投产！”那几天，向开军一会儿参与清理道路工作，一会儿给员工送水，并不停地鼓励大家。终于，4 天后，道路修通。“江汉铁军”的称号也不胫而走。

去年女儿小中考，向开军本来说回家陪女儿几天。可是忙于汛期抢修，他再次食言了。考试成绩出来后，妻子打电话告诉他考试很理想。向开军高兴地问女儿有什么想法，女儿对着话筒思考良久，说：“爸爸，我不知道跟你说什么。”挂了电话，不知不觉间向开军的泪水居然流了满脸。

尘封的丁字尺

王立新

每次收拾办公室的时候都会见到它，一把落满微尘、周身挂彩的丁字尺。每次看到它都能勾起一段回忆，引发几多感慨。

记得那是 1989 年冬季的一天，中队把我从班组里抽调出来协助搞 QC 成果，丁字尺、铅笔、水彩笔、毛笔也就自然而然地成为我的专用工具。画线、打格、画图、描边框，丁字尺在整个流程中始终扮演着重要角色。那时候每个班组要求至少有一项成果，每项成果都需要十几张大表来展示，再加上时间要求紧，经常加班到深夜，同事们风趣地说我已经达到手不离尺的境界了。

不知是尺子选择了我，还是我选择了尺子，接下来的岁月里尺子竟然成了我的亲密伙伴和战友。无论是办板报还是制作横幅、标语，那把丁字尺始终和我形影不离。尺子的脾气性格、特点、长处也慢慢为我所熟悉，我们之间的配合也越发默契。

我和尺子共创辉煌的时候应该是在 1997 年了。那年处里建起了不锈钢宣传栏，六块活动版面需要每月更新一次，这也正好为我们创建了一个施展才华的平台。那时候我学会了将大白纸裱糊在版面上，裁出彩色即时贴作边框，将脆塑纸裁成细条和各种图案作版面区域划分或点缀，用毛笔蘸广告色书写内容，再配以图片作进一步说明，一块块精美的宣传牌就这样诞生了。每换一期内容都会吸引许多职工驻足和凝眸，深受职工喜爱。我们制作板报和宣传栏的水平日渐提高，表扬和赞誉声也越来越多，在公司举办的板报展中，我们制作的板报作品屡获殊荣，为单位赢得了荣誉，我个人也因此成为单位职工心目中的秀才。掌声和鲜花是容易让人迷失的，在喜悦和感动之余我总不会忘记仔细擦拭一下心爱的丁字尺。

真的想不起来从什么时候开始，我和我的亲密伙伴慢慢疏远。大概是 2002 年吧，广告制作业异军突起，刻字、写真、喷绘，五花八门，应有尽有。我们这些搞宣传的人再也不用蹲在地上拿大头针别会标了，再也不用一边计算着尺寸一边打格画线了，再也不用为赶一期板报而踩着星光回家了。科技的进步不但满足了企业形象设计、对外宣传的需要，而且将我们的双手从小作坊式的制作中彻底解放了出来，我们能够抽出更多的时间从事专业工作了。

随着办公自动化的日趋完善，笔、墨、纸、砚、尺这些办公室常用工具渐渐淡出江湖，欣慰之余却略存伤感。尺子是测量距离的，然而发展的速度却将一个又一个的距离压扁。看着面前这把丁字尺，我想起了武侠小说中的剑客和剑。一个剑客的最高境界是人剑合一，心中有剑，手中无剑。正如面前这把尺子，它早已经融入我的内心，同我一道直面生活，明辨是非曲直，衡量荣辱得失，忖度进退取舍。

哥们儿，你在那边还好吗？

史秋庆

第一次见到他，是在1992年的春天，当时采油厂为了提高老井原油产收率，新成立了一支油水井大修队，我是作为技术人员前往报到时认识他的。他腰宽体圆，国字脸黝黑发亮，一米八几的身高，往那儿一站威风凛凛，说起话来声如洪钟，像个几百分贝的“大喇叭”。“来，书生，认识一下，我姓张，以后我们就是哥们儿了！”打那一天起，他就跟我们结下了深厚的情谊。由于他的名字念起来绕口，队上的人直接就叫他“大老张”了，以至于他“走”后若干年，队上的哥们儿聚会时，还一时想不起他的真实名字来。

“大老张”力气大那是没的说。一次，我们井上要进行固井作业，从早上就开始等运水泥车的到来。下午三点多，天渐渐阴了下来，乌云密布，大有风雨欲来的感觉。正在这时，满载固井水泥的东风卡车风驰电掣般驶进了井场，空中也开始下起小雨，一见这阵势，“大老张”扯开他的大嗓门儿：“奶奶的，老天也真不长眼！弟兄们，现在就看我们的能耐了，都给我使出吃奶的劲儿卸水泥，晚上我请客，一定不能让大雨淋湿了水泥。”话刚说完，他“嗖”的一下就蹿到了卡车跟前，“啪啪”两声就打开了后车厢板，两只手一伸，一手一袋水泥，往两边腋下一夹，转身就向值班房跑去。大伙儿也赶紧跑过去抢卸水泥。50公斤重的一袋水泥，背在我的肩上，走起路来直摇晃，大伙儿个个干得大汗淋漓，刚卸完车，大雨就狂下了起来。

“大老张”性格直，全队人有目共睹。四十多岁的人了，好多动作还像个小孩子。那一年我们队在处理一口井内落物时，由于井内事故情况比较复杂，连续施工了两个多月收效甚微。这天，井上照常进行磨铣作业，“大老张”也在钻台上聚精会神地操纵着大修车刹把。突然，“大老张”猛喝一声：“我的娘咧，下去了！落物下去了！”说完，他就一下把刹把锁死，快步走到钻台边，一边做着戏剧性的动作，一边扯起自己的大嗓门儿唱“树上的鸟儿成双对，夫妻双双把家还……”这是他家乡“大平调”版的《天仙配》。大伙一看，都高兴得蹦了起来，两个多月的艰苦施工，终于见到了胜利的曙光。接下来，我们每往井内加一单根，“大老张”都兴奋得唱上一两句，一直到晚上9点下班，他都始终处于一种高度亢奋的状态。

“大老张”酒量大，见过的人都说从没见过酒量那么大的。在油田野外作业的工人一到晚上下班，总爱三五成群地聚到一块儿，喝上几口酒，一是解乏，二是吹牛聊天。那天我跟他们班顶白天岗，下班后已是晚上十点钟了，一下车，“大老张”就亮起嗓门儿：“今天我们哥们儿几个痛喝一场，吹会儿牛！”说罢，他就拉起我的手，扯着我向旁边的饭馆走。我们五个人刚一坐下，“大老张”就吆喝着上酒，由于热菜上得慢，老板先给上了一小碟花生米，这下“大老张”坐不住了，“砰”的一声就打开了酒瓶子，先自个儿倒满了一大碗酒，像喝凉水似的“咕咚、咕咚”两口就干了个精光，然后对着我们嘿嘿一笑：“奶奶的，天真热，这下解渴了。”

“大老张”讲义气，甚至连命都可以撇一边！在一起工作两年后，“大老张”因要照顾家中老人调到了采油厂，直到他出事，我才突然想起他。据说那天，盗油者把一个大坑放满了原油，队上发现后，让他们班负责回收，他们在往罐车内抽打原油时，不知怎么着，油坑内突然燃起了大火，一个工友为了扑火，不慎滑进了油坑。一看到这情形，“大老张”什么都不顾，赶紧去坑边拉工友，工友拉上来了，他却一下子滑到了油坑的中央，待人们把他拉上来时已是奄奄一息了，听说，他当时只说了一句话：“奶奶的，这次怕是命保不住了……”那次他真的没能挺过来。

现在，我们老队的几个哥们儿在每次聚会时，都会不自觉地先倒上一杯酒洒在地上，悄悄地说上一声：“哥们儿，你在那边还好吗？”

我住过的那些房

汤红梅

在公司食堂二楼就餐，窗外是公司的青年公寓，当年我刚到宁波时就住在这里——当然，地方是这个地方，房子几经更新，早已不是当年的那个房了。

那一年我大学毕业来到宁波，住进了公司的集体宿舍。那是一幢典型的“筒子楼”，一条笔直的走廊两侧各分布着十几间宿舍，走廊两端各有一个小阳台。我和晓鸣住在三楼正对着楼梯的那间宿舍。宿舍不大，两张单人床、一张办公桌、一个脸盆架几乎占满了所有空间，箱子、鞋子之类的东西只能塞在床底下。屋顶有一只吊扇，晓鸣因体质问题不能吹凉风，所以夏天再热我也从来不开电扇，倒是晓鸣过意不去，会主动打开电扇，对我说：“开小点就行，不碍事的。”

木质的宿舍门有点腐烂，裂开一道很宽的缝隙，若把眼睛贴在缝隙处，便能窥见屋内的情形。晓鸣是毕业于浙江大学的才女，眼珠一转就想出了办法，她在门外贴了个“福”字，又在门背后挂了本挂历，轻而易举就消除了隐私外泄的隐患。盥洗室在宿舍斜对面，有一次，晓鸣去盥洗室洗衣服，临出门时关照我：“我就不带钥匙了，你若外出记得拿上钥匙。”我“哦哦”应着，跟着她出门去上厕所，随手带上了房门。两人面面相觑，晓鸣眼珠一转又想出了办法，她从隔壁宿舍借来凳子，站在凳子上，从门上方的气窗钻进了室内。我和晓鸣同住半年，类似的祸闯过多次，可晓鸣从来没有怪过我。

半年后，公司新的女工宿舍建成。新宿舍按车间分配，我和晓鸣不在同一个车间，便分在了不同的宿舍，同一车间的文君成了我的新室友。

文君是顶替父亲进公司的，之前已在社会上工作过几年，虽然年龄与我相仿，但社会阅历和生活经验都比我丰富。她买来装饰画挂在墙上，买来蓝底小碎花图案的窗帘挂在窗户上，把宿舍装点一新。

文君顶替后，她爸爸被公司留用，每逢节假日，文君就去她爸爸那里吃饭，经常会带上我。那年国庆节，公司发了些鱼肉，我便放在文君爸爸的冰箱里。文君爸爸说："我每天帮你烧好，你到饭点就来吃吧。"国庆长假期间，我和文君每天逛街，买新衣服，穿上到公园拍照，逛累了就去她爸爸那里吃饭，三人边吃边聊，让我尝到了久违的家的味道。晚上回到宿舍，小心翼翼地脱下新衣服挂在衣柜里。新宿舍比原来面积大了很多，每间宿舍统一配了两个衣柜，衣服再也不用塞在箱子里了。

和文君同住一年后，有一天，我听说公司要分房子，无房的已婚员工都有份儿，于是赶紧跟男友商量领证的事，并顺利赶上了这一批分房。我们搬离集体宿舍，有了自己真正意义上的第一个家。

那时候，公司经常分房子，根据职务、职称、工龄等论资排辈，一拨一拨从小面积往大面积里挪，空出来的最小面积的房子，就分给刚结婚的员工。由于工龄短，排名靠后，我们只能挑到一楼的房子，一室一厅，40 平方米。儿子在这套房子里出生，一直住到上小学的那一年。

房子前面有一块空地，夏天，我们把大木盆摆在空地上给儿子洗澡。对面有一块很大的草坪，儿子就在这块草坪上学会了走路。屋后有一个小院子，有一次刮了一夜的台风，儿子早晨起床后推开后门，惊喜地叫道："妈妈，发财了，院子里有好多东西！"从楼上刮下来的扫把、拖把、衣架等生活用品，满院子都是。

我评上中级职称以后，又一次赶上分房。房源中有几幢新房子，是危房拆掉后重建的。由于工龄短，排名靠后，轮到我时，新房子只剩下顶楼和底楼了。考虑到新房子离小学很近，儿子当年恰好要上小学，我毫不犹豫挑了新房子的顶楼。

新房子两室一厅，70 平方米，儿子终于有了自己独立的房间。第一次领着儿子走向这座空中楼阁时，还在上幼儿园的他颇不习惯，一边爬楼一边问我："怎么还不到啊？怎么还不到啊？"我掩口而笑，久住一楼的我们身体已日渐慵懒，实在需要这难得的运动。

我们就这样开始了每天被迫的爬楼运动，开始时儿子的体力明显跟不上，每次上楼都要在三楼与四楼之间的空地上休息一会儿。可他很快找到了动力，有一天他得意地欣赏着镜子中的自己，自我感觉良好地说："妈妈，我要利用爬楼好好锻炼。经常锻炼，能使胖人变瘦、瘦人变胖，最后都变成我这样的身材了。"

我们在这套房子里住了十几年，一直住到儿子考上大学。其间，我评上了高级职称，但国家已推行住房分配货币化，公司取消了福利分房。住房分配货币化推行后，很多同事买了又新又大的商品房，居住环境大为改善。考虑到年龄渐长，每天爬没有电梯的顶楼有点儿吃力，我也想置换一套有电梯的房子。儿子说："算了吧，这房子不是挺好的嘛。"我想，儿子是对这房子有感情了，那我总得顾及他的感受吧。

直到儿子考上大学，我才搬离原来的房子，搬到一套有电梯的、132 平方米的新房子里。我想把原来的房子卖掉，儿子又反对。我理解儿子，那是他生活了十多年的地方，是他在宁波的根。一旦这套房子没有了，他的故乡情结也就无处寄托了。记得当年老家拆迁的时候，我对着已沦为废墟的老宅原址伫立良久，心中怅然若失。

回忆我曾经住过的那些房，能够想起的全是共住过的那些人、共同经历过的那些事，冰冷的钢筋、水泥之间，自有浓浓的温情存在。他们必然在我的生命中越走越远，但那份鲜活的记忆，永留我心间。

转　身

王永军

当效益压力吞噬企业的光荣与前景时，变革是唯一的出路和选择。转身，意味着改变的同时，也是一次机遇的重逢与碰撞。面对企业的新形态，转身也不再如同过去一般，成为静态中的惊鸿一瞥，随着体制机制的更为灵活和机动，转身成为石化员工的一种常态，克服艰难和不舍、焦虑和煎熬，心怀勇敢和希望，来一次华丽转身，上演人生新的精彩。

——题记

一

不知能不能称呼他为老友，这个概念代表了深情厚谊和无比的默契，虽然之前从未意识到彼此心灵的拉近，但在那天送别的午后，我一个人咀嚼着难以抑制的孤独和悲伤，不管什么理由，此番人生选择注定从此不能天天见面，我的心竟然如同被剜了一刀，余下是几日无法消退的伤怀。

他是我朝夕相处的同事，共同度过了数年的美好时光。此次，他去了遥远的南方，供职于石化系统内的一家石油公司。

想我们的初相见，竟然是来自同一所院校，所学专业一样，便有了些许共同之处。虽不在一个班组，却能够经常见面，久而久之便有了许多共同语言。

印象最为深刻的是联手编辑单位的一份小报，因为是自创，便面临了许多的困难，从组稿、选稿到排版校对，每一个环节、每一个步骤无不凝聚着我们几个人的心血。直至报纸得以印刷出版，我们都为此深感不易。为这份报纸，我们出现过激烈的争吵，为了稿件的选择，为了版面的设计，都煞费苦心，因视如己出，才倍加珍惜。

平日里各忙各的事情，直到他的离开。在碎片般的时光印记中，彼此心灵的默契在悄然繁衍，共事时，熟稔到知晓彼此的心事和做事的动机，他就像是另一个我，我们内心始终是相通的。

进入单位通讯社后，彼此又有了更多的接触。写稿、采访、采风、拍照，可以谈论的话题那么多，自己的苦和乐，对方的喜与悲，在闲暇时光里都是可以倾诉和发泄的。有了这个人，日子少了那么多无聊和寂寞的思量。

忽一日，他告诉我新的选择，换一条路走走，变一种生活过过，他郑重其事地告诉我，这是他人生中最后的机会了，他不愿再停留原地，渴望更大的舞台获取荣光。我看到他欲飞的双翼，看到他光亮的双目，我知道他的决心已下，我只有祝福，再无其他。

一切很迅速，接到调令，班组给他送行，推杯换盏间，略有遗憾，在一起十几年的光阴，忽一日全然已变，那种离别的情绪折磨着人心，让人不知所措。

无论如何，生活发生变化，他已在另一个地方开展工作，慢慢日子照常进行，心也开始变得沉稳和冷静，只是在记忆里，还会常常浮现他的音容笑貌。尤其看到班内电脑里他留下的文件和图片，往事便一股脑儿浮现眼前。只是再无一人，如同他带给我的感受一样，在走后会给我一段时间安抚内心的波澜，或许再无一人如同老友一样，以同事的身份做到彼此心灵相通，知根知底。

岁月历练人，也造就人，大年除夕，他在微信上向我拜年。虽然只言片语，时光却仿佛倒流。我才明白，即使不在一起共事，也都不会轻易忘掉那段岁月，那里有年轻时的拼搏和努力，有对企业的依恋和牵挂，走得再远，都不会忘了来时路。

时光凝结成的牵系，不会轻易扯断。唯有祝福他，在新的天地间作出更大的成就，把眷恋的情怀、远离的伤痛写进对往昔的美好回忆中，心相通，意相同。

二

听到生产厂招聘仪表工的消息后，小刘激动得一个劲儿傻笑。刚从学校毕业分配到科研所时，他学的仪表专业只适用于几台小型试验装备，大型化的化工生产装置、千变万化的仪表盘控制线路、现代化的仪表自动化系统，在现在的岗位上统统没有。

每年总公司举办的各类技术比武，他从未参加过。他的一位同学参加过集团公司的大比武，全封闭集训，没日没夜地苦练，技艺呈加速度提升。现有的仪表维护岗位倒是轻松，可接触面太窄，许多先进的自控知识都来源于书本，真刀真枪从未见识过。

这些年，小刘也算是踏实肯干，努力提升自己，相继参加了大专、本科阶段的学习，并陆续拿到了毕业文凭。对于一名工人来讲，他没白费自己的努力，很快就成为班组里的技术“大拿”。可小刘从不沾沾自喜，和分配到生产厂的同学一比，他便知差距在哪儿。在公司高级工培训的课堂上，听着参加培训的学员谈起各自的工作经历，小刘越发惭愧：知识在更新，工厂里的控制系统也越来越先进，而自己守着的却是多年未更新的仪器，虽然操控起来驾轻就熟，却越来越没有了成就感。

临近的生产厂因为新上马一套大型生产装置，正在招兵买马，主要是操作人员和维护保运人员。小刘所在的维修班是个工种混合的班组，有机械、仪器和电气，大家各自负责专属的工作，互不打扰。当然遇到工作量大的任务，也会发挥集体的协作力量，共同完成。小刘真的是动了心，那套装置之前也有所耳闻，高高屹立的塔罐，纵横交错的管廊，从维修班的楼顶，可以远远观望它的巍峨与伟岸，倘若自己可以到那套装置上保运，势必可以接触到许多现代化的自控仪器，了解过去只能纸上谈兵的复杂高端的理论知识，那是个施展才华的舞台，对自觉学了很多年却一直缺乏实战经验的他来说，时时刻刻充满着诱惑力。

其实，让小刘选择转岗的还有一个原因，就是现有岗位的变迁。随着几套实验装置陆续关停，日后所需的设备维护人员必然减少。不如自己主动选择，顺应瞬息万变的形势。主意打定后，他找到那套装置所在车间的主任，把自己的工作情况如实做了汇报。主任也是三十出头的年轻干部，对小刘很感兴趣，立即表示：欢迎加入我们的集体。

接下来，便是报名、填写申请等一系列手续流程。当小刘离开的那一天，我们握手告别。他一脸笑意，对未来充满期待。

一年后传来了好消息，小刘在集团公司仪表大赛中勇夺金牌。这个荣誉极其珍贵，它既是对小刘技能水平的证明，也是对他最初选择的充分肯定。倘若没有那次转岗，这样的机会是根本不会有的。

拿到了巨额奖金，小刘请了他所在的班组同事吃了一顿。那个场景可以想象，不善饮酒的他，是何等地兴奋。在小刘身上，背负着转岗人员的标签，他却用自己的努力和能力，为转岗赢得了一份荣光。

三

小刘走后，车间来了位仪表工，是位女同志，大家称呼她艳霞。

艳霞生得小巧，五官极秀气，时常带着浅浅的微笑，是那种让人特别舒服的女子。她的纯真和美丽，成为同事间的一道风景，大家都乐于和她交往，甚至在繁忙工作之余闲谈几句，都是颇为开心的事。她为人低调，做事认真，却生就纯净的性格——淡泊、简单和轻松。

在她安静、淡然的外表下，却有着特殊和曲折的工作和生活经历。艳霞参加工作后，干了几年仪表维护，后来因为工作所需，转岗到了分析岗位，一干又是数年。后来所在的装置停运，岗位迁移，才到了现有的车间。

艳霞刻苦好学。因为不停的岗位变化，她错过了高级工的考试，如今重又转到了仪表岗位，开始下苦功提升技能。不久，她便以优异成绩拿下了全公司的高级工考试。一个女子，顶起一个男人的工作量，把装置维护得平稳顺畅。

有一次，说起那年的“非典”，大家知晓了她曾经生活的不易。艳霞的老公去北京探望住院的老父亲，返程后被视作疑似病人隔离救治，一度中断了联系。虽然后来排除感染可能解除了隔离，但那段非常时期，艳霞和她的家人领略到了世态的人情冷暖，也培养了一种看待人生的平和心态。她笑着说，只要家人平平安安，就是最大的幸福了。

那日，在上班的街道路口，静候红绿灯时，有人朝我打招呼，一看，竟然是艳霞。从上次公家车上偶遇，转瞬又是大半年时间。她正前往化工学院参加培训学习。如今，她又从仪表岗位转到了工艺操作上，这样戏剧性的变化，从她身上看不出任何的异样。问起工作，她笑嘻嘻地说，已经适应倒班规律了，按照现在的退休制度，再干几年也要退休了，所以现在特别珍惜上班的日子。

绿灯亮了，我们各自前往目的地。

她骑着车飞快驶向了培训基地，我的耳边依然回响着她银铃般的笑声。

她告诉我，当年工作的那个车间，后来成建制全部移交给了另外一个工厂，所有人员分散到该厂不同的车间，环境和同事都发生了变化。虽然大家人到中年，但都选择了面对和接受，都在努力学习新工艺、新技术，争取尽快适应新岗位，早日独立顶岗。

新技能、新要求、新水平。我们谁也无法保证可以自始至终待在一个岗位，企业有需求，作为员工，唯有努力适应形势的变化。最终，大家的目的和目标都是一致的，抱成团，形成合力，才能共同面对企业的效益压力。

企业要改革发展，必然会有更多的转岗人员出现。在内部优化空间的不断扩展中，他们扮演了先行者的角色，将个人的努力和企业的发展联系在一起，将一生的幸福和富足寄托于企业，这是无法分割的牵绊和关联。

四

那天打电话给大黄，响了很久也没接。我猜测是上白班，手机不在身边。过了几天，再拨那个号码，听到了大黄低沉的声音，一反平日咋咋呼呼的动静。那天，他下夜班，正酣睡中，被我吵醒了。

按照以往，我会揶揄他几句，此刻，却深感抱歉。他刚刚从后勤单位去生产一线倒班，作息不像原来那样，随时随地可以打电话，多年的老朋友变得客套起来，我总怕叨扰了他的休息，对零点班产生不良影响。

“没你想的那么夸张，我还好，几个零点班下来，差不多已经习惯了。”大黄恢复了他一向爽朗的语调。当初，他所在的辅助单位有 8 个人报名去生产厂，他是最积极的，也是年龄最大的一个，从绿化岗位转岗到工艺操作，这一步迈得挺大，也挺让人佩服。

“别看我已经五十岁了，如果不延迟退休，我还能干 10 年，还能做不少事情呢！”大黄一向乐观，当年从部队炊事兵复员后，来到齐鲁石化，先是在食堂干了二十年，又转岗到了绿化岗位，整天骑着个三轮车到处巡视干活，又是近十年。没想到，在临退休的这段工作履历上，他主动选择了与生产装置为伴，与那些可敬的倒班工人为伴。

人生总要适应转变，就像大黄，最初在单位食堂当“大厨”，炒菜、面食样样会，还懂得管理，曾经承包了负责百十人吃饭的食堂，干得有声有色。他是东北人，会做家乡的小菜，他在食堂外腌制了一大缸辣白菜，酸辣爽口！车间的人都爱吃他做的油煎馒头和辣白菜，鲜红的辣椒面、清脆的白菜心，还有香甜的水果，混合在一起，让人胃口大开。

由于公司改革发展的形势需要，以及对倒班一线岗位的重视，许多员工调整了新的职业方向。转身，是一种选择，无论主动还是被动；转身，也是一种状态的改变，无论工作还是生活。如同破茧的飞蛾一般，迈出了艰难的“第一步”，也许便走出了桎梏，获得新的空间和自由。

系统内进行人员优化，首批去海南外派的员工成为“吃螃蟹的人”，虽然只有9个人，却是至关重要的一步棋，迈出了，便是胜利和成功。墨守成规，原地踏步，观望思量，犹疑不前，仍旧是难以轻易转身的基本心态。当效益压力吞噬企业的光荣与前景时，变革是唯一的出路和选择。随之而来的，便是企业员工岗位和利益的变更，压力是突如其来的，甚至是长久战的态势。而我们的思想观念能否适应新形势的需求呢？自然，转岗也许便是每个人面临的趋势和抉择。有时，是不容我们犹疑和思量的。

转身，意味着改变的同时，也是一次机遇的重逢与碰撞。井底之蛙，能否想得到外面世界的辽阔与宽广？那些先期走出去的员工，已然经受住新环境的考验，无论心态还是工作技能，都得到突飞猛进的提升。有技术才有饭碗，这个最为朴实的道理在他们身上得到了充分验证。他们在异地他乡重塑了企业的新形象，不辱使命，打造出石化行业新品牌。这是一次成功的突破，无论是对企业，还是对员工个人。

我时常关注那些转岗职工的新闻报道，有的成了主操，有的得了奖，有的消除了严重的事故隐患，还有的当上了车间主任，走上了管理者的岗位。走出去，便是新的天地。

曾经读到一名年轻员工写的文章，叙述了转岗的心理变化和如今的工作状态，积极向上的勇气和信念令我心生钦佩。他曾经也在机关工作过，也得到了许多同事的赞许，后来主动选择了转岗，从机关科室到装置操作。我相信，到了生产厂，他必定也会成就自己的精彩，在公司生产的最前沿，写就最美的青春诗篇。

企业面对的新形态，转身或许不再如同过去一般，成为静态中的惊鸿一瞥，随着体制机制的更为灵活和机动，转身将成为企业员工的一种常态，也许到那时，不会有更多的艰难和不舍、焦虑和煎熬，更多的人将心怀勇敢和希望，来一次华丽转身，上演人生新的精彩。

背 影

汪声君

那天清晨，父亲手握一根木板条，颤颤巍巍地出现在我面前，一个劲儿地说他现在走路有劲儿得很。看着父亲紧握的那根木板条，长满了毛须，我的手不觉紧了起来，真的很害怕毛须会趁着父亲喘息的空儿，钻进父亲的肢体里。那一天，我要去济南参加中国石化散文培训班。

我问父亲为什么不拿拐杖，父亲说拐杖太矮，支撑不了自己的身体。这两年，很多时候父亲已经没有太多能让我听得清楚的话语，但那种血脉相连的情感总会告诉我太多信息，也许是不知道该怎么表达，又或许是太想表达自己，以至于父亲常常手足无措。我扶父亲进了家里，就在他转身背对着我的时候，清晨不是很清晰的光亮映衬着他瘦小的身板，能清晰地看见父亲浑身上下没有一处是能让人看着有些许饱满的，我的心里顿时像爬满了嗜血的虫子，每咬一处都会让我的肌肉一阵痉挛的刺痛。我定了定神，慢慢地扶着父亲坐到沙发上休息。“不用扶，不用扶，我有劲儿得很。”父亲嘴里不停地嘟囔着，身体却不听使唤地摇摆着，我不敢吱声，依然扶着他，直到他安全地坐在沙发上，一再嘱咐他不要再到处乱走，等母亲来，中午一起回家。我并没有问父亲为什么会来，但每每一想起当天的场景，就能感觉到嗓子眼儿里总会钻满父亲手里那根木板条上的毛须，害得我喘不过气来。

22 年前的今天，父亲应该快退休了，他当了三十多年的郊区教师。学生时代，每每看见父亲健壮的背影，会不由自主地有一种压力，因为小时候的我很调皮，经常被罚跪，那时候父亲在我眼里是高大威严的，冷静沉着言语不多。

“你是汪老师的女儿吧？”几年前，单位里的一位职工在路上遇见我，这名职工是父亲的学生，已经是一位优秀的班长。

“汪老师来了啊！”“汪老师有事啊？”……刚退休那会儿，父亲有时因一些事务会回到他当年教学的凤凰乡，村里人看见了父亲都会热情地打招呼。

我们家附近有个诊所，诊所医生也是父亲的学生……

父亲虽然没有桃李满天下，但三十多年的教师生涯也让很多学生和学生家长记住了他。

如今，父亲已迈入老年，走路都已经很困难了，但是走到哪儿，认识的人都会喊他一声“汪老师”。

父亲有粘连性肠梗阻，这个病缠绕了他很多年，因为这个病，他没少吃苦，一直处于营养不良的状态，才七十七岁，却显得老态龙钟，而且是一种瘦骨嶙峋的老态龙钟。每次看见那瘦骨伶仃的背影，我的心就会绷得紧紧的，身体也会随着父亲背影的移动而挺得笔直，一种战战兢兢的情感游离在我和父亲所在的空间中，充斥到我的身体里，随着血液融入我的骨骼里。那一刻，我瞬间变得僵硬，仿佛灌了铅的双脚沉重地迈不出步伐，嗓子也像是被极咸的盐水灌满，一阵咸得发苦的哽咽让我半天说不出话来。

正因为如此，现在我最怕的就是看父亲的背影，总怕他那瘦弱身板被微风轻易地带走。父亲在职的时候，每天的凌晨是属于他的，三四点钟的凌晨是寂静无声的，漆黑的夜空像一只无边无际的大手，每个人都在它的手心里酣睡，每一颗露珠也同样在它的手心里酣睡。散落在田间地头、城市小巷、树梢草尖、屋檐瓦砾之间的露珠，即使酣睡也会随意滚动，晶莹的身体每到一处，都会散发出一种清新的芳香，直到太阳升起，露珠会悄然消失，但是世间万物会因为它曾经存在而变得清新出彩。父亲最爱在这个时候起床，在昏暗的灯光下，埋首备教案，在他眼里，那满纸的文案和那晶莹的露珠没什么区别，都是给生物营养的物质，只不过一个是给大自然，一个是给莘莘学子。就这样，父亲延续了三十多年凌晨备教案的习惯，因为这个时间段是他工作效率最高的阶段，所以，每天他都会在这个时间如期与他的黑夜会晤。

我没有亲眼看见父亲去家访，但亲眼看见父亲把他的双休日奉献给他的学生的大部分情景，对于以前那种家里如学校的场景我至今记忆犹新，也经常会听到有人对父亲家访场景进行描述。也许是因为离开学校有些不习惯，六十岁退休之后，父亲一直酷爱写字，没事还会去街上淘几本书回来，闲来会涂抹一些素描。当时我无法理解父亲为什么还要去做这些“没有理由、没有意义”的事，就在几天前，我恍然明白了，30 多年的教师生涯，父亲总归是怀念的！虽然在他的面前早已经没有了当年的那些学生……

午夜蔷薇分外香

杨国杰

中央控制室的东侧有一片小花园，说是小花园，却是树木居多。毕竟这里是退海地，种什么都不容易生长。

就在花园的西北角，经过园丁几年的劳作，换了几次土壤之后，紫叶、迎春、月季和蔷薇这些“皮实”的品种终于扎下了根，开始与春夏秋冬互动起来。它们与不远处高耸入云的炼塔遥相呼应，让燕儿的心里说不出的舒服。

不知道是因为园丁的偏心，还是因为蔷薇的生命力更强，刚进五月，花园里的蔷薇就已经爬满了花架。远远地望去，成片的蔷薇映衬得座座炼塔更加巍峨。

花开的时候，燕儿爱上了这小花园的一角，工作的间隙里喜欢到这里透透气。每天下了班，更是要在这里待上几分钟。此时，花园里就数蔷薇开得热烈，白的、粉的、黄的，看一眼就觉得神清气爽。

下了夜班，走进花园，伸个懒腰，呼吸一口花园里的空气，燕儿感觉一夜的紧张和疲劳都缓解了许多。早晨的阳光很快就变得明晃晃起来，让人不敢直视。燕儿只好来到蔷薇花架下，通过间隙能够清楚地看到银色的炼塔直插云霄，仿佛一支巨笔在点缀着白云的蓝色纸笺上书写着自己的抱负。

比起下夜班，燕儿还是更喜欢下了白班来花园。交接班之后已是晚上八点二十分左右，此时花园周边的一切仿佛都安静下来，只有机泵的轰鸣声还在按着自己的节奏轻轻哼唱着。远处炼塔上的灯光闪烁着迷人的光晕，五月的风软软的、柔柔的，混合着众多花木的气息。

沿着花园里砖石铺就的小路慢慢地踱着，路很短，来回也不过百余步。但随着燕儿的移动，各种花木的身影也在不停地变换着，让燕儿心里有些莫名的烦躁，于是便不停地向蔷薇盛开的方向张望。

强子的自行车骑得很快，他下班正好路过那片小花园，于是每次下班他都和燕儿约好一起走。

说是这么说，但他们相互爽约的次数也确实不少，赶上谁的装置有个风吹草动和大事小情的，虽然还不能扛大梁，但他俩也不想放弃这难得的学习机会。

想到这儿，强子不由自主地笑了。想想也挺有意思的，他和燕儿的装置属于上下游的关系，物料供应都是硬链接，工作关联度特别高，所以电话沟通也就比较多，人员之间比较熟络，更像是一个大班组的员工。

赶上不忙的时候，只要是燕儿来电话，班长都是扯开嗓子喊强子来接，生怕别人听不到似的，说是这样沟通效率高，既有利于小家建设，也有利于班组联谊，还有利于车间共建。

强子看了一下腕表，脚下更加用力，他和自行车的身影被一盏盏的路灯忽而拉长，忽而缩短。

已经看到了蔷薇花丛中身穿白色 T 恤的燕儿。强子有些紧张地摸了摸口袋：是在这里送给燕儿，还是到了生活区再送给她？

手机的铃声将强子的思绪拉回来。“喂，强子，装置运行有些波动，要是没回去，赶快回来。”

“知道了。”强子放下手机，毫不犹豫地立刻掉转自行车的车头。在返回车间的路上，强子拨通了燕儿的手机，嘱咐她先回去，说明自己工作的装置运行有些波动，需要回去加强。

燕儿已经隐约地看到了强子那熟悉的身影，直觉告诉她，这么美妙的夜晚，或许真应该发生些什么。想到这儿，她的脸有些发烫。

“你自己注意安全，别逞能。”放下强子的电话，燕儿也只是嘟了嘟嘴。“你们的装置运行遇到波动，我们的装置肯定会受影响，干脆我也回去看看吧。”

“燕儿，强子电话问咱们接收重油的流量是多少，你来告诉他吧，这个你最明白。”

“强子，燕儿来电话问咱们出装置蒸汽的压力是多少，你来说吧，这个你最清楚。”

…… ……

午夜的时候，装置运行终于平稳了。强子、燕儿还有同事们坐着单位给安排的专车回生活区。

在烧烤摊上，大家狠狠地热闹了一回，就连轻易不在外面吃饭的老张师傅都跟老伴儿请了假。

强子和燕儿这次当仁不让成了主角儿。有心细的小伙伴儿竟然掏出一束粉色的蔷薇递到了强子的手里，然后看了看表，意味深长地说："时辰已到。"

强子捧着粉色的蔷薇，大步走到燕儿面前，停住脚步的一刹那，大脑竟然出现了短暂的空白，一时忘了要说什么。

燕儿则悄悄地低下了头。她没想到这一天竟然会是这个样子。幸福不仅来得突然，而且有着浓浓的烟火气。

"说呀，说呀……"

在烧烤摊老板带头的起哄声中，强子深吸了一口气，然后单膝跪了下去。

"燕儿，嫁给我吧。"浑厚的男中音挤满了燕儿的脑海。

"嫁给他，嫁给他……"这次带头的是燕儿的师傅。

"今天是 5 月 20 日，那肉麻的情话该说的也得说啊！"

"我这里有麻辣烤筋，你要不要来两串啊？"

大家哄笑着。

燕儿低头看了看蔷薇和手上的戒指，还是感觉幸福来得有些突然，但又那么真实。

"赠送啤酒两打，祝有情人终成眷属，也祝贺石化添丁进口。"

"人家两人本来就都是石化的。"烧烤摊老板的话音还没落地，就有人提醒道。

"哦，那就来年生个小朋友。"老板的脑筋转得飞快，一句话再次把气氛推向高潮。

诗歌

获奖作品

诗歌

石油，嵌入生命的铁（组诗）

张学芹

有一盏灯，从嘉兴南湖上升起，照彻大地。有一盏灯，被石油人高高擎起，穿透地脉，领出一条金光闪闪的河流。

——题记

旷野里的灯盏

看到那盏灯火
以为是挂在天幕上
一颗晚归的星辰
其实自南湖而来
持续发光，永远发光

那时村庄已合上眼睑
夜鸟收紧了翅膀
连树木都懒得理会头顶的风雨
那如豆丁的火苗，闪闪烁烁

以微弱的光亮，穿透黑暗的潜流
统领着整个夜晚
和一群满身油污的作业工
有风来的时候，这盏灯火

会站立起来，叫喊几声，鼓掌几下
但是，大部分时间里
它只在高高的井架上
作业工人的眼睛里
端着自己的火苗

抚摩丈夫的一件工衣

抖开丈夫的一件工衣
随着高高的井架向上攀升
胜利油田，这几个字样
在宿命的骨骼上
像镰刀与锤头，相互地铭刻

二十年修井岁月缔造
一座江山
汗渍堆起喜马拉雅千年积雪
长江黄河像黑色的马匹
从他的胸前蜿蜒而过

油管，抽油杆的铿铿锵锵
衣袖间余音袅袅
石油的斑点，在他的身上
肆意汪洋成岁月的湖泊

不是什么颜色都能让我热爱

不是什么颜色都能触动我的感官
大红，血与旗的相互晕染

秋天里的一抹浓艳
一枚果子成熟的外壳
一个油田胜利的宣言
石油工人一生的开始

这种色彩庇护他们
潜入大海，钻塔上泅渡岁月
荒原深处，问寻千年地脉
有时，无法拒绝这种颜色的诱惑

像一只蝴蝶迷恋上花朵
又怕他们忽然转身
将这种色彩泼到我身上
让我有一次意外的燃烧
或者蜕变

灿烂的朝霞

七月的雨水繁多
许多事物被洗得发亮
一成不变的是丈夫身上
呛人的烟味和浓重的石油味

曾经嘲笑他一生的梦想轻于鸿毛
一辈子所做的就是
在家和井场、日与月、风与雨之间
被一辆工程车重复运送

今天，隔着二十米的距离

竟分辨不出和我朝夕相处的那个人
直到他晃动着一个工帽
像一片灿烂的朝霞开了小差
飘落在我的面前

一个油田小镇的早晨和黄昏

早晨
清洁工扫净小镇的尘埃之后
小镇像一个港口开始沸腾
工人们乘坐各自的船只离开家的码头
小商贩的到来让这个小镇达到了沸点
而我总像是和这些无关
等小镇像两边的村庄一样平静
才走出家门
因此，我从未赶上一艘驶向彼岸的船只

夜晚
工人们像倦鸟归巢
除了他们身上散发出的混合气息
我不会知晓
一个采油女工如何捂住经期疼痛的小腹
去井上采集小样
也不能轻易对一个男工人
把一生的追求锁定在井口
以及将自己和石油如胶似漆的情怀
做一个准确的描述

我是早晨和黄昏之间

令他们羡慕的一个梦
或者一段好时光，问花草追蜂蝶
甚至漫无边际、风花雪月
永远不会像他们
一旦握上通向石油王国的船票
一生都会被“束缚”住手脚
从来没有真正意义上的返程

“井”底之蛙

没有谁能挽救你一生的严重“失足”
视野之内全是井架、驴头、吊卡、油管、抽油杆……
四季转换着幕布
隔开外面世界的灯红酒绿、歌舞升平

抽油机，抽走了你的青春岁月
油管，压碎了你的梦想
压弯你伟岸的身躯
你常常将石油分子
和你的白血球、红血球混为一谈

曾动用各种工具
拓展你巴掌大的天空
也曾尝试，沿着岁月的悬梯
怀着海枯石烂的爱情誓言
潜入“井”底，把你打捞上来

石油，嵌入生命的铁

二十年了，除了井场

你从未走出小镇
石油，流经你的脉管
无数次替你漂洋过海

一想到你的一生与石油有关
你就自豪、骄傲、满足……
而我始终无法释怀
几口井就把你的青春浓缩在
眼角的皱纹里

像三叶虫沉积于石头
像农民躬身于土地
像一个战士对着敌人上好枪膛
你默认这种铁质
无限度地嵌入

你把飞的梦送上天空
把奔跑的心让给道路
身体却为这种铁质所困
我无法找到你们之间的间隙
从而将你们分开

跪拜

兄弟，呼呼的北风里
你双腿跪地
春节已经过了
你跪的不是父母
你没有犯错

这也不是一次忏悔

你双腿跪在春天的泥土里
你的面前是井架、井口
油管、吊卡、驴头、抽油杆
是你的这些，叫铁的兄弟
你把身体放低，重量压在双腿
把一颗螺丝捧在手上，如很多人捧着党徽、红旗
想当年你也是这样捧着
父亲交给你的锄头

兄弟，一年三百六十五天
你只跪你的双亲一次
在井场，你无数次地下跪
这一跪，让泥土解冻
让春风逗留
让你叫作铁的兄弟
有了和你身体相同的温度

擦拭

你一寸一寸地，擦拭
每擦出一寸，你便笑笑
心里有了多于一寸的亮度和满足
抽油杆那么长，你的擦拭，如此缓慢、庄重
像建党 101 年的时光都凝结于此

在家乡
你没有如此小心地

如此细心地擦拭过
父亲的锄头、镰刀、犁铧
现在你也无法擦掉自己
身上的油污和尘土

你把一个党员温柔的呵护
全部给你的铁兄弟
让它带着你手掌的温度
牵住埋在深处的石油之花
让它和迎春花把春天的消息四处散播

站立

二月，大地春寒
你十二个小时站在井口
把晨曦站成了暮晚
在故乡的时候
你对着沂蒙山
对着金黄的麦田
也曾这样站着
不必抬头，不必转身
我知道，你的脸被涂成了黑色
只露着白色的牙齿吐着家乡的方言
你的工服是一帘雨幕
风穿透了它，渗入你的骨头
冰块已经在你身体的某处暂住

兄弟，二月的风
呈凶猛之势

也没能撼动你的工服
黑色的马匹在你的背上
飞扬着四蹄

石油
这黑色的花朵
一年三百六十五天
都在你身上盛开
对于它特殊的芳香
你无数次对着飘扬的旗
深情诉说

石油母亲（诗二首）

蒙福全

你，到此一游

戈壁上，一棵伤痕累累的树
不是来自唐诗，不是来自宋词
她开出一树花朵，散着一树馨香
重要的是，她能感知疼痛
她的腹部，一道横直的刀痕
越来越宽，越来越深
多年前，一个孩子写下它
然后跑得无影无踪

那是一个中国的文字
起笔，回锋，运笔，回锋
那是一，一二三四的一
一生二，二生三，三生万物的一
如此算术，如此哲学
孩子写下它，表示他曾经到此一游

多年后，面对一棵采油树
孩子长久沉思，想到了那棵树
枝枝杈杈的采油树，符合树的形象
呜呜哑哑的采油树，呈现树的呼吸

郁郁葱葱的采油树，具备树的生命
一切神完气足，让孩子心旌摇曳
难以保持审美的距离
难以坚守对话的方式
难以抑制书写的冲动

孩子踏过一座沙丘，又一座沙丘
种下一棵采油树，又一棵采油树
他的好奇，要写满整个森林
他的诗情，要刻满整个戈壁
他以种植的虔诚、奔跑的姿态
回望那一棵树，致敬那一棵树
怀念那个一，凝视那个一

那一棵树，久久地伫立在他的视野里
任冬去春来，任花开花谢
那个一
书写下树的美丽、树的芬芳、树的忧伤
这棵树，让宇宙动静结合，不再抽象
像一位母亲
久久地伫立在家门口，任冬去春来
那个一
镌刻着母亲的秘密、母亲的幸福、母亲的守望
这个母亲，让万物生生不息，还原成一

也许，有一天，孩子迷路时
他会哭着，跑向某一棵树
抚摩一道黝黑的伤痕
也许，他会发现，此生的第一个一字

是如此地柔软、如此地温暖
那个一，在一遍遍地说，回来吧孩子
你不是一个匆匆的过客
写在母亲腹部的那个一
是一个需要补充完整的文字
那个一，是一个爱字的起笔

有一天
他会明白，那个他到此一游的地方
因为，那一天，他写下了它的起笔
他就，永远写不完
那个一
他就，永远走不出
那个一

骨骼的芳香

夕阳下，年迈的母亲
佝偻着腰，站在家门口
胡杨的黄叶，点缀着她的身影。
一张检查单藏在身后
骨质疏松？我不愿相信。

母亲已经无法回故乡了
故乡，在她遥远的地方
长城巍峨着，烈烈的风，
在一块块墙砖上凿出无数小孔；
在她遥远的另一个地方
黄河咆哮着，涛涛的水，

在一块块岸岩上雕下无数小洞。
它们的疏松，构成的宏大叙事
与母亲无关。

夕阳下，母亲站在门口，
是在眺望远行者，
那个千里之外的我。
也许那时，
在油井大型压裂现场，
随着压力的增大，
我仿佛听到大地深处
骨骼在歌唱。
也许那时，
在石油研究院的实验室，
面对油层分布图沉思，
忽然那一瞬间，在我心里
孔隙度不再是科学概念。

夕阳下，母亲站在门口，
她的身后，灶台氤氳着
一个馍馍，又一个馍馍
经母亲的手，揉成圆圆的形状，
此时，它们
慢慢地膨胀，悠悠地芬芳
我知道，它们的疏松
是母亲
精致的抒情，
柔软的述说。

山河为歌

董会娜

男：当我用粗糙的手指，
弹奏十年岁月的黑白键，
我听见了，听见了，
那首激荡人心的旋律由远及近，
像疾风骤雨，像山涧的甘泉。
女：当我用灵巧的画笔，
去描绘曾经丈量的山川，
我看见了，看见了，
那幅分外妖娆的画卷五彩斑斓，
有火热的炽爱，更有我们志存的高远。

男：从默默无闻到勇夺桂冠，
我们靠什么挨过了冬天，又越过了极寒？
女：从负重前行到一路领先，
我们靠什么克难奋进，赢得了时间和空间？
合：我们靠为江汉钻井争光的一身骨气，
我们靠为中国石化创效的一颗恒心，
我们靠为中华民族争气的铮铮誓言，
我们靠保证国家能源安全的坚定信念！

男：凝心聚力才能战胜困难，
上下同欲才能共克时艰，

树立更高目标，激荡奋进风帆，
历练的羽翼才能拥抱蓝天。

女：一流的队伍、一流的技术、一流的设备，
我们才能全力保障增储上产，
创新的气质、优秀的品质、独有的特质，
我们才能担负石油工程铁军的重担。

男：我们穿越了地下那一座座珠峰，
突破设备极限、智力极限，
我们攻克了一道道世界级难题，
但新的难题、新的珠峰又会横亘在我们面前。

女：我们要认清困难和挑战，
持续下调的定额不断挤压我们的创效空间，
勘探领域向着更深层次、更复杂区域延展。
男：我们要正视存在的不足和短板，
钻井提速的课题还需重点攻关，
特色技术价值有待进一步彰显，
三支队伍建设仍不能满足公司高质量发展。

女：逆水行舟方能激流勇进，逆袭突围顿感潜力无限。
路再远，行者必达，
山再高，勤者可攀。
跻身国家能源安全战略的历史机遇期，
奋力书写江汉钻井人新时代征程上的巨制鸿篇。
男：头雁振翅引领群雁，
心中有梦想，锚定奋楫的航线，
全力巩固两大主力工区的战略支点，

开疆拓土，向着更多、更美的河流山川。
女：市场是我们奋斗的舞台，何惧风云变幻，
科学决策才能立足长远；
男：科技创新驱动从量变到质变，
特色技术加持我们一马当先。

合：对标一流，让目标更高更远，
精益管理，让品牌更亮更炫。

女：头脑风暴碰撞真知灼见，
凝聚智慧荟萃各路英贤。
历经风雨更需心怀忧患，
众志成城，我们携手并肩，握手成拳。
男：品质是人生的价值、企业的皇冠，
捍卫品牌就是捍卫我们的尊严，
把堡垒建在大漠、山地的最前沿，
让江汉钻井的旗帜映红祖国的艳阳天。

女：历经风雨洗礼，我们意志更坚，
经受重重考验，我们信念如磐，
把每一次出发当作新征程、新起点，
我们是一支战无不胜的石油工程铁军。

男：沙海下的珠峰，正召唤我们登攀，
页岩气的主战场上，有我们屹立的风帆，
山坳里的中国，处处生机无限，
踏着新时代的旋律，我们奋勇向前。

女：突出价值导向，让箭头一路向上，

培育核心竞争力，引领公司高质量发展，
让精益求精的理念入心入脑，
创新驱动的车轮正隆隆驶过急流险滩。

合：强化技术攻关，推动技术升级；
强化安全生产，严控风险识别；
突出价值导向，激发创效活力；
突出党建引领，凝聚队伍合力。
男：这是公司发展留给我们的考题，
女：这是我们作答时代的一张考卷。
男：忆往昔，峥嵘岁月，纵有万语千言，
女：看今朝，踏歌而行，共绘时代画卷。
合：我们肩负保障国家能源安全、服务勘探开发、
发展石油工程的重任，
我们在《我为祖国献石油》的歌声里历久弥坚。

男：磅礴的洪流中，有我们奋进的足音，
女：祖国的笑容里，有我们灿烂的容颜，
合：大地做证，山河为歌，
在新时代的征途上，
我们不辱使命、步履铿锵，昂首向前！

荒原之上（组诗）

墨 兰

初始

桥、垂柳、秋风站在一起
季节的歌声不逾越，也不脱离
黑夜开始倒退
撤离的时间比仲夏晚了半个小时

七月，一些水果已经成熟
空气中的水分，拧干了自己
时间，这是走到哪里啦
这个尘世，有没有人给我一个回复

雨水，突然以最原始的方式光临
井架、芦苇成为它肆虐的主体
在荒原上撒野、狂奔
是放纵，还是在燃烧自己

荒原之上

鸟儿，这会儿又去哪里
春天沿着不同的路线迁徙
从东部山脉，跨越到西域高原

陆地上的植被，被一一唤醒

今夜，月亮走得好慢
黎明到来，它刚刚爬上中天
是不是，昨天去踏青
旷野中的花、草迷惑了你的心智

这样的清晨，空心的圆柱体
清风、鸟鸣、建筑包裹在形状内壁里
没有野风、狂雨
阳光的手臂，从黄河入海口伸至壶口瀑布

秋天

这个秋天来得比较忧郁
连日来的雨水，推进了季节的深度
泥土被泡得松软、泥泞
偶尔穿透云层的阳光，明媚、诱惑

植物，开始变换自身的颜色
由碧绿，逐渐走向金黄
提前离开母体的叶子
躺在地上，任风儿吹过来拽过去

天空，变得越来越高
蓝色的天幕上，流淌着白色的云朵
不知道，它将飘向何方
会不会记得我、记得这荒原

去海边

风，呼呼吹过耳畔
我听到，海的怒吼、宣泄
浪花飞起的同时，它分裂了自己
这片海宁静，这片海汹涌

海鸥，不在海面上飞翔
芦苇、稻田，一块食物诱惑的磁场
中转站的墙外，站立着几棵白杨
时光，又撕去了一大半

抓一把阳光，藏起来吧
不告诉秋天，不透露给冬阳
敲一敲，春天的大门
留一句：草木发芽时，再来找你

惑

这一夜，草丛中有虫儿在叫
暮秋，不是个浪漫、激情的季节
银杏树叶铺满一地
我，跟着风在林间行走、徘徊

阳光、飞鸟在时光中穿行
吹过面颊的风
失去了往日的温柔
苇草，占据了视野内大部分区域

芦苇开始进入沉思时期
银色的影子摇一摇、晃一晃
我的心呐——
怦怦地，狂跳一阵子

情魅

来啊，让我拉着你的手
一起，一起去荒原上奔跑
看，花开草绿；听，长空雁鸣
你在前，我在后拦截这浩荡的风

有一支曲子，名《蓝色秋天》
想必，作者幻化成一只飞翔的海燕
大海、蓝天是疆土
心，像现在的我舒展、自由

想念家乡，也依恋荒原
屋檐下寻找影子
苇丛中，捡拾岁月的足迹
此时，你是否感觉到文字有了湿度

石油蝴蝶（组诗）

任西波

春天，我们粉刷抽油机

又是春天了
我们粉刷抽油机
把斑驳的岁月
藏进太阳的一抹红里
生锈的螺丝敲松卸下
打一层营养的黄油
加上采油工人的时光
用力拧紧

绿草擎着白的、红的、黄的花朵
春风把它们抚摩了一遍
把淡淡的芬芳揉搓了一遍
代表时光
在抽油机的钢铁缝隙里
在采油工有些斑白的发丝间
轻轻地
抚摩了一遍

钓

一位白发老石油

在深秋的翠湖旁钓鱼
垂钓时光

前面是耸立的钻塔
天上云朵
水中波纹

云雀掠过篱笆

老李种菜
在一生眷恋的井站旁

有一次我们喝酒
他说起了云雀

诗歌里出现的云雀
掠过了菜地的篱笆

朝阳下的水汽里
掠过一个久远的记忆

唱着故乡的歌儿
消失在了苇丛中

有时

有时会发呆
比如这一次
孤岛植物园的

一朵月季花
滚动着晶莹露珠
前面不远处
一个巡井的采油工
停下电动三轮
用棉纱轻轻擦拭着样桶
时光这时很慢
三十年
那么漫长

看井的一个早晨

三十多年了
那天留在井场看井
五月的早晨
一层淡的晨雾
槐花盛开，蜜蜂飞舞
它是遵循着世界
什么样的道
抵达一束槐花的
一个石油工人
又遵循着什么样的命运
来到了这个早晨
芬芳的霞光抚摩着大地

孤岛傍晚小记

走累了
坐下歇歇

藕池里的莲蓬
歪下身子
触碰
抽油机的倒影

回家了
皎洁的月亮
也会在这里
歇一歇

一个吹口琴的老人

在孤岛植物园
野菊花芳香的夜
一个吹口琴的老人
在槐树后面的亭子里端坐
月光在神仙沟的波浪上
跳跃闪烁

许多次遇见他
一个老石油吗
或者是一个老军马场
远远聆听着
少年拐过一片野水
遥望着一只被惊起的野鸭

夜色继续接近铁

下班回家

越来越沉重的深秋
加深着时光的铁色
月光把歌唱的抽油机
和突然停步的我
用小路静静地连接
我们不用连接
是石油树上的两颗果实
许多果实在心怀里悬挂
比如荒原和故乡

石油人的心率（组诗）

王军辉

黎明的曙光照耀油区

管道里的响声
划破原野的寂静
石油人奔走在巡线路上
头灯在寂静的夜里发出耀眼的光
清晨的露珠、野草还没来得及抖落
就被铿锵有力的步伐带走

安全帽、管钳、绝缘手套
橘红色的身影
采集干线压力数据
以及水表跳动的数字
他们时常找寻
异响的声音

夜里的雪花撒满井场、油区路
寒风还未勾勒
正被橘红色的暖
一点点融化
一切都露出本色
抽油机越发光鲜

井工厂的值班室里
一组组数据刚上传完
疲惫的鼾声正淹没键盘声
橘红色的工衣继续保持站立的姿势
安全帽轻轻划过墙壁
石油在地下管线里奔跑着

当黎明的曙光照耀油区
一排排抽油机和石油人已高于地平线

抽油机在排兵列阵

抽油机在荒原
在城市，在排兵列阵
一座座吃苦耐劳的抽油机，那些高大的身影
用一次次冲程
测出一口油井的肺活量

抽油机链条用滚动的低音
负重前行
而石油人的心率
随动液面的曲线
跳动着

在抵达黑夜的尽头
它们一定会感到寂寥
值守的石油人用一束光
驱散着黑暗
石油人跨越过一道道沟坎

走着走着，天亮了

光杆发出耀眼的光

抽油机起伏之间
光杆完成一次冲程
在采油树中
在黑暗与光明的时光隧道
它的身体
被石油反复润色
而盘根却一次次打磨
发出耀眼的光
当光杆拔出泵筒
管道的脉搏就跳动一次

如同石油工人橘红色的工装
未曾褪色
当汗水湿透衣背
它就是深红色
而汗水集结成白色的盐碱时
它就是淡淡的橘色

在冬季寻找石油的人

一群橘红色的身影行走于荒野
两捆线编织的马甲
重重压在肩膀上
他们微笑着
用脚步丈量一条数据的长度

在冬季寻找石油的人
脚印时常失去踪迹

橘红色的线穿过马路
飞上树梢
传递着一组组数据
线头的那一端
三维曲线在跳跃

远离传输线的
是一座座窝棚
也是他们的驻地
闲暇、苦闷时候
他们谈论起那些事
一半来自石油
一半来自烟火

挖掘机开进草丛

草丛是秘境
一台挖掘机开进草丛
草丛裸露出柔软的土地
绿色的小径正在铺设

挖掘机在草丛里横行
一条沟在蔓延
一道管线从此活在地下
在无数个黑夜里
倾听体内石油流淌的声音

草丛中失去颜色的部分
成为一个坐标
在草丛中越发清晰
野草低头
管道上的土站立起来

关于石油的一些情节

董　冰

地质勘探

原野是座城堡
炮声是春雷的化身
花的唇在封闭的大地
祝福轻轻叩击
那些长睡的历史

测井

是的，我们为了你
要用闪耀的爱
来放射
你的风姿

钻井

在地层蔓绕的深屋
你抖落着时间堆积的尘垢
随着钻机的漫歌
田野已给你铺好了床
大地像一卷厚厚的书
我们用爱

读暖你冰凉的世界

在螺丝围定的井架
集合着过路的风
孤独的锈已爬上了我们的额头
喷薄呵
你的身上流淌着
——和我们同样滚烫的血

采油

爱的雨滴在迸溅
你已经回到世间
你的影子真实而美丽
采油屋旁那个戴着蝴蝶结的少女
在用晶莹的星星为你缀着
梦幻的项链

阳光的山岗上，露水还在弯曲地睡眠
还有我们用脚印串起的诗行
在美丽的采油树下
你奔涌的风情
像那追梦的河溪
沿着钢铁的河床
为寻觅朝阳而汇成海洋

录井

嘘！别怕

那些满身泥浆的人
在给你裁剪着过节的新衣

炼化

累了吗？

我们望到你从烟囱喘出的气
在钢铁油管的森林
所有的人替你回绝着
雷电和火的拜访
你要在这里安歇
直至黑色的噩梦褪去

西部之旅

那个荒凉的梦
藏身在胡杨树的根部
不管沙漠和孤寂如何延伸
我们都会寻寻觅觅

是我们不变的誓盟呵！
——无论时光的鸟群怎样翻飞
我们来了
在黄沙的风暴里扎下
直到解除大地的包围

春天的脚步

一束阳光妩媚了一个世界

一支曲子明朗许多日子
隔着被采油树勾勒的原野
两目对望
温暖的石化红让彼此悸动
在石油锈迹斑驳的芬芳里
任岁月沉浸

一杯淡淡的茶
冲洗着前生
隔着钻塔和抽油机的距离
沾满汗渍的想念
鸟瞰山间云雾
眸光所及，皆清

可是，我知道你在看井
却不知你在哪座小站上
就像此刻，你知道我在沙漠深处钻探
却不知我在塔克拉玛干沙漠

如果有一条路
可以抵达沉积层
我愿打马掠过石油的湖泊
溅起最后一声蛙鸣
如果有一幅画可以把幸福铺展
我愿意融化成一汪水墨
涂满
戈壁里温暖而清澈的阳光

如果有一条河流
可以抵达你敞亮的春天

看我，憔悴的身躯
渐渐丰腴
枯萎的歌声，初绽葱茏
篱笆院里，点燃繁星

荷塘深处

一方水湄
于六月的未央
走出亭亭净植
千年的古韵
在周敦颐的筝弦上
开花结果

伸展着双手的荷花
在清晨捧着晶莹的露珠
擎起自己的热烈的芳华

采油树和它做伴
随风舞蹈的
清幽的芬芳
在石油人的欢声笑语里
低吟浅唱

一如这深处的采油人
不羡灯红酒绿
独居一隅
不临窗，不凭栏
却也香远益清
出尘世而不染

涪陵页岩气田（组诗）

彭松江

涪陵页岩气田

涪陵页岩气田
它在中国的西南一角
在重庆的臂弯里
在一片青山绿水间

这里，有桑甜味的风
有榨菜腌咸的日子
有雕刻生命印迹的丘陵
2012 年 6 月 9 日，我的同事
在这里播种下青春
后来，轮到我
在这里耕耘岁月

这个年纪的我
已知道如何去爱
我的爱，不大，也不小
就藏在几千米深的地下
它游如丝，腾如龙
在页岩中，日日平衡着
我的心跳

焦石镇

焦石，是个安静的小镇
常被不期而至的雨
洗刷的，透亮

焦石小镇的安静
是被页岩中的气龙，撞醒的
是被一群搬运自己的人，打翻的

在焦石
一个人的日子也是沸腾的日子
枕着焦黑的石头拥着雨
并不孤单

在焦石
我白天好好工作
傍晚在山径中疾走
只要三刻，内外就充实了
抱着小镇透亮的夜，就像抱着
心爱的男人

涪陵的雨

清晨五点，我醒了
——“啪”“啪”
涪陵的雨，常不期而至与窗亲昵

涪陵的生活，七点苏醒

我醒得太早
难免胡思乱想

——“啪”“啪”
一株梧桐与窗，相距两米
枫叶形压扁的相思
不停向窗投递

——“啪”“啪”
这么多年，梧桐与窗始终相距两米
我的床与窗，相距两米
黎明的晨光与涪陵的苏醒，相距两米

——“啪”“啪”
涪陵的雨，在几段两米中
自由嬉戏

你来

整齐划一的楼，出檐阳台
挑出，别样风情
静谧的夜，流动白云
消耗，隐秘激情

——“如果有几声鸟鸣，多好！”
我只想，把与你相关的日子
备份了，又备份

记忆在前，思念在后

等待，在安慰的中心

在涪陵页岩气田工作的日子
我习惯用右手，轻拍春天的月光
用指甲，漫不经心地叙事
可今夜的我，却一直纠缠于钟声
纠缠于一些，绒绒的
温软，和湿意

二十一点
你还在由东向西的高铁中
我向内，按住自己

巡井路上

前不着村，后不着店
在黎明和傍晚之间
向前，向后
都是不同的风景

车在山道间，左转，右转
风景在眼里，左晃，右晃
思绪在心中，左撞，右撞

司机摁响明亮的喇叭
我沿途采摘武陵山、白水河
焦石坝、河鸡沟
平台、采气树
诗歌，和灵魂

一种欲望坚持着
在该停顿的地方，悬于空中
我想张嘴，却被一缕阳光
扼住了喉咙

关切

涪陵页岩气田工作的日子
我只做两件事
一是好好工作，并为此付出
所有的白天
一是穿上平底鞋
疾走于每个黄昏的
每条山径

现在，我常在夜晚醒来
用月光，梳理梦
用目光，抚慰平底鞋
我有点担心第二件事
我已经很久未在山径中疾走
生怕摔倒
我还担心，习惯了平底鞋的脚
它们是否愿意
回到平原

石化工厂的早晨（组诗）

李继增

迎着霞光巡检的员工
是幸福的

一人，一太阳
光芒全笼在身上

几滴沾着露珠的鸟啼
湿漉漉、脆生生的，入耳

一缕携着花香的轻风
丝绸般柔软、舒心、贴怀

工厂的鸣，是最熟悉的歌谣
一字、一句
从四面八方唱开来

被幸福，一一置换

从千米之下开采的石油
到水状的烯烃，再到晶莹的粒料
经历高温、高压、深冷
压缩、分离、聚合……

每一个工艺流程
每一次精准操作
都是乙烯装置和谐的
矛盾美学

轻盈、饱满、质感
每一滴
每一粒
都是诗行中富有内涵的语言

每一位员工
蘸着春夏，蘸着霜雪
蘸着心血，蘸着汗水
书写企业牢记嘱托、再立新功的奋进史

待参天大树葳蕤之时
所有的疼痛
被幸福
一一置换

霞光

灯光下
红色的安全帽越发生动
铁与铁的撞击
将晃动的影浓浓包围

最后的一声“叮当”
敲破夜的壳

设备的鸣
欢快、响亮地孵出来

湿漉漉的蓝工装
浸满欢悦，目光
卸下夜的层层疲惫

包装线上
粒粒料子晶莹
恰如落在人间的星

一滴露珠
折射出工厂的弧度
一缕霞光
正把钢铁的柔，唤醒

那一抹石化蓝

那一抹石化蓝
与天空的蓝相融
与湖水的蓝相融
与白云、绿草，互为底色

那一抹石化蓝
融入化工每一道程序
早晨，伴着霞光出发
傍晚，随夕阳融入塔釜间

那一抹石化蓝

可忽略节假日
忘却二十四节气
铭记于心的是家国情怀

那一抹石化蓝
以铁的信念
在神州大地上矗立起一座
石化工业的丰碑

化工厂的爱

装置区，亮如昼
星星，点灯，呼应

从乙烯，到聚乙烯、聚丙烯
再到包装、储运
每一个工序，精气神十足

中控室里
操作台依次排列
数据，以优美的曲线
叙述着精准操作的情节

一粒粒晶料
兴奋地从料仓跃入编织袋
淡白色的质地
如员工冰心的隐喻

办公楼廊檐下

五窝雏燕正在酣睡
枕着工厂哼出的夜曲
“唧唧、唧唧”，梦里飞翔

厂区的月季花、蒲公英花、海棠花……
按时节次第开了
大大小小的芬芳
没有一片是多余的

黎明时分
缕缕霞光落在装置上
耀目的色彩
是大地厚爱的一部分

石化赞

如果想绘最美的写意画
一定要画石化的塔罐、管廊、压缩机、F 扳手……
画可与星星媲美的装置灯盏……
画巡线的蓝工装、红安全帽
袅袅娜娜的蒸汽
留白，正适宜

如果想写隽永或豪迈的诗词
裂解、压缩、分离、聚合……
是最佳的意象
一滴滴挂在脸上的汗珠
一粒粒晶莹的聚烯烃产品
一个个纯朴、粲然的笑容

是最形象的暗喻

如果想写一篇散文
一定要把操作、巡检、安全、汗水
融进日月、星辰、阴晴、圆缺
融入雷电、风霜、雨雪
融合每一粒饱满的晶料
笔墨下，就会有阳光的抒情
月光的浪漫

如果想表达真挚的情感
适宜用朴实的焊花
把每一次精心的操作
与平凡、坚实的日子
牢牢地焊接为一体
焊接为
对家国最深沉的爱

石化絮语

在这一方大地上
栽下或高或低的塔罐
纵横交错、粗细不一的管线为枝干
大大小小的动静设备
是多么厚实的叶子

有一个钢铁的胃
善饮轻烃、电、氢气、蒸汽……
它们都有十足的养分

有高温、高冷、高压的怪脾气
只要你本领强
它也会俯首、五体投地

它，“铁面”“冷心肠”
只要你对它交心
它也会投之以桃，报之以李

相信有多少守护
就有多少快慰
相信有多少倾情
就有多少生活的甜蜜

催化剂

灯光与星光互映
巡检工与塔釜的影互映
互映的，还有设备的高歌
草丛里的虫鸣

此刻，裂解炉的炉火正奔涌
几百摄氏度的高温
日复一日
淬炼着石化员工铁的骨质

压缩，裂解，分离，聚合……
石化每一个工艺，都是一部美学史
每一道程序，都是一部哲学史

他们说，设备是有生命的
他们与设备互爱，亲如兄弟
听一听现场的欢歌就知道了
看一看稳定的曲线图就知道了

反应器里，有一种粒状的催化剂
能加快原料化学反应速率
每一位员工的敬业
如催化剂
激发着石化工业奋进的动力

焊花

一年四季，它
都在你手里绚丽地开
开在暗夜，开在朝霞，开在沟壑

焊条，有骨质的茎秆
一根一根，和着汗水
它有浓密的爱，让钢铁柔软
它会缝合术，让离散的团聚
善用一双巧手，裁衣得体，针脚细密

焊花花开
每一朵，都是绚烂、热烈的词语
每一朵，都链接着快乐、幸福的日子

光明之词（组诗）

解品军

电，从黑暗中取出的光明之词

作为一个词语
在远古的天空中，它就一直存在
如今在光明和黑暗的交替中
被我们反复使用

光明与黑暗，生活里对立的意象
像一首流传世间经典的诗
在每个转折处，都藏有雷鸣之声
与触目惊心的闪电

闪电，劈开黑暗的隐喻之剑
汹涌的电离子，汇聚成洄游的鱼群
守护繁衍的誓言，要动用生和死
在黑暗一再收紧的河流中

抵达，或是终点
时间的脉冲，将触发光明的神谕
会有希望和温暖之门，为我们开启
每个夜晚，漫天星辰将被镶嵌在祖国大地上

盛开成万家灯火和亲人的微笑

万家灯火时

月亮与星群，照看着古老的夜空
一盏马灯，曾在风雨中照看我被黑暗围困的童年
故乡的河流，还在岁月中更迭
悄然间，数不清的变压器、开关柜、银线和电缆
在电杆之上，在铁塔之巅，在祖国的山河间
搬运着雷霆，编制一条人间光明的银河
让万家灯火，在大地的每一个角落名副其实
草木是芸芸众生的笔，书写由低到高的欣欣向荣
所有飞在蔚蓝之下的鸟儿
都在传递着我们关于爱和自由的信笺
每一个夜晚中，都有灯盏在坚守光明的方向
每一个黎明的日出，都告诉我们希望之光的永恒
大地铺就的纸张上，让世人续写关于未来的传奇
在这辽阔之上，当千家万户亮起灯火
在宇宙遥远的深处，会有期许的目光
在黑暗中，被久久地吸引
就像我在童年的黑暗中，一再仰望着星空

逐光者

像心怀革命主义火种的勇士
在抵近日月的杆塔之巅
一再燃烧着自己的青春岁月
渴望光明，就在反复的攀登中靠近天空
学习飞鸟，练就今生来世隐形的翅膀

用来飞越每一个黑暗的时刻
每一道银线，每一条电缆
都是革命主义坚定的路线
所到之处，黑暗的堡垒被一一击破
胜利的光芒，必将在瞬间普照每一寸山河
正在昼夜间穿过祖国荒野、峻岭、滩涂的逐光者们
将遇见最新鲜的草木和晨露
必须付出的汗水，落在自己的脚印里
去救活一粒渴望萌芽的种子
和途经此处口渴难耐的蚂蚁
所有透明的事物，都闪着钻石般璀璨的光芒
像星辰，像灯盏，在这世间都是如此可贵
光明，始终在黑暗的另一侧
通向光明道路的逐光者们
正一手缚住黑暗，另一只手
在黑暗中掏出了耀眼的闪电

光明之路

星光，无法填满夜空
灯光正充斥着房间每一个角落
像我们的爱，在岁月中沉淀成朴实无华
像此刻的灯光，轻柔、温暖
每时每刻地围绕着我们
童年里的蒲公英
在每个成熟的季节复制着自己
用漫无目的的足迹，去往了更远方
就像今天祖国大地上，遍布的万家灯火
我是从童年黑暗中出走的少年

蜡烛、煤油灯、马灯，那些弱弱发抖的火苗
始终是我在那个时代困境中坚守的信仰
当第一盏电灯，在我的村子亮起
我知道，会有更多的灯盏
将照亮更多黑暗中的故乡
近三十年过去了，自己从心怀光明的孩子
成为光明坚定的追随者
像草木向着天空，像飞鸟向着远方
像我们，一群电力的逐光者
在祖国蔚蓝的天空下，在辽阔的大地上
将驯服所有的黑暗
也将驯服一道道左冲右突的闪电

星星的形状

我们，紧跟在夸父的身后
追逐太阳，也追逐月亮和每一颗星星
燧人氏燃起的第一缕蓝色火苗里
藏着我们梦寐以求的温暖

这个夜晚的月亮与星星
还是开天辟地时，众神的灯盏
我们在每个漆黑的夜里，一再仰望
我们相信星星的形状，就是今天的万家灯火

夜晚的黑暗，与生俱来
我们黑色的眸子，能容纳所有的光
黎明，总是值得一再期待
我们还要度过每一个漫长的黑夜

今天的夜再黑，明天都会有更白的云朵
秋虫在路灯周围的草丛里，唱着明亮的歌
在越来越低的声音里，亲人们在熟睡
所有的一切，都是如此美好

光明使者

一座座铁塔、线杆，是钢筋铁骨
树木可以死去，倾倒，腐烂
但光芒要升起来，像日出
在每一个深邃的夜晚之后

一道道银线，是光明的经纬
可以随风舞动，可以穿过暴雨
与寒冰。希望之光的网上
允许鸟儿飞翔和停留
允许放过所有的光芒
唯有黑暗被一再拒绝

黄河岸边，大海的滩涂，荒野之中
再遥远的星星，再虚弱的萤火
在黑夜中，都是被渴望的灯盏
祖国和人民，从黑暗中
从昏暗的煤油灯下，开启了璀璨的时代

变电工、线路工、维修工，每个电力人
都身怀绝技，都自带光芒
将光明送往祖国大地和 14 亿人手中
他们终年行走在光明的后面

像推着巨石的西西里弗斯
光明，将伴着雷电的巨响抵达人间
那希望和温暖的光，正普照人间

荒野上，有不肯停息的电力人

荒野，辽阔
绿色，已拥挤不堪
一些零散的牵牛花
用红色小喇叭，吹着集结号
将火热往纵深里，玩儿命吹

这个季节，风是可贵的事物
连绵起伏的是芦苇、是野草
七月的荒野上，有不肯停息的电力人
身上正冒出来的汗水
又将砸在刚滑落的汗水上

三天前的一场大雨，让盐碱
在上翘的泥土缝隙里陆续渗出
一群移动的背影，越来越小
那些台风中断掉的线路、倾倒的线杆
还在等着他们，而红工衣后背上
渗出的汗渍，已勾勒出祖国的万里河山

镇海炼化赋

邹元辉

镇海古城，居雄鸡版图之腹。濒东海之滨，扼两浙之喉。北连上海，受都市辐射；南接闽广，居贸易枢纽。考其沿革，文脉久远。新石器时代，已显人类踪迹；九龙湖陶耳，凸显居民文明。

膏腴之地利兼江海，通衢门户世人称羡。迨及近代，鸦片风云激荡，港湾硝烟弥漫。壮士热血燃胸膛，奋身筑城拒虎狼。二千藏兵千里抗英，忠烈赴死，割辫归乡建冢；四百清兵志坚行苦，炮毙法酋，迫使两国缔约。邻国日本，垂涎蹂躏我河山；抗日救国，将士喋血战沙场。国民党扶大厦于将倾，难阻历史车轮滚滚；共产党挽狂澜于既倒，拯亿万民众于水火。从此，红旗漫卷，镰锤交辉，再焕日月，中国重生。

百废待兴，急需用油。踌躇满志，谭启龙筹建炼油厂；宵衣旰食，徐今强疾报国务院。紧锣密鼓，国家计委下批复；摩拳擦掌，工程设计启帷幕。人稀地广通水陆，测绘选址定镇海。

振臂一呼，奋起腾骧；号角一吹，万马奔腾；国有所需，民必当之。一位位才俊，自五湖会聚浙东；一名名能匠，辞故土奔赴镇海。泥糊墙，毡盖顶，权且遮风挡雨；打深井，挖水塘，缓解生存用水。干群平等，书记租住农房；同甘共苦，指挥就餐食堂。“两论”起家启民智，热火朝天破旧俗；“三章”定调引民力，安定团结搞建设。手抬肩扛，接管线输清水，解决万余人饮水；炸山摇橹，运山石筑塘堤，平添八千亩土地。

夏蚊叮咬，手摇蒲扇摆棋坪，苦中取乐，志似愚公；寒风刺骨，躬身拉车运沙石，乐观自信，情赛精卫。筚路蓝缕，号角阵阵；人气之旺，八方乡音。县长垂范，挑竹筐移土搬石；队长坚韧，卷扬机吊塔运阀。杭州运来螺纹钢，吉林送抵龟甲网。制度优越，集中力量办大事，斗志昂扬；人心所归，分设目标攻堡垒，荡气回肠。

“三懂四会”，掌握技能有恒心；“零点起步”，赶超先进有决心。赴长岭，上兰州，勤学操作宝典；摸流程，出怪题，苦练驭“龙”秘籍。岗位练兵，事故演练蒙上目；管线吹扫，火车头上接蒸汽。旷古未有，奇事震寰宇；空前绝后，英名标青史。乙卯水泥桩，见证建厂沧桑历史，千载宏图一日展；丁巳采样瓶，甩掉浙江无油贫帽，百年屈辱一旦抛。952 次日升日落，滩涂变迁，棉田“种出油城”；380 度高温淬火，“黑龙”涅槃，高塔“孕生油品”。

扭转乾坤，拳拳赤心报效国；不畏艰难，铮铮铁骨全力赴。科学严谨，超 5 亿巨资建化肥，提高民生；目光前瞻，立“三废”治理工程，保护资源。戊午批复，庚申动工。心忧国家，敢为人先。背水一战，不辱使命。据理力争，日方认赔气化炉；理直气壮，德方允易换热器。甲子试车，尿素塔撒洁白尿素，贫瘠土地得滋润；六载年华，单炼油变炼化联合，企业引擎得增强。沉沉天幕，豁然澄澈；隆隆机声，焕然一新。

山光水色，随风云变幻；创业维艰，共岁月流传。“两种资源”积沙成塔，增产增收；“两个市场”集腋成裘，强职壮企。矢志发展，乘风破浪。乙丑马列班，干部增智“阵地”，三十一年持之以恒；己巳党章组，职工立德“摇篮”，二十七载坚持不懈。责任上肩，自觉宏观调控，5 套主体生产装置建成投产；乘势而为，注重内涵挖潜，550 万吨加工量跨入大型企业。

破茧化蝶，6 亿股认购一空，甲戌香港鸣锣上市。凤凰涅槃，16.3 亿元筹集资金，炼油改造工程启动。五常委莅临视察，24 年铸行业标杆。育人铸魂，加工量破千居国内首位；机构改革，扁平化破 27 载体制管理。开座谈会，设立“民情邮箱”，沟通渠道全人意；通倒班车，抓好“最好一餐”，民心工程暖人心；拆除樊篱，消除思想顾虑，改制分流终获成功。金融危机，服从大局，坦迎金融海啸；为国分忧，愈挫愈奋，保障市场供应。兴改革之风，上下同心谋发展大略；乘开放之潮，左右合力绘世纪宏图。习近平曾夸“浙江宝贝”，温家宝竖指“贡献最大”。工有担当，和国内先进比高低；志有韧劲，与世界一流论伯仲。肩负千钧，岂甘一时业绩？乘胜追击，打造乙烯工程！炼化好儿女，闻罢豪情起：忆建厂跋涉峥嵘岁月，沿前辈履踪搴旗奋进！

壬午聚议，丙戌奠基，庚寅生产。启后承前，集众智不亚于圣人；开来继往，集众力无敌于天下。1261 个日夜漫漫征程，栉风沐雨，砥砺名行；3000 万工时悠悠工程，追求卓越，铸就经典。经八载之努力，成一朝之华丽。理想变现实，展翅鲲鹏风正举；目标化成绩，龙腾金海恰逢时。以人为本，开门办企业，谋发展大计水乳融；捕捉商机，服务于社会，看风雨不动安如山。生产经营，欣欣向荣；业绩骄人，誉飞寰宇。餐余废油上机“涅槃飞天”，蜚声海内外；高端沥青铺上“世界屋脊”，光彩全世界。净化污水，碧波万顷而荡漾；烟囱减排，自然屏卷而溢彩。铁塔耸立，势如利剑擎天；油罐星布，状若雄狮踞地。道侧植树，沿路葳蕤翠，雁飞鹭翔和谐，美景胜收人眼；园内蓄水，池清鱼儿欢，新荷凌波惊艳，清风激荡人心。

责任上肩，近带化工区，联袂发展；牢记使命，远连全世界，共享成果。炼油与化工双翼齐飞，远瞩高瞻；管理与创新双轮驱动，真知灼见。顺发展规律，码头扩建而立，气吞山河；循经济之路，装置拔地而起，势压天虹。员工比武，九州频称翘楚；子弟高考，三载连夺魁首。

星移物换，文化赓续；旗飘路正，史页翻新。坚守信仰，守住国企魂；牢记使命，凝聚精气神。根根管线，似蜘蛛结成网络，奏高亢之凯歌；银亮球罐，如星辰挂空闪烁，诵绚烂之华章。慕先贤辉煌于前，锲而不舍，欣结传承之果；期来者璀璨于后，孜孜不倦，长铸企业之魂。

看今日，炼油加工高歌猛进，乙烯生产气象恢宏，雄峙亚东；展未来，谋企业规划之大略，老区改造再续华章，飙举欲飞。实力寻梦，活力筑梦，奋力追梦，魅力圆梦。试看明日炼化，定当锦绣辉煌！

壮哉炼化！开拓之业何其伟，草创之功孰其多。

壮哉炼化！党建引前进方向，业绩奏时代大风。

壮哉炼化！路漫漫勇立潮头，风浩浩直挂云帆。

追梦（诗五首）

李新生

追梦

工厂用恢宏气象
迎接，来自四方八方的新人

这些具有五彩想法的年轻人
离开家园，离开父母
就这样选择这间工厂
验证梦想

离开了，多一份牵挂
选择后，有一份追寻
准备好
止住泪水，流出汗水
准备好
付出辛勤，体验快乐

心中的帆升起
乘着时代之风
在这现代化工厂
梦想之旅
开始翱翔

在装置区

每一位新职工到装置区
都迈着原有的节奏
步伐参差

穿上同样的工装
熟悉生产装置
他们的步调逐渐一致了

眼睛盯着哪些参数
手上怎么操作
所有动作都与装置一个节拍

这时候
眼睛、手还有步伐
都融入装置
有了这片区域特别的气概

这时候，没有自己
只有这生产装置
参数看得清晰
操作干得精准
不负韶华
不负时代

订婚照

她和他

两人，身着工装
拍一幅特别的订婚照

进厂十年了
工装，穿了十年
已成为，一种习惯

工厂里有千度高温
有万吨机器
还有两人的相遇和骄傲

十年相识一路走来
今天，她和他
身着工装
拍一幅订婚照

夜班

你知道
今夜又是个不眠之夜
一座宽大厂房彻夜点亮着灯
光线饱和

没有睡眠，有杯熬夜的茶
还有那错落有致的机器
彻夜运转着

你凝神聚气
陪伴着机器

机器也陪着你
彼此默契着尽职尽责

放眼望去
机器、人
共同锤炼
为了明天的美好，跋涉

夜幕褪去
茶色淡了
东方，涌出一抹亮色

来到这间厂房

你，来到这间厂房
为了光和热
把石油蕴含的光和热转化
变出流光溢彩的产品

来到这间厂房
为了自己的约定
约下诺言在这里实践
让理想种子在现实中酿造

来到这间厂房
还因为善与美
将劳动具有的善与美升华
让更多人体会温馨与美好

用户们，来到了厂房
看着流光溢彩的产品
他们说产品里也有你的光和热
你淡淡地
笑着说，一瞬光热何足道

站在塔克拉玛干的沙丘上

邱振军

我站在塔克拉玛干的沙丘上
整整一个下午
欣赏着钻塔高耸沙丘的美景
处处跃动的红色石油人
排着整齐的队伍
喊着响亮的口号
迎着朝阳升起的方向走去
一串串坚实的足迹永远镌刻在
这片广袤而神奇的沙丘上

我站在塔克拉玛干的沙丘上
陷入了深深的遐思
思绪穿行在古楼兰古尼雅文明气息中
吸吮着这片富饶土地上的营养
让沙丘散发的芳香浸入心脾
从五湖四海走来的石油人
为把埋藏地下万年亿年的原油唤醒
用坚如钻头的意志
孜孜以求地探寻着迷宫宝藏

我站在塔克拉玛干的沙丘上
聆听着沙漠古道上的驼铃声

和钻机的轰鸣
可爱的石油人扎根在这里
和胡杨沙海做伴
细数着闪光的春秋
生命之花和花样年华
在死亡之海中
不惧寒霜浓烈开放

我站在塔克拉玛干的沙丘上
手捧一把细沙任凭在指尖滑落
多想也变成一粒流沙
做一棵胡杨红柳
带着岁月固守于此
见证着载入史册的石油开发
在四季的烈风中
守护着一片领土生根发芽
把寻油梦想在大漠播撒

我站在塔克拉玛干的沙丘上
侧目望去井架上旗帜
在湛蓝的天空中迎风飞舞
那些浅浅的芦苇、皲裂的胡杨和不起眼儿的骆驼刺
肯定认为我是新来的伙伴
不，我已加入他们的行列
和这里的流云、苍鹰和流沙
一起把根系深扎
把青春和汗水挥洒

十月颂歌（组诗）

张建国

在十月的路上

一个叫中国石化的人，走在十月的金黄
也是走在一个共和国的版图上
从 1998 到 2022，他年轻的足迹
叠映出一个东方巨人脉管的纹路
一个叫中国石化的人，一直都在长高
他拥有的：石油、天然气勘探、开采
储运、销售和综合利用等，统称为能源
换一种说法，也就是另一种血液
他的心跳，连着一面五星红旗的招展
更与一条东方巨龙的腾飞息息相关
2015 年《财富》世界 500 强企业排名
他位居第二，在国企担当中，多年来
他持续践行责任使命，服务能源安全新战略
开展洁净行动，助力实现“双碳”目标
从百万吨级 CCUS 绿色行动、爱心公益
到“一县一链”产业帮扶项目
他的不事张扬，也像他千里万里的管线
深深藏在地下，却又内心澎湃汹涌
所谓香港、纽约、伦敦和上海的上市
事实上，这只是他向世界张扬的手臂

走在十月的路上，迎着二十大
即将盛开的东风，展开青春和梦想的双翼
他将创造新的能力、动力、活力和奇迹

十月的发现井

时光在这儿分开，纪念碑是中线的标志
碑的右边是现在的现在
碑的左边，没什么可解释的了

岁月深处的钻塔高悬着欢腾的往日
而铺展的日子，正追逐上产和稳产的天空

一口井，要产多少油才可称得上老井
反正发现井早不出油了，他只看
周围另一些年轻的井，终日地忙碌

碑的右边也是将来的将来
碑的左边，还是没什么可以说的
除非时光倒流，又发现新的油层

新的发现新的开发又怎样呢
一个油田的拓展和老化进程
都无法躲开——发现井
这最初的油流，抑或始点和使命

十月的天空

一座钻塔矗立在旷野，直插

十月的天空
轰鸣的钻机宣泄着激动的情绪
“没有一片天空不值得我们仰望”
他在自己钢铁的誓言里
与深厚的大地融为一体，丈量
地表与地层的距离
地层与天空的距离
他在脚踏实地地成长
油流，在他沉稳的进尺中冲击
仰望天空，他感悟着
一种生命的流动，像血涌
他渴望他的一生
都置身到一个又一个探区
根须，深深地扎进油层
头颅，高高地融入天空
他挺直胸膛
迎着风雨、沙石，遥看
一个个新的油井流云般涌动

你看到的（外四首）

——致石油学院的儿子

刘雪梅

儿子，你看到的
钻塔的高度绝不是几十米
而是草尖上的露珠
淌进大山腹地的高度

你看到的铁皮房
是一个个流动的家
也是长久的凝望和等待
你看到的套管、液压大钳上
都有藏着火焰的喉咙
和从不会喊疼的肩膀

你看到的荒原不仅有风沙
还有骆驼草、沙棘、红柳
和千年不死的胡杨
你看到的笨重的大头鞋上
都有一条青筋般暴起的道路
路上有噙在眼里的雨水
流在身上的汗水
有骨头与骨头搭建的精神

你看到的每一双油污手套上
都裹挟着无数个黑夜
和磨损的痛
你看到的细小的螺丝
都有饱含的激情
你看到的沉默的铁上
有着生命里最柔软的部分
它们会把日子打磨、加工
成长为你骨头里的真金
和灵魂里的纯银

濮参一井

碑高 3.92 米，呈钻塔形
碑周围玉阶铁栏，花草簇环
一块石碑
有立体的灵魂和情感

编号仍旧是 pdc01 号
搪瓷水杯和军用水壶
诉说着 42 年的沧桑岁月
镂刻的碑文里
还奔跑着抛物线形的油柱
舞动的红旗、拍红了的手掌

我用敬仰轻轻地抚摩它
指尖上
仍能感受到 1975 年的热度

河的记忆

马颊河，这是一条古老的流水
从唐代流出，甚至更早
水，也是有记忆的
水声如翻动的页码
先是一双油污的手套
接着是人拉肩扛的号子
最后是翻滚的泥浆和轰隆隆的钻机声
一片芦苇丛里的旁边
是一面飘扬的旗帜

在马颊河截取一段流水
就打捞出了那段火热的岁月
穿过漫天翻卷的风沙和荒凉
一条河的左岸和右岸
就长满了采油树和钻塔
如大地坚硬的脊梁
而从几千米的地下
喷薄而出的一条黑色河流
在中原大地上汩汩流淌

穿越

这是你熟悉的春日小城
万千桃树羞涩地
开出细碎的花朵
马颊河的水静静流淌
棠棣树上的一只鸟

带着薄薄的光线
芳香和万千种色彩，朝着更远飞去

你还是像以前一样热爱花朵
热爱在草坪上忽飞忽落的麻雀
热爱有着石油气息的大庆路、长庆路
热爱你身边和石油打交道的人

而我也习惯了聚少离多的日子
习惯了远方
习惯了看着你背影走远
习惯了等待你
下一次返回

看井人

宽广静寂的旷野，只容得下
他悠长粗犷的歌声
他是旷野中，一棵会唱歌的树
他一张嘴
整座森林都竖起了耳朵
天上的白云也动了凡心
将一条条山溪
擦洗得清澈动人

狭小的活动板房里
孤独却并不单调的生活
干净平整的井场
板板正正的工具间

字迹工整的资料夹
就连取样瓶都被认真擦拭过

他的幸福，每一棵树都懂
不信你看
他一笑，整个树林都在应和
就连那块木讷的石头，都站立不稳
翻身落水，
将他的笑声推向远方

石油群岛（组诗）

吴朝标

一

跟岛屿一样
与大陆架紧密相连
脐带中流动的黑
是婴儿在吸取母亲的汁液

跟岛屿一样
四面都是大海
风踩着浪尖步步紧逼
涛声拍打着不眠

跟岛屿一样
都是陆地前出的哨所
士兵在哨所中巡视
方寸间背后是博大的祖国

二

每一座平台
都是海的一分子
约等于海风、海浪、海鸥

以及清晨从海平面
升起的朝阳

缺少哪一个
这片海
都不会如此生动
有岛屿的海才是真正的海
钻井平台的岛
是铁做的

上面每一个人
脸盘如铁
掌心如铁
数十年如一日的意志
也磨成了一团
不死的铁

三

海与平台的谦让
是相互的
如果没有舶来的风暴
没有多余的冰雪

平台降临时
海选择了退让
下面的空间交给了铁
上面的空间交给了石油人

海不开心的时候
平台会微微侧身
让海的执拗
推开肩膀先行

如果海迷路了
不怕，石油人不熄的灯火
会持续照亮
每一朵寻路的浪花

四

弹一首思乡之曲吧
没有吉他
哼一首向往自由的歌吧
记不住歌词

那就放下手中的铁器
坐下来
望远方的大陆
和大陆那边的城市

技术员小张每天傍晚
都要面朝城市的方向坐一会儿
他喜欢看两只海鸥
一起，在眼前轻轻掠过

五

黎明时的大海

太阳还未探出头顶
石油人的红色
已经代替了朝阳

四处忙碌的红色
像一个个游动的小太阳
在平台上窜来跳去
在大海上欢快起伏

黄昏时的大海
火一样的波浪越爬越近
先爬到平台脚下
再攀上平台顶端

此刻一切都是火的颜色
包括铁，包括影子
包括本来就是红色的
国旗与燃烧的火

六

一座平台加另一座平台
称之为海洋钻井某某大队
一座岛加另一座岛
姑且称之为群岛
钢铁铸就石油人守卫的群岛
是渤海上不沉的巨舰

海的那边还有很多的岛

它们，与它们
都是石油派出的子民
都是开疆拓土的前行者
都是插进大海的旗帜
它们有一个共同的名字
叫作，胜利的海

七

若赶上初冬
雾从海面上行
与下压的云层合力
将平台包裹
这里简直就是仙境
举手间衣袂飘飘
足下祥云不散

而此时已是春天
关于初冬的遐想
是安全员老程侃侃道来的
他含笑看着海浪
他的眼中
一些云雾正冉冉升起
他的耳边一定
又响起醉人的仙乐

八

从东北望向西南

或者，从西南望向东北
都已经成常态
连通城市与大海的路
看不见，却望断了多少回

他们习惯把回家唤作回家
把归来也唤作回家
拥有两个家的石油人
是痛并快乐着的

两名青工（组诗）

曹晓峰

哨声轻轻荡漾在黄昏
暮色中的工厂闪着灯光
两个青年还在工作现场
微风吹动着他们的工衣
汗水打湿了他们的帽带
夜里的星星照着他俩
秋天的傍晚还是有些闷热
旁边的山楂树上
果子已挂满枝头
在这大检修的现场
两名青工还在奔忙

吊车的旋臂挂着封头
在他俩的监护下一点点安装
微风吹动了他们衣摆
汗水浸湿了他们的工装
他俩认真地工作
在大修的现场
哨声轻轻荡漾在夜空
深夜中的工厂闪着点点星光
山楂树已挂满秋果
他俩还在不停地辛忙

夜色工厂

夜色的工厂
闪耀着灯光
啊，是谁一直守候在她的身旁？
秋日的微风
在石榴树下荡漾
辛勤的青工身穿工装
在这秋夜里不停奔忙

夜色的工厂
闪耀着灯光
啊，是谁一直守候在她的身旁？
春日的阳光
在石榴树枝头荡漾
辛勤的青工身穿工装
在这秋夜里不停成长

夜色的工厂
闪耀着灯光
啊，是谁一直守候在她的身旁？
夏日的微风
在石榴树下荡漾
朦胧的夜晚
她已鬓染白霜
辛勤的工友身穿工装
在这秋夜里向远处徜望

夜色的工厂

闪耀着灯光
啊，是谁一直守候在她的身旁？
冬日的白雪
在石榴树枝头荡漾
辛勤的工友身穿工装
在这秋夜里奔向远方

啊，
这夜色的工厂
闪烁着灯光
是谁一直守候在她的身旁？
在石榴树枝头荡漾
推开一片波澜
挂满一叶月光

傍晚的云

傍晚的风把云吹散了
我站在高高的脱气仓上眺望
远方的霞
越走越远

傍晚的风把云吹散了
我站在高高的脱气仓上眺望
高耸的火炬
依旧孤单

傍晚的风把云吹散了
我站在高高的脱气仓上眺望

蓝天下的塔林
管道蜿蜒

这就是我们的工厂
辛勤员工每天把她精心看管
量温度、测血压
调血脂……
关注她的每个点滴

远方的霞越走越远
火炬依旧孤单
傍晚的风把云吹散了
还有谁
站在高高的脱气仓上眺望
眺望……
直到繁星点点

中原

中原石化，九五中来。
开碑立项，招员聚才。
濮水蜿蜒，桑间绿槐。
七年风雨，基业初开。
钢炉新成，高塔新栽。
管线新铺，机泵新待。
燃燃新火，腾腾不衰。
斗转星移，寒逝暑往。
弹指一挥，十四五来。
两个大局，五个高台。

对标一流，勇于再改。
革旧鼎新，时不再来。
内抓效率，精兵简政。
开源节流，扬长补短。
三新基地，再绘新彩。
外拓市场，顺势而为。
效益优先，价值引领。
奔向高端，立于不败。
煌煌中原，在兹念兹。
智者尽智，勇者竭力，
仁者播惠，信者效忠。
择善而从，继往开来。

观中原油田 1 井

山河表里四十年，
一井发现万井勘。
中原逐鹿风云聚，
钢钻擒龙油在田。
往昔岁月多峥嵘，
夺魁摘星创高产。
今日再续琵琶曲，
朱颜辞镜鸟辞天。

昨夜寒风不住鸣

昨夜寒风不住鸣，
惊回千里梦，
已三更。

起来窗里寻，
人悄悄，
街上孤灯莹。

何事夜难眠？
装置有人行。
冷风里，抢修中，
夜深易伤风。
将士齐努力，
不为名功，
只愿雪来有年丰。

烟雪

2021 年冬，中原石化 6 名职工肩负着全体职工的重托远赴哈萨克斯坦，进行聚丙烯项目建设，记之。

北风啸啸
白雪飘零
是谁踏歌而行
风雪中兼程

天地茫茫
寒冷刺骨
透过淡淡暮霭
抖落一尘红

飞鸟盘旋
芦花摇曳

浑然天地同色
天涯谁同行

取一壶酒
就雪而饮
豪气隐约烟雪
挥去北来风

夙夜

我从 PP 来，
带着丙烯香。
每天忙碌碌，
希望装置强。
昼夜常巡检，
消除隐患忙。
隐患不消除，
寝食难安康。
转眼光阴逝，
岁月短且长。
朝朝又暮暮，
夜夜倒班忙。
期待长夜去，
清晨盼曙光。
曙光耀天边，
装置长安康。

惊梦

一身冷汗，

夜里谁惊唤，
坐起细看，
手机三点半。

回梦里，
环管波动了，
几个只影模糊……
人手少，技艺薄……
国栋亲手上，
艳勇也帮忙，
红生、光明都到场，
利娟、风章……都在……

梦境，梦惊，梦警……
梦里冷汗三更唤，
坐起细看，
窗外寂静薄雾淡。

仁者行

劫过九重城关
毒菌肆虐正酣
看那白衣的仁者
却擦肩勇向前
踏遍两江三岸
救病者于危难
任汗水浸透了短衫
枕风宿雪多年
而今宿主已变

在喘息咳嗽之间
让飞沫把病传
江上细雨连绵
飞鸟也匆忙把家还
在家守夜赋闲
这春节不一般
待到梦醒时分睁眼
白甲寒意凛冽
夙愿只隔一箭
故乡近似天边
不知何日渡过劫难
谁彷徨不可前
烽烟万里如衔
三山雷霆万钧
英雄勇战一线
毒魔必将降服
安康必回人间
笑看窗前飞雪
取腰间明珠相赠
祝英雄凯还

石油季节

牛国峰

冬日情怀

芦苇花从青到白
胡杨叶从绿到黄
野沙枣从涩到甜
这是在西部
一个从春到冬的轮回
使人从一个惬意的夏季
一夜之间步入雪的冬天
凛冽的天宇间
阿尔泰山的寒风旋裹着雪花
携着四季的眷念
一片片、一朵朵、一点点
赋予西部的天空和大地
滋润着山川
温暖着大地装点着沙漠
淹没了井场填平了巡井路
白茫茫的雪原上
只有红衣人特定的空间
星星点点的红色与白雪争艳
与雪共舞
吟唱着雪花奏出的歌调

雪的下面
我隐约听到生命青春的气息
一种渴望在升华
演绎生命的活力

这个五月初

这个春夏之前的冬季
由于一种病毒的侵入我不能外出
家人是在手机电脑和电视机前度过
我是在或厚或薄的书本里度过
这个五月之初
病毒还未完全死掉
它时刻威胁着我的大脑和心脏
但却抹杀不了槐花绽放
摘一捧槐花
闻着浓浓的槐花香
凝着淡淡的乡愁
在绿色的方格下
伴着火车一路向西驶离东部小城
经过三十多个站着坐着或躺着
在脸上一片遮挡物之后
看到了沙枣泛花
闻到了另一股清香
我压抑许久的心情
豪放到无边
在五月之初的五月八日
早晨迎着西北风来
中午陪一朵花开

晚上听一棵树的独白
想一些无关紧要的事
在灿烂的阳光中
身着“国旗”红
在井场、在站房、在炼塔
用劳作的姿态
在胡杨摇曳的天地间
用微笑
与大自然和睦相处

穿过冬季

也许在你想象不到的时候
我会带着我们最初的盟约出现
你曾经跟我说
美妙的邂逅只是一瞬间
穿过一个冬季
虽说那只是一次寒冷
却把你萦绕了许久
我用手中的工具钳
抑制内心的烦躁
化作一种动力
并把那个画面定格在记忆中
因为你说过
等待只是暂时

在寒冷来临的季节
胡杨在一次次日光中凋落
薰衣草在一天天中开败

花期
在等待中一次次短暂地错过
但我坚信曾经相互的承诺
只要没有了地域的距离
时空就会把你和我拉近
犹如铁轨一样无尽地延伸
延伸后还有停留
毕竟这个冬天
每夜的寒冷都会在第二天
温暖的阳光下尽显暖意

石油的表白

曾令兴

我在地层底下睡了几百万年甚至上亿年，你别嫌我懒。
我一身褐黑，还稠黏稠黏的，你别嫌我脏。
我身上散发出刺激性气味，还带些臭鸡蛋的味道，你别嫌我臭。

我不敢说优秀，但我知道只有奋力向上，才能从泥土石缝中挣脱出来，终有一天发光发热。

我没有华丽外表，但我经得住千锤百炼烈火焚烧，待我转身时，一定是朝气蓬勃意气风发。

只要你不嫌弃我！
我可以为你变魔术，把自己变成你生活所需的各种物品，应有尽有。
只要你不嫌弃我！
我可以帮你实现日行千里，上天摘星辰，下海揽月的梦想。
只要你不嫌弃我！
我甚至可以燃烧自己，哪怕只给你一线光明、一缕温暖。

请珍惜我吧！
我对你的爱是无穷无尽的，但我做不到取之不尽，用之不竭。
珍惜我在你身上倾注的每一份动力、每一滴关爱。
请珍惜我吧！
我也有老去的一天，也许再过几百年或上千年时，我已是年暮垂老。
到那时，你定是找到了更好的伴侣，我不怪你。
能与你在文明的历史长河中走上一程，我已无怨无悔！

你好，综合加能站

卢　旭

你在中国石化的母腹里孕育
你在疫情笼罩的困境下临盆
综合加能站你好
我身披秋天的风衣走近你
风儿用蜡笔画下红白相间的色调

你是冬奥会坚守花开的使者
你是大风起兮时征战的猛士
综合加能站你好
我化作满阶的落叶亲吻你
圆润的弧线扬起国之大者的骄傲

你是数十载企业文化的积淀
你是五千年工匠精神的传承
综合加能站你好
我穿上崭新的朝阳红拥抱你
嘴角上堆满了踏向新征程的微笑

我　们

宋晓东

我们。

我们？我们是谁呀？

我们是 80 后、90 后啊！

哦，我们就是那一群叽叽喳喳、毛手毛脚，有时令师傅哭笑不得的孩子们？

是的，那时我们就是他们眼中的孩子。

那时我们就是他们牵挂的小学徒。

那时我们不懂事，我们经常有工作上的失误……

对了，有时我还惹师傅生气，有时我还哭鼻子……

是啊，有一次我还不小心把师傅的茶杯碰倒了，

茶水洒了一桌子，净给师傅添麻烦。

我呢，有时说话不过脑子，随口说出一句不该说的话，现在想起来真不好意思。

哎，你给师傅添麻烦，师傅不烦你吗？

说啥呢，我师傅才不是那种人呢！

就是嘛，我师傅总说，

谁都从年轻时过来过，年轻人不怕犯错误。

现在想起来，我师傅手把手教我的真功夫，全都用上了。
我师傅也说，快点儿掌握岗位知识，早一点儿独当一面。
记得刚入职的时候师傅就跟我说，
公司给你们提供两个平台。
一个是文化平台，一个是技能平台。

文化平台就是公司的文化活动要积极参加，
拿名次、得奖牌，为公司争荣誉。
技能平台就是绩效考核排名在前，
各种业务竞赛要争第一、拿奖金，
为部门添光彩。

这几年，公司组织的劳动竞赛、市场调研，
获奖最多的是我们年轻人。
公司的文体协会，我们年轻人参加的最多，
各项文体比赛得奖最多的也是我们年轻人。

这几年，年轻人迅速成长，挑大梁、攻堡垒。
这几年，我的师哥师姐、平日的伙伴脱颖而出，
赴全国各地，担更多重任。

前天，我还给驻外的师哥打电话，
没说上两句就匆忙挂掉了，他太忙了。
借这个场合，你还不向师哥问候一下？

好吧。驻外的师哥们，过年好啊，
我给你们拜年啦！
拜年啦！我真为他们骄傲自豪，我真想成为他们！

公司给我们提供了那么多成长平台，
我们要大显身手啊！
是啊，舞台广阔，前景光明！

年轻人已经初露锋芒。
一代新人茁壮成长！

有公司领导的谆谆教诲，
有部门经理的殷切期望。
有老爸老妈的暖心嘱托，
有师傅、同事的深情祝福。

我们有信仰，
我们有情怀，
我们有担当！

我们在中国石化无愧无悔！
我们在中国石化锻炼成长！

我们！
我们！
我们是谁呀？
我们就是新时代中国石化的中坚力量！

油海听涛（组诗）

刘能国

白鹭飞过油田

蓝蓝的天空下
采油小站白鹭栖息
高大油罐变成岗哨
寒来暑往与石油人相伴相依
荒原闪现身影播撒希望
芦苇丛中巍峨钻塔挺立
你倾听油海涌动韵律
呈现一幕幕流金记忆
座座抽油机昼夜欢唱
夺油鏖战石油兄弟
白鹭啊白鹭引吭高歌
你舞出一道美丽风景

绿绿的杉林间
勘探井场白鹭翔集
回廊油管筑成窝巢
日升月落和石油人相守相知
脚步丈量寻找油气通道
转战鲁陕川辽长途迁徙
你目睹抒写江汉华章

印证一串串闪光足迹
条条油管线横卧蜿蜒
秀丽水乡迎接晨曦
白鹭啊白鹭展翅高飞
你秀出一片新的天地

气田的色彩

江汉人扛起勘探大旗
武陵山脉流动红色风影
闪烁在钻塔上的灯光
点亮红衣军团心中图腾
他们怀揣豪情和赤诚
让采气树生长惊艳天下

追随灿烂阳光的热情
吹响气田奋战的号角
东方的朝阳喷薄而出
温柔照耀着山乡原野
江汉采气人步履铿锵
快乐地行进巡检路上

路旁盛开的野花
摇曳着迷人的晨妆
微风朝他们频频点头
难以留住他们前行脚步
峰峦叠翠之中黄色井站
是属于他们的诗与远方

江汉人独爱那一抹红
热血中工衣里国旗上
跳动着鲜活有力的脉搏
木棉树下蓝白色野营房
弥漫着诱人的袅袅炊烟
组成一幅气田壮美油画

缤纷色彩像一道彩虹
绿色能源跨越万水千山
石油不过是挥毫的墨汁
山野不过是抒情的砚台
在这个激情飞扬的时代
江汉人书写更精彩华章

石油人的两地曲

你在大漠戈壁勘探
我巡井在江汉水乡
一路去追求的石油人
探寻宝藏天各一方
你在清河与芦苇共舞
我在海南收获油香
意气风发的石油人
你我期盼着那油流气浪
当你凝视井站的星空
那是我注视你温柔目光
当你看见飘来的白云
那是浓烈炽爱向你飞翔

你在北国彰武测试
我在涪陵播撒芬芳
岗位竞风流的石油人
英雄儿女志在四方
你在汉江和钻塔相伴
我在坪北搏击寒霜
心胸宽广的石油人
你我守望着采油树欢唱
当你望见沙海的浪涛
那是我寂寞的心为你歌唱
当你眺望井场的晚霞
那是杜鹃开在甜蜜的梦乡

页岩快件

寄自武陵山岩地火深处
海相石油梦里
我收到一枚滚烫的页岩快件
鼓溜溜饱满额头
闪烁着太阳的光芒
留言栏写道
红色江汉石油记忆
哦！那是一团火
在快件里燃烧
我轻轻地
打开包裹严实的久远岁月
眼前跳跃着
呼啦啦石油会战的旺盛火苗
炼熟了

江汉人高高擎起钻塔的红色信仰
照亮了
山野上红工衣的冰雪情操
焦石山坳大风当电扇
唤醒为祖国争光的呐喊
让涪陵榨菜拌着挂面
填饱石油汉子呼风唤雨的胃肠
从钟 11 井到焦页 1HF 井
绵延着希望的曙光
石油精神，石化传统
是页岩快件的红色灵魂
从一点一滴的石油里
提炼精神食粮
从一点一滴的页岩气中
铸就石油经典
山岚空气潮湿喷霖洒露
滋润石油人火红的工装上
盛开的宝石花
染透镰刀锤头的底色元素
磕头机叩拜大地霞光普照

晚风吹过钻塔

晚风吹过钻塔
天边一抹绚烂云霞
石油人钻探山岭水洼
打出油气心里乐开花
你身着橘红色工装
却更显得英姿挺拔

风尘仆仆威武潇洒
寂静的原野，壮丽的年华
高高的水杉树啊见证
勘探脚步走过春秋冬夏
轻轻的晚风巍巍的钻塔
描绘一幅水乡石油版画

晚风吹过钻塔
天边升起弯弯月牙儿
石油人征战戈壁天涯
驰骋大西北气壮天下
奋战井场汗水挥洒
任凭酷暑严寒霜打
岗位争创一流最佳
浩瀚的沙漠质朴的无华
苍劲的胡杨树啊见证
轰鸣声声平息漫漫风沙
轻轻的晚风巍巍的钻塔
万家灯火就是最好报答

英雄赞歌

张梦瑶

你从鸦片战争的硝烟中走来
穿过疮痍大地冲破枪林弹雨
我听到了振聋发聩的呐喊
那是天下兴亡，匹夫有责的开拓者
唱起的希望的赞歌吗?
你从两万五千里的长征走来
翻过茫茫雪山跨越急流险滩
我看到了笃定坚毅的目光
那是自强不息、百折不挠的先行者
编织的壮美的山河吗?

许多年后的今天
当我的目光穿越历史的峰峦
我惊喜地找到了你的名字——英雄
英雄是什么
英雄就是用镰刀呼啸着割断旧世界枷锁的人
英雄就是用铁锤呐喊着砸出新中国黎明的人

岁月浩瀚行者无疆
而今天在盛世中华的舞台上
英雄更是放在哪里都生光的一颗普通的螺丝钉

你听，
“我为祖国献石油”的歌声多么嘹亮
那是一次次在困难面前毫不犹豫的跨越
你看，
“有条件要上，没有条件创造条件也要上”的身影多么坚定
那是铮铮铁骨镌刻的铮铮誓言

英雄的石化人
传承着大庆铁人的精神密码
刀风剑雨不休战，戴月披星鼓征尘
把一片荒芜建成国内一流石化产业基地
英雄的石化人
赓续着共产党人的红色基因
踏平坎坷成大道，斗罢艰险又出发
向着世界领先洁净能源化工公司进军

我曾经无数次地发问
什么样的信念能一回回战天斗地
什么样的担当能一次次化险为夷
什么样的初心能永远躬身为民，践行理想
什么样的使命能在荆棘丛生、千沟万壑的征程上
不断把号角吹响
透过历史的眼眸
我找到了答案
那就是英雄

在共享盛世华章的今天
我从钢铁铸就的座座塔林中走过
听到了大型国产设备的隆隆轰鸣

这不就是你唱起的那首希望的赞歌吗？
在共庆盛世华诞的今天
我从石油连接的条条血脉中穿行
看到了新产品从这里走向世界
这不就是你编织的壮美的山河吗？

中原华章

黄冬梅

当第二个百年敞开伟大怀抱
镰刀锤头高悬风华正茂的荣耀
我们用崇高信仰鸣响盛世礼炮
中华巨轮永开新道，十四亿儿女澎湃心潮

当万里神州掀起不息的花海歌潮
欢乐洋溢在宽阔的康庄大道
中原大地绿水青山换新貌
我们以产业报国的决心向新时代报到

祖国能源建设的万顷洪流
绘就了美好生活的斑斓与丰饶
炽热动能聚集万民磅礴力量
清洁能源让万水千山交响

我想借九曲黄河的奔腾
找寻那刻骨铭心的青春号角
中原沃土会战春潮
艰难险阻压不垮钢铁脊梁
苦干实干三老四严的精神百折不挠

我来重温走出中原的《出师表》

中原普光气贯长虹
百亿方高含硫大气田明珠闪耀
为祖国争光、为石化争气、为中原创效

我来介绍中原铁军的雷霆风暴
攀高原、走平川，钻塔耸立气势高昂
跨五洲、闯国际，世界一流海外争雄
漫道雄关真似铁，铁骨丹心铸丰碑
特别能战斗、特别能担当、特别能超越

北上内蒙古、南下四川、挺进天津、西入新疆
“四个市场”连片发展
国家管网、东部沿海、一带一路
“三个区域”全面发展

东濮老区、川东北新区、内蒙古探区
“三大基地”联动发展
中原普光、中原气服、中原服务
“三大品牌”赋能发展
东西南北纵横联动，万里征途旗帜飘扬

油气勘探提质增效、效益开发增产增效
工程技术保障增效、扭亏脱困增收增效
科技攻关创新增效、深化改革管理增效
风险防范工作保效、实现油稳气增盈利目标

积极响应大华北地区长江沿线储气库布局
中央电视台、新华社、《人民日报》竞相报道
全景式全媒体直播卫 11 储气库投产

彰显了保障国家能源安全的使命担当

我们的歌声与时代潮头并立扬帆出击
坚定不移做强油气核心业务
全方位扩充油气资源确保产量规模效益
打造 100 亿立方米储气库群
站排头、争第一，成功跻身集团公司领先方阵

感动中原，我们记住了许多可爱的面孔
光荣在党 50 年老党员，油田历届劳动模范
感动石化人物，河南最美职工
你们忠诚的一生与神圣党徽共闪耀
一代接一代的光荣与梦想
把“爱我中华，振兴石化”
“为美好生活加油”初心使命锻造

奋进中原，我们获得了无数国家级荣耀
国家级科技进步奖 36 项，国家专利 765 件
全国文明单位，全国五一劳动奖状
中央企业先进基层党组织
党旗鲜红将理想的未来锻造
这是迈向现代化强国最坚实的依靠

逐梦中原，我们创造了许多非凡的骄傲
中原党员突击队助力乡村振兴
中原保电先锋队出征北京冬奥
中原普光应急队逆行防疫抗洪
擦亮“党和人民好企业”形象
在党和国家最需要的时候挺身而出不辱使命

我们用勤劳的双手开辟社会主义大道
牢记总书记“能源饭碗”的殷殷嘱托
永葆石油人的红色底蕴和战斗情怀
在保障国家能源安全推动经济社会发展中
再立新功，再创佳绩
这面旗帜是国家的栋梁，还要在新时代继续飘扬

来吧朋友！请走进和煦的春风里
把“拼命拿下大油田”的铿锵誓言记在心里
以中原石油人的拼搏精神
高擎“以国为重找油气”战旗一路领跑

来吧朋友！请加入中原队伍的出征典礼
递交“四个革命一个合作”能源安全新战略
以中原铁军的钢铁意志
铺开“十四五”规划直指能源强国目标

来吧朋友！请奏响中原华章的铿锵旋律
唱着“石油工人心向党”的豪迈乐章
以中原精神的磅礴伟力
为美好生活加油相约“四个一”目标

挺立在时代的征程上
百年油田永远的风华正茂
前进沿着中国特色社会主义道路
前进向着共产主义远大目标
前进以奋进的姿态迎接大战大考

我们坚信能源保障是通往彼岸的桥梁

我们坚信产业报国是力挽狂澜的臂膀
我们坚信深化改革是步调一致的方向
我们坚信共享惠民是美好生活的向往
我们坚信同心奋进是梦圆今朝的力量

我们坚信中原的明天更加美好
我们坚信中原的明天更加美好

中原华章奋斗有我
中原华章奋斗有我

为了更加伟大的胜利和荣光
为了更加伟大的胜利和荣光

父亲的石油人生

刘贵娟

父亲今年七十有四
瘦小，微驼
往昔的风华正茂被时光过滤，两鬓尘霜

父亲
曾经你油海里的吼声制伏油龙（井喷）的铁骨
技术比武的骁勇
恍若昨天，历历在目
如今，战场依旧，一代代石油后生前赴后继
你，仍然是石油精神的大本营

“听从祖国的召唤，
一身戎装变工服。
国家经济的命脉，
一定要摘掉贫油国的帽子！”
这些誓言渗进你的骨血
成为你生命中的引擎

当年第一股黑金
与太阳一起喷薄而出
你沾满油污的笑脸
烘热了荒原

第一座竖起的钻塔
错落有致的席棚房
欢快的采油树
庄稼地里幽静的巡井小道
……
这些记忆
在天气晴好的日子
你都会一一搬出来晾晒
虽然岁月使它们有些发霉
但尘光中火花乍现
足以复原你一腔豪情

四十年风雨兼程
从青春年少到步履蹒跚
从一片荒寂到油井纵横
从席棚房到高楼大厦
时间的狂澜
淘走的是汗水和艰辛
留下的是足迹和甜蜜

世上有一种人生
飘零而丰满
骨感而无憾
这就是石油人的人生
在彩色的黑所表达的世界
父亲曾那样的爱过

石油河

孙宽迎

天上有一条银河
地上有条石油河
终年波涛汹涌，奔腾不息
流淌在我的心里
更流淌在二十万石油工人的心窝
寄托着三代石油人的梦
更滋润出半个世纪的创业故事和奋斗传说
纵横在中原大地
奔腾在黄河岸边和金堤两肋
是石油儿女的母亲河
幸福河
它的血脉贯穿着千家万户
它的肌肤连接着祖国大家庭的各个角落
春天
百花盛开
我们在河岸上检查、巡逻
预防蚂蚁将你肌肉组织蛀蚀，穿孔堤决
秋天
气爽秋高
我们在岸边除草、清障
不让垃圾挤压你的心脏，污染你的躯壳

夏天
烈日炎炎
我们顶着骄阳巡视、探测
防止坏分子靠近你一时一刻
冬天
千里冰封
万里雪飘
我们伴随着你的温暖体温入梦
看你跳舞
听你唱歌
欣赏你的朵朵浪花
陶醉你的深深酒窝
石油河
匍匐在大地的怀抱
有众多干流和数不清的支流
熠熠放射出星星一颗颗
共同点燃中华大地万家灯火
在茫茫夜空下美丽地闪烁
分不出是银河还是石油河
它欢腾
它跳跃
铮铮铁骨筑起的堤岸是石油人坚实的臂膀
黑色油流是石油人滚烫的血液
用青春之笔谱写着新时代新生活

大北的女儿

——读河口采油厂女工王艾

耿庆昌

去过许多地方
没见过如此荒僻和恐怖
沿河口采油厂往北，往北，再往北
不见人烟……

站在海水边
掏出手机
想告诉远方朋友我眼里的惊奇
旁边的采油女工说
别打了，没有信号……

王艾
一个男人的名字一个汉子
来大北油田工作时
她刚二十出头
谁也解释不清
这位家庭优越的江南女子
会恋上大北
会爱上荒滩
会成为大北的女儿
从采油工到班长到副队长

到指导员
到矿长助理
那日，丈夫离开了她……
不久，女儿也忽然永远离开了她……

一躺不起的她
不管白天黑夜
睁开眼睛
队上总有人
围着她哭泣唤起……

拖着沉重身体
乌黑的头发
已白了三分之一
她忘掉悲痛
回到队上……
她说，全队职工都在看着我
都是为了总书记的嘱托
为了能源的饭碗能牢牢端在自己手中

石油之恋

李大伟

月朗星稀夜也深了
远处传来深秋的阵阵寒意
在渤海湾畔的荒原上
我一遍遍地问自己
为什么会爱上你
只因我生在这里长在这里
就要回来与你结缘
把一生的爱恋都献给你

我爱你大漠戈壁的荒凉
那里有石油的蛛丝马迹
即使是人迹罕至的无人区
也有胜利勘探的足迹

我爱你大海碧波的辽阔
掘金的巨臂伸向渊深的海底
那里有无尽的宝藏
等待你去次第开启

我爱你漫野的芦花盛开的秋季
有白鹭嬉戏，鱼翔浅底
还有手提样桶的红衣少女

巡井归来，带来一束盛开的野菊

我爱你铮铮风骨一身豪气
即使寒冬腊月风霜雪雨
有顶天立地的石油人
用勤劳智慧迎来春回大地

我爱你一身鲜艳的红工衣
那是掀开盖头的新嫁娘
许了一生一世的幸福给你
为你操劳持家生儿育女

我为你许下誓言
把深深的爱恋深埋在心底
并将你的生命和我的生命
焊接在一起

炼塔，璀璨的高度（组诗）

汪声君

行走在“楼群”根的侧影

行走在“楼群”根的侧影
覆盖住每一处无人的空间，
周围的景，由一个个零部件聚拢而成
像极了远处的硬朗的山脊，巍峨高大
唯一的黑暗是他们用铸铁剥下的孤独

行走在“楼群”根的侧影
用身体轻叩着每一处零部件
并与黑暗对话。面庞上，那两道
弯弯的深锁的眉，是最简洁的陈述
即使是一副简单的脚手架
一个极小的阀门
都是他们任何登临时的牵挂

行走在“楼群”根的侧影
他们越过风、穿过雨，蹚过一切阻碍
前进的身体一次次划破黑暗
明亮的双眸成为寂静和喧闹中
最经典的诗歌

站着，彻夜

这是一群守护在炼塔四壁的孤勇者
站着，彻夜。
头顶上那道圣洁的光，
给每条夜路抹上温暖的颜色
即使在最暗的黑夜里
你也找不到任何一个无色的隐蔽所
那隐藏在黑色血脉中的流动
是他们行走的轨迹。他们就是这样
日复一日地丈量着炼塔的高度
他们深知，每一个高度
都有蜿蜒而又挺拔交错的风景。

站着，彻夜。
是他们把时间打磨成永恒的形象
也是他们迎接黎明最美的姿态。

肖像们

夜空下、阳光里、风雨中
他们熟练地拼装着每一块组件
脚手架上，他们无数次拉出完美的弧线
投射在任何细小的钢的、铁的镜面上
折射出一张张“亲情”的脸，带着笑意地
凝望着所有构筑，他们把最深的情感
隐藏起来，没有人能一眼看穿
隔着这些冰冷器物背后那一颗颗炽热的心
曾经历过多少次的孤寂与落寞。

当璀璨划破黑暗，那独步行走的身影
背影不再贫瘠，如阳光透过绿荫，
成为我们的诗和远方

一座塔

一座塔从一次吊装开始，它就成了
永远追逐的对象，塔器、齿轮等
则成为晾晒在高空的“山峦”的“势”
起伏跌宕，逶迤不绝，完美地在云朵里
优美地蔓延，等到薄幕来临，它又将自己的阴影，在落日里一地铺开，
与霞光隔空相望
与地平线依势相拥，绵延成最美的画卷。
这是它们见证彼此最好的方式
也是它们守护彼此最好的方式

炼塔，璀璨的高度

高高地站着，这里没有窗户
只有一道道守护的栏杆
风，轻轻抚摩着裂缝里的皱褶和瑕疵
还有高高地站着的一个人、一群人
在他，和他们的身边，还有一盏盏高悬的夜灯，将沉甸甸的光散射进整座城市
投射进茫茫夜空，照亮了对面的新工地，那里，铿锵有力的打夯声、
塔器吊装的号角声，声声入耳
持续地穿透进每一片叶片、树林、公路
在时空中，震荡成另一个新高度
以至于改变了我对它的熟悉程度
我急切地渴望用我的手再次触摸
它的面庞，彻底感知新炼塔那璀璨的高度

钻塔之美

冯建州

晨阳升起
钻塔
宁静之美

艳阳当头
钻塔
阳刚之美

夕阳西下
钻塔
眷恋之美

月光照
钻塔
心灵之美

风雨中
钻塔
稳重之美

荒原上
钻塔

天际之美

城市里
钻塔
和谐之美

钻塔之美
在于
平凡
在于
扎根
在于
钢筋铁骨，立地顶天
让亿万年前的“生命”
再获“重生”

“牢记嘱托、再立新功、再创佳绩，学习贯彻二十大精神”主题文艺作品创作征集活动文学类获奖作品名单

1. 一等奖（19 部）

报告文学作品

回家的路有多远	樊俊利（胜利油田）
我　们	邹会莉（胜利油田）
万水千山岂等闲	严岛影、李　娟、张　龙（江汉油田）
开路先锋	严岛影、熊江勇、梁玉涛（江汉油田）
共和国石化技术开拓者	吴文奇（洛阳石化）
摘下皇冠上的明珠	张逸云（巴陵石化）
磐石上的家园	田　华（共享服务公司）

散文作品

夏风向晚	陈　东（胜利油田）
荒原上（散文四章）	邹会莉（胜利油田）
安棚油田意象	王　秉（河南油田）
在弧光中穿行	吴文奇（洛阳石化）
加油站的春夏与秋冬	薛庆儒（山东石油）
啊！老家的压水井	郭　祥（河南石油）

诗歌作品

石油，嵌入生命的铁（组诗） 张学芹（胜利油田）
荒原之上（组诗） 墨　兰（胜利油田）
石油蝴蝶（组诗） 任西波（胜利油田）
石油人的心率（组诗） 王军辉（胜利油田）
石油母亲（诗二首） 蒙福全（河南油田）
山河为歌 董会娜（石油工程公司）

2. 二等奖（33 部）

报告文学作品

黄沙不相信眼泪 陈　东（胜利油田）
曲“径”向天歌 任厚毅（胜利油田）
逐光而行 王翠玲（胜利油田）
我知道你为了谁 程远朝（江汉油田）
寻找失落的“海神世界” 黄　慧（江汉油田）
燃情岁月，誓言铿锵 彭　宁（江汉油田）
层绿拂遍柳堡春 李建富、张　旭、王　钊、张彬彬（胜利石油工程）
天涯此时月正圆 郭红升（胜利石油工程）
“战火纷飞”的岁月 宋剑挺（中原石油工程）
大道深深“氢”情浓 张亚培、刘丽婷、张梦瑶（茂名石化）

散文作品

我们也是“战狼” 樊俊利（胜利油田）
飞雁滩之恋 李大伟（胜利油田）
激情岁月 尹希东（胜利油田）
孤东的青春记忆 胡庆文（胜利油田）

再见了！酸站　高永忠（胜利油田）
记　集　孟凡民（中原油田）
美丽而神奇的西藏　杨擎宇（石油工程公司）
故乡老院草青青　邱振军（胜利石油工程）
此　刻　赵　清（金陵石化）
太阳刚刚升起　饶　艳（洛阳石化）
花儿开满山　彭娇妍（荆门石化）

诗歌作品

石油群岛（组诗）　吴朝标（胜利油田）
光明之词（组诗）　解品军（胜利油田）
十月颂歌（组诗）　张建国（中原油田）
你看到的（外四首）　刘雪梅（中原油田）
关于石油的一些情节　董　冰（河南油田）
涪陵页岩气田（组诗）　彭松江（江汉油田）
站在塔克拉玛干的沙丘上　邱振军（胜利石油工程）
追梦（诗五首）　李新生（洛阳石化）
镇海炼化赋　邹元辉（镇海炼化）
石化工厂的早晨（组诗）　李继增（中原石化）

3. 三等奖（48部）

报告文学作品

一滴黝黑的石油　李　滨（胜利油田）
“黑金”交响曲　常　佳（胜利油田）
家在彼岸　康玲玲（胜利油田）
俯首甘为“拓荒牛”　李大伟（胜利油田）
驱动太阳　甄宇宁（胜利油田）

大漠春潮　姜化明（胜利油田）
与中原石油人一起谱写幸福篇章　贾雪梅（中原油田）
跃上葱茏四百旋　严岛影、何　亮（江汉油田）
暖　流　陈远芳（江汉油田）
绽放的石油花　朱　涛（江汉油田）
群山深处的青春方阵　张秉正、汤国毅（江汉油田）
丝路花开　蒋　振（石油工程公司）
一份三百一十二个红手印的请愿书　巴丽蒙、王　福（胜利石油工程）
大海的舞者　李　悦、许荣波（茂名石化）

散文作品

孤岛，我美丽的幸福家园！　刘　坚（胜利油田）
月季芬芳　康玲玲（胜利油田）
陇原“胜利红”　丛松彪（胜利油田）
五月的风　任西波（胜利油田）
石油的火焰，在祖国的蔚蓝之间　解品军（胜利油田）
春风吹又生　贾雪梅（中原油田）
采油人的春夏秋冬　彭松江（江汉油田）
坪北山上“一棵树”　单修霞（江汉油田）
绿萝系取春长在　彭　宁（江汉油田）
那些童年的记忆　王　艳（江苏油田）
云端之路　邱怀超（石油工程公司）
巴山深处有钻塔　张　均（石油工程公司）
10 年来，我们一直走在大路上　武鑫彪（石油工程公司）
泪洒巴山　陈　名（石油工程公司）
尘封的丁字尺　王立新（石油工程公司）
哥们，你在那边还好吗！　史秋庆（石油工程公司）
转　身　王永军（齐鲁石化）
我住过的那些房　汤红梅（镇海炼化）

午夜蔷薇分外香	杨国杰（天津石化）
背　影	汪声君（安庆石化）

诗歌作品

大北的女儿	耿庆昌（胜利油田）
石油之恋	李大伟（胜利油田）
中原华章	黄冬梅（中原油田）
父亲的石油人生	刘贵娟（中原油田）
石油河	孙宽迎（中原油田）
石油季节	牛国峰（河南油田）
油海听涛（组诗）	刘能国（江汉油田）
钻塔之美	冯建州（胜利石油工程）
英雄赞歌	张梦瑶（茂名石化）
你好，综合加能站	卢　旭（北京石油）
我　们	宋晓东（化销华北）
石油的表白	曾令兴（广东石油）
炼塔，璀璨的高度（组诗）	汪声君（安庆石化）
两名青工（组诗）	曹晓峰（中原石化）

4. 入选作品名单略